Olov Svedelid

Die heimliche Macht

Über dieses Buch:

Kriminalinspektor Roland Hassel ahnt nicht, worauf er sich einläßt, als er einer jungen Frau beisteht, die von ihrem Zuhälter brutal verprügelt wird. Der Schläger kann entkommen. Kurz darauf wird die aus Rußland stammende Prostituierte von einem Killerkommando auf offener Straße umgebracht. Hassel fliegt nach Moskau, um die Eltern der Ermordeten zu befragen. Die Reise wird zum Alptraum, der sich nach seiner Rückkehr fortsetzt. Eine heimliche Macht ist hinter den Tonbandprotokollen her, eine Organisation, die über schier unerschöpfliche Ressourcen zu verfügen scheint und vor blutigem Terror nicht zurückschreckt. Die schwedische Polizei ist dem militärisch agierenden Gegner strukturell nicht gewachsen, zumal es offenbar Verräter in den eigenen Reihen gibt. Hassel begreift, daß es auf den einzelnen ankommt. Er stellt sich einem ungleichen Kampf ...

Olov Svedelids Thriller thematisiert, was wir zu verdrängen suchen: daß die Welt nach 1989 nicht gerechter geworden ist, daß die Benachteiligten um ihren Platz an der Sonne kämpfen werden, geführt von skrupellosen Verbrechern, die aus der Not Kapital schlagen. Es sind Millionen, die nichts zu verlieren haben ...

Olov Svedelid

Die heimliche Macht

aus dem Schwedischen
von Erik Gloßmann

KBV
ROMAN

Die Deutsche Bibliothek - CIP-Einheitsaufnahme

Svedelid, Olov:
Die heimliche Macht : [ein Roland-Hassel-Roman] / Olov Svedelid. Aus dem Schwed. von Erik Glossmann. - Elsdorf : Klein und Blechinger, 1996
(KBV-Krimi)
ISBN 3-927658-36-7

Die Originalausgabe erschien unter
dem Titel Förgörarna
im Bokförlaget Forum Stockholm
Published by agreement with Lennart Sane Agency AB
Für die deutsche Ausgabe

Mittelstr. 65
50189 Elsdorf
Telefon 02274/82396
Telefax 02274/81108
Redaktion: Marion Schweizer
Umschlagillustration: Mike Loos, München
Satz und Gestaltung: A. Houben, Briedel
Gesetzt aus der Palatino
Druck: Ebner Ulm
Printed in Germany
ISBN 3-927658-36-7

Personen, Namen und Handlung des Romans
sind frei erfunden; Ähnlichkeiten mit realen
Personen und Ereignissen wären rein zufällig.
Soweit zeitgeschichtliche Personen genannt sind,
haben diese mit der Handlung
des Romans nichts zu tun.

1. Kapitel

Der Mann hob die Hand, und die Frau duckte sich nicht einmal. Alles, was sie tat, war, in Erwartung des Schlages ergeben den Kopf zu senken. Die Faust traf sie an der Seite, knapp über dem Ohr. Ihre Knie knickten ein, sie fiel jedoch nicht hin. Das schien ihn wütend zu machen. Er packte sie unsanft bei den Schultern und schüttelte sie. Mir schien es, als könne ich ihre Zähne aufeinanderschlagen hören. Dann hieb er ihr die Faust in den Unterleib. Die Frau krümmte sich, und er beendete die Mißhandlung durch eine Ohrfeige, diesmal auf die andere Kopfhälfte.

Ich rannte auf die beiden zu. Als der Mann meine Schritte vernahm, drehte er sich um. Er stand da wie ein Stier, den Kopf vorgestreckt, die herabhängenden Arme mit den geballten Fäusten wirkten wie Keulen. Er trug graue Hosen und ein weißes T-Shirt, unter dem sich die Konturen seines Oberkörpers abzeichneten: eine gewölbte Brust und abfallende Schultern, die unmittelbar in die Muskulatur der Oberarme übergingen. So wie der Mann gebaut war, konnte er selbst solche Baumstämme brechen, bei denen die Forstmaschinen versagten.

Üppige rote Haare und ein zottiger Bart konnten vielleicht kleine Kinder täuschen, aber nicht mich, den Fahnder mit dem Falkenauge, den Mann mit dem Radarblick. Seine leicht gebrochene Nase ließ sich ebensowenig verbergen wie die pockennarbige Haut und die harten, schwarzen Augen, die wie Kugeln tief in ihren Höhlen lagen. Er zog die Schultern zusammen und neigte den Oberkörper ein klein wenig nach vorn. Zwischen den mohrrübenroten Haarbüscheln entdeckte ich ein zufriedenes Grinsen; er liebte es, sich zu schlagen, und nun stand allem Anschein nach eine saftige Prügelei mit einem Beschützer der Damen ins Haus. Das war allerdings nicht gerade die Art Vergnügung, die ich bevorzugte; die Zeit meiner ritterlichen Duelle war vorüber. Doch auch in den Tagen, da meine Muskeln noch lebendig spielten, hätte ich keine Chance gegen eine Kampfmaschine wie Kaj Lilja, Kajan genannt, gehabt.

Da er sich jedoch vor sechs Monaten selbst aus dem Strafvollzug von Hall entlassen hatte, wollte ich mich bemühen, ihn dahin zurückzubringen, auch wenn die Leitung nicht gerade zu gemästetem Kalb einladen würde. Für uns Polizisten war es auf der Straße nervenaufreibend genug, auch ohne Kajan auf freiem Fuß beziehungsweise, was noch schlimmer war, auf freier Faust. Ich zog die Pistole aus der Jacke und richtete sie auf die Muskelbrust.

»Na, Kajan, nun wollen wir aber wieder etwas ruhiger werden. Wir könnten ein wenig übers Wetter plaudern.«

Ich wünschte, ich hätte das sagen können, ohne zu keuchen, doch meine Lungen waren anderer Meinung. Plötzlich erkannte er mich, und aus dem möhrenroten Dickicht brach ein Schwall von Flüchen, der einige Zentimeter von dem Läusebart abgesengt haben müßte. Schnell bückte er sich, packte die Frau wie einen Ball und schleuderte sie in meine Richtung. Da ich weniger schnell reagierte, knallte ich rücklings aufs Pflaster und hatte plötzlich jede Menge Dame über mir. Als ich mich von der weichen Last freigekämpft hatte, war Kajan bereits außer Sicht. Ich rannte zur Kreuzung, aber ihm standen zu viele Fluchtwege offen. So alarmierte ich über Mobiltelefon Einsatzwagen, die besser geeignet waren, ihn zu jagen, als ich.

Als ich mich wieder der Frau zuwandte, war sie aufgestanden und bürstete sich den Rock ab. Sie hatte sich offenbar erholt und schien nicht besonders betroffen, sondern lächelte mich schwach an. Ungefähr dreißig Jahre alt, zeigte sie eine Figur, deren Üppigkeit vor dem Zeitalter der Abmagerungskuren bewundert worden wäre. Sanfte blaue Augen schauten mich kindlich treuherzig an, dazu kamen runde Wangen, ein Schmollmund und ein Grübchen am Kinn. Sie war durchschnittlich gekleidet, übertrieben geschminkt und hatte ihr mittelbraunes Haar mittels einer Dauerwelle in harte Locken gezwungen. Sie wirkte, als käme sie nicht von dieser Welt, als sei sie, in Träumen geschaffen, nur Gast in der Wirklichkeit.

»Wie geht's?« erkundigte ich mich.

Die Frage war banal, aber angebracht; wenn ein Mensch gerade Schläge gegen Kopf und Magen erhalten hat, will man ja wissen, wie er sich fühlt. Aber sie lächelte mich nur etwas abwesend an, ohne zu antworten. War sie betrunken? Voll bis zum Stehkragen? Nein, so nüchtern wäre schwer zu spielen. Ein Drogenrausch? Meiner Meinung nach auch nicht. Ich reichte ihr meine Visitenkarte, die sie lange betrachtete, ohne neugierig zu wirken. So viel gab es da nicht zu lesen: Roland Hassel, Kriminalinspektor, Zeichen und Telefonnummer der Stockholmer Polizei. Aber für sie schien es ein Roman zu sein.

»Wie heißt du?« fragte ich weiter.

Sie verriet es nicht. Ihre ganze Reaktion bestand in dem kleinen, seltsamen Lächeln.

»Wir müssen über den Mann reden, der dich geschlagen hat«, fuhr ich fort. »Kajan Lilja. Was weißt du von ihm?«

Sie legte den Kopf ein wenig zur Seite und sah mich erwartungsvoll an, als glaubte sie, daß ich jeden Moment ein weißes Kaninchen aus der Jackentasche zaubern würde. Ich wurde nicht schlau aus ihr, aber das ist nichts Ungewöhnliches, wenn es um mein Verhältnis zu Frauen geht. Ein wenig tröstet es mich ja, daß es sich umgekehrt genauso verhält.

»Ich muß dich bitten, mit mir zu kommen«, sagte ich. »Wir brauchen deine Zeugenaussage.«

Vielleicht war es das, was sie zu hören erwartet hatte, denn sie schien die Idee reizend zu finden. Mit einer Geste wies ich den Weg. Sie schob ihre rechte Hand unter meinen linken Arm und trippelte so brav neben mir her, als wären wir frisch Verlobte auf dem Weg zum Jahrmarkt von Värnamo, das ewige Problem diskutierend, was wir kaufen würden, wenn wir Geld hätten.

Wir befanden uns in der Mitisgatan, einem gottverlassenen Schlauch. Ich hatte eigentlich in der Karlsviksgatan zu tun gehabt, an die ER sich sicher auch nicht besonders gut erinnern konnte. Mein Auftrag war gewesen, Auskünfte über einen verschwundenen Rentner einzuholen, doch ich hatte nichts Wertvolles in Erfahrung bringen können, dafür aber kurz darauf einen sehr gefährlichen entflohenen Strafgefangenen entkommen lassen. Nicht schlecht für eine knappe Viertelstunde, nicht einmal für mich.

Die Karlsviksgatan ist still und ruhig, und auch die Mitisgatan schläft für gewöhnlich tief und fest. Wir liefen auf der nördlichen Seite an der Rückfront des gewaltigen Viertels aus Ziegelbauten entlang, das einmal das Gebiet mit der höchsten Konzentration von Arbeiterwohnungen im ganzen Land war. Nette Menschen nannten den Komplex schöne rote Burg, Realisten alter trister Steinhaufen. Sie schwebte an meiner Seite wie eine Feder und bemühte sich, mit ihren Trippelschritten im Takt zu bleiben. Über ihrem anderen Arm hing eine kleine Handtasche, die gegen ihre Hüfte schlenkerte. Sie schaute schräg nach oben, als lägen die Antworten auf all ihre kindlichen Fragen in der Luft.

Im Vergleich mit dem Karlsviks- und Mitiselend kam einem der untere Teil der Fridhemsgatan wie ein von Menschen wimmelnder Boulevard vor, und ich hielt nach einem Taxi Ausschau, konnte aber am Stand keines entdecken. Sollte ich nicht versuchen, mit ihr bekannt zu werden? Vertrauen zu schaffen? Ihr Freund zu werden, mit großen, lauschenden Ohren? Ein Beichtvater mit der Kraft und der Kompetenz, Absolution zu erteilen? Alles war erlaubt, wenn es um Informationen über Kajan ging.

»Machen wir einen Spaziergang? Bis zur Kripo ist es nicht weit.«

Ihr Schmollmund verzog sich leicht, und ich nahm es als Zustimmung. Ich hatte allerdings das Gefühl, sie wäre auch nicht dagegen gewesen, hätte ich ihr einen Fußmarsch nach Västeras vorgeschlagen. Das eine war ihr ebenso recht wie das andere, immerhin schlug ich sie nicht. Ich nickte in Richtung des Kinos mit dem grünen Drachen und der roten, spielenden Zunge.

»Den Drachen gibt es seit Anfang der vierziger Jahre. Es sollte ein Premierenkino werden, aber Premieren liefen nicht auf Kungsholmen. Am phantastischsten erschienen uns Jungen damals die Sofas für Verlobte. Die waren weich und schön und für zwei gedacht. Dort saß man sehr gemütlich, wenn es sich ergab. Warst du schon einmal da?«

Sie ließ nicht erkennen, ob sie an der frühen Kinogeschichte Kungsholmens oder den ersten zaghaften erotischen Versuchen eines jungen Mannes interessiert war.

Der Drachen machte sie also nicht besonders an, und ihr jetzt noch zu erzählen, daß kein Geringerer als Grünewald den Vorhang gestaltet hatte, hielt ich für Verbreitung nutzlosen Wissens. Statt dessen nahm ich den Drottningholmsvägen in Richtung Kronobergspark und hielt sie dabei ständig auf dem laufenden, was kulturelle Erinnerungspunkte anging. Zum Beispiel hatte ich mich einst mit einem Typen aus Fredhall vor dem damaligen KK, dem Kronobergskeller, geprügelt, aber auch das ließ sie kalt. Nicht einmal, als ich meine Trumpfkarte ausspielte und im Drottningholmsvägen auf das Haus hinwies, in dem ich geboren und aufgewachsen bin, reagierte sie nennenswert. Etwas Dankbarkeit sollte sie wohl zeigen, wo ich sie doch davor gerettet hatte, zu Hackfleisch verarbeitet zu werden. War sie denn so schlecht erzogen? Konnte sie nicht wenigstens Interesse heucheln? Vielleicht wie ein Parteivorsitzender, wenn von der Basis ein Vorschlag kommt, wie man Geld sparen könnte, ohne daß die sozial Schwachen darunter leiden. Aber sie lächelte nur, in sich gekehrt und unpersönlich.

Oder lag der Fehler bei mir? Sicher gab es viele, die das sofort ungeprüft unterschreiben würden, aber ich war doch relativ gut in Form und ziemlich sauber und roch nicht nach Knoblauch, so daß sie eine kurze Zeit lockerer Konversation mit mir wohl durchstehen sollte.

Es war inmitten eines warmen Monats Mai, nach einem warmen April. Gräser und Büsche und Bäume waren nach gemeinsamen Überlegungen zu dem Schluß gekommen, daß es eigentlich Frühling werden könnte, und so grünte es intensiv, und die zarten Blätter spannten die Muskeln vor Glück, endlich freigelassen worden zu sein. Mir schien es, als könne ich den Stämmen ansehen, wie die Säfte in ihnen stiegen. Mehlbeersträucher, Eschen und Kastanien schlürften Feuchtigkeit und berauschten sich wie Menschen; wenn man das Ohr an die Rinde legte, konnte man sicher hören, wie sie Trinklieder sangen. Aber das sollte ich ihr lieber nicht vorschlagen, denn es hätte später gegen mich verwandt werden können, und ich hatte ja an die Pension zu denken.

»Bist du in Stockholm geboren?« versuchte ich, die Angel erneut auszuwerfen.

Sie blinzelte und hob die Mundwinkel ein wenig, das war ihr einziger Kommentar.

»Du bewegst dich so leicht, daß man glauben könnte, du seist Tänzerin«, schmeichelte ich. »Oder tanzt du nur einfach gern?«

Ein Blitzen der Augen und ein Klimpern mit den Wimpern – daraus sollte ich nun schlau werden.

»Ich tanze nicht besonders gut«, bekannte ich, und das war die Untertreibung des Jahres, aber ich hatte nichts dagegen, wenn sie den Eindruck gewann, daß ich sehr wohl könnte, wenn ich wollte.

»Hier konnte man früher Schlittschuh laufen«, verriet ich ihr und wies auf den leicht abfallenden Sandplatz. »Das Eis war allerdings meist nicht von besonderer Qualität.«

Zeigte ihre Miene, daß auch ich nicht von besonderer Qualität war? Nein, daß sie die Lippen verzog, hatte sicher nichts zu bedeuten. Wir stiegen den steilen Hang zur Polhemsgatan hinab und sahen das gewaltige Polizeigebäude vor uns, eine ganze Straßenfront voller Bullen, Polypen und Schnittlauchmännchen, wo es nach Handschellen und Gummiknüppeln roch. Ich wußte nicht, ob sie mit mir ging oder ich sie führte, aber sie begleitete mich jedenfalls an der Fassade der Reichspolizei und dem fehlkonstruierten Gefängnis entlang die Bergsgatan hinunter. So sehr ich mich auch anstrengte, ich bekam einfach keinen persönlichen Kontakt zu ihr. Sie lief an meiner Seite, schien aber tausend Meilen weit weg zu sein.

Ich setzte sie in einen Vernehmungsraum der Kriminalabteilung und bestellte Kaffee. Eine Polizeiassistentin gesellte sich zu ihr, während ich zu Simon Palm ging und ihn bei Kaffee und belegten Broten mit Tomaten und Gurken überraschte.

»Bist du neuerdings Vegetarier?« rief ich überrascht aus.

Simon starrte das Gemüse düster an. Ich hatte manchmal den Eindruck gehabt, daß mehrere Fleischereien nur von ihm existierten. Je fetter und kalorienreicher, je cholesteringeladener die Speisen waren, je ungesünder sie in den Broschüren der Krankenkasse beschrieben wurden, desto besser schienen sie ihm zu schmecken.

»Nadja will, daß ich ein paar Kilo abspecke«, seufzte er. »Ich versteh nicht, warum uns die Weiber immer dünn wie Skelette haben wollen.«

Wenn er es riskieren sollte, sich bis zum Gerippe runterzuhungern, würde es ein Jahrhundert dauern. Er war ungefähr einen Meter neunzig groß und wies auch etwa diesen Umfang auf. Seinen enormen Hängebauch versteckte er in einem Paar schlotteriger grauer Hosen und unter einer Jacke, die aussah wie ein umgeschneidertes Armeezelt. Seine aus Rußland stammende Frau Nadja wählte den Stoff aus und ließ seine Anzüge maßschneidern, aber nachdem er sie eine Stunde getragen hatte, sahen sie jedesmal aus, als kämen sie aus der Altkleidersammlung für ein sehr armes Land.

Sein schimmernd kahler Schädel hatte eine markant längliche Form und glich der Kuppel einer Moschee. Der Unterkiefer ragte hervor, und die Nase war ein großporiger Teigklumpen mitten in dem grob geschnittenen Gesicht. Ein herrlicher Mann, von allen geliebt, mein bester Freund, seit wir gemeinsam begonnen hatten, uns im Streifendienst die Sohlen abzulaufen. Er war nach Ruda vorübergehend zum leitenden Kommissar der Fahndungsabteilung ernannt worden, und als nach ein paar mißglückten Versuchen ein neuer Chef gefunden wurde, hatte er seinen Titel und eine eigene kleine ausgewählte Fahndungsgruppe behalten dürfen, zu der auch ich gehörte.

»Das wird ein Spaß, dich zum Mittag Salatblättchen mampfen zu sehen. Es wird dir guttun, asketisch zu leben. Nur kleine Portionen und kein Bier und vor allem kein Wodka.«

»Äh. Sie hat in einer Wochenzeitung über die Risiken eines Herzinfarkts gelesen, aber meine Pumpe kann man nicht mal mit Dynamit stoppen. Obwohl es reichen wird, einen Abend lang hohl und kraftlos zu klingen, daß sie wieder Schinken auf den Tisch bringt. Aber ich muß das Leiden auf mich nehmen, solange dieses Käseblatt für sie noch aktuell ist.«

Schnell berichtete ich ihm von den Geschehnissen in der Mitisgatan. Er hörte mir zu, ohne mich zu unterbrechen, bis auf ein paar zustimmende Hm-Laute. Ich mußte nicht befürchten, von ihm dafür kritisiert zu werden, daß ich Lilja hatte entkommen lassen. Er kam aus der Praxis und wußte aus eigener Erfahrung, wie viele Fehler man auf der Straße macht, wie falsch man oft die Lage einschätzt und welche groben Schnitzer einem dann und wann unterlaufen. Dagegen muß man aufrechnen, daß man manchmal auch instinktiv das Richtige tut und eine kluge Entscheidung trifft. Vielleicht wird es irgendwann computerisierte Polizisten geben, die auf digitalem Wege stets den richtigen Entschluß fassen, aber dann spielen Simon und ich bereits Harfe oder schwitzen überm Höllenfeuer.

Andere im Hause hätten mich sicher kritisiert. Es gibt immer zu viele Chefs, die im Prinzip direkt von der Schulbank kommen und voller Theorie stecken, von der Praxis jedoch keine Ahnung haben. Durch die Lehrbücher wissen sie exakt, was man tun soll und wie und wo und wann, aber nichts davon stimmt mit der harten Wirklichkeit überein. Tüchtige Juristen mit guten Abschlußzeugnissen, aber sie sind nicht die Vorgesetzten, die das Fußvolk in der täglichen Arbeit haben will.

»Dann wollen wir uns doch mal mit der Schönen unterhalten«, sagte Simon, erhob sich und rückte den Gürtel zurecht, als hoffte er, daß die Tomaten und Gurken bereits Wirkung zeigten.

Die Schöne war gerade bei ihrer zweiten Tasse Kaffee, und die Assistentin verließ den Raum. Hinter dem Rücken der Trinkenden machte sie uns ein Zeichen, daß sie mit ihr nicht weitergekommen war. Das tröstete mich. Also lag es nicht an meiner negativen Ausstrahlung. Simon nahm ihr gegenüber Platz und schaute sie freundlich an. Er verfügte über eine Stimme, mit der er eine Sardinenbüchse öffnen konnte, und wenn sie überhaupt mit uns reden wollte, dann war er der Mann, ihr Informationen zu entlocken. Als er ihr seine Rechte zur Begrüßung reichte, verschwand ihre darin. Sie lächelte unsicher.

»Also, ich heiße Simon Palm und bin hier in der Abteilung der Vorarbeiter. Wie ist dein Name?«

Als Antwort führte sie die Tasse zum Mund. Dabei spreizte sie, ganz Dame von Welt, den kleinen Finger ab. Mir fiel auf, daß ihre Nägel abgekaut waren. Simons weiche Stimme versuchte, aus ihr herauszuschmeicheln, was wir wissen wollten, aber nicht einmal sein Mandelblütenhonig erntete anderes als Blicke und ein Schieflegen des Kopfes und ein Lächeln des Schmollmundes. Verstand sie überhaupt, was er sagte? Simon räusperte sich und schlug ungewohnte Töne an:

»Do you speak English? Sprechen Sie Deutsch?«

Sie hob nicht einmal die Augenbrauen.

»Zum Teufel, wie heißt denn das? Parlez-vous français? Yxi kaxi kolmi? Russki? Gulyas?«

»Was ist denn das?«

»Ungarisch. So heißen dort die Hirten. Bei uns wurde dann Gulasch daraus.«

»Wäre es nicht besser, nach Gurke zu fragen, wenn du gerade eine Abmagerungskur machst?«

»Ich bitte Rosenberg herauszufinden, wo ihre Wiege gestanden hat.«

Einar Rosenberg war der Polyglott der Fahndungsabteilung und gern behilflich. Er war ein kleiner, schmächtiger und ruhiger Mann. Sprachen und Sprachforschung waren seine einzigen Freizeitinteressen. Wir lauschten einer Anzahl von Sätzen, die total unverständlich klangen, und er schaute sie nach jedem Versuch auffordernd an. Sie ließ sich eine dritte und eine vierte Tasse Kaffee schmecken. Schließlich schüttelte Rosenberg den Kopf.

»Falls sie sich nicht über eine indianische Zeichensprache verständlich macht, weiß ich nicht, wo sie zu Hause sein könnte. Ihr Aussehen schließt viele Sprachen aus. Sie muß zu unserem Kulturkreis gehören.«

»Ich tippe auf Örnsköldsvik«, murmelte Simon. »Sie erinnert mich sehr an ein Mädel, mit dem ich damals dort zusammen war. Sie hat mich fast umgebracht, aber ich habe mich nicht beklagt.«

Wir unterhielten uns, als wäre sie überhaupt nicht anwesend. Ein Geist war sie sicher auch nicht; sie schien sich in der Welt, in der sie sich befand, wohl zu fühlen.

»Sie wird ja wohl ihren Ausweis dabeihaben«, vermutete Rosenberg.

Simon langte nach der Handtasche, die sie auf den Tisch gelegt hatte. Als sie seine Absicht bemerkte, griff sie schnell nach dem Täschchen, stellte es auf ihre Knie und hielt die Hände schützend darüber. Simon bedeutete uns hinauszugehen und sagte dann auf dem Flur:

»Wer sie auch sein mag, sie steht unter keinerlei Verdacht. Es liegt nichts gegen sie vor. Wenn sie nicht mit uns reden will, ist es ihr gutes Recht, den Mund zu halten. Sie ist von Kajan Lilja mißhandelt worden, aber das ist kein Verbrechen, nicht einmal ein Vergehen. Wir können sie zu nichts zwingen.«

»Was wollen wir dann mit ihr anfangen?« fragte ich.

»Tja. Du hast doch deinen Wagen hier. Fahr sie zurück zu der Stelle, wo du sie aufgelesen hast, falls sie dahin zurückwill. Ich habe noch eine halbe Stulle übrig. Ich frage mich, was Gott im Sinn hatte, als er die Tomate schuf. Er muß schlechte Laune gehabt haben an dem Tag.«

Die Frau saß immer noch da, wo wir sie hingesetzt hatten, und schaute verträumt in die Polizeiluft, aber als ich eintrat, zuckten ihre Lippen, als wären sie programmiert.

»Hier ist noch mal meine Karte. Falls du mich anrufen willst, kannst du das jederzeit tun.«

Sie nahm die neue Karte und behielt sie in der Hand. Ich zeigte auf die Tür. Sie stand auf und schien irgendwie erwartungsvoll, als würde ich sie zur Weihnachtsbescherung mit anschließendem Geschenkeangeln einladen.

»Wenn du keinen anderen Vorschlag hast, fahr ich dich jetzt zurück zur Mitisgatan.«

Sie zwinkerte ein paarmal auf eine Art, die einen kleinen Flirt andeuten konnte, aber ich beschloß, darüber hinwegzusehen und es einfach als Zustimmung zu nehmen, denn ich war sicher, daß sie Schwedisch sprach und verstand. Vielleicht war sie sogar eine Tochter von Simons Freundin in Örnsköldsvik, möglicherweise sogar seine Tochter. Ich vermutete, daß er sich darüber freuen würde, wenn ich ihm diesen Verdacht mitteilte, ansonsten konnte er sich ja jederzeit durch einen Schwur aus der Affäre ziehen. Die Frau hängte sich wieder ein, und wir gingen hinunter auf den Hof.

Mein alter Mazda war beschädigt worden und erhielt gerade ein neues Make-up in der Werkstatt. So fuhr ich einen neuen, schicken Leihwagen und hoffte, ihr damit zu imponieren, aber der tiefe, hörbare Atemzug blieb aus.

»Bist du sicher, daß du in die Mitisgatan willst? Ich meine, ich bin jetzt fast ein Jahrhundert Polizist, und bisher hat noch nie jemand in die Mitisgatan gewollt.«

Keine Reaktion. Sie würde also die erste sein. Als sie sich neben mich setzte, nahm sie die Handtasche zwischen die Knie und legte die Hände schützend darüber. Die Visitenkarte hielt sie immer noch zwischen Daumen und Zeigefinger. Ich legte meinen

Sicherheitsgurt an und schaute auffordernd zu ihr hinüber. Sie tat, als ginge sie das gar nichts an.

»Mädel, nun schnall dir doch schon den Gurt an. Ich kann doch nicht alles übernehmen.«

Sie lächelte, zeigte aber sonst keine Reaktion. War sie minderbemittelt? Jeder Mensch, der älter ist als zwei Jahre, weiß doch, daß man im Auto den Gurt anlegt, das lernt man doch vor dem Alphabet, vor der Uhr, vor dem Abendgebet und bevor man seinen Vater wiedererkennt. Um Zeit zu sparen, beugte ich mich über sie und nahm die Sache selbst in die Hand. Sie schien nichts gegen den engen körperlichen Kontakt zu haben. Sie duftete schwach nach einem markanten Parfüm, das sicher einen aufregenden Namen trug, damit man es zu Schwindelpreisen verkaufen konnte.

»Mitis Street, here we come.«

Während ich vom Hof und das Stück bis zum Bestimmungsort fuhr, dachte ich zum ersten Mal darüber nach, wie das Gießverfahren, das der Straße den Namen gegeben hat, eigentlich funktioniert. Wo jetzt die Karlsviksgatan war, befand sich früher Karlsviks Gießerei, und in dem Straßenschlauch hatte man wohl die Spezialarbeiten mit der Mitismethode erledigt. Was wußte ich schon, der ich niemals gegossen hatte? Um ihren Horizont zu erweitern, rief ich mir in malerischen Worten wieder ins Gedächtnis, was Papa mir während unserer Sonntagsspaziergänge erzählt hatte, als wir Hand in Hand durch die Stadt geschlendert und ab und zu stehengeblieben waren, damit seine generatorgasgeschädigten Lungen wieder ein bißchen Luft bekamen.

»Und denk dir nur, *mitis* kommt aus dem Lateinischen und bedeutet *weich*. Hättest du das in deinen wildesten Phantasien ahnen können?«

Routinemäßig verzog sie den Schmollmund. Ich fuhr langsam die Fridhemsgatan hinunter und ordnete mich zum Linksabbiegen ein. Wenn ich schon den Befehl hatte, die Frau da abzusetzen, wo sie von mir aufgegriffen worden war, dann würde ich es auf den Quadratzentimeter genau tun. Für Hassel gibt es nun einmal keine Halbheiten, er ist nur mit ganzen Sachen zufrieden.

Ein grauer Kleintransporter kam genau auf mich zugefahren. War der Fahrer verrückt? Gegen die Fahrtrichtung! Ich wich aus. Der Transporter schwenkte in dieselbe Richtung. Obwohl ich in Damenbegleitung war, fluchte ich. Die Leute fuhren heutzutage, wie sie wollten. Warum zum Teufel ...

»Mmm ... mmm ... mmm ...«

Die Frau neben mir ließ aus ihrem halboffenen Mund seltsam wimmernde Töne erklingen. Sie lehnte sich nach vorn und starrte durch die Frontscheibe auf das Fahrzeug. Der Kleintransporter stellte sich vor meiner Motorhaube quer, so daß auch ich auf die Bremse steigen mußte. Sie warf sich plötzlich auf mich und klammerte sich an mir fest wie ein kleines Kind, und das wimmernde Jammern drückte eindeutig Angst aus.

Zwei Männer sprangen aus dem Fahrzeug. Ich glaubte zu träumen; das konnte einfach nicht wahr sein. Sie hatten Masken über das Gesicht gezogen. Beide hielten automatische Waffen in den Händen und stürmten auf uns zu.

Die Frau hinderte mich zu reagieren, ihr gespannter Körper und ihr Klammergriff um meine Schultern blockierten meine rechte Hand. Ich versuchte, sie zur Seite zu schieben und den Rückwärtsgang einzulegen. Himmel und Hölle, meine Magennerven verkrampften sich völlig. Auch an die Pistole kam ich nicht heran. Zu spät, alles war zu spät.

»Mmmm ... mmmm ... mmmm ...«

Mit der Linken drückte ich die Türverriegelung auf meiner Seite herunter. Dann verrenkte ich mich fast, um auch den Knopf auf der Beifahrerseite zu erreichen. Ein paar Sekunden Frist.

»Geh doch weg!«

Meine Stimme gellte wie aus weiter Entfernung. Aber sie preßte sich weiter an mich, und ich kam nicht los. Auf beiden Seiten wurde an den Griffen gezerrt. Aus der Nähe durch die Scheiben sahen die Männer in ihren unförmigen Jacken wie schreckliche Riesen aus. Meine linke Hand tastete nach der Pistole. Die Frau schien eine Tonne zu wiegen.

Aus den Augenwinkeln beobachtete ich, wie der Mann auf ihrer Seite die Waffe hob, um mit dem Kolben die Scheibe einzuschlagen. Sie schrie direkt in mein Ohr, und der Laut mischte sich mit dem prasselnden Krachen des Glases. In der nächsten Sekunde explodierte die Welt.

2. Kapitel

Es knallte scharf und trocken und dennoch schwer und dumpf, wie Schläge mit einem Schmiedehammer auf eine harte Unterlage, Schläge direkt ins Hirn. Die Frau wimmerte nicht mehr, sie lag wie über mich gegossen. Eine Seite meines Körpers brannte, und der Schmerz wurde in wenigen Sekunden unerträglich. Ihr Körper schützte mich gegen die Kugeln, ein krampfartiger Totentanz. Ich konnte nichts tun, konnte mich nicht bewegen, nichts sehen; ich wußte nur, sie würden mich nicht verschonen.

Plötzlich wurde es ruhig, eine Art Stille, die weh tat. Dann schrie jemand; das war ich. Instinktiv tastete ich nach dem Mobiltelefon, das an meinem Gürtel hing, aber die Finger griffen in eine klebrige, schmierige Masse, und ich schrie erneut, aber der einzige Mensch, der es hätte hören können, war erschossen und tot und lag über mir, und die Seite brannte, und ich glaubte, ebenfalls sterben zu müssen, wenn meine Kraft nachließ, und ich glitt in ein Dunkel, das schwärzer als schwarz als schwarz als schwarz war ...

Das erste, was ich sah, war Sune Bengtssons nikotinsüchtiges Gesicht, und ich glaubte, in der Hölle zu sein. Das Stechen in der Seite schien von der Gabel des Teufels herzurühren. Aber dann vernahm ich Simons Stimme, und ich entzog der Infernovision erst mal meine Aufmerksamkeit.

»Rolle, nächste Woche will ich mir von dir hunderttausend Mäuse borgen, ohne Sicherheit. Aus alter Freundschaft.«

»Wo soll ich die denn hernehmen?« lallte ich.

»Aus deinem Lottogewinn.«

»Ich habe kein Lotto gespielt.«

»Bei deinem Glück gewinnst du auch ohne Schein.«

Ich dachte darüber nach. Ergab das irgendeinen Sinn? Am besten, ich sprach über etwas, was ich begreifen konnte.

»Wie spät ist es?«

»Halb sechs.«

»Morgens?«

»Siebzehn Uhr dreißig. Du hast deinen Arbeitgeber um vier Stunden betrogen, aber das ziehen wir von deinem Monatsgehalt ab.«

Er räusperte sich und fragte leise:

»Und wie fühlst du dich?«

Tja, wie fühlte ich mich? Verirrt im Dasein, die Karte des Lebens stimmte nicht, der Kompaß war kaputt, und alle Wegweiser zeigten in die falsche Richtung.

»Wie eine Steuernachzahlung«, murmelte ich. »Erzähl mir, was passiert ist. Ich kann mich an nichts mehr erinnern.«

»O doch«, fiel Sune mit seiner spitzen, präzisen Stimme ein. »Du weißt vieles, und wir brauchen deinen Bericht.«

»Ruhig bleiben, Sune«, mahnte Simon. »Es gab viele Zeugen am Tatort. Zwei maskierte Männer stürmten auf das Auto zu, zerschlugen die Scheiben und feuerten. Über die Anzahl der Schüsse gibt es unterschiedliche Angaben, aber das ist normal, wenn es um so große Kaliber geht und die Zeugen ungeübt sind. Ein älterer Mann eilte herbei und drohte mit dem Stock. Tatsächlich.«

»Und?«

»Das war das letzte, was er im Leben tat. Die Männer rannten zu ihrem Fahrzeug zurück und rasten in Richtung Norr Mälarstrand davon. Zwei Minuten später war der erste Streifenwagen zur Stelle und nahm die Verfolgung auf, aber sie hatten bereits den Wagen gewechselt. Wir suchen noch nach Zeugen.«

Er verstummte, und mehr mußte er auch nicht sagen. Mir war nicht danach, mich geistig mit Sperren, Razzien und Verhören von Verdächtigen an der Peripherie auseinanderzusetzen.

»Die Frau neben dir ...«

»Sie war über mir. Nicht neben. Sie hatte Angst.«

»Offenbar hatte sie Grund dazu. Die Kugeln trafen sie schräg von oben, gingen durch ihren Körper und schlugen ganz dicht neben dir in den Sitz ein. Du hast eine Fleischwunde und bist verbunden worden. Die Frau wurde von den Schüssen regelrecht zerfetzt, während du im Prinzip mit einer Schramme davongekommen bist. Vergiß nicht, ich will mir hunderttausend Piepen von dir borgen.«

»Wo bin ich? Wann bin ich hierher gekommen?«

Sune stand abrupt auf und ging auf den Flur hinaus. Seine Lungen hielten es ohne Nikotin nicht mehr aus. Ein karger Raum, sechs Betten mit der üblichen Bettwäsche, fünf davon leer, Nachtschränkchen, ein Handwaschbecken, Besucherstühle, Aussicht auf einen Himmel mit weißen Wolken durch Fenster, die von gräulichen Gardinen eingerahmt wurden. Das Bild kannte ich. Krankenhauszimmer werden am Fließband hergestellt, nach den Normen des Standardisierungsamtes.

»Söderhospital. Die Ambulanz hat dich mit Blaulicht hergefahren. Du bist nach allen Regeln der Kunst verarztet worden. Wenn du willst, kannst du morgen entlassen werden. Oder nächste Woche oder in einem Jahr oder nie. Das kommt auf dich an.«

Eine Frau, die ich nicht kannte, war in meiner unmittelbaren Nähe erschossen worden. Auch das war nichts Neues für mich. Ich war früher damit fertig geworden und würde auch diesmal klarkommen. Ich hatte in dem bunten Reigen, der mein Leben war, nicht viel gelernt; in der Kunst jedoch, Unangenehmes zu verdrängen, war ich ein Meister geworden.

»Verschieben wir es auf morgen. Sagte so nicht Scarlett O' Hara in *Vom Winde verweht*? Tomorrow is another day?«

»Ich wußte nicht einmal, daß sie verhört wurde.«

Eine Weile lag ich still und starrte zur Decke. Allmählich fand ich mein Kurzzeitgedächtnis wieder. Die maskierten Männer ... das Rütteln an den Türgriffen ... das Geräusch von zerschmettertem Glas ... Waffenmündungen, als blicke man in einen Tunnel ... Schüsse ... ängstliches Wimmern ... Ich begann im Bett zu zittern.

»Verdammt, Simon, ich hatte Angst. Wahnsinnige Angst!«

Simon grunzte aus Mitgefühl, nicht aus Mitleid. Wir alle hatten schon Angst gehabt. Manchmal. Oft. Immer. Aber man muß den Schein wahren und so tun, als lebe man in einer anderen Gesellschaft. Für Simon brauchte ich die leere Maske nicht vor das schreckensbleiche Gesicht zu halten. Ein anderer unangenehmer Gedanke regte sich.

»Ich muß Virena anrufen. Sie ...«

»Das habe ich schon erledigt. Virena kommt ein wenig später, und ich habe in deinem Namen Blumen verbeten.«

»Was hast du gesagt?«

Wichtigere Antworten gab es nicht. Die Beziehung zwischen Virena und mir vertrug keine Todesrisiken mehr. Schließlich war ich ein verheirateter Mann, und sie hatte keine Lust, Witwe mit minderjähriger Tochter zu werden. Simon wußte, wie heikel das Thema zwischen uns war, wie oft ich ihr etwas verschwiegen hatte und wie oft sie nicht wußte, ob ich ihr etwas verschwieg. Sie sagte, sie hätte meinen Job und meine Freunde unter den Kollegen akzeptiert, aber ich war davon überzeugt, daß sie sich nichts sehnlicher wünschte, als daß ich zu einer anderen Futterkrippe wechselte. Natürlich hatte ich entsprechende Pläne geschmiedet, aber schnell gemerkt, daß meine Talente sehr bescheiden waren, wenn es über das hinausging, wozu ich ausgebildet worden war. Es war auch gar nicht daran zu denken, irgendwo eine andere Anstellung zu bekommen. Heutzutage ist es ja schon selten, daß Zwanzigjährige mit Bestnoten im Abgangszeugnis und spitzenmäßigen Examensergebnissen in Philosophie, Wirtschaft oder Jura sowie einer dreißigjährigen Unternehmenspraxis plus Weiterbildung an anerkannten Universitäten des Auslands andere Gelegenheitsjobs als die eines Tischabräumers bei McDonald's bekommen.

»Wir versuchen, in der Sache mit dem Auto deine Identität den Massenmedien gegenüber geheimzuhalten. Glücklicherweise war es ja ein Mietwagen, und die Zeugen haben die richtige Nummer nicht erkannt. Aus ermittlungstechnischen Gründen, wie wir es zu nennen pflegen, haben wir der Leihwagenfirma strengstes Stillschweigen auferlegt. Obwohl es da sicher jemanden gibt, der auf unser Verbot pfeift, wenn ihm eine Zeitung nur genug Geld bietet.«

»Journalisten hören doch den Polizeifunk ab und sind genauso schnell am Tatort wie wir.«

»Diesmal war der Streifenwagen auf alle Fälle schneller und hat die Nummernschilder abgenommen. Wir ermitteln, nicht die Presse. Der Mietwagen wurde unverzüglich zur Untersuchung in unsere Garage gebracht. Vielleicht können wir dich so lange heraushalten, bis du nicht mehr interessant bist.«

»Was weiß Virena?«

»Du warst ganz woanders, um einen Burschen zu schnappen. Irgendwo in Huddinge. Er stach dich mit einem Brotmesser in die Seite, es besteht aber keine Gefahr.«

Würde sie das glauben? Darauf hereinfallen? Oft wußte ich nicht, wann sie etwas wirklich glaubte und wann sie nur so tat. Sicher wußte sie bedeutend mehr über die gefährlichen Situationen, in die ich geriet, als ich ahnte, aber sie diskutierte nicht mit mir darüber. Ich mußte es auf Simons Geschichte von den schrecklichen Hooligans von Huddinge ankommen lassen.

»Und die Frau ...«

»Mach dir jetzt keine Gedanken darüber, Rolle. Sie wird gerade obduziert. Das, was von ihr übrig ist. Der Bericht kommt morgen früh.«

Was von ihr übrig war! Aus irgendeinem unbegreiflichen Grund, den vielleicht nur der große Kartengeber kannte, erwähnte Simon nichts von der Obduktion des alten Rolle beziehungsweise was von ihm übrig war. Falls es den großen Kartengeber gab. Sune kam herein, setzte sich wieder und glotzte mich durch seine unnatürlich vergrößernde Brille an. Er roch nach frischem Zigarettenrauch und sah beleidigt aus, als könnte ich etwas dafür, daß der Stuhl so hart war.

»Sei so gut und gib uns einen Bericht. Was hast du beobachtet? Was sagte die Frau? Woran kannst du dich überhaupt erinnern?«

Ich schaute zu Simon, der die Schultern zuckte und murmelte:

»Du weißt ja, daß du berichten mußt. Ich dachte, es wäre am besten, wenn sich die Gruppe darum kümmert.«

Er erhob sich.

»Ich laß euch jetzt allein. Heute abend bin ich zu Hause, wenn du mich brauchst.«

Ein Gruß, dann war ich mit Sune allein. Sehr kurzgefaßt, aber aus meiner Sicht umfassend, beantwortete ich seine Fragen. Dann stellte er zehn neue. Ich war weder in Stimmung noch in der Laune noch in der Lage, ihm in anderen Worten noch einmal zu wiederholen, was ich bereits gesagt hatte. Der Brillenblick ruhte so mißtrauisch auf mir, als vermutete er, ich sei eine gespaltene Persönlichkeit und als meine eigene Kopie aus dem Kleinbus gesprungen, um die Frau und mich selbst zu erschießen. Er redete und redete und wurde mir so lästig wie eine Warze; wenn ich ihn durch erprobte Methoden des Aberglaubens hätte loswerden können, wäre ich gern um Mitternacht mit einer Speckschwarte in der Hand und Beschwörungen murmelnd rückwärts um einen Baum gerannt. Schließlich zog ich mir die Decke über den Kopf und stöhnte:

»Tschüs, Sune Bengtsson. Adieu, Sune Bengtsson. Good-bye, Sune Bengtsson. Wenn ich wieder hervorgucke, bist du verschwunden, und zwar endgültig. Draußen auf dem Flur wartet eine Zigarette auf dich.«

»Hör mal, wann ich gehe, bestimme ich ...«

»Ich hör nichts. Tut mir leid, aber die Decke verschluckt alle Geräusche. Gute Nacht, Herr Doktor Bengtsson.«

Nach einer Weile vernahm ich den gesegneten Laut eines Stuhles, der weggeschoben wird; beleidigte Schritte entfernten sich, dann wurde die Tür wütend zugeknallt. Ich zog die Decke vom Gesicht und atmete aus. Warum war ich so durchgeschwitzt? Ich kam mir vor wie ein nicht ausgewrungener Waschlappen.

Krankenschwestern, freundliche Worte, Zurechtrücken des Kopfkissens, gesundes Essen, das ich brav hinunterschlang, eine Tasse Tee plus trockenen aber immerhin Kuchen, irgendwelche Pillen, die ich gehorsam schluckte, aufmunterndes Lächeln, das ich nach Kräften erwiderte, und dann war ich wieder allein. Ich setzte die Kopfhörer auf und schaltete die Nachrichten ein. Daß meine Hände so zitterten! Merkwürdig.

Der Überfall dominierte natürlich die Sendung, und ich lauschte, als ginge es gar nicht um mich. Offensichtlich waren den Journalisten nicht besonders viele Fakten bekannt, aber sie machten das Beste aus dem Material. Zwei maskierte Männer in einem

VW-Kleintransporter hatten einen Pkw, in dem sich zwei Insassen befanden, angegriffen und eine Person erschossen. Die andere war schwer verletzt in ein Krankenhaus gebracht worden. Die Verletzungen seien jedoch nicht lebensgefährlich. Man hatte den Transporter gefunden und identifiziert, er war am selben Tag gestohlen worden. Ein älterer Mann, der in der Nähe wohnte, war getötet worden, als er versuchte einzugreifen.

Kommissar Nord wurde interviewt, hatte jedoch wie gewöhnlich nichts zu sagen. Die Ermittlungen laufen, war seine knappe Antwort. Ein Verbrechensspezialist äußerte sich, er würde sich nicht wundern, wenn es dabei um Drogen gegangen sei. Erschütterte Zeugen berichteten, was sie gesehen hatten. Die Beobachtungen wichen beträchtlich voneinander ab, aber eine Frau brachte es auf den Punkt, als sie mit gebrochener Stimme sagte: »Es war schrecklich! Die reinste Hinrichtung. In unserem kleinen Land!« Ich schaltete aus und wischte mir mit dem Handrücken den Schweiß von der Stirn.

Kurz vor halb acht kam Virena und hatte, wie befohlen, keine Blumen bei sich. Ein wenig kühl und, wie es manchmal schien, unnahbar, aber ich wußte ja, daß sie nicht kühl war, und auch das Unnahbare ...

»Ich hatte Schwierigkeiten, in so kurzer Zeit jemanden zu finden, der auf Elin aufpaßt.«

»Fein, daß du gekommen bist. Wie erging es Elin heute im Kindergarten?«

»Gut natürlich. Aber es ist ihr letztes Jahr dort, und da meint sie, daß die anderen ziemlich kindisch seien.«

»Na, Hauptsache, es gefällt ihr.«

Leichte Konversation, ein wenig alltägliches Geplauder beim Abendkaffee zwischen den Fernsehprogrammen. Ich schraubte mich hoch und versuchte auszusehen, als säße ich wirklich daheim auf dem Sofa. Sie beugte sich über mich und gab mir einen Kuß, und es war nicht nur die Konversation, die so leicht war.

»Und du warst in Huddinge?«

»Mm. Hatte einen Hinweis bekommen auf einen, den wir suchen. Und du weißt ja, wie das ist in Huddinge. Dorthin hauen sie ja immer ab.«

»Allein?«

»Ja, er war allein. In Huddinge sind sie immer allein.«

»Ich meine dich. Müßt ihr nicht immer zu zweit sein, wenn ihr jemanden verhaften sollt?«

»Ja, natürlich. Sicher. Normalerweise. Das war aber eine ganz ungefährliche Sache. Dann lief es allerdings schief. Ich traf auf den falschen Burschen. Du weißt ja, wie das ist in Huddinge. Niemand hält sich da auf, wo er eigentlich sollte.«

»Und dann griff er dich mit einem Bajonett an?«

»Nein, nein, es war ein ganz gewöhnliches Brotmesser. In Huddinge haben sie nur solche. Ein Bajonett haben sie dort noch nicht mal auf Postkarten gesehen.«

Schaute sie nicht ein wenig seltsam? Diesen Blick kannte ich nicht. Mir schien, er hatte etwas von Sune.

»Du warst dem Tod sehr nahe, aber das scheint dich gar nicht zu berühren, Roland.«

»Überhaupt nicht. Der war doch voll wie eine Strandhaubitze. Du weißt ja, wie besoffen die in Huddinge manchmal sind. Er fuchtelte mit dem Messer herum und konnte es kaum halten. Keine Kunst, ihn zu entwaffnen.«

»Mit einem Stich nahe am Herzen?«

»Eine kleine Fleischwunde, die entstand, als ich ihm den Arm umdrehte. Vollkommen ungefährlich. Reines Pech. Hätte jedem passieren können.«

Sie lehnte sich auf dem Stuhl zurück, und ich wünschte fieberhaft, sie möge es bei zwanzig Fragen bewenden lassen und zu wesentlicheren Themen übergehen, zum Beispiel, wie wir am folgenden Abend meine Entlassung feiern könnten, mit Moselwein und Kerzen und Krustentieren und Romantik, aber offenbar gingen ihre Gedanken nicht in diese Richtung.

»Und wie geht es dir?« fragte ich in vielleicht zu munterem Ton, und auch mein Grinsen war wohl etwas übertrieben. »Du warst doch heute früh etwas verschnupft.«

»Hast du gehört, daß heute um die Mittagszeit auf Kungsholmen, ganz in unserer Nähe, mehrere Menschen getötet wurden?«

»Ja, sie sprachen im Radio darüber. Schrecklich. Und auch noch bei uns auf Kungsholmen. Tja, wir sollten vielleicht nach Huddinge ziehen. Dort geht es bedeutend ruhiger zu.«

»Ich kam in einem Taxi her, und der Fahrer hatte das Radio an. In den letzten Meldungen hieß es, daß eine Frau in einem Auto erschossen wurde und daß sie in Begleitung eines Polizisten war. Hast du das auch gehört?«

»Keine Silbe. Simon war vorhin hier, aber er wußte auch nichts. Hat man einen Streifenwagen überfallen?«

»Was weiß ich?«

Ich nickte, als hätte sie einen besonders klugen Gedanken geäußert.

»Tja, was weiß man schon? Möglich ist alles.«

»Genau.«

»Ich meine ... bis man volle Klarheit über den Verlauf hat, kann man nur raten. Ich glaube, was sie im Radio gesagt haben, war richtig: daß es um eine interne Abrechnung ging. Wenn ein Polizist dabei war, dann vielleicht einer, der entlassen worden ist, weil er sich etwas hat zuschulden kommen lassen.«

»Ach ja?«

»So was kommt vor. Nicht im friedlichen Huddinge, aber in anderen Stadtteilen. Sagten sie nicht, der Bursche sei ernsthaft verletzt?«

»Nicht in der letzten Nachrichtensendung.«

»Aber in der davor. Schlimm, schlimm. Bloß gut, daß ich in Huddinge war und nicht in der Fridhemsgatan. Hoffen wir, daß er noch einmal davonkommt.«

Virena schwieg eine ganze Weile, und diese Pause angemessen zu nennen, wäre die zweite Untertreibung des Jahres gewesen. Sah ich unwissend genug aus? Wirkte mein kleines Lächeln vielleicht zu blöd? Schließlich sagte sie leise:

»Das wollen wir wirklich hoffen.«

Wieder ein langes Schweigen, und zu meiner ungeheuren Erleichterung beobachtete ich, wie das, was an Sune erinnerte, langsam aus ihrem Blick wich, bis ich wieder meine Virena vor mir hatte. Sie lächelte, und es war Wärme darin. Sie strich mir über die Stirn und sagte weich:

»Halte dich in Zukunft nur von Huddinge fern. Und von der Fridhemsgatan.«

Später kam die Nachtschwester und fragte, ob ich eine Schlaftablette haben wolle. Wollte ich? Ich hatte genug Medikamente bekommen, und Virena hatte mir gegeben, was meine inneren Organe brauchten. Bloß nicht von mehr abhängig werden. Ich schloß die Augen. Sofort stürmten die Männer auf mich zu, den Tod in der Hand, die Frau klammerte sich an mich, ihr Körper wurde von Kugeln zerfetzt ...

»Gib mir eine Superpille, von der man in weniger als einer Sekunde einschläft!«

Simon holte mich kurz nach Mittag ab, als ich gerade wieder eine ordentliche Mahlzeit verdrückt hatte. Ich fragte mich, was wohl die Klinikökonomen zu den Portionen sagen mochten, die in dieser Küche ausgeteilt wurden, aber vielleicht waren die ja an dem Tag gerade krank. Ich hatte elf Stunden hintereinander schlafen können, fühlte mich aber keineswegs ausgeruht. Der Kopf schien aus Zement zu bestehen, auf meinen Schultern lasteten Feldsteine, und in den Knien hatte ich Blei. Natürlich erklärte ich Simon, es sei alles in Ordnung, denn das sollte ich sagen, das erwartete er von mir, das sagt man eben so, auch wenn man den Sargdeckel schon knarren hört.

»In einer halben Stunde haben wir eine Besprechung in meinem Zimmer. Und heute abend essen wir bei uns. Virena weiß Bescheid. Pavlov und Galina kommen auch. Denk an die Kleiderordnung. Weißer Smoking und so weiter.«

Das war gut. Weniger gut war, daß Simon auf einen Wagen ohne Chauffeur zusteuerte.

»Willst du selbst fahren?« fragte ich ängstlich.

»Na klar. Steig ein.«

An dem Tag, als sich der schlechteste Autofahrer der Welt totfuhr, hatte Simon dessen Ehrentitel übernommen. Als ich mich vorsichtig neben ihn setzte, überkam mich sogar eine Sehnsucht nach dem friedlichen, gefahrlosen Krankenzimmer. Simon quasselte während der Fahrt ununterbrochen, und ich antwortete ihm mit heiseren Grunzlauten, ohne überhaupt auf seine Fragen zu achten. Simon war der Meinung, gut zu fahren. Für ihn war das Knirschen im Getriebe ganz normal, und er fand es auch nicht schlimm, wenn er mal den falschen Gang erwischte. Rechtsverkehr galt für ihn nur manchmal. Natürlich kann man an dem vorausfahrenden Fahrzeug wie an einer frisch angeleckten Briefmarke kleben. Man muß auch nicht unbedingt in den Rückspiegel sehen oder gar blinken, wenn man die Fahrspur wechselt. Und wenn man zickzack fährt, deutet man damit nur an, daß man beide Richtungen beherrscht. Gefühlvoll zu bremsen ist nur etwas für Weichlinge, ein Kerl mit Haaren auf der Brust geht in jedem Fall voll auf die Klötze, bis die Reifen quietschen.

Trotz allem erreichten wir unser Ziel, ohne daß ihm der Führerschein entzogen wurde. Wie er den einmal erworben hat, ist mir von jeher unbegreiflich gewesen. Ich wankte in mein Büro und versuchte, meine Nerven wieder unter Kontrolle zu bekommen. Auf dem Tisch lag eine Zeitung, *Dagens Nyheter*. Fast die ganze Titelseite galt dem Überfall. Schnell drehte ich die Zeitung um und studierte das Wetter. Aha, Regen in Malaga, das war ja interessant.

Ich telefonierte kurz mit einer jobgestreßten Virena und trabte dann in das geräumige Zimmer, das Simon als Kommissar beanspruchen konnte. Die anderen saßen bereits da und warteten, und als ich eintrat, begann Myrna Clavebo spontan zu applaudieren.

»Gratuliere, Junge!« rief sie. »Prima!«

Myrna war das jüngste Mitglied unserer kleinen Fahndungsgruppe, und sie gehörte dazu, weil Simon, wie er offen zugab, etwas Hübsches dabeihaben wollte. Und hübsch war sie wirklich, ein dunkler italienischer Typ, obwohl sie in Söder geboren war. Aber sie war mehr, nämlich eine gute Fahnderin mit gesundem Menschenverstand. Einige Illusionen hatte sie klugerweise verloren, sich allerdings dummerweise ein paar neue zugelegt.

Sune sah wie immer mißvergnügt aus. Zusammengekrümmt, in eine Rauchwolke gehüllt, reaktionär in jeder Beziehung, war er eine einsame Figur ohne Bedürfnis nach menschlichem Kontakt. Niemand konnte jedoch leugnen, daß er einer der fähigsten Spezialisten war, wenn es um Ermittlungen am Tatort ging. Mir fiel es immer schwerer, mit ihm zusammenzuarbeiten, auch wenn ich die unvermeidbaren gemeinsamen Aufträge mit alter Routine erledigte.

Pelle Pettersson, spontan, intensiv und dynamisch, rebellisch, mit starkem Mitgefühl für die Außenseiter der Gesellschaft, rothaarig mit grauen Strähnen, war verheiratet mit Gullan, die am liebsten rund um die Uhr bei ihm gewesen wäre. Rolf Öhman, unser Mann im Innendienst, hatte etwas Genialisches. Er verfügte über ein Kontaktnetz und eine Datenbank, die er sich neben den offiziellen Kanälen geschaffen hatte. Seine Tüchtigkeit hatte mich immer auf die Palme gebracht, weil ich ihm dadurch ununterbrochen Dank schuldete. Mein ironisches Kriegsbeil war jedoch begraben worden, seit er mir aus seiner Erfahrung als Vater Tips gegeben hatte, was in bezug auf Elins Pseudokrupp zu tun war.

Simon las das oberste Blatt auf einem Stapel von Papieren, der zwischen Akten, Schnellheftern und Notizzetteln auf dem Tisch lag. Was er an seinem Job als Kommissar am meisten haßte, waren die Tonnen von Papier, die an ihn geschickt wurden. Er legte das Blatt wieder hin und sah uns ernst an.

»Tja, Leute, wenn ihr Rätsel gut findet, dann habe ich jetzt eines für euch!«

3. Kapitel

»Das Obduktionsprotokoll ist nicht vollständig, die Angaben des Gerichtsodontologen fehlen noch. Ich konzentriere mich auf das Wesentliche. Frau, hundertvierundsechzig Zentimeter groß, dreiundsechzig Kilo schwer. Etwa fünfundzwanzig Jahre, vielleicht etwas älter. Daß sie an Schüssen gestorben ist, wißt ihr. Ihr Mageninhalt verrät uns, daß ihre letzte Mahlzeit aus gebratener Fleischwurst und Bratkartoffeln bestand.«

Unbewußt zog er ein zufriedenes Gesicht; das war Hausmannskost, ganz nach seinem Geschmack. Er mochte die klinische Ausdrucksweise der Gerichtsmedizin nicht, sondern übersetzte sie in seine eigene Sprache.

»Ah ja, das ist für uns nicht interessant ... das auch nicht ... aber das hier: Ihr Körper wies keinerlei Operationsnarben auf, dafür aber blaue Flecken, Schwellungen, Blutergüsse, Knochenverletzungen sowie verheilte und halbverheilte Wunden in Hülle und Fülle.«

»Kajan hatte sie ja in der Mangel gehabt«, fiel ich ein.

»Ja. Sie muß aber bereits früher mehrfach mißhandelt worden sein. Sie hatte sogar Brandwunden, die ihr offenbar mit einer Zigarette beigebracht wurden. Das deutet auf eine Mißhandlung hin, die nicht spontan, sondern überlegt erfolgte.«

Myrnas Stirn bewölkte sich. Sobald von Verbrechen an Frauen die Rede war, entwickelte sie schwesterliches Mitgefühl.

»Ihr Haar war mittelbraun gefärbt. Eigentlich war es schwarz. Die Augenbrauen waren gezupft und nachgezogen. Ihre Gesichtshaut war nicht sehr gesund und von einer dicken Puderschicht bedeckt.«

Er beendete die Information über die physische Obduktion und griff sich ein anderes Blatt.

»Die Kleidung stammt von hier und ist Massenware, wie sie in billigen Boutiquen verkauft wird. Die Schuhe ebenso.«

»Zu mehr reicht es ja heutzutage nicht mehr«, murmelte Myrna.

»Sie trug keinerlei Schmuck, auch keinen Ehe- oder Verlobungsring. Man hat auch keine entsprechenden Abdrücke an den Fingern finden können. Sehen wir mal weiter ... nein, das interessiert uns nicht. Mhm, mhm, ah ja, die Handtasche. Die ist aus imitiertem schwarzem Leder, mit anderen Worten, echt Plastik. Darin befanden sich folgende Gegenstände: dreihundertsechzig Kronen in Scheinen, mit einer Büroklammer zusammengesteckt, dazu achtzehn Kronen und fünfzig Ore lose in der Tasche. Ein kleineres Stofftäschchen mit verschiedenen Schminkutensilien auf Warenhausniveau. Ein Plastikkamm, ein runder Handspiegel. Ein Päckchen Papiertaschentücher, also zehn Stück. Ein einfacher Ring mit zwei Schlüsseln, beide ziemlich abgenutzt. Ein sechs mal sechs Zentimeter großes Stück grauweißes, dickes Papier mit der kindlichen Zeichnung eines älteren Mannes, auf der Rückseite fünf ungeordnete Ziffern in runder, mädchenhafter Schrift. Hier seht ihr die Zeichnung.«

Er legte eine vergrößerte Fotokopie auf den Tisch, und wir schauten auf eine Bleistiftzeichnung, die Elin vermutlich ebenso gut hingekriegt hätte. Andererseits war meine Tochter natürlich überdurchschnittlich begabt. Ein Mann war da abgebildet, mit einem, wie es schien, ausgemergelten Gesicht, langen Haaren, langem Bart und irgendwie brennenden Augen.

»Erkennt jemand den Alten?« fragte Simon.

Alle schüttelten wir den Kopf.

»Auch sonst bisher Fehlanzeige«, informierte uns Simon. »Aber das Bild ist überall verteilt worden. So, meine Dame und meine Herren, wer ist nun dieses Mädchen? Wie heißt sie? Wo wohnt sie? Woher kommt sie?«

Keiner von uns hatte einen Vorschlag.

»Ja, eben. Sie ist völlig anonym, ein wahres Rätsel.«

Er sah, daß Sune nach seiner Zigarettenpackung langte und die zerbissene Spitze in den Mundwinkel steckte. Einem Einwurf von Pelle zuvorkommend, ordnete er an:

»Rauchpause im Flur. Zehn Minuten.«

Sune verstand den Wink und verließ den Raum. Wir anderen glotzten weiter auf das Bild, ohne daß uns eine Erleuchtung kam. Myrna folgte den Linien der Zeichnung mit dem kleinen Finger.

»Ob das der Vater des Mädchens ist?«

»Warum hat sie dann kein Foto von ihm?« wandte Öhman ein.

»Ich habe eine Idee«, verkündete Pelle.

Um überschüssige Energien abzubauen, wanderte er mit großen Schritten im Zimmer umher und legte uns seine Theorie dar. Zwei Minuten still zu sein, war für ihn eine Tortur.

»Wenn sie etwa fünfundzwanzig Jahre alt war, kann sie ja ein Kind gehabt haben. Eine Tochter zum Beispiel. Und die Tochter hat den Papa gezeichnet oder einen Opa. Mütter finden ja gut, was ihre Kinder so kritzeln, und heben die Bilder auf, als hätte Rembrandt sie gemalt.«

Myrna und ich nickten; wir hatten beide ein Kind. Auch Simon nickte, er zog daheim eine fast komplette Fußballmannschaft groß. In meinem Büro hingen vier sagenhafte Zeichnungen von Elin, und ich wußte, daß Myrna ihre Wand mit einem Meisterwerk geschmückt hatte, das entweder einen See mit einem Boot oder eine Wiese mit einer Kuh zeigte.

Sune kam wieder herein, und wie symbolisch öffnete Simon das Fenster und atmete die warme Frühlingsluft ein. Zwanzig Minuten vor zwei war es, der Himmel knallblau und eine junge, unbekannte Frau ermordet.

»Die wichtigste Frage ist: Warum war sie so wichtig, daß ein paar Männer einen Transporter stehlen, sich maskieren und sie dann auf offener Straße niederschießen«, fuhr Simon fort. »Das Risiko ist beträchtlich, daß so eine Aktion schiefläuft. Ein älterer Mann geht auf sie los. Ohne zu zögern, knallen sie auch ihn ab. Das kann bedeuten, daß wir es mit Vollprofis zu tun haben, die auf Nummer Sicher gehen wollen; es könnte sich aber auch um Amateure handeln, die einfach in Panik gerieten. Was also war so besonders an ihr, daß sie so offen und riskant Gewalt anwendeten?«

Er schaute mich an, und ich rief:

»Zu mir hat sie kein Wort gesagt! Sie hat nicht einmal gehustet. Kurz bevor sie starb, schrie sie, aber vor Angst.«

Daß auch ich vor Schreck gebrüllt hatte, ging außer mir niemanden etwas an.

»Einer kann uns helfen, das Rätsel zu lösen. Wenn er will. Kajan Lilja. Hier werden wir natürlich ansetzen.«

Die gesamte operative Abteilung der zentralen Fahndung besteht aus Gruppen von zirka sechs Personen, die jeweils von einem Kriminalinspektor geleitet werden. Lediglich Simon hatte den Rang eines Kommissars und nahm damit an den Konferenzen der obersten Führungsriege teil. Deshalb waren wir oft besser informiert als die anderen; nicht so sehr, was die Basisfakten, sondern mehr, was Details und Stimmungen anging. Täglich Viertel nach acht in der Frühe wurde in der Zentrale das sogenannte Morgengebet abgehalten, wo die Abteilungsleiter und anderen Chefs die nächtlichen Verbrechen durchgingen, damit jeder über besondere Vorkommnisse und die Entwicklung insgesamt auf dem laufenden war. Man tauschte Erfahrungen aus und bereitete die Zusammenarbeit zwischen den Abteilungen vor. Simon hatte wegen seiner Bildungslaufbahn – er hatte sich hochgedient und verfügte über keinen akademischen Abschluß – keine Komplexe. Er hatte überhaupt keine Komplexe.

»Kajan Lilja ist im doppelten Sinne eine Schlüsselperson«, erklärte Simon weiter. »Im dreifachen sogar, wenn man an die Schlüssel der toten Frau denkt, zu denen es irgendwo Schlösser geben muß. Durch Kajan erfahren wir, wer die Frau war und warum ein paar desperate Personen sie töten wollten. Wir werden ihn schon dazu bringen, uns seine Geheimnisse zu verraten. Wir versuchen es jedenfalls. Der Mann, der erschossen wurde, als er eingreifen wollte, war verheiratet. Seine Witwe ist heute bei Kommissar Nord gewesen.«

Leise fügte er hinzu:

»Ich war dabei und hätte nie geglaubt, daß ein Mensch so weinen kann. Wie hieß er denn gleich noch mal, Rolf?«

Öhman las von einem Zettel ab:

»Adrian Mansson. Er war zweiundsiebzig Jahre alt. Pensionierter Geschäftsführer einer Großhandelsfirma in der Lebensmittelbranche, wo er mit fünfzehn als Laufbursche begonnen hatte. Er war mit Vera, geborene Thulin, seit fast fünfzig Jahren verheiratet; in zwei Monaten hätten sie goldene Hochzeit feiern können. Sie hatten drei Kinder, wovon zwei bei einem Unfall ums Leben kamen; als sie dreizehn waren, stürzten sie beide zusammen in Norwegen in einem Touristenbus in eine Schlucht. Die verbliebene Tochter wohnt in Sydney.«

Simon nickte, verschränkte die Hände locker über dem gewaltigen Bauch und blieb eine Weile still sitzen. Auch wir schwiegen. Ein paar kurze Sätze hatten ein ganzes Leben umrissen.

»Eine treue Seele«, murmelte Simon nach einer Zeit. »Nach den Aussagen der Witwe war er die Pflichttreue selbst und haßte Ungerechtigkeiten. Wohl deshalb ist er mit seinem Stock auf Kerle losgegangen, die Knarren trugen, mit denen man Elefanten in kugelsicheren Westen erschießen kann. Sie erzählte, daß er unterwegs war, um nach einem Lokal für die Feier ihrer goldenen Hochzeit zu sehen. Teufel noch mal, wie blind das verdammte Schicksal doch sein kann. Mach weiter, Rolf. Was haben wir über diesen Kaj Lilja? Was der an Charakter aufweisen kann, paßt sicher auf den Kopf eines Nagels, und selbst dann hat man noch Platz für ein Kilo Schinken. Oder Gurke. Ääh!«

Polizisten sind keine Roboter. Wir sind genauso primitiv und von Gefühlen gesteuert wie alle anderen. Bei bestimmten Verbrechen wird man von dem nicht sehr heiligen Willen gepackt, bei der Ergreifung gerade dieses Täters einen Zahn zuzulegen, vor allem, wenn Kinder im Spiel sind. Daß wir uns im Falle eines Mannes, der zwei Monate vor seiner goldenen Hochzeit ermordet wurde, ganz besondere Mühe geben würden, war klar.

»Rolf, wenn du ... Mußt du schon wieder rauchen, Sune?«

Sune hatte sein Mundstück zwischen die Zähne gesteckt und antwortete kurz und bestimmt:

»Ich bin Raucher und rauche.«

»Dann tu es«, seufzte Simon. »Wenn es absolut nicht anders geht.«

Pelle riß die Fenster auf und wedelte den Rauch hinaus, aber Sune war nicht der Typ, sich von so demonstrativer Abscheu seinem Laster gegenüber beeindrucken zu lassen. Öhman speiste seinen Vortrag jetzt von einem anderen Blatt, an das eine Anzahl kopierter Dokumente geheftet war.

»Kaj Reinhart Lilja ist achtundvierzig Jahre alt und in Torshälla geboren, kam aber bereits mit drei Jahren nach Stockholm. Der Vater war Klempner, jedoch vorzeitig pensioniert, nachdem er sich bei einem Sturz vom Dach verletzt hatte. Schwer alkoholkrank und als Pflegefall eingestuft, lebte er noch bis vor ein paar Jahren, allerdings hochgradig senil. Tja, und dann hätten wir noch die Mama. Die nahm sich das Leben, als der Sohn achtzehn war. Keine Angaben, warum.«

Unbewußt verzogen sich seine Mundwinkel vor Unzufriedenheit. Fragezeichen in seinen Ausführungen konnte Öhman nicht ausstehen.

»In der Schule wurde er als nahezu bildungsunfähig angesehen. Im Zeichnen und im Sport war er recht gut, aber alle anderen Fächer interessierten ihn nicht. Er landete in einer Sonderklasse, jedoch war er inzwischen ein solcher Störenfried geworden, daß die Lehrer nicht mehr mit ihm klarkamen. Er begann, die Schule zu schwänzen und sich mit Jugendgangs herumzutreiben. Die

Schule verließ er im Prinzip ohne Abschluß. Diese Angaben stammen aus einer tiefgehenden Studie zu seiner Psyche, die erstellt wurde, als er dreißig war. Ach ja, in dieser Untersuchung konstatierte man, daß er große Lese- und Schreibschwierigkeiten hatte. Wortblind, wie man das früher nannte.«

»So nenne ich es immer noch«, warf Pelle ein. »Darum geht es ja auch. Kein Wunder, daß er mit der Schule nicht klarkam.«

Sune lächelte kalt und sarkastisch, verzichtete aber auf einen Kommentar.

»Sonst gibt es nur spärliche persönliche Angaben über ihn. Er ist nie verheiratet gewesen, hat aber einen vierzehnjährigen Sohn, der bei Pflegeeltern auf Gotland lebt. Die Mama verschwand vor elf Jahren, und keiner weiß wohin. Kajan hat die ganzen Jahre für den Sohn bezahlt; ob sie Kontakt zueinander hatten, weiß ich nicht. Gehen wir nun zu Liljas Meritenliste über. Die ist lang, ich werde mich auf das Wesentliche beschränken.«

Beruflich hatten sich Liljas und meine Wege oft gekreuzt. Ich hätte mir sehr gewünscht, daß es seltener vorgekommen wäre. Er war ein Mann, bei dem man nie sicher sein konnte, heimtückisch wie ein Krokodil. Er gab erst auf, wenn er absolut keine Chance mehr sah. Selbst wenn er sich ruhig verhielt, strahlte er Gefährlichkeit aus, und erst, wenn er hinter Gittern saß, konnte man sich den Schweiß von der Stirn wischen und in die nächste Kneipe feiern gehen.

»Die Strafe, der er sich durch Flucht entzog, hat er wegen Brandstiftung abzusitzen. Die Hälfte steht noch aus. Es war ein bewachter Hafturlaub, aber er schlug die Aufseher nieder und machte sich davon. Er ist wegen Totschlags und einmal wegen schwerer Körperverletzung mit tödlichem Ausgang verurteilt worden. Und noch dreimal wegen schwerer Körperverletzung. Plus viermal wegen Kuppelei.«

»Der Broterwerb der feigen Herren«, zischte Myrna feindselig.

»Den er verbrennen wollte und der ihn somit hinter Gitter gebracht hat, war ein anderer Zuhälter, der versucht hatte, ein paar von seinen Mädchen zu übernehmen. Ein Fall von Körperverletzung galt einem Mädchen, das er brutal zusammengeschlagen hat. Sie zog ihre Anzeige später zurück, aber das geht ja heutzutage nicht mehr, und so liefen die Ermittlungen weiter. Man wies ihm die Schuld nach und verurteilte ihn.«

In den schlimmen alten Zeiten war ausschließlich die Anzeige ausschlaggebend gewesen, und ich weiß nicht, wie viele arme Frauen ich getroffen habe, die aus Angst um ihr Leben eine Anzeige wegen Mißhandlung durch irgendeinen Kerl zurückzogen. Nein, es war ein Irrtum, nein, ich wollte ihm nur einen Denkzettel verpassen, nein, meine Verletzungen stammen von einem Sturz in meiner Wohnung, nein, das fast zugeschwollene Auge kommt nicht von einem Fausthieb, sondern weil ich gegen die Tür gelaufen bin. Und wir sahen den Schuldigen grinsen, während er vielleicht gerade beschloß, ihr noch eine Abreibung zu verpassen, weil er ja ihretwegen mit den verhaßten Bullen zu tun gehabt hatte.

»So liegt es nahe anzunehmen, daß das Mädchen, das in Rolles Wagen erschossen wurde, eine Prostituierte war. Was glaubst du?«

Das war ganz und gar nicht ausgeschlossen. Ein Umstand deutete ja definitiv darauf hin: Sie war von Kajan geschlagen worden, das schien ihr aber überhaupt nichts auszumachen. Ein Mädchen in diesem Gewerbe, wenn sie eine Weile dabei ist, verliert das Gefühl für den eigenen Wert und nimmt Tritte und Schläge mit einer Ergebenheit entgegen, die daher rührt, daß sie im Innersten glaubt, diese verdient zu haben. Die Mädchen wissen, daß man sie verachtet, und sie verlieren ihren Stolz. Sie sind Spucknäpfe, und ihre Aufgabe ist es, Erniedrigungen und Gewalt hinzunehmen. Wenn man versucht, so ein Mädchen wieder sozial zu integrieren, besteht die schwerste Aufgabe darin, ihr ihr Selbstwertgefühl wiederzugeben. Ohne dieses kann sie niemals zu einem normalen Leben zurückfinden und begreifen, daß man sich nicht von Krethi und Plethi verprügeln lassen muß. Der Job auf der Straße verschleißt die Mädchen sehr schnell, deshalb hatte ich sie älter geschätzt.

»Ja, das klingt einleuchtend.«

Simon nickte und legte die Fingerspitzen aufeinander. Sune drückte seine Zigarette aus, und Pelle wedelte angestrengt den letzten blauen Dunst aus dem Zimmer. Auf seine alten Tage hatte er eine Allergie bekommen, eine gewisse Konzentration von Tabakrauch in der Luft verursachte ihm rote Flecken im Gesicht. Sune hatte dafür natürlich kein Verständnis. Wenn man Rauch nicht vertragen konnte, sollte man eben den Raum verlassen, meinte er. Das war aber nur einer der ständigen Streitpunkte zwischen ihnen. Pelle weigerte sich kategorisch, mit Sune zusammenzuarbeiten, und wenn es sich gar nicht vermeiden ließ, zog er ein Gesicht, als wolle man ihn zur Guillotine führen.

»Das Mädchen muß etwas sehr Wichtiges über die Zuhälterbranche gewußt haben«, dachte Simon laut nach. »Es kann um einen neuen internen Krieg gehen, und den wollen wir nicht haben. Also herein mit Kajan Lilja und heraus mit der Sprache.«

Die Prostitution in der Großstadt hat viele Gesichter. Ganz unten gibt es die völlig ausgepowerten, durch Drogen zerstörten und oft HIV-Positiven. Man glaubt es kaum, aber selbst die finden noch Kunden. Im Gegensatz dazu stehen die Luxusprostituierten mit ihren eleganten Wohnungen, wo sie ausgewählte Kunden mit dicken Brieftaschen empfangen. Das ist ein sehr sicheres Geschäft, weil dabei keiner ein Interesse an Öffentlichkeit hat. Zwischen diesen beiden Polen gibt es alle Sorten. Schulmädchen, die meinen, es sei spannend und außerdem verdiene man mehr Geld, als man ausgeben kann, wobei sie das Verschwenden dann meist sehr schnell lernen. Hausfrauen, die mal schnell eine Runde drehen, damit sie sich den Hut kaufen können, für den der liebe Gatte das Geld nicht herausrücken will. Neuerdings auch Frauen, die mit Einverständnis ihres Mannes auf die Straße gehen, weil die Familie sonst die Miete nicht bezahlen kann. Besser das, als vom Vermieter, der keinen Aufschub mehr akzeptieren will, auf die Straße gesetzt zu werden. Eigentümlicherweise wird dieser Ausweg als weniger erniedrigend empfunden als das Betteln um Mietzuschuß auf dem Sozialamt – »auf alle Fälle sind wir der Gesellschaft nicht zur Last gefallen«.

Dann haben wir die große Armee der Prostituierten, die im Stall eines Zuhälters stehen. Sie sind aus verschiedenen Gründen an ihn gebunden; er versorgt sie vielleicht mit Drogen, schafft Kunden heran, stellt Räumlichkeiten zur Verfügung, hat sie aus irgendwelchen Gründen in der Hand oder bis zur Unterwerfung eingeschüchtert, was die übliche Variante ist. Gehorche, sonst schneiden wir dich in Streifen, so kann die Bedingung lauten. Und die Mädchen wissen, daß das die Wahrheit ist, denn der Zuhälter zögert nicht, deutliche Exempel zu statuieren.

Die Branche ist enorm profitabel, solange gewisse Männer so sind, wie sie sind, und so werden sie sein bis zum jüngsten Gericht. Im Laufe der Jahre hat es, wie Simon bereits andeutete, immer wieder offenen Krieg zwischen verschiedenen Gruppen gegeben, die jeweils das Geschäft übernehmen wollten. Einmal waren es die gut organisierten Südostasiaten, die die Macht an sich rissen, bis es uns gelang, den inneren Kern zu sprengen. Dann kamen die Bulgaren, aber bald meldete sich eine neue, straff organisierte südostasiatische Gang zurück. Ein kombiniertes schwedisch-finnisches Unternehmen drängte sich dazwischen und schlug nach allen Seiten aus. Wie die aktuelle Situation war, wußte ich nicht, aber die armen Mädchen waren wohl nur zu gut im Bilde.

»Wir haben eine Reihe von Damen ausfindig gemacht, die für Kajan gearbeitet hat, derzeit oder früher«, verkündete Simon. »Was wir erfahren wollen, ist, ob sie einen Unterschlupf kennen, der uns unbekannt ist. Rolf hat eine Liste vorbereitet. Ein paar Besuche schafft ihr heute noch. Erkundigt euch auch, ob jemand das Mädchen wiedererkennt.«

Wir erhielten die Listen und ein Foto von ihr. Es war bemerkenswert, wie lebendig es wirkte; der Fotograf hatte ganze Arbeit geleistet. Die Augen waren geöffnet, und die Lippen wirkten, als wollte sie uns sagen: Wartet nur einen Augenblick, dann werdet ihr das Geheimnis erfahren.

»Rolle, mit dir würde ich gern noch kurz reden.«

Die anderen gingen, und Simon schaute mich forschend an.

»Geht's gut?« fragte er auf deutsch.

»Gewaltig gut. Ist mir nie guter gegangen.«

»Stimmt das auch?«

»Seit wann bin ich dafür bekannt, die Wahrheit zu sagen?«

»Du gehst mit Myrna. Sie wartet in ihrem Zimmer auf dich. Falls du dich pythonmäßig fühlst, begib dich nach Hause und leiste keinen Widerstand, wenn dir die Augen zufallen. Wenn dir danach ist, erwarten wir dich, wie gesagt, um acht zum Abendessen.«

Ich quälte mir ein Lächeln ab, versicherte, daß ich mich darauf freuen würde, und ging zu Myrna. Pythonmäßig? Die Pythonschlange, die sich so fühlte wie ich, würde sich unverzüglich zum Winterschlaf niederlegen und den Schöpfer der Tiere verfluchen, der sie zum Reptil gemacht hat. Es war kurz vor drei, und ich hätte ohne weiteres nach Hause gehen und die Jalousien im Schlafzimmer herunterlassen können. Aber es war nun mal meine Art, lieber an einem Seil auf das Dach des Polizeigebäudes zu klettern als meine Schwäche zuzugeben. Da die ganze Kripo bis zum letzten Wachtmeister wußte, daß ich derzeit ein physisch kränkelndes Exemplar darstellte, war es für mich wichtiger denn je zu beweisen, daß der Wikinger in mir immer noch zum Berserker werden konnte.

Myrna hatte wie ich ein kleines Büro. Früher hatte ich mein Zimmer mit Sune geteilt, aber das war nur eine kurze Zeit gut gegangen. Ruda hatte seinerzeit volles Verständnis für meine Auffassung gehabt, daß ich dabei war, in einen Bückling verwandelt zu werden, und eine andere Lösung gefunden. Die Büros der Fahnder sind klein und spartanisch, weil man davon ausgeht, daß wir unsere bezahlte Arbeitszeit auf der Straße verbringen. Sie telefonierte gerade und gab mir durch Zeichen zu verstehen, ich möge draußen warten und die Tür zumachen. Ihr freches Lächeln ließ mich kapieren, daß es in dem Gespräch nicht um unseren gemeinsamen Job ging. Als sie dann auf den Flur trat, strahlten ihre Augen immer noch.

»Hasse ist manchmal verrückt«, teilte sie mir mit.

»Du scheinst nichts dagegen zu haben.«

»Stimmt. Ich widerspreche ihm nur, wenn er mir zu schlau wird. Welchen Wagen nehmen wir? Ach ja, natürlich meinen. Der steht in der Garage.«

Sie hatte einen Volvo vom guten alten Schlag, keine Braut, mit der man einen Bummel machen würde, sondern ein Fahrzeug, so robust und prachtvoll wie eine erfahrene Marktfrau, die eher den Geist aufgibt, als den Kunden im Stich zu lassen. Andererseits waren die Bummeljahre ja vorüber, auch wenn man sich einbildete, sie stünden noch bevor. Myrnas Vater war wie der meine Taxichauffeur gewesen, und so war sie mit Lenkrad in der Hand und Gaspedal unterm Fuß geboren worden. Wenn sie fuhr, konnte ich abschalten, was mir nie gelang, wenn ich Simons schweißtreibendem Fahrstil ausgesetzt war.

»Wir haben ein Mädchen in Mariehäll. Kann das was sein?«

»Mal sehen. Was wissen wir über sie?«

»Lies du, während ich fahre.«

Elegant glitt sie aus der Garagenausfahrt, die auf den Drottningholmsvägen mündete, und ich dachte daran, daß ich vor kurzem genau hier mit dem unbekannten, schweigsamen Mädchen vorbeigegangen war, das nur noch Stunden zu leben hatte.

»Anna-Maj Sturesson, 41 Jahre alt. Vor zwanzig Jahren war sie in einen Raub verwickelt und erhielt eine Bewährungsstrafe. Bereits damals gehörte sie zur Branche.«

Myrna zog eine mitleidige Grimasse.

»Zwanzig Jahre auf dem Strich. Daß sie überhaupt noch lebt. Was steht noch da?«

»Nicht mehr, als daß sie zu Kajans Stall gehörte, als er letztes Mal wegen Kuppelei verurteilt wurde.«

»Hat sie gegen ihn ausgesagt?«

»Nein, das taten andere. Sonst hätte sie sicher nicht mehr lange zu leben gehabt.«

Myrna und ich arbeiteten gut zusammen. Sie konnte mit Leuten umgehen, die mir gegenüber zu Salzsäulen wurden, und ich mochte ihre vitale, direkte Art. Sie verfügte über zwei Sprachen, den Söderslang aus ihren Kindheitstagen und die offizielle, gepflegtere Ausdrucksweise.

»Was machst du im Urlaub?« erkundigte sie sich.

»Wieder auf die Schären. Wir mieten in Grisslehamn dasselbe Häuschen wie in den letzten zwei Jahren.«

»Ist das Wasser nicht sehr kalt, so weit oben im Norden?«

»In der zweiten Julihälfte und Anfang August ist es für gewöhnlich sehr angenehm. Elin muß man mit einem Lasso rausziehen, freiwillig kommt sie nicht.«

Ich lächelte bei der Erinnerung daran, wie Elin bereits am Dreikönigstag begonnen hatte, ihre kleine Tasche zu packen, um sicher zu sein, alles für Grisslehamn dabeizuhaben.

»Und du?«

»Du weißt ja, daß ich mir nicht so viel daraus mache, im Nassen herumzuplantschen. Hasse hat einen großen und gemütlichen Wohnwagen im Visier, den wir mieten könnten. Wir wollen ein bißchen in der Heimat herumkutschieren, den ganzen Juli, er und ich und Lillan.«

»Wird das eine Hochzeitsreise?«

Sie verdrehte die Augen und kreuzte zwei Finger.

»Wenn man nur trotzdem Bengtsson heißen dürfte! Obwohl man den Namen mit Sune teilen muß.«

Ihr einziges Trauma war ihr Name. Sie konnte es ihrem Vater nie verzeihen, daß er sie Myrna genannt hatte, nach dem Idol seiner Jugend, dem Filmstar Myrna Loy. Und den Familiennamen Clavebo hatten Papa und seine Brüder angenommen, weil sie den Dutzendnamen Carlsson satt hatten.

»Aber Hasse ist störrisch wie ein Esel. Den schleppt man höchstens zum Traualtar, wenn er besinnungslos betrunken ist.«

Es war ganz natürlich, daß wir über unsere Urlaubspläne plauderten, war doch bereits der Frühling so schön wie ein traumhafter Sommer. Wir fuhren den Drottningholmsvägen entlang über die zierliche Tranebergsbron, von der aus man Inseln im tiefblauen Wasser sehen konnte. So wurde man eindrucksvoll daran erinnert, daß Stockholm in den Schären liegt, auf Inseln ganz unterschiedlichen Charakters, durch die Geschichte geformt. Im früheren Stockholm waren die Inseln mehr oder weniger voneinander isoliert, und man hielt sich innerhalb der Hafengrenzen. So entstanden durch die wechselnden Bedingungen unterschiedliche Traditionen und Lebensweisen, die sich noch heute bemerkbar machen.

»Fahr nicht so schnell«, bat ich. »Ich will das Panorama ein wenig genießen.«

Sie widmete der Aussicht einen kurzen Seitenblick.

»Ja, ja. Hier läßt es sich aushalten, aber ich hab es nicht so gern, wenn mir hinten einer reinfährt.«

Wenig später näherten wir uns Mariehäll, und Myrna bat mich, die Adresse auf der Karte noch einmal zu überprüfen. Ich wies ihr den Weg, und so landeten wir in einer kleinen Seitenstraße, die von Häusern gesäumt wurde, die mehrheitlich schon bessere Tage gesehen hatten.

»Was, diese Bruchbude da? Sieht ja aus, als hätte sie die Masern.«

Der Vergleich traf durchaus zu. Der Putz des dreistöckigen Hauses war an vielen Stellen zerfressen, andererseits war die ganze Fassade von seltsamen roten Flecken bedeckt, die aussahen wie kleine Krater. Vielleicht hatte man beim Bau des Hauses eine neue Sorte Putz ausprobiert, die Stoffe enthielt, die dem Alterungsprozeß hartnäckig widerstanden. Lange danach war es einer Firma in Stockholm und anderen Orten in Schweden gelungen, Hausbesitzern einen Plastik-Fassadenputz anzudrehen, der angeblich bahnbrechend und vor allem amerikanisch sein sollte. Da der Anbieter Vertrauen zu erwecken und sich in gebildete Kreise einzuführen wußte, verkaufte er die Plastikfarbe tonnenweise, trotz der Warnungen erfahrener Architekten. Anfangs sahen die Fassaden sehr schick aus, aber Plastik kann nicht atmen; die Feuchtigkeit sammelte sich unter dem Anstrich,und bald platzte die Herrlichkeit ab und fiel in großen Fladen zur Erde. Der darunterliegende Putz war ebenfalls in Mitleidenschaft gezogen, so daß die Hauseigentümer viel Geld investieren mußten, um die Schäden auszubessern, soweit das überhaupt möglich war. Der Anbieter ahnte, woher der Wind wehte, und verkaufte das Unternehmen, kurz bevor sich die Katastrophe offenbarte. Der neue Inhaber stellte den Vertrieb des Produkts sehr schnell ein, und die Firma wurde aufgelöst. Niemand übernahm die Verantwortung, keiner wußte von etwas. Der Verkäufer hatte es geschafft, zu einer noch fetteren sozialen Butterdose hinaufzukrabbeln, und weigerte sich, für früher gegebene Garantien einzustehen. Er schwor sich einfach frei, denn er hatte es geschafft, Politiker zu werden.

Aber hier waren die Sünden bedeutend älter.

Der Eingang war aus nachgedunkeltem Holz, das Schloß hatte jemand mit einem Stemmeisen oder einem groben Meißel aufgebrochen; den Spuren nach zu urteilen, war dies aber schon eine ganze Weile her. Das war also eines der Häuser, um die sich niemand kümmerte, weder der Besitzer noch die Mieter. Einst hatte es im Eingangsbereich einen stummen Portier gegeben, aber der war zertrümmert, und nur einzelne weiße Plastikbuchstaben waren übriggeblieben. Es roch stark nach allem, was sich in Jahrzehnten, vielleicht einem Jahrhundert, in die Wände gefressen hatte, nach Bratendunst, Eintöpfen, Feuchtigkeit, Schmutz und anderem Undefinierbaren. Aber unsere Polizeinasen waren einiges gewohnt, und wir hatten wie immer schon Schlimmeres gesehen, gehört und gerochen.

In der zweiten Etage gab es zwei Türen. An der einen war ein Metallschild mit einem langen Firmennamen befestigt: Far East Import of Quality Goods; die lebten wahrscheinlich vom Versand wertloser Uhren. An der anderen klebte ein in Schönschrift beschriebener und sauber ausgeschnittener Zettel mit der Information: Hier wohnt Anna-Maj.

»Meine weibliche Intuition sagt mir, daß das hier die richtige Tür ist«, sagte Myrna leise.

»Genau diese analytischen Fähigkeiten bewundere ich an dir am meisten«, flüsterte ich zurück.

Ich drückte den Daumen auf die Klingel. Nichts zu hören, entweder war sie kaputt, oder die Batterie hatte den Geist aufgegeben. Ich versuchte es mit Klopfen. Keine Reaktion. Myrna griff nach dem Drehknauf, und plötzlich war die Tür offen. Wir waren ungebetene Gäste, aber wir traten trotzdem ein. Während wir uns in dem dunklen Korridor orientierten, ertönte aus dem Teil der Behausung, der offenbar als Wohnzimmer diente, eine weibliche Stimme:

»Hier bin ich. Hereinspaziert!«

Wir spazierten hinein. Der Raum war nicht groß und einfach möbliert, jedoch bemerkenswert sauber und gemütlich. An den Wänden hingen verschiedene Lithographien mit Blumenmotiven unter Glas; die Rahmen waren exakt ausgerichtet. Auf dem Fensterbrett drängten sich Topfpflanzen, die ich nicht anders als üppig nennen konnte. Wer aber hatte uns gerufen?

»Hallo, Anna-Maj«, sagte Myrna.

Ein zerzauster Kopf zeigte sich über der Sofalehne. Sie gähnte, blinzelte ein paarmal und stand dann auf. Sie trug einen allzu reinen Morgenrock mit einem allzu tiefen Dekolleté.

»Oh, ihr seid zu zweit? Spielt für mich keine Rolle. Je mehr, desto amüsanter, pflege ich zu sagen.«

Sie blinzelte wieder, um den Blick klarzubekommen.

»O verdammt! Eine Puppe ist auch dabei. Kein Problem. Alles geht, das ist mein Motto.«

Jahrzehnte harten Lebens offenbarten sich in den ausgezehrten Zügen. Sie war beinahe krankhaft mager, ihre Körperhaltung schlaff. Das Haar hatte sie sich ganz kurz schneiden lassen, offenbar pflegte sie eine Perücke zu tragen. Für gewöhnlich war sie sicher stark geschminkt, mit nacktem Gesicht wirkte sie allerdings so appetitlich wie eine Wurst, die man im Kühlschrank vergessen hat. Ihre Augen jedoch waren bemerkenswert groß und klar. Wir wiesen uns aus und nannten unsere Namen, aber sie schien nicht sehr beeindruckt.

»Was will die Polente von mir?«

»Reden.«

»Ein bißchen quatschen können wir. Wie spät ist es denn?«

»Fünf nach halb vier.«

»Nachmittags oder morgens?«

Sie starrte durch das Fenster.

»Es muß am Morgen sein, nehme ich an. Verdammt, es ist ein bißchen wild hergegangen.«

»Willst du das Jahr wissen?« bot ich ihr an.

»Nee, danke, keine Details. Dann legt mal los.«

Myrna überließ mir die Gesprächsführung, da ich nun einmal begonnen hatte.

»Es geht um Kajan Lilja. Wir müssen ihn kriegen, und du kennst ihn ja recht gut. Kannst du uns eine Adresse geben?«

Sie fuhr mit einem dünnen Zeigefinger an ihrem Unterkiefer entlang, eine Geste, die vielleicht etwas zu bedeuten hatte, jedoch nicht für uns. Sie schloß für einen Moment die Augen und schaute uns dann wieder an.

»Kajan?«

»Ja. Kannst du uns helfen?«

Sie sah sich um, als habe sie vor etwas Angst, und senkte die Stimme beträchtlich.

»Seid ihr wirklich Bullen? Kann ich die Ausweise noch mal sehen?«

Sie durfte, und anschließend schaute sie sich noch einmal ängstlich um.

»Ja, ich weiß, wo er ist.«

»Wo denn, Anna-Maj? Es ist wichtig, sag es uns.«

Sie nickte in Richtung einer geschlossenen Tür und flüsterte: »Da drin, in meinem Schlafzimmer!«

4. Kapitel

Myrna und ich sahen uns an.

»Im Schlafzimmer?«

Anna-Maj nickte eifrig und nestelte an ihrem Morgenrock.

»Hier schläft er sich immer aus.«

»Aber er hat uns wohl gehört?«

»Nicht Kajan! Hierher kommen doch ständig irgendwelche Leute. Der ist so fertig, der pennt wie ein Murmeltier.«

»Ist er bewaffnet?«

»Ja, zum Teufel, wie eine ganze Armee! Ballermänner links und rechts.«

Was sollten wir tun? Verstärkung rufen? Natürlich hatten wir den Vorteil, daß er nichts von unserer Anwesenheit wußte. Wenn Verstärkung anrückte, würde er es merken, und ein Feuergefecht konnte die Folge sein. Ich nickte Myrna leicht zu, und sie verstand: Wir würden ihn selbst schnappen.

Anna-Maj schien so gespannt, als säße sie nicht auf dem Sofa, sondern im Parkett eines Theaters, kurz vor der Premiere. Ihre Zunge fuhr wie ein grauroter Wurm über die ungeschminkten Lippen, und ich konnte ihre schlechten Zähne im Oberkiefer sehen. Myrna und ich zogen unsere Waffen, und dann handelten wir mit einer Routine, die wir in Jahren erworben hatten und die uns in Fleisch und Blut übergegangen war. Die Tür ging nach außen, und Myrna packte den runden Knopf, der die Türklinke ersetzte. Ich postierte mich rechts vom Türrahmen.

»Jetzt?« flüsterte Myrna.

Ich nickte gespannt. Der Versuch, eine bewaffnete Person zu verhaften, von der man weiß, daß sie nicht davor zurückschreckt, sich den Weg freizuschießen, kann böse enden. Meine Nerven waren zum Zerreißen gespannt. Myrnas Halsmuskeln wurden zu Stricken, ihre Finger umklammerten den Griff der Pistole. Urplötzlich riß sie die Tür auf, und wir stürmten Seite an Seite ins Zimmer. Sofort richteten wir die Waffen, die wir der besseren Treffsicherheit wegen in beiden Händen hielten, auf die Stelle, wo wir Kajan vermuteten.

»Keine Bewegung!« schrie ich. »Polizei!«

Im Bett lag allerdings gar nichts, was sich hätte bewegen können. Zerknüllte Laken, ein verschlissenes Kissen, eine Decke, die über das Fußende hinabhing. Myrna riß die Schranktür auf und richtete die Waffe auf ein paar Hüte und Kleider, jedoch keinen Menschen. Ich warf mich zu Boden und schaute unters Bett. Nichts außer Staubflocken. Dann war ein seltsamer Laut zu hören, und ich wandte den Blick zur Tür.

Anna-Maj krümmte sich vor Lachen. Sie mußte sich an den Türrahmen lehnen, um nicht umzufallen. Ihr Gelächter war schrill, und sie japste so regelmäßig nach Luft, daß es fast mechanisch klang. Langsam stand ich auf. Als ich Myrnas Blick begegnete, hob ich die Augenbrauen. Wir waren zur selben Erkenntnis gekommen, und Myrna sprach es aus:

»Sie ist high. So high wie der Eiffelturm.«

Wir steckten die Pistolen in die Jacken. Anna-Majs geweitete Pupillen hätten mir eigentlich auffallen müssen. Sie war mächtig auf dem Trip. Als sich die Ärmel ihres Morgenrocks hochschoben, sah ich, daß ihre Armbeugen keine Einstiche aufwiesen. Sie hatte sich also nichts gespritzt. Aber heutzutage gibt es ja noch viele andere Möglichkeiten. Vielleicht hatte sie Kokain geschnupft.

»Habt ihr ... hi hi hi ... ihn ... hi hi hi ... ihn nicht ... hi hi hi ...«

Sie hatte ihren Spaß auf unsere Kosten gehabt, daran war nichts zu ändern. Wir konnten nur warten, bis der Lachanfall abebbte, und dann versuchen, doch noch ein Puzzleteil aus ihr herauszuholen. Ich erinnerte mich daran, wie ich einmal einem alten delirierenden Alkoholiker geholfen hatte, den Teufel in seiner Wohnung zu jagen. Er hatte mir gezeigt, wo der Teufel sich befand, und ich versuchte, ihn einzufangen und in eine blecherne Keksbüchse zu sperren. Schließlich erwischte ich den Gehörnten hinter einer Gardine, und es gelang mir, den Deckel zuzumachen. Dann sorgten wir mittels Klebeband und einer Schnur gemeinsam dafür, daß er nicht wieder heraus konnte. Der Alkoholiker war zutiefst dankbar und erzählte mir, daß die Person, die ich suchte, nach Charlottenberg gefahren war, wo wir sie dann auch verhaften konnten. In diesem Beruf muß man die Leute eben nehmen, wie sie sind, und aus jeder Situation das Beste machen; ich habe allerdings viele Jahre gebraucht, um zu dieser Einsicht zu gelangen. Anna-Maj fiel aufs Sofa, und ihr Lachen ging in ein Keuchen über, das asthmatisch klang. Myrna beugte sich über sie und stopfte eine Brust in die lockere Seidenhülle zurück. Ich war dankbar für ihr Taktgefühl.

»Nun, Anna-Maj, Kajan ist also nicht bei dir«, sagte Myrna. »Aber weißt du denn, wo er wirklich ist?«

Anna-Majs Laune schlug in das Gegenteil um, wie es bei Drogensüchtigen oft vorkommt. Jetzt hockte sie auf dem Sofa und sah aus, als würde sie frieren.

»Kajan ist verrückt! Der kann mich erwürgen, bloß weil ihr hiergewesen seid und nach ihm gefragt habt. Verrückt!«

»Aber das weiß er ja nicht. Wo ist er?«

Sie zuckte ihre dünnen Schultern und massierte sich mit den Handflächen die Wangen.

»Hab nicht die leiseste Ahnung. Ich bin zu alt, um ihm die großen Scheine zu verdienen, und Wechselgeld interessiert ihn nicht. Fragt doch irgend so ein Teenie-Mädchen. Wenn ich ihn sehen sollte, dann verschwinde ich schnellstens um die nächste Ecke. Auch wenn ich nicht mehr seine Melkkuh bin – wenn er will, kann er einen so fertigmachen, daß man nicht mehr ist als ein nasser Fleck an der nächsten Wand.«

Myrna zeigte ihr das Foto der toten Frau. Anna-Maj warf einen flüchtigen, uninteressierten Blick auf das Bild.

»Erkennst du sie vielleicht?«

»Nee. Aber da sind jetzt so viele neue, die kommen und gehen, da sieht selbst der Teufel nicht mehr durch. Außerdem habe ich den Straßenjob an den Nagel gehängt. Jetzt läuft das anders, ich habe treue Kunden, die regelmäßig kommen. Wenn man es die ganzen Jahre geschafft hat, keine HIV-Positive zu werden, soll man das Schicksal nicht herausfordern. Nicht, daß die so viel blechen ... jedenfalls ... ein bißchen kann man zur Seite legen.«

Wir gingen zur Tür, denn hier hatten wir nichts mehr verloren. Vom Sofa her vernahmen wir ihre Stimme, die jetzt anders klang, als habe die Droge an Wirkung verloren.

»Wißt ihr, was ich vorhabe?«

Mich ging das nichts an, aber Myrna blieb stehen.

»Was denn, Anna-Maj?«

»Ein Café in Helsingborg. Ich komme von da. Ein Café, das früh um fünf öffnet, wenn die Leute zur Arbeit gehen. Kaffee und reichlich ofenfrisches Gebäck. Richtige runde Roggenbrote, die ich selbst backen werde. Tja, so bietet man Frühstück und Mittagessen an, und um zwei macht man dann zu und hat frei. Natürlich muß man zeitig schlafen gehen, damit man am nächsten Morgen wieder beizeiten aus den Federn findet.«

»Klingt gut«, meinte Myrna.

»Mm. Und vor allem geht man jeden Abend allein ins Bett. Nie muß man einen Kerl reinlassen, wenn man nicht will.«

»Kauf dein Café«, sagte Myrna leise. »Ich versprech dir, daß ich extra nach Helsingborg fahren werde, nur um bei dir zu frühstücken.«

Aber wir wußten beide, Myrna und ich, daß sie ihren Plan nie würde realisieren können. Diese Sorte Träume hatten wir zu oft gehört, sie wehten wie Schleier durch die Gehirne. Ich brauchte nur mich selbst zu nehmen. Viele Jahre lang hatte ich davon geträumt, Markthändler zu werden, spezialisiert auf Obst und Gemüse. Und doch ließ ich mich nach wie vor von drogensüchtigen Nutten dazu bringen, meine Nase unter nicht gemachte Betten zu stecken.

Neun Kinder hatten Simon und Nadja zusammen produziert, und sie hätten nichts dagegen gehabt, noch mehr zu bekommen, aber schließlich war seitens der Natur ein Nein-stopp-genug gekommen. Trotzdem wohnten sie nach wie vor in zweieinhalb Zimmern in Spanga. Quadratmetermäßig war es sogar eine kleine Wohnung, die Fläche hätte eher zu einem Einzimmerapartment gepaßt. Dennoch kam keinem von ihnen der Gedanke, in eine größere Behausung umzuziehen. Die Räumlichkeiten waren so effektiv ausgenutzt wie in einem Wohnwagen. Wenn Simon und Nadja schlafen gingen, nahmen sie ein paar Bilder von der Wand und klappten die Betten herunter.

Wir saßen um einen Ausziehtisch herum, der mitten im Zimmer stand, Simon, Nadja, Virena und ich sowie Pavlov Petrov und seine Frau Galina. Die schwedische Polizei hatte eine Zusammenarbeit mit der russischen angeregt, und seit einem halben Jahr waren einige Kollegen bei uns zur Ausbildung. Ziel war es, das Eindringen der russischen Mafia in Schweden nach Möglichkeit zu verhindern. Pavlov war dreiundvierzig Jahre alt. Man hatte ihn natürlich ausgesucht, weil er perfekt schwedisch sprach und bereits früher, wenn auch in seiner Jugend, bei uns gewesen war. Schon zu Breschnews Zeiten hatte es einen gewissen Austausch polizeilicher Dienste gegeben, etwas, was man nicht an die große Glocke hängte. Pavlov hatte Schwedisch an der Universität gelernt und antwortete nicht oder nur sehr ausweichend, wenn man ihn fragte, welche Art Karriere er sich mit diesen spezifischen Sprachkenntnissen ausgerechnet hatte.

Galina war vier Jahre jünger als ihr Mann und hatte ebenfalls Schwedisch studiert. Sie liebte Strindberg und wollte ihn im Original lesen; so hatte sie die Sprache regelrecht eingesaugt. Sie lernten sich auf einem Schriftstellersymposium kennen, das von einem schwedischen Kulturattaché geleitet wurde. Die neue russische Kriminalpolizei suchte Frauen, und sie hatte einen Job in derselben Abteilung wie ihr Mann bekommen, so daß sie, wie Simon es ausdrückte, einander während der Arbeitszeit Küsse stehlen konnten, ohne eine Anklage zu riskieren.

Pavlov war eine Persönlichkeit, die Kraft und Dynamik ausstrahlte. Er war intensiv in allem, was er sich vornahm, und eignete sich die verschiedenen Grundkenntnisse spielend an. Seit ein paar Monaten waren beide bei der Fahndung und nahmen an Ermittlungen und Einsätzen teil. Er hatte kurzes schwarzes Haar, markante Gesichtszüge und forschende, dunkle Augen. Anfangs hatte er einen schwarzen Bart getragen, aber seit ihm zu Ohren gekommen war, daß ihn manche Kollegen Tangokavalier nannten, hatte er ihn abrasiert, sehr zu seinem Vorteil. Sein Humor war eigenartig und manchmal schwer zu verstehen, sein Lachen jedoch so herzlich, daß man leicht angesteckt wurde.

Seine Frau war introvertierter; sie war meistens sehr ruhig, aber hin und wieder gab sie Proben ihres hitzigen Temperaments. Sie hatte langes, helles Haar, das über der Stirn zum Pony geschnitten war. Es war schwer, in ihrem lustigen glatten Antlitz zu lesen, wenn ihre Gesichtszüge ruhten. Wenn sie aber lächelte, wurden ihre Augen zu lachlustigen Schlitzen, und sie ähnelte dann einem kleinen, zu Streichen aufgelegten Mädchen. Während der Ausbildung hatten wir gemerkt, daß sie intelligent war und konzentriert arbeitete, während sie im Freundeskreis entspannt, warmherzig und impulsiv erschien. Virena und sie waren gute Freundinnen geworden und gingen gemeinsam einkaufen. »Tante Galina« war Elins Favorit. Das Paar war allgemein beliebt, nahm die Arbeit sehr ernst und paßte zusammen. Niemand sonst traute sich, offen Zärtlichkeiten und Kußhändchen auszutauschen. Wir unbeholfenen Schweden haben das nicht drauf, jedenfalls nicht im nüchternen Zustand.

Die Palm-Kinder rannten herum oder saßen und lasen oder hörten über Kopfhörer Musik. Simon betrachtete sie mit einem sanften Lächeln.

»Ihr meint vielleicht, es sei eng hier«, wandte er sich an uns. »Aber wir fühlen uns wohl.«

»Das ist doch noch gar nichts«, erwiderte Galina. »Früher wurden jedem Sowjetbürger mindestens sieben Quadratmeter Wohnfläche garantiert, und in der Mietskaserne, in der ich aufwuchs, folgte man dem Gesetz wörtlich. Zu dieser Wohnfläche zählten Flur und jeder kleine Verschlag. Wir waren drei Familien in unserer Wohnung und teilten uns eine kleine Küche, ein Bad und eine Toilette auf dem Gang. Ich bin Enge gewohnt. Das hier ist wie ein Palast im Vergleich mit früher.

»So ging es allen«, setzte Pavlov fort. »Und das ist heute nicht besser geworden. Es dauert eben, einen Ozeandampfer auf neuen Kurs zu bringen.«

»Wie lange?« wollte Simon wissen.

»Ein Mannesalter. In dreißig Jahren steht Rußland wieder am Nullpunkt und kann von neuem beginnen.«

Er lächelte, aber es war ein freudloses Lächeln. Ich hatte bohrende Kopfschmerzen, die ich höflichkeitshalber verschwieg. So beschränkte sich mein Anteil an der Konversation auf gelegentliches Murmeln. Ich widmete mich den russischen Speisen, die Nadja auf den Tisch gebracht hatte, scheinbar hingebungsvoll; in Wirklichkeit schmeckte ich fast nichts. Hin und wieder beugte sich Virena zu Galina hinüber, und sie flüsterten sich Geheimnisse zu.

»Tja, nun ist es Zeit für den ersten Schnaps«, meinte Simon enthusiastisch. »Wer singt dazu?«

Mich hatte er dabei nicht im Visier, wohl aus Erfahrung, denn meine Singstimme ließ den Wodka im Glas trübe werden. Pavlov und Galina stimmten ein russisches Lied mit vielen Strophen an, und Nadja fiel ein. Es hörte sich wehmütig und schön klagend an und endete mit einem Wort, das ungefähr wie »papplilli« klang, was nach Nadjas Erklärung »jetzt werden wir schwimmen« bedeutete. Simon und Pavlov kippten den Schnaps auf einmal hinunter, während ich nur das Aroma atmete. Ich hatte aufgehört, starken Alkohol zu trinken, weil meine Eingeweide nichts anderes mehr vertrugen als ab und zu ein Gläschen schlappen Wein.

Während der warmen Hauptmahlzeit ließ sich ein kleines Fachgespräch nicht länger vermeiden. So ist es ja bei Polizisten oft; auch in ihrer Freizeit pflegen sie Umgang miteinander, da gewöhnliche Leute sich in ihrer Gesellschaft gehemmt fühlen. Man spürt immer eine gewisse Unsicherheit und fragt sich, ob man nicht vielleicht beim Feiern zu offenherzig war und jetzt erwarten muß, von grimmigen, den Gummiknüppel schwingenden Personen in eine Zelle mit nackter Glühlampe geschleift zu werden. Die Leute ziehen es vor, mit ihresgleichen zu verkehren, wo man ohne Angst vor Repressalien Schmuggeleien und Schwarzarbeit und Mogeleien und Steuerhinterziehungen zugeben kann und sogar noch Applaus dafür erhält. Es war Virena, die mit ihrer Frage die Schleusen öffnete:

»Pavlov, ich habe von der sogenannten Mafia in Estland gelesen. Ist das nicht übertrieben? Ich meine, Journalisten schießen ja gern ein wenig übers Ziel hinaus.«

Pavlov legte das Besteck zur Seite und trank einen Schluck Bier, um die Stimme zu ölen.

»Mädchen, du hast ja keine Ahnung, wie alle Schweden. Und alle anderen, die außerhalb der Grenzen der alten Sowjetunion leben. Keiner kann sich vorstellen, was bei uns los ist, verdammt noch mal! In den Zeitungen entsteht der Eindruck, als ob das, was man Mafia nennt, bei uns etwas Neues sei. Dabei begann es gleich am Tag nach der Revolution 1917.«

»Das ist wahr«, bestätigte Galina leise.

»Die ganze kommunistische Partei stützte sich auf Mafiamethoden, und deshalb unterstützte man die richtige Mafia. Alles wuchs zu einem System zusammen. Da die ganze Sowjetunion von unfähigen Leuten regiert wurde, die nur den eigenen Vorteil im Auge hatten, entstanden Gruppen, die sich gegenseitig den Rücken stärkten.«

»Man hätte ihnen die Knute geben müssen!« stieß Nadja wütend hervor.

Das war ihr Standardausdruck, wenn das Gespräch auf den von ihr gehaßten Kommunismus kam. Sie war lange in Schweden gewesen, sprach aber unsere Sprache nach wie vor nur gebrochen. Ich wollte in Ruhe essen und nichts mehr über ein Thema hören, das ich längst satt hatte, aber es ging ja nicht nach mir.

»Viele fragen sich, wie es überhaupt so gehen konnte«, fuhr Pavlov fort. »Aber Stalin ließ zuerst alle Aristokraten erschießen und dann alle, die in irgendeiner Form Macht hatten, Industrielle, Geschäftsleute, Priester, Wissenschaftler, alle, die anderen zum Vorbild dienen konnten. Wie alle primitiven Menschen sah er vor allem in Wissenschaftlern eine Gefahr. Tja, und dann ließ er so gut wie alle Offiziere erschießen. Die ganze Intelligenz verschwand, zusammen mit den Initiativreichen und Vorausschauenden. Ihre Plätze wurden von Leuten eingenommen, die nicht das geringste Talent für die Aufgaben mitbrachten und sich nur durch Schmiergelder und die Denunziation von Konkurrenten auf ihren Posten halten konnten.«

Er war so aufgeregt, daß er aus seinem leeren Glas trinken wollte. Simon goß fürsorglich nach.

»Denkt daran, daß nur etwa sieben Millionen in die kommunistische Partei eintreten durften. War man drin, wurde man mit Geld und Privilegien überschüttet. Alles war nun erlaubt, was zuvor verboten gewesen war, und die ärgsten Schurken kletterten am höchsten. Fast ausschließlich Kindern von Parteimitgliedern stand der höhere Bildungsweg offen, und oft waren diese so stockdumm und faul, daß sie nur mit Bestechung die Prüfungen bestanden. Das war ein Teil der Hochschulmafia. Die Wohnungsmafia besorgte feine Wohnungen, und da redete man sicher nicht über sieben Quadratmeter pro Person.«

»Eher über siebenundsiebzig«, mischte sich Galina ein. »Wie verdorben das war!«

»Ist, Galina, ist! Heute wird es nur eher sichtbar. Früher fungierten einige Figuren, die man nicht mehr gebrauchen konnte, als Sündenböcke. Sie wurden angeklagt, sich auf Kosten des Volkes bereichert zu haben, und in der Zeitung stand etwas über Hunderte Millionen in bar und über Berge von Gold und Diamanten. Manche durften sich selbst erschießen. Das Volk hatte Gelegenheit, seinen Zorn abzureagieren, aber es änderte sich nichts. Es war überall gleich widerlich, von der absolut höchsten Spitze angefangen.«

»Die Knute!« wiederholte Nadja erregt.

Virena war sehr interessiert und saß über den Tisch gebeugt, das Kinn aufgestützt. Ich schob mir ein paar Kopfschmerztabletten in den Mund und spülte sie mit dunklem, kräftigem Bier hinunter. Ich wäre schon sehr dankbar gewesen, wenn wenigstens das Pochen in den Schläfen aufgehört hätte. Die Schrotsäge, die sich in meine Gehirnwindungen fraß, konnte ich aushalten.

»Heute liegt die Macht so gut wie offiziell in den Händen der Mafia. Der Mafia gehört alles, und sie steuert alles, aber es ist klar, daß es nicht immer dieselbe Mafia ist, auch wenn viele gemeinsame Wurzeln haben. Man rechnet mit zirka dreitausend verschiedenen Mafiaorganisationen. Ein Teil ist natürlich ethnisch bedingt, in den sogenannten neuen und freien Ländern. Du erwähntest Estland, Virena. Im Baltikum besitzt die Mafia zum Beispiel neunundneunzig Prozent des Metallhandels. Niemand ahnt, welche Macht die Mafia selbst dort hat. Du kannst in Tallinn nicht husten, ohne die in Riga anzustecken. Und in Rußland ...«

Galina legte die Hand auf seinen Unterarm, um ihn zu beruhigen, aber nun kam er erst richtig in Fahrt.

»Warum hungern Millionen und Abermillionen? Weil die Mafia das gesamte Transportwesen unter Kontrolle hält. Wenn das Korn auf dem allgemeinen Markt fünfzig Rubel pro Tonne kostet, dann hat der Bauer einen Rubel und die Mafia den Rest bekommen. Und warum ...«

»Was wir unter Mafia verstehen, verbinden wir eher mit Prostitution und Rauschgift und Glücksspiel und so weiter«, unterbrach ihn Simon.

»Klar, damit verdienen die Mafiagruppen viel Geld. Sie sind bereits in Finnland und haben dort einen großen Teil des Marktes unter sich. Auch nach Schweden kommen sie verstärkt, und du kannst dich darauf verlassen, daß sie sich auch hier festsetzen.«

Der Gedanke war unangenehm, aber realistisch. Meine Schläfen pochten unvermindert weiter, und mir schien es, als würde der Schmiedehammer noch durch Eisenstangen verstärkt. Ich nahm drei weitere Tabletten.

»Die russischen Mafiosi sind anders als die amerikanischen oder italienischen. Dort kann man sich eine gewisse Menschlichkeit leisten. Die russischen Mafiakiller sind auf andere Weise hart. Diamant, das härteste Material, ist im Vergleich zu diesen Killern die reinste Butter. Vergeßt nicht, daß fast jeder Machthaber im heutigen Rußland bereits zu Sowjetzeiten Einfluß hatte. Daran hat Jelzin nichts ändern können. Die Mafia kümmert sich um ihre Leute und kann völlig unbehindert operieren. Nehmt zum Beispiel ...«

»Es reicht jetzt, sonst wird das Essen kalt, und ich hab mir doch beim Kochen soviel Mühe gegeben«, unterbrach Simon.

»Du hast ein Bund Mohrrüben geschält«, berichtigte ihn Nadja. »Das war aber auch alles, was du in der Küche geleistet hast.«

»Ja, aber schaut doch mal, wie lecker die Mohrrüben geworden sind. Jetzt essen und trinken und singen wir. Skol und Prosit und Papplilli!«

Die Decke im Schlafzimmer zeigte keine Sensationen, aber ich starrte trotzdem hinauf. Obwohl ich es mir fest vorgenommen hatte, konnte ich doch nicht einschlafen. Schuld war das Dutzend Zwerge, das sich mit Hacken und Spaten an meinem Hirn zu schaffen machte. Ich hatte Virena gebeten, Elin in den Kindergarten zu bringen. An diesem Morgen brauchte ich ein paar Stunden Ruhe. Virena hatte es sich abgewöhnt, Fragen zu stellen, wenn es um meine Gesundheit ging. Um halb neun rief ich Simon an, sagte ihm, daß ich den Vormittag freinehmen würde, und dankte ihm so überschwenglich für das Fest am Abend zuvor, daß er mißtrauisch wurde.

»Bist du krank?«

»Nur ein bißchen benebelt.«

»Du hast doch gar nichts getrunken, oder?«

»Benebelt kann man trotzdem sein.«

»Kann es sein, daß es dir wegen der Frau so mies geht, die in dem Mietwagen erschossen wurde?«

»Nein.«

»So was muß man erst mal verarbeiten, sagen die Psychologen, und es ist klar ...«

»Verdammt, Simon, kann man sich nicht mal ein bißchen schlecht fühlen, ohne daß einem gleich Psychologie um die Ohren gehauen wird? Um acht Uhr zweiunddreißig am Morgen? Heute Nachmittag habt ihr mich wieder, in alter Frische!«

Natürlich war es die Frau, die mir im Kopf rumspukte. Sie bezahlte die Zwerge, nach Tarif und mit Sozialabgaben. Da half kein Pülverchen. Vermutlich waren die fleißigen Männlein geimpft. Im Laufe des Tages sollte ich ins Krankenhaus kommen, um die Wunde an meiner Seite neu verbinden zu lassen. Konnte ich das nicht genausogut gleich erledigen? Alles, um der Gang hinter meiner Stirn das Handwerk zu legen. Aber es blieb beim Vorsatz. Anstatt zum Medizinmann zu kriechen, starrte ich weiter an die Decke.

Viertel vor zehn klingelte das Telefon, und ich verfluchte Alexander Graham Bell. Warum hatte er nichts Nützliches erfunden, wie zum Beispiel einen elektrischen Zahnstocher, sondern Apparate mit Signalen, die einem den Kopf in Stücke schnitten? Ich grunzte meinen Namen, und eine unausstehlich muntere Stimme sagte:

»Hallöchen, hier ist Hasse Alphammar!«

»Aphammar?«

»Alp. Nicht Ap. Ich bin von *Expressen*. Tja du, wir haben einen Tip bekommen, daß du in dem Auto gesessen hast, das in der Fridhemsgatan überfallen wurde. Kannst du mir was darüber sagen?«

5. Kapitel

O nein, auch das noch! Nun war guter Rat teuer. Ich versuchte ihn hinzuhalten, um Zeit zu gewinnen:

»Entschuldigung, was sagtest du?«

»Tja, wir bekamen einen Hinweis, daß ...«

»Hör mal, ich hatte Nachtschicht und bin gerade erst eingeschlafen. Wovon redest du überhaupt?«

»Tut mir leid, wenn ich dich geweckt habe, aber du hast doch mit dieser Frau, die erschossen wurde, in dem Auto gesessen, das du gemietet hast. Wer war sie? Was weißt du über die Hintergründe? Beruhige dich und erzähl mir ganz einfach mit deinen eigenen Worten, was eigentlich geschehen ist.«

Die gewonnenen Sekunden hatte ich dazu benutzt, den Zwergen fünf Minuten freizugeben, um die Hacken wieder scharfzumachen. Ich mobilisierte meine unfreundlichste Stimme, die, die man gegenüber Versicherungsvertretern benutzt, bevor diese einem klargemacht haben, daß sie die einzigen wahren Freunde der Menschheit sind.

»Wer hat dir den Tip gegeben?«

»Darf ich nicht verraten. Du weißt, wie das ist. Wie war das nun in dem Auto?«

»Ich habe in keinem verdammten Auto gesessen.«

»Hör mal, ich weiß, daß du den Wagen gemietet hast ...«

»Na und? Wenn du keine Ahnung von Polizeiarbeit hast, solltest du lieber über Lill-Babs Erkältungen schreiben. Wir brauchten einen zusätzlichen Wagen, und ich hatte gerade Zeit und übernahm es, ihn auf Rechnung der Polizei zu mieten. Wer ihn gefahren hat und wann und wie, das weiß ich doch nicht. Geht das in deinen Schädel?«

Alphammar war sicher tüchtig in seinem Job, aber noch jung und sicher nicht gerüstet, sich mit einem mürrischen und mißgelaunten Hassel herumzuschlagen. Dazu braucht man viele Jahre Erfahrung, am besten als Frontreporter in Krisengebieten. Er räusperte sich:

»Nach unserem Hinweis ...«

»Behauptet euer Tipgeber, ich hätte am Steuer gesessen?«

»Na ja ...«

»Wenn ja, dann dann hau ihm eine aufs Maul. Typische Fehlinformation.«

Nicht schlecht, so früh am Morgen in Fahrt zu kommen und gleich ordentlich Dampf ablassen zu können.

»Wir haben noch einen anderen gesicherten Hinweis. Du hast im Krankenhaus gelegen, wegen der Sache im Auto. Was sagst du dazu?«

Das war ein Schuß aus der Hüfte, um den Fuchs Hassel zu foppen, aber er ging ins Blaue. Auf die Verschwiegenheit des Krankenhauspersonals kann man sich verlassen. Man erfährt ja kaum, wer man selbst ist.

»Soweit ich weiß, habe ich die ganze Zeit gearbeitet, aber vielleicht war ja mein anderes Ich ohne mein Wissen in Sachen Abenteuer unterwegs. Welches Krankenhaus soll das gewesen sein?«

»Na, ein Krankenhaus eben.«

Die Stimme wurde dünner und unsicherer. Ich brachte ein Lachen zustande, daß sich die Zwerge vor Bewunderung verbeugten.

»Gib auf, Junge! Such dir andere Opfer.«

»Wer weiß denn sonst etwas über das Auto?«

»Frag meinen Chef, Kommissar Palm. Und laß mich in Ruhe pennen, okay?«

Als er aufgelegt hatte, rief ich sofort Simon an und berichtete ihm von dem Gespräch. Er versprach, den Verdacht abzulenken. Simon war ein Meister im Dribbling, wenn er einen guten Paß erhielt. Kurz darauf rief *Aftonbladet* und anschließend *iDag* an. Da saß wohl jemand in der Autovermietung und blätterte mit gierigen Fingern im Telefonbuch, um von allen möglichen Blättern einen Judaslohn zu kassieren, inklusive *Wir Bienenzüchter* und *Freunde der Handarbeit*. Aber auch die Nachrichtensendungen des Fernsehens, *Rapport* und *Aktuellt*, sowie eine Nachrichtenagentur ließen von sich hören. Mit jedem Anruf gewann ich an Routine, wurde immer mürrischer und unfreundlicher und verwies alle an Simon.

Ab Viertel vor elf hatte ich Ruhe, aber sicherheitshalber blieb ich noch bis zwölf. Es ging um meine Zukunft, um mein Leben mit Virena und Elin, nur das zählte für mich. Ich wollte es Virena ersparen, meinen Namen in jedem Käseblatt lesen zu müssen: Bulle blieb wie durch ein Wunder am Leben und nahm seinen Job wieder auf! Ich entschloß mich, den Besuch im Krankenhaus aufzuschieben, es konnte von Journalisten bewacht sein, die wissen wollten, ob ich die Wahrheit gesagt hatte.

Der Meisterkoch im Heim, Kungsholmens Lucullus Escoffier Wretman genannt, bereitete aus erlesenem Leitungswasser und einem liebevoll eingelegten Teebeutel ein köstliches Getränk und stürzte sich dann in das gastronomische Abenteuer Wasa Husman mit Leichtmargarine, kalorienarmer Gutsleberwurst und einer Tomatenscheibe. Ich dachte auch an einen frischen Paprikaring, aber man soll die Finessen nicht übertreiben; das Wissen um die Grenze verrät den wahren Künstler.

Als Tischlektüre studierte ich die Liste der Personen, die ich besuchen sollte. Mit einem Teil konnte ich gewiß ohne Anstandswauwau reden. Als Fahnder ist man gut beraten, dem gesunden Menschenverstand zu folgen, aber ich machte für gewöhnlich lieber, was ich wollte. Ein paar einfache und total ungefährliche Treffen, über die ich Berichte schreiben konnte und die mir einen anerkennenden Klaps aufs Haupt eintrugen, weil ich so ein tüchtiger Plattfuß war.

Jennifer Broll. Neununddreißig Jahre alt. Eine von Kajans alten Kontakten. Vor fünf Jahren hatte sie ihn einmal wegen Mißhandlung angezeigt, dann aber behauptet, sie hätte sich in der Person geirrt, und so war er davongekommen. Bis dahin hatte sie zu seinem Stamm gehört, seither aber offensichtlich Schluß gemacht. Sie hatte den Namen gewechselt und sich deutlich angestrengt, das Vergangene auszulöschen. Doch der Mensch, der aus Rolf Öhmans klebrigem Spinnennetz entkommen kann, ist noch nicht geboren. Damals hieß sie Inga Björck und wohnte in Hagalund. Ihren Vornamen änderte sie dann in Jennifer. Kurz darauf tauschte sie Björck gegen Malverud; vielleicht gab es ja irgendwo im Lande einen Ort dieses Namens, wo Verwandte von ihr lebten. Sie selbst war in Östertälje geboren.

Seit achtzehn Monaten war sie mit einem David Broll, von Beruf Geschäftsmann, verheiratet. Um Broll hatte sich Öhman nicht gekümmert, er kam in unserem Register nicht vor. Sie wohnten gemeinsam in der Erik Dahlbergsallen 15, das klang gediegen.

Die interessanteste Information über sie war, daß sie vor vier Jahren ihre Personennummer ändern lassen wollte, da sie sich verfolgt fühlte. Sie bestand dann nicht darauf, und so verlief die Sache im Sande, aber sie hatte später verschiedenen Behörden gegenüber immer wieder eine falsche Nummer angegeben und sich geweigert zu sagen, warum sie das tat. Sie wollte einfach nicht mehr Inga Björck mit dem verpfuschten Leben sein, sondern Jennifer Broll, geborene Malverud, in einem anderen sozialen Milieu. Menschlich verständlich und wünschenswert, aber im Datenzeitalter geht es nun mal nicht nach dem Menschen und seinen Wünschen.

Die Werkstatt teilte mir mit, daß mein Mazda fast fertig sei, und ich entschloß mich, einen Spaziergang nach Östermalm zu machen. Der Kampf mit den Massenmedien hatte die Zwerge dazu gebracht, ihre Tätigkeit einzustellen und umzuschulen, und ich vermißte sie nicht. Die Frühlingslüfte waren wie ein zärtliches Streicheln auf der Haut, und die Lebenslust erwachte wieder in mir. Die Frau war tot, aber ich lebte und Virena lebte und Elin lebte und die Leute im allgemeinen schienen zu leben, und damit waren wir alle zufrieden.

Es dauerte vierzig keineswegs vergeudete Minuten, bis ich in der Erik Dahlbergsallen ankam, und ich war sicher, daß mich keine hungrigen Journalisten beschattet hatten.

Dieser Teil der Straße liegt dem riesigen Verwaltungsklotz Fältöversten gegenüber und besteht aus drei mächtigen, miteinander verbundenen Wohnhäusern gleichen Stils und Aussehens sowie einem lieblos angebauten vierten, das auf den Valhallavägen hinausgeht. Die Gebäude sehen aus wie drei kapitalkräftige Brüder und eine arme Cousine. Fünf Etagen plus Dachwohnung, mit einer hochbürgerlichen Fassade aus dunkelroten Klinkern, die mit einzeln eingefügten verschiedenfarbig glasierten Ziegeln Muster bilden. Keine Balkons – die Hausmädchen bürsteten die Kleider der Herrschaften wohl nach der Hofseite aus – aber ein Erker, der sich vom Eingang bis zu einem imposanten spitzen Turm hinzieht. Das Dach ist aus Kupfer und hat reichlich Grünspan angesetzt. Es ist so weit heruntergezogen, daß es die Fenster der Dachwohnung umrahmt. Das Eingangstor besteht aus stabiler Eiche und hat ein Oberlicht aus Glas sowie kleine, quadratische bunte Bleiglasverzierungen in den oberen Ecken. Der Sockel und das Portal sind aus gemustertem Granit, in den die Nummer 15 eingemeißelt ist. Ein Haus also, in dem man gern wohnt, wenn man nicht viel Wert darauf legt, ab und zu mit Kumpeln ein Bierchen in der Stammkneipe zu zischen.

Jemand hatte ein Stück Holz in die Tür geklemmt, vielleicht für irgendeinen Lieferanten, so daß ich nicht draußen stehen und warten mußte, bis jemand kam oder das Haus verließ. Es entstehen da immer so peinliche Situationen, man grinst sinnlos, damit die Bewohner nicht denken, man wolle in dem feinen Haus seine private Notdurft verrichten, und einem den Regenschirm über den Schädel ziehen.

Ein Entrée für Feinschmecker. Die Treppe aus weißgrünem Marmor, mit einem orientalisch gemusterten Teppich auf den Stufen zum höher gelegenen Teil der Eingangshalle, der von verglasten Eichentüren mit geschwungenen Messingklinken begrenzt wird.

Die ganze Decke mit ihren Friesen ist unerhört reich verziert, in kräftigen, aber dennoch sanft abgestimmten Farben in und um runde oder dreieckige Hauptfelder. Es wirkt, als habe sich der Künstler zwischen Kurbits und Jugendstil nicht entscheiden können und einfach alles vermischt, mit erfreulichem Resultat. Von der Decke hängt an drei Messingketten eine weiße Porzellanlampe.

Auf der oberen Ebene vor den verglasten Türen zieht sich die Dekorationsmalerei bis auf einen Meter zum Boden hinunter. Dort kann man verweilen, neue verschlungene Ornamente entdecken und über die Symbolik nachdenken. Über den Türen steht in zierlicher Schrift: »Kv. Kornette No 2«, rechts daneben ebenso zierlich: »Konr. Elmeus Arch Del Et Constr. MCMXIV«. Also war das Haus 1914 gebaut worden, und Konrad haben wir dafür zu danken. Links kann man einen lateinischen Sinnspruch lesen: »Quos nos fata trahunt retrahuntque sequamur«. Ich glotzte auf den Text, als ein älterer Mann im feinen Anzug, mit Diplomatenkoffer und dem Aussehen eines Aufsichtsratsvorsitzenden, herauskam und neben mir stehenblieb.

»Phänomenal, nicht wahr?«

»Man kriegt den Mund fast nicht wieder zu.«

»Ja ja, die Römer verstanden es eben, Lebensweisheit in kurze und wohlklingende Sentenzen zu verwandeln.«

»Die waren echt Spitze«, stimmte ich zu.

Er wies auf den Schriftzug und sprach mit feierlicher Stimme: »Laßt uns dem Schicksal folgen, wohin es uns auch führt.«

»Genau das sage ich auch immer.«

Er nickte seinem neugewonnenen Römerfreund wohlwollend zu und verließ das Haus. Mich sollte das Schicksal ein paar Treppen hinaufführen. Ich drückte auf den Klingelknopf. Ein gedämpftes Signal ertönte.

Eine junge Frau öffnete und schaute mich aus großen Augen erwartungsvoll an. Ich schätzte, daß sie von den Philippinen kam, aber sie war wie eine Schwedin aus einem alten Schwarzweißfilm gekleidet, in eine Art Dienstuniform. Es fehlte nur noch das kleine weiße alberne Hütchen, dann wäre sie die perfekte Hausangestellte gewesen.

»Ich würde gern mit Frau Broll sprechen«, erklärte ich.

»Mrs. Broll? Have you an appointment with her?«

»Sure«, log ich.

»What is your name, please?«

»My name is Hassel.«

Das klang wie der erste Satz der ersten Englischlektion in der Schule. »I am a man. I live in Sweden.« Sie wollte die Tür schließen und mich auf der Treppe warten lassen, aber da hatte sie die Rechnung ohne den berühmten Büffel von der Fahndung gemacht. Ich drängelte mich hinein, wobei ich sie anlächelte, um die Aufdringlichkeit ein wenig zu entschärfen. Sie wußte nicht richtig, was sie tun sollte, wies mir aber im Flur einen unbequemen Mönchstuhl zu. Dann verschwand sie in einem anderen Raum und schloß die Tür hinter sich.

Anstatt den Hosenboden auf dem dreibeinigen Stuhl abzuwetzen, stellte ich mich unter den Rundbogen, durch den man in den Saal gelangte, der als Wohnzimmer diente. Langsam ließ ich meinen Blick über die kuriose Ansammlung von nutzlosen Gegenständen schweifen. Jedes Teil schrie heraus, wie teuer und einzigartig sein Design sei, und es war eine so planlose Zusammenstellung, daß sich die Exponate gegenseitig erschlugen. Es ging wohl darum, Besuchern zu imponieren, aber das Resultat war eher, daß man froh war, nicht soviel besitzen zu müssen.

Die Tür ging auf, und die Dame des Hauses segelte heran, mit der philippinischen Hausangestellten im Schlepptau. Sie war gut getrimmt und massiert und geliftet. Mit ihrem Haar hatte sich ein Monsieur sowieso beschäftigt, und ein Institut kümmerte sich um ihr Gesicht. Um ihren Hals hingen verschiedene Dingel, um ihre Handgelenke diverse Dangel. Wegen der Steine auf ihren Ringen hätte sie die Finger eigentlich in einem Tresor aufbewahren müssen. Von Kleidern verstand ich nicht viel, war aber sicher, daß ihres nicht aus dem Winterschlußverkauf von Hennes&Mauritz stammte.

Ihre Augen und unbewußten Gesten jedoch sprachen eine deutliche Sprache. Sie war wie ein eiskalter einarmiger Bandit: füttere mich mit Münzen, dann klingle und blinke und glitzere ich für dich und verspreche dir den Hauptgewinn, aber rechne über kurz oder lang damit, daß du abserviert wirst, wenn du den Rubel nicht stetig rollen läßt!

»Was wollen Sie?« näselte sie. »Wie können Sie es wagen, in mein Heim einzudringen? Wer sind sie überhaupt?«

Am schlimmsten war, daß sie mich siezte, deshalb strahlte ich sie an und raunte in kameradschaftlichem Ton:

»Hallo, Herzchen! Wie läuft's in der Liebe, was macht die Gesundheit?«

Das war nicht sehr geistvoll und nicht sehr nett und nicht sehr passend und auch sonst nicht sehr, aber wir hatten uns ja von Anfang an nicht richtig verstanden. Sie schnappte hörbar nach Luft, und der wohlverpackte Busen unter der schimmernden Bluse wogte.

»Herzchen? Haben Sie getrunken?«

»Nicht mehr als sonst zu dieser Tageszeit, und ich verspreche, nicht auf den Teppich zu kotzen. Was mit der Auslegware im Flur ist, weiß ich nicht, aber jedenfalls nicht auf den Teppich!«

Noch einmal japste sie nach Luft, und ich beeilte mich, diskret meine ID-Karte zu zeigen, damit das Hausmädchen nichts merkte. Jennifer wandte sich an sie und sprach genauso hochnäsig wie anfangs zu mir:

»You can go, Diana.«

Das Mädchen machte eine Bewegung, die wie eine Mischung aus Hofknicks und Verbeugung aussah, und verließ den Raum. Wahrscheinlich bewohnte sie ein Kämmerchen ohne Fenster, wo sie darüber nachdenken konnte, was sie an ihrem wöchentlichen freien Abend unternehmen würde, falls ihre Arbeitgeber nicht gerade ein Fest gaben. Jennifer stemmte die Hände in die Seiten und murrte:

»Worum, zum Teufel, geht es denn?«

»Ich verstehe, daß es peinlich ist, und wenn es nicht so unerhört wichtig wäre, hätte ich dich nicht gestört.«

»Duzen Sie mich gefälligst nicht! Für Sie bin ich immer noch Frau Broll, vergessen Sie das nicht, Sie ...!«

Es hatte nicht den Anschein, als würden wir ein Liebespaar werden, und mit meiner Geduld war ich auch am Ende.

»Natürlich. Aber du, kannst du mir nicht verraten, wo sich Kajan Lilja gerade aufhält?«

Sie versteinerte, und ihr Blick sagte mir, daß sie Virena gern zur Witwe gemacht hätte.

»Wer?« zischte sie. »Welcher verdammte Lilja?«

»Du warst doch enger mit ihm liiert, als du noch Inga Björck warst. Hast du eine Adresse für uns?«

Sie versteinerte noch mehr, so daß sie glatt als Statue durchgehen konnte. Sie hatte natürlich nicht vor, mir irgend etwas zu erzählen, weder in diesem Leben noch im nächsten, aber wenn ich sie in Wut brachte, spuckte sie vielleicht etwas Verwertbares aus. Die eine Methode kann genauso gut sein wie die andere.

»Ich kenne auch keine Inga Björck. Was in drei Teufels Namen willst du eigentlich?«

»Kajan ist, wie er ist. Es ist nicht ausgeschlossen, daß er Kontakt zu dir aufgenommen hat, um dich zu erpressen, jetzt, wo du im Geld schwimmst. Ich brauche eine Adresse oder eine Telefonnummer oder einen Treffpunkt oder einen seiner Kumpane, egal was, Hauptsache es hilft uns, ihn wieder in Ketten zu legen.«

Jennifer fletschte die Zähne wie ein Wolf, und sie hatte gesunde und starke Beißerchen, aber anstatt mich anzufallen, wandte sie sich ins Innere der Wohnung und heulte:

»David! Komm sofort her!«

Ein Mann in den Sechzigern trabte unverzüglich heran, als habe er auf das Signal gewartet. Er war in Hemdsärmeln und hatte einen Füllfederhalter in der einen und einen Ringordner in der anderen Hand. Trotz seiner Körpergröße bewegte er sich geschmeidig, wie ein ehemaliger Boxer. Das Gesicht war seltsam mehrdeutig, so daß man nicht wußte, ob er nun ein listiger Typ oder ein Dummkopf war. Weitere Merkmale: Dichtes, graumeliertes Haar, buschige Brauen über Augen, die zur Hälfte unter schweren Lidern verborgen waren, gerade Nase, lange Oberlippe mit markantem Spalt, schmaler Mund, Granitkinn.

»Was ist denn, Liebling?«

Die Stimme klang sonor, als sei er es gewohnt, im Radio zu sprechen. Seine Frau, der Liebling, zeigte auf mich und schrie:

»Der verdammte Kerl da ist Polizist und kommt her und quasselt mich voll über diese verdammte Inga Björck! Tu etwas, David! Ich hasse diese verfluchten Idioten, die mich mit irgendeiner Hexe verwechseln, mit der ich nichts zu tun haben will! Schmeiß ihn raus!«

Broll war prächtig in seinem plötzlich aufwallenden monumentalen Zorn. Er hob die Lider, und aus seinen Augen schossen nicht nur Blitze; Gewitter gingen nieder, Bäume wurden gespalten, Regen peitschte in rasendem Sturm herab, und in den Lichtflammen über düsteren Heiden konnte man gewaltige Wildhunde sehen, ausgehungert und mit sabbernden Mäulern nach Beute gierend.

»Sie belästigen meine Frau!« rief er.

Er kam mit schnellen Schritten auf mich zu und wedelte mit den Armen, es war allzu deutlich, daß er mich umdrehen, an Kragen und Hosenbund packen und buchstäblich hinauswerfen wollte. Das ging mir doch ein wenig zu weit. Als er mich an der Schulter berührte, griff ich seine Hand und drehte ihm den Arm auf den Rücken, so daß er gezwungen war, sich auf die Zehenspitzen zu stellen. Er schrie vor Schmerz.

»Vergreif dich nie an einem Polizisten, wenn du dich nicht absolut nach Gefängniskost sehnst!« warnte ich.

Als Jennifer sah, daß ihr Ritter aus dem Rennen war, warf sie sich selbst auf mich und bearbeitete mich mit harten Fäusten, wobei sie die ganze Zeit wie besinnungslos kreischte. Das philippinische Mädchen schaute erschrocken herein, zog sich aber schnell wieder zurück, denn derartige Risiken gehörten nicht zu ihrer Arbeitsplatzbeschreibung. Ich tänzelte zur Seite und schubste Broll kräftig gegen seine Gattin, so daß beide auf den wertvollen Teppich stürzten. Auch das war nicht nett oder geistvoll, aber was tut man nicht alles, um sich die Zeit zu vertreiben.

»Danke, ich finde selbst hinaus«, erklärte ich. »Ihr solltet euch ein Buch über gutes Benehmen zulegen. Wenn es euch an Geld fehlt, könnt ihr ja irgendein Prunkstück verkaufen. Wird ja wohl nicht alles aus Plastik sein.«

Ich schaffte es, die Wohnung zu verlassen, bevor Jennifer wieder auf den Beinen war, bereit, mir die Ohren abzureißen. Ins Treppenhaus würde nicht einmal sie mir nachlaufen, der Nachbarn wegen. Die Fassade, die sie errichtet hatte, würde sie meinetwegen nicht einreißen, auch wenn sie noch so gern in meine abgerissenen Lauscher gebissen hätte.

Als ich ins Büro kam, lag da ein Zettel mit Simons Handschrift, ich solle sofort zu ihm kommen, und ich vermutete, daß es mit den Medienkontakten zu tun hatte. Als ich sein geräumiges Arbeitszimmer betrat, saß da bereits die ganze Bande, dazu noch Pavlov und Galina. Simon war gerade dabei, aus einem Protokoll vorzulesen.

»Rolle, du kommst wie bestellt.«

»Ich bin bestellt.«

»Genau. Setz dich. Kommst du direkt von zu Hause?«

»Nein, ich habe Jennifer Broll besucht und traf auch ihren Mann, David Broll. Den sollten wir uns mal näher ansehen.«

»Ja, gut, schreib ein Protokoll. Machte er einen verdächtigen Eindruck?«

»Wenn man soviel Geld hat, ist man immer verdächtig.«

»Vielleicht hat er im Siebzehnundvier gewonnen. Aber jetzt geht es um die tote Frau. Ich habe das Protokoll des Gerichtsodontologen bekommen. Aus diesem Grunde wollte ich, daß unsere russischen Freunde dabei sind. Das ist hochinteressant. Ich lese euch die Zusammenfassung des Zahnmediziners vor.«

Er folgte den Zeilen mit seinem kräftigen Zeigefinger.

»Sie trägt eine kleine Brücke ... wie es heißt ... aus rostfreiem Stahl. Nicht aus Gold, was eigentlich das einzige haltbare und geeignete Material wäre. Rostfreier Stahl also. Außerdem sitzt die Brücke schlecht. Sie hat auch ein paar weiße Füllungen aus sogenanntem Steinzement, ein minderwertiges Material, von Zahnärzten nicht besonders geschätzt. Was, glaubt ihr, sagt uns das, meine Damen und Herren?«

»Daß sie bei einem russischen Zahnarzt war«, antwortete Pavlov düster. »Ich habe selbst meine Füllungen aus Steinzement gegen ein westliches Material austauschen lassen, als ich das letzte Mal in Schweden war.«

»Der Gerichtsodontologe ist vorsichtiger in seiner Schlußfolgerung und schreibt lediglich, daß die Arbeiten wahrscheinlich in einem östlichen Land ausgeführt wurden. Also nicht nur in Rußland.«

»Das war und ist doch überall gleich mies mit der Zahnmedizin in der ehemaligen Sowjetunion und den Satellitenstaaten.«

»Meine Mama und mein Papa hatten beide Füllungen aus Stahl«, berichtete Galina leise. »Wenn Mama lachte, sah sie gefährlich aus. Sie wußte das und schämte sich. Papa machte es nichts aus. Alle anderen sahen ja genauso aus.«

»Mir fällt gerade etwas ein«, verkündete Simon. »Wenn die Ärmste aus dem Osten kam, habt ihr beiden vielleicht eine Idee, was das Bild bedeuten könnte, das sie in ihrer Handtasche hatte.«

Er legte ihnen eine Kopie der Zeichnung des Mannes mit den brennenden Augen, langen Haaren und dem Bart vor. Pavlov und Galina nickten gleichzeitig.

»Das ist nach einer Ikone gemalt«, sagte Pavlov. »Solche habe ich zu Tausenden gesehen, würde aber keine einzige speziell wiedererkennen. Für mich sehen sie alle ziemlich gleich aus.«

»Was ist eigentlich eine Ikone?« erkundigte sich Myrna. »Alle reden von Ikonen, aber ich habe irgendwie nicht begriffen, worum es dabei geht.«

Galina lächelte verständnisvoll.

»In eurer Kultur hier ist es nicht leicht zu verstehen, welche Rolle Ikonen für das religiöse Leben in Rußland gespielt haben. Eine Ikone ist eigentlich nur ein Heiligenbild. Früher wurden sie ausschließlich in Klöstern von besonderen Ikonenmalern gefertigt, die nichts anderes taten, ihre Werke aber nicht signieren durften.«

»Ich kann mir vorstellen, daß das Mädchen auf die naive russische Weise religiös war«, fuhr Pavlov fort. »Diese Ikone gab oder gibt es wahrscheinlich in ihrem Elternhaus. Alte Ikonen dürfen nicht außer Landes gebracht werden, und so hat sie sie vermutlich abgezeichnet, als Trost und Glücksbringer. Obwohl es ihr ja nichts geholfen hat.«

Simon drehte das Blatt um.

»Wißt ihr vielleicht auch, was die Ziffern bedeuten?«

Die Russen dachten lange nach, und schließlich sagte Pavlov unsicher:

»Vermutlich ist das die Telefonnummer ihres Heimatortes.«

»Das ist eine Spur. Könnt ihr beide sie verfolgen?«

»Das kann Wochen dauern!« rief Galina. »Wir haben ja keine Vorwahl. Wie viele tausend Ortschaften gibt es in Rußland? Um nicht zu sagen hunderttausend.«

»Versucht es. Nehmt euch ein Jahr. Damit bin ich mit meiner Weisheit am Ende. Los, tut etwas für euer Gehalt.«

Mein Beitrag war, mich in meinen Verschlag zu setzen und einen Bericht über Broll zu schreiben. So was muß gründlich vorbereitet werden, damit Verben, Subjekte und Attribute an der richtigen Stelle landen. Also legte ich erst mal die Beine auf den Tisch und lehnte mich mit im Nacken verschränkten Händen auf dem Stuhl zurück. Gedanken kamen und Gedanken gingen. Die wichtigsten kreisten um Elins Geburtstag. Gewiß, es war noch ein Monat bis dahin, aber auch ein solches Ereignis muß sorgfältig vorbereitet werden. War ich finanziell in der Lage, ihr ein aus Goldfäden gewirktes Kleid zu kaufen? Nein, dazu reichte es nicht. Also mußte ich mir etwas anderes einfallen lassen.

Während ich noch über pädagogisches Spielzeug Typ Mikroskop nachdachte – damit könnte sie immerhin ein Haar ihres Vaters in dreihundertfacher Vergrößerung betrachten – kam Simon herein. Er schob meine Füße so weit zur Seite, daß er sich selbst auf die Schreibtischkante setzen konnte.

»Ob sich ein Mädchen über ein Mikroskop freut?«

»Ein Geschenk für Elin?«

»Ja. Man hat doch Verantwortung als Vater. Wenn sie als Physikerin weltberühmt werden soll, muß man sie beizeiten darauf vorbereiten.«

»Lade mich bitte zur Nobelpreisfeier ein. Den Bericht über den Besuch bei Broll hast du wohl noch nicht geschrieben?«

»Bist du verrückt? Arbeiten wir Akkord?«

»Keinesfalls. Du jedenfalls nicht. Aber es wäre interessant, deine Version zu kennen.«

»Meine Version? Was meinst du?«

»Brolls habe ich bereits gehört. Der Bursche sitzt gerade in meinem Zimmer. Er will dich wegen Körperverletzung anzeigen!«

6. Kapitel

Broll hatte sich einen Schlips um den Hals gebunden und sich in ein Jackett gezwängt. Dann mußte er zur Kripo gestürzt sein, wo er meinen Namen erfuhr. Als ich hinter Simon ins Zimmer schlenderte, sprang er auf und zeigte auf mich mit einem Finger, der ein eigenes und unerhört dramatisches Leben zu führen schien.

»Da ist er! So einer darf nicht im Dienste der Allgemeinheit stehen!«

Simon zog bei dieser Behauptung leicht die Augenbrauen hoch, unternahm aber nichts, Broll von seinem Wahn zu kurieren. Im Gegensatz zu unserem Gast trat er ruhig und korrekt auf.

»Sie wollen also gegen Kriminalinspektor Hassel Anzeige erstatten. Habe ich das richtig verstanden?«

»Ja, sicher! Haben wir denn jetzt die Gestapo in Schweden?«

Trotz aller Verbindlichkeit wurde Simons Stimme eine Spur schärfer. Wenn es etwas gibt, was Polizisten verabscheuen, dann sind es Andeutungen über Gestapo.

»Aus welchem Grund genau, Herr Broll?«

Der Zeigefinger fuchtelte wütend in meiner Richtung herum.

»Der da hat erst mich und dann meine Frau überfallen, und ich fordere Suspendierung und Bestrafung!«

»Nun gut. Hassel, bekennst du dich schuldig im Sinne der Anklage des Herrn Broll?« fragte Simon so förmlich, wie es die Situation erforderte.

»Nein«, antwortete ich einsilbig.

»Wie lautet deine Version des Geschehens?«

Ich ließ meinen Zeigefinger vor Broll Walzer tanzen.

»Der da wollte mich angreifen, und als ich ihm in Gegenwehr den Arm auf den Rücken drehte, fiel seine Frau über mich her und bearbeitete mich mit Fäusten. Da schubste ich ihn gegen sie, und beide stürzten zu Boden. Schlechtes Gleichgewicht.«

»Nun gut. Herr Broll, haben Sie Hassel angegriffen?«

Brolls Mundwinkel wurden feucht, und ich vermutete, daß bald Schaum austreten würde.

»Keineswegs! Als dieser unverschämte Lümmel ...«

»Da hier Aussage gegen Aussage steht, schlage ich vor, daß Sie die Anzeige schriftlich formulieren. Sie können sich darauf verlassen, daß wir der Sache korrekt nachgehen.«

Das Telefon klingelte, und Simon nahm den Hörer ab.

»Was? Ach so, ja, bring sie her.«

Er legte auf und wandte sich an Broll.

»Ihre Gattin ist ebenfalls auf dem Weg. Dann wollen wir mal hören, ob sie Ihre Geschichte bestätigt.«

Brolls massives Kinn fiel ein paar Zentimeter herab, und in diesem Moment sah er echt dumm aus.

»Jennifer? Was im Himmel tut sie hier? So was ist doch Männersache ...«

Sie mußte mit dem Beamten an ihrer Seite in den Fahrstuhl hineingegangen und dann wieder herausgerannt sein, denn nur wenige Augenblicke später sprang die Tür auf, und sie stürmte herein. Auch sie war furchtbar wütend, aber nicht auf mich, sondern auf ihren Ehemann.

»Wie zum Teufel konntest du so dumm sein, hierher zu kommen?«

»Aber Liebling ...«

»Bist du denn von allen guten Geistern verlassen? Glaubst du wirklich, daß wir gegen einen Bullen eine Chance haben? Eine Krähe hackt doch der anderen kein Auge aus.«

Diese Ansicht war altbekannt und für viele Journalisten ein Thema, das sie regelmäßig auf die Diskussionsseite der Zeitung bringen konnten. Es klang überzeugend. Polizisten sollten nicht gegen Polizisten ermitteln. Aber jeder, der einmal ein Verhör durch einen der neun Kommissare aus der Abteilung für interne Ermittlungen erlebt hatte, wußte es besser. Dort muß man beweisen, daß eins plus eins zwei ergibt, daß die Erde rund ist und daß wir durch Lungen atmen. Alles wird in Frage gestellt, durchleuchtet, geprüft, analysiert, bekrittelt, ausgeforscht; hatte man in der ersten Stunde zwei Minuten vor fünf und in der neunten Stunde sechzehn Uhr achtundfünfzig gesagt, galt das bereits als widersprüchliche Aussage. Zu behaupten, diese Abteilung sei unter Polizisten populär, wäre ungefähr so übertrieben, wie wenn man einen Regenwurm als Boa bezeichnen würde.

»Aber Liebes, man muß doch ...«

»Du mußt gar nichts! Du hast wohl Lust, in die Presse zu kommen? Auf die erste Seite? Die Scheißbullen wissen schon, wie sie es drehen. Willst du, daß dir *Aktuellt* das Mikrofon vor die Fresse hält?«

Jennifer hatte sich sicher angestrengt, mit ihrem Namen auch Persönlichkeit und Auftreten zu ändern, um in Kreisen verkehren zu können, die silberne Zahnstocher benutzten. Aber bereits bei meinem Besuch, als sie sich bedroht gefühlt hatte, war der Lack abgeplatzt.

»Aber so wie der sich aufgeführt hat, kann man doch nichts anderes tun als ...«

»Du wolltest ihn rausschmeißen und hast es nicht geschafft. Verdammt noch mal, du hast doch nicht etwa Anzeige gegen ihn erstattet?«

»Na ja, nein, noch nicht, aber ...«

»Bloß gut! Wir hauen ab von hier. Hier schnürt es einem die Luft ab.«

Sie machte eine auffordernde Geste in Richtung Tür, und er erhob sich wie ein wohldressierter Dackel. Aber nicht sofort. In ihm vibrierte es, eine andere Art Wut flammte auf. Vielleicht war er doch nicht so perfekt abgerichtet, wie es den Anschein gehabt hatte und wie sie es sich wohl einbildete.

»Habe ich recht verstanden, daß Sie nun doch keine Anzeige erstatten wollen?« erkundigte sich Simon liebenswürdig.

»Nein, aber das ändert nichts an den Tatsachen«, antwortete er mit erzwungener Ruhe. »Dieser Polizist hat sich benommen, als würde er von der Gestapo bezahlt.«

Jennifer zog ihn mit sich und wollte die Tür zuknallen, aber Broll stellte den Fuß dazwischen und schloß sie auf zivilisierte Weise. Simon zog eine Schublade auf und nahm eine Büchse Bier sowie eine Doppelschnitte mit dicken Gurkenscheiben auf dünnem Käse heraus.

»Wenn du deiner Figur wegen schon Grünzeug kaust, solltest du wohl kein Bier picheln«, kritisierte ich.

»Übers Trinken hat Nadja nichts gesagt. Was konntest du diesem seltsamen Gespräch entnehmen?«

Tja, was? Ich dachte eine Weile nach und versuchte, mir den Wortwechsel noch einmal ins Gedächtnis zu rufen.

»Jennifer schrie ihn an, ob er denn auf die Titelseiten der Zeitungen wolle. Oder so ähnlich. Könnte man das nicht übersetzen mit: Willst du wirklich, daß die Presse in deinen Geschäften herumschnüffelt?«

Simon packte mit spitzen Fingern eine Gurkenscheibe, die zu drei Vierteln über das Brotgefängnis hinaushing, und ließ sie mit einem Schauder in den Papierkorb fallen.

»Mm, wäre keine schlechte Idee, wenn sich jemand mal ein bißchen näher damit beschäftigen würde, wie er seinen Tag verbringt. Ich für meinen Teil mußte an etwas ganz anderes denken.«

Ehe er seinen Gedanken entwickeln konnte, stürmten Pavlov und Galina herein, aufgeregt und ein wenig stolz.

»Das Mädchen hieß Valentina Sjukova. Das erste Gespräch mit Moskau – und gleich Bingo!«

»Prima!« rief Simon. »Endlich kommen wir weiter. Setzt euch und berichtet.«

Wir nahmen auf den Besuchersesseln Platz, und Pavlov fuhr fort:

»So viel ist da nicht zu berichten. Der Vater heißt Pjotr Sjukov. Er und seine Frau wirkten außer sich vor Sorge, weil die Tochter sich nicht wie versprochen gemeldet hatte. Als ich ihm mitteilte, daß seine Tochter tot sei, brach er zusammen. Er weinte so sehr, daß er nicht mehr sprechen konnte und den Hörer auflegte.«

»Du hättest damit noch warten sollen«, murmelte Galina.

»Ich weiß, aber er bettelte darum, erfahren zu dürfen, was mit ihr ist. So kam es eben.«

»Nun ja, das ist vielleicht ein kleiner Schritt für die Menschheit, aber ein großer für die Ermittlungen«, konstatierte Simon. »Ausgezeichnet. Schreibt einen Bericht, dann werde ich ihn schnell an alle Beteiligten weitergeben. Und besonders hervorheben, daß du der Vater dieser Idee gewesen bist.«

Pavlov sah sehr zufrieden aus, als er mit Galina das Zimmer verließ. Möglicherweise blühte es jetzt schneller auf der russischen Karriererabatte. Simon lobte:

»Der Junge hat Köpfchen!«

»Galina aber auch.«

»Stimmt, vor allem das hübschere. Um wieder zum grauen Alltag zurückzukehren, wußtest du, daß Kajan einen Halbbruder hat, der Mauritz Neller heißt?«

»Jetzt weiß ich es.«

»Gleiche Mutter, verschiedene Väter. Mauritz ist bedeutend älter als Kajan. Möglicherweise sind die Gene der Mama nicht perfekt gewesen, denn auch der Erstgeborene hat in seinem bunten Leben mehrfach mit der Justiz Bekanntschaft geschlossen. Verurteilt wegen diverser Straftaten, aber eigentlich hat er vom Waffenschmuggel gelebt. Derzeit liegt nichts gegen ihn vor, aber er muß von seinem lieben Halbbruder gehört haben. Sune hat die Adresse. Fahr mit ihm hin und bring mir Neuigkeiten, dann bekommst du so eine schöne Medaille wie Pavlov.«

Wie ich es sah, eilte die Sache nicht besonders. Meine Füße waren mit der Schreibtischplatte noch nicht fertig, und zu dem Mikroskop mußte es Alternativen geben. Wie ich Sune kannte, würde er bald die Tür öffnen, auf der Schwelle stehenbleiben, mich sauer anglotzen und mir mitteilen, daß seine Zeit kostbar sei. Fünf angenehm nachdenkliche Minuten später ging die Tür auf, und da stand Sune und glotzte mich an.

»Wir sollen uns gemeinsam auf den Weg machen, das hat dir Simon wohl mitgeteilt.«

»Gott schuf keine Hast. Er sagte nur, wir sollten uns beeilen.«

»Meine Zeit ist kostbar.«

Das galt nicht nur für ihn, sondern für die meisten Ermittler; insofern hatte er recht. Er war, wie wir anderen auch, mit mehreren Fällen gleichzeitig betraut; die Karteien waren voll, man mußte Leute treffen, telefonieren, sich Gesichter einprägen, Akten lesen, Kontrollen durchführen. Und es mußte Zeit bleiben für das Wichtige, was manchmal in totaler Ereignislosigkeit bestand, nämlich stundenlang in einer Toreinfahrt zu stehen und jemanden zu beobachten, oder in einem Auto zu sitzen und sich während einer Observation wach zu halten. Nur ich war nicht mehr der Meinung, daß meine Zeit bei der Polizei noch so unerhört kostbar sei. Aber die Erfahrungen, die mich zu dieser Erkenntnis geführt hatten, waren jedenfalls teuer erkauft.

Sune fuhr einen urdeutschen Wagen, einen Audi, der aus einem Labor zu stammen schien, konstruiert von Männern in weißen Kitteln mit kurzgeschnittenem Haar und runden, edelstahlgefaßten Brillen. Unpersönlich und perfekt.

»Wohin geht es denn?« wollte ich wissen.

»Östgötagatan.«

Während er in seinem charakteristischen Stil fuhr, betrachtete ich die Straßen in der Nachmittagssonne und kurbelte die Scheibe herunter, um den Wolken aus dem Bengtssonschen Schornstein zu entgehen. Junge, hübsche Mädchen in Frühlingsstimmung sandten Signale an fesche junge Männer, die willige Reflektoren abgaben. Jung, aber waren sie nicht zu jung? Wurden sie nicht von Jahr zu Jahr jünger? War ich jemals so jung gewesen, hatte ich jemals so albern gegrinst? Das waren eher Kindesentführungen, die da beiderseitig begangen wurden, aber selbst sahen sie das sicher anders.

Sollte ich mit Sune darüber reden? Ich schielte zur Seite. Nein, das würde nichts bringen. Für ihn waren Frauen Geschöpfe, die oft etwas längeres Haar und dünnere Stimmen hatten. Er wußte nicht, wie sie dachten und fühlten, und wollte es auch gar nicht wissen.

»Jedenfalls haben wir ein prima Wetter«, versuchte ich, ein Gespräch in Gang zu bringen.

»Hä?«

Er warf mir einen mißtrauischen Blick zu. Ich machte eine vage Geste in Richtung Sonne.

»Na, der goldene Ball da oben. Der hat seine dunklen Flecken, wie du weißt, aber die haben wir ja alle. Anwesende natürlich ausgenommen.«

Er wandte sich wieder dem Geschehen vor der Windschutzscheibe zu und saugte mit einem leise schnorchelnden Laut Nikotin in seine Lungen. Furchtbar ... Ah, das war vielleicht eine Möglichkeit: Aus unergründlichem Anlaß hatte er einen kleinen Garten gekauft, wo er sich Feier- und Urlaubstage mit Hacke und Spaten vertrieb.

»Auf deinem Grundstück grünt und sprießt es jetzt doch sicher wie wild, oder?«

»Klar wächst es. Ist ja die richtige Jahreszeit.«

»Ja ja, nun kommen wohl bald die Äpfel?«

»Äpfel? Im Mai?«

»Gibt es keine Frühlingsäpfel?«

»Du lieber Himmel, bist du wirklich so dumm?«

Natürlich, das hatte ich nun davon, gesellig sein zu wollen. Was wuchs eigentlich im späten Frühling in einem Garten? Asphalt-Hassel dachte nach und versuchte, einen Obst- und Gemüseladen zu visualisieren.

»Wie ist es mit den Mohrrüben? Gesund und rot und fein?«

»Mohrrüben? Jetzt?«

O nein, wieder daneben. Was man in den Geschäften sah, kam wohl aus Holland oder der Mongolei. Wir kamen an der Blekingegatan vorbei und hielten in der Götgatan, kurz vor der Ölandsgatan. Es war ein öffentlicher Parkplatz, und Sune fütterte den Automaten großzügig. Lieber mehr bezahlen, als der Stadt Parkzeit stehlen. Derjenige, der Sune eine Unregelmäßigkeit nachweisen konnte, war noch nicht geboren.

Das Viertel zwischen Ölandsgatan und Östgötagatan gehört zur Industriegeschichte Stockholms. Hier wohnten die Arbeiter und ihre Familien in Mietskasernen, in kalten, engen, hellhörigen Wohnungen. Diese große Menschenansammlung auf kleiner Fläche zwang aber auch dazu, Konflikte möglichst mit einem Scherz statt mit Fäusten zu lösen; so lebte es sich leichter. Der in Söder übliche freche Slang mit dem typischen Idiom wurde aus der Armut geboren, und man schämte sich nicht, sondern war stolz auf das, was einen vom Rest der Stadt unterschied. Die witzigen Redewendungen kann man heute nur noch in Schwarzweißfilmen hören, von Schauspielern, die in Göteborg oder Närke geboren sind, oder in der Bar, wenn betrunkene Männer mittleren Alters mit ihrer Herkunft aus dem Volke angeben wollen.

Diese Viertel sind sorgsam renoviert und wirken durch und durch original, mit Kaltwasserhahn, Zinkwanne in der Küche, Bratenduft und Diskussionen am wachstuchgedeckten Tisch, ob Sheffield United, buchstäblich ausgesprochen, Manchester schlagen würde. Für Snobs ist die Gegend immer noch comme il faut, aber wenn wir eine neue Yuppiewelle bekommen, wird sie sicher als chic entdeckt.

Das Haus, in dem Neller wohnte, war offensichtlich eines von den wenigen, die der letzten Sanierung entgangen waren und sich mit der aus den frühen fünfziger Jahren begnügen mußten. Der korrekte Sune hatte Rolf dazu gebracht, den Türcode herauszurücken. Wir kamen in einen Flur, der einen feuchtkalten Eindruck machte, obwohl das nicht stimmte.

Mauritz Neller wohnte im ersten Stock, zu dem eine abgenutzte Treppe hinaufführte. Sune erzählte, daß Neller hier schon seit einem Vierteljahrhundert lebte. Immer wenn er im Gefängnis gesessen hatte, war die Miete durch einen unbekannten Absender per Postanweisung an den Hauswirt geschickt worden. Neller hatte sich nie danebenbenommen, sondern war ein Mustermieter, der nicht lärmte, Ordnung hielt, keine randalierenden Gäste empfing und nicht gegen Mieterhöhungen protestierte, was in den Augen des Vermieters sicher seine positivste Eigenschaft war.

Sune klingelte. Wenn man mit ihm unterwegs war, wollte er durch kleine aktive Handlungen immer nachweisen, daß er das Kommando hatte oder jedenfalls haben sollte. Mich störte das nicht, aber Myrnas Blut brachte er damit zum Kochen und Pelles zum Verdampfen. Niemand antwortete, aber wir hörten Geräusche aus der Wohnung. Sune klingelte noch einmal, und sogar sein Daumen sah gekränkt aus. Immer noch keiner, der öffnen wollte. Er beugte sich hinunter, hob die Klappe am Briefschlitz und rief hinein:

»Polizei! Wir wissen, daß du zu Hause bist, Neller! Mach sofort auf!«

Noch mehr Geräusche und eine Zimmertür, die geschlossen wurde. Weitere Sekunden unseres Lebens vergingen. Dann ertönte eine Stimme von der anderen Seite der Tür:

»Seid ihr wirklich von der Polizei?«

»Ja! Mach sofort auf! Sonst sprengen wir die Tür.«

Ich schaute Sune überrascht an. Waren wir deshalb gekommen?

»Von welcher Polizei seid ihr?« fragte die Stimme weiter.

»Stockholmer Polizei. Aufmachen!«

»Nur noch eine Frage. Werdet ihr mit Dynamit oder Trotyl sprengen?«

Sune schlug mit beiden Fäusten auf die Tür ein, und der Rauch quoll aus seinen Nasenlöchern wie bei einem kampfbereiten Drachen aus einem Zeichentrickfilm. Die Stimme auf der anderen Seite gluckste:

»Ja ja, beruhigt euch, Jungs, verschont die Tür, ist doch schade um das gute Holz.«

Ein Schlüssel drehte sich im Schloß. Was bedeutete das? Es ist selten, daß man von innen abschließt; das schien eine zusätzliche Sicherheitsvorkehrung zu sein. Gegen wen und warum?

Der Mann, der uns öffnete, sah dem Foto ähnlich, das Sune mir gezeigt hatte. Auf dem Bild war jedoch ein ernster Mann von über sechzig Jahren gewesen, während der Mauritz Neller, den wir antrafen, ein gemütlicher Typ zu sein schien, der mit dem Dasein im allgemeinen zufrieden war. Sein Haar bestand aus einem Kranz weißen Babyflaums, die glattrasierten Wangen glänzten, und seine hellblauen Augen strahlten wie der Sommerhimmel. Er lächelte liebenswürdig und zeigte dabei seine makellos weißen Zahnreihen. Obwohl er ziemlich klein und übergewichtig war, machte er doch den Eindruck, schnell einige Kilo loswerden zu können, wenn er nur Lust hatte. Seine Miene verriet jedoch, daß dies die einzige Lust war, die er nicht hatte. Die Hosen waren einmal fein gewesen, inzwischen hatte sie ihr Träger zur Freizeitbekleidung degradiert, und sie waren ausgebeult und fleckig. Die Bügelfalte existierte nicht einmal mehr in der Erinnerung. Das gestreifte Flanellhemd war nachlässig zugeknöpft.

»Kommt rein, Jungs, und fühlt euch wie zu Hause«, begrüßte er uns und vollführte eine einladende Geste.

Wir traten ein, aber wenn man als Polizist kommt, ist es schwer, sich spontan willkommen zu fühlen. Man kommt ja auch nicht gerade mit Blumen oder einer Tafel Schokolade. Wenn Sune zu einem unserer Kunden kam, auch wenn es ehemalige waren, dann fragte er nie, ob er in ihrer Wohnung rauchen dürfe, er tat es einfach und nahm es als selbstverständlich, daß sie sich dreinfinden und nicht protestieren würden.

Der Raum war, wie früher üblich, unproportional hoch und erzeugte Unbehagen. Die Decke, die einst weiß gewesen sein mochte, zeigte jetzt ein dumpfes Grau. Die ebenso farblosen, billigen Tapeten endeten an einer verzierten Holzborte unter dem abgerundeten Deckenwinkel. An den Wänden hingen gerahmte Bilder billigster Sorte in großer Zahl. Über die Auswahl der Stile und Motive hatte er sich wohl keine Gedanken gemacht, es wirkte, als sei er jedesmal einfach in den nächsten Bilderladen gerannt, wenn ein Fettfleck zuzudecken war. Die Möbel waren alt und protzig, vermittelten aber eine gewisse Stabilität und Nostalgie. Auf einem Bücherregal ohne Rückwand drängten sich zwei Taschenbücher mit grellen Umschlägen, ansonsten lagen da nur Stapel von Zeitungen, die, den obersten Exemplaren nach zu urteilen, wenig Lesestoff, dafür aber viele Abbildungen galanter Damen ohne störende Kleider boten.

»Und was kann ich armes Würstchen für dich tun, Sune Bengtsson, und für dich, Roland Hassel?«

»Woher weißt du, wie wir heißen«, fragte ich verblüfft.

Er kicherte in sich hinein und zuckte die hängenden Schultern.

»Du hast mich vor sechzehn Jahren mal geschnappt, als ich friedlich im damals gemütlichen Norma in der Vasagatan saß und dänisches Seemannsbeefsteak aß. Die Kartoffeln waren ein wenig mehlig, aber sonst war es in Ordnung. Sune Bengtsson hat mich vor elf Jahren einmal kurz verhört, aber ich war wie gewöhnlich völlig unschuldig.«

Waren wir uns schon einmal begegnet? Er gab mir einen kleinen Klaps auf die Schulter, als er meine zweifelnde Miene bemerkte.

»Das Trauma meines Lebens ist mein fotografisches Gedächtnis. Du ahnst nicht, wieviel ich gern vergessen würde. Was verschafft mir die Ehre eures Besuchs? Ich darf doch annehmen, daß es eine Ehre ist?«

Sune und ich lauschten auf das Gepolter hinter einer Tür, hinter der sich wahrscheinlich das Schlafzimmer befand.

»Wer ist da drin, Neller?« fragte Sune barsch, aber dennoch schrill und spitz.

»Sperr die Neugier in ein Haus, schaust du nach, dann fliegt sie aus. Und, mein guter Herr Polizist, sei so nett und nenn mich nicht nur beim Nachnamen. Das erinnert mich so an Zeiten der Sklaverei, und die sind vorbei.«

Sune trat heran und rüttelte an der Klinke. Die Tür war verschlossen.

»Aufmachen!« befahl er.

Neller lächelte und machte eine Geste wie ein Schlagersänger, der seinem Schmerz über einen großen Verlust Ausdruck verleihen will.

»Bin ich eines Verbrechens verdächtig? Hat der Staatsanwalt die Genehmigung zu einer Hausdurchsuchung erteilt?«

»Du kennst deinen Text«, lobte ich ihn. »Viele glauben, daß es Hausuntersuchung heißt und nicht Hausdurchsuchung.«

»Nach einem langen und vergeudeten Leben verfügt man über einen großen Vorrat an sinnlosem Wissen. Wenn ich schreibkundig gewesen wäre, hätte ich für die nicht Lesekundigen ein Buch über meine Erfahrungen geschrieben.«

Sunes Stimme schnitt wie ein Rasiermesser durch die Luft, während er die Pistole zog und auf das Schloß richtete:

»Wenn du nicht aufmachst, schieße ich!«

Es fiel mir schwer, Sunes Erregung zu teilen, denn Neller schien mir zu ruhig, als daß er im Schlafzimmer etwas Gefährliches verbergen könnte, aber ich konnte ihn verstehen.

»Aber, mein Lieber, was hast du nur immer mit meinen Türen! Wo habe ich nur den Schlüssel hingelegt? Vielleicht ist er hier in der Tasche? Nein, hier nicht und da auch nicht. Dort vielleicht? Nein. Nun weiß ich auch nicht mehr weiter. Tja, das Alter verlangt seinen Tribut. Was war ich doch für ein Teufelskerl, als ich noch jünger war, da konnte ich mir alles merken. Die Psalmverse sprudelten aus mir wie Quellwasser, zum Beispiel dieser schöne ...«

»Ich zähle bis drei!« schrie Sune. »Eins, zwei ...«

»Aber hier ist er ja! Habe ich nicht wie ein Maulwurf in der Tasche gesucht? Sei so nett und verschone die Tür, ich komme, so schnell es geht. Ich habe Angst vor Schüssen seit einem tragischen Ereignis während meines Militärdienstes, den ich als nicht Wehrfähiger beim ruhmreichen Regiment ...«

»Drei!«

Aber Neller war schneller und steckte den Schlüssel ins Schloß. Ich kannte ihn nicht und konnte deshalb nicht einschätzen, ob er mit Sune und mir ein übles Spiel spielte oder ob er immer so auftrat.

»Seltsam, daß das Schloß klemmt. Ich habe es erst letzte Weihnachten geölt. Vielleicht liegt es an der Qualität des Öls, auf welchen Hersteller kann man sich denn heute noch verlassen? Aber, ich werde es schon schaffen! Als ich jung war, war ich so was von einem Muskelprotz, aber jetzt ...«

Sune schubste ihn unsanft zur Seite, drehte den Schlüssel ohne Probleme, riß die Tür auf und stürmte mit erhobener Waffe hinein. Auch ich zog die Pistole und gab ihm Deckung, weil es die Aktion so erforderte. Neller lehnte sich mit verschränkten Armen an den Türpfosten und beobachtete lächelnd die Jungs mit ihren Spielzeugen.

Das Schlafzimmer war leer. Auf dem breiten Bett lagen ein paar zerknautschte Kissen und eine rosa Decke. Eine von Nellers bevorzugten Zeitschriften lag obszön auf einem kleinen Tisch. Gewohnheitsmäßig öffneten wir die Schranktüren, fanden dahinter lediglich ein paar Anzüge, und schauten unters Bett, wo wir nur Staub sahen. Beide Fensterflügel standen offen, und ich entdeckte den Knoten am Mittelsteg zuerst. Ich eilte hinzu. Zwei zusammengebundene Laken hingen bis fast auf den Asphalt des Hofes hinab. Ich holte sie ein und gab Sune ein Zeichen.

»Verdammt!« schrie Sune, und es klang wie das Quietschen einer schlecht geschmierten Guillotine.

Daß er fluchte, war eine Seltenheit und wies darauf hin, daß er aus dem Gleichgewicht geraten war. Seine Meinung von Mitmenschen war die allerniedrigste, und wer einmal mit dem Gesetz in Konflikt gekommen war, zählte für ihn zum Abschaum der Erde, auch wenn es sich nur um eine Geschwindigkeitsüberschreitung gehandelt hatte. Das Gesetz war ihm nicht heilig, mit solchen Begriffen konnte er ohnehin nichts anfangen, aber es war ein notwendiges Regelwerk, das die Leute in Schach hielt, und es war die unbedingte Pflicht eines jeden, ohne Widerrede nicht nur die Gesetze, sondern auch die übrigen Bestimmungen, Verordnungen, Anweisungen, Vorschriften und Statuten bis zum letzten Buchstaben zu beachten. Daß ein Ganove wie Mauritz Neller ihn an der Nase herumgeführt hatte, war ein Verbrechen.

»Wer ist hiergewesen?« schrie er.

»Ja, hat man Töne!« sagte Neller mit Bewunderung in der Stimme. »Zwei zusammengebundene Laken. Genau wie im Kino. War es nicht der Graf von Monte Christo, der so geflohen ist? Nein, der Ärmste hat ja über zehn Jahre gebraucht, um sich rauszugraben. Wer kann es denn noch gewesen sein, Herr Hassel?«

»Vielleicht einer deiner Bekannten?«

»Kann sein, kann sein. Man muß zugeben, daß die Methode zwar nicht neu, aber doch sehr effektiv ist. Selbst würde ich sie nie anwenden, denn ich leide unter Schwindelanfällen. Der kalte Schweiß bricht mir aus, wenn ich nur auf einem dicken Teppich laufe.«

Sune baute sich vor ihm auf und starrte ihn mit seinem schlimmsten Blick an, und den konnte selbst ich nur schwer aushalten.

»Wenn du nicht sofort Namen und Adresse der Person nennst, die du hier versteckt hast, nehmen wir dich mit zur Kripo. Na?«

Wieder zeigte Neller mit dramatischer Geste seine Handflächen.

»Warum sollte ich das müssen?«

Er kratzte sein schneebedecktes Haupt.

»Kann man so formulieren? Das müssen? Klingt eigentümlich, die schwedische Sprache hat ihre Fallen. Aber dennoch drückt der Satz aus, was ich meine: Mein Privatleben ist mein Privatleben. Meine kleinen schmutzigen Geheimnisse sind meine kleinen schmutzigen Geheimnisse.«

Sune blähte seine schmale Brust auf und wiederholte, die Pistole in der Hand:

»Na?«

»Ich habe nichts zu sagen. Aber es ist lange her, daß ich bei der guten alten Kripo war. Es geht mir ans Herz, wenn ich an die alten Zeiten denke. Nehmt mich ruhig mit. In den nächsten Stunden habe ich ohnehin nichts vor. Aber ich setze voraus, daß Herr

Bengtsson seine Handlungsweise zuständigen Stellen gegenüber begründen kann.«

»Zieh dich an und komm freiwillig mit. Sonst lege ich dir Handschellen an.«

»Bleib cool«, warnte ich. »Mauritz, du sagtest schmutzige Geheimnisse, nicht wahr?«

»Ja, andere habe ich nicht.«

»Heißt das, daß du behauptest, eine Dame im Schlafzimmer gehabt zu haben?«

Neller verbeugte sich kurz vor mir.

»Der Scharfsinn eines gewissen Polizisten beeindruckt mich tief. Gewiß, gewiß, ihr habt mich bei einem wichtigen und natürlichen Akt gestört. Ein Tätatät, wie der Franzose sagt. Oder heißt es eine Tätatät?«

»Erzähl mehr von ihr.«

»Ich muß mich da sehr zurückhalten. Diskretion ist Ehrensache. Meine Lippen sind versiegelt. Aber soviel gestatte ich mir zu verraten ...«

Er setzte sich auf die Bettkante, streichelte das zerknautschte Kissen und seufzte tief:

»... daß sie mit einem Mann verheiratet ist, der sie rausschmeißen würde, wenn er von ihrer Leidenschaft für mich erführe. Dann würde sie keinen Öre mehr bekommen. Sie haben einen Ehevertrag. Ihr könnt meinem armen Leib ihren Namen nicht entreißen, und wenn ihr spanische Stiefel und die Streckbank anwendet.«

Sune glotzte Neller wütend an, sah aber ein, daß es sinnlos war, ihn mitzunehmen. Würdevoll steckte er die Pistole wieder ins Holster. Die meisten von uns tragen ihre Waffe im Hosenbund, aber das wäre ja nicht nach Vorschrift.

»Bilde dir nicht ein, daß wir dir glauben.«

»Ich bilde mir gar nichts ein. Das ist mein Trost im Leben. Aber ihr hattet doch wohl nicht nur die Absicht, meinen zweiten Trost im Leben zu verjagen? Dafür wirft unsere geliebte Regierung doch nicht etwa unsere Steuergelder hinaus? Für die, die Steuern bezahlen.«

»Wir wollen Informationen über deinen Halbbruder Kajan Lilja.«

»Gern. Von Kaj erzähle ich gern. Er liebt beispielsweise Blumen. Wie ich auch. Als er ein kleiner Knirps war, half ich ihm mit seinem Herbarium. Waren das glückliche Tage, als wir seltene Exemplare zwischen Pappen und dann in die Pflanzenpresse legten. Ich erinnere mich besonders an eine seltene Blume; auf lateinisch heißt sie ...«

»Hör auf!« unterbrach ihn Sune gereizt. »Wo hält er sich zur Zeit auf?«

»Mein Lieber, mein Halbbruder ist ein fahrender Rittersmann. Wo er weilt, steht im Wind und in den Sternen geschrieben.«

Neben dem Bett entdeckte ich etwas, was glänzte. Neller folgte meinem Blick und warf sich plötzlich zu Boden, griff den Gegenstand und stopfte ihn in den Mund.

»Ein kleines Stück Schokolade. Mmm, lecker, lecker. Schmeckt gut, obwohl noch ein bißchen Silberfolie dran klebt.«

Aber es war kein Stück Schokolade gewesen. Ich packte mit der einen Hand seinen Nacken; mit der anderen versuchte ich, seinen Mund zu öffnen.

7. Kapitel

Zu spät. Was immer es gewesen war, er hatte es hinuntergeschluckt, und nun leckte er sich sogar noch die Lippen.

»Du solltest ausspucken«, fuhr ich ihn an.

»In meinem Heim spucke ich nie. Spucken ist eine schlechte Angewohnheit.«

»Dein Magen mag sicher kein Metall. Du hast einen Ohrring verschluckt. Man könnte fragen, warum du das getan hast. Also, warum hast du das getan?«

Neller ließ sich nicht überrumpeln. Er hatte auf alles eine Antwort. Wie konnte der Mann überhaupt jemals überführt werden? Wahrscheinlich hatte er sich damals einen Anwalt genommen, anstatt sich selbst zu verteidigen.

»Einen Ohrring? Deshalb also ließ sich das Stück Schokolade so schlecht kauen. Na, dann war es doch ein guter Ohrring.«

»Mach dich nicht lächerlich.«

Beinahe wäre mir noch ein »Verstanden?« herausgerutscht, aber ich konnte es mir gerade noch verkneifen. Er würde mich nicht dazu bringen, Sune nachzuahmen. Der begnügte sich zur Zeit damit, mißgelaunt zu glotzen, und darin war er ja sowieso unschlagbar.

»Wenn ich mir die Sache richtig überlege, könnte ich vielleicht im Unterbewußtsein geahnt haben, daß es ein Ohrring war«, erklärte Neller. »Ich habe die Neigung, meinen Impulsen zu folgen. Ihr hättet vielleicht die Besitzerin des Schmuckstücks ausfindig machen können, aber nun ruht es in meinem Magen, und die Diskretion bleibt gewahrt. Aber, wie gesagt, geschmeckt hat es.«

Auch da war nichts mehr zu machen. Wie er selbst geltend gemacht hatte, wurde er weder gesucht noch eines Verbrechens verdächtigt, und wenn wir seine Behauptungen nicht widerlegen konnten, mußten wir sie gezwungenermaßen akzeptieren. Er konnte wirklich eine Dame bei sich gehabt haben, sie konnte einen Ohrring verloren haben, er konnte sich um ihren Ruf sorgen. Eine Frau im Bett zu haben, die anderweitig verheiratet war, galt nicht als kriminell, sonst gäbe es nur einige wenige Polizisten, bestenfalls, die zusammen mit Kindern und sehr alten Rentnern auf der Straße herumtrotten würden.

»Wir haben langsam genug von dir«, teilte ich ihm mit, und er nickte verständnisvoll.

»Das ist ein Gefühl, das ich bei Behörden oft hervorrufe. Die Last ist schwer, aber ich habe sie zu tragen.«

»Erzähl uns nun von Kajan. Wo versteckt er sich?«

Neller legte seinen silberfusseligen Kopf auf die Seite und verwandelte sich in einen Jungen, der seinen Vater dazu bringen will, ein Eis zu spendieren.

»Was weiß ein Wind über Gesetze? Kaj kommt und Kaj geht, und niemand weiß, wann oder wo oder gar wie.«

»Was tust du, wenn du Kontakt zu ihm aufnehmen willst?«

»Aber das will ich doch gar nicht! Da bin ich vorsichtig. Ich liebe ihn, weil er mein Halbbruder ist, aber möglicherweise könnte seine Art in den Augen gewisser Kreise, mit denen ich mich nicht anlegen möchte, gewalttätig erscheinen. Nicht in meinen Augen, aber die sind subjektiv. Wenn er mit mir sprechen will, ruft er an oder schaut vorbei.«

Sune ließ die Kippe auf den Korkteppich fallen und trat sie demonstrativ aus. Neller nahm es kommentarlos hin und lächelte genauso freundlich wie zuvor.

»Du bildest dir wohl ein, daß wir dir glauben?« zischte Sune so spitz, daß man die Stimme hätte zum Messer machen können. »Du lügst, wie man es von einem alten Knastbruder erwarten kann!«

»Ich bin resozialisiert. Bald bekomme ich meine Rente, und dann kann ich den ganzen Tag im Bett liegen und auf lieben Besuch warten.«

»Du hast Waffen geschmuggelt«, fuhr Sune fort. »Waffen, mit denen Typen wie dein Halbbruder Polizisten und gewöhnliche Leute erschossen haben.«

Neller war unbeirrbar in seiner Verbindlichkeit gegenüber seinen ungebetenen Gästen, wir hätten ebensogut über den Preis von Mohrrüben reden können.

»Meine Waffen waren für Sammler bestimmt. Handwerklich wertvoll. Richtige Juwelen. Ich möchte nur darauf hinweisen, daß man es nicht mir anlasten kann, wenn aus diesen Waffen geschossen wurde. Es sind nicht die Waffen, die Leute umbringen, sondern die Menschen, die sie halten.«

»Eine miese Ausrede, und das weißt du«, mischte ich mich ein. »Es *sind* die Waffen, die töten.«

»Ich halte mich an meine Version. Außerdem, wenn ich es nicht mache, dann tut es ein anderer. Eine ausgezeichnete Entschuldigung, die überall paßt. Ich habe sie mir zum Leitspruch erkoren.«

Öde, triste Tage. Zu Fuß unterwegs in unerwartetem Sprühregen; die ich treffen sollte, waren nicht zu Hause, die ich antraf, hatten nichts für mich übrig; sie waren maulfaul, rochen schlecht; eine Minderjährige versuchte mich zu beißen, eine Alte spuckte mich an. Es schien auch nicht so, als ob ein anderer bei der Fahndung irgendwelche Erfolge haben würde. Massenhaft Spuren, viel zu viele, aber alle endeten in einer Sackgasse.

Ein Waffenexperte von SKL in Linköping zeigte mir jede Menge Bilder von Waffen und bat mich, die Karabiner zu identifizieren, mit denen die Männer Valentina erschossen und auch mich beinahe umgebracht hatten. Als ich auf eine Fotografie zeigte, nickte er zustimmend.

»Stimmt, aber ich wollte gern deine Bestätigung. Das ist ein Ak 74 U, einer der modernsten automatischen Karabiner der Welt. Er wiegt nur 2,7 Kilo, das Kaliber ist 5,45, und er hat dreißig Schuß im Magazin, bei einer theoretischen Feuergeschwindigkeit von 800 Schuß in der Minute. Zerlegbar. Eine elegante und unerhört effektive russische Waffe.«

»Manchmal wünscht man sich, die Menschheit wäre nicht weiter als bis zur Steinschleuder gekommen«, seufzte ich.

Es wurde Donnerstag, und über Donnerstage ist nicht viel Gutes zu sagen. Erbsen mit Speck sind nicht gerade ein Lichtblick, wenn man Erbsen und Speck nicht mag. Donnerstag sagen ist, als habe man den Mund voller Pappe, an Donnerstagen bekommt man die Masern oder eine Erkältung, da nimmt der Videorecorder die falsche Sendung auf, und statt eines Spielfilms kommt ein Beitrag über die Tierwelt unserer Moore. An diesem Tag rutscht einem Schneematsch in die Stiefel, die Hosen reißen auf, und Paare, die an einem Donnerstag zueinander finden, stecken sich nicht nur mit Herpes, sondern auch noch mit Mundfäule an. An einem Donnerstag sieht man sich im Spiegel und entdeckt graue Haare; am selben Tag ruft ein Vertreter an und offeriert eine sehr günstige Sterbeversicherung. Als Simon kurz vor fünf, ich hatte mich bereits für den Heimweg fertiggemacht, anrief und mich zu sich bat, war mir dementsprechend klar, daß irgendwo der Teufel los sein mußte.

Pavlov saß in Hemdsärmeln da und war offensichtlich ein wenig gestreßt. Simon trug sein Knittersakko, ihn konnte nichts aus der Ruhe bringen. Vor ihm lagen Gurkenscheiben in einer Plastikschale, die aber so weit zur Seite geschoben war, daß er sie wohl erst wieder beachten würde, wenn die Gurken ausgetrocknet waren und er sie ohne schlechtes Gewissen wegwerfen konnte.

»Ich komme gleich zur Sache«, begann Simon.

»Das klingt nicht gut.«

»Wieso?«

»Wenn eine Schweinerei im Gange ist, kommt man immer gleich zur Sache. Kannst du dir nicht vorstellen, statt dessen um den heißen Brei herumzuschleichen?«

»Ich bin nicht in der Laune. Zuwenig Schinken und Salami im Leib. Ein Mann muß am Samstag nach Moskau reisen und mit Valentinas Eltern reden.«

Ich versuchte, mich auf meinem Stuhl möglichst klein zu machen, denn alles deutete darauf hin, daß nicht nur Donnerstag, sondern eine Art Doppeldonnerstag heraufzog. Simon beugte sich vor und klapste mir auf die Schulter. Das war wohl aufmunternd gemeint.

»Es liegt natürlich nahe, dabei zuerst an dich zu denken, denn du warst der letzte, der sie lebend gesehen hat. Das kann den Kontakt zwischen euch erleichtern.«

»Das meine ich ganz und gar nicht. Idiotische Idee. War das deine?«

»Der Beschluß ist kollektiv gefaßt worden. Ich habe mit Virena gesprochen, und sie hat nichts dagegen.«

War ich von finsteren Donnerstagskräften umgeben? Virena kannte doch meine Meinung über die russische Hauptstadt.

»Mach dir keine Sorgen«, beruhigte Pavlov. »Du wirst nicht über Nacht bleiben. Das war eine Forderung meinerseits. Zu viele werden in den russischen Hotels beraubt. Finn-Air fliegt um sieben Uhr morgens von Arlanda, und dann geht es über Helsinki nach Moskau, wo du um zwölf Uhr null fünf Minuten Ortszeit landest.«

»Usch!«

»Wie du weißt, verlierst du zwei Stunden, wenn du nach Osten fliegst. Nach Hause geht es mit SAS achtzehn Uhr fünfunddreißig, und du bist achtzehn Uhr fünfzig schwedischer Zeit wieder hier. Nur ein kleiner Ausflug also.«

»Bäh!«

»Du wirst die ganze Zeit betreut. Ich habe Bekannte bei der russischen Polizei angerufen. Ein Dolmetscher namens Vladimir Zomasov erwartet dich am Flugplatz und hält dann Händchen, bis du Moskau wieder verläßt.«

»Pfui Teufel!«

»Ich hol dich früh um fünf zu Hause ab und fahr dich nach Arlanda raus. Du bist doch hoffentlich ein Morgentyp?«

»Nein, und auch kein Abendtyp. Es gibt eine Stunde am Tag, so zwischen elf und zwölf, da bin ich manchmal verhältnismäßig und relativ gesehen beinahe wie munter, aber das ist auch alles.«

»Mach dich nicht lächerlich«, sagte Simon. »Einen Tag in Rußland wirst du wohl ohne Probleme überstehen. Warst du nicht früher schon einmal da?«

»Ja, und deshalb will ich ja auch nicht wieder hin. Am heiligen Grab meiner Mutter habe ich geschworen, mich von diesem Land fernzuhalten. Am heiligen Grab meines Vaters ebenfalls.«

Natürlich war mir klar, daß die Schlacht verloren war, aber ich wollte kämpfen, solange ich konnte.

»Wann warst du zuletzt dort?« erkundigte sich Simon. »In den glücklichen Tagen des Zaren?«

»Nein, aber während der weniger glücklichen Tage Breschnews. Als die Sowjetunion noch Sowjetunion war.«

»Inzwischen hat sich viel verändert«, versicherte er und schien daran zu glauben.

»Sicher zum Schlimmeren«, maulte ich. »Falls das überhaupt geht.«

Pavlov machte eine Geste, die alles mögliche bedeuten konnte, aber da er nicht protestierte, nahm ich an, daß er meine Meinung teilte.

Meine Abneigung gegen die Reise nach Osten war nicht gespielt, sondern wurzelte in einem aufrichtigen Gefühl. Virena hatte von ihrem Arbeitgeber eine dreitägige Wochenendreise nach Moskau angeboten bekommen, und ich hatte sie begleiten dürfen. Es war ein schreckliches Erlebnis gewesen. Ich konnte den Eindruck nicht loswerden, in einem Vorhof der Hölle gelandet zu sein. Die dumpfe, depressive Stimmung war so kompakt, daß man sie hätte mit einem Messer schneiden können. Menschen sahen zu Boden, weil sie Angst hatten hochzuschauen; schweigende, schwarzgekleidete alte Frauen standen in langen Schlangen an, in der Hoffnung, Mangelwaren zu ergattern. Männer trugen Säcke mit Kohlrüben und sahen aus, als hätten sie den Hauptgewinn einer Tombola auf der Schulter. In der ganzen Stadt herrschte eine Grabeskälte, und das hatte nichts mit den Temperaturen zu tun. Entsetzliche Tage lang wurden wir zu Sehenswürdigkeiten geschleppt, die nicht einmal in einer öden Provinzstadt wie Borlänge einen Stern verdient hätten. Die Verkäuferinnen in den Geschäften waren saurer als Zitronen, das Personal in den Restaurants schien uns zu hassen. Die Furcht vorm Militär, das Erschrecken vor dem gewöhnlichen Polizisten, die Angst vor der Geheimpolizei ...

Schon nach dem ersten Tag wollte ich nur noch nach Hause und dachte mit Schaudern an dieses enorme Konzentrationslager nur ein paar Flugstunden von Schweden entfernt. Als Ausländer wurde ich mit besonderen finanziellen Belastungen und speziellen Abgaben und Extrakosten sowie einem starken Mißtrauen konfrontiert – es war, als käme man als Kunde in eine schwedische Bank.

»Der Hauptgrund, warum ich durchgesetzt habe, daß gerade du fährst, ist lebenswichtig«, verriet Simon. »Du trinkst doch keinen Schnaps mehr, dann kannst du mir ja eine große Flasche feinen Wodka aus dem Dutyfree mitbringen. Zu irgendwas mußt du doch zu gebrauchen sein!«

Eine Stunde später war ich zu Hause und erfuhr, daß Elin an einer Kindergeburtstagsfeier teilnahm. Also würde ich meine von ganzem Herzen geliebte Tochter erst treffen, wenn sie von wilden Spielen ermüdet wieder eintraf. Man weiß ja, wie das dann ist: sie würde sofort einschlafen und sich nicht um die fünfte Wiederholung von Papis dramatischer Lesung der Abenteuer Pippi Langstrumpfs kümmern. Mein anderes Herzblatt teilte mir mit, daß es zum Abendessen Kalbssülze geben würde.

»Warum das?«

»Warum nicht? Es hat dir doch beim letzten Mal geschmeckt. Oder war es ... o nein, es war ja gerade die Kalbssülze, die dir nicht geschmeckt hatte.«

Donnerstag. Typisch Donnerstag.

»Ich werde sie schon hinunterwürgen«, sagte ich mit dem bleichsten Lächeln, obwohl ich wußte, daß Kalbssülze zu den Gerichten gehörte, die mir mein Magen mit dem Expreßlift wieder heraufschickte. »Ich soll am Samstag nach Rußland, aber das weißt du ja bereits. Du fandest die Idee ja sogar gut.«

»Einen Tag, na und? Galina und ich gehen nach dem Mittagessen mit Elin nach Skansen. Am Vormittag treiben wir uns in der City rum und sehen, ob wir nicht ein bißchen Geld ausgeben können.«

Ich ging so zeitig wie möglich ins Bett, um an einem Freitag aufzuwachen, wurde aber vom Telefon geweckt, das schriller klang als sonst. Virena meldete sich und sagte dann ausdruckslos, daß es eine Frau sei, die mit mir sprechen wolle.

»Wer kann das sein?« wunderte ich mich und rieb mir die Bartstoppeln.

»Wenn du das Gespräch übernimmst, erfährst du es vielleicht.«

Jaha, das war keine schlechte Schlußfolgerung Viertel nach sechs Uhr früh. Ich nahm den Hörer und murmelte meinen Namen, bereit, sofort loszuschnauzen, falls es eine Journalistin sein sollte, die das Bedürfnis hatte, mit mir über den Mord zu plaudern. Aber es war keine abgebrühte Reporterstimme, sondern ein unsicheres Flüstern; sie verschluckte Silben, und ich konnte hören, daß sie sich nicht wohl fühlte.

»Bist du der Hassel, der ... der ... ich meine ...«

Ich ließ sie selbst nach Worten suchen, da ich ja nicht wußte, wo sie zu finden waren.

»Das ist, wenn er ... du weißt ... ich habe von einer gehört, die ... und ich dachte, daß ich ...«

Sie holte Luft und stieß sie wieder aus, und ich begriff, daß sie mit tiefen Zügen rauchte. Ich sah sie vor mir, eine dünne, magere, nervöse Frau, die auf einer Bettkante saß und etwas mitteilen wollte, was sie für wichtig hielt. Solche Gespräche gibt es in unserem Beruf oft. Meist ist es wertloses Geschwätz, aber die Person, die eine andere verpfeift, meint, damit Punkte zu sammeln. Als ich merkte, daß sie irgendwie nicht weiterkam, unterdrückte ich ein Gähnen und versuchte, ihr freundschaftlich zu helfen.

»Wie heißt du?«

»Was? Wie ich ... Gun ...«

»Und du wirst wahrscheinlich Gunsan genannt, nehme ich an?«
»Mm. Ja. Meistens.«
»Willst du mir auch deinen Nachnamen verraten?«
Sie erschrak und verschluckte Rauch, so daß ich warten mußte, bis sie mit dem Husten fertig war.
»Nein, nein, kommt gar nicht in Frage! Obwohl ... ja, ich heiße Kihlberg, Gun Kihlberg. Also, es geht um Kajan.«
»Kajan Lilja? Laß hören.«
Gähnen konnte ich später. Virena kam mit einer Tasse Tee und stellte sie auf den Tisch neben mir. Sie hatte sich zurechtgemacht, trug aber immer noch ihren Morgenmantel, und es tat ganz und gar nicht weh, sie anzuschauen, was wohl umgekehrt, angesichts meiner Bartstoppeln, nicht ganz so war. Gun jedoch schwieg sich aus, und schließlich hatte ich es satt, ihren nikotinschwangeren Atemzügen zu lauschen.
»Weißt du, wo er sich aufhält?«
»Vielleicht.«
»Kannst du jetzt darüber sprechen?«
»Ich will ... muß ... so einen Schutz. Einzige Chance. Aber ...« Kaum hörbar fügte sie hinzu: »Zu spät ist es sowieso.«
»Wir werden Polizeischutz organisieren, aber erst müssen wir mit dir reden. Wo können wir uns treffen? Bei dir zu Hause?«
Sie stieß ein seltsames, kurzes Lachen aus.
»Zu Hause? Ist das hier ein Zuhause? Verzeihung, ich meinte nicht ... nur, daß ich ... nicht hier, nicht hier ...«
»Kannst du zu uns in die Bergsgatan kommen?«
»Nein, nein, die könnten hinter mir her sein ... Frag nicht mehr ... es eilt ...«
»Aber ich muß wissen, wo wir miteinander reden können.«
Eine Weile atmete sie stoßweise, dann sagte sie:
»Ich kann ... also einen Ort ... einen, den ich kenne ... kann man sicher mal bekommen ... muß ich erst prüfen ... Wenn ich dich nun in ein paar Stunden ... um zehn etwa ...«
Sie bekam meine Durchwahl im Büro und versprach flüsternd anzurufen, dann legten wir beide auf. Vielleicht würde sie ihr Versprechen halten, aber das Leben eines Fahnders ist voller geplatzter Illusionen. Wenn sie wollte, wenn sie es nicht bereute, wenn sie

keine kalten Füße bekam, wenn sie nicht zuviel Angst hatte, wenn sie mich nicht nur zum Narren hielt und sich gerade jetzt über den Schafskopf Hassel schieflachte. Das wäre nicht das erste Mal.

Simon meinte, es würde sich lohnen, auf das Gespräch zu warten, und setzte sich mit in meinen Verschlag, um mir dabei Gesellschaft zu leisten. Er hatte einige Neuigkeiten zu berichten.

»Kajan betrieb ein kleines Handelsunternehmen in der Prostitutionsbranche, zusammen mit einem Burschen namens Johnny Strand. Vierzig Jahre alt, aber nach dem, was er auf dem Kerbholz hat, müßte er mindestens fünfundsiebzig sein.«

Der Name sagte mir nichts, das gab ich Simon zu verstehen.

»Nein, wir haben tatsächlich nicht so viel mit ihm zu tun gehabt, dafür ist er bei der Gewalt um so besser bekannt, auch in K 8.«

K 8 war die Drogenabteilung. Unsere Wege kreuzten sich nicht so oft. Dort blieb man lieber unter sich, auch wenn es keine so schlecht verborgene Aversion gab wie zwischen der Stockholmer und der Reichspolizei.

»Du hast Schinken gegessen!« rief ich und zeigte anklagend auf seinen Mund. »Da klebt noch ein Fetzen an der Unterlippe!«

Er streckte die Zunge heraus, angelte das Stück und schluckte es zufrieden hinunter.

»Tja, mein Lieber, Nadja meint, ich sei inzwischen schlank genug geworden. Jetzt darf ich wieder essen wie ein normaler Mensch. Gurken kommen mir jedenfalls nie mehr auf den Tisch. Also, Strands Spezialität war und ist wohl nach wie vor die Organisation des Rauschgifthandels. Selbst nimmt er keine Drogen. Er ist so eiskalt, daß eine Mücke, die ihn sticht, Lungenentzündung bekommt. Wird seit drei Jahren wegen Mordes gesucht. Wir glaubten, er sei im Ausland, es ist aber nicht ausgeschlossen, daß er sich noch in Schweden aufhält. Niemand wagt es, ihn zu verpfeifen, denn das bedeutet den sicheren Tod.«

»Einer dieser typischen Schlächter«, seufzte ich. »Wo kommen die bloß alle her? Die breiten sich aus wie giftige Fliegenpilze.«

»Ganz typisch ist er nicht. Johnny unterscheidet sich in einem sehr von seinen Kumpanen: Er spricht und schreibt perfekt russisch.«

Im selben Augenblick klingelte das Telefon. Sie war es. Die Uhr zeigte zehn Minuten vor zehn, und ich nickte Simon zu, der den zweiten Hörer abnahm und ans Ohr preßte.

»Ich bin in ... das ist ein Vorort, der ... wenn ich wüßte ... findest du nach Mälarhöjden?«

»Bestimmt.«

Eine kurze Antwort. Jetzt war keine Zeit für anderes als Fakten.

»Ein Grundstück dort ... Haus ... Adresse ist Ugglemossevägen. Ich habe vergessen, mir die Nummer zu merken. Ein rotes Haus mit grünem Dach. Ich hörte, daß es von einem ... was war er doch noch mal ... ja, einem Doktor, der vermietet. Arzt. Obwohl ... es kann auch ein anderer Doktor sein. Komm sofort. Ich fürchte mich hier, weil ... man weiß ja nie.«

Ein Klicken im Hörer. Ich sah Simon fragend an. Er massierte sich den kahlen Schädel mit der Handfläche. Das tat er immer, wenn er nachdachte.

»Das kann Null oder Hundert sein. Nimm Myrna mit und sprich mit dem Mädel. Ich beneide euch, die ihr die Welt sehen werdet. Mälarhöjden und so weiter.«

Als Myrna nach Mälarhöjden fuhr, war sie düster und in sich gekehrt, und ich vermutete, daß sie und ihr Lebensgefährte Hasse wieder einmal einen Mordskrach gehabt hatten. Beide verfügten über ein hitziges Temperament, und manchmal erschütterten ihre Entladungen die Nation. Im Grunde aber liebten sie sich und waren durch ihre gemeinsame Tochter darüber hinaus miteinander verbunden, so daß auf einige Blitze und den entsprechenden Donner für gewöhnlich eine Versöhnung folgte, die das Leben wieder rosarot erscheinen ließ. Myrna war direkt und zupackend in ihrer Art, verfügte aber auch über eine weiche Seite, die Leute, mit denen wir zu tun hatten, aufgeschlossen machte in Situationen, wo ich die Schraube wahrscheinlich nur noch fester angezogen hätte.

»Das geht vorüber«, tröstete ich. »Wie immer.«

»Was?«

»Habt ihr euch nicht gekracht, du und Hasse?«

Sie schüttelte den Kopf, daß ihre tiefschwarzen Locken tanzten, aber in ihrer Stimme war rhythmischer Schwung.

»Hasse ist entlassen worden. Die Firma hat total abgebaut. Und du weißt ja, wie das ist mit neuen Jobs. Wenn er zu Hause bleiben und den Kanarienvogel füttern muß, wird er wahnsinnig.«

»Das wird schon werden.«

Sie sah nachdenklich zu mir herüber und seufzte:

»Die Frage ist nur, ob es gut oder schlecht wird. Hasse steckt es nicht so einfach weg, wenn er auf dem Arbeitsmarkt nicht gebraucht wird. Er fühlt sich wertlos.«

Wie steckt man doch voller sinnloser, klischeehafter Aufmunterungssprüche! Das wird schon werden ... Wenn man sich nur am Riemen reißt ... Überschlaf die Sache doch erst mal ... Sieh es mal positiv ... Jetzt sieht es vielleicht düster aus, aber bald wird es wieder heller ... Was noch fehlte, war ein Frack und eine schmalzige Gesangsstimme, dann hätte man gut in eine Revue aus den dreißiger Jahren gepaßt. Allerdings sind es wohl dieselben simplen Ratschläge, für die die Seelenklempner heute einen Tausender pro Stunde verlangen.

Das schöne Frühsommerwetter hatte ein halbherziges Comeback gestartet, und die Sonne war hinter Wolkenschleiern zu erahnen. Als wir von der Autobahn in Richtung Mälarhöjden abbogen, befanden wir uns sofort in einem anderen Milieu, einer anderen Gesellschaft. Dieses ruhige alte Gebiet hatte sich lange selbst genügt. Man hatte hier das Gefühl, daß jeder Tag ein Sonntag war und daß sich die Leute selbst dann fein anzogen, wenn sie nur im Garten arbeiten wollten.

»Weißt du, daß sie hier draußen früher eine eigene Zeitung hatten?«

»Ich lese nur *Expressen.*«

»Ja, und das zeigt, welchen Zusammenhalt es hier gab. Man konnte von der Stadt mit dem Boot rausfahren; schon früh gab es auch eine Straßenbahn. Papa überlegte, ob er ein Stück Land in Mälarhöjden kaufen und selbst bauen sollte. Er und ein paar Taxifahrerkollegen hatten sogar einige Grundstücke am See zur Auswahl.«

»War er nicht krank?«

»Das war, bevor er die Gasvergiftung hatte, aber er ging auch später noch arbeiten. Als Dreikäsehoch war ich einmal mit, da hat er mir das Grundstück gezeigt, das er hätte haben können.«

Ich dirigierte sie die Hügel hinunter zum See.

»Ist das hier der Ugglemossevägen?«

»Nicht ganz, ich wollte dir nur Vaters Grundstück zeigen.«

Myrna seufzte tief und verdrehte die Augen zum Himmel.

»Rolle, du bist ein Unikum! Haben wir wirklich Zeit, deinen Erinnerungen aus dem Dreikäsehochalter nachzujagen? Glaub mir, du findest die Stelle sowieso nicht wieder.«

Aber nun waren wir schon unten, und sie fuhr langsam die ziemlich schmale Straße am Wasser entlang. Auf schmalen Parzellen reihten sich die Häuser aneinander, alle mit einem wunderschönen Ausblick über den Mälarsee und die Inseln. Feine alte Holzvillen und ultramoderne Steinbauten ergaben ein Bild aus Tradition und Erneuerung.

»An der Brücke dort machen bestimmt immer noch Boote fest. Sie sieht aus wie eine in den Schären.«

»Versuch lieber, etwas zu finden, was aussieht wie der Ugglemossevägen.«

Nach all den Jahren war ich unsicher geworden, wo das Grundstück lag, und ich konnte ja nicht aussteigen und in diesen unzähligen Häusern nachfragen, ob jemand wüßte, wo der Taxichauffeur Hassel vor fast einem halben Jahrhundert einmal ein Grundstück in Aussicht gehabt hatte. So schaute ich auf die Karte und wies Myrna den Weg zum höher gelegenen Ugglemossevägen.

Die Frau hatte ein rotes Haus mit grünem Dach beschrieben, aber wir entdeckten keines, das dieser Beschreibung entsprach, obwohl wir die Straße langsam auf und ab fuhren.

»Frag den Gartenzwerg hinter der Hecke«, schlug ich vor.

Der Gartenzwerg war ein magerer, verwitterter Mann über achtzig, mit wachen, aber leicht talgigen Augen, roter Nase und einem kleinen, schmallippigen Mund. Das flotte Hütchen, das aussah, als würde es in der Familie weitervererbt, saß in die Stirn gedrückt; die Lederjacke hatte er in der Blüte seiner Kräfte sicher einmal ausgefüllt, nun aber hing sie schlaff auf den Altmännerschultern. Er hielt sich an einer Harke fest und schien nach einem Anlaß zu suchen, mit der Arbeit aufzuhören. Ich stieg aus dem Auto und nickte ihm zu. Er erwiderte meinen Gruß.

»Kennst du die Gegend?« fragte ich.

Der Mann brach in amüsiertes Glucksen aus.

»Mein Junge, ich bin hier geboren und geblieben, und von hier bringt man mich nur in horizontaler Lage weg, wenn die Zeit gekommen ist. Hier gibt es keinen Stein, den ich nicht kenne. Wenn du etwas wissen willst, bist du an den Richtigen geraten.«

Ohne Bedauern legte er seine Harke beiseite und deutete damit an, daß er bereit sei, mir seine ganze Aufmerksamkeit zu schenken.

»Es geht um ein rotes Haus, das ein grünes Dach haben soll.«

Er schob das Hütchen ein wenig nach oben, um sich zwischen dünnen grauen Haarsträhnen kratzen zu können.

»Und dieses Haus soll hier stehen?«

»Ja. Angeblich gehört es einem Arzt, der es vermietet.«

Zufrieden gluckste der Mann:

»Ach so, Doktor Lundins Hütte! Obwohl, die Farben stimmen nicht. Der euch das erzählt hat, muß farbenblind gewesen sein. Ja, Lundin ist ein echter Mälarhöjder. Wir hier sind nämlich ein bißchen anders als andere Leute.«

Ich hatte ja schon viel Lokalpatriotismus erlebt, aber den Leuten besondere Eigenschaften zuzuschreiben, bloß weil sie in Mälarhöjden geboren waren, das schien mir doch ein wenig zu weit zu gehen.

»An wen hat Lundin denn vermietet?«

»An eine Dame. Leider nicht von hier. Soll im Sozialwesen arbeiten. Wo steht denn nun die Bude?«

»Ich zeige es dir. Ganz in der Nähe. Hinter der Anhöhe. Wir nennen ihn Ludde. Schade, daß er so krank geworden ist. Bettlägerig seit vier Jahren.«

Wir liefen voraus, Myrna folgte uns mit dem Wagen. Der Mann plauderte munter über das soziale Leben in der Gegend und ließ mich kleine, wohlgehütete Geheimnisse wissen. Zwei Motorradfahrer überholten uns mit kreischenden Motoren, in ihren Lederoveralls und Helmen glichen sie Wesen vom Mars.

»Ich hatte mal eine leichte Maschine«, verriet mir der Alte. »Eine Husqvarna. Lief wie eine Nähmaschine.«

Wir waren auf dem Kamm der kleinen Anhöhe angelangt.

»Dort liegt Luddes Hütte. Sie ... aber was zum Teufel ...«

Der Mann erstarrte, und sein Unterkiefer klappte herunter. Die beiden Motorradfahrer waren von ihren Maschinen gestiegen und hatten die Villa erreicht. Sie lehnten sich zurück, holten aus und warfen etwas. Eine Explosion dröhnte.

Im nächsten Augenblick war das Haus ein Flammenmeer.

8. Kapitel

Der Alte bekam einen Stoß und wurde ein ganzes Stück zur Seite geschleudert. Dort blieb er benommen sitzen. Die Motorradfahrer waren bereits wieder an ihren Maschinen, die brüllend starteten und auf uns zurasten. Ich zog die Pistole und feuerte auf die Reifen, aber bewegliche Ziele sind schwer zu treffen.

»Stehenbleiben!« schrie ich.

Das war natürlich das letzte, was sie tun würden. Myrna hatte die Situation erfaßt, sprang aus dem Wagen, nahm hinter der geöffneten Tür Deckung und schoß mehrmals. Die Marsmenschen hingen über ihren Tanks, so daß man nicht mehr als den oberen Teil des Sturzhelms sehen konnte. Eine der Maschinen schwankte und verringerte die Fahrt. Ich sah etwas durch die Luft segeln.

»Geh in Deckung!« rief ich Myrna zu, und meine Stimme überschlug sich.

Die Granate landete auf dem Dach des Wagens, und das Fahrzeug schien im Feuer zu explodieren. Myrna reagierte spät, aber nicht zu spät; sie warf sich schräg nach hinten und rollte sich dann zur Seite, um vom Flammenherd wegzukommen. Mit den Händen löschte sie einen Brand in ihrem Haar. Die Motorradfahrer verschwanden hinter der Anhöhe, das Brummen der Maschinen entfernte sich.

»Bist du okay?« schrie ich.

»Verdammt, gib Alarm!« fluchte sie zurück.

Über Mobilfunk alarmierte ich die Einsatzzentrale und gab unsere genaue Position an. Mehr konnte ich nicht tun. Der Wagen war hinüber, und ich mußte den alten Mann aus der Gefahrenzone bringen. Er saß da wie paralysiert, so daß ich ihn buchstäblich vom Feuer wegziehen mußte. Sein Greisenmund kaute an Worten, dann stieß er hervor:

»Fürst.«

»Was hast du gesagt?«

»Fürst. Ture Harald Fürst. Ture. Das sollst du wissen, falls ich sterbe. Ich will nicht wie ein Fremder sterben.«

Ich klopfte ihm aufmunternd auf die Schulter.

»Du weißt doch, daß in Mälarhöjden niemand stirbt, so lautet das Gesetz. Erst muß man über die Grenze nach Aspudden.«

Ich hätte eigentlich staunen müssen, daß ich nicht schlimmer auf das Geschehene reagierte, aber ich hatte seit langem aufgehört, mich über mich selbst zu wundern. Niemand war physisch zu Schaden gekommen, und wenn auch der Wagen bald nur noch Asche und brandschwarzes Metall war – dafür würde entweder der Steuerzahler oder das Versicherungsunternehmen zur Kasse gebeten, und beide hatten Geld.

»Wie geht es dir, Myrna?« erkundigte ich mich.

Sie verfügte über eine etwas schlechtere geistige Kondition als ich und zitterte merklich. Obwohl sie ununterbrochen zwinkerte, versuchte sie sich doch an einem zaghaften Lächeln.

»Wäre ich im Auto sitzen geblieben, wäre Hasse jetzt Witwer!« krächzte sie. »Und Lillan mutterlos!«

Mit zitternder Hand fuhr sie sich übers schwarze Haar, und die Finger drehten die trockenen Strähnen, die an den Enden versengt waren. Sie ließ einen Seufzer ertönen, der aus einem tiefen Loch zu kommen schien.

»Verdammt, in drei Teufels Namen!«

»Warte hier bei unserem alten Freund Ture Fürst. Ich muß zu dem Haus hinüber.«

Als ich mich auf den Weg machte, schrie der Alte panisch:

»Geh nicht! Ich will nicht allein sterben!«

»Myrna bleibt bei dir. Im Bleiben ist sie die Beste von uns.«

So blendend erschien mir die Idee nicht mehr, als ich auf die lodernd brennende Villa zurannte, aber verständlich, und mehr konnte man in der Situation nicht verlangen. In der Nähe des Hauses war die Hitze unerträglich, und die Funken stoben in die Gegend wie von einer Wunderkerze. Wenn sich Gun Kihlberg im Haus aufgehalten hatte, waren höchstens verkohlte Knochenreste von ihr übriggeblieben.

Das Grundstück war groß, und ich versuchte, die Rückseite der Villa zu erreichen. In der Ferne waren die Sirenen von Feuerwehr- und Polizeifahrzeugen zu hören, aber es war meine Pflicht zu tun, was in meinen Kräften stand, weil ich vor Ort war. Was jedoch konnte ich anderes tun als zu konstatieren, daß Doktor Lundins Villa lichterloh brannte? An einem Baum an der Böschung nahe beim Haus hockte ich mich hin und hielt zum Schutz vor dem Funkenregen die Hände über den Kopf.

Ich bemerkte ein paar kleinere Gebäude, ein Gästehäuschen aus Holz und einen Vorratsschuppen mit Wellblechdach. Hinter dem Schuppen saß eine Frau auf der Erde. Die Beine hatte sie an den Körper gezogen, die Arme fest darumgelegt. Sie hörte mich und wandte mir ein farbloses, leeres Gesicht mit farblosen, leeren Augen zu. Auch ihre Stimme war farblos und leer.

»Vor denen kann man sich nicht verstecken.«

Ich setzte mich neben sie. Ich versuchte nicht, ihre Hand zu halten, ich saß einfach da.

»Du lebst, das ist die Hauptsache.«

Verstand sie mich überhaupt? Vielleicht, denn sie lieferte gerade eine Erklärung, daß sie noch am Leben war, andererseits sprach sie aber wie zu sich selbst.

»Hörte die Motorräder, da wußte ich Bescheid. Sprang durchs Küchenfenster. Wollte mich verstecken. Aber das geht nicht. Die haben mich zum Tode verurteilt, und ich kann nicht entkommen.«

»So ist es nicht, Gun. Wir werden dich beschützen«, versicherte ich.

»Wenn sie wollen, daß ich sterben soll, dann werde ich bald tot sein.«

Sie wandte mir das Gesicht zu und starrte mich mit aufgerissenen Augen an, nahm mich auf in ihr Bewußtsein, als wolle sie sich für alle Zeiten an mich erinnern. Jetzt nahm ich ihre Hand. Ein paar Feuerwehrfahrzeuge fuhren vor, und nach wenigen Augenblicken spritzten Wasserschlangen und Schaum auf die Villa. Ich sah, wie drei Polizeiwagen nebeneinander hielten. Vorsichtig faßte ich sie am Arm und half ihr beim Aufstehen. Sie gehorchte mechanisch, wie eine Puppe, und trottete an meiner Seite, mit starrem Blick und Armen, die herabbaumelten, als folgten sie nicht mehr ihrem Willen, sondern eigenen physischen Gesetzen.

Eine Stunde später waren wir alle im Polizeigebäude, und Myrna und ich rapportierten, so gut wir konnten, was wir gesehen und gehört hatten, doch es war so wenig, daß es nicht einmal die Rückseite einer Briefmarke gefüllt hätte. Sogar im Fabrikat der Motorräder waren wir uneinig, konnten uns aber schließlich darauf verständigen, daß wir uns beide geirrt hatten; offenbar war es eine dritte oder vierte Marke gewesen. Wie alle Zeugen zu sagen pflegen, wenn sie sich entschuldigen wollen, daß sie so wenig beizutragen haben: »Es ging alles so schnell.« Myrna hatte einen ordentlichen Schock, überwand ihn aber ziemlich schnell. Trotzdem war sie der Meinung, an diesem Tag genug gearbeitet zu haben. Sie sagte, sie zöge es vor, zu Hause ein beruhigendes Pulver zu nehmen und dann wegzuschlafen, was von dem Sturm der Gefühle übriggeblieben war.

Auch Fürst wollte schnellstens wieder nach Hause und schien vor allem bestürzt darüber, daß solche Gewalttaten in Mälarhöjden möglich waren. Er rief eine Tochter in Norrtälje an, die versprach, zu kommen und ihn über Nacht zu sich zu nehmen.

Ich dagegen verfolgte die behutsame Vernehmung Gun Kihlbergs. Sie wurde von Simon geleitet und fand in seinem Zimmer statt. Wir saßen auf den Polstermöbeln in der Besucherecke; vor uns standen Kaffee und Gebäck, um zu demonstrieren, daß es sich um ein freiwilliges Gespräch handelte und wir nicht beabsichtigten, sie unter Druck zu setzen. Simon trat wie gewohnt sympathisch und väterlich auf, und ich bekam selbst Lust, ihn zu fragen, ob er mit mir nicht Hoppe-Hoppe-Reiter spielen könnte.

»Nimm noch ein wenig Kaffee, Gun.«

»Reicht jetzt.«

»Wie du willst. Nun zur Sache: Glaubst du, daß es Kajan war?«

»Die wollen, daß ich sterbe, und dann werde ich sterben.«

»Wenn du sagst die, wen meinst du da? Kajan und wen noch? Denn Kajan ist ja wohl einer von ihnen?«

»Die sind viele, und ich kann nichts tun.«

»Ist es möglich, daß Johnny Strand das andere Motorrad gefahren hat?«

»Kajan oder Johnny, was spielt das für eine Rolle? Mein Leben ist so oder so zu Ende.«

Gun war achtunddreißig, sah jedoch mindestens zehn Jahre älter aus. Sie war bei uns nirgendwo registriert, aber daß ihr Leben hart und karg gewesen war, konnte man an ihrer ganzen Art erkennen. Sie hatte sich beizeiten an die Spielregeln gewöhnt, die in ihrer Welt galten. Wie sie einst da gelandet war, wußten wir nicht und sie wahrscheinlich ebensowenig.

Physisch und psychisch unterworfen und eingeschüchtert, wußte sie, was Opposition kostete: Ein Nein, das ein Ja hätte sein müssen: gebrochene Rippen. Ein Einwand, der als unnötig angesehen wurde: ein paar ausgeschlagene Zähne. Ein Bitte-laß-mich-in-Frieden: ein Tritt in die Seite, daß die Eingeweide sprangen. Ein kritischer Blick, der eigentlich demütig zu Boden gerichtet sein sollte: eine Ohrfeige, daß das Hirn hin- und herschwappte. Zu leben hieß für sie, am Rande eines Vulkans zu balancieren, und nur die Tatsache, daß ihre Persönlichkeit ohnehin bereits total vernichtet war, ließ ihre Peiniger darauf verzichten, sie in die verzehrende Lava zu stoßen. Nun war etwas geschehen, was sie dazu verurteilte, in die glühende Lava geworfen zu werden, und sie hatte sich drein gefügt, als sei es schicksalhaft und unausweichlich.

Nicht einmal Simon konnte ihr Informationen entlocken. Sie hatte mich angerufen, um ihr Herz zu öffnen, aber die Tür war wieder verschlossen, und wir hatten keinen Schlüssel. Er gab mir ein Zeichen, daß er mit ihr allein sein wollte, und das war vielleicht richtig; für gewöhnlich wirke ich eher hemmend auf Frauen.

Am nächsten Morgen, so früh, daß die Jugendlichen in den zahllosen illegalen Klubs sicher meinten, die Nacht habe gerade erst begonnen und halte noch viele sensationelle Vergnügungen und Genüsse bereit, holte mich Pavlov von der Haustür ab. Ich war müde, schlecht gelaunt und fröstelte, während er wie immer vor Vitalität zu bersten schien.

Die Autobahn nach Arlanda war fast leer. Dennoch fuhr Pavlov langsam, und ich begriff, daß er viel zu erzählen hatte. Ich hatte jedoch keine große Lust zuzuhören. Für mich war es eine jener schlechten Nächte gewesen, die ich allein durchkämpfen mußte. Virena schlief, und Elin schnaufte, während ich meine Kämpfe mit diversen Dämonen aus der fernen Vergangenheit und der nahen Zukunft ausfocht.

»Kontrolliere sofort, ob du auch todsicher für den richtigen Heimflug gebucht bist. Akzeptiere keine Umbuchung. Du darfst nicht dableiben und im Hotel übernachten.«

»Beißen russische Läuse schlimmer als schwedische?«

»Mit Läusen kann man leben. Aber in den meisten Hotels sind Diebstahl, Überfälle und Mord nichts Ungewöhnliches. Ausländer haben immer etwas, was man verkaufen kann.«

Er nahm meine Tasche in Augenschein, die ich auf den Rücksitz gelegt hatte.

»Gut, daß du nur Handgepäck bei dir hast. Das aufgegebene Gepäck wird oft von der Flugplatzmafia untersucht und bestohlen.«

»Das kann man ja wohl sofort anzeigen«, meinte ich müde.

»Nicht in Rußland. Wenn der Polizist eine Anzeige aufnimmt, kannst du damit rechnen, daß der Zettel im Papierkorb landet, sobald du ihm den Rücken zugekehrt hast. Er ist bestochen. Warte in der Ankunftshalle auf Zomasov. Wenn er eine Stunde zu spät kommt, warte eine Stunde. Geh keinesfalls darauf ein, wenn Taxifahrer dich belagern und dir Fahrten in die Stadt anbieten. Erstens würde dich das etwa den zehnfachen Preis kosten, und zweitens könntest du ausgeraubt werden.«

»Das war dann die Taximafia, nehme ich an«, murmelte ich.

»Ja, sicher. Ehrliche Taxifahrer werden furchtbar mißhandelt, wenn sie versuchen, Fahrten zu bekommen.« Er räusperte sich und warf mir einen Blick zu, aus dem ich nicht richtig schlau wurde.

»Das Thema ist vielleicht ein wenig heikel, aber ... ja, du verstehst ...«

»Kein Wort. Spuck's aus! Nein, lieber nicht spucken um diese Tageszeit.«

»Viele Männer verwandeln sich in wilde Stiere, wenn sie ins Ausland kommen, und wenn es nur ein paar Stunden sind. Die gewohnte Kontrolle fehlt, sie verlieren ihren gesunden Menschenverstand.«

Sogar mein getrübter Verstand erfaßte, was er mir taktvoll beibringen wollte, und das waren keine großen Neuigkeiten. Einmal war ich mit einer Gruppe auf einer Konferenz in Kopenhagen gewesen, um ein neues Sicherheitssystem zu studieren, und es war merkwürdig, wie geil manche Burschen wurden, wenn es Zeit war für den Nachmittagsdrink.

»Sprichst du von galanten Damen?«

»Die sind weder Damen noch galant, aber solltest du möglicherweise Pläne für ein amouröses Abenteuer in Moskau hegen, dann bitte ich dich, es dir aus dem Kopf zu schlagen. Es ist buchstäblich lebensgefährlich.«

»Wenn es um die Hasselsche Tugend geht, dann kannst du ganz beruhigt sein. Selbst Heilige könnten noch von mir lernen.«

Das stimmte. Ich hatte zuviel zu verlieren, um für so wenig ein Risiko einzugehen. Das war einmal anders gewesen, während meiner ersten Ehe, als ich alle Dummheiten machte, die die Menschheit kennt, plus ein paar, die ich selbst erfunden hatte. Aber etwas muß man ja wohl lernen und begreifen auf dem Weg von der Wiege ins Grab.

»Halte dich die ganze Zeit an Zomasov. Geh nicht allein auf die Straße. Geh nicht ohne Begleitung in Restaurants oder Cafés. Du bist ansprechend gekleidet, schwedisch, also bist du zum Abschuß freigegebenes Wild.«

Ich rieb mir den Schlaf aus den Augen. Jetzt spürte ich, wie müde ich war und wieviel lieber ich im warmen Bett geblieben wäre. Am Tag meiner Pensionierung würde ich bis zum Abendessen im Morgenmantel herumlaufen.

»Ich werde mich an den Dolmetscher kleben«, versicherte ich. »Und ich verspreche, nicht zu stolpern und mir keine Beulen zu holen, damit ich nicht ins Krankenhaus muß, denn dort wäre ich sicher verraten und verkauft.«

Das war ein erbärmlicher Witz, aber was kann man vor Sonnenaufgang schon verlangen? Pavlov nahm ihn ernst und nickte mehrmals.

»Traditionell haben wir ausgezeichnete Ärzte, und für dich als Ausländer zahlt deine Versicherung, aber für uns Russen sieht es in puncto Medizin und Ausrüstung schlecht aus, da die Mafia an allem, was geliefert wird, ihren fetten Anteil hat, vom Pflaster bis zum Blutplasma. Nicht eine Kopfschmerztablette wechselt den Besitzer, ohne daß gewisse Prozente in fremde Taschen wandern.«

Nun ja, vielleicht, aber ich wollte diesen Tag eigentlich gesund überstehen und frisch wie eine Heckenrose nach Arlanda zurückkehren. Außerdem hatte ich keine Lust, das russische Krankenhausproblem zu diskutieren.

»Glaubst du, ich übertreibe?« fragte er, und ich konnte einen deutlichen Beiklang von Bitterkeit in seiner Stimme vernehmen.

»Weiß nicht. Du bist der Experte, nicht ich.«

»Rate mal, in wie vielen Mordfällen der letzten zwei Jahre der Mörder aufgespürt und verhaftet worden ist? Ich meine jetzt nicht die Hunderte von Fällen, wo ein Drogensüchtiger einen anderen wegen ein paar Gramm Heroin tötet, sondern richtige Morde. Versuch mal zu raten.«

»Hundertzwölf«, antwortete ich verschlossen.

»Null. Zero. Niemand wagt es, einem Mord nachzugehen, weil man nicht weiß, wer ihn vielleicht bestellt hat; der Auftraggeber könnte sehr wohl ein Vorgesetzter sein, und dann ist man noch am selben Tag seinen Job los. Einen Killer kannst du fast öffentlich kaufen. Ein Mord an einer relativ hochgestellten Persönlichkeit kostet umgerechnet etwa sechstausend schwedische Kronen. Das ist das einzige, was nicht der schwindelerregenden Inflation unterliegt. Also erschwinglich für jedermann. Bekommst du langsam eine leise Ahnung, wie es im russischen Reich zugeht? Nein, das kannst du nicht. Du wehrst dich dagegen.«

Ich nickte in Richtung einer Abfahrt.

»Da hinten liegt Knivsta. Es paßt zwar nicht zum Thema, aber von dort kam ein Spitzenfußballer, der Sandberg hieß. Und wohl immer noch heißt.«

Ich mußte mich einfach wehren. Pavlov umkrampfte das Lenkrad und seufzte schwer.

»Begreif doch, daß die Mafia nicht nur Rußland beherrscht, sondern auch die ehemaligen Satellitenstaaten.«

»Du hast es bereits erwähnt. Ja, Knivsta-Sandberg schoß einmal ein Traumtor gegen Schottland. Direkt ins Dreiangel.«

»Rolle, in der ehemaligen Sowjetunion gibt es eine Vielzahl kleiner Kriege. Hunderttausende von Soldaten treiben sich herum, weil man sie aus der Armee entlassen hat. Waffen sind massenhaft vorhanden. Sie werden über die Grenzen hinweg gekauft und verkauft und zunehmend auch in andere Länder mit harter Währung, zum Beispiel Schweden, geschmuggelt. Glaub mir, wir können einen furchtbaren Bürgerkrieg in absehbarer Zeit nicht vermeiden. Der Krieg in Jugoslawien ist ein Sandkastenspiel dagegen. Wie viele Millionen ums Leben kommen, spielt für die Mafia keine Rolle, zum Schluß wird sie der Sieger sein.«

»Nicht, daß ich mich so für Fußball interessiere, aber dieses Tor hat sogar mir imponiert. Ich glaube, er hat den Ball volley genommen.«

»Verdammt, Rolle! Kannst du nicht ... Prostitution, Rauschgift und so etwas sind doch lediglich Kräuselungen an der Oberfläche. Die russische Mafia will Schweden auf allen Ebenen übernehmen. Das kann dauern, aber sie verfügt über enorme Ressourcen und Leute, die vor nichts zurückschrecken. Willst du in einer solchen Gesellschaft leben? Kannst du dir so eine Gesellschaft überhaupt vorstellen?«

Ich gähnte, ohne die Hand vor den Mund zu nehmen. Ich hatte es nicht mehr geschafft, etwas zu mir zu nehmen, und so fühlte ich mich ein wenig hungrig, ich fühlte mich überhaupt wenig ...

»Einmal war ich in Sigtuna, als die Jungs aus der Internatsschule eine Art Examen hatten und Amok liefen. Ich habe also bereits Horrorsituationen erlebt, die einem das Blut in den Adern gerinnen lassen.«

Pavlov bog nach Arlanda ab und schien den Tränen nahe, weil ich nicht begreifen wollte, was er wußte.

»Manchmal ist man nahe daran aufzugeben!« brach es aus ihm heraus.

»Darf ich fragen, warum du dahin zurück willst, wenn es so schwierig ist, wie du behauptest? Du und Galina, ihr werdet doch wieder in dieser korrumpierten Polizei arbeiten. Erklär mir das.«

Pavlov fuhr ein paar hundert Meter, bevor er antwortete.

»In Rußland gibt es einige Staatsanwälte, die einen Rechtsstaat wollen. Ein paar Polizeichefs ebenfalls. In Moskau haben wir einen, wenn es ihn noch gibt; man weiß ja nie, was am nächsten Tag geschieht. Galina und ich ... ich weiß, es klingt verrückt, aber ... wir wollen tun, was wir können, um die Mafia zu bekämpfen. Wenn es keinen Widerstand mehr gibt, gibt es dort auch keine Hoffnung mehr auf ein lebenswertes Leben.« Das klang so bemüht feierlich, daß auch er das Gesprächsthema wechseln wollte. »Mit welcher Gesellschaft fliegst du?«

»SAS.«

»Ein ziemlich gutes Unternehmen. In Moskau haben wir ein Verzeichnis der Fluggesellschaften, weil wir viele Vertreter haben, die nichts anderes tun, als kreuz und quer durch die Welt zu reisen, um Kredite zu beschaffen und Geschäftskontakte anzubahnen. SAS liegt wohl auf dem vierten oder fünften Platz, jedenfalls in Europa.«

Auch bei der Polizei gab es, was keiner der Verantwortlichen laut zugab, eine höchst inoffizielle Liste, die aber allen fleißig Reisenden bestens bekannt war und gewiß auch in anderen staatlichen Behörden kursierte. Ich hatte sie in einem Reisemagazin zitiert gefunden, und der Redakteur meinte, daß die Gutachten von den großen, privaten Unternehmen stammen konnten.

»Wer liegt vorn?« erkundigte ich mich.

»Air France. Dann folgen Swiss Air und Lufthansa, beide auf Platz zwei.«

Bemerkenswerterweise stimmte das mit der schwedischen Liste überein, wenn sich bei uns auch SAS und Swiss Air Platz zwei teilten.

»Und ganz hinten?«

»Alitalia.«

»Ja, die Italiener scheinen sich ganz schön unbeliebt gemacht zu haben. Auch kein Schwede fliegt freiwillig mit Alitalia. Aber ich hätte gedacht, daß du Aeroflot als noch schlimmer einschätzt?«

Pavlov lachte lustlos.

»Aeroflot zählt nicht. Die gehört zu einer besonderen Kategorie ganz unten in der Bretterzaunliga. Aber heutzutage können wir es uns ja aussuchen; die Preise unterscheiden sich nicht, und bezahlt wird zu Hause in Rubeln.«

Er fuhr die kleine Anhöhe zu den Abflugschaltern hinauf und hielt an. Ich nahm meine Tasche, blieb aber noch sitzen und musterte ihn von Kopf bis Fuß und von Fuß bis Kopf.

»Was ist denn?« fragte er.

»Dein Schwedisch ist unglaublich gut. Was Fußball angeht, kennst du sogar den Ausdruck Bretterzaunliga. Ein Wort, das in keinem Lexikon steht. Ich frage mich, was du für Lehrer gehabt hast. Akademiker waren es jedenfalls nicht.«

»Was meinst du?« murmelte er und schaute hinaus in den Nieselregen.

»In der Sowjetzeit, die uns noch so nahe ist, wurden Agenten ausgebildet, die man Speznaz nannte. Ich nehme an, du kennst den Begriff?«

Er zuckte die Schultern und starrte in den Regen.

»Die Speznaz hatten verschiedene Aufgaben, aber sie waren die Elite der Elite. Sie bildeten Erschießungskommandos und waren unübertroffen, wenn es um Spezialaufträge ging. So gut wie alle sowjetischen Spitzensportler wurden von der Speznazabteilung des KGB ausgebildet. Nur sie konnten sich bei Wettkämpfen in aller Welt frei bewegen, und sie haben viele harte Zellen im Westen organisiert.«

»Ach ja?« murmelte er tonlos.

»Dann gab es noch eine andere Art Speznaz. Deren Aufgabe bestand darin, sich in verschiedene Länder zu begeben und dort wie gewöhnliche Bürger zu leben und aufzutreten. Arbeiten, Familie gründen, einer unter vielen sein. Wenn allerdings ein Befehl aus Moskau kam, wurde er ohne zu zögern ausgeführt: eine

Brücke sprengen, einen Minister ermorden, Hunderte von Menschen verbrennen. Es konnte zehn oder dreißig Jahre dauern – sie funktionierten sozusagen wie Zeitbomben.«

Tief unten im Hals grunzte er etwas Unverständliches.

»Sie haben alles gelernt, was mit Terrorismus zu tun hat«, fuhr ich fort. »Vor allem aber Sprachen. Nicht nur akademisch korrekte Begriffe, sondern vor allem die alltäglichen Redewendungen, die nicht im Wörterbuch stehen. Bretterzaunliga zum Beispiel. Wir wissen, daß es in Schweden viele Speznaz gibt, die inzwischen hoffentlich arbeitslos geworden sind. Wie war es denn mit dir, Pavlov? Bist du auch zum Speznaz ausgebildet worden?«

Pavlov ließ den Motor an und schaute in den Rückspiegel.

»Beeil dich, sonst verpaßt du den Flieger.«

Ich stieg aus und warf die Tür zu. Er kurbelte die Scheibe herunter, lehnte sich aus dem Seitenfenster und schrie mir hinterher:

»In der Sowjetunion konnte man sich sein Leben nicht aussuchen, Rolle!«

So früh am Morgen war es noch ruhig in der Abflughalle. Es war ja Samstag, und die Geschäftsleute waren bereits nach Hause zu Frau und Kindern gereist, um mit ihnen ein schönes Wochenende zu verbringen, und ebenso waren die Reichstagsabgeordneten abgereist, zu Frau oder Mann und Kindern, um sich einfach mal in Ruhe mit ihren Dokumenten und Vorlagen zu beschäftigen. Da Zigaretten in Rußland angeblich als harte Währung galten, kaufte ich zollfrei die genehmigte Stange für Zomasov, den Schnaps konnten sie für sich behalten.

Im Warteraum für den Flug nach Moskau saß ich mit wenigen Leuten und versuchte, mir die Zeit zu vertreiben, bis uns die Stewardeß mit ihrem professionellen Lächeln an Bord willkommen heißen würde. Ich blätterte die Morgenzeitung durch, während die anderen düsteren Blickes mit dem Schicksal zu hadern schienen, welches sie zwang, die schwedische Heimat zu verlassen und zweifelhaften Erlebnissen im Osten entgegenzusehen. Dann und wann gähnte ich, immer für mehrere Sekunden. Eine Lautsprecherstimme gab ab und zu interne Mitteilungen an das Personal weiter, das vermutlich auf der Toilette saß und Siebzehnundvier spielte, anstatt die Arbeit zu erledigen. »Eine Nachricht für unseren Passagier Roland Hassel. Bitte melden Sie sich am Informationsschalter.«

Ach ja, nun war Papa Pavlov wohl noch etwas Neues eingefallen, wovor er mich warnen wollte. Vielleicht vor den öffentlichen Toiletten in Moskau, die von der Scheißhausmafia übernommen worden waren und den doppelten Kopekenpreis fürs Klopapier verlangten. Ich meldete mich mit einem lässigen Hallo, doch statt Pavlovs eifriger Warnungen vernahm ich eine Stimme, die ich nicht kannte. Sie klang kalt, unpersönlich und gepreßt, so lag die Vermutung nahe, daß sie bewußt verstellt wurde.

»Ist da Kriminalinspektor Hassel?«

Eine schwedische Stimme? Möglich, aber nicht sicher, alle Silben wurden gleich betont.

»Mhm.«

»Ihre Maschine nach Moskau wird in genau dreiundzwanzig Minuten starten.«

»Prima, daß einem das endlich einmal gesagt wird. Gehört das zu Jan Carlzons neuer Werbestrategie?«

»Sie werden diesen Flug nicht antreten.«

Wurden die Vokale nicht unschwedisch offen ausgesprochen? Ein breites *Ta*, zum *Tä* hin tendierend, anstelle unseres geschlossenen, schmalen *Taa*? Aber so etwas kann man auch imitieren, wenn man imitieren will.

»Warum denn nicht? Sind die Sitze zu unbequem? Schmeckt der Morgentee nicht?«

Ich stellte diese Fragen nur, um spontane Repliken zu provozieren, die mehr über die Nationalität des Anrufers verraten konnten. Vielleicht war es ja nicht ganz unwichtig.

»Wir wollen nicht, daß Ihren Angehörigen etwas Schlimmes geschieht.«

»Wir? Wer ist wir? Und wer bist du?«

Er weigerte sich, mein Spiel zu spielen, sondern wiederholte seinen Satz. Vermutlich las er den Text ab.

»Wir wollen nicht, daß Ihren Angehörigen etwas Schlimmes geschieht.«

»Wovon redest du?«

»Von Ihrer Frau und Ihrer Tochter. Wenn Sie nach Moskau fliegen, werden Sie die beiden nicht lebend wiedersehen!«

9. Kapitel

Mehr sagte er nicht, er legte auf. Er? War es nicht eine weibliche Stimme gewesen? Oder eine sächliche? Sofort rief ich Simon zu Hause an und überzeugte Nadja, den schnarchenden Hausherrn zu wecken. Als ich von dem Gespräch berichtete, war er hellwach.

»Interessant. Welchen Eindruck hattest du von dem Anrufer?«

»Überhaupt keinen. Ich kann wiedergeben, was er gesagt hat, wobei *er* bereits eine Arbeitshypothese ist, dann weißt du genausoviel wie ich.«

»Ein Schreckschuß?«

»Offensichtlich, aber von wem und warum? Jemand will nicht, daß ich nach Rußland reise.«

»Was haben Virena und Elin heute vor?«

»Sie wollen mit Galina nach Skansen. Mein Flugzeug geht in zwanzig Minuten. Wenn ich mitfliege, könnte er seine Drohung wahrmachen.«

»Ich werde sofort Leute für eine ganztägige Überwachung abstellen. Mach dir keine Sorgen.«

»Natürlich mach ich mir Sorgen, verdammt noch mal«, zischte ich. »Wie kannst du so einen idiotischen Quatsch von dir geben, ich solle mir keine Sorgen machen!«

»Entschuldige, entschuldige, es ist zu früh. Aber ich werde mich um die Sache kümmern. Zum Schutz deiner Familie teile ich unsere besten Leute ein.«

Damit mußte ich mich begnügen. Dennoch überlegte ich bis zum Abflug, ob ich an Bord gehen sollte. Gleichzeitig erwachte meine alte Starrköpfigkeit – zum Teufel noch mal, mich sollte keiner erpressen! Wenn man mich an der Reise hindern wollte, bedeutete das ja wohl, daß mich am Ziel wichtige Informationen erwarteten. Und auf Simon konnte ich mich verlassen. Er würde sich nicht mit den besten, sondern höchstens mit den superbesten Sicherheitsleuten begnügen, die auch in der Lage gewesen wären, den amerikanischen Präsidenten bei einem einsamen Spaziergang in den Slums von Damaskus zu beschützen.

Gab es jemanden, der mich auf dem Flugplatz beobachtete? Kontrollierte, wie ich mich verhielt? Ich spähte über den Rand der Zeitung. Der Mann, der das Angebot an angeblich steuerfreiem Alkohol im Dutyfree-Shop studierte? Die Frau, die ihrem Sohn laut aus einem Comicheft vorlas? Die hübschen jungen Leute, Mann und Frau, die nur Augen für den anderen und fremde Hotelbetten im Sinn zu haben schienen? Die Reinigungskraft mit ihrem Wagen? Die beiden Männer, die am Cafétisch saßen und sich das erste morgendliche Bier hinter die Binde gossen? Es war unmöglich, jemanden herauszugreifen. Wenn man anfängt, Leute zu verdächtigen, wird man leicht paranoid.

Vorsichtig erhob ich mich als letzter der Passagiere und schlenderte langsam auf die Dame vom Bodenpersonal zu, die darauf wartete, meine Bordkarte in Empfang zu nehmen. Als ich ihr gegenüberstand, zögerte ich, und es war nicht nur gespielt. Plötzlich drehte ich mich um und ließ den Blick schnell über die nächste Umgebung schweifen. Ich entdeckte niemanden, der in unsere Richtung schaute. Der Mann vom Service leerte den Papierkorb, und das junge Paar knutschte.

Ich bestieg die Maschine mit meinem kleinen Kassettenrecorder in der Tasche und dem unguten Gefühl im Bauch, einen Fehler zu begehen. Welches Recht hatte ich, meine Familie in Gefahr zu bringen? Wer andererseits hatte das Recht, mich durch Drohungen an der Ausübung meines Berufes zu hindern? Der Schreckschuß war womöglich nur eine Platzpatrone. Wenn ich nicht flog, würde sich morgen ein anderer Polizist auf den Weg machen oder ein anderer oder noch ein anderer. Man konnte nicht das ganze Polizeikorps unter Druck setzen. Ich als Person war unwichtig, offensichtlich ging es um die Informationen. Es wird schon werden, sagte ich mir, aber das ungute Gefühl wollte nicht weichen.

Die wenigen Passagiere saßen auf die Sitze verteilt. Ich trank Tee, bekam ein warmes Frühstück, schloß die Augen und wurde plötzlich gebeten, mich anzuschnallen, denn nun würden wir die dichten Wolken durchfliegen und in Moskau landen. Zwei Stunden nur, zwei Stunden direkt in die Hauptstadt des Landes, das einst der Erzfeind Schwedens gewesen war. Hätten Karl XII. die heutigen Verkehrsmittel zur Verfügung gestanden, hätte er die Truppen einfliegen können, anstatt mit seinen Haudegen im Morast steckenzubleiben. Ich schaffte es nicht einmal, über mich selbst zu grinsen. Blödere Gedanken konnte man gar nicht produzieren, und daß es während der Landung in Strömen goß, war auch keine Entschuldigung.

Es war immer noch dieselbe umständliche Prozedur, die Kontrollen zu passieren. Beim letztenmal hatte ich gehöhnt: »Glauben die wirklich, daß jemand versuchen würde, in die Sowjetunion zu fliehen?« und war von den immer noch Gläubigen niedergezischt worden. Eigentlich hätte es jetzt zügig vorangehen müssen, denn die Freiheitsglocke hatte schließlich geschlagen und man wollte doch gute Zusammenarbeit mit den westlichen Unternehmern und Finanzmännern. Aber es waren noch dieselben steinernen Gesichter, die kontrollierten, bis einem vor Wut und Unbehagen der ganze Körper kribbelte.

Schließlich gelangte ich doch noch in das Arbeiterparadies und irrte in der Empfangshalle umher. Eine Anzahl von Leuten verfolgte mich mit Blicken, und ich begriff, daß das die Taxihaie waren, die Beute witterten, aber mein Blut sollten sie nicht bekommen. Ein Mann von etwa sechzig Jahren kam zögernd auf mich zu und lächelte, wie man lächelt, wenn man nicht sicher ist, die richtige Person vor sich zu haben.

»Kriminalinspektor Hassel?«

»Vladimir Zomasov?«

Wir schüttelten uns die Hände, und ich merkte am Griff, daß er kräftige Muskeln hatte. Der Russe war klein und wie ein Bestattungsunternehmer gekleidet. Zum dunklen Anzug trug er ein weißes Hemd und eine weiße Krawatte, die Sachen wirkten jedoch verschlissen. Er hatte dichtes, dunkles Haar, einen koketten Schnurrbart und freundliche, schwarzglänzende Augen.

»Mein Wagen steht draußen. Sie müssen verzeihen, aber mein schwedische Sprache nicht so gut wie Petrovs.«

»Für mich reicht es.«

»Tja, er sein Sprachgenie, aber ich bin nur Mittelmaß.«

»Ich habe schwedische Direktoren getroffen, die ihre Muttersprache schlechter beherrschten.«

Er lachte wie über einen guten Witz, und ich mochte sein Lachen, das die Augen katzenhaft werden ließ. Dadurch entdeckte ich seine hohen Wangenknochen. Ich folgte in seinem Kielwasser, als er entschlossen aus der Halle hinaus auf einen großen Parkplatz zusteuerte, der bis auf ein paar einzelne Wagen leer stand. Er wies auf einen Lada älteren Modells und seufzte:

»Das ist nicht viel Auto.«

»Du mußt dich nicht entschuldigen. Ich hoffe, es ist dir recht, wenn ich dich duze?«

»Wir Russen entschuldigen uns immerzu für alles. Meist haben wir Grund dafür. Ich bin immer froh, für Skandinavier zu dolmetschen, weil man immer schnell per du wird. Demokratie ist einfach und offen. Hier würde ich Jahre dolmetschen können, und man sieht mich nicht einmal.«

Der Wagen roch nach billigem Kunststoff und einfacher Mechanik. Als Zomasov den Motor anließ, gab dieser rohe Geräusche von sich, als sei er nicht eingefahren, obwohl er bereits viele tausend Werst gelaufen sein mußte. Zomasov behandelte die Gangschaltung zärtlich wie eine widerspenstige Frau, die er bezwingen sollte, und sie gab sich tatsächlich hin und stöhnte auf dem Weg in die Stadt nicht mehr als man befürchten konnte.

»Ich weiß nicht besonders viel über die Angelegenheit«, sagte der Russe, »nur, daß die Familie Sjukov heißt und es um die Tochter geht.«

»Viel mehr brauchst du auch nicht zu wissen, aber ich vermute, daß du die Adresse hast?«

»Da habe ich schon eine Kontrollfahrt hingemacht. Wir müssen quer durch die Stadt. Sjukovs Wohnung liegt in einem Vorort auf der anderen Seite.«

Moskau war genauso düster und grau, wie ich es in Erinnerung hatte, und der Regen verstärkte den Eindruck der Tristheit noch. Trotz der Nässe waren ziemlich viele Leute auf der Straße. Mir fiel auf, daß vor allem die Jugendlichen sehr westlich gekleidet waren. Vielleicht zeigte sich hier die Zukunft: Die Jungen wollten sich den alten, zähen, überholten Verhältnissen nicht mehr anpassen.

»Hier sieht man zum Teil schnittige Wagen«, bemerkte ich.

»Sicher. Etwa ein Prozent von Bevölkerung es besser hat. Verdienen viel Geld. Ein Prozent von ein paar hundert Millionen sein viel Leute. Aber neunundneunzig von uns es schrecklich haben. Pensionäre essen Hundefutter. Manchmal auch Hunde. Aber du entschuldige. Ich nicht will sprechen über das Schwere. Andere Zeiten werden kommen. Rußland hat große Naturressourcen. Wir werden reich werden, wenn wir Hilfe bekommen, sie zu nutzen.«

»Wieviel davon nimmt die Mafia?«

Zomasov zog eine Miene, als habe er, ohne zu kauen, eine Zitrone verschluckt, die ihm jetzt sauer aufstieß.

»Hassel, will nicht sprechen über diese Mafias. Die werden unser Tod. Andere Kraft muß her. Die Mafias dürfen nicht gewinnen. Ich habe fünf Kinder. Denke an deren Zukunft.«

Wir erreichten diese endlosen Vororte, die alle Verbannungsgebieten glichen. Unplanierter Boden war dicht mit Hochhäusern aus Rohbeton bebaut worden. Wenn es regnete, verwandelte sich der Untergrund in einen matschigen Sumpf, und es regnete gerade. Die Häuser waren nachlässig hochgezogen worden und trugen den Keim des Verfalls bereits in sich. Wahrscheinlich hatten sie nicht einmal am Tag des Richtfestes neu ausgesehen.

»Nicht besonders schön«, murmelte ich.

»Ach ja? Wir sind gewöhnt. Wohne selbst in solchem Vorort. Anders kennen wir nicht.«

Ich sah, daß er von Zeit zu Zeit die linke Hand auf den Magen preßte und sich ein leidender Ausdruck auf seinem Gesicht breitmachte.

»Was ist los mit dir?« erkundigte ich mich.

»Nichts mit mir. Ich meinen Job mache.«

»Hast du Schmerzen im Magen?«

»Ich nur etwas nicht Gutes gegessen. Keine Probleme. Geht vorüber spielend.«

Offensichtlich bagatellisierte er die Schmerzen aus Angst, seinen Job zu verlieren. Auch wenn er nicht viele Rubel verdiente, brauchen konnte er sie sicher.

Er bog auf einen zwischen zwei Hochhäusern gelegenen Parkplatz ab und fuhr so dicht wie möglich an das eine Haus heran. Ich stieg aus und stand im Matsch, während er gewissenhaft und umständlich die Türen verschloß und zur Sicherheit mehrfach an ihnen rüttelte.

Die schweren, dunklen Wolken hingen so tief, daß sie das Dach und die obersten Etagen in Nebel zu hüllen schienen. Der Regen drängte sich zwischen Kragen und Hals, die Füße froren in der Nässe, und die Häuser rochen abstoßend nach billigem Mörtel. Ich sehnte mich nach Hause. Wir patschten zum Eingang, und als wir ihn erreichten, konnten wir uns wenigstens damit trösten, daß es im Hausflur nicht regnete. Zur Rechten gab es eine Tür, die auf das Klingeln Zomasovs sofort geöffnet wurde, als habe die Frau nur auf das Signal gewartet.

Sie war klein und verkrümmt und wirkte vertrocknet. Obwohl sie höchstens fünfzig bis sechzig Jahre alt war, sah sie mit ihrem verschrumpelten Rosinengesicht und dem glatt über den Schädel gespannten und zu einem Nackenknoten gebundenen Haar wie eine Greisin aus. Sie war ganz und gar in Schwarz gekleidet, nichts brach die Trauerfarbe. Ihr Mann trat in den winzigen Flur, auch er ging in Schwarz. Sein aufgeschwollenes Gesicht zeugte von der Liebe zum Wodka, und sein Blick war resigniert müde. Er verbreitete eine leere Bitterkeit, wie einer, der alles erwartet und nichts bekommen hatte. Seine Brust war eingesunken, sein Rücken gebeugt, als habe die Welt alle ihre Lasten auf seine Schultern geladen.

Wir begrüßten uns, und die Hand der Frau fühlte sich an wie ein verwelktes Blatt. Die des Mannes war schlapp, teigig und ein wenig feucht, als hielte man einen toten Frosch. Er machte eine Geste in Richtung des Wohnzimmers, und ich hatte die Ehre, als erster eintreten zu dürfen. Der Raum hatte die Größe einer Besenkammer, und genau vor dem kleinen Fenster wuchsen dichte Büsche aus dem Lehm, aber alles war blitzsauber, und ich vermutete, daß die Frau einen guten Eindruck machen wollte. Als

Gast durfte ich auf einem Minisofa Platz nehmen, das IKEA nicht einmal in seiner Pionierzeit verkauft hätte. Aber es war das vornehmste Sitzmöbel der Familie, und ich war mir der Auszeichnung bewußt. Die anderen setzten sich auf einfache Sprossenstühle rund um den Tisch, an dem offenbar auch die Mahlzeiten eingenommen wurden. Jetzt war er durch eine gehäkelte Decke verhüllt. Ich holte das Tonbandgerät aus der Tasche, plazierte es in der Mitte und legte eine Kassette ein.

Das Ehepaar Sjukov schaute mich so erwartungsvoll an, als glaubten sie beide, ich könne die Tochter aus dem Apparat zaubern. Heiligenbilder und ein Silberkreuz an der Wand zeugten von der Religiosität der Familie. Auf einem wackligen Schränkchen in einer Ecke stand ein alter Fernseher neben einer dicken, in Leder gebundenen Bibel.

Aus allen Richtungen drangen die Geräusche des Hauses durch die dünnen Wände und Zwischendecken, Popmusik, die ich auch in Schweden nicht ausstehen konnte, lautstarkes Singen einer Messe, das vielleicht aus einem Fernseher drang. Eine Frau schrie gellend, ein Mann antwortete böse in tiefem Baß. In diesem Haus war ein Privatleben nicht möglich, und das war vielleicht auch beabsichtigt gewesen, als es gebaut wurde. In einem Land der Kollektive und der persönlichen Rechenschaftspflicht sollte man spüren, daß ein Abweichen von den vorgeschriebenen Normen nicht zugelassen wurde. Das Regime war jetzt vielleicht anders, aber nicht die Häuser und der Lebensstil, den sie erzwangen.

»Eins, zwei, drei«, testete ich.

Klemmte das Band? Nein, es schien ruhig zu laufen, und ich stellte das empfindliche Mikrofon an der Tischkante in der Nähe des Ehepaares auf. Der Mann kramte eine Pfeife hervor, stopfte sie mit Tabak aus einem Lederbeutel und rauchte mit nervösen Zügen. Ich mußte es hinnehmen; ich konnte ja schlecht als aufdringlicher Gast darum bitten, daß er mit dem Rauchen wartete. Ich stand zwar nicht gerade in dem Ruf, besonders taktvoll zu sein, aber ein wenig Etikette hatte ich mir immerhin anerzogen.

»Tja«, sagte ich zu Zomasov, »würdest du sie bitten, ein wenig von sich zu erzählen?«

Es war, als sei ein Staudamm gebrochen. Der Mann öffnete den Mund, und ein Schwall russischer Laute strömte hinaus. Dann und wann nickte die Frau zustimmend; in diesem Hause hatte eindeutig der Mann das Sagen und führte also das Wort.

»Ich übersetze nicht alles«, verkündete Zomasov.

»Nimm das Wichtigste.«

»Er ist arbeitslos ... über ein Jahr ... Beamter in einer Behörde ... Stellenabbau ... Intrigen ... Unrecht ... kein Gehalt ... keine Pension ... seine Frau arbeitet nachts in einem Krankenhaus ... Sklavenarbeit ... Sklavenlohn ... aber einzige Einkünfte ...«

Sjukov ließ seiner Bitterkeit freien Lauf, und das Tonbandgerät ertrug geduldig den Bericht über ein verpfuschtes Leben, das aus einem russischen Klassiker hätte stammen können. Zomasov wiederholte rhapsodisch die Schilderung, wie einer der Untergebenen Sjukovs hinter dessen Rücken schlecht über ihn geredet hatte und deshalb bleiben durfte, während er selbst seine Arbeit in der Verwaltung verlor. Er hatte eine Beschwerde eingereicht, die nicht beantwortet worden war.

»Bitte sie, von ihrer Tochter zu erzählen«, forderte ich ihn auf.

Sie, das bedeutete *Herr Sjukov*, und der legte prompt von neuem los, wobei er seine Ausführungen zum Teil mit Gesten seiner kleinen, weißen, fetten Froschhände unterstrich. Er schwitzte stark, was vielleicht auf nächtlichen Wodkagenuß zurückzuführen war. Seine Frau hielt ein dickes Taschentuch in der Hand und wischte ihm ab und zu die Stirn, was ganz normal wirkte.

»Besonderes Mädchen ... liebevoll ... Stütze ihrer Mutter ... er spricht über ihre Kindheit ... als sie klein war, wohnten sie in Odessa ... war tüchtig in der Schule ...«

Sjukov redete und redete und schien weder Punkt noch Komma zu kennen. Ich verstand kein Wort. In vielen Sprachen erkennt man Silben oder Worte wieder, aber Russisch blieb für mich Chinesisch. Von Nadja hatte ich gewisse Ausdrücke gelernt, die meist zu Trinkliedern gehörten, aber auch diese Kenntnisse waren begrenzt und im Gespräch nicht zu gebrauchen.

»Bitte ihn, die Kindheit seinzulassen und über die Zeit zu berichten, kurz bevor sie von zu Hause weggegangen ist. Und über die Umstände ihres Auszugs.«

Zomasov übersetzte. Die Frau schlug die Hände vors Gesicht und begann schluchzend den Oberkörper zu wiegen, als könne sie ihre Verzweiflung nicht mehr verbergen.

»Valentina lebte ihr eigenes Leben ... wie alle tun müssen ... keine Arbeit zu bekommen ... war viel fort ... sprach nicht darüber, wo sie in Nacht ... Verzeihung, heißt Mehrzahl in den Nächten ... bekam Kleider von anderen ... Geld ... gab einen Teil ihrer Mutter ...«

Es war anstrengend, seine hervorsprudelnden russischen Kehllaute zu unterscheiden, und ich begnügte mich damit, Zomasovs simultan gedolmetschter Zusammenfassung zu folgen.

»Eines Tages sie war fort ... nicht kam heim mehr ... vermißten sie ... sagen nicht, wohin ... Sjukov hat noch Telefon, obwohl kaum bezahlen kann ... falls sie würde anrufen ... aber nie sie rief an ...«

Das Weinen der Frau wurde lauter, und sie preßte eine verwelkte Hand auf den Mund, um die Klagelaute zu dämpfen. Wahrscheinlich schämte sie sich, ihren Kummer so offen vor Fremden zu zeigen. Ich schnappte ein russisch betontes »Stockholm« auf, und Zomasov übersetzte:

»Anruf von Polizei in Stockholm ... schrecklicher Schlag ... fassen nicht ... ihr Mädchen tot ...«

»Frage, ob sie etwas darüber wissen, warum sie nach Schweden ging.«

Der Mann fuchtelte mit den Froschhänden, und eine Wortkaskade füllte die Wohnbesenkammer. Zomasov kam kaum hinterher.

»Wir nichts wissen darüber ... erhielten Karte aus Helsinki vor drei Monaten ... daß ihr gutgeht ... nicht mehr würde heimkommen ... für lange Zeit ...«

Er unterbrach sich und warf mir einen leidenden Blick zu.

»Wir müssen Pause machen. Magen nicht in Ordnung. Toilette bestimmt auf Treppe. Viele Familien teilen. So wir haben es.«

Zomasov sagte etwas zu dem Mann, der auf die Tür wies und dann mit dem Daumen nach rechts zeigte. Der Dolmetscher preßte die Hände auf den Leib und machte sich auf den Weg. Mir schien es, als machte das Band schleifende Geräusche. Vielleicht war es defekt. Ich tauschte es gegen ein neues aus und steckte das alte in die Tasche. Sjukov holte eine geschliffene Karaffe mit einer klaren Flüssigkeit und zwei Gläser. Er goß großzügig ein und deutete durch eine Geste an, daß er und der Gast nun trinken würden. Um nicht unhöflich zu sein, nippte ich an dem scharf riechenden Schnaps und machte dazu eine Miene, als sei dies für den Skandinavier eine Delikatesse. Ich sehnte mich mehr und mehr nach Hause. Der Russe schüttete seine Ration auf einen Schluck hinunter und goß sofort nach.

Seine Frau zog ein verschlissenes Album aus einer Schublade und zeigte mir ein paar Schwarzweißfotos. Obwohl sie unscharf waren, konnte man doch eine lächelnde und recht hübsche Frau mit einer kleinen Tochter an der Hand erkennen.

»Valentina«, seufzte sie.

Ich bestätigte auf Schwedisch, daß die Tochter süß sei, und meinte es ehrlich. Es gab sogar ein Farbbild von der Tochter, die eine Puppe hielt, aber die Farben waren so verblaßt, daß man kaum etwas unterscheiden konnte. Dann fand sich noch ein überraschend gelungenes Porträtfoto Valentinas, auf dem sie etwa acht oder neun Jahre alt war. Mit klaren, unschuldigen Augen blickte sie direkt in die Kamera. Mehr Bilder hatte das Album nicht. Sie nahm es wieder an sich, drückte es an die Brust und wiegte es, als hielte sie Valentina wie ein Baby im Arm. Sjukov leerte das zweite Glas und schaute mich auffordernd an, und wieder sah ich mich gezwungen, meine Lippen zu befeuchten. Sein Glas füllte er sofort nach und starrte auf die Flüssigkeit, als könnte die ihm verborgene Geheimnisse offenbaren.

Zomasov kam zurück, und ich schaltete das Bandgerät wieder ein, aber nun ging es schleppender voran. Wir saßen noch eine Stunde beisammen. Ich fragte, und Sjukov antwortete ausführlich, aber ohne noch einen einzigen nützlichen Hinweis zu geben. Ich schaltete das Gerät ab und steckte es in die Tasche. Dann verabschiedeten wir uns. Viel Lärm um nichts – was hatte ich nur in Moskau gewollt? Ein Tag im bereits tausendmal besuchten schwedischen Freilichtmuseum Skansen erschien mir paradiesisch gegen den Versuch, aus einem alkoholisierten ehemaligen Beamten und seiner sklavisch arbeitenden Frau Informationen herauszumelken.

Nach all dem Tabakrauch, den ich einatmen mußte, hatte ich einen schweren Kopf und schlug daher vor, Zomasov solle mich zum Flughafen fahren. Dort gab es bestimmt ein Plätzchen, wo ich ausruhen konnte, bis die Stunde der Befreiung schlagen würde. Aber auf diesem Ohr wollte der Russe nicht hören.

»In diese Stadt du bist mein Gast. Wir essen eine gute Mahlzeit in Restaurant, das ich kenne.«

Da mir klar war, daß er zu den Geringverdienenden gehörte, wollte ich ihn zum Essen einladen, aber er schaute mich gekränkt an, und ich begriff, daß ich wie gewöhnlich in die Tasten gehauen und einen falschen Ton getroffen hatte.

»Du bist *mein* Gast! Wir Russen sind gastfreundlich. Beleidige nicht mich, Hassel!«

»So war das nicht gemeint. Ich freue mich, daß wir jetzt essen gehen, und bedanke mich schon vorab.«

»Du sicher wirst zufrieden sein.«

Er fuhr im Zickzackkurs durch Moskau, und wir kamen in eine ältere Gegend mit niedrigen Häusern in dörflichem Stil. Vor einem Gebäude, das einem alten Wirtshaus glich, hielt er an. Der Regen war stärker geworden, außerdem blies nun ein scharfer Wind. Das war keineswegs mein Wetter und keineswegs mein Land.

»Kann ich die Tasche in Auto lassen?« fragte ich.

Zomasov warf mir einen Blick zu wie ein Vater, der seinen kleinen Sohn über die Weltlage reden hört, mit all dem Mangel an Erfahrung, der für den wahrhaft Naiven typisch ist.

»Regel Nummer eins in diese Land. Niemals ein einzige Sache in Auto lassen.«

Trotz des Wetters nahm er sich die Zeit, den Wagen sorgsam abzuschließen und mehrfach zu kontrollieren. Warum hatte er keinen Regenschirm? Wahrscheinlich hatte den die Regenschirmmafia beschlagnahmt. Ein großer, kräftiger Mann mit kahlem Kopf und freundlichen Augen hieß uns willkommen und schüttelte Zomasov die Hand zum Beweis, daß er ein geschätzter Gast sei. Dann geleitete er uns zu einem Ecktisch. Das Gasthaus war überraschend gemütlich eingerichtet. In einem riesigen Kamin flackerte das Feuer und verbreitete Wärme.

»Laß mich das Essen wählen«, schlug Zomasov vor. »Du wirst mögen.«

Das Menü war kein gastronomischer Höhepunkt, aber gut zubereitet und drei Sterne wert. Zomasov erkundigte sich immer wieder, ob es mir auch mundete, er wollte sicher sein, mich nicht enttäuscht zu haben. Der Wirt umkreiste lächelnd den Tisch, trug auf und räumte ab. Nach russischer Sitte wurde die gesamte Mahlzeit auf einmal serviert, und es sah verschwenderisch aus. Ich bestellte eine Flasche Mineralwasser, kam aber nicht umhin, von dem Wein zu kosten, der rot und schwer und süß war.

Ein und eine halbe Stunde später war ich bereit, dem Land eine neue Chance zu geben, es war ja nicht alles Elend und Misere, und Zomasov strahlte vor Zufriedenheit über seine Rolle als Propagandaminister. Ich fragte mich allerdings besorgt, wie wir heil zum Flughafen kommen würden, denn er hatte eine Flasche Wein allein geleert und war auf dem besten Wege, auch noch einer zweiten den Garaus zu machen. Vielleicht war es Gesetz in Rußland, daß niemand nüchtern fahren durfte.

»Willst du haben starken Kaffee zu Abschluß?« fragte er und winkte dem Wirt. »Gehört habe ich, daß alle Schweden lieben starke Kaffee.«

»Hier sitzt die Ausnahme. Ich trinke lieber Tee.«

Kurz daraus saß ich vor einer großen Tasse dampfenden Tees, der aromatisch duftete und garantiert nicht aus einem Aufgußbeutel bereitet war. Zomasov trank Kaffee und goß sich die russische Variante von Kognak hinter die Binde. Ich hatte mit Hinweis auf schwedische Magengeschwüre abgelehnt. Die Rechnung kam, und er bezahlte lediglich mit seiner Unterschrift.

»Ich haben hier Kredit«, verkündete er, und das ließ seine Aktien in meinen Augen steigen. Doch dann fielen sie wieder, als er hinzufügte: »Meine Frau ist mit Inhaber verwandt. Das wird billig für mich.«

Das brachte ihn darauf, daß ich seine Familie ja gar nicht kannte, und er zeigte mir ein Foto, das er in der Brieftasche trug. Eine mollige Dame, umgeben von fünf Kindern verschiedenen Alters, und er nannte mir der Reihe nach die Namen und besonderen

Eigenschaften eines jeden Familienmitglieds. Danach handelte es sich um fünf Genies und werdende Kulturgiganten.

»Alles können sie uns nehmen, aber nicht Liebe zu unseren Kindern.«

»Du hast so recht, Vladimir. Wollen wir uns jetzt auf den Weg zum Flughafen machen?«

»Wir haben noch Zeit.«

»Mir wäre es lieber, wenn du langsam fahren würdest. Gewiß, ich bin in Stockholm geboren, aber meine französischen Nerven können Gemütsbewegungen nicht ausstehen.«

Er dachte eine Weile darüber nach, während er das kognakähnliche Getränk schlürfte. Dann ging ihm ein Licht auf, und er sah äußerst verwundert aus.

»Du meinst, zuviel Wein?«

»Bist du sicher, daß du das Lenkrad noch findest?«

Zomasov lachte donnernd und wiederholte meine Bemerkung für den Wirt, der sie ebenfalls furchtbar komisch fand. Der einzige, dem der Humor abging, war ich.

»Ich fahre am besten, wenn getrunken Wein.«

Mir war, als hätte ich das schon einmal gehört, aber ich protestierte nicht. Der Wirt schloß mich in seine bärenstarken Arme und sagte etwas. Zomasov übersetzte, daß ich sein Bruder sei und jederzeit willkommen.

»Wenn ich wieder einmal nach Moskau komme, ist dies der erste Ort, den ich besuchen werde«, versprach ich, und das brachte mir eine weitere Umarmung sowie ein paar Küsse auf die Wangen ein.

Das Versprechen war leicht gegeben. Niemals mehr würde ich Zeit meines kurzen Lebens in der russischen Hauptstadt vergeuden. Ich eilte zum Wagen, und das Gefühl behaglicher Wärme verschwand sofort, denn es regnete in Strömen. Zomasov trottete hinterher, und ich hörte ihn eine Melodie summen, die ich nicht kannte.

Gerade als er den Schlüssel ins Schloß steckte, rannten drei Männer herbei und umringten uns. Offenbar hatten sie sich hinter einem Lastwagen in der Nähe versteckt. Große, knochige Männer um die Vierzig, und sie sahen so wild und gewalttätig aus, daß ich wußte, sie würden keine Gnade gewähren, so sehr man auch darum bat. Einer hielt eine abgesägte Schrotflinte auf uns gerichtet, ein anderer hatte eine großkalibrige Pistole in der Hand. Der Mann in der Mitte trug eine riesige Axt. Er kam näher und holte zum Schlag aus.

10. Kapitel

Zomasov fing an, unzusammenhängend zu stammeln. Der Mann hob die Axt noch höher und knurrte drohend. Zomasov zog seine Brieftasche hervor, zitterte jedoch so stark, daß sie zu Boden fiel. Der Axtmann befahl ihm, sie aufzuheben, und Zomasov kniete nieder, nahm die Brieftasche in beide Hände und reichte sie ihm. Der Mann warf sie achtlos dem Kumpanen mit der Pistole zu. Zomasov mußte seine Uhr mit Metallarmband ablegen. Der Axtmann nahm sie an sich und zeigte dann auf den Trauring. Sofort versuchte Zomasov, ihn vom Finger zu ziehen, aber es ging nicht, und er heulte auf vor Angst, der Mann könne ihm den Finger abhacken.

Es war ein sehr schwerer Raub, und er geschah ganz offen. Vom Wirtshaus aus konnte man das Geschehen beobachten, aber die Verbrecher machten sich nicht einmal die Mühe, ihre Gesichter zu verbergen. Der Axtmann schien endlich auch mich zu entdecken und streckte eine klauenartige Hand nach meiner Tasche aus.

»Gib ihnen alles sie haben wollen!« schrie Zomasov hysterisch. »Sonst sie töten uns und nehmen dennoch.«

Offenbar war ich zu langsam, denn der Mann mit der Pistole feuerte plötzlich einen Schuß ab, der an meinem linken Ohr vorbeipfiff. Nun beeilte ich mich, die Tasche loszuwerden. Die Klaue fingerte in der Luft herum, was wohl bedeutete, daß nun meine Brieftasche an der Reihe war.

»Gib ihnen! Gib ihnen!« kreischte Zomasov.

Ich steckte die Hand in die Jacke. Plötzlich war aus der Richtung des Wirtshauses ein Gebrüll zu hören, und zwei Schüsse peitschten durch den Regen. Die drei Männer schossen planlos zurück, dann rannten sie auf ein kleines Auto zu, sprangen hinein und fuhren schnell davon. Zomasov konnte sich nicht mehr aufrecht halten. Er kniete sich mitten in den Matsch und erbrach sich zwischen die Knie. Der Wirt tappte mit einer langläufigen Flinte in der Hand heran. Ich bedeutete ihm, daß ich keine Hilfe benötigte, und so half er dem immer noch hysterisch schluchzenden Zomasov beim Aufstehen.

»Tja«, sagte ich, »schaffen wir es denn noch, zur Polizei zu fahren und den Raub anzuzeigen?«

»Nein! Nein! Ich nicht anzeigen ... trau mich nicht ... dann sie töten mich mit Axt ...«

Wieder erbrach er sich, und der Wirt mußte ihn stützen. Er wischte sich mit dem Handrücken über den Mund und fügte hinzu:

»Ich nie viel Geld in Brieftasche ... die Uhr ... nicht so voll Wert ... Aber ich lebe, ich lebe!«

»Mach, was du willst, ich muß zum Flugplatz.«

War das alles wirklich geschehen? Es war wie ein Film, unwirklich in seiner offenen Roheit, alles war unwirklich. War ich da, existierte ich, war alles ein seltsamer Traum? Zomasov blinzelte mir zu, und der Regen strömte über sein mit Erbrochenem verschmiertes Gesicht.

»Aber du ... deine Tasche ... du kannst anzeigen ...«

»Wir lassen es bleiben. Ich will nicht riskieren, noch eine Nacht in Moskau verbringen zu müssen. Das Tonbandgerät war Staatseigentum. Kein Problem. Ich kann mich jedenfalls erinnern, was auf der Kassette war. Am schlimmsten trifft es dich; ich hatte eine Stange Zigaretten als Geschenk in der Tasche.«

»Zigaretten ... Ich lebe, ich lebe!«

Meine Stimme war gleichgültig, ich war gleichgültig, das ganze Dasein war gleichgültig. Ich wollte heim, heim, heim. Heim nach Schweden, wo sich die Verbrecher wenigstens maskierten, wenn sie mit der Axt in der Hand auf Raubtour gingen. Zomasov unterhielt sich halblaut mit dem Wirt und verkündete dann:

»Einer von seine Leute fährt dich zu Flugplatz. Ich muß zu meine Frau. Du nicht böse? Mir es geht schrecklich ...«

»Fahr nach Hause und kotz dich richtig aus. Schade, daß es so enden mußte.«

Er wollte zunächst ins Wirtshaus, um sich zu waschen, und ich verabschiedete mich. Seine Hand zitterte in meiner, und der Wirt mußte ihn halb tragen. Ein junger Mann mit weißer Schürze fuhr mich in einem Lieferwagen zum Flughafen, und da wir keine gemeinsame Sprache hatten, hing ich meinen Gedanken nach, was ich allerdings lieber vermieden hätte. Der junge Mann begleitete mich zum Check-in und sogar bis zum Transitschalter, wo erneut strenge Kontrollen durch Brüder der Steingesichter aus der Ankunftshalle angesagt waren. Wenn sie jemand kitzeln würde und sie lachen müßten, würde ihre Haut wohl Risse bekommen.

Als ich endlich an Bord gehen konnte, sprach die hellblonde Stewardeß schwedisch, und ich hätte sie küssen mögen, doch das wäre eventuell falsch verstanden worden. Das Flugzeug hob ab, Moskau blieb hinter dichten Wolken zurück. Als wir uns Schweden näherten, wurde die Sicht klar, und als wir landeten, herrschte prächtiges Maiwetter. Sollte ich statt der Stewardeß die Muttererde küssen? Es zuckte mir in den Lippen, aber ich war ja ein harter Typ, und so beherrschte ich mich.

Es war niemand da, um mich abzuholen, deshalb stellte ich mich nach einem Festpreistaxi an. Plötzlich erhielt ich einen Knuff in den Rücken und gleichzeitig einen Rempler von der Seite. Zwei sehr betrunkene Männer versuchten, an mir die Balance wiederzufinden. Sie waren gut gekleidet und hatten jeder eine kleine Tasche in der Hand. Kamen sie ebenfalls aus Moskau? Wenn sie auf dieselbe Art wie ich eingeladen worden waren, konnte ich verstehen, daß sie voll waren, aber das entschuldigte ihr Benehmen keineswegs.

»Wir nehmen Takschi vor dir«, lallte der ältere von den beiden.

»Du hast dich vorgedrängelt«, rügte der andere, bärtige. »Du böser Mensch. Einfach vorgedrängelt.«

Ein freies Taxi hielt am Straßenrand, und der Fahrer öffnete einladend eine Hintertür. Ich vollführte eine generöse Geste in Richtung des Wagens.

»Bitte sehr, Gentlemen. Klar, daß so nette Leute zuerst fahren müssen.«

Sie ließen ab von mir und fielen nach einigem Zerren und Schieben grunzend auf die Sitze. Ich hoffte, daß sie an einen Taxifahrer der allerschlimmsten Sorte geraten waren, die dem schwedischen Taxiwesen einen grottenschlechten Ruf verschafft haben und Touristen den Eindruck vermitteln, die Schweden seien eine Nation von Gaunern. Ich selbst nahm einen Kurier, bei dem der Niedrigtarif feststand. In unserer Kassenabteilung andere Quittungen abzurechnen war so aussichtslos wie einem Glatzkopf Locken drehen zu wollen.

Der Fahrer war nicht sehr gesprächig, und dafür war ich ihm dankbar; ich genoß die Natur längs der Autobahn mit ihren Schildern, wo überall Immobilien zu vermieten waren. Ich war zu Hause, und zu Hause würde ich bleiben.

Als ich die Tür öffnete, hörte ich aus der Küche frohes Lachen. Virena kam heraus und erwiderte meine Umarmung und meine Küsse, aber als ich leidenschaftlicher wurde, schob sie mich lächelnd von sich. Galina steckte den Kopf aus der Tür und signalisierte ein »Hej«.

»Wir sind gerade bei den Vorbereitungen für das Abendbrot. Setz dich und ruh dich etwas aus solange.«

»Ich weiß etwas, was ich wirklich tun sollte ...«

»Ja, ja, ich seh es an deinem Blick, aber jetzt haben wir Gäste, und du mußt dir etwas anderes einfallen lassen.«

Etwas anderes konnte kein besserer Ersatz sein. Elin kam aus ihrem Zimmer gestürmt und stürzte sich in meine Arme, und so wurde ich zum Pferdchen, mit einer anspruchsvollen Reiterin auf dem Rücken. Ich warf das Jackett über die Sofalehne und galoppierte auf allen Vieren wild wiehernd durch den Raum. Virena schaute herein und ermahnte Elin, es ruhiger angehen zu lassen, »laß doch den Papa am Leben«, aber da hörten wir gar nicht hin.

Das vergnügte Küchenpersonal hatte eine vorzügliche Mahlzeit zubereitet, und ich verschwieg, daß mir das schwere Wirtshausessen noch mächtig im Magen lag. Es gab leichten Moselwein, und er schmeckte wie göttlicher Nektar zu Fisch und Meeresfrüchten. Virena und Galina redeten durcheinander und kicherten über Scherze, die ich nicht verstand. Ich hatte Virena selten so ausgelassen erlebt. Solange Elin wach war, vermied ich es, von meinen russischen Abenteuern zu berichten, und erwähnte nur die schauerartigen Regenfälle.

Als Elin nach der Gutenachtgeschichte, die ich mit der für mich typischen Lebendigkeit vorgetragen hatte, eingeschlafen war, kehrte ich an den Kaffeetisch zurück, an dem sich auch die Kichererbsen versammelt hatten. Ich erkundigte mich nach Pavlov, und Galina antwortete:

»Er ist mit Sune Bengtsson auf Nachtfahndung.«

»Eine Nacht mit Sune ist ein sicheres Mittel, einem Russen Heimweh beizubringen.«

»Wie war es denn in Moskau? Außer dem Regen, meine ich.«

»Na ja. Vladimir Zomasov hat sich um mich gekümmert.«

»Ihn kenne ich nicht, er ist Pavlovs Bekannter. Ich hoffe, er hat dich eingeladen.«

Virenas Augen glänzten, und sie schaltete sich ein:

»Wir hatten einen wunderbaren Tag in Skansen, Roland! Schon ab neun schien die Sonne, und es war warm und herrlich. Elin nennt Galina Tante.«

»Eine Tante habe ich in Moskau nicht getroffen, dafür aber drei Onkel, mit denen ich lieber nicht verwandt sein möchte. Zomasov lud mich auf eine ... einen kleinen Imbiß ein, da wir es eilig hatten. Das Gasthaus lag etwas außerhalb. Und als wir zum Auto gingen, kamen drei Gorillas. Einer hatte eine abgesägte Schrotflinte, der andere einen Revolver, der wie eine kleine Kanone aussah, und der dritte ein Hackebeilchen, mit dem er einen Elefanten hätte erschlagen und zerlegen können.«

Ich berichtete in scherzhaftem Ton, um die Dramatik des Geschehenen ein wenig herunterzuspielen, aber sie wurden sofort ernst, und Virena schluckte, als sei ihr etwas im Halse steckengeblieben.

»Waren es ... Räuber?«

»Ja, sie waren nicht nur auf Gesellschaft aus. Sie plünderten Zomasov bis auf die Knochen aus und klauten auch meine Tasche. Einer von ihnen gab einen Schuß ab, der mir am Schädel vorbeizischte. Als sie Brieftasche, Uhr, Ring und Markenhose von mir haben wollten, griff der Wirt mit einem Gewehr ein, und sie machten sich davon. Es war ganz der Wilde Osten.«

Instinktiv legte mir Virena die Hand auf die Wange, und ich hatte nichts dagegen. Wir Helden brauchen den Trost unserer Frauen. Galina dagegen wurde rot und rief:

»Verdammt! Es scheint hoffnungslos.«

»Raubüberfälle gibt es auch bei uns in Schweden, Galina.«

»Aber sie sind die Ausnahme. Einen einzigen Tag bist du in Moskau, und du ... du hättest getötet werden können! Verfluchte Gangster!«

Ich bagatellisierte die Geschichte, und nach einer Weile beruhigten sie sich. Jedenfalls saß ich mit ihnen am Tisch, weder erschossen noch erschlagen, und kaute an einem finnischen Streichholz. Ein Journalist reiste einmal wegen einer Reportage in vier Tagen rund um die Erde, mit vielen Unterbrechungen unterwegs, und schrieb dann, daß er Leute getroffen, gegessen, Sehenswürdigkeiten besichtigt und Sensationen erlebt habe, aber alles sei ihm wie ein Traum erschienen. Es war zu schnell gegangen, und wenn man ein Erlebnis nicht verdauen kann, verblaßt es. So war es mir in Moskau ergangen. Der Überfall wurde nicht im Bewußtsein gespeichert.

Am Montag mußte ich der Ermittlungsleitung über meine russische Reise mündlich Rede und Antwort stehen, nachdem ich bereits schriftlich berichtet hatte. Sie versuchten, mehr Informationen aus mir herauszumelken, merkten aber, daß die Kuh ein Holzbock war. Das Ehepaar Sjukov hatte mir nichts Wesentliches mitteilen können, und ich konnte den Mißerfolg meiner Mission nicht schönreden, bloß um einigen Kommissaren eine Freude zu machen. Was ich anzubieten hatte, war sicher mager, aber so verloren sie wenigstens den Appetit.

»Hat sie wirklich nicht von Schweden aus zu Hause angerufen?«

»Nein.«

»Ist das sicher?«

»Ich kann mir nicht vorstellen, warum die Eltern diesbezüglich lügen sollten. Wenn ihr Zweifel habt, könnt ihr ja amerikanische Polizisten mit einem Lügendetektor hinschicken.«

Sie mochten meinen Ton nicht, ich ihren aber auch nicht, und so waren wir quitt.

»Gab es in ihrem Zimmer keine Papiere, aus denen du etwas herauslesen konntest?«

»Machst du Witze? Ihr Zimmer? Glaubst du, sie war die Nichte von Jelzin? Sie schlief zusammen mit ihren Eltern in einem Zimmer, so groß wie eine kleine Abstellkammer. Ungefähr auf der Fläche, die du für deine Golfschläger benötigst. Ein paar alte Kleider von ihr hingen da, das war alles.«

Gezänk und Gemurmel und schiefe Blicke. Der hier als Chef auftrat, hatte sich, wie es hieß, bei einem Golfwettbewerb unmöglich gemacht, und das war natürlich das Letzte, woran er erinnert werden wollte. Simon war mit in der Gruppe, sagte aber nichts, sondern verhielt sich strikt neutral.

»Aber sie hatte doch von Helsinki aus Kontakt zu den Eltern aufgenommmen, nicht wahr?«

»Wenn du die eine Ansichtskarte meinst, dann stimmt das. Sie wurde den Eltern zugestellt, und sie hat laut Dolmetscher geschrieben, daß es ihr gut ginge. Unterschrift Valentina.«

»Wann wurde sie geschrieben?«

»Ende Februar diesen Jahres.«

»Hast du die Karte mit?«

»Nein.«

»Seltsam. Warum hast du so wichtiges Ermittlungsmaterial nicht mitgebracht?«

»Die Karte gehört den Eltern, und die Mutter wollte sie nicht hergeben. Den Text kennen wir – was glaubst du, könntest du noch herauslesen?«

»Das zu beurteilen, liegt nicht bei dir.«

Mit diesem Vorgesetzten, Kommissar Samuelsson, hatte ich schon seit Jahren Probleme, und dieses Verhör verbesserte unser Verhältnis nicht gerade. Simon verdrehte die Augen, als er sah, wie ich sauer wurde.

»Die Vorderseite zeigte den Marktplatz von Helsinki mit seinem Wahrzeichen, der Brunnenstatue Havis Amanda, einer Menge Tauben und Leuten, die Fisch kaufen. Wenn du darauf bestehst, kann ich morgen früh dahin fliegen und dir so eine Karte kaufen. Ich würde dir mit meiner Instamatic auch selbst ein Foto schießen, könnte aber nicht garantieren, daß exakt dieselben Tauben darauf wären.«

»Hör mal, Hassel, beschränke dich bei deinen Antworten auf das Wichtige, deine Kommentare kannst du dir sparen.«

»Dann frage auch nach dem Wichtigen. Als ich auf der Polizeischule war, liefst du in kurzen Hosen herum und hattest noch nicht einmal deine ersten Pickel.«

Ich biß die Zähne zusammen und ließ meine Augen blitzen. Die anderen in der Führung kannten mich besser und wußten ungefähr, was sie zu erwarten hatten. Samuelsson fuhr fort und klang dabei so sauer wie billiger Landwein.

»Seltsam, daß die Eltern nicht mehr über ihre Tochter wissen.«

»Sehr seltsam, man sollte vielleicht einen Psychiater bitten, ihre Köpfe zu untersuchen.«

»Hatte die Tochter wirklich ein so schlechtes Verhältnis zu ihrer Mutter? Es soll ja vorkommen ...«

»Nun hatte allerdings die Kleine das Alter für Kuscheltiere und Lutscher bereits lange hinter sich. Wenn du glaubst, daß moderne Töchter ihrer Mutter am Hals hängen und ihr all ihre kleinen Geheimnisse ins Ohr flüstern, dann solltest du dich lieber zur Heilsarmee versetzen lassen.«

Ein anderer Kommissar, Erik Nilsson, wedelte beruhigend mit den Armen.

»Also, bleiben wir doch sachlich. Bist du absolut sicher, daß das Ehepaar Sjukov nicht mehr zu berichten hatte, als es dir mit Hilfe des Dolmetschers erzählt hat?«

»Sonst hätte ich es doch gesagt.«

Er nickte und war zufrieden, aber Samuelsson hatte Blut geleckt, und jetzt erinnerte ich mich auch, daß er eine Tochter im Teenie-Alter hatte, die drogensüchtig geworden war und gerade eine Therapie machte. Er mußte den Eindruck haben, daß ich absichtlich in der offenen Wunde gestochert hatte.

»Du hast das Verhör mit ihnen auf Band aufgenommen, oder?«

»Wie ich in meinem Bericht bereits darlegte.«

»Und die Kassette ist dir samt Gerät gestohlen worden?«

»Geraubt. Geraubt worden.«

»Meinetwegen. Gab es nicht noch eine weitere Kassette?«

»Ja, aber da war das Gespräch im Prinzip gelaufen.«

»Wo ist dieses Band?«

»Ich muß es verloren haben. Es war nicht mehr in meiner Tasche.«

Er machte große, verwunderte Kommissaraugen, und ich sah, daß er noch schlechter war als die Schauspieler in den Seifenopern im Fernsehen.

»Verloren? Wichtiges Material für die Ermittlungen?«

»Falls du mir nicht zugehört hast: Es war nichts Wichtiges. Nur ein Wiederkäuen des Unwichtigen.«

»Ja, ich habe dir zugehört, aber verloren? Du, der du doch behauptest, so erfahren zu sein? Seltsam, sehr seltsam.«

»Wahrscheinlich passierte es bei dem Raubüberfall. Es ging ein wenig hektisch zu. Drei bewaffnete Männer, und auf mich wurde geschossen. Du hättest die Situation natürlich spielend gemeistert, du wärst in die nächste Telefonzelle gehechtet und hättest deine kugelsichere Weste angelegt. Ich hatte wohl Kryptonit im Körper, so daß mir die Sache, wie gesagt, ein wenig gefährlich schien.«

Ein leises Knirschen war zu hören. Das waren Samuelssons Zähne. Ich war in der Laune, boshaft zu sein, und so machte ich weiter:

»Vielleicht ist mir das Band ja auch aus der Tasche gerutscht, als ich im Flugzeug mein Jackett im Gepäckfach verstaute. Ich schlage vor, wir weisen SAS an, die Maschine mit Hunden zu untersuchen. Wir haben Bombenhunde, der Zoll hat Rauschgifthunde, da wird ja wohl SAS über Tonbandkassettenhunde verfügen.«

Anschließend aßen Simon und ich im Speisesaal zu Mittag, und er versuchte, meine Laune zu bessern, indem er mir anbot, seine Kartoffeln gegen meine angebrannten zu tauschen.

»Warum hat Samuelsson sich als Inquisitor aufgespielt? Ich dachte, Staatsanwalt Eklund leitet die Untersuchung.«

»Er hat heute frei.«

»Und da nutzt Samuelsson seine Chance.«

»Was ist denn los, Rolle? Du bist empfindlich und mürrisch und bockig.«

»Es hat eben jeder sein Hobby.«

Ich säbelte an dem gekochten Schellfisch herum, als führte der Böses gegen mich im Schilde. Bestimmt verbarg er spitze Gräten unter seinem verführerischen weißen Fleisch.

»Rolle, ich kann mich auch an einen anderen Tisch setzen, wenn dir meine Gesellschaft nicht paßt.«

War ich so vergrätzt, daß mich sogar mein bester Freund für unausstehlich hielt? Da mußte ich wohl lächeln und nett sein und einen Wiedergutmachungsversuch starten.

»Bin nur müde. Nicht physisch. Doch, auch. Aber ich habe sie langsam satt, diese Chefs, die keine sein sollten. Wie schaffen es Typen wie Samuelsson, sich zu den Fleischtöpfen durchzudrängeln? Wer gab ihm die Kelle in die Hand?«

»Er ist ein tüchtiger Jurist.«

»Fällt dir zu ihm nur Negatives ein?«

»Hör auf zu lamentieren. Du weißt, wie es ist.«

Natürlich wußte ich, wie es war. Polizisten brauchen heutzutage eine gewisse juristische Ausbildung, aber es kam auch auf andere Fähigkeiten an. Im Korps hatten wir eine Generation sehr starker und selbständiger Chefs gehabt, und diese hatten sich selbstredend mit Leuten umgeben, die lieber nicht aufmuckten. Als diese Generation durch Pensionierung auf natürliche Weise verschwand, wurden Männer aus ihrer Umgebung befördert. Demzufolge kam eine Generation ziemlich schwacher und unselbständiger Chefs ans Ruder, Papiertiger, die Angst hatten, Fehler zu machen, Paragraphenreiter und Krümelkacker, die Kritik fürchteten wie der Teufel das Weihwasser und deshalb nie schnelle Entschlüsse zu fassen wagten, wenn sie denn überhaupt welche faßten.

»Was ist mit Gun Kihlberg?«

»Sie nannte uns einen Bekannten, in dessen Wohnung sie für eine Weile unterkommen kann. Ich hoffe sehr, daß sie uns bald erzählen wird, was sie weiß. Wir beide werden sie heute nachmittag besuchen.«

»Wenn du willst, können wir gleich losfahren. Ich glaube, dieser heimtückische Schellfisch plant, mich zu vergiften.«

Ich bekam eine halbe Stunde und holte den Wagen. Es war erstaunlich, wie geräumig und komfortabel der alte Mazda wirkte, wenn man erst mal in einem Lada gesessen hatte. Der Motor schnurrte geradezu. Simon kam und plazierte seine vielen Kilo neben mir. Irgendwie gelang es ihm, den Sicherheitsgurt anzulegen.

»Fahr zum Vanadisvägen, Nähe Sveavägen.«

»Was ist das für ein Bekannter, was für eine Wohnung?«

»Gun behauptet, er sei früher Sozialarbeiter gewesen. Sie habe früher einmal mit ihm zu tun gehabt, und er habe sich um sie gekümmert. Gun rief von meinem Zimmer aus an. Es ist sicher nicht seine eigene Wohnung, er wird sie besorgt haben.«

»Klingt ziemlich kompliziert.«

»Hast du nicht gelernt, daß das Leben kompliziert ist? Ich hatte sie soweit, daß sie mir sagen wollte, was sie weiß, aber im allerletzten Augenblick überlegte sie es sich anders. Meine männliche Intuition sagt mir, daß da was dahintersteckt.«

Ich kurbelte die Scheibe herunter, und die satte Spätfrühlingsluft füllte das Auto, eine Mischung von dem satten Grün der Bäume Stockholms, von Büschen und Blumen, von dem süßen und dem salzigen Wasser, das die Stadt umgibt. Dazu kam der herrliche Geruch nach warmem Asphalt, Motorenöl und Benzin.

»Wer ist dieser ehemalige Sozialarbeiter mit dem großen Herzen und der Fähigkeit, so schnell eine Wohnung zu besorgen?«

»Sie nannte ihn Affe, mehr konnte ich von ihr nicht erfahren.«

»Hat er ihr die Wohnung wirklich ohne Gegenleistung angeboten?«

Simon zuckte seine massiven Schultern und grunzte:

»Über eine eventuelle Bezahlung werden sie sich untereinander schon einig werden. Auf irgendeine Art wird sie blechen müssen. Sie lebt nicht in einer Gratiswelt.«

Ich stellte den Wagen an der Tankstelle ab, die an der Ecke Vanadisvägen/Sveavägen liegt, solange ich denken kann, und bat den Jungen vom Service, den ich gut kannte, vollzutanken. Außerdem sollte er dem Mazda eine Schnellwäsche verpassen, die diesen in Erstaunen versetzen würde, und die Kontrollen vornehmen, die er brauchte, um mir eine gepfefferte Rechnung präsentieren zu können. Ich schaute zu den Laubkronen von Vanadislunden hinüber, wo das Freibad fein ins Grün gebettet liegt.

»Da war ich oft als kleiner Junge«, berichtete ich. »Ein kleines Becken, aber das reichte ja. Heute nennt man das bestimmt Erlebnisbad, und ich nehme an, es gibt dort Rutschbahnen, Wellenmaschinen und lebende Haie.«

»Aber die Mädels sind sicher noch da«, vermutete Simon und schnalzte mit der Zunge. »Wenn ich mich recht erinnere, hatte das Bad einen Spitznamen, den man einem tüchtigen Inspektor nicht einmal ins Ohr flüstern darf.«

»Muß ja schrecklich gewesen sein; so was will ich nicht hören. Links davon, in einem alten Steinbruch, lag das Vanadistheater. Erinnerst du dich?«

»Nein. Richtige Buschbühne, was?«

»Klar, Mann. Einen Sommer habe ich Decken an die Besucher ausgeliehen. Aber ich war noch zu klein, offiziell schmiß ein älterer Bursche den Laden. Tja, und so verkehrte man eben auch mit dem Ensemble der Freilichtbühne. Ich erinnere mich, als Bellan Roos ...«

»Ja ja, gratuliere. Der Kecke mit der Decke. Jetzt nehmen wir uns Johanssons Wohnung vor.«

Wie überall in diesen Vierteln aus den dreißiger Jahren waren die Fassaden ziemlich anonym, jedoch nicht unpersönlich; wie ein Gast, der einem bekannt vorkommt, den man aber nicht richtig einordnen kann. Es gab ein paar interessante Ornamente, aber Simon hatte keinen Sinn dafür. Er beschäftigte sich bereits mit dem Türcode.

»Was stehen denn da für Namen an der Tür?« erkundigte ich mich. »Ich nehme kaum an, daß es ein Schild gibt, wo Affes Wohnung für besondere Fälle draufsteht, oder?«

»Zwei Treppen hoch. Johansson.«

Ein guter und verläßlicher Name. Wenn man Johansson heißt, ist man automatisch eine respektable Person, die nie über die Stränge schlägt und *Svenska Dagbladet* abonniert hat. Wir stiegen die Treppen hinauf, und ich staunte wieder einmal, wie schnell und geschmeidig sich Simon bewegte. Als ich auf dem ersten Absatz innehielt, um Atem zu schöpfen, hatte er bereits den zweiten erreicht. Eine Frau in mittleren Jahren, von der derben Sorte, trat aus der gegenüberliegenden Tür, in der einen Hand eine Segeltuchtasche, an der anderen eine Leine nebst Hund. Sie warf uns einen mißtrauischen Blick zu.

»Um wen geht es?« fragte sie streng.

Simon setzte sein großes Lächeln auf, und sofort schmolz ihre Strenge dahin und verwandelte sich in leicht verwirrtes Entzücken. Das dauerte ganze zwanzig Sekunden, war aber dennoch kein Rekord.

»Wie wäre es mit Johansson?«

»Aber der ist doch vor einem Jahr gestorben! Vor fast einem Jahr jedenfalls. Vor Mittsommer wird es ein Jahr. Ich erinnere mich, daß ich dachte, Mittsommer hätte er ja noch erleben können.«

»Ach so, er lebt gar nicht mehr? Wissen Sie denn etwas über ihn?«

»Sind Sie von der Polizei?«

Simon nickte, und sie sah froh und erleichtert aus.

»Das ist ja prima!« rief sie. »Ich habe Anfang März einen Leserbrief an *Aftonbladet* geschrieben und mich bedankt, daß die Polizei ihren Dienst so ordentlich versieht. Erinnern Sie sich vielleicht? Dankbare Tonia, hatte ich unterzeichnet. Ich heiße eigentlich Antonia, aber das klingt heutzutage nicht mehr so, deshalb nenne ich mich einfach Tonia.«

Wenn es seinen Zielen diente, konnte Simon ganz ungeniert lügen.

»Ach, Sie waren das! Nett, Sie zu treffen. Ja, über diesen Leserbrief hat sich das ganze Korps gefreut. Ich weiß, daß viele den Artikel ausgeschnitten und an die Informationstafel geheftet haben.«

Antonia – Tonia für die Leserbriefleser – strahlte wie die Maisonne draußen vorm Haus. Sie sah nur noch Simon und schüttelte begeistert seine Hand, als er sich vorstellte. Ich war nur Dekoration, und nicht einmal eine besonders gute.

»Nenn mich nur Tonia. Ich darf doch Simon sagen? Wenn wir unsere lieben Polizisten nicht hätten, herrschten auf den Straßen Mord und Totschlag.«

»Ganz und gar, liebe Tonia. Wer war Johansson? Weißt du, womit er sich beschäftigte?«

Jetzt war ihre große Stunde gekommen. Sie war so eifrig bei der Sache, daß sie die Tasche fallen ließ, um besser gestikulieren zu können.

»Ein komischer Typ war er ja, der Johansson. Gegrüßt und so hat er, aber er schaute immer zur Seite und hatte es stets eilig. Ein großer, hagerer Mann mit einem graulockigen Bart, der ihm überhaupt nicht stand. Vielleicht fünfzig Jahre alt. Vor ihm hat ein Bürovorsteher namens Hult da gewohnt, aber der war über neunzig, als er starb. Johansson kam ein paar Monate später. Das könnte so vor fünf Jahren gewesen sein ...«

»War Johansson verheiratet?«

»Nein, aber ... tja ... in den ersten Jahren hat er Frauenzimmer angeschleppt, daß es nicht mehr feierlich war. Nüchtern waren die auch nicht. Richtige Schlampen!«

Simon schüttelte mitfühlend den Kopf über die Verirrungen mancher Männer, und sie fuhr fort, durch seine sittliche Entrüstung ermutigt:

»Das ging solange, bis ich die Hausverwaltung anrief, aber es war ein neues Unternehmen, und dann kamen wieder andere und höhere Mieten und überhaupt keine Ordnung mehr. Später ist er dann wohl krank geworden, der Johansson, er war mehrere Monate im Krankenhaus. Ich will ja nichts gesagt haben, aber wenn Sie mich fragen, hat ihn eine von den Schlampen mit irgendwas angesteckt.«

Simon nickte auf eine Weise, die zu bedeuten schien: Gottes Mühlen mahlen langsam, aber sicher.

»Ja, und dann war er allein, soweit ich sehen konnte. Wirkte immerzu bekümmert. Er bekam so eine tiefe Falte zwischen den Augenbrauen. Obwohl, manchmal ...«

Sie wollte erzählen, und Simon stachelte sie weiter auf.

»Ja, liebe Tonia? Was war da manchmal?«

»Da drangen manchmal seltsame Laute aus der Wohnung. Ich weiß nicht, was das war. Ehrlich gesagt, habe ich hier gestanden und gelauscht.«

»Du bist doch wohl hoffentlich auch auf die Idee gekommen, dein Ohr mal an den Briefeinwurf zu legen?«

»Na ja ...«

»Du bist eben eine Frau, die sich verantwortlich fühlt. Natürlich wolltest du wissen, was da vor sich ging. Im Interesse des ganzen Hauses.«

Das war eine neue Betrachtungsweise, die sie sich sofort zu eigen machte.

»Ja, Herrgott, gewiß doch, es kann ja anfangen zu brennen! Seltsame Geräusche. Gemurmel, aber nicht wie von Menschen. Vielleicht von Radio oder Plattenspieler, da gibt es heutzutage die verrücktesten Sachen. Es roch auch ganz merkwürdig, wie ich am Briefschlitz feststellen konnte. Aber dann ging er ja und starb.«

»Woher weißt du, daß er gestorben ist? Stand eine Todesanzeige in der Zeitung?«

»Nein, ich habe die Baufirma angerufen, der das Haus gerade gehörte. Inzwischen ist es bestimmt schon wieder verkauft. Dort sagten sie mir, daß sich jemand um den Nachlaß kümmert, aber bisher ist nichts passiert.«

»Wie hieß er mit Vornamen?«

»Weiß nicht.«

»Und seitdem ist niemand hiergewesen?«

Sie seufzte so tief, daß ich meinte, Bettfedern ächzen zu hören.

»Na gut. Ich wollte es ja vorher noch nicht sagen, aber hier herrscht ein ständiges Kommen und Gehen seltsamer Leute. Ich schließe mich immer ein. Trau mich nicht einmal, etwas zu sagen, aus Angst, die könnten mich ermorden. Im Büro des neuen Vermieters meldet sich nur der Anrufbeantworter; auf Briefe wird nicht reagiert.«

Der Hund zerrte an der Leine und brachte ihr die Pflichten eines Frauchens wieder zu Bewußtsein. Noch einmal schüttelte sie Simon die Hand und warf mir einen flüchtigen, uninteressierten Blick zu, murmelte ein paar tröstende Worte für den Hund, der so lange hatte warten müssen, und eilte die Treppe hinab. Wir konnten einem neuen positiven Leserbrief in *Aftonbladet* entgegensehen.

»Was haben wir dadurch gewonnen?« erkundigte ich mich.

»Gewonnen? Wir haben eine Masse an Informationen bekommen, die sich in Zukunft als nützlich erweisen könnten. Dafür, daß sie von dir kam, war das eine ungewöhnlich idiotische Frage.«

»Ich weiß«, brummte ich. »Mir blutet nur das Herz, wenn ich an den armen Johansson und seinen Nachruf denke.«

Natürlich war das eine dumme Frage gewesen. Ein Fahnder, der nicht versucht, soviel Hintergrundmaterial wie möglich zu erhalten, kommt nicht weit. Simon klingelte an der Wohnung. Niemand öffnete. Er griff nach der Klinke, und sofort schwang die Tür auf.

»Der Riegel ist weggeschlagen«, bemerkte er und untersuchte das Schloß. »Die Spuren sind alt. Hier kann man schon lange nicht mehr abschließen.«

Dunkle Gardinen waren vorgezogen, und das Licht funktionierte nicht; offenbar war der Strom abgestellt. Es war eine seltsame, schwere, süßliche Luft in der Wohnung, die mich schläfrig werden ließ. Nach einer Weile war zu merken, daß sich auch ein herber Geruch daruntermischte, eine Art bitterer Nachgeschmack. Ich mußte an einen Raum voller verwelkender Blumen denken.

»Laß die Tür offenstehen, damit man etwas sehen kann«, riet Simon. »Ich werde das Fenster aufmachen.«

Er tastete sich an der Wand entlang und zog die dicken Gardinen, die bis zum Boden reichten, zurück. Dahinter konnte ich heruntergelassene Jalousien erkennen. Simon fand die Schnur und zog sie rasch hoch. Dann stieß er die Fensterflügel auf. Genauso verfuhr er auch mit dem zweiten Fenster. Ich trat ein, schloß die Tür hinter mir und ließ den Blick durch das Wohnzimmer schweifen.

»Ach herrje, eine Absteige für Fixer!« stellte Simon fest.

Die Wohnung war leergeräumt. Auf dem schmutzigen Fußboden lagen ein paar halb aufgeblasene Luftmatratzen, die einen Teil der Luft verloren hatten, zwischen verstreutem Abfall, darunter Kanülen mit abgebrochenen Spitzen und kleine Wattebäusche mit eingetrocknetem Blut. Soweit war es das Übliche. Das Abweichende, ziemlich Erschreckende, waren die Malereien auf der Tapete: große Bilder von Menschen und Phantasietieren mit grotesken Zügen, Augen, die einen anstarrten, wo immer im Raum man sich auch befand, offene Münder und Mäuler mit Reißzähnen und hängenden Zungen.

»Und das hier sollte also eine geeignete Zuflucht für Gun sein«, kommentierte Simon leise. »Falls sie noch nicht wußte, was Todesangst ist, als sie herkam – hier hat sie es wohl sehr schnell begriffen.«

Das Schlimmste an den Malereien war, daß sie so künstlerisch überzeugend ausgeführt waren. Als habe sich ein Genie mit pervertiertem Realitätssinn seine Angstvisionen von der Seele gemalt.

»Im LSD-Rausch gemalt«, murmelte ich.

»Ein Rausch hat da nicht gereicht.«

Im Schlafzimmer sah es genauso aus. Wo einmal ein Bett gestanden hatte, lagen nun mehrere verschrumpelte Matratzen und Müll. In die Küche kam man kaum hinein, soviel ekliger Unrat hatte sich da angesammelt. Teller mit verdorbenen Essensresten klebten aneinander, zerbrochenes Glas knirschte unter den Sohlen. Halbleere Konservendosen lagen herum, und ich meinte, unter der Schimmelschicht Maden erkennen zu können. Die Badezimmertür machten wir nach einem kurzen Blick ganz schnell wieder zu. Danach mußten wir uns erst einmal eine Weile ans offene Fenster stellen und tief Luft holen. Überall hatte sich der Künstler mit seinen Pinseln und Farbtöpfen verewigt.

»Gun Kihlberg ist jedenfalls nicht hier«, bemerkte ich unnötigerweise.

»Nein, aber sie ist sicher hier gewesen, und vielleicht ist sie nur mal außer Haus.«

»Vielleicht, um eine Topfpflanze zu kaufen, damit es hier ein wenig gemütlicher wird.«

Mein Blick blieb an einem dunklen Fleck nahe der Schlafzimmertür hängen, und ich ging hin. Vorsichtig fühlte ich mit dem Finger und roch dann daran.

»Simon, hier ist eine große blutige Stelle. Jemand hat kürzlich mindestens einen Liter verloren.«

Er durchquerte das Zimmer, und es klang, als liefe er über Eierschalen. Dann kniete er nieder und betrachtete den halb getrockneten Fleck.

»Du hast recht. Was zum Teufel ist hier passiert?«

Er erhob sich und zog gedankenverloren an der Unterlippe.

»Da war irgend etwas im Schlafzimmer ...«

Er stürmte hinein, und ich folgte ihm auf den Fersen. Dort gab es ein schmaleres Fenster mit Jalousien, die er nicht hochgezogen hatte, denn man konnte auch so alles erkennen. Jetzt aber zerrte er an der Schnur. Die Wandmalereien mit den überdimensionierten Gesichtern drangen auf uns ein, und ich fühlte, wie mein Unbehagen wuchs. Es war, als würden die Figuren uns umzingeln. Jederzeit konnte ein Monster einen von hinten anspringen und in Stücke reißen.

»Rolle, alle Bilder sind schon vor einiger Zeit gemalt worden, denn die Farben sind trocken. Nur diese eine kurze Wand ist ganz frisch. Siehst du, wie sie noch glänzt?«

Er zeigte mir seinen Daumen mit klebriger grüner Farbe daran. Das Motiv war mehr als seltsam. An einem schiefen Kreuz hing ein menschliches Wesen. Blut rann in großen, schweren Tropfen von den Handflächen. Der Kopf war nach vorn geneigt, und ich hatte den Eindruck, der Blick der Horrorgestalt wolle mich verschlingen.

»Siehst du denn nicht?« fragte Simon mit einer merkwürdig trockenen Stimme.

»Was soll ich denn sehen?«

Er zeigte auf die Fratze.

»Siehst du denn nicht, wer das sein soll?«

Ich schaute genauer hin. Irgendwie glich das Gesicht ... jemandem, den ich kannte ... Plötzlich stockte mir der Atem, und etwas Kaltes kroch mir den Rücken hinauf und hinunter. Simon keuchte, als müsse er jedes Wort einzeln herauspressen:

»Siehst du denn nicht ... daß du das bist!«

11. Kapitel

Die gemalte Figur am Kreuz hatte mich nachts heimgesucht. Mehrmals war ich schweißgebadet aus Alpträumen erwacht, und es dauerte eine Weile, bis ich wieder normal Luft holen konnte. Neben mir lag Virena und atmete so tief und regelmäßig wie immer. Ich starrte mit schmerzenden Augen zur Schlafzimmerdecke, aber da waren keine Schreckbilder, und so schlief ich wieder ein. Um erneut in dem fremden Raum zu landen, wo ich mit Nägeln in den Händen ...

Am Morgen ließ ich mir nichts anmerken, sondern trällerte wie gewöhnlich vor mich hin. Möglicherweise übertrieb ich ein wenig, denn Virena warf mir einen forschenden Blick zu, fragte jedoch nichts. Ich brachte Elin in den Kindergarten und alberte eine Weile mit dem Personal herum, um zu zeigen, was für einen passablen Vater sie doch habe. Ich war sicher, daß man mich sehr bewunderte. Die Uhr zeigte, daß es eigentlich an der Zeit war, mit der Arbeit zu beginnen, aber ich ging statt dessen nach Hause, mit einer Miene, als hätte ich den Diplomatenkoffer mit wichtigen Papieren vergessen. Im Fahrstuhl lächelte ich freundlich, falls irgendwelche Nachbarn mich sehen würden. Aber sobald ich die leere Wohnung erreicht hatte, schleppte ich mich ins Schlafzimmer, ließ mich aufs Bett fallen und schloß die Augen.

Es war nicht nur die vergangene Nacht, es waren andere Nächte, andere Dinge, die mich mein letztes bißchen Kraft kosteten. Noch sieben Wochen bis zum Urlaub. Viel für einen, der sich fragte, wie er den Nachmittag überstehen sollte. Ich schlief ein und wachte um elf wieder auf, ohne mich besonders darüber freuen zu können. Als ich anrief, nahm Simon sofort ab und schien gar nicht wissen zu wollen, wo ich mich aufhielt.

»Hauswirt ist die G.L.P. Verwalt. AG in der Kungstensgatan. Mehr wissen wir nicht. Geh hin und schnüffle ein wenig herum. Rolf jagt immer noch nach den Namen von Sozialinspektoren und Sekretären mit Vornamen Alf, die in den letzten fünf Jahren aus dem Dienst geschieden sind.«

»Von Gun nichts Neues?«

»Eine Frau hat gestern angerufen und nach mir gefragt, aber ich war nicht da. Sie wollte sich noch einmal melden, tat es aber nicht. Das könnte sie gewesen sein.«

»In Hinblick auf deine Millionen Frauenaffären kann das sonstwer gewesen sein. Vielleicht eine, die ihren Sohn endlich seinem Vater vorstellen wollte.«

Simon gluckste behaglich.

»Ach, dann war das die, die im Wohnwagen in Söderhamn lebte. Hubba hubba. Verdammt, die Karre wäre beinahe umgekippt.«

»Bestimmt hat sie Zwillinge bekommen.«

»Mindestens. Laß von dir hören, ich will wissen, was der Hauswirt Spannendes mitzuteilen hat. Wenn wir den finden, der zur Zeit die Miete bezahlt, könnten wir auf interessante Personen stoßen.«

Mein Magen wollte nur zwei Bananen, und er bekam sie. Nachdem ich das Kopfkissen glattgestrichen und somit die Spuren meiner heimlichen Schlummerstunde getilgt hatte, ging ich in die Garage. Wer zur Hölle haßte mich so sehr, daß er mich als Gekreuzigten malte? Wer meinte, Grund zu haben, mir Nägel in die Hände zu wünschen?

Leicht melancholisch gestimmt, fuhr ich über den St. Eriksplan zur Kungstensgatan. Viele Menschen glauben, daß man ihnen übelwill, wenn man als Fahnder unterwegs ist. Sie verstehen Polizeiarbeit als gegen sie persönlich gerichtete Aktionen der Beamten und brüllen ›Rache‹ und ›Hol dich der Teufel‹ und ›Warte, bis ich herauskomme und dich erwische‹. In neun von zehn Fällen bleibt es bei wütenden Beschimpfungen, der zehnte aber kann nicht vergessen, grübelt und hadert und verbeißt sich in das Problem, und manchmal kommt es zum Knall. Wenn nun dieser künstlerisch veranlagte Bursche ...

Plötzlich kam mir ein anderer Gedanke. Bursche? Genausogut konnte es eine begabte Frau sein. Zum Beispiel Gun Kihlberg. Sie hatte vielleicht häufig in dieser Wohnung gewohnt und das Telefongespräch mit diesem Affe nur geführt, um zu erfahren, ob das Nest frei sei. LSD und ähnliche chemischen Präparate hinterlassen keine Einstiche. Im psychedelischen Rausch malte sie mich ans Kreuz und verließ dann die Wohnung.

Wenn es so war: was hatte ich ihr getan? Glaubte sie, daß ich über die Villa in Mälarhöjden gequatscht hatte? Daß ich mit dem Quälgeist Kajan unter einer Decke steckte? Wie konnte ich wissen, was sie dachte? Was für mich reine Hirngespinste waren, konnte ihr als glasklare Logik erscheinen.

Das Bürohaus war ziemlich neu und nichtssagend. Man hatte den Architekten an der kurzen Leine gehalten und ihm nicht gestattet, irgendwo eine persönliche Note einzubringen. Das Haus konnte genausogut aus vorgefertigten Teilen bestehen, die man vor Ort lediglich zusammengefügt hatte. Ein Kasten also, dem man wünschte, er möge von Betontermiten befallen werden und bald zu Staub zerfallen. Eine Stadt braucht keine nichtssagenden Häuser, die Stadt fordert Töne, vom gellenden Schrei bis zum Geflüster, und die Bauherren, die ihren Häusern schon am Reißbrett bewußt die Kehle durchschneiden, sollten erst gebrandmarkt und dann aus der Stadt gewiesen werden, die sie zum Schweigen gebracht haben.

Der anonyme Fahrstuhl brachte mich in die dritte Etage, und ich öffnete die Tür zur G.L.P. Verwalt. AG und trat ein. In dem ersten kleinen Raum saß ein Mann von etwa sechzig Jahren und heftete Papiere zusammen. Er trug einen dunkelbraunen Anzug älteren Schnitts, ein weißes Hemd und einen gestreiften Schlips.

»Wen wünschen Sie zu sprechen?« erkundigte er sich.

Ich zeigte ihm meine Legitimation, die im oberen Teil des Lederfutterals steckte, darunter prangte die Polizeimarke, die man für ein paar Jahre abgeschafft und dann wieder eingeführt hatte. Er las sich meinen Ausweis aufmerksam durch, er gehörte zur korrekten Sorte. Der Mann sah aus, als habe er eine Veranlagung zur Ernsthaftigkeit, die ihn daran hinderte, die komischen Seiten des Lebens wahrzunehmen. Die Züge in dem birnenförmigen Gesicht zeigten alle nach unten, als habe sich die Zeit in die Falten gehängt. Er war einer, der niemals davon träumen würde, etwas zu riskieren. Wenn er das Haus verließ, rüttelte er bestimmt dreimal an der Tür, um sich zu vergewissern, daß sie auch wirklich verschlossen war. Alles schien ihm Pflicht zu sein, die er so gewissenhaft erfüllte, daß er jederzeit den Rücken frei hatte. Ein Arbeitgeber konnte sich voll auf ihn verlassen. Erhielte er den Auftrag, in der Reichsbank ganz allein verschlissene Geldscheine in Höhe von, sagen wir, etwa einer Milliarde zu verbrennen, würde er lieber im strömenden Regen nach Hause wandern, als sich mit einem herausgeschmuggelten zerknitterten Scheinchen ein Taxi zu leisten. Vom Typ her war er ein emsiger Arbeiter im Weingarten, mußte sich jedoch selbst mit Brunnenwasser begnügen.

»Kriminalinspektor Roland Hassel von der zentralen Fahndung in Stockholm. Ah ja. Bitte, nehmen Sie Platz. Mein Name ist Edvin Axell.

Wir begrüßten uns formell mit Handschlag, und er schaute mir tief in die Augen, als handelte es sich um ein für ihn bedeutungsvolles Ritual.

»Ich bin die rechte Hand dieses Unternehmens. Wenn Sie Informationen benötigen, kann ich sie Ihnen geben, sofern sie in meinem Kompetenzbereich liegen.«

»Tja, es geht um eine Immobilie im Vanadisvägen. Ich habe alle Angaben dabei.«

Er bekam einen Zettel mit Hausnummer, Häuserblock, Haus- und Wohnungsnummer und blätterte in einem Aktenordner.

»Stimmt, gehört uns.«

»Seit wann?«

»Erst seit ein paar Monaten.«

»Der Mieter Johansson starb vor fast einem Jahr. Wer bezahlt die Miete und wie kommt es, daß die Wohnung leer steht?«

»Aus welchem Grund fragen Sie?«

»Die Wohnung ist inzwischen zu einer Drogenhöhle übelster Sorte geworden. Wir suchen eine oder mehrere Personen, die sie genutzt haben könnten.«

Die Mitteilung traf ihn hart. Er zuckte zusammen, als hätte ich ihm einen Hieb mit der Nilpferdpeitsche verpaßt. In seiner Miene zeigten sich Abscheu und Distanz.

»Eine Absteige für Rauschgiftsüchtige in einer unserer Wohnungen? Das klingt ja unglaublich!«

»Haben Sie das Haus selbst inspiziert?«

»Ich? Nein, das gehört nicht zu meinen Aufgaben, aber ich hätte über etwas so Alarmierendes informiert werden müssen. Ich bin sehr schockiert, Herr Hassel!«

»Gibt es hier noch jemand anderen, mit dem ich über die Sache reden kann und der vielleicht nicht ganz so schockiert ist? Wer betreibt die Firma?«

Axell schwieg einen Moment, zupfte an seinem Jackett und schob den perfekt sitzenden Schlipsknoten hin und her.

»Dieses Unternehmen ist alt. Es wurde bereits Ende der vierziger Jahre gegründet. Ich bin schon lange dabei. Vor kurzem hat Herr Mattias Agren es übernommen. Vorher handelte es sich um reine Verwaltungstätigkeit mit Aktienportefeuilles und Obligationen. Nun ist es ... ganz anders. Immobilien unter anderem.«

»Wo ist Agren?«

»Er wollte vor Mittag ins Büro kommen, und ich rechne damit, daß er ... aber das wird er sicher sein.«

Die Tür wurde von einem Mann Mitte Vierzig geöffnet, nachlässig elegant und von einer etwas pomadig wirkenden Schönheit, wie der Star eines B-Movies, das Papa finanziert hat. Er hängte seinen dünnen Mantel über einen Bügel an der Flurgarderobe und hob fragend seine dicken, schwarzen Augenbrauen.

»Ja?«

Axell erhob sich, man ist ja schließlich höflich zu seinem Arbeitgeber, aber er zeigte keinerlei Untertänigkeit.

»Das ist Kriminalinspektor Hassel. Er hat ein paar Fragen, und ich glaube, du bist besser informiert als ich.«

»Bin ich das? Tja, wer weiß. Kommen Sie mit in mein Zimmer.«

Er ging vor. Wäre ich eine neidische Natur, hätte ich mir seinen geschmeidigen, elastischen Gang gewünscht; er federte über den Korridor mit der geballten Kraft eines sich anschleichenden Panthers. Also gut, ich wünschte mir diesen Gang. Der Raum war nicht sehr groß, jedoch verschwenderisch möbliert und dekoriert, raffiniert verfeinert und elegantisiert. Den Weihnachtstraum des Innenarchitekten störte einzig ein Tennisschläger, der durch einen separaten Spot beleuchtet wurde.

»Ah, du schaust dir den Schläger an. Tja, mit dem habe ich mein erstes Turnier gewonnen.«

»Bist du im Sport eine Größe?«

»Hätte ich werden können, aber anderes kam dazwischen. Immer kommt etwas anderes dazwischen. Das Zimmer gefällt dir wohl?«

»Habe schon Schlimmeres gesehen.«

»Ein kindlicher Typ wie ich mag es, wenn es glänzt und glitzert. Wer bei seinem Tod den meisten Tand gesammelt hat, hat gewonnen. Nimm Platz und sag, was du willst.«

Ich wählte einen hochlehnigen Stuhl, der mit rotem Leder bezogen war. Als ich mich zurücklehnte, wippte er angenehm. Er selbst ließ sich achtlos auf einem Möbel nieder, das auch in ein Gartenhäuschen gepaßt hätte. Er lächelte und wirkte freundlich, aber das war Fassade, darunter verbarg er mit Sicherheit andere Gesichter, die mehr einem Hai glichen. Ich erzählte ihm, was ich wollte, und er kratzte sich mit einem manikürten Fingernagel die oliv gebräunte Haut, die so gut zu seinem glänzenden schwarzen, seitlich gescheitelten und leicht gewellten Haar paßte; Haar, in dem Frauen sicher gern ihre Finger spielen ließen.

»Eine Drogenhöhle? Ich verstehe nichts von solchen Dingen, aber wenn du es sagst, werden wir uns wohl darum kümmern müssen. Falls wir die Bude nicht demnächst verkaufen.«

»Du hast sie erst kürzlich erworben?«

»Nun ja, erworben. Sie gehörte mit zu einem anderen Deal. Mietwohnungen machen heute keinen mehr glücklich, aber ein paar Kronen fallen immer ab, wenn man die Sache richtig anpackt.«

»Von wem hast du sie gekauft? Oder besser gesagt, mit wem hast du den Deal durchgezogen?«

Er lehnte sich über die schimmernde Schreibtischplatte, auf der sich kein Schriftstück befand, sondern lediglich ein Stifthalter aus Gold oder vergoldetem Metall, der aussah wie eine Golftasche, und ein großer Kalender in schwarzem Leder, den Leute seines Schlages wohl Agenda nennen.

»Tja, weißt du, das ist ziemlich kompliziert. Ein Konsortium, bestehend aus verschiedenen Gesellschaften und Finanziers.«

»Und die Hauptgesellschaft war ...?«

»Ebenso kompliziert. Sie wurde nur für diesen Deal gebildet und ist danach in Konkurs gegangen.«

»Nenn mir bitte den Namen. Denn ihr gehörte die Immobilie doch zuvor?«

»Auf dem Papier war vielleicht eine der beteiligten Gesellschaften der Eigentümer, aber die Bude war sicher irgendwo verpfändet. Wo, weiß ich nicht.«

»Also bitte, den Namen.«

Er behielt die Maske der Jovialität bei, aber ich ahnte, daß ihn der so beharrlich fragende Plattfuß irritierte. Das freute mich.

»Westnorrländische Küchen AG.«

»Komischer Name.«

»Wieso? Eine alte Gesellschaft, deren Geschäftstätigkeit ruhte und deren Übernahme keine einzige Öre gekostet hat. Hat ihren Zweck voll erfüllt.«

»Ich dachte, daß alle, die schnelle Finanzgeschäfte machen, inzwischen entweder einsitzen oder in Spanien wohnen und fette Abfindungen genießen.«

»Ein paar Unerschrockene sind eben noch übrig.«

Er hatte mich satt und hätte mich am liebsten von hinten gesehen, aber das störte mich nicht. Wenn man seine Geschäfte mit der Westnorrländischen Küchen AG abwickelte, dauerte es lange, bis man einen Polizisten eigenhändig hinauswarf.

»Reden wir von der Wohnung des seligen Johansson, die jetzt ein Quartier für Drogensüchtige ist.«

»Ich wußte nicht einmal, daß wir da einen Johansson hatten. Ehrlich gesagt, habe ich den Schuppen nur von außen gesehen. Nette Fassade.«

»Wer bezahlt die Miete? Das will ich wissen!«

Agren drückte einen Knopf der Wechselsprechanlage.

»Axell, sei so lieb und komm doch mal.«

Die rechte Hand trat ein und trug einen Aktenordner unterm Arm, zeigte jedoch keine eigene Initiative.

»Also, Hassel hier will etwas über eine Wohnung wissen, die ein Johansson gemietet hatte. Kannst du mal nachsehen, wie das da jetzt mit dem Mietverhältnis ist?«

Axell schlug den Ordner auf und präsentierte einen alten Vertrag zwischen Sven Johansson und der Wohnungs AG Mammut.

Agren warf einen flüchtigen Blick darauf.

»Ach ja, jetzt erinnere ich mich. Die gute alte Mammut AG versuchte sich an einer Hausgeschichte in London und verreckte daran, mit großem Getöse. Mir schleierhaft, wie man in den goldenen achtziger Jahren in London so baden gehen konnnte. Gibt es keinen neueren Vertrag?«

»Nein. Wir schicken die Rechnungen immer noch an diesen Sven Johansson, und sie werden stets pünktlich bezahlt.«

»Aber der frühere Eigentümer wußte doch, daß der Mieter verstorben war?«

»Davon steht hier leider nichts.«

»Wie wird die Miete bezahlt? Ich meine, woher kommt das Geld? Wird es von einem Postgirokonto auf euer Postgirokonto überwiesen? Oder per Bankgiro? Oder mit Postanweisung?«

»Das kann ich nachprüfen, wenn es gewünscht wird.«

Er schaute auffordernd zu seinem Chef, der eine nonchalante Geste vollführte.

»Tu das, Axell, aber beeil dich, Hassel hat viel zu tun.«

Axell ging hinaus, und wir waren wieder unter uns. Agren konnte seine Abneigung mir gegenüber schlecht verbergen, aber das machte mir nichts aus, ich war es gewöhnt, mich in schlechter Gesellschaft zu befinden.

»Wie kommt es, daß du weder die Wohnungen noch die Mieter kontrolliert hast, als deine Firma das Haus übernahm? Unabhängig von der finanziellen Abwicklung stellt es doch wohl einen beträchtlichen Wert dar?«

»Das ist nicht üblich. Ein Haus ist eben ein Haus. Man schaut auf die Zahlen und kauft und verkauft. Das war einmal anders, aber früher war ja alles besser.«

»So etwas wie soziale Verantwortung für die Mieter paßt da wohl überhaupt nicht ins Bild, oder?«

»Ich mache Geschäfte. Für das Soziale haben wir einen Minister.«

Er schaute sehnsüchtig zur Tür, aber Axell ließ auf sich warten, und ich saß, wo ich saß.

»Und wie geht es so als Polizist? Immer noch ein trister, schlechtbezahlter Job?«

»Nun, ich gebe zu, daß uns Welten trennen, aber es ist doch ein wenig besser geworden, seit das neue Provisionssystem endlich akzeptiert wurde, für das die Gewerkschaft so viele Jahre gekämpft hat. Es läuft ja gut in Frankreich, da muß es wohl auch hier gut laufen.«

»Provisionen? Auf was denn? Auf Strafgebühren für Parksünder?«

»Nun ja, das ist ein alter Gedanke, aber wir wollen ja nicht als die Feinde der Allgemeinheit gelten. Man weiß ja, daß die Leute ihre Autos lieben und glauben, daß man sie überall hinstellen darf. Nein, das neue System beinhaltet, daß wir der Behörde Tips geben, wenn wir jemanden der Steuerhinterziehung verdächtigen. Du weißt ja, wie das heutzutage ist. Da keiner Zeit hat für Ermittlungen, kommen die Trickser davon. Aber wenn wir klare und konkrete Fälle haben, wo wir Lunte riechen, oder, besser gesagt, nicht gezahlte Steuern, da füllen wir Formblatt 19 C mit zwei Kopien aus, und schon ist die Person oder das Unternehmen dran, und die Bücher werden bis auf die letzte Seite geprüft. Ein prima System!«

Ich lächelte ihn sanft an.

»Allein in diesem Jahr habe ich damit so viel verdient, daß ich mir ein Häuschen in den Schären leisten konnte.«

Ich ließ den Blick langsam durch das Zimmer wandern und fügte verträumt hinzu:

»Eigentlich müßte ich mir noch einen Brunnen bohren.«

Axell kam mit den Informationen herein, so daß Agren keine weiteren Fragen mehr stellen konnte. Die kleine Falte auf seiner Stirn freute mich, da war die Wartezeit doch nicht ganz umsonst gewesen.

»Die Miete ist stets direkt und bar per Postanweisung bezahlt worden. Ich habe die Angelegenheit soweit es ging zurückverfolgt, es war jeden Monat dasselbe.«

Weiter kam ich nicht, und ich dankte Agren für seine Hilfe. Dann schaute ich mich noch mal um und versuchte auszusehen, als würde ich gerade über den Preis für eine Brunnenbohrung nachdenken. Die Falte auf Agrens Stirn vertiefte sich. Bis er merkte, daß ich ein übles Spiel mit ihm getrieben hatte, würde er sich noch eine Weile Sorgen machen. Mehr kann man nicht erwarten in einer Gesellschaft, wo die Milliardäre gegenüber den Finanzämtern und der Presse lachend erklären, daß sie bettelarm seien, aber ein Prozent der alten Schulden könne man ja vielleicht bezahlen, so nach und nach und ohne Zinsen, falls der Rest gestrichen würde.

Als ich gerade auf die Straße treten wollte, hörte ich, daß mir jemand hinterherlief. Es war Axell, und er war der ungewohnten Anstrengung wegen ganz atemlos. In der Hand hielt er einen schicken Kugelschreiber.

»Den haben Sie vergessen«, keuchte er.

»Das ist nicht meiner.«

»Natürlich ist es Ihrer. Tun Sie wenigstens so. Wir werden vom Fenster aus beobachtet. Ich habe wichtige Informationen für Sie!«

12. Kapitel

Ich mußte auf sein Stichwort eingehen, und so spielte ich für das Publikum auf den Rängen mit allem dramatischen Gestaltungsvermögen, das mich an der staatlichen Schauspielschule berühmt gemacht hätte, wäre ich dort aufgenommen worden. Ich nahm den Stift, betrachtete ihn von allen Seiten und sah so glücklich aus, als hätte ich das seit Generationen vererbte Familienkleinod wiederbekommen. Während ich meine Pantomime abzog, sagte er:

»Einer, der das Haus kennt, ist der ehemalige Eigentümer, Herr Malcolm Palell.«

Ich roch andachtsvoll an dem Kugelschreiber und entgegnete:

»Ich dachte, der letzte Eigentümer wäre die Westnorrländische Küchen AG gewesen.«

Er schnaubte verächtlich, ohne dabei eine Miene zu verziehen.

»Alles Gesindel! Keine Achtung mehr vor einem gesunden Unternehmen. Herr Palell hat verkauft, weil er krank war, aber er ist bestimmt wieder gesund. Mein Gott, hätte er doch am Ruder bleiben können! Sie können den Stift behalten.«

Er widmete sich wieder seinen Pflichten, und ich steckte mit einer achtungsvollen Geste den Kugelschreiber in die Jackentasche. Malcolm Palell. Ein Mann dieses Namens mußte schnell zu finden sein, und tatsächlich brauchte ich nur ins nächste Telefonbuch zu schauen. Ein Herr Malcolm Palell, der den Titel Direktor trug, wohnte am Järntorget. Ich rief Simon an, und der meinte, daß man den Herrn Direktor ruhig anhören sollte, falls er zu Hause und zu einer Plauderei aufgelegt sei.

»Eine andere Sache, Rolle. Hast du Lust, heute abend die Sau rauszulassen? Einen draufzumachen? Wieder mal so richtig jung zu sein und ein bißchen verrückt zu spielen?«

»Weiß nicht. Im Prinzip liegt die junge und verrückte Phase hinter mir, und ich vermisse sie eigentlich nicht.«

»Ich habe Pavlov erzählt, wie das war in Grönan. Klar erinnerst du dich! Ihm kam das sehr exotisch vor, und in einem schwachen Augenblick habe ich versprochen, ihn auf einen Fünfkampf mitzunehmen. Heute ist genau der richtige Abend, warm und klar. Kommst du mit? Soviel weiß ich noch, daß mehr als zwei dabeisein müssen, wenn es richtig Spaß machen soll.«

Ein bißchen reizte es mich schon. Blödeleien, dumme Scherze, man konnte so tun, als hätte Bedeutungsloses einen Sinn.

»Okay, wenn nichts anderes dazwischenkommt.«

»Bravo!« grunzte er zufrieden. »Um sieben bei mir im Zimmer. Vielleicht sehen wir uns ja schon zeitiger, aber ab sieben sind wir außer Dienst und Fünfkämpfer, und wenn wir einen Bullen sehen, nölen wir ihn voll.«

Als an der kurzen Leine gehaltener Ehemann mußte ich natürlich erst einmal Virena anrufen und um den Hausschlüssel bitten. Ich berichtete ihr von Simons Vorschlag, und nicht ganz wahrheitsgemäß schilderte ich, wie hartnäckig er betteln mußte, bis ich bereit war mitzukommen; selbstverständlich nur wegen Pavlov. Virena lachte, und mir wurde warm ums Herz, von diesem Silberlachen konnte ich nie genug bekommen.

»O ja, ich kann mir vorstellen, wie er betteln mußte! Ich werde Galina einladen, zu mir zu kommen und ein paar Kochrezepte zu tauschen, und dann machen wir beide und Elin uns etwas Feines zum Abendessen und ziehen über unsere Männer her.«

Als ich nach Gamla Stan fuhr, war ich ganz kribblig vor angenehmer Erwartung; offenbar steckte in diesem Mann in mittleren Jahren noch mehr vom jungen und verrückten Rolle, als ich geahnt hatte. Aber ich hoffte innerlich, daß es nur diese kleine Freiheit war, mit ein paar Kumpels einen Abend lang einen draufzumachen, die sich da bemerkbar machte. All das andere, was zu meiner Sturm- und Drangperiode gehört hatte, sollte lieber sorgfältig begraben bleiben.

Gamlingen ist immer Gamlingen, egal zu welcher Jahreszeit, und von unserer Sorte hat es durch die Jahrhunderte einige gegeben. Ich parkte den Wagen auf dem Kornhamnstorg und widerstand der Versuchung, mir am Kiosk ein Eis zu holen, obwohl ich aus eigener und besonders aus Elins Erfahrung wußte, wie lecker es war. Ich lief bis zur Järntorgsgatan und blieb dort stehen, um soviel wie möglich vom Anblick und Geruch des Strömmen aufzunehmen. Mein möglicher Urahn, der Polizeigewaltige Hagbard Hassel, hätte vieles wiedererkennen können, Katarinahissen, der berühmte Aufzug, und die gewaltigen rotweißen Schiffe der Viking Line hätten ihm allerdings wohl doch die Sprache verschlagen. Andererseits, hat sich je ein Hassel beeindrucken lassen? Der Gewaltige hätte sich sicher einen freien Tag genommen – wir Hassels sind ja für unsere Unzähmbarkeit bekannt – und sich eine Kreuzfahrt nach Helsinki gegönnt, mit all dem verschwenderischen Luxus, den die »Vikinger« zu bieten haben.

Mitten auf der Järntorgsgatan liegt der bekannte und legendäre Nachtklub Bacchi Vapen, der heute jedoch ein mondäneres Ambiente pflegt, mit Stripperinnen für die Herren und Strippern für die Damen. Man stelle sich vor, in meiner Jugend hätte jemand auf die Frage nach seinem Wunschberuf geantwortet: »Ich will Stripper werden!« Ab in die Ecke, Dummkopf, schlechte Note in Betragen, Schulverweis und dann Aushilfsjob im Gemischtwarenladen von Norrmalm. Heutzutage halten Stripper wahrscheinlich Vorträge vor Schülern und geben Waschtips für Tangas.

Järntorget ist später zu einem beliebten Treffpunkt geworden, denn er liegt wie ein kleines Zentrum im Vergnügungsviertel: Da sind die feinen Gäste im klassischen Fredens – die Boheme war leider nicht wiederzubeleben, aufgrund der Preise und aus Mangel an Bohemiens –, dann die burschikoseren, sangesfreudigen Biertrinker aus Engelens Pub, die Besucher von Reisens, einer verräucherten Nachtbar mit Piano, und vieler anderer Kneipen, wie etwa der Waffe des Bacchus.

Obwohl die Touristensaison noch nicht begonnen hatte, waren viele durch das Wetter herausgelockt worden und standen nun Schlange, um sich vor dem genial entworfenen und meisterhaft ausgeführten Denkmal Evert Taubes fotografieren zu lassen. Eine geliebte Figur, die im Unterschied zu anderen noch nie gesprengt oder zertrümmert worden war. Statt dessen legte man ihr nach den Räuschen der Nacht Blumen in den Arm. Der Fotografierte stellt sich neben Evert und hält seine Sonnenbrille im selben Winkel wie der Nationalsänger. In aller Welt, von den Lofoten bis Singapore, muß es Millionen Bilder geben, auf denen Evert mit einem neuen Freund an seiner Seite zu sehen ist.

Ein paar geschickte Jongleure brachten willigen Proselyten bei, wie man mit zwei Hölzern und einer dünnen Schnur einen Kegel in der Luft hält; sie hofften vielleicht, ein Set verkaufen zu können. Es gab auch richtige Jongleure mit drei verschiedenfarbigen Bällen, und ich verspürte ein leichtes Schwindelgefühl; angesichts dieser mittelalterlichen Streiche hätte der Gewaltige sicher anerkennend genickt, wenn er auch selbst wohl eher deftigeren Nummern zugetan gewesen wäre.

In dem Haus, in dem Palell wohnte, hatte Konsum das Erdgeschoß übernommen und versucht, ein Mittelding aus Tante-Emma-Laden und supermodernem Trendshop zu kreieren, aber der Enthusiasmus war nach der Einweihung verflogen, und so wurde ein ganz normaler Konsum daraus. So ist es ja immer mit dem Management; man wird der großen Pläne schnell müde.

Der Eingang war um die Ecke in der Triewaldsgränd, und der Tafel zufolge wohnte Palell ganz oben. Das Haus war frisch renoviert und piekfein, hier kam sicher kein Strolch über die Schwelle, was schön war für alle außer dem Strolch. Ich drückte auf den Klingelknopf, ein zarter Dreiklang ertönte. Die Tür wurde von einer gepflegten Dame geöffnet, die ich zunächst auf etwa siebzig Jahre schätzte; bei genauerem Hinsehen merkte ich, daß sie wahrscheinlich bedeutend älter war. Sie hatte klare, runde Augen, eine glatte, rosige Haut – was allerdings auf Schminke zurückzuführen war – und trug eine dunkelbraune Pagenfrisur, eine Perücke, wie ich am Haaransatz feststellte. Die hübsche weiße Bluse hatte einen hohen Kragen, der schwarzkarierte Rock reichte über die Knie, die Strümpfe waren dunkel und dick, die Schuhe jedoch hatten leichtsinnig hohe Absätze. Ich stellte mich vor und bat, mit

Malcolm Palell sprechen zu dürfen. Sie zögerte einen Augenblick, forderte mich dann aber auf näherzutreten.

In der hohen Eingangshalle standen vier etwa einen Meter lange Podeste mit hölzernen Schiffsmodellen, und als sie mich in ein großes und altertümlich-bequem eingerichtetes Wohnzimmer führte, sah ich, daß die Wände mit Gemälden und dekorativen Gegenständen aus dem maritimen Bereich geschmückt waren. Die kleine Frau reichte mir ihre zarte Hand zur Begrüßung.

»Tyra Palell. Ich bin die Gattin. Was wollen Sie von meinem Mann?«

»Es geht um ein Haus, das ihm einmal gehört hat.«

»Ah ja, ich verstehe. Nun ist mein Mann leider etwas ... unpäßlich. Ein Kollaps. Obwohl es ihm schon ein wenig besser geht. Aber so richtig gesund wird er wohl nicht mehr werden. Nun, wir müssen Gott danken, daß es noch so glimpflich abgegangen ist. Sie müssen Geduld haben mit ihm. Bitte, versprechen Sie mir das.«

»Ich verspreche es.«

»Gut, dann hole ich ihn. Obwohl zwölf Jahre älter als Malcolm, bin ich doch sozusagen die jüngere. Das Leben ist nicht leicht, aber so ist eben Gottes Wille.«

Sie ging in einen anderen Raum, und ich hörte leise Stimmen. Ich blieb auf dem großen Perserteppich stehen, da sie mir keinen Platz angeboten hatte. Das hier war auch kein Heim, wo man sich auf ein Sofa fallen ließ und die Schuhsohlen zeigte. Hier war es still und friedvoll; es herrschte eine ermüdende Ruhe, die einen an ein Mittagsschläfchen denken ließ. Sie kam zurück und hatte ihren Mann untergehakt.

»Wünsche guten Tag, Malcolm«, sagte sie weich. »Unser Gast ist Polizist und heißt Hassel.«

Er streckte zuerst die linke Hand aus, korrigierte sich dann aber, und wir begrüßten uns. Er schien darüber nachzudenken, wer ich sei, vermutete dann einfach einen alten Bekannten in mir und versuchte es mit einem Lächeln.

»Schön, dich wiederzusehen. Hast du Lydia zwei noch?«

Sie formte mit den Lippen: »ein Boot«, und ich antwortete im Plauderton:

»Nein, nicht mehr.«

»Schade, schade. Eine Perle. Was wurde aus ihm, wie hieß es doch wieder, Lydia 2?«

»Ich habe es an einen Norweger verkauft.«

Er nickte, als verstünde er vollkommen, daß man so eine Perle an das westliche Brudervolk weiterreichte. Palell war der hundertprozentige Seglertyp, der Kopf mit dem Bürstenhaarschnitt schien wie geschaffen für die kecke Schiffermütze, der wie mit Leder bespannte Hals schrie nach einem nachlässig gebundenen schnupftabakfleckigen Taschentuch, salzwassergetränkt, mit Seezeichen verziert. Hände, die das Zupacken gewohnt waren und in jeder Bucht geankert hatten; jeder Kurs war möglich, in der Stimme rasselten Ankerketten. Statt Romane gab es Seekarten an Bord, auf denen sich Inseln ineinander verliebten und unter den zärtlich anrollenden Wellen neue zeugten. Der Winter bestand aus endlosem Warten, bis endlich wieder der Duft von Bootslack und Mennige in der Nase kitzelte; hatten die Finger nichts zu tun, fingen sie automatisch an, Seemannsknoten in der Luft zu knüpfen.

»Lieber Malcolm, unser Gast möchte etwas über das Haus wissen, das dir einmal gehört hat.«

»Ich hatte ein Haus? In Smögen?«

»In Fjällbacka, Liebster. Nein, das nicht. Das Mietshaus.«

Der Seglerkopf nickte mehrfach; dann kratzte ein Finger am wettergegerbten Ohr.

»Ach ja, das Mietshaus. Natürlich. Na klar. Lag das nicht in Smögen? Oder war es das andere, wie du sagtest? Das in Fjällbacka?«

»Hier in Stockholm, mein Schatz. Das war ein so schmuckes Haus, hast du immer gesagt.«

Palett setzte plötzlich ein strahlendes Lächeln auf und zeigte dabei eine Reihe braunweißer Seglerzähne.

»Ach das!? Was so schmuck aussah? Ja, das hat mir gehört. Willst du etwas trinken?«

Er kramte im Gedächtnis nach meinem Namen, der wollte ihm aber nicht einfallen. Es bekümmerte ihn wenig. Ich hätte Löjtens Linie-Aquavit antworten können, tat es aber nicht. Man kann nichts dafür, wenn einem das Schicksal übel mitspielt. Vielleicht würde ich mich auch bald an Virena klammern und nicht mehr wissen, ob ich in der Blüte meiner Jahre Briefträger oder Hundezüchter gewesen war. Daher lehnte ich dankend ab.

»Sag, was hast du jetzt für ein Boot? Die Lydia 2? Oder hast du die verkauft?«

Das Gespräch wurde absurd, aber so ist es eben, wenn sich der eine Gesprächspartner nicht mehr erinnern kann, wovon vor einer Minute die Rede war. Wir Fahnder hören allerdings täglich soviel Absurdes, daß es für ein Lars-Noren-Stück pro Woche reichen würde.

»Ja, ich habe sie an einen deiner Mieter verkauft. Er hieß Sven Johansson. Erinnerst du dich an ihn?«

Das war kein Name, an den man sich aus dem Stand erinnern konnte; vor allem, wenn man ziemlich wacklig auf den Beinen war. Ich konnte sehen, wie seine verbliebenen grauen Zellen arbeiteten. Seine Frau lächelte mild und streichelte seinen Arm.

»Malcolm, Liebster, hattest du nicht einen Verwalter für dein Haus?«

Er sah erleichtert aus; sie hatte ihm ein Licht ans Ende des Tunnels gestellt.

»Ja, richtig, einen Verwalter, ja, den hatte ich. Oder?«

»Er bot dir doch an, das Haus in Ordnung zu halten. Er hatte eine kleine Firma in dieser Branche. Du warst doch so mit ihm zufrieden, hast du immer gesagt.«

»Ja sicher, ein Glücksgriff, absolut.«

Liebevoll streichelte sie seinen Arm, um weitere Informationen aus ihm herauszulocken.

»Wie hieß er denn gleich, lieber Malcolm? Hatte er nicht einen dänischen Namen, obwohl er Schwede war? Hieß er nicht Pedersen?«

»Pedersen, ja. War er nicht Hausverwalter?«

»Nein, Pedersen war es nicht. Nein, mein Lieber, nicht Pedersen. Du sagtest doch, er heiße ... Sörensen. Ja!«

An seinem stolzen Lächeln konnte ich sehen, daß er noch einmal Wind in die Segel bekommen hatte. Er hielt das Ruder fest in der Hand und steuerte in ein Fahrwasser, wo er Wasserstände und Entfernungen kannte.

»Ja, Sörensen! Obwohl, er war ganz schön teuer. Alf Sörensen. Er wollte immer, daß ich ihn Affe nenne.«

Galina war schon da und unterhielt sich mit Virena über irgend etwas Belangloses. Das konnte ich jedenfalls ihren Mienen und Blicken entnehmen. Es gibt Abgründe im Inneren einer Frau, die man nie ergründen kann, und Abgründe im Mann, die einer Frau verschlossen bleiben. Frauen unter sich haben eine intuitive Fähigkeit, an einem Mann vorbeizureden, so wie auch wir Männer über Codes und Signale, über eine eigene genetische Sprache verfügen. Da können eine Frau und ein Mann noch so sehr überzeugt sein zusammenzugehören, auf einigen Gebieten bleiben sie doch Fremde füreinander. Sie können sich unterhalten und schaffen es doch nicht, sich einander verständlich zu machen. Wir Männer meinen, wir würden Personalfragen diskutieren, während die Frauen nur klatschen und tratschen, aber wo ist der Unterschied? Elin war bei einem Mädchen zum Kindergeburtstag; Virena würde sie später abholen.

»Ißt du mit uns oder in der Kneipe?« erkundigte sich Virena.

»In der Kneipe.«

»Schade. Galina will mich in die Geheimnisse der russischen Küche einweihen, da könnte ich ein Versuchskaninchen gut gebrauchen.«

Ich lächelte über den Scherz, falls es einer gewesen sein sollte, und murmelte, ich würde mir mal den Spiegel an der Wohnungstür ansehen. »Ich glaube, er hat einen Sprung bekommen.« Sie kümmerten sich weder um mich noch um die Tür, sondern kicherten und quatschten weiter vor sich hin.

Jemand hatte versucht einzudringen. Ich fuhr mit den Fingerkuppen über den Türpfosten und bemerkte Vertiefungen, die von Werkzeugen stammten. Wir waren schon früher einmal von ungebetenen Gästen heimgesucht worden, deshalb hatte ich eine Sicherheitstür gekauft, die genau wie die anderen im Haus gestrichen und von einer gewöhnlichen Wohnungstür nicht zu unterscheiden war. Der Spezialist hatte, während er sie einbaute, bei seiner Seele geschworen, daß keiner sie knacken könnte, ohne im Umkreis von drei Meilen buchstäblich jeden aufzuwecken. Obwohl der Mann nicht so aussah, als besäße er eine Seele, und also nicht viel riskierte, hatte ich ihm geglaubt.

Das Metall des Schlosses wies frische Scharten auf, die wohl von einer Eisensäge stammten; tiefer als einen halben Millimeter hatte man jedoch nicht in den Stahl eindringen können. Es war ein plumpes Vorgehen, eine Eisensäge ist weithin zu hören und geht den meisten Leuten auf die Nerven. Trotzdem hatte es jemand versucht. Ich ging ins Schlafzimmer, machte die Tür hinter mir zu, rief Simon an und berichtete ihm kurz, was ich entdeckt hatte.

»Tja, und nun willst du eine Bewachung, oder?«

»Was glaubst du?«

»Wenn ich daran denke, wie wenig Leute wir haben ...«

»Wenn ich daran denke, welchen Bedrohungen wir ausgesetzt sind ...«

Er grunzte tief unten im Hals, vielleicht verschlang er gerade irgend etwas, möglicherweise eine Boulette.

»Okay, ich versuche, jemanden aus dem Boden zu stampfen.«

»Was gibt es Neues von Affe Sörensen?«

»Wir sind dabei, auch ihn aus dem Boden zu stampfen. Jetzt steck dir aber deine Fahnder-Sorgen an den Hut und komm her und sei lustig und beschwingt.«

Es war wohl an der Zeit. Ich versuchte, die Spur eines erwartungsvollen Kribbelns an mir festzustellen, aber entweder hatte sich das Kribbeln gut getarnt, oder es war zur Fremdenlegion gegangen, jedenfalls fühlte ich nichts, als ich mich umzog. Eigentlich hätte ich mich auch rasieren müssen, aber soviel war mir die ganze Sache nicht wert. Ich besah mich im Spiegel und bemühte mich, eine Miene aufzusetzen, die einer Gattin und deren Freundin zeigte, daß der Herr des Hauses ausgehen wollte. Es wirkte unechter, als wenn ein Säufer in einem Laden des staatlichen Alkoholmonopols versichern würde, sein Name sei Bernadotte, aber mehr brachte ich nicht zustande.

»Also, dann werde ich mal gehen«, verkündete ich.

Sie hoben die Nasen aus dem illustrierten Kochbuch, das Galina mitgebracht hatte. Ich merkte, wie mich Virena von Kopf bis Fuß musterte, ob ich auch schmuck und ordentlich aus dem Haus ging. Ich fühlte mich in die Zeit nach dem Schulabschluß zurückversetzt, als ich frei war und die Welt mir offenstand.

»Pavlov war von eurer Idee wirklich begeistert«, lächelte Galina. »Ist dieser Fünfkampf alter schwedischer Brauch?«

»Eine Tradition des männlichen Teils. Wie es mit dem weiblichen steht, weiß ich nicht.«

Virena lächelte in sich hinein, und ich hatte das leise Gefühl, daß sie Galina über die andere Tradition aufklären würde, sobald ich gegangen war.

»Für einen Russen trinkt Pavlov nicht viel«, verriet Galina. »Er verträgt allerdings auch nicht besonders viel für einen Russen. Nach einem Examen war er mal mit Freunden in einem Vergnügungspark in Moskau, ähnlich eurem Gröna Lund. Als er wieder heimkam, war er in einem schrecklichen Zustand.«

»Vor russischen Freunden sollte man sich eben in acht nehmen«, meinte ich. »Ich verspreche, daß er heil nach Hause kommt, wenn auch vielleicht auf allen Vieren.«

Galina lachte nachsichtig.

»Mir macht das nichts aus. Ein Kerl muß ab und zu ein bißchen Dampf ablassen, und außerdem ist es recht lustig, ihn am nächsten Morgen ganz klein und reumütig zu sehen.«

Mir schien, daß dieses Vergnügen ziemlich perverse Züge hatte, ich erwiderte aber nichts. Virena winkte mir leicht zu.

»Adieu, Roland. Sei vorsichtig mit dem Dampf!«

Statt aufgekratzt zu sein, fühlte ich mich eher melancholisch, als ich den kurzen Weg zur Kriminalpolizei in der Bergsgatan spazierte. Vielleicht, weil mir durchaus bewußt war, daß ich gar nicht mehr in der Lage war, in einem schrecklichen Zustand heimzukommen? Dem Zustand selbst, den Kopfschmerzen und dem umgekrempelten Magen, weinte ich natürlich keine Träne nach. Aber es war doch schön zu wissen, daß es noch die Möglichkeit gab, die Sau rauszulassen, auch wenn ich sie nie nutzen würde.

Es war einer der lieblichen Frühsommerabende Ende Mai. Der Juni mit seinen grünen Fingern wartete schon hinter der nächsten Ecke, aber noch kämpfte der Mai um einen schönen Nachruf; es war hell und warm, und beide, Natur und Mensch, waren am Aufblühen. Gerade als ich von der Pilgatan in die Bergsgatan einbog, trat eine junge Frau aus einem Hauseingang, eine Frau, kein Mädchen, und sie war so schön, daß mir wahrscheinlich die Brille gesprungen wäre, wenn ich eine aufgehabt hätte. Aber nicht einmal sie konnte die Hasselschen Säfte zum Steigen bringen. Ich fühlte mich erledigt wie nach einem Langstreckenlauf.

»Hej«, sagte sie.

Ich schaute mich um, aber außer mir war niemand in Reichweite. Mit einem Nicken erwiderte ich ihren Gruß. Wahrscheinlich waren wir uns irgendwo schon einmal begegnet, und ich hätte sie nicht vergessen dürfen. Ich wollte weitergehen, da legte sie mir eine schmale weiße Hand mit langen, knallroten Nägeln auf den Oberarm.

»Ich heiße Charlotte. Aber viele nennen mich Charlie. Du darfst mich gern Charlie nennen.«

»Charlie wie Chaplin?«

Sie ignorierte meinen Scherz; vielleicht hatte sie nie von ihm gehört, oder sie meinte, ein Bart würde ihr nicht stehen. Statt dessen zeigte sie mir eine kleine rosige Zungenspitze.

»Kommst du mit zu mir?«

»Liebe Fremde, bist du nicht auf der falschen Straße gelandet? Das hier ist die Bergsgatan auf Kungsholmen, sicher die am wenigsten ertragreiche in der Stadt. Mit Ausnahme der Mitisgatan vielleicht.«

Die roten Fingernägel strichen sanft über meine Wange, und ich hörte die Bartstoppeln wie Sandpapier rascheln.

»Wir können ja darüber reden. Bei mir zu Hause.«

Ich schob die Nagelhand zur Seite und verbeugte mich kurz.

»Vielen Dank für das Angebot, aber Mama hat mir nur Busgeld mitgegeben, und das muß ich abrechnen, wenn ich von der Abendschule heimkomme. In dieser Woche behandeln wir Moses.«

Sie wollte wieder nach meinem Oberarm greifen, aber ich entwand mich ihren Liebkosungen und ging auf den Eingang zu, ohne mich umzusehen. Auf der Bergsgatan! Als leichter erregbarer Mensch hätte ich mich wohl entrüstet. Bald würden sie einem noch auf den Fluren auflauern! Nun ja, manchen wäre das vielleicht gar nicht so unrecht.

Simon war in prächtiger Laune und lachte donnernd, als ich eintrat. Auch Pavlov freute sich über den gerade gehörten Witz. Ich beschloß, ihnen nichts von Charlotte zu erzählen. Simon war mein bester Freund, aber ich konnte gut ohne seine albernen Kommentare auskommen. Pavlov hatte sich angezogen, als ginge er zum Empfang bei einem Chef, mit dem er sich gutstellen wollte. Er war offenbar bereit für die Abenteuer der Wikinger.

»Fünf nach sieben, Rolle! Daß du nie pünktlich sein kannst. Unsere Kehlen sind schon ganz trocken.«

»Das ist Charlie Chaplins Schuld.«

»Was?«

»Vergiß es. Das war ein Witz für Eingeweihte. Den verstehe nur ich.«

Simon stand auf, streckte den gewaltigen Bauch heraus und griff nach dem karierten Blazer, der über der Stuhllehne hing.

»Verlassen wir diesen tristen Ort und nehmen ein Taxi zu den Pforten des Himmels.«

»Werden wir zu Abend essen?« fragte ich.

Simon zeigte mit dem Finger auf mich und wandte sich an Pavlov.

»Hast du gehört? Werden wir zu Abend essen? Glaubst du, der ist richtig trocken hinter den Ohren?«

»Trocken hinter den Ohren? Ich weiß zwar nicht, was das bedeuten soll, aber wenn du daran zweifelst, dann tue ich das auch.«

»Gut, Pavlov! Halte immer zu mir, dann wird es dir gutgehen in dieser Welt. Jetzt rufe ich einen Wagen.«

Während er die Ziffern wählte, teilte er mir mit:

»Für echte Fünfkämpfer gibt es nur ein Lokal – Tyrol!«

Das hatte mir noch gefehlt! Ich quetschte mich zu den anderen ins Auto, aber ich war wie eine aufgezogene Puppe; eigentlich stand ich einen Meter neben mir und zeigte mit dem Finger auf mich. Konnten wir nicht lieber ins Kino gehen? Und die ganze Zeit mahlten die Gedanken in mir – wer hatte versucht, in meine Wohnung einzudringen?

Das Tyrol zeigte sich von seiner volkstümlichsten Seite. Dicht an dicht saß man in der Jodlerkneipe, das Bier floß, die Musik ließ fast die Trommelfelle platzen, und eine Gesellschaft, die Abschied von der Junggesellenzeit feierte, schickte sich gerade an, auf dem Tisch zu tanzen, während die werdende Braut mit offenem Mund schnarchte. Mädchen zeigten, daß auch sie wahrlich die Becher schwingen konnten, vor den Toiletten stand die Pilstrinkerschlange. Simon zog den Kopf der Serviererin zu sich herab, so daß er ihr die Bestellung ins Ohr schreien konnte. Obwohl ich kein Wort verstand, wußte ich intuitiv, was es geben würde: Bauernfrühstück, Starkbierhalbe und Wodka. Simon wußte, daß er meinen Schnaps mittrinken konnte, aber die Geste, einen Kumpel nicht ausgrenzen zu wollen, war nett. Aber wer, zur Hölle, hatte versucht, meine Sicherheitstür aufzubrechen?

Das Essen kam und große Humpen Bier und Wodka in beschlagenen Gläsern, und dann ein Zuzwinkern und hoch die Tassen, und ich tat so, als sei ich dabei. Pavlovs Augen begannen zu glänzen, und er klopfte im Takt mit der Faust auf den Tisch. Als es außer Simon niemand merkte, tauschte ich unsere Schnapsgläser aus, und er protestierte nicht. Seltsam, wie jung hier alle waren. Unser Erscheinen mußte das Durchschnittsalter um mehrere Generationen erhöht haben. Hatte die Erzieherin im Kindergarten diesen Grünschnäbeln beiderlei Geschlechts wirklich freigegeben?

Endlich hatte sich Simon bis obenhin vollgestopft und mindestens vier Humpen geleert, so daß er die Mahlzeit zufrieden für beendet erklären konnte. Als wir uns erhoben, schwankte Pavlov ein wenig, nahm aber sofort Kurs auf die Attraktionen von Gröna Lund. Wamm und wumm und juchhu und Schreie und Lachen, und ich fragte mich, was ich da zu suchen hatte. Mit Elin war das etwas anderes, weil sie es dann war, die lachte und Spaß hatte. Jedes Stockholmer Kind hat das Recht auf mindestens einmal Gröna Lund pro Saison, nach ungeschriebenem, aber gültigem Gesetz. Ich jedoch fühlte mich frustriert wie ein Einbeiniger unter Berufstänzern.

»Jetzt beginnt der Fünfkampf«, brüllte Simon gutgelaunt. »Ich führe Protokoll, damit alles seine Ordnung hat. Wir beginnen mit Bärenschießen. Will jemand eine Vorgabe?«

Geschubse und Gedränge am Stand, aber Simon gelang es, unter Einsatz seines Leibesumfangs drei Gewehre zu erobern, und so schickten wir die Bären in die ewigen Jagdgründe. Es ging darum, mitten in ein markiertes Feld auf dem Körper zu treffen. Gelang es, dann erhob sich der Bär und brüllte – wer hätte das nicht getan? Zwanzig Schuß, und trotz des Starkbiers erwies sich Pavlov mit achtzehn Treffern als Meisterschütze. Ich belegte, da nicht alkoholisiert, mit elf Punkten Platz zwei, gefolgt von Simon mit vier.

»Ich sagte ja, ich würde euch einen Vorsprung geben«, erklärte er großmütig.

Wir wetteiferten in weiteren vier Disziplinen, und Pavlov schien in seinem ganzen russischen Leben noch nicht soviel Spaß gehabt zu haben. Dann rechnete Simon die Ergebnisse zusammen und versuchte zunächst zu bluffen, indem er sich selbst als Sieger ausgab. Als wir ihn ertappt hatten, schämte er sich keineswegs, und nun bekam Pavlov den imaginären Lorbeerkranz. Er schien von seinem Glück überwältigt und drückte den gigantischen Teddy, den Simon als Gewinn ausgesucht hatte, an seine Brust.

»Jetzt muß ich mal für kleine Jungs«, trompetete Simon.

»Ich auch«, kam Pavlovs Echo.

»Rolle, du hältst die Stellung. Laß keinen Teufel über die Brücke! Du mußt die nächste Runde bezahlen, weil du als letzter gekommen bist.«

»Du bist doch als letzter gekommen«, berichtigte ich ihn.

»Sag ich doch, und deshalb spendierst du die nächste Runde.«

Er legte den Arm um Pavlovs Schultern, und sie wankten zur Herrentoilette. Ich stellte mich ein wenig abseits vom Menschengewimmel und registrierte die Geräusche, als wäre ich nicht anwesend, sondern betrachtete einen Film. Trotz der abendlichen Wärme fröstelte ich. Noch eine Stunde durchhalten, dann ging es nach Hause und ins Bett. Hatte ich mich ausreichend energisch beteiligt, damit man mich nicht für einen Totentänzer hielt?

Drei Männer in Regenmänteln und Hüten kamen auf mich zu, die sich lebhaft miteinander unterhielten. Einer trug eine große Puppe im Arm, und ich hoffte, daß er eine Tochter hatte, der er sie schenken konnte. Frauen pflegen nicht so interessiert zu sein. Der Mann mit der Puppe blieb vor mir stehen, die anderen gingen an mir vorbei, drehten sich dann aber plötzlich um.

»Bleib ganz ruhig stehen«, zischte der Mann mit der Puppe.

Jetzt sah ich, daß im Bauch der Puppe ein Loch war, aus dem die runde, metallisch glänzende Mündung einer Pistole schaute. Gleichzeitig fühlte ich, wie sich mir etwas wie eine große Nadel in die Seite bohrte. Eine Stimme flüsterte mir ins Ohr:

»Wenn du leben willst, dann sag, wo du das Band hast!«

13. Kapitel

Ich handelte rein instinktiv, schlug mit den Armen um mich, erwischte einen Mantelaufschlag und schleuderte ihn gegen den Mann mit der Puppe. Die drei waren von meiner Aktion völlig überrascht und erst mal wie gelähmt. Im Schein der elektrischen Beleuchtung sah ich etwas auf dem Boden glitzern. Eine Kanüle! Sie hatten mir irgend etwas gespritzt.

Schon spürte ich, wie mir die Glieder schwer wurden, als ich mich mit vermeintlich federnden Schritten in das Menschengewühl stürzte. In Wirklichkeit taumelte ich. Die drei in Mantel und Hut blieben mir auf den Fersen. Tausende von Lampen tanzten vor meinen Augen, aber ich wollte nicht aufgeben. Leute schrien mich an, als ich mich zwischen sie warf, doch der Lärm drang nur wie aus großer Entfernung zu mir; dazu kam ein Klingeln, das wohl nur in meinem Kopf existierte. Jemand legte mir die Hand fest auf die Schulter, aber ich riß mich los, tauchte in der Menge unter und arbeitete mich rücksichtslos voran.

»Laaaaaßtmiiiiich ...«

Der da rief, war ich, aber die Zunge war wie ein steifer Klumpen im Mund und wollte nicht gehorchen. Himmel und Hölle! Was hatte ich für ein seltsames Gift in den Adern? Jedes Gefühl wich aus den Gliedern, und als ich mühsam den Kopf wandte, sah ich meine Verfolger unmittelbar hinter mir, die Hüte beschatteten ihre Gesichter. Es waren drei Dämonen, die mir Böses antun wollten. Meine Füße wogen inzwischen eine Tonne, aber ich mußte sie bewegen; an den Armen hingen Bleigewichte, auf den Schultern trug ich die Welt. Obwohl er sie im hohlen Bauch der Puppe versteckt hielt, bemerkte ich, daß einer von ihnen die Spritze in der Hand hatte. Sie sah aus, als habe sie Hunderte tanzender Kanülen.

»Aaaaaaaa ...«

Das war alles, was mein erstarrter Mund herausbrachte. Ich drehte den Kopf wieder nach vorn, und das war schwer, unglaublich schwer; mein Schädel war ein Planet, der nicht aus seiner Bahn wollte. Gleich würden sie mich einfangen, mir noch mehr Gift spritzen, mich töten. Aber ich wollte nicht sterben, nicht jetzt, nicht hier.

»Aaaaöööö ...«

Mein Körper taumelte willenlos durch die Menschen, die nichts von mir wissen wollten, mich schoben, knufften, mich vielleicht haßten, weil ich ihr Vergnügen störte. Die Hände der drei grapschten nach mir, aber etwas, das stärker war als mein Wille, trieb mich zu einem letzten Fluchtversuch. Ich stolperte über einen Fuß und prallte hilflos gegen einen Körper, der einem Riesen zu gehören schien.

»Rolle, was zum Teufel ist los mit dir? Rolle?«

Simons Stimme, seine gesegnete Stimme, die Stimme eines Engels, war das letzte, was ich hörte. Der Tanz der Lampen wurde schwächer und schwächer; sie wurden zu kleinen Punkten in der Dunkelheit. Und kurz darauf waren auch die Punkte von der Finsternis verschlungen.

Mit einem Ruck erwachte ich und riß die Augen auf. Wo befand ich mich? Alles war fremd und unbekannt. Im Dunkeln zeichneten sich seltsame Konturen ab, und ich hörte einen Laut, der wie das Hecheln eines angeketteten Hundes klang. Oder ...

»Hallo!« rief ich.

Was ich vernommen hatte, war ein Schnarchen gewesen, das in ein Schnauben überging. Eine Lampe wurde angeknipst, und ich blinzelte gegen das plötzliche Licht. Ich lag in Simons Dienstzimmer auf dem Sofa, mit einem Kissen unter dem Kopf und seinem Jackett als Decke. Er selbst lümmelte auf seinem Bürosessel und hatte die Füße auf dem Tisch.

»Na, bist du wieder nüchtern?« gähnte er.

»Wie spät ist es?«

»Halb drei.«

Ich stand auf und lief ein paar Schritte hin und her. Auch wenn die Gliedmaßen taub und träge waren, es war wieder mein Wille, der den Körper regierte.

»War gar nicht so einfach, dich hierher in mein Zimmer zu schmuggeln. Nach Hause konnte ich dich ja nicht schicken, sonst hätte ich bei Virena für den Rest meines Lebens verschissen. Wie konntest du von so wenig nur so besoffen werden? Oder hast du heimlich geschluckt, als ich es nicht gesehen habe?«

Er erhob sich ebenfalls, nahm den Blazer und versuchte, die Falten glattzustreichen.

»Ich habe eine Spritze bekommen«, erklärte ich kurz.

»Erzähl mir keine Märchen«, murmelte er. »Schaffst du es allein mit dem Taxi, oder soll ich mitkommen und dich zu Hause abliefern? Übrigens, bloß gut, daß du mir nicht den Fußboden vollgekotzt hast.«

»Ich war gestern abend stocknüchtern und bin es immer noch.«

Ich erzählte ihm, was geschehen war. Sein Mißtrauen wich, und er runzelte die Stirn.

»Verflucht, diese Teufel! Vielleicht solltest du ins Krankenhaus?«

»Nein. Offenbar habe ich nur wenig abbekommen, und die Wirkung hat bereits nachgelassen.«

»Gott sei Dank!« rief er. »Ich hatte schon ein schlechtes Gewissen, ich könnte dich zu Dummheiten verführt haben, die ich dir besser erspart hätte, aber ich vertraute andererseits darauf, daß du dein Maß kennst.«

»Wo ist Pavlov?«

»Den habe ich in ein Taxi bugsiert. Er war ein so glücklicher Russe, ständig zitierte er, wie er behauptete, Puschkin im Original. Rolle, wir müssen über diese Sache reden. Wer waren die drei Kerle?«

»Weiß nicht, aber es würde mich nicht wundern, wenn Kajan dabeigewesen wäre. Laß uns morgen, oder besser gesagt, später am heutigen Tag darüber reden. Jetzt will ich nur noch nach Hause und ins Bett.«

Da war noch etwas anderes Wichtiges, das mir aber entglitt, wenn ich mich darauf konzentrieren wollte. Simon telefonierte nach einem Taxi und sagte, daß er mich begleiten und dann ebenfalls heimfahren wolle. Als er mir Hilfe anbot, lehnte ich ab. Ich versuchte, von selbst wieder in Schwung zu kommen. Auf dem Weg in die Baltzar von Platensgatan schwiegen wir, ich in meine düsteren Gedanken, er wahrscheinlich in finstere Grübeleien versunken. Ungefähr wie ein normaler schwedischer Fünfkampf in Gröna Lund auszugehen pflegt, vermutete ich.

»Ich möchte noch sehen, wie du ins Haus gehst«, brummte er. »Und dann reden wir, sobald du morgen zum Dienst kommst. Ich werde da sein.«

Er beobachtete vom Wagen aus, wie ich die Haustür auf- und hinter mir wieder abschloß. Der Fahrstuhl glitt nach oben, und ich hatte den Wohnungsschlüssel bereits in der Hand. Bevor ich aufschloß, zog ich nach klassischer Lustspielmanier die Schuhe aus. Von meinem Treppenabsatz führt eine Halbtreppe zu der Tür hinauf, durch die man auf den Dachboden gelangt. Aus dem Schatten davor löste sich plötzlich eine Gestalt. Augenblicklich ließ ich die Schuhe fallen und nahm Kampfposition ein.

»Hallo, Hassel. Alles in Ordnung?«

Er sprach leise, und ich signalisierte ihm, daß es nichts Besonderes gab. Hieß er nicht Palle Viktorsson?

»Kann ich jetzt nach Hause gehen?«

»Träum schön.«

»Ich hatte Anweisung, die Wohnung zu bewachen, bis du kommst. Es ist nichts vorgefallen. Teufel, wie schnell kann man einschlafen, wenn man solo ist und nicht mal eine Mücke surren hört.«

Er nahm die Treppe, und ich wartete, bis ich die Haustür schlagen hörte. Dann tappte ich vorsichtig in die Wohnung. Wie ein Gespenst schüttelte ich die Kleider ab und schlich mich ins Schlafzimmer. Wie immer schlief Virena mit leichten, kaum wahrnehmbaren Atemzügen. Ich fischte den Pyjama unter dem Kopfkissen hervor, und es gelang mir, ohne zu stolpern in die Hosen zu steigen. Dann glitt ich unter die Decke und war stolz, sie nicht geweckt zu haben. Ich kam mir mehr und mehr wie in einem Lustspiel vor.

Etwas kroch über meinen Körper, aufdringliche Hände, sie wollten in mich eindringen, unter meine Haut, wichtige Organe herausreißen, ich kämpfte dagegen an mit aller Kraft.

»Roland!«

Virenas Stimme, die amüsiert und vorwurfsvoll zugleich klang. Ich setzte mich auf und spürte, daß ich völlig durchgeschwitzt war. Meine Hände umkrampften Virenas Finger.

»Wenn du nicht losläßt, reißt du sie mir ab.«

»Was? Entschuldige, ich muß wohl geträumt haben«, murmelte ich.

»Ja, du bist den ganzen Morgen unruhig gewesen, aber ich wollte dich schlafen lassen. Ich habe Elin schon in den Kindergarten gebracht und werde jetzt gehen. In der Küche steht starker Tee. Wann bist du heute nacht nach Hause gekommen?«

»Gar nicht so spät. Wir haben uns ganz nett unterhalten. Die Zeit verging wie im Fluge.«

»Für mich auch. Galina und ich, wir müssen in einem früheren Leben Schwestern gewesen sein.«

Sie beugte sich über das Bett und küßte mich.

»Schön, mit einem Mann verheiratet zu sein, der keine Fahne hat, wenn er nach einer lustigen Tour nach Hause kommt. Wir sehen uns am Abend. Am besten, ich hole Elin heute ab.«

Sie ging, und ich schlurfte in die Küche zu dem starken Tee, den ich gierig in mich hineinschüttete. Wäre es mir besser gegangen, hätte ich eine Kanne statt einer Tasse gebraucht. Böse Träume, aber das war ja nichts Neues für einen alten Alpträumer. Obwohl, diese gierigen Hände ... Hart stellte ich die Tasse auf den

Tisch. Jetzt wurde klar, was sich die ganze Zeit wie ein Schleier durch mein Gehirn gewunden hatte.

Kurz nach eins holte ich Pavlov ab, um mit ihm zu Simon zu gehen, der gerade von einer Beratung der Abteilungsleiter zurückgekehrt war. Pavlov feixte immer noch über die Exzesse des vergangenen Abends und versicherte mir immer wieder, daß wir so etwas noch einmal veranstalten sollten. Simon schaute uns über die Aktenberge auf seinem Schreibtisch hinweg an und rülpste ungeniert.

»Was sein muß, muß sein. Also?«

»Ich habe die andere Tonbandkassette nicht verloren, als ich in Moskau überfallen wurde, und ich habe sie ebensowenig im Flugzeug vergessen. Geschickte Diebesfinger haben sie mir vor dem Flughafengebäude in Arlanda abgeknöpft.«

Ich berichtete von den scheinbar sturzbetrunkenen Herren, die mich am Taxistand angerempelt hatten. Internationale Taschendiebe haben die wenig mißtrauischen und verhältnismäßig reichen Schweden für sich entdeckt, und überall, wo Menschen zusammenkommen, haben wir inzwischen ihre langen Finger in unseren Taschen. Aber in meinem Fall waren es keine gewöhnlichen Diebe gewesen; es mußte irgendeinen Zusammenhang mit meiner Moskaureise geben.

»Tja, das klingt plausibel«, bestätigte Simon. »Aber was sagt es uns? Nach deiner Aussage war doch nichts Interessantes auf dem Band.«

»Aber das konnten die ja nicht wissen. Das ist einer der Punkte.«

Pavlov stand auf, ging zum Fenster hinüber und starrte hinaus. Er schien jedoch gar nicht interessiert an dem, was er sah.

»Hier stimmt etwas nicht«, sagte er leise.

»Was stimmt denn nicht?«

Er wandte sich uns wieder zu und begleitete seine Worte mit lebhaften Gesten.

»Sagtest du nicht, daß die drei Männer heute nacht das Band haben wollten?«

»Ja. Und was mich angeht, gibt es keine anderen Bänder als die, die ich in Moskau aufgenommen habe.«

»Dort hat man dir ein Aufnahmegerät gestohlen, in dem sich eine Kassette befand, nicht wahr? Ich glaube nicht, daß das ein gewöhnlicher Raubüberfall war. Das war die Mafia, die mitbekommen hat, daß du bei Sjukov gewesen bist! Die haben ihre Augen und Ohren überall.«

Ich nickte zustimmend, und Pavlov fuhr fort:

»Vielleicht vermuteten sie, daß es weitere Bänder gab. Die Kassette, die sich im Gerät befand, enthielt ja nichts Wichtiges. So nahm man Kontakt zu Schweden auf und arrangierte den Taschendiebstahl in Arlanda. Das klingt doch logisch, oder?«

»Sicher. Meine Gedanken gingen ebenfalls in diese Richtung.«

Wie ein Schüler, mit erhobenem Finger, meldete sich Simon zu Wort.

»Ich denke wie Pavlov, daß hier etwas nicht stimmt. Die Russenmafia hat die Bänder geklaut, die du bei Sjukov aufgenommen hast. Es ergibt doch keinen Sinn, wenn die Kerle dich mit dem Tod bedrohen, um ein Band zu bekommen, das sie bereits besitzen.«

Darauf war ich auch schon gekommen. Schopenhauer hat viele Jahre gebraucht, um seine Ideen zu formen; ich war bereits nach ein paar Stunden so weit. Er war allerdings Deutscher und neigte zur Umständlichkeit.

»Natürlich ergibt es einen Sinn, wenn man davon ausgeht, daß es zwei konkurrierende Mafiabanden gibt! Und wenn beide versuchen, sich in Schweden zu etablieren.«

Pavlov spitzte die Lippen und pfiff lautlos.

»Natürlich! Es kann sogar zehn geben. Hier ist doch Geld zu holen. Laßt mich in Moskau anrufen, ich habe die Nummer in meinem Zimmer.«

Er eilte hinaus, und Simon erkundigte sich nach meinem Befinden nach den Abenteuern der Nacht.

»Es geht so. In der Spritze war kein Gift, wie ich zuerst dachte, sondern nur ein Betäubungsmittel.«

»Mm. Du, Rolle, wenn nun diverse russische Schurken, oder, besser gesagt, Banditen mit Betonung auf Band, glauben, daß du noch eine Aufnahme des Verhörs mit Sjukov in deinem Besitz hast, kann das für dich ziemlich gefährlich werden.«

»Sjukov hat doch gar nichts Wichtiges ausgesagt.«

»Nein, aber wer weiß, was die glauben, was Valentina ihren Eltern erzählt haben könnte.«

Ich fühlte mich unbehaglich. Wenn sie mir ans Leder wollten, konnte ich ihnen nichts entgegensetzen als ein selbstbewußtes Gesicht, und damit würde ich nicht weit kommen.

»Wenn sie feststellen, daß wir nicht eingreifen, weil wir nichts über sie wissen, bin ich aus dem Schneider«, murmelte ich.

»Hoffen wir's«, bemerkte er so unpersönlich, als hätten wir über die Bedeutung des Regens für die Kartoffelernte gesprochen.

Sollte ich versuchen, Virena und Elin aus der Stadt zu bringen? Eine schwierige Aufgabe. Sie war erst neulich bei ihrer Schwester in Kramfors gewesen, und sie noch einmal mit all den Attraktionen von Angermanland zu locken, schien mir unmöglich, zumal ich mich an solche überhaupt nicht erinnern konnte. Simon las meine Gedanken.

»Diskrete Bewachung deiner Lieben.«

»Danke«, sagte ich leise.

Er schwieg eine Weile und spielte mit dem Kugelschreiber. Dann räusperte er sich und wechselte das Thema.

»Willst du ein Geheimnis erfahren?«

»Ist Nadja wieder schwanger?«

Er grinste breit.

»Wir würden nicht nein sagen, falls wir noch einmal Zuwachs bekämen. Aber derzeit ist es nicht aktuell, auch wenn das Bett so gemütlich eng ist. Ähem, darüber wollte ich eigentlich nicht mit dir sprechen. Also, in der Leitungsgruppe bekamen wir einen geheimen Rapport aus Finnland, den wir heute früh diskutiert haben. Ich setze voraus, daß du jetzt nicht zuhörst.«

»Ich bin ganz und gar nicht Ohr.«

Er legte die Fingerkuppen aufeinander und stützte die Ellenbogen auf den Bauch.

»Eine der größten finnischen Banken wäre beinahe draufgegangen. Ein sehr respektabler Finanzmann – ich nehme an, daß er den vornehmsten Titel führte, den man sich in Finnland für

Geld kaufen kann – hatte über sein Finanzinstitut einen großen Aktienanteil an dieser Bank erworben. Dann hatte er ein Angebot gemacht, die Mehrheit zu übernehmen. Keine faule Sache. In den Zeitungen hieß es, es sei zum Vorteil der Bank. Dieser Tage hat er sich umgebracht.«

»Richtiger Suizid oder getarnter Mord?«

»Echter Selbstmord. In einem Brief an den Polizeichef gestand er, Mittelsmann der russischen Mafia gewesen zu sein. Er war in Schwierigkeiten geraten und in ihren Klauen gelandet. Vermutlich stand die Mafia von Anfang an hinter diesen Schwierigkeiten. Nun ja, er konnte den Gedanken nicht ertragen, daß die Mafia über die Bank große Teile der finnischen Wirtschaft kontrollieren würde. Jetzt begreifst du sicher, mit welchen Gegnern wir uns herumschlagen und auf welchem Niveau sie arbeiten.«

Ein Versuch, der mißlungen war. Aber wie viele andere waren geglückt? Was verbargen die makellosen Fassaden in Finnland? Und in Schweden? Wie viele Schlüsselpersonen hatte man schon kaufen, bestechen, bedrohen, in Schwierigkeiten bringen und erpressen können?

Pavlov kam zurück und sah aus, als könne er nicht richtig begreifen, was geschehen war. Er ließ sich schwer auf einen Stuhl fallen und schien zum ersten Mal, seit ich ihn kannte, ratlos zu sein. Er schluckte mehrmals und fuhr sich mit der Hand durch das schwarze Haar.

»Zomasov wurde nicht mehr gesehen, seit ihr euch in Moskau getroffen habt«, teilte er tonlos mit. »Einfach verschwunden. Seine Familie weiß nichts. Man glaubt, er ... er ... liegt irgendwo auf dem Grund eines Sees. In Rußland haben wir viele Seen.«

»Ermordet also«, stellte Simon fest. »Warum?«

»Er war ja Dolmetscher und hat dasselbe gehört wie Hassel. Gefährlich, mit anderen Worten. Falls etwas Gefährliches erwähnt wurde.«

Man ging also kein Risiko ein. Statt sich auf das Schweigen zu verlassen, tötete man lieber. Zomasov, der gesprächig geworden war in dem Wirtshaus, in das er eingeladen hatte und auf das er mit Recht stolz gewesen war. Möglicherweise war es das letzte gewesen, was er im Leben getan hatte.

»Aber ... das ist nicht das Schlimmste«, fuhr Pavlov fort. »Mein Rußland, mein Rußland, wirst du nie zur Ruhe kommen?«

Der Gefühlsausbruch war so unschwedisch, daß weder Simon noch ich auf die Idee kamen zu fragen, was er meinte. Seit Heidenstams Tagen hat kein Schwede mehr ›Schweden, mein Schweden‹ ausgerufen, und wahrscheinlich wäre es den Zuhörern damals schon peinlich gewesen. Der bleiche, lahme siebente Juni ist alles, was wir an nationalen Feiertagen ertragen, ein Fest, das wir, wenn uns das Nationalgefühl übermannt, vor dem Fernseher genießen, wo der König im Stadion Fahnen an die Repräsentanten verschiedener Vereine verteilt und die Königin ein Trachtenkleid trägt.

»Bald werde ich hier Asyl beantragen«, seufzte Pavlov. »Rußland geht unter, und alle Rettungsboote sind leck.«

»Ich bürge für dich und Galina«, versprach Simon. »Erzähl uns aber erst mal, warum du Moskau verlassen willst.«

»Weil alles hoffnungslos ist! Ich dachte, wir könnten etwas verändern ... aber es geht nicht. Es geht nicht! Die Mafia hat ganz und gar die Herrschaft übernommen.«

Er schenkte uns einen kranken Blick.

»Rolle, du kennst doch die Sjukovs, oder?«

»Ja, sicher.«

»Du kannst sagen, du hast sie gekannt. Sie leben nicht mehr. Beide wurden in ihrer Wohnung ermordet. Und offensichtlich wurden sie furchtbar mißhandelt, bis sie endlich sterben durften!«

14. Kapitel

Rolf Öhman war es nicht schwergefallen, Alf Sörensen ausfindig zu machen, nachdem er wußte, daß dieser eine Wohnungsverwaltungsfirma betrieben hatte. Die hieß DS-Service HB und war auf Dagny Sörensen eingetragen, aber deren Bruder Alf steuerte nach Öhmans Informationen alle legalen Geschäfte. Das Unternehmen war in Södertälje registriert. Alf Sörensen war bei der Polizei nicht aktenkundig, er hatte in den letzten zehn Jahren seine

Krankenversicherung nicht betrogen, sein Einkommen lag im statistischen Durchschnitt, laut Steuerbescheid besaß er keine Vermögenswerte. Seine Wohnung war mit der Firmenadresse identisch, er führte das Geschäft also von zu Hause aus und hatte es somit nicht weit zur Arbeit.

»Ich habe viel zu tun, aber Sörensen möchte ich gern in die Augen sehen«, verkündete Simon. »Wenn du deinen Mazda klarmachst, fahren wir beide ins exotische Södertälje. Es geht Richtung Süden, pack also den Tropenhelm ein und vergiß nicht Chinin gegen Malaria und ein Serum, falls wir von Schlangen gebissen werden.«

Um halb drei machten wir uns auf den Weg. Simon war guter Laune, obwohl er doch müde und zerschlagen sein mußte, aber er war eben hart im Nehmen. Daß das Ehepaar Sjukov ermordet worden war, berührte ihn nicht persönlich. Auch mir ging es nicht allzu nahe. Ich war ihnen begegnet und hatte ihnen die Hand gegeben, aber wir waren keine Freunde gewesen, nicht einmal Bekannte, und hatten keine gemeinsame Sprache gesprochen. Ihr Tod war schrecklich wie so vieles im Leben schrecklich ist; wenn man das nicht begreift, kann man kein Polizist sein. Wir haben uns seit der Steinzeit kaum entwickelt, und wenn, dann auf alle Fälle nicht zum Guten.

»Woran denkst du?« erkundigte sich Simon. »Wir sind fast in Rönninge, und du hast seit Essingeleden keinen Ton mehr von dir gegeben.«

»Gibt es Hoffnung?«

Er warf mir einen überraschten Blick zu.

»Hoffnung worauf? Daß wir Sörensen antreffen? Oder meinst du die allgemeine Hoffnung auf ein Leben nach diesem?«

»Ein Leben in diesem. Simon, ist diese Welt nicht in Auflösung begriffen?«

Simon seufzte tief.

»Tja, das ist eine schwierige Frage, so auf der Autobahn an einem gewöhnlichen Wochentag und ohne Vorwarnung. Wie zum Teufel soll ich das wissen? Seit die Welt erschaffen wurde, geht sie ihrer Auflösung entgegen, oder anders ausgedrückt, wenn man geboren wird, beginnt die Wanderschaft, die zum Tode führt. Wenn man darüber nachdenkt, bleibt einem nichts übrig, als Trübsal zu blasen.«

Ich fuhr an der Ausfahrt nach Rönninge vorbei. Um die anderen Verkehrsteilnehmer zu ärgern, hielt ich mich exakt an die vorgeschriebene Geschwindigkeit. Die dachten bestimmt, ich hätte Bewährung.

»Es funktioniert doch nichts mehr richtig. Die ganze Weltwirtschaft liegt am Boden. In Deutschland sind die Nazis im Kommen und geben sich keine Mühe mehr, ihr Gesicht zu verbergen. In Italien hat eine Verwandte Mussolinis, die denselben Namen trägt, die Neonazis um sich geschart, und sie sind wieder stark. Amerika ist dabei, im Drogenrausch zu versinken, an vielen Stellen ist der Rassenkrieg ausgebrochen. Und was hat die Freiheit vom kommunistischen Joch der Sowjetunion und dem ganzen Ostblock gebracht? Bürgerkriege, schlimmer als ein Alptraum, Not und Epidemien.«

»Ich mag dich, Rolle. Du bist so ein witziger Typ, verbreitest Spaß und Freude am Leben.«

»Afrika ist ein verlorener Kontinent und kann, bis auf wenige Ausnahmen, nicht gerettet werden. Es gibt keine politische Ordnung, die Leute haben nichts zu verkaufen als ihre Arbeitskraft, und die ist nicht gefragt. In gewissen Regionen haben vierzig Prozent der Bevölkerung Aids.«

»Wenn du dir noch eine Pappnase aufsetzt, bist du der perfekte Clown.«

Wir näherten uns der Abfahrt Södertälje, aber ich war noch nicht fertig mit den düsteren Gedanken. Es ging ja schließlich auch um Elins Zukunft.

»Du und ich, wir wissen besser als der Durchschnittsschwede, wie enorm die Kriminalität zugenommen hat, und doch wissen wir eigentlich nichts. Was haben wir den Computernetzen entgegenzusetzen, die es den Topgangstern von heute ermöglichen, Milliarden in Bruchteilen einer Sekunde von einem Land ins andere zu schaffen? Buchstäblich nichts. Die italienische Mafia und die amerikanische und die japanische und die chinesische und die thailändische und die südamerikanische besitzen durch gekaufte Mittelsmänner einen großen Teil der internationalen Wirtschaft und kontrollieren einen noch größeren. Wir zappeln alle in ihrem Netz und wissen nichts davon.«

»Hast du einen Stadtplan? Ich nehme doch an, daß es in Södertälje Straßen gibt. Sieh, da liegt er ja und grinst. So, nun werden wir mal sehen, wo wir eigentlich hinmüssen.«

»Und jetzt auch noch die russische Mafia, die schlimmer zu sein scheint als die anderen Syndikate. Ein Menschenleben bedeutet nichts mehr, seit langem schon. Da sollen wir noch Hoffnung haben?«

»Nach rechts den Berg hoch, und dann an der ersten Kreuzung links.«

Er gab mir einen leichten Klaps auf die Schulter.

»Wenn du in der Zwangsjacke landest, verspreche ich, dich sonntags besuchen zu kommen.«

»Simon, ich ...«

»Gewiß doch. Genau. Exakt. Deine Lagebeschreibung trifft voll zu, aber senk doch deinen Blick bitte wieder auf den Mikrokosmos, denn da haben wir beide unsere Arbeit zu tun. Nach links, habe ich gesagt! Bist du bekloppt?«

»Manchmal ist es nicht so einfach.«

»Nicht? Ich habe neun wunderbare Kinder, und ich werde mir Mühe geben, daß sie es so gut wie möglich haben. Um den Rest dürfen sich die Großen kümmern. Wir haben unsere kleine Tür, vor der müssen wir fegen.«

»Was geschieht hinter der Tür?«

Er zuckte die massigen Schultern und murmelte:

»Sei damit zufrieden, die Tür zu sehen und den Besen zu halten. Du bist zu alt für anderes und zu jung, das Saubermachen anderen zu überlassen. Jetzt ist es unsere Aufgabe, aus Herrn Affe ein paar Informationen herauszumelken, und da ist auch schon der Melkschemel. Nummer fünfzehn war es. Fahr doch nicht vorbei, hast du keine Augen im Schädel?«

Ich merkte, daß Simon genauso reagierte wie ich, als Pavlov über die Untaten »seiner« Mafia lamentiert hatte. Ich hatte es nicht aushalten können, ebensowenig wie Simon es jetzt aushielt, aber es war möglich, daß Pavlov das Ganze überhaupt erst heraufbeschworen hatte. Ich hielt an und begrub die Gedanken wieder.

Wahrscheinlich hatte Simon recht. Es war wohl meine Aufgabe, mit dem mir zugeteilten Besen sauberzumachen, aber ich mochte das nicht. Ich haßte es, so klein zu sein und nicht mehr tun zu können, wo ich doch so gern groß sein und die Welt verändern wollte – für Elin.

»Bist du fertig mit deinen Grübeleien, oder soll ich noch schnell einen Spaziergang ins Zentrum machen?«

»Fertig.«

Er stieß mich freundschaftlich mit dem Ellenbogen in die Seite.

»Also los. Melken wir Affe ein paar fette Liter ab.«

Ein nicht mehr ganz neues Hochhaus mit nicht mehr ganz jungen Bewohnern in einer nicht mehr ganz neuen Stadtrandsiedlung. Als junge Leute hatten sie hier ihre erste Wohnung bekommen und sprühend vor Lebenslust in die Hände gespuckt: Jetzt geht es los, jetzt vollbringen wir Wunder, jetzt wird alles umgekrempelt, jetzt werden wir zeigen, wozu wir taugen! Aber sie waren nicht weitergekommen und mit den Häusern älter geworden, hatten erkennen müssen, daß sie nicht viel mehr zustande brachten, als sich selbst zu versorgen. Wunder waren nicht mehr in Sicht. Hör auf, Hassel! Es lohnt nicht, weiter zu grübeln.

Sörensen sollte im dritten Stock wohnen. Wir nahmen den Fahrstuhl, einen von der voluminösen Art mit einem imponierenden Schaltbrett. Die meisten Plastikknöpfe waren verschmort, aber ansonsten wiesen die Wände nicht mehr Krakeleien auf, als man in einem normalen Mietshaus in einem langweiligen Vorort erwarten konnte.

An der Tür stand der Name in weißen Plastikbuchstaben auf schwarzem Filz hinter Glas, darüber ein Metallschild mit der Aufschrift DS-Service. Simon klingelte, und ich stellte mich schräg hinter ihn. Eine kräftige, geschminkte Frau öffnete. Sie trug Mantel und Kopftuch und schaute uns mit großen Augen an. Simon tippte sich mit den Fingerspitzen grüßend an die Stirn.

»Hallo Dagny. Wie geht' s?«

»Was? Ja, hallo. Geht so.«

»Ist Affe zu Hause?«

»Klar, im Büro. Ich muß zur Arbeit.«

»Geh ruhig, Dagny. Wir finden es schon selbst.«

Sie griff sich eine Tüte und die Handtasche und verabschiedete sich. Höflich erwiderte Simon den Gruß. Wir betraten einen dunklen Flur und kamen in ein mit Katalogmöbeln ausgestattetes Wohnzimmer. Weiter hinten entdeckten wir eine geschlossene Tür. Simon öffnete sie, ohne zu klopfen.

Es war ein kleines Büro mit einem fleckigen Schreibtisch voller Papiere und Schnellhefter, einer Sitzgruppe, die aus dritter Hand zu stammen schien, einem Aktenschrank aus grünem Blech und einem jener Wandkalender, die man in Autowerkstätten zur Aufheiterung des männlichen Personals verwendet. Das Girl des Monats Mai saß mit geradem Rücken und hochgezogenem Rock auf einem Hocker. Zwischen den Knien hielt sie eine Säge, in der Hand einen Bogen. Mit feuchtem Blick schaute sie den Betrachter an: Willst du nicht Säge mit mir spielen?

Der Mann hinter dem Schreibtisch mochte ihr vielleicht oft ins Ohr flüstern, daß er es gewohnt sei, den Bogen zu führen, aber das schien auch sein einziger Trost zu sein. Er wirkte sehr müde und zeigte die Miene eines Mannes, der seiner Sorgen wegen zehn Jahre nicht geschlafen und im Jahrzehnt zuvor permanent an Blähungen gelitten hatte. Sein Körper glich einem schlaffen Ballon, den man auf einem hochlehnigen Stuhl abgelegt hat. Das Gesicht war prall aufgequollen, die Augen lagen tief in den Fettpolstern. Die Wangen hatten seinen Mund auf einen kleinen Ring schrumpfen lassen, sein Haar hing strähnig herab und hinterließ ganze Haufen von Schuppen auf dem dunklen T-Shirt, das die wie eine Pumpe arbeitende Brust umspannte. Das kleine Originalkinn hatte sich in eine Ziehharmonika verwandelt, die in einen kurzen Hals überging. Auf der Oberlippe saß ein dünnes Schnurrbärtchen, das völlig deplaziert wirkte.

»Hallo, Affe!« rief Simon und streckte ihm die Hand entgegen.

Instinktiv reichte Sörensen seine fünf Wurstfinger herüber und erwiderte den Gruß, wobei die Frage mitschwang, was wir denn eigentlich für Typen seien. Simon zeigte ihm seine Legitimation, ließ sich dann freimütig in einen Sessel fallen. Ich leistete ihm Gesellschaft und machte es mir ebenfalls bequem.

»Polizei? Ich bin eine ehrliche Haut!«

Die Stimme gellte und schnarrte; die Natur hatte wohl vergessen, sie zu ölen. Aber es schien ihr gewöhnlicher Klang zu sein und nicht etwa eine angstvolle Verzerrung, die auf unser Erscheinen zurückzuführen war.

»Das ist prima, Affe. Ich heiße Simon Palm und bin Kommissar, und das ist Roland Hassel, Kriminalinspektor. Wir haben ein paar Fragen an dich, du hast hoffentlich nichts dagegen?«

»Doch, habe ich. Ich will vorbereitet sein. Ich will immer vorbereitet sein! Das ist das Schlimmste für mich, in eine Situation gezwungen zu werden, die ich nicht beherrsche.«

Simon nickte mitfühlend.

»Kann ich voll und ganz verstehen, Affe. Genauso geht es mir auch immer, wenn ich eine Rede halten soll. Ich muß das mindestens ein Jahr vorher wissen. Also ordnen wir an, daß du morgen um zehn Uhr dreißig zu uns ins Büro nach Stockholm kommst. Der Kollege an der Anmeldung zeigt dir den Weg.«

»Morgen? So geht das ja wohl nicht. Ich bin Geschäftsmann und kann nicht einfach so wegbleiben.«

Simon lächelte ihn mild an.

»Wir haben alle unser Kreuz zu tragen. Wenn du nicht kommst, müssen wir dich holen. Wir gehören zu einer großen Polizeiorganisation und müssen darauf achten, daß die Leute zu uns kommen, ob nun gern oder wie auch immer. Los Rolle, wir gehen, Affe muß sich vorbereiten.«

Wir erhoben uns, wußten jedoch, daß Sörensen nicht die geringste Lust hatte, seine sichere Höhle zu verlassen, um sich nach Stockholm ins Polizeigebäude zu begeben, auf unbekanntes Terrain. Er holte mit seinen Wurstfingern zu einer großen Geste aus und krächzte:

»Na gut, wenn es denn sein muß! Hauptsache, es geht schnell, und dann will ich wieder in Ruhe arbeiten.«

Simon ließ sich wieder nieder und lächelte Sörensen sanft und kameradschaftlich an.

»Das hängt ganz von dir ab. Es hat mit deinem Job zu tun. Wem gehört übrigens DS-Service?«

»Meiner Schwester Dagny. Ich bin in Konkurs und darf deshalb kein Unternehmen betreiben. Wegen der Steuern.«

»Die vom Finanzamt können den Besten fertigmachen, habe ich gehört. Du hast dich um Direktor Palells Immobilie im Vanadisvägen in Stockholm gekümmert, nicht wahr? Jedenfalls, bevor die sogenannte Westnorrländische Küchen AG das Haus übernahm.«

Er kniff seine tiefliegenden Augen zusammen, daß das Licht kaum noch Chancen hatte, bis zu ihnen vorzudringen.

»Habe ich das?«

»Etwa nicht? Sind unsere Informationen falsch?«

»Ich weiß nicht, wovon du sprichst.«

Simon packte die Sessellehnen und stemmte sich hoch. Sein nettes Lächeln behielt er bei.

»Rolle, ich glaube, Affe braucht trotz allem Zeit, sich richtig erinnern zu können. Also, morgen zehn Uhr dreißig. Der Staatsanwalt wird sicher dabei sein wollen. Sein Name ist Ekberg, und er ...«

»Ja, ja, setzt euch, beruhigt euch. Ich werde antworten. Herrgott, ihr habt mich überrumpelt, da ist es wohl natürlich, daß man in Abwehrposition geht.«

Da hatte er recht. Niemand antwortet ehrlich und offen und freimütig, wenn wir mit unseren Fragen kommen, hinter denen man etwas Unangenehmes vermuten muß. Ich war in meiner sogenannten Karriere selbst mehrfach verhört worden und hatte meistens Lust verspürt, dem Leiter der Vernehmung gegen das Schienbein zu treten. Sörensen nahm ein dünnes Zigarillo aus der Schreibtischlade und steckte es in das kreisrunde Mündchen. Er ließ das Feuerzeug schnippen und hielt es dann Simon hin.

»Hier, das habe ich von meiner Schwester zum sechzigsten Geburtstag bekommen. Gold. Das Finanzamt hatte nichts dagegen, daß ich es behalte.«

»Ist ja nobel vom Finanzamt. Also?«

»Ja, ich habe das Haus zum Normaltarif verwaltet. Wir wurden aktiv, wenn einer der Mieter oder Palell selbst anrief. Ansonsten inspizierten wir das Haus einmal pro Woche. Wechselten kaputte Lampen, führten die üblichen Kontrollen durch. Als er das Haus verkaufte, endete der Vertrag.«

»Aber Johanssons Wohnung hast du für dich selbst gemietet, oder?«

Ein Nein saß ihm in der Kehle, traute sich aber nicht recht auf die Zunge, so daß ein Gestammel daraus wurde: »Es ... ergab sich so. Keiner ... fragte danach.«

»Warum? Was hast du damit bezweckt?«

Fromm faltete er die Wurstfinger.

»Einem, der nichts versteht, kann man das schwer erklären.«

»Versuch's einfach. Meist begreifen wir sehr gut.«

Er schüttelte den Kopf, und es schneite Schuppen auf sein T-Shirt und den verschlissenen Teppich.

»Nein, ihr könnt nicht ... also gut. Ich wollte Leuten helfen, die in Schwierigkeiten geraten sind. Und davon gibt es viele.«

Simon schaute mich an, und ich erwiderte seinen Blick. Hatten wir den heiligen Affe I. vor uns?

Sörensen gab einen verdrießlichen Ton von sich. »Ich hab ja gleich gesagt, daß ihr nicht versteht. Früher hab ich mal im Sozialwesen gearbeitet, und das war gar nicht so schlecht, aber ich konnte das Elend auf die Dauer nicht aushalten. Es gibt für alles eine Grenze. Zum Schluß stand mir das Unglück anderer bis zum Hals. Ich stieg aus und versuchte mich als Verkäufer, hatte aber keinen Erfolg. Konnte nicht mit Geld umgehen. Konkurs. Syrran hat mir noch mal geholfen. Aber ich habe die Unglücklichen nie vergessen können; sie konnten mich jederzeit anrufen, wenn sie sich mal aussprechen wollten. Manchmal habe ich mit Rat und Tat helfen können. Anständige Kerle, die gerade aus dem Gefängnis gekommen waren und keine Bleibe hatten. Die Betreuung im Knast ist schlecht, und danach passiert überhaupt nichts mehr. Ist es da ein Wunder, daß die Leute rückfällig werden? Die Gesellschaft ist doch selbst schuld.«

Da hatte er unangenehmerweise recht, und ich begann zu glauben, daß Sörensen die Wahrheit sagte. Auch Simons Ton änderte sich, als er die nächste Frage stellte:

»Hast du noch andere Wohnungen als diese?«

»Fünf. Viele Hauseigentümer nehmen es nicht so genau. Sie wissen gar nicht, was sich in ihren Wohnungen abspielt.«

»Sind auch die anderen Wohnungen Absteigen für Drogensüchtige?«

Sörensen zuckte zusammen und runzelte die Stirn. »Ich hasse Drogen! In jeder Form. Auch Alkohol.«

»Wann hast du die Wohnung zuletzt gesehen?«

»Das war wohl ... vor ein paar Monaten. Da war alles sauber und in Ordnung. Nicht, daß ich mir Luxusmöbel leisten könnte, aber die, die ich angeschafft habe ...«

»Sind verkauft, Affe. Oder verheizt. Wer hatte zuletzt Zugang zu der Wohnung?«

»Eine Frau. Viele Frauen müssen vor ihren Monstermännern fliehen. Ich bin nie verheiratet gewesen. Keine wollte mich haben. Ich sehe ja auch aus wie der Teufel persönlich, aber damit kann ich leben. Wo ist sie? Und wer hat statt ihrer da gewohnt?«

Sörensen schob den Stuhl zurück, stand auf und ging zum Fenster. Er öffnete es und blies Rauch durch die Nasenlöcher. Er hatte unproportional kurze Beine, was so komisch wirkte, daß man am liebsten wie ein Schuljunge loskichern wollte.

»Ich werde genau erzählen, wie es war«, sagte er, ohne sich umzudrehen. »Gun rief an und schluchzte in den Hörer. Sie wollte nicht eine Nacht mehr in der Wohnung bleiben, verriet allerdings nicht warum. Ihr Leben war bisher so eine Hölle gewesen, daß ich vor Mitleid zerfließen könnte.«

»Und wo exakt hält sich die Frau, für die du zerfließen möchtest, denn nun auf?«

»In einer Sporthütte in Handen. Du bekommst eine Karte, wo der Weg eingezeichnet ist. Geht vorsichtig mit ihr um, sie ist so verdammt zerbrechlich. Was Leute angeht, die nach ihr dort gewohnt haben, so weiß ich nichts. Habe nicht einmal eine Vermutung. Es kursieren Schlüssel, obwohl ich versuche, sie einzusammeln. Das geht mir nun aber wirklich zu weit! Eine Absteige für Drogensüchtige!«

Er drehte sich zu Simon um und gab ihm eine Karte, wo die Hütte eingezeichnet war. Wir hatten hier nichts mehr verloren. Ich für meinen Teil fand es ganz angenehm, daß ich zum Gespräch nichts hatte beisteuern müssen, sondern mich damit begnügen konnte, polizeimäßig mißtrauisch dreinzublicken.

»Eines nur noch, Affe. Komm bloß nicht auf die Idee, Gun anzurufen und sie vorzuwarnen.«

»Gibt kein Telefon in der Hütte. Die gehört übrigens nicht mir, ich darf sie nur zeitweise nutzen. Eine Absteige für Fixer! Das ist ja mehr als widerlich!«

Ich fuhr nach Stockholm zurück. Simon schaute auf die Uhr und grunzte, er sei verspätet und daran sei ich schuld. Vertrauten wir Alf Sörensen? Wir würden zu gegebener Zeit sehen, ob ihm die Flügel eines Engels oder die Schuppenhaut einer Schlange gewachsen waren. Jedenfalls hatte er einen glaubwürdigen Eindruck gemacht.

»Rolle, du fährst nach Handen raus und redest mit ihr. Nimm Sune mit, weil ...«

»Nix da, wenn es um Gun geht, kommt Sune auf keinen Fall in Frage. Myrna wäre die richtige Medizin.«

Simon rief bei der Kripo an und redete mit Myrna, die versprach, draußen auf der Straße zu warten. Es ging auf den späten Nachmittag zu, so daß wir auf der Fahrt nach Handen mit dichtem Verkehr zu rechnen hatten, aber das war für Simon kein Argument. Er gähnte und streckte sich.

»Besser eine Hütte in Handen als die Hand in einer Hütte. Mm, war wohl nicht besonders. Als ich jung war, hatten wir noch ganz andere Wortspiele mit Handen drauf. Ging es nicht irgendwie um ein Mädchen? Nun ja, damals hatten die Wortspiele alle irgend etwas mit Frauen zu tun.«

Myrna wartete bereits. Sie nahm Simons Platz ein, und schon ging es weiter, in eine andere Richtung. Von Hasse gab es nichts Neues zu berichten, die Zeichen standen auf Sturm, es herrschte eine Stimmung wie nachts in einer Gruft.

»Hasse gehört zu der alten Machosorte, die nicht damit klarkommt, arbeitslos zu sein, während die Partnerin einen Job hat und Geld verdient.«

»Bitte ihn doch, ein Softie zu werden. Er kann zu Hause Bodenpersonal spielen und pfiffige kleine Gerichte zaubern oder weichspülen, während du den Lebensunterhalt verdienst.«

Sie antwortete mit einem Blick und einem Seufzer.

»Vielen Dank für den guten Rat, aber meinetwegen darf er gern Supermacho sein, mit Haaren auf Brust und Rücken und unter den Fußsohlen, wenn er nur wieder wie sonst arbeiten kann.«

Einen Vorteil hat der Polizistenberuf. Wenn man einmal dabei ist, muß man keine Angst haben, aus Konjunkturgründen rausgeschmissen zu werden. Natürlich gab es Rückstufungen und Umsetzungen, aber im Keller für gestohlene Fahrräder wurden immer Leute zum Sortieren gebraucht. Myrna verfolgte unseren Weg auf der Karte, und so wußte ich, daß wir richtig ankommen würden. Sie und Pelle hätten in den wilden Jahren, als er noch an Rallyes im Wald teilnahm, ein tolles Team gebildet.

Früher war Handen ein abgelegenes Stück Natur, heute ist die Gegend kolonisiert und bebaut. Alle Segnungen und Flüche der Zivilisation samt Hochhaus und Supermarkt haben Einzug gehalten, aber noch gibt es ein paar Flecken mit Wald und Heide. Ich bemerkte alte Villen mit Mansardendächern und die sogenannten Sporthütten, denen man diesen Namen möglicherweise verpaßt hatte, weil sie einst als Unterkünfte für Jäger gedacht waren. Dort konnten sie sitzen und ihre Flinten putzen und vergnügt an die Hasen denken, die sie bald in die ewigen Jagdgründe schicken würden. Sporthütten waren nicht umzäunt, sondern scheinbar wahllos im Gelände verteilt, wo es Platz genug gab. Die Schotterstraßen waren nicht breiter als Feldwege. Wenn sich zwei Fahrzeuge begegneten, mußte das mit der geringeren Spurbreite in die Natur ausweichen.

»Da an der Anhöhe muß es sein«, sagte Myrna und verglich mit der Karte.

Die Hütte mit den kleinen, schiefsitzenden Fenstern war in einfachster Bauweise aus Sperrholz erichtet. Die Vermutung lag nahe, daß hier ein Amateur am Werk gewesen war, der ausschließlich Daumen an seinen zwei linken Händen gehabt hatte. Auf das schiefe Dach war Teerpappe genagelt, die vor vielen Jahren ausgetrocknet und aufgeplatzt war; so konnte man die Sperrholzplatten sehen, die auch hier als Unterlage dienten. Wahrscheinlich regnete es hinein. Wenn die Temperaturen sanken, war das Haus unbewohnbar, und selbst jetzt, in vorsommerlicher Wärme, brauchte der Bewohner trotz des Propanofens Decken, um nicht nachts mit den Zähnen zu klappern. Die Hütte taugte wirklich nur zu dem Zweck, einer gejagten Frau Zuflucht zu bieten.

»Ich frage mich, wie ein Makler diese Bude in einer Annonce beschreiben würde«, bemerkte ich. »Traumhaus für Naturromantiker, könnte ich mir vorstellen.«

»Meine Mutter hat mich immer vor Maklern und Kerlen mit Pomade im Haar gewarnt. Beide sind voller Lügen, wie sie sich ausdrückte. Mama wußte, wovon sie sprach.«

Wir stiegen aus. Das Knallen der Autotüren schnellte als Echo durch die Kiefern und wurde dann von der Anhöhe zurückgeworfen. Unsere Schritte waren auf dem weichen Moos allerdings nicht zu hören. Die Fenster waren geschlossen, vielleicht weil Feuchtigkeit das Holz hatte aufquellen lassen, so daß man sie nicht mehr öffnen konnte.

Auch die Tür war aus Sperrholz, jedoch mit Nägeln beschlagen, so daß sie den trügerischen Eindruck von Festigkeit erweckte. Über dem Eingang hing ein Hufeisen, die Öffnung zeigte fälschlicherweise nach oben. Dem Abergläubischen bedeutete dies, daß das Glück aus dem Hause entwich. Ich hatte einen Zyniker sagen hören, man sollte solche Hufeisen über dem Gefängnistor anbringen. Eine Türklinke gab es nicht, dafür steckte ein großer schwarzer Schlüssel im Schloß. Myrna drehte ihn herum und öffnete die Tür.

»Gun!« rief sie. »Hallo, Gun!«

Niemand antwortete, und so traten wir ein. Schon zu zweit fühlte man sich in dem Raum beengt. An einem Fenster stand ein Küchentisch, an dem auf abgewetzten Sprossenstühlen zwei Personen Platz hatten. Ansonsten gehörte ein Bücherregal ohne Bücher, jedoch mit einem alten Transistorradio, zum Inventar. Von der Decke baumelte eine Petroleumlampe, die dem Makler als Beweis für das Romantische dienen konnte. An der Wand hing ein Bild mit Pferden darauf. Aber keine Gun Kihlberg.

»Sie wird ja wohl nicht draußen sein und Blaubeeren sammeln«, vermutete ich. »Die wachsen doch erst im Herbst, wenn ich mich nicht irre.«

An der Schmalseite des Raumes gab es einen Vorhang, der offenbar die Kochnische abtrennte. Myrna machte einen Schritt in diese Richtung. Plötzlich wurde eine Hälfte des Vorhangs zur Seite gerissen, und ein Junge stürzte auf uns zu. Er schien im jüngeren Teenageralter zu sein, ein schmächtiges Bürschchen mit bleichen Wangen und starrem Blick. In der Hand hielt er einen automatischen Karabiner der besten Profiklasse. Ich wußte Bescheid, denn ich hatte die Sorte schon einmal gesehen.

»Stehenbleiben!« schrie er grell. »Sonst schieße ich euch über den Haufen!«

15. Kapitel

»Aber lieber guter kleiner Mann«, sagte Myrna und machte einen Schritt auf ihn zu, »du wirst doch nicht ...«

Der Schuß donnerte schwer in dem kleinen Raum, er hätte von einer Kanone stammen können. Die Kugel pfiff zwischen unseren Köpfen hindurch und schlug ein faustgroßes Loch in die Wand.

»Mach, was er sagt«, riet ich Myrna.

Meine Stimme klang ruhig, obwohl ich natürlich aufgeregt war. Die Waffe war eine von denen, die Valentina getötet hatten, jedenfalls vom selben Fabrikat und Kaliber. Die Augen des Jungen waren aufgerissen, er atmete keuchend durch den offenen Mund. Ich sah, daß seine Knöchel weiß waren, so krampfhaft hielt er den Karabiner umklammert.

»Okay, okay, ich rühr mich nicht«, versicherte Myrna.

Der Rest des Vorhangs wurde zur Seite gezogen, und Kajan Lilja trat aus seinem Versteck. Lächelnd schlenderte er uns entgegen und betrachtete uns wie seltsame Tiere in einem Käfig. Dabei vermied er es, die Schußlinie zu kreuzen.

»Ist ja süß«, flötete er. »Ein Bullenpaar, Männchen und Weibchen.«

Er ging zu dem Jungen und zauste ihm den Haarschopf.

»Gut gemacht, Dennis. Sehr gut.«

Der Junge sah stolz aus, aber sein Lächeln wirkte starr und angestrengt. Kajan schlug einen Bogen und stellte sich dann zuerst hinter Myrna, um sie abzutasten. Ihre Miene drückte Abscheu aus, aber er beschränkte sich tatsächlich darauf, ihr die Dienstpistole abzunehmen. Er leerte das Magazin und steckte die Waffe anschließend wieder zurück. Mit meiner Sig Sauer verfuhr er ebenso.

»Habe ich noch was vergessen?« fragte er sich selbst. »Ach ja. Ich glaube, ich werde langsam senil.«

Wieder suchten seine Finger unter unseren Jacken, und diesmal schnappte er sich unsere Kommunikationsapparate. Im Vorlesungston präsentierte er sie seinem Sohn:

»Wenn die Damen und Herren Bullen mitgeteilt haben, wohin sie sich begeben, brauchen sie nur noch auf diese beiden roten Knöpfe zu drücken, und schon wird in der Zentrale Alarm ausgelöst. Und dann hat man in wenigen Minuten einen ganzen Schwarm von der Sorte auf dem Hals. Hast du kapiert, Dennis?«

»Klar, Papa«, antwortete der Junge schnell.

»Fein, Dennis. Tja, dann werde ich mal abhauen. Du weißt ja, was du zu tun hast.«

»Klar, Papa.«

Kajan eilte zur Tür. Als er die Hütte verlassen wollte, sagte ich in ruhigem Ton:

»Du bildest also deinen Sohn aus, damit er wie du zum Mörder wird? Soll er auch in derselben Zelle sitzen?«

Er hätte mir eins reinhauen können. Er tat es nicht, sondern lachte belustigt.

»Jeder vermittelt den Kindern die Kenntnisse, die er besitzt. Dennis wird klarkommen im Leben. Er ist ein cleverer Bursche. Ganz der Papa.«

Er ging durch die schmale Tür, und wir vernahmen ein Krachen, dann sein zufriedenes Pfeifen. Der Junge behielt uns die ganze Zeit im Blick, die Mündung des Gewehrs wanderte zwischen Myrna und mir langsam hin und her. Kurze Zeit später hörten wir einen Motor. Der Junge lauschte und schien ein wenig erleichtert.

»Willst du uns nicht lieber die Waffe geben?« fragte Myrna sanft. »Das kann doch gefährlich werden.«

Dennis knabberte nervös an der Lippe.

»Ihr wollt ja nur meinen Vater«, stieß er hervor. »Er ist der beste Vater der Welt. Ihr werdet ihn nicht kriegen!«

Er schielte auf eine Wanduhr, die aussah wie eine Bratpfanne. Myrna beugte sich vor, und das reichte; sofort richtete er die Waffe auf ihren Bauch.

»Laß das! Sonst ...«

»Ja, ja, Dennis, aber können wir nicht über die Sache reden? Du willst mich doch nicht einfach so erschießen, oder? Was habe ich dir denn getan?«

»Ihr sollt meinen Vater in Ruhe lassen!«

Plötzlich begann er zu weinen, daß es den schmalen Kinderkörper schüttelte. Aber der Karabiner lag wie angeschweißt in seinen Händen, und der Finger krümmte sich um den Abzug. Rein aus Versehen konnte eine Salve losgehen und einen Körper in der Mitte zerteilen.

Myrna versuchte, mit ihm zu sprechen, aber er hörte nicht auf sie, sondern schielte immer wieder auf die Uhr. Nach genau fünfzehn Minuten war die Luft aus ihm heraus. Er sank, das Gewehr schlapp im Arm, auf dem Fußboden zusammen und verbarg das Gesicht zwischen den Knien. Myrna hockte sich neben ihn, legte vorsichtig die Waffe zur Seite und nahm ihn in die Arme. Er klammerte sich heulend an ihr fest, wie ein verlassenes Affenjunges.

Ich eilte hinaus zum Wagen. Das Mobiltelefon war mit einem großen Stein zerschlagen und unbrauchbar gemacht worden. Keiner der vier Reifen hatte mehr Luft. Kajan wußte, wie man sich einen unaufholbaren Vorsprung verschafft; Dennis konnte noch viel von ihm lernen.

Es war spät, als ich endlich heimkam, aber Ruhe fand ich trotzdem nicht. Plötzlich waren eine Menge Hinweise eingegangen, wo Kajan sich versteckte und Johnny Strand untergetaucht war, und ich mußte mich für eine Razziagruppe bereithalten. Die Zeit reichte gerade für ein belegtes Brot und ein Bier mit Virena.

»Kann die Polizei nicht etwas gegen die Diebstähle in Krankenhäusern tun?« fragte sie. »Das wird ja unerträglich.«

Eigentlich ging es mich ja nichts an, aber ich fühlte mich trotzdem angesprochen.

»Haben sie viel mitgehen lassen?«

»Ja, es ist hoffnungslos. Heute vormittag dachte ich schon, sie hätten auch meine Handtasche geklaut, aber später fand ich sie Gott sei Dank wieder. Jemand auf der Station muß sie verlegt haben. Aber trotzdem, jeden Tag fehlen Patienten Geld und Gegenstände. Eigentlich sollten sich die Leute doch sicher fühlen können, wenn sie im Krankenhaus liegen.«

Diebstähle waren zu einem Problem geworden, mit dem wir schwer zurechtkamen. Es war eine lukrative Beschäftigung, jeder konnte ein Dieb sein. Die weinende, schwarzgekleidete alte Frau schlich sich in vorübergehend leere Zimmer und raffte Wertsachen von Tisch und Schränken in eine Tasche; der gutgekleidete junge Mann mit dem großen Blumenstrauß, der ältere vornehme Gentleman mit der Obsttüte, das Mädchen mit dem Gipsarm, das verliebte Paar, das lediglich Augen füreinander hatte, der Junge, der nach der Station fragte, wo seine Mama liegen sollte, der Sehgeschädigte, der sich mit einem weißen Stock vorantastete, die Oma, die mühsam durch die numerierten Gänge humpelte, sie alle konnten Diebe sein, und viele waren es auch. Aber ebenso kamen weißgekleidete Männer und Frauen in Frage, die falsche Namensschilder trugen und professionell wie Ärzte und Schwestern durch die Flure eilten. Ein Krankenhaus muß ein offener Ort sein, weil die Beziehungen zwischen Patienten und ihren Angehörigen so wichtig sind, und man kann nicht jeden Besucher kontrollieren, als würde er ins Zuchthaus zu einem verurteilten Verbrecher gehen.

»Du hast übrigens einen Brief bekommen.«

»Duftet er nach Parfüm? Sonst will ich ihn nicht lesen.«

»Tut mir leid, aber er ist braun, kommt aus Deutschland und riecht nach nichts.«

Während Virena Tee bereitete, damit ich einen großen Teil der Nacht wach überstehen würde, betrachtete ich das Kuvert. Eine unbekannte Firma in Leipzig. Das lag wohl in Ostdeutschland, auf dem Gebiet der ehemaligen DDR. Mein Name war in energischen Buchstaben geschrieben, die Briefmarke zeigte eine mir nicht bekannte Persönlichkeit. Ich vermutete, der Brief könnte eine Einladung zur Teilnahme an einer Klassenlotterie für einen Haufen DM pro Monat enthalten, ein Achtel-, Viertel-, halbes oder ganzes Los, bereits auf meinen Namen ausgestellt. Ich bekam im Jahr drei bis vier solcher Angebote. Offenbar suchte man sich die Adressen aus dem Telefonbuch, und ein paar Vertreter hatten sich mit dem Deutsch-Schwedischen Wörterbuch abgemüht, um einen verkaufsfördernden Text zu formulieren. Dabei entstanden oft Meisterwerke unfreiwilliger absurder Komik, so daß man sogar dafür gezahlt hätte, mehr davon zu bekommen. Als ich das Kuvert aufriß, grinste ich schon in freudiger Erwartung.

Mein Lächeln gefror. In dem Brief lag ein gefaltetes Papier, ganz weiß auf der einen Seite. Auf der anderen das geschickt gezeichnete Bild einer Frau und eines Mädchens mit angstverzerrten Gesichtern. Ihre Körper waren wie von langen, starken Nadeln durchbohrt. Ich erkannte den Stil des Malers wieder, einige seiner Werke verunstalteten die Wände der Drogenwohnung in der Vanadisgatan. Und ich erkannte die Personen auf dem Bild. Auch wenn grenzenloses Entsetzen ihre Züge verzerrte, es waren Virena und Elin. Ganz unten stand ein dünner Text: »Gib uns das Band, wenn wir es verlangen!«

»Angenehme Neuigkeiten?«

Ich lachte leicht, und die diesjährige Oscarnominierung für den besten Schauspieler war klar.

»Sie wollen ein deutsches Nachschlagewerk über Kriminalistik verkaufen. Ich werde das Angebot an Simon weitergeben.«

Beiläufig stopfte ich den Brief in die Jackentasche, trank meinen Tee und plauderte mit Virena, aber die ganze Zeit hatte ich das schreckliche Bild von ihr und Elin auf der Netzhaut. Ich stellte mir vor, wie ein ekelhaftes Wesen ihnen Nadeln in die Körper bohrte, und glaubte, ihre Schreie hören zu können.

Simon erhielt den Brief, als wir uns zur Besprechung trafen. Ohne Kommentar legte er ihn auf seinen Schreibtisch, um ihn später von der Kriminaltechnik genauestens untersuchen zu lassen. Ich sah ihm an, daß er der Meinung war, nun ginge die Sache zu weit. Ich dachte dasselbe, aber was konnte ich anderes tun als zu versuchen, den Absender in die Finger zu kriegen?

Am schlimmsten war, daß es niemanden gab, dem ich begreiflich machen konnte, daß ich gar kein Band besaß. Und wenn ich eines gehabt hätte, wäre es doch wertlos gewesen. Aber dieses ›Wenn wir es verlangen‹ deutete doch darauf hin, daß man bald aus dem Schatten treten würde, daß man sicher war, daß die Drohungen mich mürbe machen und ich nach ihrer Pfeife tanzen würde. In Wahrheit hätte ich Fandango mit einem Besen getanzt, wenn sie dafür Virena und Elin in Frieden ließen.

Die Nacht ging voll daneben. Wohin wir auch kamen, überall Fehlanzeige; nichts deutete darauf hin, daß die Hinweise Substanz hatten. Ich meinte, ein Hohnlachen aus unsichtbaren Kehlen zu vernehmen, das in der Leere widerhallte. Je weiter die Nacht voranschritt, desto gereizter und empfindlicher wurden wir, und in den anderen Gruppen war es sicher ebenso. Nachts um halb drei war uns allen das Scherzen vergangen. Hätte es jemand versucht, wäre er grob angefahren worden.

Um viertel nach drei wurden die Aktionen abgebrochen, und alle gähnten dankbar um die Wette. Halb vier war ich zu Hause und wollte mich nach Indianerart hineinschleichen, aber Virena war gegen ihren Willen wach und schaute mich mit verschlafenen Augen an.

»Eine Frau hat mehrmals angerufen und wollte unbedingt mit dir reden.«

»Wer war es denn?«

»Weiß nicht, sie wollte ihren Namen nicht nennen.«

Ein paar Sekunden später schrillte das Telefon, und Virena murmelte müde:

»Frag sie, was sie will, und sieh zu, daß sie nicht mehr stört. Ich habe morgen einen anstrengenden Tag!«

Als ich den Hörer abnahm und mich meldete, hörte ich einen Seufzer der Erleichterung, daß endlich der Herr des Hauses am Apparat war.

»Gott sei Dank! Hier ist Tonia.«

»Tonia?«

Die Stimme und der Name ließen keine Glocken bei mir klingen, aber mein Gedächtnis arbeitete.

»Ja, Tonia. Antonia. Ihr wart doch hier im Haus, um Johanssons Wohnung zu kontrollieren.«

»Ach, die Tonia. Ja, ich erinnere mich.«

In ihrer Stimme schwang eine Entschuldigung mit, jedenfalls war ihr wohl bewußt, daß man nicht einmal einen Polizisten mitten in der Nacht stören sollte.

»Eigentlich wollte ich ja den anderen anrufen, den netten Kollegen, aber ich konnte seine Nummer im Telefonbuch nicht finden.«

Aha, den netten Kollegen! Was sollte denn das heißen?

»Die Nummer steht drin«, bemerkte ich frostig. »P kommt nach O im Alphabet.«

»Wie bitte? Ja natürlich, aber da habe ich keinen Herrn Simon Palme gefunden. Viele andere Palme standen drin, aber ich konnte doch nicht anrufen und fragen. Ich meine, das sind doch gewissermaßen bessere Herrschaften. Adel. Obwohl man bei Olof beinahe nicht glauben konnte ...«

»Er heißt Palm, einfach Palm. Kein bißchen adelig. Was willst du denn? Vielleicht kann dir auch der nicht so nette Hassel helfen, der im Telefonbuch steht.«

Einen Moment schwieg sie ratlos, aber sie war zu verängstigt, um darüber nachzudenken, ob ich es vielleicht ironisch gemeint hatte.

»Da ... da passiert was in der Wohnung. In Johanssons Wohnung, wo du mit Palme gewesen bist.«

»Was passiert da?«

»Tja, ich weiß nicht richtig ... Es sind so Geräusche.«

Die einzigen Geräusche, die ich gern hören wollte, waren meine tiefen Atemzüge, wenn ich schlief. Ich schaute ins Schlafzimmer. Virena war schon wieder eingenickt. Sie lag auf dem Rücken, die Lippen leicht geöffnet, und ich wollte ihr am liebsten einen Gutenachtkuß geben. Auch wenn sie ihn nicht bewußt wahrnahm, vielleicht spürte sie ihn trotzdem. Ein wenig eitel darf man wohl noch sein, auch wenn man schon so lange verheiratet ist. Ich konnte Tonia nicht richtig ernst nehmen. Seit unserem Besuch hatte sie bestimmt mit gespitzten Ohren hinter der Tür gelauert, da war es leicht, sich etwas einzubilden. Niemals ist die Phantasie so stark wie nachts, wenn die Gesetze des Lichts nicht gelten.

»Was für Geräusche?« fragte ich weiter, gähnend aber geduldig.

»Seltsame Geräusche. Fast wie Schreie. Kein richtiger Schrei. Aber so, als ob es ein Schrei gewesen wäre. Weißt du, was ich meine?«

»Nein.«

Der Pyjama lag einladend auf meinem Bett, und ich konnte sehen, daß er sich nach mir sehnte; er hoffte darauf, bald Herrchens Leib umschließen zu dürfen.

»Es stürzte auch etwas zu Boden. Etwas Schweres. Ich habe solche Angst ... Es läuft mir kalt den Rücken herunter. Hilf mir!«

Der Pyjama hoffte wohl vergebens, und ich rechnete damit, daß er sich zum Nachthemd grämen würde, aber sie hatte nun einmal mich auserwählt, und an dem, was sie sagte, konnte etwas dran sein. Ich war Polizist und hatte entsprechende Verpflichtungen.

»Ich komme. Wie ist der Türcode?«

»Viereck 1194. Bitte, beeil dich, mach schnell!«

Nach Schnellmachen war mir nun überhaupt nicht zumute, und ich bereute mein Pflichtbewußtsein bereits. Damit war es nämlich sonst nicht so weit her, aber versprochen war versprochen, und so schrieb ich einen Zettel für Virena, damit sie wußte, daß ich noch mal beruflich unterwegs war, wenn sie aufwachte und nur einen leeren Pyjama vorfand. Sollte ich Palm anrufen? Aber der hatte wohl noch nicht einmal nach Hause gefunden.

Also wieder rein in die Jacke. Im Flur schaute ich in den Spiegel – war die zusammengesunkene, stoppelbärtige Figur mit den Triefaugen etwa mit mir identisch? Einst der Stolz der schwedischen Polizei, das Zuchtkalb, der Mann, dem eine leuchtende Zukunft bevorstand, gefeiert und geehrt als die große Hoffnung, ausersehen zum Justizminister, dem eine internationale Karriere winkte, vielleicht bis zum Chef von Interpol? Oder trog mich die Erinnerung? Wahrscheinlich war auch mein Gedächtnis nicht mehr das, was es mal war.

Die Nacht hatte sich nicht nennenswert verändert, ich erkannte sie eindeutig wieder, als ich zur Garage am Pontonjärpark ging. Genauso mild, genauso menschenleer. Der Himmel war dunkel, von schweren Wolken bedeckt, die laut Wetterbericht nur vorübergehend auf Besuch waren und sich am nächsten Vormittag auflösen würden. Bald würden die Zeitungsboten mit ihren Karren kommen. Noch wußte kein Mieter, was in seinem Abonnementsblatt stand, aber man konnte ja raten: Ein Skandal, eine Katastrophe irgendwo, enorme wirtschaftliche Verluste für irgendeinen Konzern, Konflikte und Kriegsdrohungen, Krieg und Dürre und Überschwemmungen und Not und die allgemeine Hölle. Und eine nette kleine Kurzgeschichte, um das Frühstück angenehmer zu machen.

Ich fuhr durch die verlassenen Straßen. Auf Kungsholmen waren nicht einmal die Jugendlichen von einem illegalen Klub zum anderen unterwegs, aber ich sah sie natürlich in kleinen Gruppen herumstehen, als ich durch die City rollte. Schon an ihren ruckartigen Bewegungen konnte man die Rastlosigkeit bemerken, die wie Ameisen über die Haut ihrer jungen Körper kroch. In der Großstadt jung zu sein heißt heutzutage, Sensationen nachzujagen.

Ein paar einzelne ältere Falter waren auf einer späten Runde unterwegs und flatterten mit abgenutzten Flügeln umher. Zu so fortgeschrittener Stunde konnte es noch ein wenig in der Kasse klingeln, wenn ältere, angesäuselte Herren von einem späten Essen kamen und zu einem ›Romantischen Abenteuer‹ überredet werden konnten, mit einer, die im Schein der Laternen und durch den Boden einer Flasche betrachtet noch ganz ansprechend aussah. Aber es gab auch die Plage der neuen Zeit, die zarten Knaben, die Männern das Geld abjagten und für ein paar Scheine zu allem bereit waren. An Kunden fehlte es ihnen nie. Früher schlichen diese Männer in dunklen Parks um die Toiletten, um einen willigen Verkäufer zu erwischen, aber heutzutage haben sie jede Scham verloren und gehen ihren Geschäften ganz offen nach. Sie nehmen sich Zeit, ihre Kandidaten zu mustern, und man handelt und feilscht, bevor man den Boy mit ins Auto nimmt. Und wieder ist einem jungen Leben die Würde genommen.

Aber Tonia war von der prächtigen, alten Sorte, eine anständige Frau mit Moral, Kinderstube und festen Normen. Zu dieser Zeit stand sie allein deshalb vor der Tür, weil sie auf mich wartete. Als ich aus dem Wagen stieg, sah sie sehr erleichtert aus.

»Ich hätte nie geglaubt, daß du kommen würdest!«

»Schneller ging es nicht.«

»Jetzt ist es ganz still in Johanssons Wohnung. Ich meine in der, die mal seine war. Obwohl ...«

»Obwohl was?«

Sie biß sich auf die Lippe und zuckte die Schultern. Trotz der lauen Nacht hatte sie sich einen dunkelbraunen Wintermantel mit Pelzkragen übergezogen.

»Vor einer Weile ist jemand weggegangen. Ich hörte, wie jemand die Wohnung verließ, aber wagte natürlich nicht hinauszuschauen. Und dann fiel die Eingangstür zu.«

»Konntest du die Person vom Fenster aus erkennen?«

»Meine Fenster gehen leider auf den Hof hinaus. Mein Mann wollte es seinerzeit ruhig haben.«

Aus dem Kofferraum holte ich eine starke Taschenlampe und ließ sie probehalber aufleuchten. Der Strahl schien ihr direkt ins Gesicht, so daß sie blinzelte und zurückwich.

»Was in aller Welt ...«

»Entschuldige, aber der Strom in der Wohnung ist abgestellt, und ich muß doch erkennen können, was da zu Boden geplumpst ist. Wir gehen jetzt einfach hinauf und sehen nach.«

Ich war überzeugt, daß die Wohnung mal wieder als Absteige benutzt worden war. Sörensen hatte ja darauf hingewiesen, daß mehrere Schlüssel in Umlauf waren. Umherstreifende Fixer wittern eine neue Behausung wie abgerichtete Hunde die Trüffeln. Schlüssel waren im übrigen kaum erforderlich, denn solche Typen schließen selten oder nie hinter sich ab. Für die Malereien an den Wänden gab es keine Erklärung, aber die Wohnung war nicht gesperrt, da nichts auf ein Verbrechen hindeutete. Gun Kihlberg hätte da sein sollen, war jedoch entweder geflohen oder vertrieben worden. Sie hatte jemanden angerufen, der sie abgeholt hatte. Oder sie war ganz einfach auf andere Gedanken gekommen und hatte vielleicht einen Charterflug nach Kreta gebucht. Wir würden es erst erfahren, wenn wir sie gefunden hatten. Leute von der Wohnung fernzuhalten war nicht unsere Aufgabe, sondern die des Hauswirts Mattias Agren, aber der hatte wohl Wichtigeres zu tun, als sich mit Dealern auseinanderzusetzen.

Wir lauschten erst mal an der Tür. Tonia stand dicht hinter mir, als könnten eventuelle Geräusche durch mich transformiert werden. Nichts war zu hören. Ich berührte die Türklinke. Es war offen, wie anzunehmen.

»Warte hier draußen«, sagte ich zu ihr.

»Ja, aber schließlich habe ich doch angerufen ...«

»Das ist eine Sache, Polizeiarbeit eine andere.«

Ich trat ein und machte die Tür hinter mir zu. Versuchsweise betätigte ich den Lichtschalter, ohne Ergebnis. Warum bezahlte Sörensen die Miete, jedoch keine Stromrechnung? Wenn er sich so um Gun und andere bedürftige Menschen sorgte, mußte er doch darauf achten, daß sie Essen kochen und sich aufwärmen konnten?

Der abgeschirmte, aber kräftige Lichtstrahl tastete sich durch den Flur. Genauso leer und schmuddelig wie beim letzten Mal. Es roch muffig, herb und eklig. An der Schwelle blieb ich einen Moment stehen, dann betrat ich das Zimmer. Die Straßenlaternen draußen vor den Fenstern waren so weit entfernt, daß ihr Schein gerade ausreichte, pechschwarze Finsternis in tiefes Dunkel zu verwandeln.

Hier war der Gestank noch penetranter. Wieder starrten mich die grotesken Figuren von den Wänden an, mit Augen, in denen das Böse zu lauern schien. Wären diese Gestalten lebendig gewesen, hätten sie mich wohl kalt lächelnd in Stücke geschnitten. Lächerlich, aber ich zog die Schultern hoch und spürte, wie mein Magen nervös reagierte. Absolut lächerlich. Ich grinste, um mir selbst zu beweisen, wie idiotisch das war. Aber wir bestehen aus zwei Personen, einem Tag- und einem Nachtmenschen, und was wir verlachen, wenn die Sonne scheint, bekommt eine andere Dimension, wenn nicht einmal der Mond Licht spendet. Was verbirgt sich im Schatten? Man strengt die Augen an, bis sie schmerzen, um das wahrzunehmen, was nicht zu sehen ist, und wenn die Sinne nicht ausreichen, setzt die Phantasie ein. Wer behauptet, sich im Dunkeln niemals zu fürchten, sagt das tagsüber, im sicheren Licht. Einsam jedoch und von Schatten umgeben, ist die Panik nicht weit.

Derselbe Unrat auf dem Boden, dasselbe Bild menschlichen Verfalls. Fixeralltag. Hatte Sörensen von alledem wirklich nichts gewußt? Sicher, eine Wohnung konnte in sehr kurzer Zeit herunterkommen, wenn sie in die Hände von Drogenabhängigen geriet, aber ein Gerücht mußte doch wenigstens zu ihm vorgedrungen sein. Schließlich waren Möbel und Teppich fortgeschleppt worden, um den täglichen Bedarf an Narkotika sicherzustellen. Wir hatten den Herren Affe und Mattias wohl noch einige Fragen zu stellen.

Die gemalten Gestalten drangen auf mich ein; mir war, als stiegen sie von den Wänden herab und kämen langsam näher. Als hätte der Künstler seinen platten Figuren Leben und Geist eingehaucht und sie dreidimensional werden lassen. Wie hieß der griechische Bildhauer, dem es gelang, seine in Stein gehauene Frauengestalt zum Leben zu erwecken? Und wie war ihr Name? War es nicht Pygmalion? Aber sie war ein gutartiges Wesen, wenn ich mich recht erinnere. Die hier waren als gemalte grausam und lebendig noch grausamer.

Lächerlich, lächerlicher als lächerlich! Ich leckte mir die Lippen; aber es war sicher nur der Sauerstoffmangel in diesem Raum, der sie hatte austrocknen lassen. Der Gestank wurde unerträglich. Ich manövrierte mich zu einem Fenster, riß es weit auf und atmete tief durch. Die Stockholmer Luft war zu dieser nächtlichen Stunde noch nicht von Abgasen verseucht, sondern duftete nach Steinfassade, Straße, häuslicher Wärme.

Was hatte ich hier verloren? Es handelte sich um eine gewöhnliche, einfache Absteige für Drogensüchtige und nichts anderes. Um die Einbildungen einer verängstigten Frau. Ein Job von fünf Minuten, dann ab nach Hause und in den sehnsüchtig wartenden Pyjama geschlüpft! Noch einmal sog ich frische Luft ein und versuchte, sie in der Lunge zu behalten, während ich mich dem Schlafzimmer näherte. Eine Spritze knirschte unter meinen Sohlen. Das plötzliche Geräusch ließ mich zusammenzucken.

Den Schlafraum mußte ich inspizieren, damit die Untersuchung vollständig war. Aber ich wollte das Monster von der Wand nicht noch einmal sehen, das mit meinem Gesicht. Vorsichtig tastete ich mich über die Schwelle, blieb dann stehen und ließ die Taschenlampe kreisen. Es sollte ...

Da war jemand! Jemand, der atmete. Den ich mehr ahnte als hörte, von dem ich aber nicht feststellen konnte, ob er vor oder hinter mir war. Er mußte vor mir sein. Ich hatte den Flur überprüft und das Wohnzimmer, es blieb nur noch der Schlafraum übrig. Falls nicht das Bad ... Aber ich hätte doch gehört, wenn die Tür geöffnet worden wäre. Vor mir also! Ich zog die Pistole heraus und flatterte mit dem Lichtstrahl durch den Raum. Dieses Bild des Satans ... Aus den Augenwinkeln nahm ich den Alptraum meiner selbst wahr, das Zerrbild mit den schrecklichen Zügen.

Eine leichte Berührung an meiner rechten Schulter, zarter als ein fallendes Blatt, aber sie reichte aus, mich herumwirbeln zu lassen. Blind schlug ich mit der taschenlampenbewehrten Hand zu, traf aber nur Luft. Zur Hölle! Ich riß die Pistole heraus und stieß gegen etwas Weiches, einen Körper. Gleichzeitig vernahm ich einen erschreckten Ausruf, bekam einen Arm zu fassen und drehte ihn herum, mit einem eingeübten Griff, den ich wie im Schlaf beherrschte. Erneut ein Schrei, diesmal vor Schmerz. Ich zielte mit der Taschenlampe genau ins Gesicht des von mir Festgenommenen.

»Tonia! Was zum Teufel tust du hier?«

»Laß mich los ... ajjjjj ... oooooh, tut das weh!«

Fieberhaft rieb sie sich den Arm, sie hatte Tränen in den Augen.

»Habe ich nicht gesagt, daß du draußen bleiben sollst?«

»Entschuldige, entschuldige, es war mein Fehler. Man kann nichts dagegen tun, wenn man neugierig ist. Du hättest mich erschießen können!«

»Hoffen wir, daß du nicht recht hast.«

Sie jammerte weiter vor sich hin und preßte die Faust auf den Magen, um den Schmerz zu lindern, und ich fuhr fort, mit dem Taschenlampenstrahl durch das Zimmer zu tasten. Plötzlich packte sie mich erneut am Arm und keuchte:

»Ach, du lieber Gott ... das bist ja du!«

»Nein. Irgendein Idiot hat ein Bild gemalt, das mir gleicht, nichts anderes.«

»Aber siehst du denn nicht? Da in der Ecke!«

Sie dirigierte meine Hand mit der Lampe in die entsprechende Richtung. Nun sah ich, was sie bereits entdeckt hatte. Ein Mann lag mit ausgestreckten Armen auf dem Boden, den Nacken genau in der Ecke des Zimmers. Der Kopf war wie vom Hals abgeknickt, das Hemd auf der Brust blutbesudelt. Sie packte mich am Arm, daß mir die Fingernägel ins Fleisch schnitten, und flüsterte:

»Gott im Himmel! Das bist ja du, der da ermordet wurde!«

16. Kapitel

Ich war es und war es auch wieder nicht, auf dieselbe Art, wie ich mit der gemalten Figur an der Wand identisch war. Lachte sie mich aus? Amüsierte sie sich, auf ihre bösartige, hinterhältige Weise? Einen Moment lang war ich wie gelähmt, eine innere Kälte fror Willen und Muskeln ein, die Vernunft wich aus dem Gehirn und hinterließ ein Vakuum, in dem sich bald Panik breitmachte.

Mein Gesicht im Augenblick des Todes! Starrende, leblose Augen, den Blick auf mich gerichtet. Der Lichtstrahl zitterte, es war unmöglich, die Lampe still zu halten. Ein zischender Laut hinter mir ließ mich in heillosem Schrecken herumfahren. War das Wesen von der Wand gestiegen, um auch mich zu töten?

Tonia atmete heftig durch den offenen Mund, und ich konnte sehen, wie ihre Augen aus den Höhlen traten. Selbst sah ich wohl genauso aus. Ich hätte sie bitten, ihr empfehlen, sie anweisen müssen zu verschwinden, aber ich brachte kein Wort heraus; Stimmbänder und Kehle verweigerten sich. Statt dessen stützte ich mich an der Wand ab und hockte mich vor den Toten, der ich war und doch nicht war.

Aus dieser Nähe bemerkte ich den eklig-süßen, durchdringenden Blutgeruch, und mir wurde übel. Nichts darf berührt werden. Die Experten fordern, daß alles unverändert bleibt. Nicht darin herumstochern. Nichts einstecken. Und doch näherten sich meine zitternden Finger dem Gesicht des Ermordeten, das meines war und doch nicht meines. Ich fühlte mich wie in einem bösen Traum, in einer Alptraumlandschaft mit bizarren Bäumen, deren Zweige wie lüsterne Finger nach mir griffen, unter den Füßen stinkender Sumpf, aus dem Gasblasen aufstiegen und zerplatzten und die Nasenlöcher zerfraßen.

Meine Fingerkuppen tasteten über die Wange, und ich schauderte. Die Haut war sonderbar, auch wenn sie sich über den Schädel eines Toten spannte. Trocken. Rauh. Leblos. Natürlich, so mußte sie ja sein, aber sie war es auf eine Weise, als wäre nie Leben in ihr gewesen. Wie künstlich.

Künstlich? Die Finger glitten am Kiefer hinab zum Hals. Im scharfen Licht entdeckte ich die markante Linie am dicken Hals. Ich faßte das Künstliche und zog die Extrahaut, die Maske, ab. Tonia piepste:

»Wer – wer ist denn das?«

Meine Angst wich, auch sie war künstlich. Alles findet seine Erklärung, wenn man sich Zeit nimmt. Ich schaute auf die verfetteten Züge, die bleichen, weißen, schlappen Hängebacken. Aus dem einen Mundwinkel rann noch ein dünner Faden Blut.

»Sörensen heißt er. Seine Freunde nannten ihn Affe.«

Ein flüchtiger Mörder muß schnell gefunden werden. Findet man ihn nicht innerhalb von vierundzwanzig Stunden, verläuft sich die Fahndung im Ungewissen. Man tappt gewissermaßen im Dunkeln. Meistens allerdings wird der Mörder geschnappt, noch ehe die Leiche kalt ist. Die meisten Morde sind Spontanhandlungen, und man braucht nichts weiter zu tun, als den Täter festzunehmen, wenn er zum Beispiel zu Hause apathisch im Bett liegt oder heulend in der nächsten Kneipe sitzt.

Dieser Fall machte es uns nicht so leicht. Wir waren unterwegs, holten die Leute aus dem Bett und versuchten, Zeugen zu finden. Was habt ihr gehört? Was habt ihr gesehen? Aber wir bekamen nur ein Gähnen zur Antwort. Tonia wußte auch nicht mehr, als sie mir bereits erzählt hatte, und das sättigte nicht, machte nicht einmal Appetit. Gewiß, sie konnte uns die Zeitpunkte nennen, wann etwas zu Boden gefallen und die Tür zugeschlagen worden war, aber wer war da zu Boden gegangen, und wie sah der aus, der das Haus verlassen hatte?

Ich selbst nahm nicht aktiv an der Jagd teil. Erst wurde ich an Ort und Stelle befragt, dann machte ich bei der Kripo meine Zeugenaussage. Simon hatte sich knurrend aufgerafft und war ziemlich mieser Laune, als er mir einen Gruß zugrunzte und sich in seinen Sessel fallen ließ. Eine lange Besprechung mit der Fahndungsleitung lag hinter ihm, und es munterte ihn auch nicht auf, daß ich ihn Palme nannte.

»Was zum Teufel soll daran komisch sein?« fauchte er.

»Ein Scherz für Insider. Wenn man Bescheid weiß, kann man auch darüber lachen.«

»Zwei von den Kleinen haben Keuchhusten. Ich habe keine Lust, mir Idiotien anzuhören.«

»Und ich bin über einen Kerl gestolpert, der für immer ausgehustet hat. Ich bin zu müde, um etwas anderes von mir zu geben.«

»Müde? Das kannst du laut sagen. Hol Kaffee.«

»Hol selber.«

Eine Weile starrten wir uns wie Fremde an. Dann lächelte er schwach und stellte die Ordnung wieder her, die ich um keinen Preis missen wollte.

»Gut, verschieben wir den Kaffee auf später. Aber weißt du ... Keuchhusten, jetzt schon drei Nächte. Und gerade als ich endlich eingeschlafen war, klingelte das verdammte Telefon. Obwohl ich glaube, daß ich insgesamt wohl noch achtzig Sekunden mehr Schlaf hatte als du. Alf Sörensen wurde durch einen Messerstich in die Brust getötet. Die Waffe scheint ein schmales Messer mit langer Klinge gewesen zu sein.«

»Er hat uns wohl doch nicht die ganze Wahrheit gesagt.«

Simon nickte zustimmend, drehte im Zimmer ein paar Runden und streckte sich dann, um die Müdigkeit aus dem Körper zu treiben. Ich hätte es ihm gleichtun sollen, aber es wäre Schwerstarbeit gewesen, von dem Stuhl aufzustehen.

»Nein. Wichtige Teile hat er wohl ausgelassen. Er muß jemanden angerufen und ein Treffen in der Wohnung verabredet haben. Dieser Jemand hatte bereits beschlossen, ihn zu ermorden.«

»Wie kommst du darauf?«

»Er muß doch die Maske bei sich gehabt haben. Das war vorbereitet. Johnny Strand? Freund Kajan Lilja? Ein Dritter oder Vierter oder Fünfter oder Siebenundzwanzigster?«

In Gedanken betrat ich noch einmal den dunklen Raum, sah den scharfen Lichtkegel vor mir und erlebte erneut den Schock, als ich mich selbst blutbesudelt daliegen sah.

»Verdammt, wozu die Maske?« sinnierte ich. »Das Bild an der Wand und diese zweite Haut ...«

»Aus dünnem Plastik. Es ist inzwischen technisch möglich, Fotos auf andere Träger zu kopieren. Dann zieht man die Maske über den Schädel und verbindet die Enden hinterm Kopf mit Klebeband. Eigentlich ganz simpel.«

»Ich habe jedenfalls einen ganz schönen Schreck bekommen«, murmelte ich.

»Das war wohl beabsichtigt. Rolle, es scheint, daß du von unbekannten Personen beschattet wirst.«

Der Gedanke war mehr als unbehaglich, drängte sich mir aber schon seit längerem auf. Jemand beobachtete mich, ja, mehr noch, steuerte mich und brachte mich in abscheuliche Situationen. Simon nahm ein anderes Schriftstück und überflog den Text.

»Tja also, dieser Dennis, Kajans Sohn. Der Junge wohnt bei Pflegeeltern auf Gotland, und sie haben ihn gern. Sie loben ihn in den höchsten Tönen, die nicht einmal mir zukämen. Manchmal kommt Kajan zu Besuch und nimmt den Jungen für einen Tag mit nach Visby. Der Junge vergöttere seinen Vater geradezu, sagen sie, und sie hätten einen guten Eindruck von Kajan Lilja.«

»Wissen sie nicht, wer er ist?«

Simon gähnte und riß die Kiefer so weit auseinander, daß er wie ein Flußpferd aussah. Man konnte die Zähne und die Zunge und das Zäpfchen sehen, und wenn ich näher herangegangen wäre, hätte ich sicher durch die Speiseröhre bis in den Magen schauen können. Das Gähnen schloß mit einem Schnorcheln, und er sah fast ein wenig zufrieden aus, wie nach einem Kraftakt.

»Sie vertreten sicher die Auffassung, daß Papas Privatleben sie nichts angeht, und freuen sich darüber, daß die Bande zwischen Vater und Sohn so eng sind. Weißt du, was einen aufregen kann?«

»Daß Kajan frei und ungeniert auf den Straßen von Visby herumspaziert, obwohl nach ihm gefahndet wird.«

»Mm. Wo haben die Bullen dort bloß ihre Augen?«

»Und wo haben wir unsere? Er bewegt sich hier doch mit der gleichen Frechheit, unter einer elenden Maskierung, die nicht einmal einen stellvertretenden Sonntagsschullehrer narren kann.«

»Zugegeben, aber es ist einfacher, auf die blinden Gotländer zu schimpfen. Dennis hat jedenfalls erzählt, daß sein Vater ihm verboten habe, auf uns zu schießen. Warnschüse waren erlaubt, aber absolut nicht mehr. Dennis sagt, er habe eigentlich gar nicht begriffen, was er da in der Hand hielt.«

»Natürlich nicht«, kommentierte ich bissig. »Heutzutage hat ja noch kein Teenager auch nur einen einzigen Videofilm gesehen. Daß man mit einer Schußwaffe töten kann, muß ja völlig überraschen.«

Simon gähnte wieder, und ich meinte, in der Tiefe die Reste von Rühreiern mit Schinken erkennen zu können.

»Vielleicht gibt es auf Gotland wirklich keine Videos. Dort beschäftigen sie sich wahrscheinlich noch mit Stangenwerfen und Bogenschießen. Geh nach Hause und schlaf dich aus.«

Alle Ermittlungen würden mit voller Kraft ohne mein Zutun weiterlaufen, und dafür war ich dankbar. Ich wollte sein wie der Vorsteher eines Kleinstadtbahnhofs, der zuschaut, wie die Züge vorbeifahren. Vielleicht wünschte ich mir auch, dieser Bahnhofsvorsteher sei in Pension. Das Telefon schrillte, Simon nahm ab und nannte seinen Namen.

»Was? Wen? Ja, ist er.«

Er reichte mir den Hörer.

»Für dich. Das Gespräch kommt aus Moskau.«

War es Zomasov, der wieder aufgetaucht war und mir etwas mitteilen wollte? Simon setzte die Kopfhörer zum Mithören auf.

»Ist da Hassel?«

Die Verbindung war schlecht, aber die Stimme der Person drang deutlich hindurch, sonor, eintönig, ohne Betonung der Silben. Schwer zu sagen, ob der Betreffende vom Blatt las, sich soufflieren ließ oder spontan sprach.

»Kriminalinspektor Hassel von der Polizei in Stockholm?«

Das war nicht Zomasov, die Stimme war mir völlig unbekannt.

»Ja. Wer ist da?«

»Begreifen Sie, daß wir es ernst meinen?«

»Womit?«

»Sie haben den Tod gesehen, der Ihnen bevorstehen kann, Herr Hassel. Haben Sie sich als Leiche wiedererkannt?«

Simon lauschte und machte sich gleichzeitig Notizen.

»Ich versteh die Pointe nicht, Herr Mörder.«

Die Person ließ sich nicht beeindrucken; die neutrale Stimme bekam sogar einen etwas muntereren Klang.

»Beim nächsten Mal sind Sie dran. Wenn Sie nicht tun, was wir sagen, Herr Hassel.«

»Wovon, zum Teufel, reden Sie?«

»Sie wissen es. Nehmen Sie Vernunft an. Geben Sie uns das Band.«

»Ich habe kein verdammtes Band! Versuch, das in deinen Killerschädel hineinzubekommen! Es wurde vor dem Flughafen Arlanda von Taschendieben gestohlen.«

Einige Sekunden rauschendes Schweigen. Die Munterkeit war weg, dafür schwang jetzt ein versteckt aber doch merkbar drohender Tonfall mit.

»Wir glauben Ihnen nicht. Per Post erhalten Sie Instruktionen, wo Sie die Kassette abliefern werden.«

»Himmel und Hölle, ich habe keine Kassette mehr. Verstanden? Keinerlei Tonbandaufzeichnungen irgendeiner Art!«

»Wie gesagt, lies die Instruktionen und befolge sie. Wir haben lange genug gewarnt.«

Ein scharfes Klicken am Ohr. Simon legte den Kopfhörer beiseite, setzte sich in den Sessel und faltete die Hände überm Bauch.

»Nimmst du die Warnung ernst?« fragte er.

»Ja.«

»Angst?«

»Natürlich. Ich fürchte um mein Leben.«

»Mm. Vernünftig wäre, dich von dem Fall abzukoppeln.«

»Damit ich fliehen kann? Wohin? Und was wird aus Virena und Elin? Wohin ich mich auch wenden würde, ich bin in ihren Händen. Der einzige Ausweg ist, ihnen beizubringen, daß ich kein Band anzubieten habe.«

»Der andere Ausweg wäre, daß wir den Fall lösen und die ganze Bande einlochen. Die Band-Bande, sozusagen.«

»Bisher haben wir keine Fortschritte zu verzeichnen.«

Simon bedeckte das Gesicht mit den Händen und versuchte, die Müdigkeit aus Wangen und Augenhöhlen zu pressen.

»Vielleicht merken wir es nur nicht. So ist es ja manchmal, du weißt das besser als die meisten anderen. Setz dich.«

Also war unser Gespräch noch nicht zu Ende. Merkwürdigerweise fühlte ich mich plötzlich wieder frisch. Völlig grundlos, meiner physischen Verfassung nach hätte ich auf der Stelle einschlafen müssen, auf dem Stuhl, dem Teppich, der Toilette, kopfunter an einem Trapez hängend. Aber der alte Körper hatte offenbar einen anderslautenden Befehl erhalten, von einer Stelle, die möglicherweise die Seele vertrat.

»Rolle, die scheinen sehr interessiert zu sein.«

»Was du nicht sagst!«

»Bist du ganz sicher?«

Ich begriff nicht, was er meinte, und gab ihm das zu verstehen. Er strich sich über die glänzende, spitze Glatze, wie er es immer tat, wenn er besonders nachdenklich war.

»Es gab eine bespielte Kassette außer der, die sich im Gerät befand. Wir wissen das, und sie wissen das. Wir wissen, daß das Band wertlos ist, das allerdings wissen sie nicht.«

»Simon, das haben wir doch schon so oft durchgekaut.«

»Als alter Bauernsohn weiß ich, daß man sich mit dem Acker viel Mühe geben muß, um die gewünschte Ernte einzufahren.«

»Deine Eltern haben doch nie eine Mistgabel gesehen.«

»Was? Na ja, das kann sein, aber Grütze habe ich bekommen.«

Er lächelte, aber es lag keine Freude darin. Er machte sich meinetwegen Sorgen und wußte nicht, was für mich das Beste war. In dieser Lage war es zu spät, mir andere Aufgaben zu übertragen, und er sah wie ich ein, daß Weglaufen keine Lösung war.

»Wieder kommen wir zu der Frage: Bist du absolut todsicher, daß die Kassette verschwunden ist?«

Mein Seufzer hätte als Antwort genügen müssen, aber seine Augenbrauen blieben fragend hochgezogen.

»Ja, ganz, ganz, ganz sicher. Frag mich bloß nicht noch einmal, sonst kommt es mir hoch.«

»Okay, okay, okay, okay. Ich glaube dir, aber die anderen nicht. Wie ich es sehe, müssen wir ...«

Wiederum wurde er durch das Gellen des Telefons unterbrochen.

»Palm. Wieder? Ja gut ... er übernimmt.«

Simon schüttelte den Kopf und gab mir den Hörer.

»Tallinn will mit dir reden.«

Die Verbindung rauschte und knisterte noch stärker, die Stimme war noch unpersönlicher und schwerer zu deuten, aber die unechte, weiche, schnörklige Höflichkeit dieselbe.

»Haben wir Sie überzeugt, Herr Hassel? Haben wir Ihnen klarmachen können, welche Konsequenzen es hat, nicht auf unseren Vorschlag einzugehen?«

»Sie gehen mir auf die Nerven.«

»Wollen Sie, daß Ihre Frau Sie tot sieht? So wie Sie sich selbst gesehen haben?«

»Sie hat jedenfalls nichts dergleichen geäußert.«

Er hatte übertrieben, Drohungen lassen sich nur bis zu einer bestimmten Grenze steigern. Statt das Messer in der Wunde umzudrehen, hatte er mich trotzig und wütend gemacht. Was glaubte er, wie dumm ich war?

»Wir gehen davon aus, daß Sie den Brief mit den Instruktionen erhalten haben und daß diese auf den Punkt genau befolgt werden.«

»Auf den Punkt genau, das habe ich schon einmal gehört, aber was ist das für ein Punkt? Darüber habe ich schon nachgedacht, als ich noch Windelhöschen trug.«

Simon zeigte eine Grimasse, die ich nicht so recht deuten konnte. Vielleicht verzog die Person in Estland, am anderen Ende der Leitung, auch gerade das Gesicht. Der Schoßhund Hassel machte nicht länger Männchen und bettelte um Zucker.

»In dem Brief ...«

»Bisher ist bei mir kein Brief angekommen. Haben Sie vielleicht die Briefmarke vergessen? Manchmal gehen sie auch wieder ab, zum Beispiel wenn man die falsche Seite anleckt. Nun wissen Sie, wie ich Ihren IQ einschätze!«

»Tun Sie, was ich sage!«

»Oh, ich mag Sagen, aber auch Märchen.«

»Ihre Frau und Ihre Tochter können ...«

»Ich weiß, ich weiß, aber wenn Sie die beiden entführen, bekommen Sie es mit Elin zu tun. Sie kann furchtbar zuhauen.«

Der Kerl legte kommentarlos auf, und ich holte tief Atem und wischte mir mit der Hand über die Stirn. Zu meiner Überraschung war sie naß von Schweiß. Simon nahm den Kopfhörer ab und klopfte mir leicht auf die Schulter.

»Ich glaube, wir haben es mit ganz bösen Buben zu tun.«

»Dann legen wir ihnen doch das Handwerk.«

»Wollen wir nachsehen, ob du diesen verdammten Brief inzwischen bekommen hast? Bald trifft sich die Leitung wieder, da wäre es schön, wenn ich neues Material präsentieren könnte.«

Auf dem Schreibtisch lagen die IM, die internen Mitteilungen, die unsere Informationsabteilung an fünf Tagen in der Woche verteilte. Wohlformuliert, nett und abwechslungsreich brachten sie die Auswertung eines Kurses oder eines Preisausschreibens, das Faksimile eines Artikels im *Expressen*, wo ein Streifenpolizist die Rose des Tages erhält, den Aufruf zu einem Jubiläum, ein paar Sportnachrichten, den Bericht über den Besuch einer chinesischen Delegation, die Anzeige eines ehemaligen holländischen Polizisten, der Uniformmütze gegen Uniformmütze tauschen wollte, und so weiter. Auf der Rückseite stand dann der Speiseplan der nächsten Woche. Ich sah, daß es am Mittwoch Brathering in Zwiebelsoße geben sollte, da nahm ich doch lieber etwas anderes. Aber kein Wort darüber, was die Herren aus dem Osten von mir wollten.

»Ich werde die Postleute anrufen«, beschloß Simon und langte nach dem Hörer, aber das Klingeln war schneller.

Es konnte ja Virena sein, und so meldete ich mich in neutralem Ton, bereit, in das Gurren des liebenden Ehegatten Hassel zu verfallen, aber die Vermittlung kündigte an, daß das Gespräch aus Helsinki sei, und so ließ ich das Gesäusel.

»Ist da Kriminalinspektor Hassel ...«

»Ja. Nein. Nein.«

»Wie bitte?«

Es war der singende finnlandschwedische Dialekt, aber der ist leicht zu imitieren, wenn man will.

»Ja, hier ist Hassel. Nein, die Post ist noch nicht gekommen. Nein, ich habe den Brief also noch nicht gelesen. Noch Fragen?«

»Wir meinen es ernst ...«

»Fein, Scherze mag ich nämlich nicht. Dich mag ich auch nicht. Ich mag keinen von euch. Ich mag eure Machenschaften nicht. Ich möchte kein Wort mehr von dir hören. Eure Warnungen könnt ihr euch sparen!«

Ich knallte den Hörer auf den Apparat. Simon schaute mich verwundert an.

»Wer war denn das?«

»Noch ein Idiot aus der Bande.«

»Bist du sicher?«

In Gedanken ging ich das kurze Gespräch schnell noch einmal durch. Konnte ich wirklich sicher sein? Es hätten alle möglichen Leute sein können, die aus Finnland anriefen, in allen möglichen Angelegenheiten.

»Eigentlich nicht. Aber er wird sich schon wieder melden, wenn er eine weiße Weste hat. Andererseits – gibt es überhaupt noch weiße Westen?«

»Verdammt, ich bin zu spät! Ruf selber in der Postabteilung an. Laß dann von dir hören.«

Er stürmte hinaus, daß die weiten Hosenbeine flatterten. Ich lehnte mich zurück und verschränkte die Hände im Nacken. Das Telefon klingelte, und ich ließ es klingeln; ich warf ihm nur einen schiefen Blick zu und konzentrierte mich ganz auf die Decke. Sie war noch fast weiß, im Gegensatz zu der in Sunes Zimmer, die durch jahrzehntelange Nikotinablagerungen eine braungoldene Farbe angenommen hatte.

Pavlov kam herein, einen Pappbecher mit Kaffee in der Hand. Er nickte mir einen Gruß zu und setzte sich mir gegenüber. Er wußte, daß mein Magen vor langer Zeit tränenreichen Abschied vom Koffein genommen hatte, und bot mir deshalb keinen Kaffee an. Dabei fiel mir ein, daß ich auf einen Sprung nach Hause mußte, um mir diverse Tabletten zur Beruhigung meiner Innereien zu holen. Die hatten es nicht leicht mit mir. Pavlov atmete das Aroma des löslichen Kaffees ein und schien es zu genießen, was für den Automaten eine große Überraschung sein mußte.

»Ihr habt es gut hier in Schweden«, murmelte er und nippte an dem Getränk. »Gutes Wasser, das man ohne Risiko trinken kann.«

»Man kann sich bekleckern.«

Pavlov hörte gar nicht zu, sondern fuhr düster fort: »Weißt du, daß zirka achtzig Prozent des Trinkwassers auf dem Gebiet der ehemaligen Sowjetunion durch verschiedene Umweltkatastrophen kontaminiert und gefährlich sind?«

»War da die Wassermafia am Werk?«

»In Schweden würde die Umweltbehörde die rote Pestflagge über jedem Brunnen mit solchem Wasser hissen. Weißt du, daß das gesamte russische Wasserleitungssystem in einem so schlechten Zustand ist, daß es jederzeit zusammenbrechen kann?«

»Das wird bei uns in alarmierenden Berichten auch immer behauptet«, bemerkte ich.

Pavlov schüttelte nachsichtig den Kopf. »Mein Lieber, selbst die schlechtesten schwedischen Leitungen sind sicherer als die besten bei uns. Seit der Zarenzeit ist nichts daran gemacht worden, und mit dem Zaren meine ich nicht den letzten Alleinherrscher. Die Experten sagen, daß es nicht mehr lange dauern wird, bis Petersburg überhaupt kein Trinkwasser mehr bekommt. Und was dann, Rolle?«

»Um mit Marie Antoinette zu sprechen: Sie werden wohl Champagner trinken müssen. Pavlov, jetzt bitte keine apokalyptischen Visionen mehr. Ich habe genug andere Sorgen.«

»Aber was passiert, wenn eine Millionenstadt kein Wasser bekommt? Wenn man bereits hungert? Es kommt zu einer Massenwanderung ohnegleichen, und wohin wendet man sich? Nicht ins eigene Land, denn da herrschen dieselben Verhältnisse. Sie werden sich über die Grenze nach Finnland und dann weiter hierher wälzen, gefolgt von anderen hungrigen und durstigen Landsleuten. Was machen die Finnen und Schweden dann? Mit Maschinengewehren schießen? Kann man Millionen und Abermillionen abknallen?«

»Pavlov, es reicht! Laß mich hier in Ruhe sitzen und von einer ruhigen Angelpartie träumen, in einem Ruderboot draußen in den Schären, mit der Sonne im Rücken und Windstille und ohne Mücken und mit Loranga und Gutskäse in der Kühltasche. Mal mindestens eine Woche ohne Termine und keine andere Sorge im Kopf als die, ob die Würmer auch reichen.«

»Träum du. Der Traum muß fünfzig Jahre alt sein, und wir haben ihn nie geträumt.«

»Mein Junge, ich will aber, daß Elin ihn noch träumen kann.«

»Leider ist es zu spät für Utopien.«

Ich seufzte aus tiefstem Herzen. »Du kannst einen aufmuntern wie kein anderer. Du meinst, daß Elin höchstens einen hungrigen Russen an der Angel haben wird, wenn sie einmal auf Barsche geht? In fünf Wochen habe ich Urlaub, und dann werde ich in so einem Boot sitzen, mit einem gesunden Wurm als Köder am Haken, und ich will nur einen quergestreiften Fisch haben. Am besten, er kommt gleich filetiert aus dem Wasser.«

Pavlov warf mir einen resignierten Blick zu. »Warum wollen so wenige die Wahrheit hören?«

»Hast du die Jugendlichen mit ihren Freestyles gesehen? Man hört sich das an, was einem angenehm ist, und schaltet ab, wenn man keine Lust mehr hat. Hast du noch ein anderes Anliegen als über verrottete russische Wasserleitungen zu reden?«

»Nein, ich wollte dir nur sagen, daß Zomasov immer noch spurlos verschwunden ist. Es wird ihn auch keiner mehr finden.«

Seine ernste Miene hellte sich auf, er setzte ein schelmisches Lächeln auf.

»Dürfen Galina und ich euch im Urlaub besuchen? Wir essen auch gern Barsche.«

Den Tag überstand ich aufgrund irgendwelcher körperlicher und geistiger Reserven, von denen ich bis dahin nichts gewußt hatte. Ein starker Wille allein genügt aber nicht, um die gewünschten Ergebnisse zu erreichen. Nach dem kurzen Ausflug nach Hause, um die Pillen zu holen, stürzte ich mich auf mögliche Spuren, mit denen mich Simon versorgte. Ich sprach vor Ort mit Leuten, schrieb Berichte und hoffte auf einen Durchbruch, aber der ließ auf sich warten. Etwa um halb zehn war ich wieder zu Hause und noch immer kein bißchen müde. Virena wartete mit Tee und Gebäck, wir unterhielten uns und sahen fern. Dann duschte ich mich und zwinkerte Virena zu, was heißen konnte: Es ist kalt im Schlafzimmer, man sollte deshalb vielleicht näher zusammenrücken. Möglicherweise hatte sie beim Zurückzwinkern denselben Gedanken.

Lächelnd legte ich mich ins Bett und stopfte mir das Kopfkissen zurecht. Dann schlich sich ein böswilliger Unbekannter hinters Bett und schlug mir mit einer Eisenstange auf den Kopf. Ob ich geträumt hatte, wußte ich nicht, denn als ich aufwachte, kam ich wie aus einem schwarzen Loch.

Mein Blick aus den Augenschlitzen fiel auf den vergoldeten Wecker, den Virena geerbt hatte. Fünf nach zehn. Durch die heruntergelassenen Jalousien in Wohn- und Schlafzimmer drang Licht, also mußte es Vormittag sein. Ich machte die Augen wieder zu und ließ mich vom Schlummer wie auf einem Fluß davontragen.

Ich ahnte Virena neben mir, und ihre Atemzüge waren wie eine angenehme Brise. Sanft streichelte sie meine Wange, und ich merkte, wie ich unter der Berührung lächelte. Ihre Fingerspitzen kreisten über meine Haut. Die langen Fingernägel hinterließen Spuren des Genusses. Der Schlummerfluß mündete ins Meer des Schlafes und ...

Lange Nägel? Virena hatte keine langen Fingernägel. Es waren fremde Atemzüge, nicht ihre wohlbekannten. Der Fluß versiegte in unterirdischen Gewölben. Ich schlug die Augen auf und spannte alle Muskeln.

Es mußte jemand anderes sein, der neben mir im Bett lag!

17. Kapitel

Ich rollte aus dem Bett und federte ab, mit gekrümmtem Rücken und angewinkelten Armen. Auf Virenas Seite lag eine Frau und lächelte mich an. In ihren großen Augen funkelten Sterne und knisterten Fackeln. Die roten Lippen ihres hungrig breiten Mundes waren leicht geöffnet, über die weißen Perlenzähne huschte spielerisch eine lockende Zungenspitze.

»Hej, Roland!« sagte sie mit singender Stimme.

Hatte ich sie nicht schon einmal gesehen? Dieses Aussehen sollte man nicht vergessen können. Langsam zog sie die Decke von ihrem Körper. Sie trug etwas Dünnes, Durchsichtiges, das nichts verbarg. Träge ließ sie eine Hand über ihre Haut gleiten.

»Komm zu Charlie, Roland. Mit Charlie darfst du machen, was du willst.«

Natürlich, das war die Braut, die ich auf der Bergsgatan getroffen hatte. Charlotte hieß sie wohl. Für ihre Freunde Charlie. Aber ich wollte nicht ihr Freund sein, wollte mit so einer nichts zu tun haben.

»Was zum Teufel machst du hier«, knurrte ich.

Ihr Lächeln wurde breiter, und sie zog langsam an dem fast unsichtbaren Reißverschluß, der ihren Fummel am Brustausschnitt zusammenhielt.

»Du und ich, wir werden abheben, Roland.«

Irgend etwas mußte sie mit dieser Zirkusnummer bezwecken. Sie konnte nicht sehen, daß Zorn in mir aufstieg wie ein isländischer Geysir, der zur Oberfläche drängt. Hatte ich so etwas nicht schon einmal erlebt? Ich erinnerte mich an ein Hotelzimmer. An den Versuch einer Verführung, um mich gefügig zu machen. Damals und heute gleichermaßen idiotisch.

»Abheben? Was meinst du mit abheben?«

Von ihren raffinierten Bewegungen hätte selbst eine Schlange noch einiges lernen können.

»Du wirst schon sehen, Roland!« hauchte sie, als sei sie so erregt, daß sie unbedingt die letzte Haut abstreifen mußte. »Mit mir darfst du das Paradies erleben!«

Mit starren Lippen stammelte ich: »Und was willst du dafür haben? Geld?«

Sie kicherte und senkte ihren Strahleblick einen halben Meter und entblößte, was längst schon sichtbar war.

»Doch nicht zwischen uns, Liebling. Komm zu mir ... Komm, mein Löwe ... Gib mir das Band, dann bin ich dein, solange du willst ...«

»Das Band?«

»Hol es und gib es mir ... dann ... Oh, du ahnst nicht, was ich dir geben kann ...«

Sie mußte meine Zähne klappern gehört haben, denn sie sah einen Augenblick lang ein wenig unsicher aus, fuhr dann aber fort, an dem verdammten Reißverschluß herumzufingern.

»Und du ahnst nicht, was ich dir verschaffen kann. Drei Jahre Gefängnis bei fauligem Wasser und schimmligem Brot.«

»Treib keine Scherze mit mir, mein wilder Löwe ...«

Der Löwe brüllte, packte mit der Tatze ihr Handgelenk und riß sie aus dem Bett. Sie wußte nicht, ob das zu meinem Liebesrepertoire gehörte, folgte, ohne zu protestieren, und ließ sogar einen kleinen zufriedenen Schrei ertönen, als ich sie grob von hinten umfaßte.

»Roland, mein herrlicher Löwe ... gib mir nur das Band ...«

»Ich interessiere mich nicht für Bänder, sondern mehr für Banden, Verbrecherbanden zum Beispiel.«

Ich zerrte sie zum Telefon, klemmte sie mir unter den einen Arm und nahm mit der anderen Hand den Hörer ab.

»Was ... was hast du vor?« wimmerte sie.

»Ich rufe meinen Chef an, Kommissar Palm, damit du abgeholt und ins Gefängnis gebracht wirst!«

Sie begann zu zappeln und zu treten, aber diesmal hatte ich den Fang fest am Haken und würde ihn sicher ins Boot bringen.

»Du bist ja verrückt!« kreischte sie. »Verdammt, du bist verrückt!«

»Wenn ich verrückt bin, dann jedenfalls nicht nach dir! Wenn eine Räuberbande mir eine Braut schickt, dann wenigstens eine hübsche und nicht eine, die wie ein alter Abwaschlappen aussieht.«

Charlotte jaulte auf, und ich begriff, daß ich sie damit am meisten getroffen hatte. Es gelang ihr, sich loszureißen und auf die andere Seite des Bettes zu springen. Aus einem plötzlichen Schamgefühl heraus versuchte sie, bestimmte Körperteile zu bedecken, was wie eine expressive Tanznummer aussah.

»Niemand weiß, daß ich mit einem Schlüssel hereingekommen bin«, schrie sie. »Wenn du mir nicht das Band gibst und mich gehen läßt, sage ich, daß du mich hergelockt hast und mich vergewaltigen wolltest.« Mit ein paar Griffen hatte sie ihren durchsichtigen Fummel zerfetzt. »Ich werde beschwören, daß du mich vergewaltigen wolltest! Vor Gericht bekommt eine Frau immer recht! Also, was willst du, verdammter Schlappschwanz?«

Sie war rot im Gesicht und atmete keuchend. Bestimmt war ich genauso wütend.

»Das Risiko geh ich ein«, verkündete ich und warf mich über das Bett auf sie.

Ich erwischte ein fliehendes Bein und zog es an mich, so daß der Rest ihres Körpers folgen mußte. Wir balgten uns wild auf dem Bett. Sie hieb mit ihren Fäusten auf meinen Rücken ein und versuchte, mich in die Schulter und sonstwohin zu beißen. Sie war kräftiger als vermutet, und ich hatte alle Mühe, sie wieder in den Griff zu bekommen.

»Was treibt ihr denn da?«

Die Stimme von der Tür ließ uns beide, Charlotte und mich, erstarren. Da stand Virena, die Hände in die Seiten gestemmt. Charlotte versuchte erneut, mir zu entkommen, aber jetzt war ich zielbewußter und zerrte sie zur Bettkante.

»Er hat versucht, mich zu vergewaltigen!« jammerte sie. »Dieser Teufel! Er lockte mich ins Haus und riß mir die Kleider vom Leib. Ich werde ihn anzeigen!«

Es gelang mir, sie wieder von hinten zu umfassen. Diesmal legte ich ihr die freie Hand auf den Mund, um ihr Schreien zu dämpfen. Sie konnte den Kopf hin- und herwerfen, wie sie wollte, sie mußte erst einmal die Klappe halten.

»Ruf Simon an«, sagte ich zu Virena. »Seine Direktnummer steht unter S im Verzeichnis. Er soll einen Streifenwagen schicken. Die Tussi hier gehört zu den Erpressern, die auf die Kassette scharf sind. Handschellen wird sie statt dessen verpaßt kriegen!«

Tussi genannt zu werden brachte Charlotte außer sich, aber es war zu spät, sie saß fest wie in einem Schraubstock. Virena wählte die Nummer und meldete mit eiskalter Stimme: »Simon? Hier ist Virena. Ich kam nach Hause und fand Roland mit einer Frau im Bett. Wie bitte? Ja, sie waren nackt, sie jedenfalls. Er behauptet, sie gehöre zu einer Erpresserbande, die auf eine Kassette scharf sei. Was sagtest du? Sicher, es ging heiß zu im Bett. Du hast völlig recht. Aber er will, daß sie von einem Streifenwagen abgeholt wird, und zwar in Handschellen. Den Türcode hast du doch, oder? Bitte? Ja, sie scheint von der wilden Sorte zu sein. Das war sie bestimmt schon im Bett. Roland ist ganz durchgeschwitzt. Gut, du schickst umgehend einen Wagen. Natürlich, ich will ja, daß sie aus meinem Heim verschwindet. Ja, sicher, ein sehr unangenehmes Gefühl.«

Sie legte auf, warf mir einen kalten Blick zu und ging in die Küche. Es stimmte, ich war vor Anstrengung verschwitzt und Charlotte ebenso. Ihr Körper wurde schlüpfrig und noch schwerer festzuhalten. Ich fühlte mich elend. Wie hatte Virena die Situation gedeutet? Wie wirkte das Ganze, wenn man es mit mißtrauischen Augen betrachtete? Auch wenn man nicht mißtrauisch war ... Sie mußte doch glauben, daß das Gespräch mit Simon nur eine Ausflucht war. Mußte sie das nicht glauben?

Sie kam aus der Küche zurück und hatte sich Gummihandschuhe übergezogen. In der einen Hand hielt sie eine große Papiertüte. Auf dem Stuhl neben dem Bett lagen Charlottes Kleider, die sie mit den Fingerspitzen anhob und in die Tüte fallen ließ.

»Den Stuhl lasse ich später desinfizieren. Es könnte Ungeziefer dran sein.«

»Virena, ich ...«

»Von den Laken gar nicht zu reden. Die verbrennen wir. Beziehungsweise ich verbrenne sie, allein.«

Charlottes Kräfte schienen unerschöpflich. Ich wäre beinahe hingefallen und mußte mich an der Wand abstützen. Sie war der einzige Halt, den ich in dieser Wohnung hatte.

»Virena, es war so, daß ...«

»Das Bett verbrenne ich ebenfalls. Dann kaufe ich ein neues. Ein schönes Einmannbett. Ich meine, ein Einfraubett.«

»Hörst du mir denn nicht zu! Als ich aufwachte ...«

»Oder willst du das Doppelbett für deine neue Wohnung haben? Du darfst es gern mitnehmen.«

»Kannst du nicht ...«

»Glück für dich, daß es nicht schwer ist, eine neue Wohnung zu finden. In Problemstadtteilen ist die Auswahl am größten. Dort wirst du dich sicher auch am wohlsten fühlen, du mit deinen Problemen.«

Sie ging mit der Tüte auf den Flur hinaus, und ich konnte nichts anderes tun, als meinen Kampf gegen die immer schlüpfriger werdende menschliche Boa Constrictor fortzusetzen. Sie biß mich in den Finger, und ich ließ sie gewähren; das war mir lieber, als wieder ihr Gekeife hören zu müssen. Und überhaupt: was war physischer Schmerz gegen die schreckliche Aussicht, Virena, Elin und mein kleines Eckchen Welt verlassen zu müssen?

Die Funkwagenbesatzung klingelte, und Virena öffnete. Sie murmelte etwas, was ich nicht verstand; vielleicht erkundigte sie sich, ob sie nicht eine Slumwohnung für einen Kollegen wüßten. Zwei stämmige Burschen traten ein, den einen kannte ich vom Sehen. Natürlich sperrten sie die Augen auf, als sie sahen, was ich da in den Armen hielt, und ihre Blicke unternahmen eine schnelle, maskuline Entdeckungsfahrt, aber wer war ich denn, ihre Natur zu ändern?

»Habt ihr Handschellen dabei, Jungs?«

»Klar«, versicherte der, den ich kannte. »Bist du sicher, daß wir sie brauchen? Wir haben schon mit schlimmeren Biestern zu tun gehabt.«

»Täuscht euch nur nicht. Wenn ihr sie entkommen laßt, könnt ihr in Zukunft im Knast die Treppen fegen.«

»Okay, okay, Palm hat gesagt, das ist deine Show.«

Sie fuchtelte so sehr mit den Armen, daß die Polizisten Mühe hatten, ihr die Handschellen anzulegen. Mein Bekannter warf mir einen Blick zu, der signalisierte, daß er verstanden hatte. Virena streifte sich noch einmal die Gummihandschuhe über und faßte das Laken am äußersten Zipfel an.

»Bedeckt das Mensch damit«, riet sie. »Wir müssen an den Ruf des Hauses denken. Auch wenn ich hier bald allein mit meiner Tochter leben werde.«

Endlich konnte ich Charlotte loslassen, und all die angestauten Flüche und Schimpfwörter, die eine junge Frau gar nicht kennen sollte, quollen aus ihrem Erdbeermund. Zwischen den Obszönitäten wiederholte sie immer wieder, daß sie mich wegen Vergewaltigung anzeigen würde.

Noch aus dem Treppenhaus konnte ich ihr Geschimpfe hören, das jedoch unvermittelt abbrach – ich vermutete, daß einer der Polizisten meinen Trick mit der Hand vor dem Mund aufgegriffen hatte. Bestimmt wurde er jetzt auch gebissen. Niedergeschlagen ließ ich mich auf der Bettkante nieder, starrte auf meinen verletzten Finger und leckte ein wenig Blut. Ich hatte mich schon besser gefühlt im Leben.

Virena kam wieder ins Schlafzimmer, die Arme über der Brust gefaltet wie eine strenge Lehrerin. Mit sehr geradem Rücken setzte sie sich ans andere Ende des Bettes. Ich warf ihr einen Seitenblick zu. Ihre Gesichtszüge waren wie in kalten Marmor gemeißelt.

»Du warst heute morgen so erschöpft, daß ich dich nicht wecken wollte«, sagte sie. Die Tapeten bekamen Eisblumen. »Jedenfalls schien es so. Ich habe mich um dich gesorgt und deshalb frei genommen, um nach dir zu sehen. Und was mußte ich sehen?«

»Virena, ich wußte nichts davon, wirklich nicht. Als ich aufwachte, lag sie neben mir.«

»Und wie ist sie dahin gekommen? Zauberei?«

»Das werden wir noch herausfinden, sie lag eben da.«

»Nackt und schön? Ganz ohne Absicht?«

»Es geht um eine Tonbandaufzeichnung. Eine Bande Russen glaubt, daß ich diese Kassette habe, obwohl das nicht stimmt.«

»Ebenfalls Zauberei?«

»Virena, ich weiß nicht, ich weiß einfach nicht.«

Ich beugte mich vor und fuhr mir mit den Fingern durchs Haar. Dann vergrub ich das Gesicht in den Händen und stöhnte. Es dauerte eine Weile, bis ich das Prusten vernahm. Ich schaute auf und zu Virena hinüber. Alles Strenge war gewichen, ihre Augen funkelten, und schließlich schüttelte das Lachen ihren ganzen Körper. Sie lachte so herzhaft, daß sie nicht mehr still sitzen konnte und sich rückwärts aufs Bett fallen lassen mußte. Tränen rannen ihr über die Wangen. Ich glotzte sie an und verstand überhaupt nichts mehr. Sie sah mich an und bekam einen neuen Heiterkeitsausbruch. Schließlich stieß sie mühsam hervor:

»Jetzt hast du Angst gekriegt, was?«

»Hä?«

Ich fühlte mich dümmer als ein Assistent aus dem Publikum, der gegen seinen Willen von einem Zauberer auf die Bühne gerufen wurde. Virena setzte sich halb auf und stützte sich auf die Ellenbogen. Offenbar fand sie mich beziehungsweise irgend etwas an mir unerhört witzig.

»Roland, ich weiß doch, wann du fix und fertig bist, und heute früh warst du es. Ich habe alles gehört, was sie gesagt hat, auch, daß sie mit einem Schlüssel eingedrungen ist.«

»Hä?« wiederholte ich mein dümmliches Gestammel.

»Ich weiß, daß du von Anfang an die Wahrheit gesagt hast. Sie war auf dieses Band scharf.«

»Aber warum ... ich meine ... was?«

Sie zog mich zu sich und raufte mir die Haare.

»Ein kleiner Schreck soll manchmal ganz gesund sein, habe ich gehört. Eine solche Gelegenheit, dich auf den Arm zu nehmen, bietet sich mir so schnell sicher nicht wieder. Hoffe ich jedenfalls!«

Simon hatte dieses Grinsen im Gesicht, das er immer dann zeigte, wenn er sich seinen Teil dachte. Es war ihm nie schwergefallen, für die Leidenschaften anderer Verständnis aufzubringen. Es war Viertel nach zwei, Charlotte wurde seit mehreren Stunden verhört.

»Rolle, ich bewundere dich! Obwohl du damit rechnen mußtest, daß Virena nach Hause kommt. Das tun Frauen doch immer, wenn man es am wenigsten erwartet.«

»Verdammt, sie ist mit einem Schlüssel reingekommen, den sie oder jemand anderes in der Tasche gefunden hat, die Virena im Krankenhaus gestohlen wurde.«

»Ja, ja, das ist eine brauchbare Story, bleib dabei. Habe schon schlechtere gehört. Die kleine Charlotte sagt, sie sei schon mehrmals bei dir gewesen, du hättest sie angerufen und angeblich nur mit ihr reden wollen. Sie habe dir geglaubt, obwohl sie schon früher schlimme Erfahrungen mit dir gemacht hätte.«

»Was für ein Quatsch!«

Das Grinsen wurde anzüglich, wie bei einem Voyeur in Paris.

»Nun ja, ich finde, das klingt gar nicht so unglaubhaft. Sie klingelt, und du öffnest ihr im Pyjama. Sie hat ein ungutes Gefühl, tritt aber trotzdem ein. Du küßt sie und wirst von Leidenschaft überwältigt ...«

»Hat sie das behauptet?«

»In etwa. Als junger Mann las ich *Das Wochenblatt* und *Die schönsten Romane der Welt*, da weiß man doch Bescheid. Sie sagt, daß sie nicht wollte, aber du hättest ihr die Kleider vom Leib gerissen, sie zum Bett geschleppt und dann vergewaltigt. Pfui, Rolle, das hätte ich wirklich nicht von dir gedacht! Aber das Mädel sieht fesch aus, und da hast du wohl die Kontrolle verloren.«

»Hör auf, sonst passiert ein Unglück!«

»Ja, und dann wolltest du sie noch einmal nehmen. Manch einer bekommt ja nie genug. Ich bewundere dich. Welche Manneskraft! Wenn Virena nicht gekommen wäre und sie gerettet hätte – was für ein Schicksal stand ihr bevor. Armes kleines Mädchen!«

Ich machte eine resignierende Geste, und er beugte sich vertraulich zu mir.

»Clever, das Band ins Spiel zu bringen. Ich hätte es nicht besser machen können. Jetzt will sie unverzüglich entlassen werden, sonst zeigt sie uns an. Wir werden ihrem Wunsch wohl Folge leisten müssen. Für dich sieht es allerdings gar nicht gut aus.«

Mitleidig schnalzte er mit der Zunge.

»Ich verspreche, daß ich dir jeden Sonntag einen Korb mit Essen bringen werde.«

Plötzlich brach er in donnerndes Gelächter aus und zeigte mir ungeniert den langen Finger. Alle schienen mich auszulachen. Der Clown Hassel mit der roten Nase und den zu großen Schuhen. Ich sollte Eintritt verlangen, wenn ich mich zeigte.

»Take it easy, Rolle. Virena hat angerufen und alles berichtet.«

»Alles?«

Er zeigte wieder Interesse.

»Versuchst du, etwas vor mir zu verbergen? Übrigens, warum bist du nicht früher gekommen? Was habt ihr denn stundenlang getrieben?«

»Das geht dich gar nichts an. Komm zur Sache. Was ist geschehen, und was wissen wir über die Person?«

Simon wurde ernst, und ich war ihm innerlich dankbar dafür. Er lehnte sich im Schaukelstuhl zurück und legte die Hände auf den Bauch.

»Laut Ausweis heißt sie Charlotte Fedra Adamsson. Siebenundzwanzig Jahre jung, von Beruf Fotomodell, freischaffend in allen Genres. Eigentumswohnung in der Kommendörsgatan. Weder verheiratet noch verlobt, keinen männlichen Mitbewohner. Nicht vorbestraft, bei uns nirgends registriert. Bis vor zwanzig Minuten hielt sie an der blöden Geschichte fest, du hättest sie vergewaltigt. Da erzählte ich ihr von Virenas Aussage. Seitdem hat sie keinen Ton mehr gesagt. Wollen wir ihr einen Besuch abstatten?«

Sune leitete die Vernehmung. Die Kippen im Aschenbecher ließen darauf schließen, daß sie um die Wette geraucht hatten. Sie trug jetzt die Kleider aus Virenas Papiertüte und saß mit finsterer Miene zusammengesunken da.

»Na, wie geht es uns denn?« erkundigte sich Simon mit ziemlich unangebrachter Munterkeit.

Sune stellte das Tonbandgerät ab.

»Sie weigert sich auszusagen und will keinen Anwalt.«

Wie immer schien er den Mangel an Kooperationsbereitschaft ihrerseits persönlich zu nehmen. Flüchtig kam mir der Gedanke, ob er es wohl gemerkt hätte, wenn sie nackt gewesen wäre? Dort, vor ihm auf dem Vernehmungsstuhl? Wahrscheinlich wäre sein Blick nicht tiefer als bis zum Schlüsselbein gesunken – falls sie sich nicht ein Schachbrett auf den Bauch gemalt hätte. Simon setzte sich neben Sune und schaltete das Aufzeichnungsgerät wieder ein.

»Charlotte, sieh doch ein, daß du dir selbst keinen Dienst erweist, wenn du dich weigerst, mit uns zu reden. Unser Job ist es, dich so lange zu bearbeiten, bis du den Mund aufmachst.«

Sie schaute auf ihre schmalen, weißen, langen Hände und schwieg. Simon setzte seine honigsüße Stimme ein und klang so überzeugend weich, daß ich selbst Lust bekam, etwas zu gestehen, irgend etwas, nur um ihn glücklich zu machen.

»Desto eher darfst du die Zelle verlassen, Charlotte. Es ist doch bestimmt nicht besonders schön, da zu sitzen, oder?«

Sie schauderte und zog die Schultern ein.

»Der Staatsanwalt hat dich festnehmen lassen, und später wird dich der Richter ins Gefängnis schicken. Du bist in ein ernstes Verbrechen verwickelt, und ich rate dir, bereits jetzt einen Anwalt zu nehmen.«

Charlotte schüttelte den Kopf und biß die Zähne zusammen.

»Du würdest dich viel besser fühlen, wenn du einen Anwalt hättest, der dir beistehen könnte«, versuchte es Simon wieder. »Wenn du keinen Vorschlag hast, suchen wir gern einen für dich aus.«

»Ich will keinen Anwalt«, murmelte sie dumpf.

»Das wirst du irgendwann bereuen. Es geht um die Wahrung deiner Interessen, nicht um unsere.«

Viele Vernehmungsleiter meinen, daß es gut sei, wenn ein Verdächtiger die Mitwirkung eines Verteidigers ablehnt, weil dieser das Verhör ja doch nur bremsen würde. Simon war jedoch der Auffassung, daß beide Parteien soweit wie möglich gleichgestellt sein sollten.

»Gibt es denn nichts, worüber du mit uns reden möchtest, Charlotte?«

Sie schaute zu ihm auf, mit großen, blanken Augen, und sah plötzlich aus, als sei sie noch nicht einmal konfirmiert.

»Wie ... wie lange werde ich eingesperrt?«

»Das liegt bei dir selbst.«

»Kann ich nicht nach Hause gehen? Ich verspreche, jeden Tag herzukommen, wenn ihr wollt. Ich kann zwei Finger auf die Bibel legen und schwören, daß ich komme.«

Sie schien nicht begriffen zu haben, in welcher Situation sie sich befand. Simon war unverändert weich, sympathisch, mitfühlend.

»Das wird schwer werden. Die Vorschriften sind nicht so. Warum willst du das?«

Charlotte leckte sich die Lippen, die ihre Frische verloren hatten und trocken und rissig aussahen.

»Ich leide an Klaustrophobie oder wie das heißt. Platzangst. Schon immer, mein ganzes Leben lang. Im Kino oder im Theater muß ich immer ganz außen sitzen. Auch im Flugzeug sitze ich immer am Gang und trinke mir Mut an. In der Zelle ist es, als ... als würden mich die Wände und die Decke erdrücken. Bitte, lieber ... Ich verspreche auf Ehre und Gewissen, daß ich jeden Tag kommen werde.«

Ein sonderbarer Laut war zu hören, als würde ein rostiges Ankerspill immer auf und ab gezogen. Das war Sunes höhnisches Lachen. Charlottes Hand zitterte, als sie sich eine Zigarette anzündete und nervös paffte.

»Leider, leider, Charlotte, aber ein guter Anwalt könnte die Zeit für dich vielleicht verkürzen.

»Nein! Nein! Ich will nicht!«

»Es ist deine Entscheidung. Tja, dann wird Kriminalinspektor Bengtsson das Verhör fortsetzen.«

Sie hüllte sich wieder in Schweigen, aber das war Sunes Problem. Simon und ich gingen langsam über den Gang, und er schaute mehrmals auf die Uhr, als sei das wichtig für ihn. Er verriet aber nicht, weshalb.

»Schade um das Mädel«, murmelte er.

»Schade?«

»Klaustrophobie ist die Hölle, kann ich mir vorstellen.«

»Wenn jemand selbst schuld ist, dann doch wohl sie. Wie viele Mädchen haben sich nicht schon in einen Dealer verknallt und sind zum Drogenkurier geworden, bloß weil sie ihrem Kerl beweisen wollten, wie sehr sie ihn lieben? Und haben für eine einzige Schmuggelreise mit vielen Jahren Gefängnis bezahlen müssen? Um die ist es schade.«

»Mm. Mag sein. Aber um sie ist es trotzdem schade. Apropos Dealer, erinnerst du dich an Ernst Borodino? Sein Großvater stammt sicher aus Italien. Kontakte zur Mafia. Ließ tonnenweise Stoff nach Schweden schmuggeln.«

»Ich erinnere mich. Einer der ekligsten Typen, die ich je getroffen habe.«

»Kann ich nur bestätigen. Allen kann ich verzeihen, außer Drogenimporteuren. Und am wenigsten Ernst Borodino.«

Wieder schaute er auf die Uhr.

»In einer halben Stunde werden wir ihn in seinem feinen Büro treffen. Er behauptet, daß er mit uns zusammenarbeiten will.«

»Wobei?«

»Er hat Angst vor der russischen Mafia!«

18. Kapitel

»Wir haben noch zehn Minuten Zeit«, bemerkte Simon. »Zu diesem Mann würde ich nie auch nur eine Sekunde zu früh kommen. Der Teufel könnte glauben, wir seien so eifrig, daß wir über die eigenen Beine stolpern, um rechtzeitig bei ihm auf der Matte zu stehen. Wir bleiben im Auto sitzen.«

»Nee. Wir sind in einer der feinsten Wohngegenden der Stadt, da ist es wohl angemessen, wenn wir eine kleine Runde drehen.«

Simon schaute übertrieben eifrig durch die Scheibe.

»Was? Sind wir in Spanga gelandet? Sieht doch aus wie Valhallavägen, und schräg gegenüber liegt der Ostbahnhof. Dort arbeitete übrigens ein Weib, das ich einmal kannte. Da war Leben in der Bude, wir mußten uns beeilen zwischen den Zügen.«

Er stieg aus und warf der Tyrgatan einen mißtrauischen Blick zu, als verheimliche sie ihm etwas. Das traf sicher zu, eine Straße verrät nie mehr als sie will. Wir spazierten langsam durch Lärkstaden, eine der schönsten Perlen am Halsband der Königin vom Mälarsee, wie Stockholm ja auch genannt wird. Lärkstaden, die Lerchenstadt, ist fast rechteckig und wird im wesentlichen von Tyrgatan und Baldersgatan auf den Schmalseiten und der Friggagatan als verbindender Langseite begrenzt.

»Du weißt doch, warum die Gegend Lerchenstadt genannt wird?« fragte ich.

»Hab niemals darüber nachgedacht, aber da alle Viertel nach Singvögeln benannt sind, nehme ich an, daß es auch eine Menge Lerchen gab. Übrigens kann ich mich nicht erinnern, jemals eine Lerche gehört zu haben, nicht einmal im Radio. Viel hat man im Leben versäumt, ein Beefsteak ist jedoch immer ein Trost.«

Seltsam, aber schon nach wenigen Metern auf der Tyrgatan hatten wir die Großstadt hinter uns gelassen und gerieten in eine ganz unschwedische und sehr wohlhabende Wohngegend, die ihresgleichen suchte, eine Gegend, wo jedes Haus unverwechselbar war wie ein Fingerabdruck.

»Bis zur Jahrhundertwende war das hier Brachland, unwegsame Klippen und ein wenig Urwald«, erklärte ich. »Anständige Leute hielten sich von hier fern, denn hier trieben sich die sogenannten Berglerchen herum. Das waren die heruntergekommensten und versoffensten Huren, die ihre Kunden in Felsspalten und Gebüschen empfingen. Lärkstan war ein Wort, das in einem Atemzug mit Läusen und Cholera genannt wurde.«

Simon nickte verstehend.

»Ach so. Und deshalb war hier der Boden billig für reiche Leute, die ein Geschäft machen wollten. Es war und ist doch immer dasselbe.«

»Tja, jedenfalls gab es genügend Reiche, die eine Villenstadt mit Einfamilienhäusern bauen wollten. Statt nun einen neuen Namen für die Gegend zu finden, gab man dem alten einfach einen neuen Sinn und tat so, als käme er wirklich von den Vögeln her. Und es hat ja funktioniert.«

Was war eigentlich verkehrt an Geschäften, die solche Resultate hervorbrachten? Zwei- und dreistöckige Häuser, die damals den Bedarf einer Familie plus Dienstboten deckten, und keiner wollte bauen wie der andere. Dunkle Ziegel findet man oft, sie dominieren aber nicht im negativen Sinn. Kupfer ist das vorherrschende Metall, es hat auf Dächern und an Dachrinnen Grünspan angesetzt, das macht ein schönes Bild. Die Türen sind oft aus massiver Eiche. Hier gibt es geheimnisvolle Torbögen, sie führen in private Gärten mit seltenen Bäumen, Lauben und kleinen Teichen. Als Erinnerung aus der nationalistischen Zeit, in der die Gegend bebaut wurde, ragen Flaggenstangen in den Himmel, die einst stolz geschmückt wurden, um den König und das Vaterland zu ehren, das den Bau solcher Wohnhäuser ermöglicht hatte. Überall fanden sich geschmackvolle dekorative Elemente, figürlich und rein ornamental.

»Noch drei Minuten. Keine Sekunde zu früh! Lieber ein bißchen zu spät. Ist das hier alles, was vom Arbeitsplatz der Berglerchen übrig ist?«

Wir waren zu Balders hage gekommen, einem kleinen Park, der am Rand des Abhangs oberhalb der Östermalmsgatan balanciert, deren mächtige Ziegelfassaden sich in der Engelbrektskirche und dem Nebengebäude zu Beispielen des Ritterideals der Nationalromantik auswachsen. Eine gigantische, aber geschlossene Backsteinwelt.

In der Friggagatan, aber auch in den anderen Straßen wechseln Ziegel mit in milden Mittelmeerfarben verputzen Fassaden, man hat das Gefühl, sich in einer Mischung aus südfranzösischer oder süditalienischer Patrizierstadt und einem englischen Upperclass-Vorort aufzuhalten. Auf der anderen Straßenseite: schwere Orgelklänge in Baßtonlage à la Wagner, hier leichte Anschläge à la Chopin im mittleren und oberen Register.

»Hier sollte dieser verdammte Kerl nicht wohnen«, maulte Simon. »Dem gehört ja gleich ein Doppelhaus. In einer Hälfte wohnt er, in der anderen hat er sein Büro. Acht kahle Quadratmeter mit einem Gitter vor der Luke würden besser zu ihm passen.«

Personal hatte er nicht, er gehörte nicht zu denen, die ihre Geheimnisse mit jemandem teilen. Dafür hatte er sich die Technik dienstbar gemacht. Als Simon auf den Klingelknopf drückte, ertönte aus einer Box neben der Tür eine metallische Stimme:

»Ja?«

»Simon Palm und Roland Hassel.«

»Den Ausweis hochhalten.«

Schweigend hielt Simon die Legitimation vor den Körper. Erst jetzt entdeckte ich die kleine Videokamera auf einem Gestell über der Tür. Sie schwenkte langsam hin und her, um die ganze Umgebung erfassen zu können. Am Eingang gab es nur ein einziges kleines Schild: EBO-Invest. Ein Klicken war zu hören, und Simon öffnete die erste Sicherheitstür. Dahinter befand sich ein Gitter, dann folgte eine weitere Sicherheitstür aus Stahl. Wir waren dankbar, daß wir uns nicht mit Dynamit hindurchsprengen mußten.

Als Kommissar war Simon wohl eher damit vertraut, wie die sogenannte bessere Gesellschaft lebt, aber mir verschlug es den Atem. Durfte man hier eintreten, ohne zuvor entlaust, desinfiziert und abgebürstet worden zu sein? Das war kein Büro, sondern ein Schloß von der märchenhaft unwirklichen Sorte. Durch die schweren Brokatvorhänge drang kein Tageslicht, der Raum wurde durch funkelnde Kronleuchter erhellt, die garantiert nicht von IKEA stammten. Unter ihnen hatten vielleicht schon elegante Grafen mit Märchenprinzessinnen getanzt, allerdings nicht hier, denn auf dicken Teppichen mit Motiven aus der Welt der Mythen kann man schwer eine kesse Sohle hinlegen. Die Tapeten waren aus schimmernder Seide, der Preis für eine Bahn hätte ausgereicht, das Polizeiwesen eines ganzen Landesteils für ein Jahr aufrechtzuerhalten.

»Sollen wir die Schuhe ausziehen?« fragte Simon in der Halle.

»Nicht mit meinen Strümpfen.«

Ernst Borodino saß hinter einem antiken Schreibtisch von gewaltigen Ausmaßen, mit schimmernd blanker und leerer Platte. Die Beine waren geschwungen und vergoldet; rundherum lief eine reich verzierte Goldkante. Borodino war von so kleinem Wuchs, daß wir lediglich einen grauhaarigen Kopf vor einer hohen Stuhllehne sahen. Auch die Augen waren grau, zur Hälfte hinter gesenkten Lidern verborgen. Es war ein wachsamer, kalter, registrierender Blick. Ein Maul wie ein Hai, wenn er ihn aufmachte, konnte man sicher Reihen scharfer Zähne sehen. Habichtsnase und V-förmige dunkle Augenbrauen, die wie die Schwingen einer Möwe auf der wohl von einem plastischen Chirurgen geglätteten Haut saßen. Er mußte über siebzig sein. Nicht einmal viele Millionen können einem die verlorene Jugend oder wenigstens die mittleren Jahre wiedergeben. Eine Tatsache, die richtig Reiche immer überrascht.

»Simon Palm. Schön, daß du gekommen bist.«

»Ach ja?«

»Ich glaube, wir kennen uns.«

»Du kennst die Leute vom K 8 sicher besser.«

»Ich versteh nicht, wovon du sprichst. Ich kenne dich, und mit dir will ich reden.«

Auch seine Stimme war grau und wachsam. Lange Finger mit vielen Ringen nahmen eine Zigarette aus einem Goldetui und zündeten sie mit einem Goldfeuerzeug an. Ich vermutete, daß er sie zwischen Goldzähne steckte.

»Nur weil ich dich vor zehn Jahren einmal eingehend verhört habe, das betraf ...«

»Ich habe dich gleich gemocht. Faßte Vertrauen. Hassel kenne ich auch. Setzt euch.«

Es war deutlich zu hören, wie die beiden Stühle mit denselben geschwungenen und vergoldeten Beinen wie der Schreibtisch aufgeregt miteinander flüsterten. Wahrscheinlich verwahrten sie sich dagegen, daß ein paar einfache Bullenärsche auf ihnen Platz nehmen sollten. Darauf konnten wir keine Rücksicht nehmen, ein schwedischer Polizist läßt sich keine Vorschriften machen.

»Entschuldigt, daß ich euch nicht formvollendet begrüße, aber wenn ich mich einmal hier niedergelassen habe, stehe ich nicht gern wieder auf.«

»Macht uns gar nichts, im Gegenteil. Was verschafft uns die zweifelhafte Ehre, daß du mit uns reden möchtest? Was sind das für Informationen über die russische Mafia, die du uns geben kannst?«

Borodino ließ Rauch aus den Nasenlöchern quellen, der als Wolke zur Decke aufstieg. Die ringgeschmückten Finger vollführten eine schlappe Geste.

»Was hältst du von meinem Büro?«

»Hat man ein Büro gesehen, hat man alle gesehen.«

»Welcher Engländer war es gleich, der sagte: A thing of beauty is a joy forever?«

»Wahrscheinlich irgendein Dealer in London.«

Es schien ein Zweikampf zu sein, und ich hatte mich in die Rolle eines Knappen zu finden. Die Situation erinnerte stark an die von neulich in Agrens Büro. Die im Geld schwammen, liebten es nicht nur, ihren Reichtum zur Schau zu stellen, sie mußten auch noch darauf hinweisen, einem den Geruch nach Gold unter die Nase reiben. Selten hatte ich Simon so kalt und verachtungsvoll gesehen, all seine Gemütlichkeit und sein unverwüstlicher Humor waren wie in seinem Inneren verschlossen.

»Es könnte Oscar Wilde gewesen sein.«

»Ja, der ist ja auch zu einer Gefängnisstrafe verurteilt worden.«

»Aber wie ich war er im Prinzip unschuldig.«

Nachdenklich sah sich Simon im Raum um, und ich folgte seinem Blick über Gemälde mit goldumrandeten Signaturen, Gobelins, die Kenner sicher ins Schwärmen geraten ließen, ausgesuchte Skulpturen, Möbel, die auf Qualitätsauktionen ersteigert worden waren – hier wäre, falls anwesend, selbst der Teufel in Versuchung geraten. Nicht unmöglich, daß er es war.

»Hier sind unschätzbare Werte versammelt«, stellte Simon leise fest.

»Freut mich, daß du das sagst. Wie gesagt, ich mag es, mich mit schönen Dingen zu umgeben.«

Simon wies auf eine Polstergarnitur in einer Ecke des Zimmers, wo die Trennwände zur Seite geschoben waren, so daß die gesamte Größe des Raumes von über hundert, vielleicht hundertfünfzig Quadratmetern erkennbar wurde.

»Diese Sitzgruppe besteht im Grunde aus einer unschätzbaren Zahl von Jugendlichen, die du auf dem Gewissen hast. Sie sind an Drogen kaputtgegangen, für ihr Leben hast du das Sofa und die Sessel und den Tisch gekauft. Unschätzbar! Die Vitrine hat einigen anderen jungen Menschen das unschätzbare Leben gekostet, aber für dich war das wohl nicht mehr als billig. Für die Figur des Knaben mit dem Muskelspiel haben ein paar Mädchen geblecht, die für deinen Stoff ihre Körper verkaufen mußten.«

Borodino paffte ruhig weiter und ließ sich nicht anmerken, ob ihn Simons Worte berührten.

»Diese Stühle, auf denen Hassel und ich sitzen, sind zweifellos schön«, fuhr Simon fort und rieb demonstrativ den Rücken an der Lehne. »Man fühlt sich, als sitze man auf der Haut unschätzbar vieler Menschen, die irgendwo auf einer Toilette an einer Überdosis gestorben sind. Nein, Borodino, du hast dich nicht darum gekümmert, was du dir geleistet hast.«

»Mein guter Palm, du irrst dich. Du findest in ganz Schweden keine Person, die so grundehrlich ist wie ich. Meine Buchführung ist in perfekter Ordnung. Meine Papiere halten jeder Prüfung stand. Alles kann ich mit Quittungen belegen. Im Ausland billig gekauft. Konkursmasse, allerdings Spitzenklasse. Des einen Tod ist des anderen Brot.«

Simon schnaubte vor Wut, und ich hätte mich nicht gewundert, wenn Eispfeile aus seinen borstigen Nasenlöchern geschossen wären.

»Quittungen! Wir wissen, was Quittungen wert sind. Und eure internationalen Geschäfte ... Wir wissen auch, was dahintersteckt, egal wie viele Papiere du vorweisen kannst. Du hast nur in einem Punkt recht. Du verdienst dein Brot durch der anderen Tod.«

»Wir wollen nicht streiten. Streit führt zu nichts.«

»Und wohin willst du uns führen?«

Borodino machte eine abwehrende Geste. Er reckte sich und wurde eine Daumenbreite größer. Wie groß oder besser gesagt klein war er eigentlich? Reichlich anderthalb Meter? War die Ausgestaltung seines Zauberreichs auf Komplexe zurückzuführen? Auf den Wunsch, sich über alle Vernunft zu erheben? Ein Knirps, der respektiert werden wollte wie einst Napoleon? Was wußte ich denn, ich begriff ja nicht einmal, warum ich einen geblümten Schlips gekauft hatte.

»Seltsame Gerüchte sind über mich in Umlauf. Die entbehren natürlich jeder Grundlage, haben es aber mit sich gebracht, daß mir das eine oder andere zu Ohren gekommen ist, was diese gefährlichen Drogen angeht.«

»Gerüchte?«

Der kleine Mann neigte den Raubtierkopf leicht zur Seite.

»Ich selbst habe ja keine Kinder. Das Schicksal hat es nicht gewollt. Aber das hat ...«

»Du bist doch einmal verheiratet gewesen, oder? Hat sich deine Frau nicht vor einen Zug geworfen?«

»Nervenkrank. Sehr bedauerlich. Was ich sagen wollte: Das hat mit sich gebracht, daß mein Herz für die Jugend schlägt, gerade weil ich selbst keine Kinder habe.«

»Was willst du mit deinem Gequatsche denn nun eigentlich sagen?«

»Die Wahrheit ist, daß ich sie bedauere. Arme junge Menschen. Mein Herz blutet für sie.«

»Komm zur Sache, lange halten wir das nicht mehr aus.«

Ein gedämpftes Telefonsignal war zu vernehmen. Er zog eine Schublade auf, in der sich der Apparat befand; bestimmt war er aus purem Gold. Ich erinnerte mich an die Mitteilung, Ericsson habe eine kleine Serie für arabische Ölscheichs hergestellt. Das mußte Borodino gefallen haben. Er und König Saud von Saudi-Arabien an einer goldenen Strippe!

»Was? Ja, sicher. Mit Sahnesoße. Zwischen medium und welldone, wie immer. Und Vogelbeergelee. Vorspeise und Dessert passend.«

Er legte auf und schob das Telefon wieder in die Lade.

»Habe meinen eigenen Koch im besten Restaurant. Bekomme die Mahlzeiten geliefert. Mag es nicht, unter Leute zu gehen. Wie gesagt, die Jugend, Hoffnung unseres Landes. Viele sind Drogen verfallen. Schrecklich, aber seien wir realistisch. Wenn sie schon Rauschgift nehmen, dann sollten sie wenigstens sauberen Stoff bekommen. Nach meinen Informationen ist es ja gerade die Qualität und Reinheit, die eine Droge teuer macht.«

Er verstummte, um Simon Gelegenheit zu einer Replik zu geben, aber Simon schwieg, und ich nahm an, daß er über dieselbe Sache nachdachte wie ich: Worauf wollte Borodino eigentlich hinaus? Seine angebliche Sorge um die junge Generation war der reine Hohn für alte Hasen wie uns. Er wußte, daß wir wußten, daß er log, aber warum so durchsichtige Lügen? Borodino zündete sich eine neue Zigarette an, natürlich mit dem goldenen Feuerzeug, über das er sich zu freuen schien.

»Tja, und nun habe ich gehört, daß die russische Mafia vorhat, billigen Stoff auf den Markt zu werfen, wahrscheinlich, weil sie ihn übernehmen will. Niemand weiß, was die Russen für einen Dreck anbieten. Die Jugendlichen könnten ernsthaft Schaden nehmen. Dagegen muß man doch etwas tun, meinst du nicht, Palm?«

Natürlich hatten wir davon gehört, daß massenhaft neuer Stoff in der Stadt war, besonders gewöhnliches Heroin, Rauchheroin und Kokain, und es war durchaus möglich, daß das Zeug aus Rußland stammte. Polen ist zu einem internationalen Drogenumschlagplatz geworden, und die GUS liegt gleich nebenan. Simon ließ ein kurzes Lachen ertönen, das von seinem gewöhnlichen gutmütigen Glucksen meilenweit entfernt war.

»Endlich geht mir ein Licht auf, ach, was sage ich, ein Scheinwerfer! Du hast Angst, Marktanteile zu verlieren! Woher beziehst du deinen Stoff? Ostasien? Via Holland?«

»Du verkennst mich. Meine Motive sind ehrlich.«

»Sprich weiter. Was willst du von uns?«

Nachdenklich blies Borodino einen geradezu perfekten Rauchring in die Luft. Erstaunlich nur, daß er nicht aus Gold war.

»Aus Sorge um die Jugend habe ich selbst ein wenig nachgeforscht. Es kann sein, daß ich dir einen kleinen Tip gebe, falls du interessiert sein solltest.«

»Wir sind interessiert. Schieß los.«

»In Stockholm gibt es einen Paul Fredman. Er betreibt einen Antiquitätenladen namens Alfa-Antik. Meinen Quellen zufolge ist dieser Fredman Großimporteur von russischem Stoff.«

»Hast du, haben deine sogenannten Quellen Beweise?«

»Haben die Quellen nicht, aber ich vertraue ihnen. Er soll bald eine größere Lieferung bekommen. Die Quellen wissen nicht genau wann, aber wenn ich es herausbekomme und dich anrufe, dann könntest du doch vielleicht dafür sorgen, daß entsprechende Maßnahmen ergriffen werden. Die schwedische Polizei steht ja in dem Ruf, effektiv zu sein.«

»Wir könnten effektiver sein. Es gibt Drogendealer, die müßten wir längst hinter Gitter gebracht haben, aber vielleicht ist es ja noch nicht zu spät.«

»Ausgezeichnet, Palm. Genau das wollte ich hören. Wir sprechen natürlich von Paul Fredman. Gefährlicher Mensch. Unserer feinen Jugend wegen hoffe ich, daß du ihn schnappst. Der russische Stoff ist wirklich das reine Gift. Findet ihr hinaus? Ich öffne die Türen von hier aus. Man muß sich ja gegen Einbrecher schützen, bei der Kriminalität heutzutage.«

Charlotte war nur noch ein Schatten, eine bleiche Nebelfigur, sie sah regelrecht zweidimensional aus, wie sie da im Verhör saß. Ihr Glanz war verblaßt, sie wirkte wie ausgetrocknet; die Haut war so grau wie Pergament. Die Augen saßen tief in den Höhlen, sie blinzelte unablässig. Der knallrote Lack auf ihren Fingernägeln war abgeblättert, und sie zupfte an den Ärmeln herum, obwohl es dort nichts zu zupfen gab.

»Du hast zum Vernehmungsleiter gesagt, daß du uns etwas zu berichten hast«, begann Simon freundlich.

»Ja. Darf ich dann nach Hause?«

Die Stimme klang, als hätte sie gerade eine Wüste durchquert, einen Sandsturm begleitet und unterwegs Oasen begraben und Brunnen zugeschüttet. Der Leiter des Verhörs, der erfahrene, aber phantasielose Anders Dahlberg, hatte seinen Stuhl Simon überlassen und sich auf den Zeugenplatz gesetzt.

»Ich denke, du solltest einen Anwalt nehmen, Charlotte.«

»Ja. Was du willst. Wenn ich nur diese ... Zelle verlassen darf.«

Simon klopfte ihr tröstend auf die Schulter, aber ich war nicht sicher, ob sie es überhaupt bemerkte. Ich stand mit verschränkten Armen an den Türrahmen gelehnt und betrachtete sie. Sie hatte sich buchstäblich unbequem gebettet, und entsprechend war sie zu liegen gekommen. In meinem Bett.

»Dann werde ich mich gleich um einen Verteidiger für dich bemühen. Willst du mit deiner Aussage bis dahin warten?«

»Nein! Nein! Jetzt! Ich muß nach Hause, wo es Fenster gibt, die man aufmachen kann.«

»Dann, meine kleine Charlotte, laß hören, was du auf dem Herzen hast.«

Er hielt ihr eine Packung Läkerol hin. Mechanisch nahm sie ein paar von den Halsbonbons und lutschte abwesend daran, aber ihre Stimme wurde dadurch nicht lebendiger. Sie strich sich über die Pergamentstirn und starrte dann auf ihre Handfläche, als seien dort Geheimnisse hängengeblieben.

»Ich hatte wenig Aufträge, kein Geld. Wenn ich einen Job habe, verdiene ich gut, aber wir sind zu viele in der Branche. Und eine gute Agentur hat mich auf die schwarze Liste gesetzt. Ihr Starfotograf wollte mit mir ins Bett, aber ich wollte nicht. Da verbreitete er das Gerücht ... Ich lebe aufwendig und brauche Geld. Aber ich prostituiere mich nicht!«

»Natürlich nicht, Charlotte. Du warst gezwungen, dir Geld zu beschaffen, um zu leben, wie du es für richtig hältst. Was geschah also?«

»Ein Junge, den ich ein bißchen kenne, sagte ...«

»Wie heißt der Junge?«

»Wer? Ach, der. Ein Junge eben. Half mir im Labor beim Kopieren. Teenager, ist verrückt nach mir. Ein Bekannter hatte ihn angerufen und gefragt, ob er ein hübsches Mädchen für einen Spezialjob empfehlen könne, es sei eilig. Ich dachte, es ginge ums Fotografieren, und sagte sofort zu.«

»Der Name des Jungen, Charlotte?«

»Was? Kraj heißt er, Sonn mit Vornamen. Ich glaube, er heißt eigentlich Sonny, aber ich weiß es nicht genau.«

»Wo wohnt er?«

»Irgendwo westlich der Stadt. Kann sein, daß er Rinkeby mal erwähnte. Darf ich jetzt gehen?«

Sie war schon halb aufgestanden, da legte ihr Simon die Hand auf die Schulter und brachte sie wieder zum Sitzen, aber so geschickt, daß es wie ein neuer, tröstender Klaps in schwerer Stunde aufgefaßt werden konnte.

»Bekamst du einen Anruf?«

»Ja. Er sagte, er wolle zu mir nach Hause kommen und eine lohnende Sache diskutieren. Ich glaubte ja, daß es sich um einen Fototermin handelte.«

»Aktfotos?«

»Ja, sicher. Dabei schminkt man sich so, daß einen die Agenturen nicht wiedererkennen, denn sonst würde man keine Jobs mehr bekommen. So machen es viele in der Branche. Das bedeutet nichts.«

»Und er kam?«

»Zwei kamen. Fesche Kerle. Harte Typen, klar, aber so ist nun mal die Branche. Ich habe keine Angst. Außer ...« Sie kroch in sich zusammen und flüsterte: »... vor dieser Zelle!«

»Haben die sich vorgestellt?«

»Ja, Kaj und Johnny. Die Nachnamen habe ich vergessen. Ich muß etwas trinken, ich habe grausame Kopfschmerzen.«

Simon gab Dahlberg ein Zeichen, und dieser verließ den Raum.

»Sie sind uns bekannt. Und dann?«

»Sie kamen mit einem Vorschlag. Ich sollte mit ihnen in einem Auto am Pontonjärpark warten, bis Frau Hassel und das Kind aus dem Haus gehen würden. Kaj gab mir einen Schlüssel und versicherte, daß er zu Hassels Wohnung paßt. Ich sollte mich einschleichen, ihn überraschen und ihm mit allen Mitteln eine Tonbandaufzeichnung entlocken. Das hieß im Klartext, ihn verführen.« Sie verzog die grauen Lippen zu einer Grimasse. »Deshalb bin ich noch lange keine Prostituierte.«

»Nein. Warum glaubtest du, daß du es schaffen könntest?«

Eine Art leeres Lächeln trat auf ihr Gesicht, gab ein kurzes Gastspiel, verbeugte sich, ohne Applaus zu erhalten, und verschwand wieder hinter den Kulissen.

»Seit ich fünfzehn bin, umschwärmen mich die Kerle wie die Fliegen. Ich weiß, wie man einen Mann herumkriegt, wenn man ihn haben will. Ich und ein Mann allein in seiner Wohnung ...«

»Wer von den beiden fuhr?«

»Fuhr? Du meinst, den Wagen?«

Sie schien verwirrt. Simon ging so behutsam darauf ein, als ginge es darum, Eier zu sortieren.

»Genau, Charlotte. Wer saß am Lenkrad, Kaj oder Johnny?«

»Nein. Also, keiner am Lenkrad. Von den beiden, meine ich. Es war eigentlich kein Wagen, sondern eher ein kleiner Bus.«

»Du willst also sagen, daß eine dritte Person diesen kleinen Bus fuhr?«

»Ja, da saß vorn einer.«

»Wer war das?«

»Ich weiß nicht. Sie nannte ihren Namen nicht, sondern ...«

»Sie, Charlotte? War das eine Frau, die fuhr?«

Wieder kniff sie die Augen zusammen, als würden ihr sonst die Hornhäute austrocknen und zerplatzen.

»Sagte ich Frau?«

»Du sagtest *sie*, und *sie* bedeutet normalerweise Frau.«

»Ich meine *er*. Er sprach nicht, er fuhr nur. Sah nur ihren Nacken. Seinen Nacken, meine ich.«

Simon wollte die nächste Frage stellen, aber ich kam ihm zuvor.

»Du vergißt etwas. Du hast mich doch vorher schon einmal getroffen, in der Bergsgatan.«

Sie blinzelte mich an, als wüßte sie nicht, wer ich war.

»Habe ich? Ja, richtig. Ich hatte vergessen ... Ja, die warteten in der Bergsgatan mit dem Auto auf mich. Zuerst. Als sie dich sahen, gaben sie mir ein Zeichen, und ich versuchte, dich anzumachen. Aber du hattest es wohl eilig. Also wurde die Aktion in die Wohnung verlegt.«

Simon warf mir einen sekundenschnellen Blick zu, sparte sich aber einen Kommentar zu den Lücken in ihrem Bericht.

»Du hast also mit dem Schlüssel geöffnet, den sie dir gegeben hatten?«

»Ja. Es war still in der Wohnung. Ich sah, daß er im Bett lag und schlief. Das andere Bett war nicht gemacht. Da zog ich mich aus. Ich hatte ein Seidenhemdchen mit, das ich einmal in Rom gekauft habe.«

»Du warst sicher, das Band zu bekommen?«

»Ja. Ganz sicher.«

»Wieviel solltest du dafür kriegen?«

»Kriegen? Geld? Fünfundzwanzigtausend Kronen für das Band und dazu Gratis-Reiseschecks im selben Wert.«

Sie zuckte zusammen und versuchte erneut aufzustehen.

»Jetzt darf ich doch gehen, oder? Ich habe alles gesagt. Ich will in meinem eigenen Bett liegen und Musik hören.«

»Noch nicht, Charlotte, aber du mußt dich ausruhen. Bald kommt ein Jurist, mit dem du reden kannst. Du wirst sehen, wie sicher du dich dann fühlen wirst.«

Sie starrte ihn an, aus Augen, die immer mehr denen einer Eule glichen. Sie wollte schreien, aber die Stimme taugte nur noch zu einem Piepsen.

»Muß-muß ich in jedem Fall hierbleiben?«

»So schreibt es das Gesetz leider vor, Charlotte.«

»Aber ... ich sterbe in der Zelle! Ich sterbe!«

»Du brauchst etwas Beruhigendes. Dahlberg, kümmere dich um Charlotte und sieh zu, daß sie Hilfe bekommt.«

Als wir den Raum verließen, piepste Charlotte unablässig, aber in unseren Vernehmungsräumen haben schon viele gepiepst, geflucht, geschrien, gewettert, den Boden unter den Füßen verloren, wütend geleugnet, unter Tränen gestanden, apathische Anfälle bekommen oder den Mann fürs Leben gefunden. Ein anderes System gibt es nicht. Fragen erfordern Antworten. Die Antworten geben Rechtssicherheit. Manchmal.

»Sie soll einen Staranwalt haben«, brummte Simon vor sich hin, als wir den Flur entlang zu unserer Abteilung gingen.

»Den wird sie brauchen können, aber kann man so einen überreden, ihren Fall zu übernehmen?«

»Mein Junge, heutzutage betteln sogar die Stars um Aufträge. Juristen sind ein Proletariat geworden. Wenn er energisch ist, wird er gegen die Verhaftung einschreiten.«

»Wenn der Staatsanwalt es nicht schafft, sie hinter Gitter zu bringen, sollte er seinen Job wechseln und Straßen fegen gehen. Sie erfüllt alle Voraussetzungen für eine Haft und noch ein paar mehr.«

»Ihre Klaustrophobie kann schwer sein ...«

»Hör auf! Hier geht es um ernste Verbrechen.«

»Wir sehen uns in einer Stunde bei mir im Zimmer.«

Ich ging in mein Büro, das alles bot außer Platz und Gemütlichkeit, und versank in trüben Gedanken. Gegen die Verhaftung einschreiten? Ihre Freilassung erwirken? Da müßte das Gericht ja taub und blind und außerdem schwachsinnig sein. Fluchtgefahr? Natürlich würde sie versuchen abzuhauen, falls sie freikam. Durch ihren Job verfügte sie über Kontakte in aller Welt. Beseitigung von Beweisen? Sie hatte uns nicht alles gesagt und konnte dreihundert Mann warnen. Fortgesetzte verbrecherische Tätigkeit? Was wußten wir denn, wie tief sie in der Sache drinsteckte? Vom Fotomodell zur Schauspielerin ist es nur ein kleiner Schritt. Kajan und Johnny konnte sie ohne weiteres verraten, da wir bereits wußten ...

Das Telefon unterbrach glücklicherweise meine Grübeleien, die gar nicht gut waren für Blutdruck, Verdauung und wahrscheinlich auch Aussehen.

»Hier ist der Posten am Eingang. Eine Dame möchte dich besuchen.«

»Nummer und Name?«

»Sie sagt, sie heißt Jennifer Broll.«

»Schick sie rauf.«

Was konnte sie wollen? Sie war sicher zu vernünftig, einfach zu kommen und mich anzuspucken. Also hatte sie Informationen, die sie mir geben oder eher tauschen wollte, gegen etwas, was ich ihrer Meinung nach zu bieten hatte. Informationen haben immer einen Handelswert.

Ich fühlte mich von Frauen umzingelt, die nicht erkennen wollten, was sie waren oder gewesen waren. Charlotte, die immer wieder betont hatte, sie sei keine Prostituierte, um im nächsten Atemzug zuzugeben, daß sie ohne weiteres das Tier mit den zwei Rücken mit mir gespielt hätte – wegen einer Tonbandkassette, für die sie dann ein Bündel Scheine erhalten würde. Wenn das keine Prostitution war, war der Mond ein verschimmelter Käse.

Und Jennifer, die ihre Vergangenheit mit einer solchen Kraft verneinte, daß sie versucht hatte, die Identität zu wechseln. Das war verständlich, aber das Vergangene holt einen doch immer wieder ein, das war jedenfalls meine Erfahrung. Zumindest meine alten Sünden kamen oft gerade dann wieder zum Vorschein, wenn ich es am wenigsten wünschte.

Der Wachhabende öffnete die Tür und brachte Jennifer Broll. Sie trug Markenkleider einer Firma, deren Annoncen Virena stets sehnsüchtig anstarrte. Aus Sparsamkeitsgründen log ich dann immer und behauptete, der Fummel würde sie dick machen. Unterm Arm hielt sie eine Handtasche aus schwarzem Krokodilleder. Diese Reptilien sind vom Aussterben bedroht, aber das sind viele Menschen auch.

»Hej«, grüßte ich, um das Eis zu brechen.

Sie nickte, ohne eine Miene in dem gut geschminkten Gesicht zu verziehen.

»Willst du dich nicht setzen? Der Stuhl ist von Cardin entworfen.«

Nach dem Pokerface zu urteilen, schien sie das nicht witzig zu finden. Warum sagte sie nichts? Es war nicht meine Aufgabe, Monologe zu halten.

»Hast du etwas für mich?« fragte ich.

Jetzt lächelte sie, so schwach, daß die Mundwinkel sich nicht mal einen Millimeter hoben.

»Ja, ich habe etwas für dich, Roland Hassel.«

Sie zog den Reißverschluß ihrer Handtasche zurück und griff hinein. Dann hatte sie plötzlich eine Glasflasche mit weitem Hals in der Hand. Vorsichtig schraubte sie den Verschluß ab und hielt mir die Flasche entgegen, in der sich eine farblose Flüssigkeit befand.

»Weißt du, was das hier ist?«

»Nein. Was denn?«

Das Lächeln wurde breiter, und plötzlich bemerkte ich an ihren gespannten Halsmuskeln und dem leicht gekrümmten Rücken, daß sie furchtbar erregt, außer sich, verzweifelt war, obwohl sie sich alle Mühe gab, es nicht zu zeigen.

»Was tust du am liebsten im Leben, Hassel?«

»Was ist das für eine seltsame Frage?«

Sie war insgesamt seltsam. Was sollte dieser Quatsch? Eine Glasflasche mit Wasser? Oder ...

»Schaust du nicht am liebsten deine Frau und deine Tochter an?«

»Zum Teufel, worauf willst du hinaus?«

Die Hand mit der Flasche zitterte, aus dem Zittern wurde ein krampfartiges Schütteln.

»Diesen Anblick liebst du am meisten. Was glaubst du also, was ich hier in der Flasche habe?«

»Hör mal, Jennifer, jetzt wollen wir doch ...«

»Säure. Du sollst blind sein, du Teufel!«

Mit einem Schwung aus dem Handgelenk schüttete sie mir den Inhalt der Flasche ins Gesicht.

19. Kapitel

Die schützenden Hände kamen zu spät, die Säure traf die Augen. Ich blinzelte instinktiv, aber die Tropfen gelangten auf die Hornhaut, und ich wußte, was das bedeutete. Nichts konnte mein Augenlicht retten; Säure zersetzt das Gewebe, zerstört eine Zelle nach der anderen, Schicht um Schicht. Die teuflische Flüssigkeit rann mir über Wangen und Stirn und Nase und Hals, und überall fraß sie sich durch die Haut bis auf die Knochen und dann punktuell auch in diese hinein.

Blind, ich würde blind werden; das begriff ich im selben Augenblick, als mich die Säure erreichte. Blind wie ein Regenwurm und auf den weißen Stock und den guten Willen anderer angewiesen. Mein Gesicht würde dem gleichen, was das Phantom der Oper unter der Maske trug, aber ich würde es nie sehen, denn ein Blick in den Spiegel wäre mir für alle Zeiten verwehrt.

Blind, blind, das raste durch meinen Kopf und prallte gegen die Großhirnrinde, blind, blind, niemals mehr würde ich Virena und Elin sehen, die Welt, wie sie war, aufnehmen können. Eine ewige Finsternis, die genausogut die des Todes sein konnte. Automatisch riß ich die Augen auf, um die letzten Bilder einzufangen, bis mir das Licht genommen wurde. An diesen Anblick würde ich mich erinnern, an die tristen Wände, die vollgestopften Regale, die Pinnwand mit Elins Für-Papa-Zeichnungen, an das schmale Fenster, das sich so schwer öffnen ließ, an einen Fetzen blauen Himmels und schließlich an Jennifer.

Sie schien in der Bewegung erstarrt zu sein; der rechte Arm war ausgestreckt und hielt die leere Flasche wie ein Bajonett, ihre verzerrten Züge zeigten Verachtung und Haß. Es war mir egal, ich wollte mich nicht auf sie werfen und um Hilfe rufen; die wenigen verbleibenden Sekunden in der Welt der Sehenden waren zu kostbar, um sie mit Polizeiarbeit zu vergeuden.

Blind, blind, blind ... Es spannte in den Augenhöhlen, so strengte ich mich an, noch schnell alles einzufangen, was mit Form und Farbe zu tun hatte. Die Säure war jetzt zu spüren, brannte, bald würden die unglaublichen Schmerzen eintreten, und ich machte mir nichts daraus, wie ein verwundetes Tier zu schreien, denn genau das war ich ja, ein verwundetes Tier. Ein Krachen und Splittern, die Flasche, die Jennifer hatte fallen lassen, war am Boden zerschellt.

»Warum, Jennifer?« flüsterte ich. »Warum?«

»Weil du dabei bist, mein Leben zu zerstören. Du sollst begreifen, wie es ist, wenn einem alles zerstört wird. Aber ich wehre mich. Ich bin cleverer als du oder jeder andere. Kein verdammter Kerl soll sich mit Jennifer Broll anlegen!«

Es brannte und brannte, blind, blind! Blind ...

»Ich kann mich aus allem herausreden, aber du Teufel warst nahe daran, alles kaputtzumachen.«

»Salzsäure? Salpetersäure?«

Jennifer lachte, und es klang, als spielte Satan auf ungestimmten Saiten. Sie begann, auf den Scherben herumzutrampeln, und schien Freude daran zu haben.

»Essigsäure. Beißt ein bißchen. Jetzt weißt du Bescheid, Mistkerl. Wenn du mich nicht in Ruhe läßt, wird es nächstes Mal Salzsäure sein.«

Sie ging und warf die Tür hinter sich zu. Es dauerte ein paar Sekunden, bis ihre Worte in mein Bewußtsein drangen. Essigsäure? Dann ... Ich eilte über den Flur zur Toilette, riß die Tür auf, beugte mich übers Waschbecken und drehte den Wasserhahn voll auf. Immer wieder spritzte ich mir kaltes Wasser ins Gesicht, ich spritzte und spritzte und starrte mich dann in dem einfachen Wandspiegel an.

War ich das? Mit den aufgerissenen Augen glich ich einem Wahnsinnigen. Es brannte nicht mehr, und die nasse Haut sah nicht verätzt aus. Noch konnte ich keinen klaren Gedanken fassen. Nicht blind, nur eine leichte Reizung. Ich konnte sehen, würde nicht erblinden. Die Beine trugen mich auf einmal nicht mehr, ich sank zu Boden, lehnte mit dem Rücken am Abfluß des Waschbeckens und begann, hemmungslos zu weinen.

Ein Mann kam herein, blieb stehen und schaute mich verwundert an. Sölve Hansson, ein recht guter Fahnder, jedoch etwas zu durstig, um eine große Zukunft vor sich zu haben, die lag bereits hinter ihm. Ich gab mir keine Mühe, die Tränen zu verbergen.

»Zum Teufel, was ist los mit dir?«

»Hast du schon einmal Salzsäure ins Gesicht bekommen?« schniefte ich.

»Was willst du denn damit sagen? Hast du etwa ...?«

»Nein.«

Hansson fuhr sich durch das dünne graue Haar und folgerte aus eigenen Erfahrungen:

»Bist du voll?«

»Nein. Ja. Voll Erleichterung.«

Hansson beschloß, eine andere Toilette aufzusuchen, felsenfest davon überzeugt, daß der alte Hassel ein echtes Problem für die Abteilung geworden war. Sicher spürte er auch eine gewisse Erleichterung, nicht mehr das einzige warnende Beispiel zu sein. Ich rappelte mich auf, wusch mir noch ein paarmal das Gesicht und trocknete mich sorgfältig ab. Ich fühlte mich wie nach einer

Generalreparatur, das Getriebe rasselte, die Lenkung hatte Spiel, die Bremsen funktionierten gerade so, das Kardangelenk knirschte schrecklich, und überall war Rost, aber ich würde die Durchsicht überstehen.

Ich wollte nicht einmal darüber nachdenken, wohin Jennifer verschwunden war, und nach ihr suchen schon gar nicht. Sie hatte mich in panische Angst versetzen wollen, und das war ihr voll und ganz gelungen. Wahrscheinlich war es nach dem Gesetz verboten, Polizisten zum Narren zu halten, aber ich würde nicht auf einer Anklage bestehen.

Als ich in Simons Zimmer kam, um an der Besprechung teilzunehmen, verlor ich kein Wort über das Geschehene. Nichts zu berichten, doch die Erinnerung blieb. Das Gefühl, im nächsten Augenblick zu erblinden, würde mir bis ans Lebensende Qualen bereiten. Ich hatte schon einmal geglaubt, das Augenlicht zu verlieren, aber diesmal war es schlimmer gewesen.

»Warum zwinkerst du so?« wollte Simon wissen.

»Tu ich das? Ist mir gar nicht bewußt.«

»Hast du einen Tick bekommen, seit wir uns zuletzt gesehen haben?«

Glücklicherweise waren meine Zuckungen im Augenlid nicht von allgemeinem Interesse, und so begann Simon mit einem Bericht über das letzte Verhör mit Charlotte. Sune Bengtsson war nicht dabei, was wohl lediglich vom Aschenbecher als ein Verlust empfunden wurde. Rolf Öhman hatte natürlich bereits tüchtig recherchiert, weil er eben tüchtig war.

»Sonn Kraj ist nirgendwo registriert, überhaupt kein Kraj. Überall Fehlanzeige. In dem Fotoatelier ist er keinesfalls angestellt, er darf dort lediglich ohne Bezahlung ein wenig aushelfen, um den Job zu lernen. Alle dort machten sich darüber lustig, daß er nur da herumhing, um Charlotte zu sehen. Er ist aber schon eine Weile nicht mehr dagewesen, und man kennt ihn nur als Sonn Kraj.«

»Wenn sie ihn im Atelier mal brauchen, wie erreichen sie ihn dann?« fragte Pelle. »Gibt es keine Telefonnummer?«

»Nein, denn sie brauchen ihn eigentlich nie. Er war nicht besonders beliebt, wurde von allen gehänselt, man machte Späße auf seine Kosten. Ich spreche in der Vergangenheit, es ist natürlich nicht ausgeschlossen, daß er dort wieder auftaucht.«

Simon strich sich über die Glatze, nach hinten und nach vorn, bis fast zu den Augenbrauen.

»Damit können wir nicht rechnen. Er weiß sicher, daß wir Charlotte eingebuchtet haben. Der kleine Tunichtgut wußte genau, wem er den Tip gegeben hat. Er hockt bestimmt in Rinkeby. Rolle, du fährst morgen früh dahin und greifst dir das Bürschchen. Nimm Myrna mit. Ich besorge noch einen Kollegen, der euch helfen kann. Pelle, Charlotte erzählte, daß sie Reiseschecks im Wert von fünfundzwanzigtausend Kronen erhalten sollte. Sprich mit allen Reisebüros, die solche Schecks haben. Das ist ein ganz schöner Batzen. Wenn so ein Scheck ausgestellt wurde – wer hat ihn bezahlt?«

Er schaute in seine Notizen und stellte wie immer fest, daß er seine eigene Schrift nicht lesen konnte.

»Was zum Teufel steht denn hier? Mondkuss? Wo hatte ich denn da meine Gedanken, frage ich mich. Mondkuss? Nein, Minibus muß es natürlich heißen. Sie saß mit zwei wohlbekannten Herren in einem Kleinbus, ein möglicher Dritter saß am Lenkrad. Das Fahrzeug war sicher gemietet. Wir können von zwei Zeitpunkten ausgehen. Da ist zum einen der, als das Mädchen Rolle in der Bergsgatan erwartete und die Gentlemen das Resultat vom Bus aus verfolgten.«

»Ein Bravo den tugendhaften Männern«, lobte Myrna bewundernd. »Sie gehören zu den seltensten Pflanzen im Herbarium.«

»Ja, er ist ein Prachtkerl, unser Rolle«, schmunzelte auch Simon. »Und wir wissen ungefähr, wann sie sich in sein Schlafzimmer schlich, um mit ihm zu schmusen, und er ihren zarten Körper in seinen berühmten Eisengriff nahm.«

Besonders witzig fand ich das nicht, ich fühlte mich wie Sonn Kraj, den immer alle verspotteten. Aber so war nun einmal der Ton unter den Kollegen, er baute Spannungen ab und machte eine oft rauhe und unbegreifliche Wirklichkeit runder und ein wenig erträglicher. Würde alles mit dem eigentlich erforderlichen Ernst abgehandelt, müßten bald sämtliche Polizisten zwangsweise zum Therapeuten gehen.

»Ich erinnere mich«, sagte Pelle verträumt, »wie Gullan und ich einmal auf Kurzurlaub in Holland waren. Wir wohnten in einem Luxushotel. Nachts war probehalber Feueralarm. Gullan und ich hörten nichts, denn wir waren beschäftigt. Plötzlich wurde die Tür aufgerissen, und eine Horde Kerle mit Spritzen und Eimern und so weiter stürmte herein. Wir bekamen einen Schock.«

Mit einem leichten Grinsen fügte er hinzu:

»Aber es war trotzdem schön.«

Simon seufzte über Pelles gewaltigen Vorrat an erotisch gefärbten Erinnerungen, aus dem dieser nur allzugern schöpfte.

»Die Holländer waren sicher am meisten geschockt. Daß sie euch nicht eingesperrt haben!«

Pelles Grinsen wurde breiter.

»Ganz offensichtlich wurde dies in Erwägung gezogen, weil sie auf die Idee kamen, ich hätte Gullan gezwungen. Aber sie beruhigte die Leute und machte ihnen im besten Englisch klar, daß sie es geradezu genoß ...«

»Es reicht, es reicht, kein Wunder, daß wir in den Niederlanden einen schlechten Ruf haben.«

»Ja, aber so war es nun mal, da kann man nichts machen.«

Myrna entrüstete sich über die niveaulose Flunkerei, dann hörte das Herumalbern auf.

»Pelle, du übernimmst auch die Autovermietungen. Wer hat zu diesen beiden Zeitpunkten einen Kleinbus geliehen? Tja, das wär's dann wohl im Augenblick. Ich habe noch eine ordentliche Besprechung mit der Leitungsgruppe, da werden wir uns das ganze Knäuel vornehmen. Ich informiere euch dann, welche Fäden wir weiterverfolgen. Wo zum Beispiel hält sich Gun Kihlberg auf? Warum finden wir sie nicht? Warum finden wir Kajan Lilja nicht? Warum finden wir Johnny Strand nicht? Warum finden wir den Sinn des Lebens nicht?«

Ich hatte noch ein paar Stunden, bevor es Zeit war, nach Hause zu gehen. Die Glasscherben in meinem Büro waren Gott sei Dank beseitigt worden, und ich hatte den Schreibtisch voller Papiere, denen ich mich schon seit langem hätte widmen müssen. Mit dem größten Widerwillen ging ich daran, sie zu bearbeiten. Ein junger Mann klopfte, bevor er eintrat, und das war höflich von ihm.

Er lächelte ein wenig unsicher. Einer, der ganz frisch von der Schule kam und seinen Pflichtdienst bei der Fahndung ableistete. Er war in Larssons, Lasses, Gruppe; ich erinnerte mich, daß er als Atlin vorgestellt worden war. Peter? Peder? Per? Putte? Patrik?

»Hallo, Hassel. Bist du beschäftigt?«

»Ich halte es gerade noch aus.«

Atlin setzte sich, und ich kam mir vor wie ein weiser Onkel. Da saß also ein Jüngling, der in die Fußstapfen eines erfahrenen Mannes treten wollte, einer, der darauf brannte, in die großen Geheimnisse eingeführt zu werden. Auf den ersten Blick wirkte er ziemlich schwach auf der Brust, aber das konnte täuschen, da er ein zu großes Hemd anhatte. Sicher war er genauso muskelbepackt wie die meisten aus seiner Bodybuilding-Generation.

»Tja, ich habe von Lasse einen Auftrag bekommen. Eine Verwandte einer Frau namens Gun Kihlberg soll befragt werden, ob sie in der letzten Zeit etwas von ihr gehört hat. Diese Gun ...«

»Ich kenne sie.«

»Ach ja? Jedenfalls sollte ich mit Bosse Kling hinfahren, aber der ist krank geworden, Magenverstimmung oder so was, und alle anderen sind unterwegs.«

Nun war ich nicht mehr nur onkelhaft, sondern sogar väterlich gestimmt. Vor mir saß einer, der einmal meine Rente bezahlen und garantieren würde, daß ich zu gegebener Zeit, auf meinen Stock gestützt, unbehelligt durch die Straßen tappen konnte. Es war bemerkenswert, wie diese gegebene Zeit immer näher rückte.

»Und jetzt möchtest du, daß ich an seiner Stelle mitkomme?«

»Wenn du Zeit und Lust hast. Weißt du, diese Verwandte soll eine alte Schachtel sein und ...«

»Ältere Dame, meinst du wohl?«

»... ältere Dame, und es liegt mir nicht gerade, mit solchen zu reden. Ich meine, das habe ich noch nicht gelernt, vielleicht vermassele ich es.«

Ohne Bedauern schob ich die unbearbeiteten Papiere wieder zusammen. Der Bursche brauchte Unterricht, also sollte er ihn bekommen.

»Wo wohnt die ältere Dame?«

»Auf Lidingö. Es heißt doch ›auf‹, oder? Es ist doch eine Insel. Die schwedische Sprache ist manchmal etwas kompliziert.«

»›Auf‹ ist richtig. Wir können meinen Wagen nehmen.«

»Ich habe schon ein Auto. Es steht bereit, weil ich auf Bosse gewartet habe.«

Der Junge wollte dem Papa zeigen, daß er schon fahren konnte, und ich hätte beinahe ›Komm mit, Söhnchen‹ gesagt, als wir hinuntergingen. Dort stand ein knallroter Opel Omega auf dem Parkplatz. Ich setzte mich neben ihn auf den Beifahrersitz und schloß den Sicherheitsgurt. Er startete, und wir rollten weich vom Hof.

»Schickes Auto«, lobte ich.

»Ich habe ihn gebraucht gekauft, bei Ernst Nilsson. Zwei Jahre alt, nur ein Vorbesitzer. Guter Preis, weil die Firma massenhaft Wagen am Lager hat. Viel Zeit zum Abstottern, Mama greift mir ein bißchen unter die Arme. Aber die Anzahlung habe ich selbst zusammengespart. Hat alle Finessen.«

»Ein Modell, das Mädchen mögen«, schmunzelte der Papi angesichts der männlichen Reife des Knaben verständnisvoll.

Atlin lächelte versonnen, ohne zu antworten. War es nun Zeit, die Blüte und die Biene ins Spiel zu bringen? Es war sicher besser, wenn er die Schüchternheit überwand und von selbst anfing zu fragen.

»Wie alt bist du?« erkundigte ich mich.

»Zweiundzwanzig.«

War das wirklich ein Alter? Oder eher ein Zustand? Wie war ich selbst mit zweiundzwanzig gewesen? Erinnerungen blitzten auf und verschwanden wieder, hinterließen jedoch einen leicht ekligen Geschmack im Munde. Damals war ich einer jener Leute, vor denen unsere Eltern uns immer gewarnt haben.

»Was willst du denn werden bei der Polizei?« fuhr ich fort und war bereit, die Wahl des künftigen Berufsweges mit Rat und Tat zu unterstützen.

Ich sah, wie seine Augen aufleuchteten, und er antwortete:

»Eingreiftruppe. Das ist mein Ding!«

»Glaubst du, daß du die entsprechenden Qualitäten hast?«

»Man muß fünf Jahre Polizeidienst hinter sich haben, das erfülle ich noch nicht, aber sobald es geht, werde ich mich bewerben. Ja, ich glaube, ich habe die Voraussetzungen dazu.«

Schweden gehörte zu den letzten Ländern der westlichen Welt, die sich entschlossen hatten, eine Antiterroreinheit aufzubauen. Achtundvierzig Mann, jeder eine Mischung aus Superman, Sherlock Holmes, Kommissar Maigret und James Bond ohne dessen Manieren. Nerven durfte man keine haben, man sollte besser mit Autos umgehen können als ein Formel-1-Pilot, über technische Fähigkeiten verfügen wie ein Ingenieur, Teamwork beherrschen, demütig sein wie ein Bettelmönch, psychologische Kenntnisse haben wie Sigmund Freud, Schußwaffen verabscheuen und sie dennoch meisterhaft bedienen können, falls dies unbedingt notwendig würde, und außerdem von der Mission beseelt sein wie ein Erzbischof.

»Warum glaubst du, daß du geeignet bist?«

»Aus verschiedenen Gründen. Seit meinem vierzehnten Lebensjahr bin ich mit meinem Vater zum Bergsteigen in den Alpen gewesen. Als Siebzehnjähriger habe ich den Gipfel des Mont Blanc gesehen. Es war phantastisch. Dann war ich in einer Gruppe, die wegen eines Sturmes ganze neunhundert Meter vor dem Gipfel des Mount Everest aufgeben mußte. Außerdem habe ich über achthundert Fallschirmsprünge hinter mir und trainiere jetzt Gruppenspringen. Vor fünf Jahren legte ich die Taucherprüfung ab und bin seither in allen Meeren getaucht. Auf Hawaii, wo die richtigen Triathlonwettkämpfe stattfinden, bin ich zwei Jahre hintereinander unter den besten zehn gewesen. Weiterhin absolvierte ich einen medizinischen Grundkurs; den Pilotenschein habe ich ebenso abgelegt wie das Schifferpatent, also nicht nur den Segelschein. Bei der Armee war ich Militärpolizist.«

»Mein Gott, wie hast du das alles bloß geschafft?«

»Man kann viel erreichen, wenn man früh genug beginnt.«

Der Onkel-Vater wurde zu einem blassen Schatten. Welche Berge hatte ich bezwungen, als ich zweiundzwanzig Jahre jung war? Bestenfalls die Hügel im Pontonjärpark. Na, immerhin traute er mir zu, daß ich im Gespräch mit älteren Damen überlegen war. Als abgedankter Onkel muß man für alles dankbar sein.

»Du hast eine seltsame Route gewählt«, bemerkte ich, als er in die Torsgatan einbog und in Richtung Norra Bantorget fuhr.

»Muß man nicht über Kungsgatan und Sveagatan fahren, wenn man nach Lidingö will?«

»Das ist ein Umweg. Aber es spielt keine Rolle.«

»Ich kenne mich hier in der Stadt nicht besonders aus. Ich bin in Södertälje aufgewachsen.«

»Das ist aber bestimmt einfacher, als am Großen Barrier-Riff zu tauchen.«

Er wollte gerade etwas entgegnen, da packte ich ihn hart am Oberarm und zischte:

»Fahr rechts ran und halte. Sofort!«

Ohne Kommentar bremste er und ließ den Wagen elegant in eine Parklücke gleiten.

»Bleib sitzen und schau nicht in meine Richtung«, befahl ich weiter.

Er verschränkte die Arme vor der Brust, starrte geradeaus durch die Frontscheibe und ließ sich nichts anmerken, als ich vom Sitz rutschte.

»Siehst du die Männer?« flüsterte ich.

Er schielte über die Straße und nickte.

»Vier sind es.«

»In welche Richtung gehen sie?«

»Bergab.«

»Können sie uns im Wagen sehen?«

»Nur, wenn sie sich umdrehen und direkt hierher schauen.«

Vorsichtig spähte ich hinaus. Die vier waren stehengeblieben, zwei von ihnen sprachen miteinander. Die beiden anderen nahmen nicht an der Unterhaltung teil und wirkten gelangweilt. Es waren hochgewachsene, knochige, kräftige Männer mit kantigen Gesichtszügen, sie trugen große Einkaufstüten aus Papier. Die beiden, die sich unterhalten hatten, verabschiedeten sich rasch. Einer von ihnen kam über die Straße geschlendert, und ich ging wieder auf Tauchstation.

»Dich kennen sie nicht, du wirst ihnen unbemerkt folgen. Ruf Simon oder Lasse oder die Bereitschaft an, sie sollen Wagen schicken und die Typen abholen. Ich verfolge den vierten und beobachte, wohin er geht. Wir sind uns bisher noch nie begegnet.«

»Ich habe kein Funkgerät.«

»Dann nimm meines. Du weißt, wie es funktioniert?«

Wieder nickte er, ohne nach unten zu schauen, nahm das Gerät und legte es neben sich auf den Sitz.

»Ist der Bursche an uns vorbei?«

»Noch nicht.«

Ich machte mich ganz klein, und Atlin starrte angestrengt durch die Scheibe. Durch die Karosserie hindurch hörte ich, wie sich schnelle Schritte näherten.

»Okay, jetzt ist er hinter uns.«

»Ich zähle bis zehn, dann steige ich aus und beschatte ihn. Du bleibst in ordentlichem Abstand hinter den anderen, aber verlier sie nicht. Gib die Meldung sofort durch.«

»Ja, aber was soll ich denn sagen, um wen geht es eigentlich?«

»Um Johnny Strand. Geh bloß kein Risiko ein. Der ist lebensgefährlich!«

20. Kapitel

Ich schlenderte zur anderen Straßenseite hinüber und hielt mich schräg hinter ihm. Der Mann war zwischen vierzig und fünfundvierzig Jahre alt und stilvoll gekleidet. Er trug einen Anzug nach italienischem Schnitt und dazu ein, soweit ich sehen konnte, blendendweißes Hemd mit geblümtem Seidenschlips. Er bewegte sich elastisch wie ein Sportler, und dieser Eindruck wurde durch seine offensichtliche nervöse Spannung noch verstärkt. Ab und zu drehte er sich um, als ahnte oder befürchtete er, verfolgt zu werden.

Seine Haut war gleichmäßig solariumsgebräunt, er hatte glänzend schwarzes, ziemlich kurzgeschnittenes, gewelltes Haar, eine lange, gerade Nase und ausdrucksvolle, wahrscheinlich graue Augen. Als er schnell die Straße überquerte, widmete ich mich intensiv meinen Schnürsenkeln. Er ging in Richtung Odengatan, blieb aber plötzlich stehen und entschied sich für den Vasapark.

Bei diesem typischen Frühsommerwetter waren viele Kindergruppen mit ihren Betreuerinnen unterwegs. Schüler saßen in ihren Freistunden auf Bänken, rauchten und alberten herum. In den dunklen Ecken des Parks würden sich bald die Rauschgiftsüchtigen mit ihren Spritzen einnisten, fortgejagt werden und doch immer wiederkommen, denn sie suchten die Gemeinschaft im Elend. Da nutzten alle Versprechungen nichts, der Park sei sauber.

Den Hügel hinauf und dann wieder hinunter, zur Treppe, die zur Torsgatan führt. Ich war weit hinter ihm, hatte ihn aber unter Kontrolle. Es ist schwer, einer Person zu folgen, die nichts davon ahnt, aber es ist nicht unmöglich. Es ist aber fast ausgeschlossen, jemanden zu beschatten, der Verdacht geschöpft hat. Das geht nur im Team, wenn man sich in der Verfolgung abwechseln kann. Aber ich hatte kein Team zur Hand, also mußte ich es auf eigene Faust versuchen.

Der Mann eilte bergab, und ich wechselte die Position. Einer, der sich beobachtet fühlt, dreht sich immer nach derselben Straßenseite um. Das ist ganz natürlich. Wenn man angespannt ist, fehlt einem die Phantasie, sich nach mehreren Richtungen zu orientieren. Aber sicher konnte ich nicht sein, vielleicht war er ja cleverer, als ich dachte.

Wohin wollte er? Würde er wieder zu Johnny und den beiden knochigen Typen stoßen? Die waren ebensowenig zu sehen wie der rote Opel. Vorbei an Arlas Architektentraum, wo der alte Milchhof gewesen war mit seiner gewölbten Toreinfahrt, aus der erst Pferdefuhrwerke und später Lastautos gedonnert kamen, daß die Milchflaschen klirrten. Weiter ging es in Richtung Norra Bantorget, zum unteren, verlassenen Teil des Platzes, der einmal ein abgasstinkendes, aber lebendiges Zentrum des Busverkehrs nach den nördlichen Vororten gewesen war. Die runde Wartehalle mit ihrem Chinaimbiß wurde so zum pathetischen Denkmal Tausender Menschen, die warteten oder unterwegs waren. Jemand, der im kältesten und ödesten Teil von Ostberlin aufgewachsen ist, würde sich hier wohl zu Hause fühlen. Ich stellte mich an der Tankstelle hinter eine der Säulen und beobachtete den Mann auf der anderen Straßenseite.

Einen Augenblick blieb er an der Ecke stehen, wo einst die *Morgen-Zeitung* ihre Verlagsräume hatte, später die gewerkschaftseigene *Abend-Zeitung*, die schlecht geführt und zu einer der vielen ökonomischen Katastrophen wurde, mit denen wir uns abfinden müssen. Merkwürdig, daß mir so alte Erinnerungen in den Sinn kamen, aber in diesen Stadtvierteln scheint die Zeit stillzustehen. Schließt man die Augen, meint man, den Geruch feuchter Zellwollkleider wahrzunehmen; man hört, wie ein Straßenbahnfahrer die Weichen mit einer langen Eisenstange umstellt und Knaben in Golfhosen sich unterhalten: »Guck mal, die Zuckerpuppe in dem Flitzer!« – »Ja, das ist eine flotte Biene!«

Der Mann ging ein paar Schritte auf den oberen Teil des Platzes zu, überlegte es sich dann aber anders und kehrte zu der Ecke zurück, blickte auf die Uhr, schaute sich dann mehrmals um, steckte die Hände in die Taschen und starrte auf das Gewerkschaftshaus an der Südseite. Wartete er auf jemanden? Dort stand früher der große Gasometer, der dann später in ein anderes Gebäude eingebaut wurde. Er war aus Eisen und magnetisch und störte deshalb den Empfang, wenn man um den Platz fuhr und das Autoradio eingeschaltet hatte. Und da lag der Winterpalast, der heißeste Tanzboden meiner Jugendzeit. Mein Gott, wie vielen süßen Mädchen war ich nicht auf die Zehen getreten, auf der gewaltigen Tanzfläche, zu den swingenden Klängen von Charles Redlands herrlichem Orchester, und ...

Plötzlich lief der Mann auf den kleinen Park mit dem Brantingdenkmal zu, überquerte dann eilig die Straße und gelangte zu dem Eisengitter am Hof der Norra Latin, einer ehemaligen Schule, die in den glücklichen achtziger Jahren zu einer Kongreßhalle und nun, in den ökonomisch graukalten Neunzigern, ein Verlustobjekt geworden war. Ich wartete, bis ich ihn energischen Schritts die Barnhusgatan hinaufstiefeln sah, dann schlich ich ihm nach.

Er blieb vor der modernen Gewerkschaftsburg stehen – die ganze Gegend um Norra Bantorget gehört dem Gewerkschaftsbund LO – und schien nach Plakaten aus der Zeit des Stadttheaters Ausschau zu halten, aber ich merkte, daß er sich vorsichtig vergewissern wollte, ob ihm auch niemand gefolgt war. Unvermittelt wechselte er die Straßenseite und eilte über den Parkplatz auf dem Hof weiter zur Ostseite des Gebäudes.

Konnte ich es wagen? Ich hatte weite Flächen zu überqueren, die gut zu überblicken waren. Er wollte offenbar sichergehen, daß niemand hinter ihm her war. Möglicherweise würde er auf halbem Wege umkehren, um eventuelle Bluthunde auszutricksen, aber dieses Risiko mußte ich eingehen. Ich schlich zur Drottninggatan, warf ein paar Kronen auf den Tisch des Tabakladens, griff mir eine *Abend-Zeitung* und eilte zum Eingang des Zentralbades. Dort lehnte ich mich bequem an die Wand und begann zu lesen, wobei ich natürlich immer wieder über den Zeitungsrand schielte.

Wenig später tauchte der Mann aus der Allee an der Kongreßhalle auf, blieb an der Drottninggatan stehen und schaute sich um, aber dort sah er nur Spaziergänger und Leute, die in Straßencafés saßen, aßen oder tranken, die Wärme genossen und sich wie im Süden fühlten.

Nun schien der Mann überzeugt, daß ihm niemand auf den Fersen war, und er entspannte sich sichtlich. Langsam ging er die Drottninggatan hinauf. Als er auf meiner Höhe war, konnte ich über die Straße hinweg erkennen, wie er die Lippen zu einem unhörbaren aber zufriedenen Pfeifen spitzte. Eine Gruppe Japaner stand ihm im Weg, sie glotzten starr auf die verlockende Reklame des Pornokinos *Felix*, das den Film »Die Lustreise der heißen Mädchen« im Angebot hatte. Er grinste über ihr Interesse, drängelte sich hindurch und bog in die Adolf Fredriks Kyrkogatan ein. Vor der City-Kirche blieb er stehen und studierte etwas in einem kleinen Schaukasten; vielleicht schaute er sich ein letztes Mal vorsichtig um, aber an dem Typen mit der abgetragenen Jacke und der Abendzeitung unterm Arm war nicht viel zu sehen.

Die City-Kirche ist der alte Felix-Palast; die Pfingstgemeinde hat die prachtvolle Innenausstattung bewahrt. Einige Male hatte ich Anlaß gehabt hineinzugehen und dabei gedacht, daß ich, wäre ich ein Multimillionär und könnte das Gebäude kaufen, nur Stühle und Tische austauschen, ein Orchester engagieren und Punsch aufsetzen müßte, um weitere Millionen zu verdienen. Der Haken dabei war, wie bei allen tollen Projekten, daß mir das Startkapital fehlte. Alle großen Träume beginnen mit den Worten: Wenn ich nur ...

Der Mann hatte zu Ende gelesen, ging wieder über die Straße und bog in die stille Olofsgatan ein. Ich bemerkte gerade noch, wie er in einem der nächsten Hauseingänge verschwand, und hatte das Glück, das man manchmal haben muß, denn als ich dort ankam, näherte sich von der anderen Seite ein Paketbote dem Haus. So blieb es mir erspart, mich mit dem Türcode herumzuärgern.

Das Haus hatte einen Fahrstuhl, aber ich hörte den Mann die Treppe hinaufgehen. Schnell zog ich mir die Schuhe aus und schlich ihm hinterher. Im dritten Stock blieb er stehen, und ich vernahm, wie er mehrere Schlösser öffnete und ebenso sorgfältig wieder hinter sich zumachte.

Auf der Etage gab es zwei Türen mit Firmenschildern: Hermes Konsult AB und Hip Hop Handel. Aus dem Hip-Unternehmen war laute Popmusik zu hören, während es bei Hermes still und ruhig zuging. Bereits auf der Treppe hatte ich das rhythmische Wummern vernommen; es war also anzunehmen, daß der Mann zu Hermes gegangen war, denn die Hipster würden sich wohl kaum einschließen.

Ich machte mir lediglich eine Notiz für später und eilte davon. Wo war das nächste Telefon? Vielleicht da, wo ich die Zeitung gekauft hatte. Ich rannte zum Tabakladen in der Drottninggatan zurück, aber der Inhaber schüttelte bedauernd den Kopf.

»Das lohnt sich nicht mehr. Macht nur Ärger.«

Er bekam meine Legitimation zu sehen und wies prompt mit dem Daumen ins Ladeninnere, wo hinter einem schnupftabakbraunen Vorhang sein privater Apparat stand.

»Der Polizei helfe ich gern. Allein die Einbrüche in diesem Häuserblock könnten ein ganzes Revier beschäftigen.«

Diese Einstellung ehrte ihn, aber ich war zu sehr in Eile, um ihn dafür zu loben. Ich hastete in den engen, vollgestopften Lagerraum und wählte Simons Direktnummer. Er nahm sofort ab, und ich berichtete ihm so knapp wie möglich.

»Volle Kraft voraus. Bernt Atlin hält ständigen Kontakt. Wo bist du jetzt?«

»In einem Tabakladen in der Drottninggatan, nahe der Adolf-Fredrik-Kirche.«

»Dann bist du nur einen Steinwurf von Atlin entfernt. Er sitzt im Auto und beobachtet das Trio. Weitere Wagen sind unterwegs oder bereits vor Ort. Ich hoffe, daß es friedlich abgeht. Begibst du dich auch dahin?«

»Na klar, ich muß mich doch um den Jungen kümmern.«

»Sei bloß vorsichtig. Wenn die deine Visage sehen, wissen sie sofort, was los ist.«

Der Hinweis war unnötig, aber so ist es ja mit den meisten Ermahnungen: Fahr vorsichtig, es ist glatt; paß auf, sonst fällt dir ein Eiszapfen auf den Schädel; iß nicht so viel Fettes, sonst wirst du dick; rauch nicht, das schadet der Gesundheit; benimm dich, sonst holt dich die Polizei; verlaß dich beim Pokern nie auf die letzte Karte, es geht sowieso schief, und so weiter. Wenn es ein Risiko gibt, weiß man es meistens selbst am besten.

Hinter einem Lastwagen in Höhe der Kammakargatan entdeckte ich den roten Opel. Mit der Zeitung vorm Gesicht spazierte ich näher heran, die Meldungen des Tages schienen mich sehr zu fesseln. Ohne das Blatt zu senken, klopfte ich leicht an die Seitenscheibe. Atlin beugte sich herüber und öffnete die Tür. Ich hockte mich neben ihn.

»Da hinten stehen sie«, keuchte er und nickte schräg gegenüber zur anderen Straßenseite.

Immer noch hielt ich die Zeitung hoch, um über ihren Rand schielen zu können. Es war bestimmt das am meisten gelesene Blatt an diesem Tag, dabei hatte ich kein Wort zur Kenntnis genommen. Die drei Männer standen vor einem kleinen Restaurant, in ein lebhaftes Gespräch vertieft. Johnny Strand trug einen dichten falschen Bart, der traurig herabhing, dazu eine viereckige, schwarze, dicke Hornbrille, aber keine Perücke oder andere Utensilien, die einen Fahnder verwirren können. Er mußte die Polizei für sehr inkompetent halten oder in seiner Überheblichkeit glauben, unverwundbar zu sein.

Strand war ein kräftiger Mann, im Vergleich zu den beiden anderen wirkte er jedoch beinahe mickrig. Dabei waren die beiden kaum viel größer, sie wirkten nur so, weil sie eine ungebändigte Kraft ausstrahlten, eine Energie, die durch die Kleider zu dringen schien. Sie waren keine Kinder von Mutter Svea, ihre Wiege hatte definitiv woanders gestanden. Ich erinnerte an die Information, Strand spreche perfekt russisch. Bestimmt waren es Russen!

»Wo bleiben die Wagen?« fragte Atlin nervös. »Ich habe doch schon vor langer Zeit Alarm gegeben.«

»Strand ist sicher bewaffnet. Unsere Jungs brauchen mindestens kugelsichere Westen.«

»Es wird doch wohl nicht zum Schußwechsel kommen? Hier, mitten in der Stadt? Am hellichten Nachmittag?«

»Wir werden dafür bezahlt, uns in Gefahr zu begeben, aber nicht, unnötige Risiken einzugehen.«

Allerdings hatte ich auch den Eindruck, daß es zu lange dauerte. Die Beute konnte verschwinden, allein hatte ich keine Chance gegen sie.

»Du hast wohl keine Pistole?«

»Jedenfalls nicht bei mir. Wollen wir sie uns greifen, du und ich? Ich beherrsche Kung Fu und habe den schwarzen Gürtel in Karate.«

»Nein, ich habe nur den stinknormalen Gürtel, der die Hosen hält.«

Sekunden vergingen wie Ewigkeiten und würden nie wiederkommen; wir wurden immer älter in unserem Opel, bald wären wir im Pensionsalter und der Reichsverband der Rentner würde uns zu Volkstanz und Teppichknüpfen einladen, wir bekämen schöne Kränze und eine Grabrede, in der es hieße, wir hätten einen großen Freundeskreis gehabt. Jetzt redeten aber erst einmal die beiden Russen, und Strand hörte ihnen zu. Er lehnte sich an die Hauswand, die Hände leger in den Hosentaschen. Die Russen hatten die Papiertaschen abgestellt und sich Zigaretten angezündet.

Die Gegend war eine der schönsten der Stadt, genauso sollte es überall aussehen. Hier gab es viele kleine Läden unterschiedlichster Art, Handwerker, Künstler bis hin zum Holzschnitzer, kleine Restaurants, Galerien, dazu das faszinierende kleine Holographie-Museum. Die gepflegten Antiquariate ziehen Buchliebhaber aus dem ganzen Land an. Die Häuser sind zeitlos schön. Hier gibt es eine städtische Wohnkultur, die ich diesen Banausen nicht gönnte. Johnny Strand sollte in dem Gefängnis sitzen, aus dem er getürmt war, und seine beiden Kumpane sahen auch nicht gerade aus wie Gottes liebste Kinder, sondern eher wie nahe Verwandte des Herrn der Unterwelt.

»Sie kommen!« rief Atlin plötzlich. »Endlich!«

»Laß die Scheibe auf deiner Seite herunter.«

Er gehorchte, und ich zog die Pistole und richtete sie auf die drei Männer, wobei ich Atlins Schulter als Stütze benutzte. Die Angst kam wie ein Brief von der Post, die Angst, eine Kugel abzubekommen, die einen zum Invaliden im Rollstuhl machen würde, die Angst zu sterben. Niemand entgeht dieser Angst, wenn die Gefahr real und offensichtlich ist. Trotz Simons inbrünstiger Hoffnung glaubte ich nicht, daß das Trio sich freiwillig ergeben würde.

Zwei Funkwagen, jeweils mit vier Mann besetzt, fuhren rechts und links von ihnen auf den Bürgersteig. Die Männer reagierten bereits, bevor die Autos zum Stehen gekommen waren. Strand schrie etwas. Die beiden Russen knieten nieder, griffen in die Taschen und holten automatische Gewehre hervor, das Modell kannte ich aus der Fridhemsgatan. Diszipliniert, geübt, effektiv und blitzschnell. Ein Polizist stieg aus und wurde vom ersten Schuß getroffen. Es sah aus, als flöge er ins Auto zurück, so stark war die Feuerkraft. Er trug Schutzkleidung, aber die nächste Kugel erwischte ihn am Hals, knapp unter dem Helm. Er war bereits tot, als er zu Boden fiel.

»Erschieß sie!« kreischte Atlin.

Ich zielte, so gut es ging, und schoß auf einen der Männer, aber die Kugel traf nur die Hauswand ein Stück neben ihm. Der Knall ging im Rattern ihrer Gewehre unter. Einer der Russen warf Strand seine Waffe zu, holte einen weiteren automatischen Karabiner aus der Tragetasche und klappte den Kolben aus. Aber das war noch nicht alles. Er hatte noch etwas in der Hand.

»Eine Handgranate! Verdammt noch mal, schieß doch, Hassel!«

Die Granate segelte auf den Funkwagen zu, dessen Tür offenstand, landete auf dem Sitz und explodierte im nächsten Augenblick. Die Männer konzentrierten sich nun auf das andere Auto und schossen ohne Pause. Scheiben splitterten, die Insassen gerieten in Panik. Die Türen flogen auf, und die vier Polizisten versuchten zu stürmen, aber die Feuerkraft der automatischen Waffen ließ ihnen keine Chance. Eine weitere Granate wurde geschleudert und explodierte genau vor dem Auto. Der erste Funkwagen ging in Flammen auf, aus einer Hintertür hing ein schlaffer Arm auf die Straße hinaus. Wieder schrie Atlin, aber was machte das schon in dem allgemeinen Lärm. Die peitschenden Schüsse hatten mich fast taub gemacht.

Plötzlich schwang sich Atlin aus dem Opel und rannte auf den brennenden Wagen zu. Er warf sich mit angewinkeltem Arm nach vorn und ließ sich abrollen, bis er das brennende Wrack erreicht hatte. Dort versuchte er, den Mann zu befreien, dessen Arm zu Boden hing, aber der Körper schien irgendwie eingeklemmt zu sein. Offenbar war der Mann tot oder bewußtlos. Wieder gab ich durch Rauch und Flammen ein paar Schüsse ab, ich merkte, daß ich einen der Russen offenbar in die Hand getroffen hatte.

Jetzt hatten sie mich entdeckt und richteten die Waffen auf mich. Die erste Kugel traf den Lauf meiner Pistole und riß sie mir aus der Hand. Ich machte mich ganz klein und kroch zu der gegenüberliegenden Tür, die Atlin offengelassen hatte. Schwere Treffer erschütterten das Auto, die Kugeln drangen durch das Karosserieblech wie durch weichen Käse, und ich hörte, daß ich vor Angst schrie. Draußen wälzte ich mich auf das Lastauto zu, und die Welt glitt wie bei einer Karussellfahrt an mir vorbei. Ich war fieberheiß und wie ausgetrocknet und atmete keuchend.

Eine Granate explodierte in dem Opel, und plötzlich war da kein Auto mehr, sondern nur noch eine einzige Stichflamme. Ich saß zusammengekrümmt hinter dem Vorderrad des Lastwagens und leckte mir die Lippen. Alles war wie in einem Traum, die schärfsten Geräusche erreichten mich wie durch Watte gedämpft. Die Straße war in beiden Richtungen menschenleer, alle hatten die erstbeste Deckung gesucht.

Ein Einsatzbus mit weiteren Polizisten raste mit heulender Sirene heran. Ich kroch mühsam unter den Lastwagen und fühlte mich seltsam gleichgültig, so, als ginge mich das Geschehen nichts mehr an. Ich bewegte mich wie in Zeitlupe. Ein Schuß zerschmetterte die Frontscheibe des Kleinbusses, der Fahrer verlor die Gewalt über das Fahrzeug und rammte die Hauswand.

Die drei Männer zogen sich, in alle Richtungen schießend, in das Restaurant zurück. Aus dem Lokal drangen Schreie und weitere Schüsse, dann wurde es still. Es war eine Stille, die auf die Trommelfelle drückte, daß es physisch wehtat. Atlin versuchte immer noch, den schlaffen Körper aus dem Funkwagen zu befreien, und ich kroch zu ihm, langsam und schwerfällig, als schleppte ich Bleigewichte auf dem Rücken.

Die Hitze des brennenden Autos wirkte wie die Flamme eines Schneidbrenners auf der Haut. Ich hob den Körper ein wenig an, und endlich konnten wir den Kollegen herauszerren. Seine Hosenbeine brannten; Atlin zog seine Jacke aus und erstickte die Flammen. Aus dem Einsatzbus taumelten schockierte Polizisten, erschüttert und vielleicht auch durch den Aufprall verletzt. Einige wollten offensichtlich in das Restaurant stürmen, aber ich erkannte am Mienenspiel des Einsatzleiters, daß er anwies, auf Verstärkung zu warten. Ein Angriff wäre der reine Selbstmord gewesen.

Aus dem Restaurant wankte eine Frau mittleren Alters. Im Gesicht stand ihr das nackte Entsetzen. Sie trug einen Jungen auf dem Arm, der aus der Brust blutete. Ihr Mund schrie, aber meine Ohren hörten nichts. Ich wollte überhaupt nichts mehr hören, nichts mehr wissen. Ich rappelte mich auf und wartete, bis ich genug Balance gefunden hatte, um mich zu bewegen. Atlin war irgendwohin verschwunden. Der Kommandeur der Gruppe, die mit dem Einsatzbus gekommen war, schrie fieberhaft in sein Sprechfunkgerät. Ich sah, daß er weinte.

Ich ging die leere Straße hinunter. In den Fenstern sah ich erschreckte und neugierige Gesichter. Wie in einem Traum, keinem Alptraum, sondern einem ganz normalen Traum. Nein, nicht nur *wie* in einem Traum, das mußte wirklich ein Traum sein. Mein Körper war jetzt leicht, als könnte ich fliegen, und bewegte sich wie von selbst, hatte sich von meinem Bewußtsein abgekoppelt.

Zur Kungsgatan und dann die Vasagatan hinunter. Wieder Menschen, die umherliefen, als sei ein paar hundert Meter weiter nichts geschehen. Sie konnten lachen, und sie taten es, alberten herum, spazierten liebevoll umschlungen oder beeilten sich, einen Termin einzuhalten. Männer in Anzügen, mit Diplomatenkoffern und verbissenen Mienen, waren auf dem Weg, Konkurrenten auszustechen, Mütter lächelten in Kinderwagen hinein, Alte tappten am Stock. Und ich wandelte unter ihnen wie ein Fremder, ein Besucher von einem fernen Planeten, wie einer, der nichts hörte und nur sehen konnte.

Mitten auf der Kungsbron blieb ich stehen und betrachtete das schmale Rinnsal, das vom Kanal übriggeblieben war, als Spekulanten unser Wasser gestohlen hatten, um riesige leblose Bürokolosse zu bauen. Leblos ... Ein Kanufahrer paddelte mit kräftigen Schlägen auf dem Bach entlang, und in meinem Traum beneidete ich ihn. Ich erinnerte mich an den Geruch des Süßwassers. Auch wenn das Wasser tot war im Vergleich zu dem, auf dem ich in meiner Jugend herumgerudert war. Tot ...

Ich hätte schwitzen müssen, aber meine Hand fühlte, daß die Haut auf der Stirn trocken war wie Pergament. Mein Blick folgte den kleinen Wellen, die sich von der Spitze des Kanus ausbreiteten, bis hinüber zum Kungsholmen-Ufer. An der Mole waren Boote festgemacht, die auf ihre Besitzer warteten. Vielleicht sollte man sich so ein kleines Schmuckstück anschaffen und mit Virena und Elin davonsegeln, weg von dieser Stadt mit automatischen Gewehren und Granaten und Gewalt und Blut und Mord.

Hände packten mich an den Oberarmen und drückten mich gegen das eiserne Geländer. Sie hatten mich also doch erwischt. Wollten mich in den Kanal werfen. Es war mir völlig gleichgültig. In einem Traum kann man nicht sterben ...

21. Kapitel

Der mich gegen das Geländer gepreßt hatte, riß mich herum, und ich gehorchte wie eine Strohpuppe. Ein aufgeregtes Gesicht, ein starrer Blick. Pavlov Petrov. Sein Mund bewegte sich, und ohne zu hören, las ich von seinen Lippen: »Was habe ich gesagt?« Er sprach weiter, aber ich schaute in eine andere Richtung. Er nahm mich am Arm, führte mich zu seinem Wagen und setzte mich auf den Beifahrersitz.

Pavlov fuhr in Richtung Kungsholmen zum Polizeigebäude, und ich sah, daß er die ganze Zeit aufgeregt auf mich einredete. Durch die Watte in meinem Kopf drang jedoch kein Wort. Meine Trommelfelle registrierten lediglich ein Klingen wie von weit entfernten Glocken. In meinem Gehirn waren keine Gedanken mehr, sondern nichts als gähnende Leere.

Er geleitete mich die Treppe hinauf und öffnete Türen, alles war wohlbekannt und doch fremd. Er schloß einen Raum auf, den ich sehr gut kannte, ach ja, das war ja mein Büro. Ich setzte mich gehorsam auf den Stuhl, auf dem ich schon viele Hosenböden durchgewetzt hatte. Dann verließ mich Pavlov Petrov, sein Mund stand immer noch nicht still. Ich legte die Hände auf den Schreibtisch und starrte sie an. Waren das meine? Meine alten Pfoten?

Wie lange ich da gesessen hatte, wußte ich nicht. Ich glotzte nur auf meine Hände, während die Zeit verging. Simon kam herein, ich merkte es an dem Klaps auf den Rücken. Dann lief er in dem kleinen Zimmer auf und ab und vollführte große und kreative Gesten. Auch er war sehr erregt, aber in meiner stillen Welt waren die Hände viel interessanter. Zwei hübsche Daumen und acht wohlgeformte Finger, ein paar besonders schöne Handflächen und genauso viele sagenhafte Handrücken. Simon stupste mich noch einmal in den Rücken und ging wieder hinaus. Phantastisch, man konnte die blauen Adern unter der Haut sehen. Sie bildeten Muster. Wie Kanäle. Ich glotzte und glotzte, und Zeit wurde in einer anderen Dimension gesammelt.

Etwas bohrte sich in mein Ohr, und ich steckte den kleinen Finger hinein, um zu kratzen. Das half nicht, es mußte etwas anderes sein. Aha, das Telefon. Ich nahm ab und murmelte meinen Namen. War da nicht eine Stimme? Ein ganz entferntes Flüstern ...

»Roland, wie schrecklich!«

»Mm.«

»Simon hat schon angerufen und berichtet. Klar, daß ihr die ganze Nacht arbeiten müßt. Pavlov auch, Galina kommt her. Ich brauche Gesellschaft und sie ebenfalls. Diese Sondersendungen die ganze Zeit, auf allen Kanälen und im Radio. Roland, das ist schrecklich!«

»Hmhm.«

»Versuch jedenfalls, so schnell wie möglich nach Hause zu kommen und zu schlafen. Du weißt, wie das ist.«

»Mhmhm.«

»Und, du ... Sei vorsichtig! Ich weiß, daß das dumm klingt, weil du ja deinen Job machen mußt, aber dennoch ... Du hast soviel getan für ... du weißt, was ich meine.«

»Hmmmhm.«

»Gib auf dich acht. So gut es eben geht. Tschüs!«

»Mmmtschüsmmm.«

Sie hatte offenbar aufgelegt, also tat ich dasselbe und widmete mich wieder dem Studium meiner vorderen Extremitäten. Aber langsam wich die Stille, die bereits durch den Anruf unterbrochen worden war, kurioserweise zuerst auf dem Ohr, mit dem ich sonst schlechter hörte. Ich klatschte in die Hände. Zuerst klang es mono, dann stereo. Die Watte im Gehirn löste sich auf und verschwand im Nirgendwo. Simon kam wieder herein und warf mir einen forschenden Blick zu.

»Vor einer Weile warst du wie abwesend.«

»Ich *war* abwesend. Du hast mir irgendwas erzählt, oder? Ich war eine Zeitlang wie betäubt. Alles stand still für mich. Weiß der Teufel, was mit mir los war.«

»Im ersten Weltkrieg nannte man das Granatenschock. Das kann lange dauern.«

»Ist schon wieder vorbei. Hast du Virena angerufen?«

»Niemand weiß, daß du dabei warst. Ich habe mitbekommen, daß es dir nicht gut ging. Atlin hat uns das meiste berichtet. Also habe ich angerufen und Bescheid gesagt, daß du heute nacht nicht kommst. Rolle, ich habe als Polizist vieles erlebt, aber so etwas noch nicht! Man kann sich nicht einmal aufregen. Das geht zu weit. Viel zu weit!«

»Was ist geschehen? Für mich ist es wie ein Traum.«

Simon beugte sich vor und vergrub das Gesicht in den Handflächen. Die berühmte Palmsche Energie hatte ihn völlig verlassen. So saßen wir lange schweigend beisammen. Granatenschock. Weltkrieg. Ja, ein Krieg war es gewesen ...

»Sechs von unseren Leuten sind tot, Rolle. Sechs gute Männer. Sechs! Einer ist ernsthaft verletzt und liegt auf der Intensivstation. Einer hat etwas abbekommen, wird aber durchkommen. Vielleicht. Ihr habt ihm das Leben gerettet, du und Atlin.«

»Atlin allein. Das war seine Initiative.«

»Ein zwölfjähriger griechischer Junge, der mit seiner Mutter in dem Restaurant war, hat einen Schuß in die Lunge bekommen. Es ist ein neues kleines griechisch-zypriotisches Lokal. Eine schwedische Frau, die mit einem Griechen verheiratet ist ... verheiratet war, wurde abgeknallt, weil sie offenbar im Wege stand. Tot, tot, tot.«

»Haben wir sie erwischt? Lebend?«

Simon gab mir einen traurigen Blick, erhob sich langsam, als bereitete es ihm unendliche Mühe, stelzte zu dem schmalen Fenster und starrte hinaus.

»Die ganze Drottninggatan wimmelte von schwer bewaffneten Polizisten. Aber was sollten sie tun? Die Typen hatten sich in die Küche zurückgezogen und die Tür hinter sich geschlossen. Sie nahmen einen Koch und eine Küchenhilfe als Geiseln. Wir riefen ihnen über Lautsprecher zu, sie sollten mit erhobenen Armen herauskommen und so weiter, sonst ... Es kam keiner, und womit sollten wir drohen, solange sie die Geiseln hatten? Und weißt du was?«

»Ich weiß immer weniger.«

Er drehte sich nicht um, sondern sprach weiter in die Abenddämmerung hinaus. Die untergehende Sonne kümmerte sich allerdings überhaupt nicht darum, was Menschen einander angetan hatten, sie ging einfach unter.

»Eine halbe Stunde später kam der Inhaber des Restaurants. Er hatte frei, um den Geburtstag seines Bruders zu feiern. Er erzählte uns, daß es eine Hintertür zum Hof gibt. Wir drangen gewaltsam in die Küche ein. Auf dem Boden lagen der Koch und die Küchenhilfe, beide bewußtlos. Kopfverletzungen, aber nicht lebensgefährlich. Die Verbrecher waren über den Hof gerannt, über einen Zaun geklettert, ins Nachbarhaus gelangt und von dort aus über die Kammakargatan entkommen. Das kann nicht länger als fünf Minuten gedauert haben. Vom Winde verweht! Falls irgendein verdammter Wind sich mit ihnen abgeben würde.«

Schwerfällig wandte er sich um, schüttelte die finsteren Gedanken aus dem Kopf, wälzte sich wie ein Flußpferd zur Tür und machte eine hilflose Geste in meine Richtung.

»Eine kleine Besprechung in meinem Zimmer. Mir bleibt eine halbe Stunde, dann bricht die Hölle los. Anschließend darf ich ein paar Wochen unterm Schreibtisch schlafen.«

Ich stand auf und bewegte mich gleichfalls, als sei ich der korpulente Bruder des Nashorns, aber seltsamerweise gehorchten meine Glieder, und ich konnte wieder relativ klar denken. Im Flur trafen wir Atlin, der Bernt hieß und nicht Peter oder Patrik. Hatte ich ihn Bernt genannt?

»Hej, Bernt. Wie geht's?«

Atlin warf mir einen kranken Blick zu, einen wirklich kranken, aus irgendwie gebrochenen Augen.

»Was für ein idiotisches Gequatsche über Eingreiftruppe und so!«

»Meine Empfehlung hast du, falls sie dir nutzen kann.«

»Hassel, seit ich aus der Drottninggatan zurück bin, habe ich ununterbrochen gekotzt. Eigentlich hat es dort bereits angefangen.«

»Man darf sicher auch mal kotzen, wenn man bei der Eingreiftruppe ist.«

Traurig und resigniert schüttelte er den Kopf.

»Nein, nein. Ich hatte soviel Schiß, daß ich glaubte, kaputtzugehen. Und ich dachte, ich sei der mutigste Mann in Schweden. Achthundert Fallschirmsprünge. Pfui Teufel, wie kann man nur so dumm sein.«

Wir sollten wohl später darauf zurückkommen. Ein andermal, wenn wir beide die Balance wiedergefunden hatten. Falls wir sie wiederfinden würden. Atlin ging zu seiner Gruppe, mit all den Problemen im Kopf, ich zu meiner. Dennoch war ich bereits bedeutend besser in Form als noch kurz zuvor. Ich hörte, sah, konnte sprechen, mich erinnern, analysieren und meine Nerven unter Kontrolle halten.

Im Haus herrschte eine seltsam gedämpfte Stimmung. Noch war die Situation unvorstellbar. Wenn ein Polizist getötet wird, werden alle von einem kollektiven Zorn ergriffen, der in dem Gedanken gründet: beim nächsten Mal kann es mich treffen. Diesmal hatte die Aktion gleich sechs Tote und zwei Verletzte gekostet, dazu weitere Opfer aus der Bevölkerung. Es war, als treibe eine bleigraue Gewitterwolke durch das Gebäude; alle gingen in Deckung und warteten auf die Entladung, ein kriecherisches, unangenehmes, betäubendes Warten.

In Simons Zimmer hatte sich die ganze Gruppe inklusive Pavlov versammelt. Auch meine engsten Kollegen waren wie gelähmt, wie weggetreten. Sune qualmte mechanisch eine Zigarette nach der anderen, aber nicht einmal Pelle protestierte. Sie saßen alle da und atmeten den Tabakrauch ein. Myrna hatte die Schultern hochgezogen, das Kinn lag auf der Brust. Rolf Öhman sortierte seine Papiere, aber nicht mit der liebevollen Sorgfalt, die er sonst an den Tag legte. Simon ließ sich in seinen Sessel fallen und legte die Arme auf die Lehnen. Niemand hatte etwas zu sagen, und so glich das Ganze dem Foto einer Theaterszene – die Akteure waren wie erstarrt und hatten ihren Text vergessen.

»Jaha«, murmelte Simon endlich. »Jaha.«

Ein Engel ging durch den Raum und drehte eine Ehrenrunde. Schließlich war es Pavlov, der sich ein paarmal räusperte und dann das Schweigen brach.

»Kann ich etwas sagen? Ich kenne mich da sozusagen am besten aus.«

»Meinetwegen«, forderte Simon ihn lustlos auf.

»Was ihr heute nachmittag erlebt habt, ist Rußland. Ostblock. Der Osten der Mafia.«

»Selbst dort kommt es wohl kaum vor, daß sechs Polizisten auf einmal getötet werden, oder?« wandte Myrna ein. »Massenmord kann nirgendwo zum Alltag gehören.«

»Nein. In der ehemaligen Sowjetunion und den neuen Staaten wird die Polizei von der Mafia bezahlt. Polizisten müssen also nicht erschossen werden. Ihr wißt vielleicht nicht, daß viele der ehemaligen höheren KGB-Offiziere jetzt als Schuldeneintreiber für die Privatbanken der Mafia tätig sind. Darauf, daß Leute erschossen werden, zwei oder drei oder sechs auf einmal, wenn sie gegen die Mafia vorgehen, reagiert man nur mit einem Achselzucken.«

»Wir sind hier aber in Schweden«, seufzte Pelle. »Verdammt, einer der Jungs, die erschossen wurden, war mal mein Beifahrer. Nalle Edmundsson. Besser als er konnte keiner eine Karte lesen. Wir haben viele Wettkämpfe zusammen gewonnen, bevor er heiratete und mit dem Sport aufhörte. Ich bin der Pate seiner ältesten Tochter.«

»Das will ich euch doch gerade begreiflich machen«, fuhr Pavlov fort. »Wir sind in Schweden, aber die Ostmafia will sich hier mit ihren Methoden etablieren. Was kümmert sie der Respekt der Schweden vor Leben und Eigentum? Zwei Mafiosi und ein schwedischer Kontaktmann wären uns beinahe ins Netz gegangen, aber sie konnten sich freischießen. Daß dabei viele Menschen ums Leben kamen, haben sie längst vergessen.«

»Findest du es nicht trotzdem ein wenig seltsam, daß sie einfach mit zwei Papiertüten voller Gewehre und Handgranaten durch die Gegend spazieren?«

Pavlov nickte nachdenklich.

»Ja. Meine Theorie ist, daß sie ein oder vielleicht mehrere Waffendepots an zentralen Stellen anlegen. Diese Personen waren sicher mit einer Lieferung unterwegs. Die Waffen werden auf vielen Wegen eingeschmuggelt, während der Zoll eine Sendung beschlagnahmt, rutschen gleichzeitig zehn andere vorbei. Viele gelangen sicher auf dem Luftweg hoch im Norden ins Land, sie werden an Fallschirmen über schwedischem Gebiet abgeworfen und mit Lastwagen nach Süden transportiert. Ein Teil kommt mit Schiffen vom Baltikum herüber, die Empfänger warten irgendwo an der schwedischen Küste.«

»Alte erprobte Methoden aus dem Drogenschmuggel«, murmelte Simon.

»Sie funktionieren. Aber denkt nicht nur an Narkotika und Prostitution. Ich wiederhole, was ich früher bereits gesagt habe: Die Mafia will auf allen Ebenen mitmischen und die Schweden und die schwedischen Unternehmen und Institutionen abzocken. Was mich angeht, so habe ich meinen Chef in Moskau angerufen und gefragt, ob ich wegen einiger Konsultationen heimfahren sollte. Er meinte aber, ich und in gewisser Weise auch Galina könnten hier von größerem Nutzen sein. Entschuldigt, aber ich bin nicht so blauäugig wie ihr. Ich weiß, mit welcher Sorte Menschen wir es zu tun haben.«

»Menschen?« rief Myrna aufgebracht. »Menschen? Schlächter muß es geben, damit wir Fleisch zu essen haben, aber Schlächter, die Menschen schlachten, kann ich nicht als Menschen bezeichnen.«

»Du wirst dich daran gewöhnen müssen«, entgegnete Pavlov leise. »Schweden liegt zu nahe, da gibt es kein Entkommen.«

Eine unangenehme Stimmung kam auf. Es war, als wäre man eine Weile voller Gottvertrauen über dünnes Eis gegangen und hätte so getan, als gäbe es das schwarze Wasser unter den Füßen nicht. Aber nun waren die Risse in der Eisdecke zu sehen, man stand bereits bis zu den Knöcheln im Wasser und wußte, daß man bald im winterlichen Meer bei null Grad um sein Leben kämpfen würde.

»Ihr glaubt wohl, daß in Rußland Demokratie herrscht«, fuhr Pavlov fort. »Absolut falsch. In Rußland hat es niemals Demokratie gegeben. Der Westen hofft, daß das Chaos bei uns irgend etwas mit Demokratie zu tun haben könnte, daß man jemandem finanzielle Unterstützung geben und die Daumen drücken könnte.«

»Aber Jelzin ...«, wandte Pelle ein, wurde aber sofort unterbrochen.

»Jelzin ist ein mutiger Kerl, aber niemand weiß, ob er morgen noch da sitzt, wo er heute sitzt. Im Parlament sind vierzehn Parteien vertreten. Hinter Jelzin stehen nur zwei mit zusammen etwa hundert Abgeordneten. Der Kommunismus verschwunden? Kaum. Der kommunistische Block besteht aus fünf Parteien mit dreihundertfünfzig Deputierten. Die anderen Parteien schwanken und schlagen sich mal auf die eine, mal auf die andere Seite. Angesichts der zunehmenden Anarchie neigen sie wieder zum Kommunismus. In der ehemaligen Sowjetunion kämpft jeder gegen jeden. Es gibt keine Moral, denn seit Jahrhunderten hat sie keine Rolle mehr gespielt, falls überhaupt irgendwann. Es war immer die Gier, die das Verhalten bestimmt hat, die Gier nach Macht und Geld. Die Leute haben die Heuchler erlebt, und da sie nichts gegen sie tun konnten, sind sie selbst Heuchler geworden. Das ganze System baut auf Heuchelei. Versteck dich hinter einer Fassade, arbeite sowenig wie möglich und saufe, soviel du kannst. Der richtige Nährboden für die Mafia! Da fehlen nur noch entschlossene und besonders gierige Männer, die nach Macht und Reichtum streben ...«

Für gewöhnlich hätte Simon ihn schon lange unterbrochen und darauf hingewiesen, daß wir keine Vorlesungen, sondern Taten brauchten, aber diesmal war es eben kein gewöhnlicher Fall. Pavlov wollte uns Fakten einbleuen, damit wir die Hintergründe des Geschehenen verstanden, und ich merkte, daß er Erfolg hatte.

»Aber Rußland ist doch nicht arm?« meinte Pelle. »Ich erinnere mich, gelesen zu haben, daß es dort Berge von Reichtümern gibt. Wohin sind die verschwunden? Wenn kein Geld da ist, das Volk zu ernähren, trägt man doch ein Stück von einem dieser Berge ab und kauft im Ausland, was gebraucht wird.«

Müde schüttelte Pavlov den Kopf.

»Als das Sowjetregime fiel, hinterließ es sechsundzwanzig Milliarden Dollar in Gold- und Valutareserven. Diese wurden von den damaligen Ministern Valentin Pavlov, der verdammt noch mal kein Verwandter von mir ist, und Vladimir Orlov schnell auf Schweizer Konten transferiert. Die Mafia hatte ihre Finger kräftig mit im Spiel; die Milliarden sind längst in andere Kanäle geflossen. Da seht ihr es. Die Mafia kann die ganze Nation kaufen, und jetzt will sie Finnland und Schweden übernehmen, zu jedem Preis. Massenmord gehört zu den kleinen Nebenkosten, die in der Buchführung gar nicht erwähnt werden. Ich könnte euch Beispiele nennen ...«

»Danke, Pavlov. Ich muß jetzt in die Leitungszentrale und weiß nicht, wann wir die nächste Gruppenbesprechung haben werden. Arbeitet erst mal die Aufgaben ab, die ich euch gegeben habe. Bald wird einiges dazukommen. Ja, zum Teufel ...«

Ein Telefonsignal unterbrach den relativen Frieden, und er grunzte ein paarmal in den Hörer.

»Kommando zurück«, teilte er uns mit. »Allgemeine Versammlung in dreißig Minuten im großen Besprechungsraum. Mit Nachteinsätzen ist zu rechnen. Noch eilige und wichtige Mitteilungen, bevor wir auseinandergehen?«

Mir fiel ein, daß ich noch nichts von Hermes Konsult AB berichtet hatte, und ich holte es schnell nach. Simon hörte aufmerksam zu und bat Öhman, die Angaben aufzunehmen und den Mann hinter dieser Aktiengesellschaft zu ermitteln.

»Dann haben wir endlich einen, den wir auspressen können wie eine Zitrone!« rief er und schien ein wenig von dem alten Enthusiasmus wiedergewonnen zu haben. »Ein ganzes Dienstleistungsunternehmen, das enge Verbindungen zu Strand und den Russen hat.«

Eine halbe Stunde später saß ich mit den meisten der anderen fünfzig Fahnder sowie zwei Leuten von den privaten Wachdiensten Black Army und Blue Saints im großen Besprechungsraum. Inzwischen war die Stimmung in Nervosität und Hektik umgeschlagen. In der Leitungsgruppe fehlten mehrere Personen, die den Massenmedien Rede und Antwort stehen mußten. Leute kamen und gingen, Telefone klingelten ununterbrochen, Berichte wurden durch neue Nachrichten entwertet.

Ich merkte, wie ich die Wirklichkeitsebene wieder verließ. Die Stimmen wurden zu einem einzigen Surren, und ich fragte mich müde, was ich hier eigentlich verloren hatte. Niemand hätte etwas dagegen, wenn ich jetzt nach Hause ginge. Und was sagte mein Pflichtgefühl? Jeder mußte jetzt die letzten Reserven mobilisieren, auch ich war ein wichtiges Rädchen im Getriebe.

Ja. Sicher. Trotzdem ging ich in einer Pause hinaus in mein Büro, um meine Jacke zu holen. Meine Reserven waren bereits aufgebraucht, begutachtet und als nicht mehr verwendungsfähig klassifiziert worden. Auf meinem Schreibtisch lag ein an mich adressiertes braunes Kuvert mit der Notiz: »Persönlich. Dringend!«

Es enthielt sicher keine Neuigkeiten, aber ich riß es trotzdem auf. Aha, ein weißes Blatt, mit Bleistift geschriebene umständliche Instruktionen, wie und wo ich das Band abliefern sollte. Tüchtiger Verfasser, Subjekt und Prädikat standen an der richtigen Stelle, der Satzbau stimmte. Trotzdem mußte der Brief warten, sein Urheber und ich hatten verschiedene Auffassungen, das mußte er endlich akzeptieren. Er ging mir auf den Geist, wie mir alles auf den Geist ging.

Um nicht zu riskieren, von irgendwelchen Journalisten erwischt zu werden – wer weiß, welche Namen die aufgeschnappt hatten – nahm ich die Hintertreppe und schlenderte an diesem herrlichen Frühsommerabend nach Hause. Ich lief auf demokratischen Füßen in demokratischen Schuhen eine demokratische Straße entlang, schloß mit einem demokratischen Schlüssel eine demokratische Haustür auf und fuhr in einem demokratischen Lift nach oben. Die Leute aus dem Ostblock verstanden wohl unser Wertesystem genausowenig, wie ich das ihre verstehen konnte, das Pavlov skizziert hatte. Ich beschloß, mich weiter in Schweden durchzuschlagen, trotz all des Negativen, was den Adrenalinspiegel steigen ließ.

Ein Schatten löste sich aus dem Dunkel an der Treppe, die auf den Boden führte. Eine grüßende Handbewegung, dann war der Kollege wieder verschwunden. Virenas und Elins Leibwächter, der zu ihrer und damit meiner Sicherheit abgestellt war. Er ging mir natürlich nicht auf den Geist.

Elin hatte sich hingelegt. Als ich die Tür zu ihrem Zimmer aufmachte, schlief sie bereits. So konnte ich mich nur ans Bett schleichen und ihr einen Kuß auf die Wange drücken. Virena war ein wenig erstaunt, daß ich nach Hause kam, weil Pavlov angerufen und ihr von dem Nachteinsatz berichtet hatte, aber sie fand meine Entscheidung richtig. Sie und Galina saßen bei Tee, Käse und Keksen und luden mich ein, an dem sybaritischen Fest teilzunehmen, aber ich lehnte ab. Ebensowenig Lust hatte ich, die Fernsehnachrichten zu kommentieren, und die Damen äußerten Verständnis. Vielleicht sagten sie das nicht nur aus Höflichkeit.

Ab ins Bad, warme Dusche, bloß keinen Blick in den Spiegel, rein in den Pyjama, barfuß ins Schlafzimmer, Decke zurückschlagen, Tür zu und rein ins Himmelbett. Im Laufe der Jahre hatte ich an einer Reihe von Konferenzen und Versammlungen in Hotels teilgenommen. Nach dem Abendessen mit Wein und Kaffee und Kognak ging man an die Bar, die Band begann zu spielen, ein butterweiches Saxophon mischte sich mit schmalzigen Gitarrenklängen, auf den Tasten des Keyboards lag dicker Zuckerguß. Wie schön war es dann gewesen, aufs Zimmer zu gehen, die Tür zuzumachen und mit dem zufriedenen Gefühl einzuschlafen, daß man absolut nichts verpaßte.

Beinahe erschossen, um ein Haar erschossen ... Der Verband an meiner Seite erinnerte mich daran, daß auch meine Lebenszeit bemessen war. Bemessen von wem? Wer hatte entschieden, daß dem alten Hassel noch eine Frist gegönnt wurde? Egal, jedenfalls war es nett von demjenigen. Herzlichen Dank. Vielleicht hatte sich der Betreffende in der Person geirrt und eigentlich einen Roland Cassel gemeint, aber das war nun einmal nicht mehr zu ändern.

Als ich erwachte, war das Bett neben mir leer, aber an der Bettwäsche sah ich, daß Virena darin geschlafen hatte. Ein Blick auf die Uhr: fünf nach acht. Falls ich geträumt hatte, konnte ich mich nicht daran erinnern. Zufrieden wiederholte ich diese Feststellung mehrmals. Was im Traum geschehen, kann so schnell vergehen ... Das klang wie eines der modernen Kurzgedichte, für die man Kritikerlob und Stipendien erhielt: »In seiner Dichtung fängt Hassel Scherben der Ewigkeit ein, seine intertextuelle postmoderne Poesie reflektiert wie ein Prisma kontinuitätsgeprägter Virtuosität ...«

»Warum liegst du denn rum und grinst?« erkundigte sich Virena.

Sie stand in der Tür, in ihren schmucken Morgenrock gehüllt. Das war ein Weihnachtsgeschenk gewesen, das sich gelohnt hatte, allein schon wegen des tiefen Dekolletés.

»Poesie.«

Ihre Augenbrauen hoben sich ein paar Millimeter, wahrscheinlich glaubte sie, es habe mich nun endgültig erwischt. Aber ich verhielt mich ganz wie immer, setzte mich auf die Bettkante und gähnte.

»Simon ist am Telefon. Scheint dringend zu sein.«

Die Morgennachrichten von TV 4 waren eingeschaltet. Virena beeilte sich, den Apparat auszumachen, als wir den Reporter von dem Mord und den mageren Resultaten der Nacht berichten hörten.

»Rolle, du mußt herkommen, es geht um eine Identifizierung. Sicherheitshalber wirst du in fünfzehn Minuten von einem Wagen abgeholt. Beeil dich!«

»Soll ich eine Leiche identifizieren?«

Er prustete und nuschelte: »Viel interessanter. Viel, viel interessanter!«

22. Kapitel

Er hieß William Rudolf Asten, ließ sich William nennen und wollte den Rudolf offenbar gern vergessen. Dreiundvierzig Jahre alt, Geschäftsführer und Alleininhaber der Hermes Konsult AB, war er von der Olofsgatan direkt in einen Vernehmungsraum gebracht worden. Er war verdutzt, überrascht, irritiert, wütend, überlegen und arrogant. Asten war um halb acht in sein Büro gekommen, wo ihn zwei Männer erwarteten. Er hatte so laut protestiert, daß darüber sicher die ganze Olofsgatan aufgewacht war und die halbe Holländargatan dazu, aber das spielte keine Rolle.

Als Simon mich begrüßte, war Asten bereits eine Weile durch sehr erfahrene und geschickte Kollegen verhört worden, hatte sich jedoch nicht geäußert.

»Warum habt ihr ihn erst heute früh geschnappt?« fragte ich. »Er kann sich die ganze Nacht mit Strand verständigt und eine Geschichte abgesprochen haben.«

»Trägheitsgesetz der Bürokratie. Das Unternehmen stand nicht im Telefonbuch, und es war nicht möglich, jemanden bei der Auskunft in Sundsvall zu erreichen. Da war nur der übliche Anrufbeantworter mit den Öffnungszeiten dran. Erst um sechs erwischte Roffe einen Angestellten, der zur Arbeit geschlurft kam. Wie geht es dir heute?«

Er fragte auffällig beiläufig, offenbar machte er sich große Sorgen um mich.

»Besser als seit langem.«

Das stimmte sogar. Der lange Schlaf hatte das Wunder bewirkt. Ich fühlte mich frisch, wollte arbeiten und verspürte endlich den nötigen Zorn auf die, die meine Kollegen ermordet hatten.

»Und dir?«

»Ich fühle mich wie eine Tüte Abfall.«

Bei einer Vernehmung muß neben dem Leiter des Verhörs mindestens ein Zeuge anwesend sein, wie viele Personen darüber hinaus teilnehmen, ist nicht vorgeschrieben. Elis Marklund stellte die Fragen, aber es saßen drei weitere Kollegen bereit, um einzuspringen, falls Marklunds kräftige norrländische Stimme versagen sollte. Als wir dazustießen, wurde es eng in dem kleinen Raum, und Asten kam es wohl nicht ganz geheuer vor, daß seine Anwesenheit einen solchen Aufruhr verursachte.

»Ich habe bereits erklärt, daß ich auf eure idiotischen Fragen erst antworten werde, wenn mein Anwalt zugegen ist.«

»Er ist unterwegs, aber du kannst doch wohl die Fragen zur Person mit Ja oder Nein beantworten«, wandte Marklund ein. »Wir sparen dadurch viel Zeit.«

»Meine Zeit ist zehnmal so kostbar wie die der Polizei!«

»Gerade dann müßte dir doch daran gelegen sein, daß wir es schnell hinter uns bringen.«

»Außerdem möchte ich nicht von Hinz und Kunz geduzt werden. Ein bißchen mehr Höflichkeit bitte ich mir aus.«

Marklund nickte gleichgültig. Der Verhörte darf die Regeln festlegen, trotzdem ist es immer der Verhörende, der Ziel und Grenzen bestimmt.

»Wie Sie wollen. Sie heißen also William Rudolf Asten?«

»Sind Sie taub? Das habe ich doch schon mehrfach bestätigt. Wenn Ihre geistigen Fähigkeiten so beschränkt sind, dann rate ich

Ihnen, sich mit etwas anderem zu beschäftigen. Wenn es darum geht, Gräben zu schippen, werden immer Leute gesucht.«

Marklund schaute auf einen Zettel, den Simon ihm zugesteckt hatte, und ein leises Lächeln überzog sein Gesicht.

»Sie sind in Mariestad geboren, oder?«

»Ja, und in einem Monat werde ich vierundvierzig, ich wohne in Djursholm, bin verheiratet und habe zwei Kinder, beides Söhne. Damit Sie sich nicht so oft wiederholen müssen. Außerdem gehört mir die Hermes Konsult AB. Geht das jetzt rein in Ihren Polizistenschädel?«

»Und Sie sind geboren als Vilhelm Rudolf Andersson?«

»Äh ... Das haben Sie nicht ... Ich warte auf meinen Anwalt, bevor ich ...«

»Aber Herr Asten, hier geht es doch nur um Fakten. Dazu brauchen Sie doch wohl keinen Anwalt?«

Asten holte tief Luft und biß die Zähne zusammen, entgegnete dann aber doch widerwillig:

»Ja, bin ich, aber was hat das mit der Sache zu tun?«

»Ah, sehr gut, Sie wollen also jetzt zur Sache kommen. Beginnen wir mit Hermes?«

»Danke, mit Ihren plumpen Tricks können Sie versuchen, chronische Säufer auszutricksen, aber nicht mich. Ich bezahle einen der besten Anwälte des Landes, er wird Ihnen schon begreiflich machen, mit wem Sie es zu tun haben.«

Er verschränkte die Arme und warf uns böse Blicke zu. Simon war eigentlich dagegen, daß mehrere einen einzelnen ausfragten, weil dieser dadurch benachteiligt war, aber diesmal war es so wichtig, daß der Zweck die Mittel heiligte. Asten war überzeugt, daß die Sache klarging, wenn nur der Anwalt kam. Er bezahlte für die Hilfe und meinte, daß der Advokat nur mit dem Zauberstab zu winken brauchte, und schon könnte er, Asten, wieder in einem Luxusrestaurant sitzen und mit dem Ober über die Temperatur des Rotweins zanken.

Kurz darauf kam der Anwalt, und wir kannten ihn alle. Ivar Kareson war tatsächlich als ein geschickter Verteidiger bekannt und galt darüber hinaus als gerissener Wirtschaftsjurist. In Schweden gibt es nur ganz wenige Anwälte, die von kriminellen

Syndikaten bezahlt werden. So gut wie alle sind ehrliche Vertreter ihres Standes, jedenfalls so ehrlich, wie man das heutzutage erwarten kann. Viele Male hatte er Polizisten verteidigt, die wegen Mißhandlung angeklagt waren, und war erfolgreich gewesen.

Er durfte unter vier Augen mit seinem Mandanten sprechen, und wir warteten geduldig. Zwei von uns wurden zur Fahndungsleitung gerufen und eilten davon. Simon berichtete mir noch einmal, was ich bereits mitbekommen hatte: Rolf Öhman durchforstete alle seine Dateien nach weiteren Informationen über Asten. In unserem Register war nichts über ihn, aber es gab viele andere interessante Quellen, wenn man wußte, wo man suchen mußte. Kareson kam wieder und freute sich über die dezimierte Schar.

»Das war ja ein Publikum wie bei den Olympischen Spielen. Also, wir sind jetzt bereit, die Fragen zu beantworten.«

Er nahm neben Asten Platz, der lauthals verkündete, er fordere ein Glas kaltes Wasser, und zwar ein sauberes. Er bekam es und deutete mit einer kleinen Geste an, daß er nun gnädigerweise antworten würde. Marklund fuhr fort:

»Erzählen Sie uns über Ihr Unternehmen Hermes Konsult AB.«

»Was geht Sie das an?«

»Lassen Sie uns dabei bleiben, daß wir die Fragen stellen und Sie antworten. Es vereinfacht die Sache.«

Asten schielte zu seinem Anwalt hinüber, erhielt aber von dieser Seite keine Unterstützung. Kareson kannte die Spielregeln. Seine Aufgabe bestand hier lediglich darin zuzusehen, daß die Vernehmung nach dem Gesetz durchgeführt wurde. Der ehemalige Herr Andersson mußte antworten.

»Wie selbst ein Holzkopf unschwer aus dem Namen ableiten kann, handelt es sich um ein Beratungsunternehmen.«

»Welcher Art sind die Beratungen?«

»Beratungen gegen Bezahlung.«

Er grinste, aber er war der einzige, der sich darüber amüsierte. Sein Blick war auch über mein Gesicht gewandert, er hatte mich aber nicht wiedererkannt. Genauso sollte es ja auch sein. Marklund ließ sich nicht provozieren. Wenn man so weit im Norden geboren ist, hebt man die Augenbrauen höchstens hoch, wenn eine Rentierherde rückwärts durch einen Zug Lemminge prescht und dabei von Elchen begleitet wird, die jeder einen Vielfraß auf dem Rücken tragen.

»Worum geht es in den Konsultationen, für die Sie bezahlt werden?«

»Spedition und Transport. Hermes war, wie Sie sicher nicht wissen, der Götterbote. Für mich eine ganz natürliche Namensgebung. Wenn Sie mir nicht glauben, schlagen Sie unter Hermes im Lexikon nach. Ich vermute, Polizisten können lesen.«

»Hieß das Unternehmen früher Ankarkätting AB?«

»Ich glaube. Es ruhte, wie auch die schwedische Polizei so oft. Wann werden Sie den Palmemord aufklären? Sie wissen sicher, daß sich die ganze Welt über Ihre Inkompetenz lustig macht.«

Die vielen gerade noch zurückgehaltenen Seufzer erzeugten eine spürbare Luftbewegung. Asten streute Salz in offene Wunden, Wunden, die wahrscheinlich niemals heilen würden. Bis wir den Mörder präsentieren können, werden wohl viele felsenfest davon überzeugt bleiben, daß der Ministerpräsident von einer Gruppe Polizisten erschossen wurde. Das Schlimmste ist, daß die Theorie einer gewissen Tragfähigkeit nicht entbehrt.

»Wer ist Bo Eriksson, der als Geschäftsführer und Alleininhaber des Unternehmens genannt wird?«

»Als ich meine vorherige Tätigkeit als Geschäftsführer der Interactive Spedition AB vor dreizehn Monaten beendete, mußte ich eine Vertragsklausel einhalten, die besagte, daß ich ein Jahr lang für kein Konkurrenzunternehmen tätig sein durfte. So benannte der Verkäufer einen Geschäftsführer auf dem Papier, während ich sämtliche Aktien übernahm. Als die Frist vor einem Monat auslief, übernahm ich den Posten als Geschäftsführer.«

»Interactive ging vor acht Monaten in Konkurs, nicht wahr?«

Asten rümpfte die Nase und lachte höhnisch.

»Ja. Ich gab den Job auf, weil ich andere Vorstellungen hatte, wie man ein Unternehmen führen muß. Selbstverständlich behielt ich recht. Dennoch schien es aus ethischen Gründen geboten, die Konkurrenzklausel einzuhalten. Falls Sie mit dem Begriff Ethik etwas anfangen können.«

Sein Anwalt lauschte, ohne eine Miene zu verziehen. Er hatte wie wir bereits alle Formen des Benehmens während eines Verhörs erlebt.

»Worum zur Hölle geht es hier eigentlich?« brach es plötzlich aus Asten heraus. »Mein Unternehmen und ich, wir sind sauber. Warum haben Sie mich hierhergeschleppt?«

Marklund griff nach einem anderen Schriftstück und las es gründlich durch. Er war ein Mann, der sich gern Zeit nahm. Aber oft lohnt es sich ja, gut vorbereitet zu sein.

»Wie gut kennen Sie Johnny Strand?« fragte er im selben sicheren Norrlandsdialekt.

»Wer ist das?«

Die Gegenfrage kam schnell, vielleicht allzu schnell.

»Er ist ein sehr bekannter Verbrecher.«

»Mit solchen Leuten verkehre ich nicht. Ich vermute, daß er weder dem Rotary Club noch dem Odd Fellow angehört.«

War da nicht ein kleiner Schweißtropfen am Haaransatz? Ich hoffte es jedenfalls.

»Johnny Strand und zwei Personen, wahrscheinlich russischer Nationalität, haben gestern nachmittag sechs Polizisten und ein paar weitere Personen erschossen sowie viele andere ernsthaft verletzt. Wissen Sie Bescheid über diese Ereignisse?«

Marklunds Blick war nicht stechend wie Sunes, aber fest und forderte eine Reaktion. Asten zog eine Packung französischer Zigaretten aus der Tasche und zündete sich umständlich eine an.

»Natürlich. Fernsehen und Zeitungen berichten ja über nichts anderes.«

»Sie haben also Strands Foto in Zeitungen und den Nachrichten gesehen?«

»Möglich. Gesichter von Kriminellen merke ich mir nicht.«

»Haben Sie ihn wiedererkannt?«

»Warum sollte ich das?«

»Antworten Sie mit Ja oder Nein.«

»Nein. Ich weiß nicht, wovon Sie reden. Das hier ist eine ganz abscheuliche, lächerliche Tour. Ivar, ich möchte, daß du die Herren bittest, sich auf das Wesentliche zu konzentrieren und mich nicht unter Druck zu setzen.«

Der Anwalt zuckte leicht mit den Schultern.

»Sicher werden wir bald erfahren, worauf die Verdächtigungen hinauslaufen.«

Marklund reichte Asten ein Foto von Strand und bat ihn, es sich aufmerksam anzusehen. Asten starrte auf das Bild, als zeigte es einen defekten Gasherd.

»Jetzt sehen Sie das Foto im Großformat und ohne Zeitungsraster. Ich frage Sie erneut: Erkennen Sie ihn wieder?«

»Und ich antworte erneut, daß ich den Kerl in meinem ganzen Leben noch nicht gesehen habe. Sie haben einen neuen Fehler gemacht. Ich werde Sie wegen Freiheitsberaubung verklagen.«

Mit Sicherheit hatte der erste Schweißtropfen auf der Stirn Brüder und Schwestern bekommen, ein feuchtfröhliches Familientreffen sozusagen.

»Kriminalinspektor Hassel hat Sie gestern zusammen mit Johnny Strand gesehen.«

Asten schaute mich an, als sei ich Reisender in schmutziger Unterwäsche.

»Dann hat er falsch gesehen.«

»Ach ja? Was taten Sie denn gestern nachmittag?«

»Ich war im Büro. Habe konstruktiv gearbeitet, falls Sie wissen, was das bedeutet.«

»Waren Sie allein oder kann jemand Ihre Behauptung bestätigen?«

»Hören Sie, ich arbeite allein. Sie dürfen meinen Worten ruhig Glauben schenken, verdammt noch mal, das bin ich so gewöhnt!«

»Hören wir doch einmal, was Hassel gesehen hat.«

Sämtliche blanken Polizistenaugen wandten sich mir zu. Dazu hefteten sich ein wachsamer Juristenblick sowie der verdrießliche des ehemaligen Andersson auf mich.

»Also, das war so«, begann ich. »Von einem Wagen aus sah ich Johnny Strand die Torsgatan heraufkommen. Er war in Gesellschaft dreier Männer, zwei davon vermutlich Russen. Diese beiden trugen jeweils eine große Papiertasche, in denen sich, wie wir wissen, schwere Waffen und Granaten befanden. Der dritte warst du. Du hast dich eine Weile mit Strand unterhalten und dich dann mit einem Händedruck von ihm verabschiedet. Ein anderer Polizist folgte Strand und den Russen, ich beschattete dich. Es war nicht leicht, da du zu ahnen schienst, daß jemand hinter dir her war. Du nahmst folgenden Weg ...«

Ich schilderte jede Bewegung Astens so präzise, daß wahrscheinlich nicht einmal sein Anwalt Kareson an der Wahrhaftigkeit meiner Darstellung zweifelte. Mein Ruf mochte lädiert sein wie der eines Politikers, dessen Wahlversprechen man am Ende seiner Amtszeit mit der Realität vergleicht, aber ich war nicht dafür bekannt, Gespenster zu sehen. Asten mußte sich die Stirn mit der Hand abwischen, spielte aber den Empörten, indem er sich erbärmlich verteidigte:

»Zum Teufel noch mal, das ist ja unglaublich! Man kann nicht einmal mehr durch die Stadt gehen, ohne daß einem ein Polizist auf den Fersen ist. Das ist ja wie im alten Ostdeutschland.«

Er merkte, daß er zu weit gegangen war, und bat seinen juristischen Beistand um Hilfe bei der Wiedererrichtung der Fassade, die er gerade zerstört hatte.

»Ivar, so dürfen die nicht mit mir umgehen.«

»Wenn du in Begleitung eines berüchtigten Kriminellen warst, haben sie durchaus das Recht, nach deiner Rolle zu fragen.«

»Was zur Hölle ... Bist du etwa auf ihrer Seite?«

»William, du bist ein intelligenter Mensch. Du kannst den Kopf nicht in den Sand stecken. Beantworte ihre Fragen.«

»Muß ich auf ihre Dummheiten eingehen?«

»Du hast das Recht, jede Aussage zu verweigern. Niemand kann dich daran hindern, die Zusammenarbeit zu verweigern, aber ich muß dir sagen, daß dies deiner Sache nicht nutzen würde, falls du dich als nicht schuldig betrachtest.«

»Vielleicht habe ich alles vergessen.«

»Möglich. Dann sag es.«

»Ja, tu das«, stimmte ich von ganzem Herzen zu. »Es ist ja erst einen halben Tag her. So kleine alltägliche Zwischenfälle wie einen Massenmord kann jeder mal vergessen. Erinnerst du dich noch, daß du Andersson heißt, ja? Oder hattest du den Namen gewechselt?«

Simon warf mir einen Schulmeisterblick zu: Spiel hier nicht den Affen! Aber Asten weckte nun mal den Schimpansen in mir.

»Das muß ich mir nicht gefallen lassen!« schrie Asten. »Polizisten sollten höflich zu denen sein, die ihnen die Gehälter bezahlen.«

Ich verbeugte mich tief vor ihm. Jetzt war der Schimpanse wirklich da, und ich wünschte, ich hätte auch eine Banane zum Schälen gehabt.

»Ach du bist das, der die Gehälter spendiert? Ich habe mich immer gefragt, wer der edle Gönner wohl sein mag. Du, mit der Altersregelung bin ich aber nicht zufrieden. Das ist nicht schön. Bezahlst du auch die Witwenrenten für die sechs Polizisten, die ermordet wurden? Und den Krankenhausaufenthalt für die Verletzten, die noch um ihr Leben ringen? Oder übernimmt das Johnny Strand?«

Asten war es nicht gewohnt, daß man in einem solchen Ton mit ihm redete, aber wir Schimpansen haben eben absolut keinen Verstand. Wieder trocknete er sich die Stirn und bat, unter vier Augen mit seinem Anwalt reden zu dürfen. Dem Wunsch wurde stattgegeben. Als wir draußen warteten, warf Simon mir eine Kußhand zu.

»Bei deiner Methode würdest du wohl eine Dampfwalze auffahren, um ein Narzissenbeet anzulegen.«

»Du mußt zugeben, daß Asten ziemlich platt war.«

Es dauerte nur wenige Minuten, dann konnten wir den Vernehmungsraum wieder betreten. Kareson teilte uns mit, daß sein Mandant eine Erklärung abgeben wolle. Marklund forderte ihn auf zu sprechen, und Asten begann:

»Was ich jetzt sage, ist vertraulich. Nichts darf aus diesem Raum dringen.«

»Was haben Sie zu erzählen?«

»Habe ich Ihr Ehrenwort, daß ...«

»Herr Asten, bleiben Sie auf dem Teppich. Sie sitzen in einer polizeilichen Vernehmung und nicht im Beichtstuhl. Wir müssen Ihre Informationen so verwenden, wie es für die Ermittlungen erforderlich ist. Also, worum geht es?«

Simon merkte, daß ich Affenschandmaul drauf und dran war zu fragen, ob Asten überhaupt wisse, was ein Teppich sei. Deshalb fuhr er sich demonstrativ mit der Handkante über den Kehlkopf: Halt 's Maul, sonst Rübe ab! Schade, das hätte noch eine erfrischende Unterhaltung werden können. Asten zündete sich eine neue Zigarette an. Dabei zitterte er so, daß er seine Hände anschließend fest aufeinanderpreßte.

»In diesem Falle bitte ich um Ihre Diskretion. Ich möchte meine Familie nicht in diese Angelegenheit verwickeln. Meine Frau und ich sind zwanzig Jahre verheiratet, und sie würde es sich sehr zu Herzen nehmen. Sie ...«

»Wir haben es gehört. Schleichen Sie nicht länger wie die Katze um den heißen Brei. Kennen Sie Johnny Strand oder nicht?«

»Wir sind flüchtig miteinander bekannt.«

»Was heißt flüchtig?«

Ein Mann kam herein und reichte Marklund ein Schreiben. Er las es und biß die Zähne zusammen, daß die Sehnen am Hals hervortraten. Ohne Kommentar gab er uns den Zettel weiter. Simon grunzte dazu, und auch ich spürte, wie der Schimpanse in mir starb. Es war nicht mehr witzig, es war nie besonders witzig gewesen. Als Marklund die Vernehmung fortsetzte, war sein Ton bedeutend schärfer.

»Polizeiassistent Ove Borg ist im Söderkrankenhaus seinen Schußverletzungen erlegen. Nun geht es also um siebenfachen Polizistenmord. Sieben! Also bitte, wie war Ihr Verhältnis zu Strand?«

Wenn Asten spürt, daß plötzlich ein kalter Wind im Zimmer blies, ließ er sich nichts anmerken.

»Es ist so, daß ich ein sehr erotischer Typ bin. Meine Frau dagegen nicht. Ich will nichts mit Frauen aus meiner Umgebung anfangen, ich ziehe es vor, ab und zu für eine Stunde Liebe zu bezahlen, dann ist es vorbei. Ein Geschäft ist ein Geschäft. Sie wissen ja, wie das ist, oder? Manchmal juckt es einen ...«

Er rang sich ein Grinsen ab, das wohl maskulin-kumpelhaft ausfallen sollte, aber es wirkte sowenig überzeugend wie die Behauptung eines Skinheads mit Ring im Ohr, er liebe türkische Volksmusik.

»Tja, ich traf also Strand vor vielen Jahren. Er ...«

»In welchem Zusammenhang?«

»In einem Restaurant. Trank ein Bier. Kam mit ihm ins Gespräch. Redeten über Frauen, und wir ...«

»In welchem Restaurant?«

»Es war ... die Bahnhofskneipe. Wollte mit dem Zug nach Norrköping, hatte bis zur Abfahrt noch eine halbe Stunde totzuschlagen.«

Marklund runzelte die Stirn, bei der Wahl seiner Metaphern war Asten nicht sehr gefühlvoll.

»Und dann?«

»Ich weiß nicht mehr, wie wir darauf kamen, jedenfalls zeigte es sich, daß er eine Person kannte, die Liebesdienste gegen Bezahlung vermitteln konnte. Hübsche und garantiert gesunde Mädchen. Ich bat ihn, mich bald anzurufen, und das tat er. Erhielt eine Adresse von ihm und ging hin. Sozusagen ...«

»Wer rief an? Strand oder die Person, die, wie Sie behaupten, Kontakte vermitteln konnte?«

»Er selbst. Strand also. Ich kapierte, daß die Mädchen ihm selbst gehörten, aber das erleichterte die Sache ja eher. Natürlich kosteten sie Geld, aber sie waren es wert, falls Sie verstehen. Ich muß noch einmal um Diskretion bitten, da meine Frau keine Ahnung hat, daß ...«

»Wie war das nun gestern?«

Asten zündete die dritte Zigarette an, und es gelang ihm kaum, das Feuerzeug ruhig zu halten. Während er paffte, konnte man regelrecht sehen, wie seine kleinen grauen Zellen hinter der Stirn arbeiteten.

»Er rief am Vormittag an und fragte, ob ich an einem neuen, phantastischen Mädchen interessiert sei. Aus Asien, Thailand. Ich bin dort gewesen und weiß, was die können. Natürlich sagte ich ja. Wir wollten uns vor einem Rundfunkgeschäft nahe Atlas um vier Uhr nachmittags treffen. Er würde mich dem Mädchen vorstellen, da sie kein Wort Schwedisch verstünde. Man muß ja auch nicht miteinander reden, wenn man, na Sie wissen schon ...«

Die Arroganz war von ihm abgeblättert wie alte Farbe, jetzt machte er auf die kumpelhafte Tour, wollte mal unter Männern etwas loswerden über die armen importierten Mädchen. Die Ärmsten waren ja gezwungen, sich zu prostituieren, um zu überleben, aber sie konnte nicht einmal mit der Umwelt kommunizieren. Doch damit war er bei uns gerade jetzt an der falschen Adresse. Marklund machte seine Sache so gut, daß sich keiner von uns einmischte.

»Was geschah um vier vor dem Rundfunkladen?«

»Also, Strand kam, aber er war in Begleitung zweier Männer, die ich nie zuvor getroffen hatte. Es waren keine angenehmen Zeitgenossen ...«

»Wie kam er?«

»Wie?«

»Ja, wie? Im eigenen Auto? Wurde er von einer anderen Person hingefahren? Kam er im Taxi?«

»Er ... er ... sie ... sie ... kamen im Taxi. Genauso war es. Alle drei stiegen aus einem Taxi. Strand sagte mir, daß es mit der Thailänderin leider nichts würde. Schade, aber nicht zu ändern. Ich beschloß, ins nahegelegene Büro zu gehen. Bis zur Torsgatan gingen wir gemeinsam, dann wurde mir seine Gesellschaft lästig, und ich verabschiedete mich. Er würde wieder anrufen, versprach er. Mehr war nicht. Meine Frau darf von all dem nichts erfahren. Sie würde es nicht verstehen.«

Er zwinkerte und heischte um Verständnis für seine kleinen Schwächen, aber Marklund zwinkerte nicht zurück.

»Erklären Sie, warum Sie sich verhielten, als befürchteten Sie, auf dem Weg ins Büro verfolgt zu werden.«

»Also ... ich ... ich ...«

»Ja? Weshalb?«

In seinem Gehirn überschlugen sich die Gedanken, produzierten aber nur blauen Dunst.

»Meine Frau Babsan ist unerhört eifersüchtig. Schrecklich. Ich kann nicht einmal ein Damenfahrrad betrachten, ohne daß sie auf die Palme geht. Ich hatte den Verdacht, daß sie meinen kleinen Abenteuern auf die Schliche gekommen war und mich überwachen ließ. Sie hat schon einmal einen Privatdetektiv engagiert.«

»Aber Sie sagten doch, daß sie keine Ahnung habe. Wie denn nun?«

»Na ja, ich war nicht sicher. Wurde nervös. Wollte dem Privatschnüffler ein kleines Match liefern.«

Sogar der Anwalt schaute ein wenig mitleidig. Diese Schwindelei war so erbärmlich, daß ihr bereits im embryonalen Stadium die Puste ausging.

»Aber als Sie sich von Strand getrennt hatten, gab es doch gar keine Veranlassung, Versteck zu spielen, oder? Sie wollten doch lediglich ins Büro.«

»Genau. Da konnte er mir gar nichts beweisen.«

Marklund gestattete sich, den Kopf zu schütteln.

»Wir glauben Ihnen nicht.«

»Zum Teufel, ich habe hier meine intimsten Geheimnisse ausgebreitet ...«

»Ihr Fall liegt oben beim Staatsanwalt, Sie werden sicher verhaftet werden. Ich informiere ihn über das Verhör, er wird garantiert zur selben Schlußfolgerung kommen wie wir.«

Asten packte den Arm seines Verteidigers wie der Ertrinkende einen Rettungsring und schrie gellend:

»Ivar, ich will nicht verhaftet werden! Ich doch nicht! Sag ihnen, daß ich das nicht zulasse.«

»Leider kann ich in dieser Angelegenheit jetzt nichts unternehmen, aber ich werde natürlich tun, was ich kann.«

Marklund streckte die Hand aus und winkte auffordernd mit den Fingern.

»Die Schlüssel bitte.«

»Was?«

»Zu Ihrem Büro und Ihrer Wohnung. Wir werden in beiden Räumlichkeiten Hausdurchsuchungen vornehmen.«

»Ivar, die werden doch wohl nicht in meinem Büro rumschnüffeln? Und zu Hause? Ich will nicht, daß Scharen von Polizisten durch mein Heim trampeln!«

»Sie werden den Durchsuchungsbefehl bekommen, William. Vergiß nicht, daß es sich um den schwersten Mordfall der schwedischen Polizeigeschichte handelt. Das heißt, das stimmt nicht ganz. Wenn ich mich recht erinnere, hat ein Polizist aus Schonen, Hedin hieß er, zehn oder elf erschossen, aber das ist lange her. Auch wenn du unschuldig bist, muß ich zugeben, daß die Verbindung zwischen Johnny Strand und dir als starkes Verdachtsmoment gelten kann.«

»Himmel und Hölle, auch du? Gibt es denn niemanden, der mir glaubt?«

»Ich sagte lediglich, daß diese Beziehung als ein starkes Verdachtsmoment gelten kann, nicht muß. Für eine Hausdurchsuchung reicht es allemal. Gib ihnen die Schlüssel. Du wirst es ohnehin nicht verhindern können.«

Widerwillig, als trennte er die Nabelschnur zu einem geliebten Kind, reichte er Marklund den Schlüsselbund.

»Bloß gut, daß meine Frau mit den Kindern ein paar Tage verreist ist. Ivar, sprich mit ihr. Erklär ihr, daß das alles ein großes Mißverständnis ist. Falls ich bis dahin noch nicht entlassen sein sollte, meine ich.«

Marklund ordnete eine Pause an, die Asten nutzte, um seinen Anwalt in anscheinend komplizierten Angelegenheiten zu konsultieren. Simon und ich verließen die Vorstellung. Asten war, was das Verhör anging, in guten norrländischen Händen.

»Öhman hat Listen von Leuten zusammengestellt, die wir aufsuchen und überprüfen sollten. Rolle, das hier wächst uns über den Kopf! Wir brauchen schnellstens einen Durchbruch.«

Sune Bengtsson und ich stürzten uns ins Abenteuer Großstadt, aber ohne Erfolg. Die Hinweise waren irreführend oder falsch, wie so oft, wenn eine große Ermittlung noch in den Windeln steckt. Gegen Mittag fuhren wir zur Kripo zurück. Ich hatte darauf bestanden, weil ich keinesfalls mit ihm essen wollte. Simon kam in mein Büro, als ich gerade den mageren Bericht verfaßte.

»Gehst du mit mir essen?« fragte er. »Ich bin so lange hier, daß ich unbedingt eine Luftveränderung brauche. Wir nehmen meinen Wagen. Ich kenne da ein gemütliches Restaurant.«

Seine Fahrweise verdarb mir jeden Appetit, aber ich mußte mich dreinfinden. Gott sei Dank hatten wir es nicht sehr weit, nur bis zum Hötorget, wo er im Parkhaus einen Platz fand. Wir überquerten den Platz voller Marktstände mit Gemüse und Früchten im Überfluß, und er lächelte wohlwollend über die vielen Händler, die in gebrochenem Schwedisch versuchten, ihm ihre ach so preiswerten Waren zu verkaufen. Wir liefen über die Kungsgatan und dann die Olofsgatan hinunter.

»Hier liegt ja Astens Büro«, stellte ich überrascht fest.

»Ach ja? Daran habe ich gar nicht gedacht. Soviel um die Ohren. Wir essen in einer meiner Lieblingskneipen. Bist du schon mal im ›Kungskällaren‹ gewesen? Sehr originell.«

Ich war noch nie da, bestätigte aber die Originalität. Wie der Name Königskeller schon sagte, lag das Lokal im Souterrain. Die Wände waren weiß getüncht, die Decke mit schimmernden Kupferblechen beschlagen. Die Gemälde hätten in jedes herrschaftliche Haus gepaßt, dazu kamen Glasmalereien auf Spiegelglas mit einer seltsamen Reliefwirkung. Simon wählte einen Tisch für zwei, und eine große, blonde Serviererin eilte lächelnd herbei, die Speisekarten in der Hand.

»Willkommen. Du bist eine Weile nicht hiergewesen.«

»Stimmt, aber heute werde ich alles nachholen. Was würdest du essen, wenn du in meinen Kleidern stecktest?«

Sie lachte.

»Wenn ich in deinen Kleidern steckte, würde ich überhaupt nichts essen. Aber ich kann sowohl die Schweinemedaillons als auch den Fisch von der Tageskarte empfehlen.«

Simon bestellte eine besonders große Portion Medaillons, und ich wählte Fisch. Er nickte in Richtung eines Büfetts, wo die Gäste mit Tellern in den Händen Schlange standen.

»Grünfutter für die Kaninchen.«

»Dann werde ich auch mal hinhoppeln.«

Das Büfett war reichlich und frisch und hätte mir als Mahlzeit vollauf genügt, aber der Fisch duftete und schmeckte so vorzüglich, daß ich mich nicht beherrschen konnte. Ich beschloß, mir das Lokal zu merken und Virena und Elin hierher auszuführen. Bei den niedrigen Preisen konnte ich hier den Großzügigen markieren.

»Sämtliche Papiere aus Astens Villa und seinem Büro sind sichergestellt. Eine ganze Gruppe sitzt und sortiert und studiert. Sicher eine interessante Lektüre. Ich habe beschlossen, selbst mal einen Blick in das Büro zu werfen.«

Er stopfte sich eine ganze Scheibe Fleisch in den Mund und kaute zufrieden, aber plötzlich schien ihm das Essen nicht mehr zu schmecken.

»Heute nacht hatten wir Besuch von einer Frau, deren Familiennamen ich nicht aussprechen kann, wenn ich ihn nicht schriftlich vor mir sehe. Griechisch. Sie hatte ihren älteren Bruder mitgebracht, der ganz gut Schwedisch spricht. Du hast sie gesehen. Ihr Sohn Nikki wurde gestern in die Lunge getroffen.«

Ich nickte. Der Rest meines Fischs verlor jeglichen Geschmack und verwandelte sich in Asche. Leise fuhr Simon fort:

»Sie ist mit dem Jungen hergekommen, um bei ihrer Familie zu sein. Schweden war ihr Traumland. Am zweiten Abend wurde der Sohn erschossen. Zuerst schien die Wunde nicht lebensgefährlich, aber dann traten Komplikationen auf. Er wird nicht mehr lange leben. Ich schinde mir gern die Haut vom Leibe, um die Mörder zu kriegen.«

»Ich kann dir mit meinem Fell aushelfen. Die oder welche aus derselben Bande haben mir zwar schon ein paar Löcher in den Pelz gebrannt ...«

Wir bezahlten und bekamen ein herzliches Auf Wiedersehen mit auf den Weg. Simon schloß die Tür zu dem Haus auf, in dem sich Astens Büro befand. Wir nahmen den Fahrstuhl ins dritte Stockwerk. In dem überraschend kleinen Büro deuteten offene Schranktüren und Schubladen an, daß hier tatsächlich eine Hausdurchsuchung stattgefunden hatte. Simon lief umher, hob hier und da einen Gegenstand an und schaute in die leeren Fächer. Ich erkundigte mich, wonach er suchte.

»Ich weiß nicht, ob ich überhaupt nach etwas suche. Aber wenn es etwas gibt, was uns weiterbringt, dann finde ich es vielleicht auf diese Weise.«

Ein Raum mit einem ramponierten Schreibtisch, ein klappriger Stuhl, eine Polstergruppe in einem Zustand, bei dem man meist überlegt, ob man sie wegwirft oder ins Sommerhäuschen stellt, ein verschlissener Teppich, ein nach heutigen Maßstäben vorsintflutlicher PC, eine einfache Schreibmaschine, ein graues Telefon mit Wählscheibe, ein Bücherregal, das bis auf ein paar Bündel Branchenzeitschriften leer war, ein dreistöckiger Aktenschrank mit einem runden roten Deckchen und einem Porzellanelefanten darauf sowie ein niedriger Tisch mit Kaffeemaschine und Thermoskanne. Dazu kam eine Toilette mit Stuhl und Handwaschbecken und ein Flurschrank, dessen Inhalt sicher ebenfalls gerade untersucht wurde.

»Nicht gerade ein Großunternehmen«, bemerkte ich.

»Nein. Die Geschäfte scheinen nicht besonders gegangen zu sein. Machen wir uns wieder auf den Weg. Hier ist wirklich nichts zu holen, weitere Suche zwecklos.«

Als wir gehen wollten, stand plötzlich ein älterer Mann vor der Tür. Er war klein, mager und trug einen schmutzigen Overall, kurz gesagt: der Prototyp eines Hausmeisters. Der Mann schielte uns über seine Brille hinweg mißtrauisch an.

»Was seid ihr denn für welche?«

»Wir sind solche von der Polizei«, antwortete Simon und hielt ihm seinen Ausweis hin. »Und was bist du für einer?«

»Was? Ach so, ich, ich heiße Lindström der Gartenzwerg.«

Er grinste und popelte mit einem öligen Finger in der Nase.

»So nenne ich mich. Eigentlich bin ich in Rente, aber immer nur zu Hause rumhängen und der Alten im Wege stehen ... So arbeite ich halbtags für die Wohnungsgesellschaft. Also noch mehr Polizisten? Heute morgen waren doch erst welche da, ich habe mit ihnen gesprochen. Was hat denn der Kerl verbrochen?«

»Welchen Kerl meinst du?«

»Na den von da drinnen.«

Er nickte in Richtung des Büros.

»Verdammt, ich weiß nicht mal, wie der heißt. Einen so eingebildeten Fatzke habe ich noch nie erlebt. Der hat einen kaum angesehen, wenn man gegrüßt hat. Aber Hochmut kommt vor dem Fall. Hat es was mit Rauschgift zu tun?«

»Wie kommst du darauf?«

Lindström zuckte die mageren Schultern.

»Hab so komische Typen im Treppenhaus herumlungern sehen. Ich meine, ich verstehe ja nichts von Drogen. Hab mal Pfeife geraucht, als ich noch jünger war, aber sonst ...«

»Würdest du diese komischen Typen wiedererkennen?«

»Klar doch. Meine Alte sagt immer, ich hätte ein Gedächtnis wie ein Pferd, wenn es um Gesichter geht. Und die Visagen waren so speziell, die mußte man sich einfach merken. Ich bin ja sonst nicht gerade schreckhaft, aber mit denen wollte ich nicht gern Kirschen essen.«

»Gut, Lindström. Dich könnten wir bei uns gebrauchen. Kannst du uns noch etwas über Asten und sein Unternehmen sagen?«

»Nein. Oder vielleicht doch ...«

Nachdenklich zupfte er sich an der markanten Nase.

»Die anderen heute morgen fragten, ob Asten auch Kellerräume gemietet hat, aber da habe ich nix geantwortet. Als aus der kleinen Einzimmerwohnung hier ein Büro gemacht wurde, hat man den Keller anderweitig vergeben, da die Nachfrage groß war. Als eure Kollegen weg waren, habe ich dann mal nachgesehen und festgestellt, daß dieser Asten den Keller offenbar zurückbekommen hat. Das muß geschehen sein, als ich im Urlaub war. Nummer 36, rechter Gang.«

»Paßt der Hausschlüssel auch zum Keller?«

»Ja. Kommt ihr allein zurecht? Ich habe noch in der fünften zu tun, verstopfter Abfluß.«

Simon versicherte, wir bekämen das schon in den Griff. Dann stiegen wir hinab, bis wir an die Kellertür kamen. Dahinter verbarg sich eine lange, steile Treppe. Ich drückte auf den Lichtschalter, und wir schafften es bis hinunter, ehe die Zeitautomatik abschaltete. Dann wurde es stockdunkel, und ich tastete mich zum nächsten Schalter, der wie ein rotes Auge leuchtete.

»Idiotische Intervallschalter«, maulte Simon. »Haben wir in Spanga auch. Das Licht geht immer im unpassendsten Augenblick aus.«

Aber auch eingeschaltet war es eine funzelige Beleuchtung, gerade richtig für Spinnen und Ratten. Wir hielten uns rechts und kamen an eine Tür mit dichter Bespannung und einer schwarzen 36. Das Schloß war stabil und wahrscheinlich nicht einmal mit einem Bolzenschneider zu knacken, was Diebe allerdings kaum stören würde, denn die pflegten einfach die Schrauben an der Halterung zu lösen.

»Wie kommen wir hier rein?«

»Versuch's mal mit ›Sesam öffne dich‹«, riet ich.

Wieder erlosch das Licht, und während ich mich zum Schalter zurücktastete, kommentierte er:

»Tausendundeine Nacht, das paßt zu dem Keller.«

Als es wieder hell war, starrte er durch die Bespannung, und da für zwei kein Platz war, inspizierte ich inzwischen die anderen Keller.

»Rolle! Komm her!«

Er klang aufgeregt, und ich beeilte mich, aber plötzlich war es wieder dunkel. Simon fluchte.

»Teufel noch mal! Mach Licht!«

Ich rannte zu ihm.

»Rolle, schau schräg nach links.«

Ich legte die Hände an die Augen und spähte hinein. Im Halbdunkel des Kellers erkannte ich Kisten und Kartons. Schräg links lag etwas Unförmiges, in eine graue Decke gehüllt.

»Siehst du?«

»Etwas Zugedecktes.«

»Schau tiefer. Ist das nicht ... Verdammte Scheißlampe! Bleib da, ich gehe.«

Er stolperte davon. Als ich wieder sehen konnte, konzentrierte ich mich auf die von ihm bezeichnete Stelle. Schaute da nicht etwas unter der filzigen Abdeckung hervor? Sah aus wie ein kleines helles Holzstückchen. Holzstückchen?

»Kannst du was erkennen, Rolle?« flüsterte er heiser.

Ich keuchte ein paarmal, bevor ich antwortete: »Sieht aus wie ein Finger. Ein kleiner Finger.«

»Wir müssen die Tür aufmachen. Geh zur Seite!«

Er trat mehrmals dagegen, ohne Erfolg. Auch am Schloß zu rütteln war zwecklos. Wir suchten fieberhaft nach einem meißelähnlichen Werkzeug, fanden aber nichts Geeignetes. Im Kellergang wurden Schritte laut. Wir tasteten instinktiv nach unseren Pistolen, aber meine war ja auf dem Schlachtfeld geblieben. Wieder ging das Licht aus, und wir vernahmen die Frage:

»Seid ihr da?«

Lindströms Altmännerstimme. Simon antwortete:

»Ja. Mach Licht und komm her. Hast du Werkzeug bei dir?«

Der Hausmeister humpelte herbei und sah uns fragend an.

»Wollt ihr einbrechen?«

»Hast du nun oder nicht?«

Er wies auf die Brusttasche seines Overalls, in der verschiedene Werkzeuge steckten. Simon nahm sich einen Schraubenzieher und begann, damit zu hantieren, während ich den Lichtschalter mit einem Stück Papier festklemmte. Lindström schien den Eingriff zu mißbilligen, fand aber keinen Anlaß zu protestieren.

»Okay. Mach dich davon, Lindström. Das hier ist Polizeiarbeit und könnte ungemütlich werden.«

Lindström zog sich bescheiden zur Treppe zurück. Simon und ich betraten den Keller. Es roch dumpf und unangenehm wie nach schimmeligen Kleidern. Simon riß die Decke zur Seite. Darunter lag ein lebloser Körper, und Simon stöhnte vor Ekel. Das ganze Gesicht war weggeschossen.

»Rolle, das ist nicht mehr normal! Eine Frau ...«

Dieses Kleid. Dieser große, billige Ring an der linken Hand.

»Nach Gun Kihlberg brauchen wir nicht mehr zu suchen«, sagte ich heiser. »Jetzt haben wir sie endlich gefunden.«

23. Kapitel

Asten leugnete weiter, aber seine Situation wurde immer unhaltbarer, da wir ein zunehmend klareres Bild von ihm bekamen. Nein, er wußte nichts von der toten Frau im Keller. Er habe den Keller nie benutzt. Wovon er lebte? Geschäfte. Was für Geschäfte, es seien keine in den Büchern verzeichnet? Er sei mit den Papieren nicht auf dem laufenden. Welche Papiere denn, es seien ja keine gefunden worden? Die habe sein Buchhalter. Nein, den wolle er nicht hineinziehen, außerdem sei der gerade verreist, ein Kongreß in Asien. Was für ein Kongreß und wo? Das wisse er nicht genau, Bangkok oder Singapur. Ob er den Namen eines einzigen Kunden nennen könne? Ja, aber das wolle er nicht, das würde seinen Geschäftsbeziehungen schaden, wenn wir denn unseren Fehler eingesehen und ihn wieder freigelassen hätten.

Aber er schwitzte den ganzen Tag und rauchte eine Zigarette nach der anderen. Als Sune die Leitung des Verhörs übernahm, brach Asten fast zusammen. Was es mit dem zweiten Büro in Östermalm auf sich habe? Ah, er wollte umziehen? Warum war es für ein Unternehmen gemietet worden, das gar nicht existierte? Er habe es registrieren lassen wollen, jedoch keine Zeit gefunden. Wozu brauchte er auf einmal sechs Räume? So so, große Pläne. Wie er die luxuriöse Einrichtung bezahlen konnte? Ein Kredit also. Bei welcher Bank? Privat. Wer ihm das Geld geborgt habe? Das dürfe er nicht verraten, mit erneutem Hinweis auf zukünftige Geschäftsbeziehungen.

Wie seien seine Fingerabdrücke auf das Schloß an der Kellertür gelangt? Keine Ahnung, vielleicht haben sich die Experten getäuscht. Hatte ihn sein ehemaliger Arbeitgeber nicht hinausgeworfen? Nein, er sei freiwillig gegangen. Und so weiter und so weiter. Er stritt alles ab, log das Blaue vom Himmel und war um keine Ausrede verlegen. Abends um Viertel vor acht hatte Kareson eine Unterredung mit ihm, danach streckte er die Waffen. Wie so viele, die gestehen wollen, wurde er ruhig und gefaßt. Das Zittern hörte auf, der Schweiß trocknete.

»Ja, ich wurde von der Interactive Spedition hinausgeworfen. Die Geschäftsleitung machte mich für große Verluste verantwortlich, aber das war wirklich nicht mein Fehler, das möchte ich betonen. Die Zeiten sind eben so, man kann keine Gewinne mehr machen. Ich hatte zehn Minuten, um meinen Schreibtisch zu räumen und die Schlüssel abzugeben. Ein Kredit, den mir die Firma eingeräumt hatte, wurde mit den ausstehenden Gehältern verrechnet. Als ich zum Wagen ging, um nach Hause zu fahren, war ich arbeitslos und blank. Ein Geschäftsführer hat keinerlei gewerkschaftliche Rechte, eine Abfindung war ebenfalls nicht vereinbart. Aber ... zu Hause konnte ich keinesfalls erzählen, was geschehen war. Keiner, der einmal ein sehr hohes Einkommen gehabt hat, kann seiner Familie erklären, daß sie plötzlich arm sei.«

Simon hatte die Leitung des Verhörs übernommen, ich setzte mich dazu. Jetzt war Asten ein armes Würstchen wie andere auch, und Simon sprach freundlich und verständnisvoll mit ihm.

»Du mußt doch aber erzählt haben, daß du nicht mehr dort angestellt bist?«

»Sicher, aber ich behauptete, einen lukrativen Langzeitvertrag als freier Unternehmensberater eingegangen zu sein, um mehr Zeit für die Familie zu haben. Mehrere Monate lang war es die Hölle. Morgens schwang ich mich in meinen flotten Wagen und fuhr in die Stadt, abends kehrte ich zurück, so lange, bis mir finanziell das Wasser bis zum Halse stand. Das große Haus und der dazugehörige Kredit. Unsere drei Autos. Die Reitpferde der Kinder. Es ist nicht zu glauben, in was für Schwierigkeiten man gerät,wenn einem ein guter und sicherer Verdienst genommen wird.«

»Hast du keinen neuen Job gesucht?«

»Wie verrückt, aber wer will schon einen Geschäftsführer, den man gefeuert hat? Das Land ist klein, und alles spricht sich schnell herum. Untergeordnete Stellungen will einem niemand anbieten. Heutzutage haben Hunderte Direktoren dasselbe Problem wie ich. Man ist überflüssig auf einem Markt, der nach und nach verschwindet. Ich versuchte es auch als Berater, aber das ist sinnlos, diese Tätigkeit ist in allen Branchen vom Aussterben bedroht.«

»In dieser Situation lerntest du also Johnny Strand kennen?«

»Ja, und zwar tatsächlich in der Bahnhofskneipe. An dem Tag hatte ich den Wagen nicht dabei und betrank mich mit Bier. Es war eine Stimmung wie bei einem Leichenschmaus, ich trug sozusagen meine letzten Scheine zu Grabe. Meine Bank hatte eine weitere Hypothek auf das Haus abgelehnt. Der Wert war durch die Rezession so gesunken, daß sie statt dessen einen Teil aufkündigen wollten. Die Autos waren früher steuerlich günstig über mein altes Unternehmen gelaufen, nun aber mußte ich die Raten selbst bezahlen und lag im Rückstand. Die Stromrechnung war fällig, zwanzigtausend Kronen. Ich kam mit meinem Tischnachbarn ins Gespräch. Johnny Strand. Ich brauchte eine Brust, an der ich mich ausheulen konnte, und er bot sich an. Und er zeigte mir einen Ausweg.«

»Nämlich den, Handlanger der russischen Mafia in Schweden zu werden, nicht wahr?«

Asten überlegte eine Weile und nickte dann bestätigend.

»Anfangs übersah ich die Dimension des Ganzen nicht, aber das ist keine Entschuldigung. Ich war am Ertrinken, und er hatte einen Rettungsring. Er beschaffte mir Geld, und ich konnte meine Schulden bezahlen. Ich nahm Kontakt zu alten Bekannten in diversen Vereinen und Gesellschaften für Geschäftsleute auf und ließ durchblicken, daß ich frischen Wind unter den Flügeln und große internationale Geschäfte am Laufen hätte. Wie du weißt, wird man nur als Mensch wahrgenommen, wenn man Erfolg hat.«

»Bestand deine Aufgabe darin, weitere Personen deines Schlages an die Organisation zu binden?«

»Unter anderem. Es war nicht schwer. Ihr könnt die Namen von mir bekommen. Ich habe über zwanzig geworben, es gibt aber noch mehr. Etwa hundert, könnte ich mir vorstellen. Leute mit sauberer Weste und besten Verbindungen. Ein paar Bankdirektoren aus den höchsten Etagen gehen auf Strands Konto. Ihre Namen kenne ich leider nicht. Sie sind bestochen, so daß wir Mafiamitglieder durch sie an schwedische Unternehmen herankommen. Die finanziellen Ressourcen scheinen unerschöpflich zu sein.«

»Wie war das mit dem Büro in der Olofsgatan?«

»Manchmal ging ich dahin, aber eigentlich hausten dort Strand und seine Kumpane, ab und zu. Sie brauchten einen zentralen Platz. Ich weiß nicht genau wofür, aber ich glaube, sie lagerten dort Waffen. Gestern sagte Strand zu mir, ich solle ins Büro gehen und dort auf ihn warten, er wolle ein paar Sachen mit mir diskutieren. Warum sie dann nicht kamen, weiß ich nicht. Möglicherweise wollten sie erst noch woanders Waffen abholen.«

»Du hast dich verhalten, als wüßtest du, daß du verfolgt wurdest. Wie kam das?«

Asten lächelte müde und resigniert.

»Ich wußte, daß Strand gesucht wurde, und riet ihm dringend, sich eine bessere Verkleidung zuzulegen, aber er lachte nur. Falls mich jemand in seiner Gesellschaft gesehen hatte, konnte er mir folgen. So geschah es dann ja auch, ohne daß ich es merkte.«

Das war ein Kompliment, für das ich mich nicht bedanken mußte.

»Und die Frau im Keller? Sie ist vor etwa zwei Tagen erschossen worden, sagt der Gerichtsmediziner.«

»Glaub mir, ich weiß nichts. Strand bat mich, ein ordentliches Vorhängeschloß zu kaufen, aber das war vor vielen Monaten. Über seine Morde hat er mir nie etwas erzählt.« Er faltete die Hände und sagte leise: »Ja, das war also mein Leben, und es ist vorbei. Ich werde Babsan und die Kinder nie wiedersehen. Aber ich glaube an die Seelenwanderung. Irgendwann werde ich vielleicht in eine Existenz wiedergeboren, die mir eine neue Chance gibt.«

Das war ein reichlich kleiner Haken, um das Dasein daran aufzuhängen, aber er brauchte ihn nun einmal. Simon gewährte ihm eine Pause zur Erholung, dann würde ein neuer Vernehmungsleiter weitermachen. Inzwischen machte sich Simon daran, zusätzlich zum Bandprotokoll einen Bericht zu schreiben.

»Du kannst jetzt nach Hause gehen«, sagte er zu mir. »Das war ein harter Tag.«

»Roboter Simon Palm bleibt natürlich an vorderster Front.«

»Nein, in zwei Stunden fährt auch der rostige Roboter heim. Ich werde wahrscheinlich schon im Auto einschlafen.«

Es war Viertel vor neun. Der Fahrstuhl war besetzt, also nahm ich die Treppe hinunter zum Ausgang. Alle anderen schienen das Gehen verlernt zu haben, sie konnten nur noch rennen, mit Papieren und Akten in der Hand. Zusammengebissene Zähne, gerunzelte Stirn: Jetzt werden wir die Kerle schnappen, die so viele von uns ermordet haben! Einige kannte ich nicht, ich hatte aber gehört, daß wir Verstärkung aus anderen Abteilungen bekommen hatten.

Draußen blieb ich stehen und atmete tief ein. Die Luft wirkte frisch im Vergleich zu der im Dienstgebäude. Auch hier hatten es Zivilfahnder und Uniformierte eilig, bei der Jagd auf die Mörderbande schien jede Sekunde zu zählen. Wieder begann ich mich zu fühlen, als gehörte ich nicht dazu. Wahrscheinlich ein Müdigkeitssymptom.

Auf der anderen Seite der Bergsgatan nahe dem Schaufenster des Fundbüros hielt ein Einsatzbus, und die Besatzung stieg aus. Auch sie hatten es eilig. Offenbar sollten sie nach dem Dienst zum Training, denn sie trugen Sporttaschen mit Schuhen und Trikots bei sich. Die ganze Gruppe lief völlig schamlos Reklame für Adidas. Sie rannten über die Straße und am Einlaßposten vorbei.

Langsam spazierte ich auf die Pilgatan zu. In meinem Hinterkopf rumorte es unüberhörbar. Irgend etwas stimmte nicht. Hing es mit Astens Verhör zusammen? Hatte er etwas gesagt, worauf ich hätte reagieren müssen? Oder etwas verschwiegen? Nein, es war nicht Asten. Aber sonst war ja nichts passiert. Ich hatte mich von Simon verabschiedet, mir die Jacke angezogen, gegähnt und war dann die Treppe hinabgestiegen. Der Fahrstuhl? Daß der Fahrstuhl besetzt war, geschah oft, nichts Ungewöhnliches ...

Plötzlich blieb ich stehen. Die Besatzung des Einsatzbusses. Die Uniformen stimmten, die Ausrüstung, aber dennoch war da etwas ... Polizisten haben alle eine ähnliche Körperhaltung, da ihnen in der physischen Grundausbildung dieselben Bewegungsabläufe eintrainiert werden. Diese Gruppe hatte sich anders bewegt. Schultern, Arme, Haltung ...

Und sie waren im Gleichschritt gerannt! Alle hatten sich dem Rhythmus des Kommandeurs an der Spitze automatisch angepaßt. Daß mir das erst jetzt auffiel! Sie bewegten sich nicht wie Polizisten, sondern wie Soldaten! Mein Magen krampfte sich zusammen. Himmel und Hölle, was hatten die in ihren Taschen? Ich sprintete zum Eingang zurück.

»Gerade ist eine Einsatzgruppe hereingekommen. Wohin sind sie gelaufen?«

Der junge Posten war verwirrt. »Teufel noch mal, hier gehen doch ständig Leute ein und aus. Sie hatten ja Kennkarten, um weiterzukommen.«

»Her mit dem Telefon!«

Ich wählte Simons Nummer, mein Magen flatterte.

»Simon, hier ist Rolle. Ich habe beobachtet, wie eine Einsatzgruppe gerade das Haus betreten hat.«

»Was ist daran so Besonderes?«

»Ich glaube nicht, daß das Polizisten waren. Sie bewegten sich wie Soldaten, aber nicht wie schwedische. Da läuft etwas Teuflisches! Gib Alarm. Ich übernehme die Verantwortung.«

»Habe verstanden. Komm schnell rauf!«

Ich konnte mich geirrt haben. Dann würde ich wohl zugeben müssen, daß ich ein Holzkopf war, ein Idiot, ein Beknackter. Aber das Risiko mußte ich eingehen. Viele glaubten sowieso, daß ich nicht richtig tickte. Der Fahrstuhl war gerade unten, aber bevor die Tür hinter mir zuging, drängten sich vier aus der verdächtigen Gruppe herein. Ich sah, wie der Rest die Treppe hinaufstürmte.

Noch nie hatte eine Fahrt mit dem Lift so lange gedauert. Ich versuchte, die Kerle nicht anzusehen, konnte es mir aber nicht verkneifen, aus den Augenwinkeln hinzuschielen. Gesichter, die wie versteinert wirkten und doch eine wilde Kraft ausstrahlten. Das Durchschnittsalter lag bedeutend über dem normalen für Polizisten im Einsatzdienst. Die Uniformen saßen nicht besonders gut, sie schienen mindestens eine Nummer zu klein zu sein. Wie auf ein Kommando, das ich nicht wahrgenommen hatte, öffneten sie die Reißverschlüsse der Adidas-Sporttaschen.

Endlich hielt der Fahrstuhl, die Tür ging auf. Davor stand Simon. Ich versuchte, ihm durch Grimassen klarzumachen, wer meine Mitpassagiere waren. Er lächelte strahlend, umarmte mich herzlich und rief:

»Willkommen! Es ist uns eine Ehre, den Abfluß von einem wirklichen Experten gereinigt zu bekommen.«

Mit großen Gesten wies er auf eine Tür, hinter der sich das verstopfte Rohr angeblich befand. Die vier gingen an uns vorbei und warteten auf die Gruppe, die das Treppenhaus benutzt hatte. Simon führte mich in den Raum und schloß die Tür.

»Du hast recht, Rolle. Diese Gangster müssen die Uniformen geklaut haben.«

Über Telefon gab er einen kurzen Bericht: »Die Verdächtigen befinden sich auf der Etage der Fahndungsabteilung. Mit Sicherheit sind alle bewaffnet. Ich glaube ...«

Von draußen waren plötzlich Salven aus einer Maschinenpistole zu hören. Simon ging instinktiv in Deckung und brüllte: »Jetzt schießen sie! Schickt so viele Leute wie möglich!«

Ich spähte vorsichtig durch den Türspalt. Die Kerle hatten russische automatische Karabiner in der Hand und schossen vorwärts schreitend auf alles, was sich bewegte. Ein Kollege zeigte sich mit der Pistole in der Hand, aber ehe er die Waffe heben konnte, war er von Kugeln zersiebt.

Der vorderste Mann warf eine Handgranate etwa zehn Meter vor sich. Unmittelbar nach der Detonation fiel die Gruppe in Laufschritt. Die letzten sicherten nach hinten und zur Seite, die Kugeln peitschten in Hüft- oder Schulterhöhe durch die Gänge. Einer warf eine Rauchbombe hinter sich. Bald lag der ganze Flur in dichtem, beißendem Nebel. Ich hatte mich noch nie so hilflos gefühlt, ohne meine Dienstpistole war ich wie nackt. Schuß auf Schuß, explodierende Granaten, Schreie und Stöhnen der Verwundeten.

»Rolle, das darf nicht wahr sein«, keuchte Simon über meine Schulter und stierte in den Rauch. »Das geschieht nicht wirklich, das ist bei uns nicht möglich.«

Aber es geschah doch, vor unseren Augen. Diszipliniert drang die Gruppe weiter vor und hinterließ eine Rauchbombe nach der anderen. Niemand wagte es, sich in den Nebel zu begeben, denn die Kugeln schienen von überall zu kommen. Ein Polizist lag mit glasigem Blick auf dem Boden, in der blutenden Hand hielt er seine Sig Sauer. Ich kroch zu ihm, schnappte mir die Waffe und feuerte blind in den Rauch. Ich hörte, wie Türen eingetreten und Salven in die Zimmer abgegeben wurden. Jemand schrie wie wahnsinnig um Hilfe, dann ertönte nur noch ein tiefer Seufzer, wahrscheinlich der letzte.

Der Rauch drang in Nase, Mund und Augen, ich hustete mir fast die Lunge aus dem Leib. Als ich die juckenden Augen rieb, flossen die Tränen unaufhaltsam. Polizisten kamen aus den anderen Stockwerken herbeigeeilt. Einige hatten Schutzausrüstung angelegt, wagten aber trotzdem nicht, ins Ungewisse anzugreifen. Sie hielten die Schutzschilde vor sich und drangen nur langsam vor. Befehle und Gegenbefehle schwirrten durch die Luft. Ein Mann warf plötzlich seinen Schild in die Luft und stürzte zu Boden, wie von Geisterhand dahingemäht. Es war das reine Chaos. Die einzigen, die klaren Kopf behielten, waren die falschen Polizisten. Sie wußten, was sie wollten, und steuerten wie eine perfekte Mordmaschine direkt auf ihr Ziel zu.

Eine Hand ergriff meinen Arm, und ich drehte mich schnell um, die Pistole im Anschlag. Ein Mann in mittlerem Alter kroch über den Flur, aus seinem Mund quoll Blut, als würde es herausgepumpt. Torsten Westman, ein Fahnder, den ich recht gut kannte. Sänger, Geschichtenerzähler, Experte in lateinamerikanischen Tänzen, nahm mit seiner Frau an Turnieren teil. Das hier war vielleicht sein Abgesang, sein letzter Tango.

»Hassel, ich sterbe ... ich sterbe ... ich habe solche Angst!«

»Du schaffst es ins Krankenhaus, Torsten.«

»Nein, ich sterbe ... wie ist es da unten in dem schwarzen Loch ... was wird mit mir geschehen ...«

Er krallte sich in panischem Schrecken in meinen Arm. Ich hustete und weinte und konnte sein Gesicht durch den Rauch nur undeutlich erkennen.

»Angst ... Angst ... nicht vorm Sterben, sondern vor dem, was danach kommt ...«

»Du stirbst nicht«, röchelte ich.

»Wird es dann eiskalt ... werde ich in ewiger Finsternis und Kälte landen ... Hassel, wie wird das ...«

Was wußte ich? Ich konnte nur wie ein Papagei wiederholen: »Du stirbst nicht. Bald bist du im Krankenhaus.«

Er erstarrte, und die Finger gruben sich noch tiefer in das Fleisch des Armes: »Aaaangst ...«

Ein letzter Blutschwall aus dem Mund, dann lockerte sich sein Griff, und der Arm fiel leblos zu Boden. Ich sah und hörte nichts mehr. War er auf dem Weg ins schwarze Loch? Fror er? Jetzt wußte er vielleicht schon, was ich noch nicht wissen konnte.

Die Kerle mußten bereits weit vorgedrungen sein, denn die Schüsse und Granatexpolsionen klangen entfernter. Ich robbte in den Raum zurück, aus dem ich gekommen war, riß das Fenster auf und hängte mich hinaus. Der Rauch schien mich imprägniert zu haben, obwohl ich kaum soviel eingeatmet haben konnte. Ein großer Lastwagen mit einer Plane über der Ladefläche kam langsam herangefahren. Der Fahrer steckte den Kopf heraus und beobachtete aufmerksam das Haus. Er mußte glauben, daß es brannte, denn durch mehrere geöffnete Fenster drang Rauch.

Plötzlich sah ich die falschen Polizisten aus dem Eingang kommen. Sie wirkten wie zusammengeschweißt, zwischen ihnen waren nur wenige Dezimeter. Immer noch schossen sie nach allen Richtungen und warfen Granaten hinter sich. In der Pistole, die ich mir gegriffen hatte, waren noch ein paar Kugeln. Ich hielt die Waffe mit beiden Händen, zielte und feuerte auf die Gruppe. Einer der Kerle riß die Arme hoch und ließ sein Gewehr fallen. Ein anderer zog ihn mit sich. Mein zweiter Schuß ging voll daneben. Als ich zum dritten Mal abdrückte, ertönte nur ein leeres Klicken.

Der Lastwagen hielt, der Fahrer sprang heraus, rannte nach hinten und schlug die Plane zurück. Auf die Ladefläche war ein Maschinengewehr montiert, so umgerüstete Fahrzeuge sieht man manchmal im Fernsehen, zum Beispiel in den Berichten über Somalia. Die falschen Polizisten saßen auf, hockten sich hin und feuerten weiter auf das Tor und die Fenster. Einer stellte sich ans Maschinengewehr und gab Salve um Salve ab, während der Fahrer das Gaspedal durchtrat.

Ich setzte mich und lehnte den Rücken unterhalb des Fensters an die Wand. Simon kam herein und war wie betäubt. Sirenen von Polizeifahrzeugen und Ambulanzen jaulten wie verrückte Teufel in einer glühenden Hölle. Er schleppte sich bis zu mir und ließ sich neben mir nieder. Seine Augen waren weit aufgerissen, der Blick leer.

»Das ist nicht möglich ...«

»Simon, es ist geschehen.«

»Nein, nein, so etwas kann nicht geschehen.«

»Wir müssen zu Hause anrufen und Bescheid sagen, daß wir leben, ehe sie die Nachricht über Radio oder Fernsehen erhalten.«

»Wie, zu Hause? Das kann nicht sein. Hier bei uns ist so etwas einfach nicht möglich.«

Ich klapste ihn leicht auf die Wangen und trottete zum Telefon. Elin nahm ab, und ich zwang mich, wie der fröhliche Papa zu klingen, der sonst immer anrief. Dann bat ich sie, Mama zu rufen.

»Virena, ich bin okay. Das sollst du nur wissen. Völlig okay.«

»Roland, auf der Straße wimmelt es von Leuten, was ist denn geschehen?«

Simon zufolge nichts, aber der stand ja unter Schock. So antwortete ich:

»Schlimme Dinge, aber ich bin heil und gesund, Simon auch. Er ist ... beschäftigt. Kannst du Nadja anrufen und es ihr sagen? Ich werde in Kürze ebenfalls alle Hände voll zu tun haben.«

»Aber was ...«

»Virena, ich kann jetzt nicht darüber reden.«

»Ist es so schlimm?«

»Schlimmer, Virena, schlimmer.«

Sie schwieg einen Augenblick und sagte dann leise: »Dich habe ich jedenfalls noch. Laß von dir hören, wenn es dir möglich ist.«

Seite an Seite saßen wir an der Wand unter dem Fenster. Schweigend und reglos, niemand störte uns. Dort konnten wir bleiben bis ans Ende unserer Tage.

»Weißt du was, Simon?«

Er wußte nichts, und ich fuhr fort:

»Sie bemerkte, daß sie mich jedenfalls noch hätte, und sie klang erfreut darüber. Virena ist keine Frau, die große Worte macht. Das muß etwas bedeuten.«

Simon reagierte nicht, und ich verstand ihn. Warum sollten wir uns bewegen, wenn es nicht notwendig war? Ein Mann trat ein. Ich schaute auf und erkannte Kommissar Nord von der Abteilung Gewaltverbrechen. Er hielt seine ewige Pfeife in der Hand und blies Rauch aus Nase und Mund, als hätten wir davon nicht schon genug gehabt.

»Was ist los mit euch?« wollte er wissen.

»Es geht uns prächtig. Absolut spitzenmäßig.«

»Kommt ihr schnell mit in den großen Versammlungsraum? Wir wollen ...«

»Nein.«

»Wie bitte?«

»Wir gehen jetzt in überhaupt keinen großen Versammlungsraum. Simon und mir gefällt es hier. Rechnet uns zu den Lebenden, aber kommt her, wenn ihr etwas von uns wollt.«

Nord nickte, als hätte er begriffen. Mit dem Mundstück der Pfeife deutete er auf Simon. »Braucht er Hilfe?«

»Keinesfalls. Wir sitzen hier nur, weil es so gemütlich ist. Simon wird mir bald Volkslieder vorsingen, er muß sich nur noch ein wenig sammeln.«

»Haha, Witzbold. Sammle dich gleich mit.«

Wieder waren wir allein, und mein Blutsbruder Simon ... Blutsbruder! War ich denn verrückt? Genug von Blut und Rauch und Schüssen und Schreien und Jammer. Ich schloß die Augen und lehnte mich an Simons Schulter, als sei sie ein weiches Kissen.

Als ich aufwachte, war es draußen dunkel. Simon schlief neben mir, offenbar hatte mich sein Schnarchen geweckt. Mühsam erhob ich mich und schaute auf die Uhr. Fünf nach eins. Körperlich fühlte ich mich wie durch den Fleischwolf gedreht. Im Mund schmeckte ich immer noch den Rauch, aber das würde vorübergehen. Alles würde vorübergehen. Die Zukunft wurde schnell zur Gegenwart und verwandelte sich in Vergangenheit. Hoffnungen erfüllten sich, wurden zunichte gemacht oder vergessen, dafür neue Träume geboren. Lärm und Geschrei und Schüsse und Blut tauchten in den Schatten des Bewußtseins ein. Alles, was vorüberging, wurde zu Erinnerung. Vielleicht auch für Torsten Westman.

Überall waren Wachen postiert, die meine Legitimation sehen wollten, und ich befürchtete schon, sie könnte abgenutzt sein, bevor ich das Haus verlassen hatte. Trotz der späten Stunde war die Straße voller Menschen, die zum Polizeigebäude hinüberstarrten, als würde dort jemand Purzelbäume auf dem Hochseil schlagen. Alle TV-Kanäle waren mit ihren Bussen angereist, und die Journalisten standen auf einem Haufen, denn niemand wurde durchgelassen, der sich nicht als Polizist ausweisen konnte. Ohne Bedauern verließ ich die Bergsgatan und schleppte mich heim.

Virena war wach und empfing mich mit Tee und belegten Broten, was ich als einen Liebesbeweis wertete. Sie strich mir über die Wange, und nachdem wir uns hingelegt hatten, schlief ich sofort ein. Um fünf wachte ich auf, schlich mich ins Bad, rasierte das hohläugige Gespenst im Spiegel, zwängte mich in die Kleider, schrieb den obligatorischen Zettel für den Küchentisch und schlurfte davon.

Das Polizeigebäude war immer noch von Massenmedien und Neugierigen umlagert. In meinem Büro lagen mehrere Zettel mit den Namen von Personen, die ich sofort nach meinem Eintreffen kontaktieren sollte. Ich wählte ein paar Nummern, aber es war wohl noch zu zeitig, niemand nahm ab. Statt dessen kamen Pavlov und Galina herein und sahen aus, als hätten sie eine ganze Armee Gespenster gesehen.

»Seid ihr die ganze Nacht hiergewesen?« erkundigte ich mich.

»Erst seit Mitternacht«, antwortete Galina. »Sag mir: träume ich? Ist hier Schweden oder Rußland?«

»Als ich aufwachte, war es jedenfalls Schweden. Die Zeitungen von heute sind alle in lateinischen Buchstaben gedruckt und nicht in kyrillischen. Sagt mal, schlimmer kann es doch an der Ostfront auch nicht zugehen, oder?«

»Bei uns ist alles möglich, aber hier ...«

Pavlov legte eine Hand auf meine Schulter. Vielleicht glaubte er, ich brauche Trost, vielleicht hatte er ihn selbst nötig.

»Du hast diese Verbrecher aus nächster Nähe gesehen. Mit dem ersten Flugzeug kommt ein Mann von der Moskauer Polizei mit einem Satz Fotos, den du durchsehen sollst. Möglicherweise kannst du einen oder mehrere Täter identifizieren.«

»Das glaube ich nicht, denn ich vermied es, ihnen ins Gesicht zu schauen. Wozu sollte das dienen? Was war beabsichtigt? Eine Machtdemonstration?«

Pavlov und Galina sahen sich an, und Pavlov schüttelte den Kopf.

»Wenn man weiß, daß man Macht hat, muß man sie nicht demonstrieren. Die Mafia hat immer einen Grund, und diese Aktion war aus ihrer Sicht notwendig.«

»Notwendig? Wieso?«

»Verstehst du denn nicht? William Asten war keine starke Persönlichkeit und würde früher oder später gestehen. Er war das Ziel. Und er wurde von Kugeln buchstäblich zersiebt!«

24. Kapitel

Einige Stunden später nahm ich an einer ersten, etwas chaotischen Besprechung teil. Die allgemeine Stimmung schwankte zwischen Verblüffung über das Geschehene und wahnsinnigem Zorn über das Resultat. Ich hatte geglaubt, die halbe Polizei Stockholms sei ausgelöscht worden, aber es hatte ›nur‹ fünf Kollegen tödlich erwischt. Achtzehn waren so schwer verletzt, daß sie ins Krankenhaus mußten. Kommissar Nord würde die Ermittlungen leiten, aber er haßte es, öffentlich zu reden, und hatte diese Aufgabe Kriminalinspektor Bosse Jansson übertragen, einem Mann, dem nach einer langen Dienstzeit nur noch ein paar Monate bis zur Pension blieben. Er schien zu wünschen, ein Jahr früher geboren zu sein, dann hätte er das hier nicht mehr miterleben müssen. Jansson war ein ernster Typ, den ich nie hatte scherzen hören. An diesem Morgen war er genau der richtige Mann. Im ganzen Polizeigebäude gab es keinen, dem nach Witzen oder Gelächter zumute gewesen wäre.

»Wir trauern um unsere toten Kameraden. Sie starben im Dienst, wie auch die sieben Kollegen, die wir dieser Tage verloren haben. Wir trauern ebenso um die zivilen Opfer. Und wir trauern auch um den Mann, den wir im Verhör hatten, William Asten. In unseren Mauern sollte niemand um sein Leben bangen müssen.« Er machte eine Pause, die unausgesprochen als Schweigeminute angesehen wurde. »Vieles ist zu sagen, wofür es keine Worte gibt. Ich beschränke mich auf das rein Polizeiliche. Wer waren die Männer, die hier eindrangen? Vieles deutet darauf hin, daß es sich um eine regelrecht militärische Operation gehandelt hat, mit dem Ziel, William Asten zu töten. Wohin sind sie danach geflohen? Mehrere Funkwagen hatten die Verfolgung aufgenommen. Wir wissen, daß der Lastwagen nach Värtan fuhr und unweit des Anlegers der Silja-Line hielt. Dort wartete ein schnelles Motorboot, das in Richtung Vaxholm fuhr. Mehr wissen wir noch nicht. An dem Lastwagen war eine Bombe angebracht, die kurz vor Eintreffen der Funkwagen explodierte. Gott sei Dank, dadurch blieben uns weitere Opfer erspart.«

Ein Schärengarten mit über zwanzigtausend Inseln. Eine Küste mit unzähligen Buchten. Weitere Boote konnten auf die Verbrecher warten, Autos, möglicherweise ein Helikopter oder ein Flugzeug, das auf freiem Feld starten konnte. Sie hatten die Aktion bis ins Detail geplant, während wir improvisieren mußten, und es kostet immer Zeit, Kräfte umzugruppieren.

»Jetzt kommen die wichtigsten Fragen. Was geschehen ist, sollte eigentlich unmöglich sein. Das Haus ist so gebaut, daß es Angriffen von außen und innen widerstehen kann. Die Täter hatten Zugang zu Schlüsseln, Codekarten und allen Informationen, um Hindernisse zu überwinden. Jemand muß sie mit all dem versorgt haben. Einer von uns. Ein Überläufer.«

Er ließ den Blick über unsere dichtgedrängten Reihen wandern, und wir verspürten ein kollektives Schuldgefühl wegen des wahrscheinlichen Verräters in unserer Mitte. Ich sah Simon den Saal betreten und ganz hinten Platz nehmen. Er war frisch rasiert und schien den Schock überstanden zu haben. Jansson fuhr fort:

»Eine Einsatzgruppe hatte gestern den Auftrag, einen schweren Raub zu untersuchen, der uns aus einer Straße hinter dem Stadion gemeldet worden war. Inzwischen wissen wir, daß es falscher Alarm war. Unserer Zentrale wurde dann mitgeteilt, die Funkverbindung sei gestört. Die Täter müssen sich in unseren Dienstanweisungen bestens ausgekannt und gewußt haben, wie sie eine Alarmierung aus dem Einsatzbus unterbinden konnten. Also herrschte erst mal totale Funkstille. Die Täter müssen dann Uniformen und Ausrüstung der Besatzung an sich gebracht haben. Die große und wesentliche Frage ist: Wo sind unsere Kameraden aus dem Einsatzbus?«

Die Frage klang uns noch nach der Versammlung in den Ohren. Die schmale Straße hinter dem Stadion war abgeschieden und eigentlich für den Verkehr gesperrt. Es gab keine Zeugen, aber bald würde trotzdem eine Flut von Hinweisen bei uns eingehen, von wirklichen Beobachtungen bis hin zu hellseherischen Wahrnehmungen und Tagträumereien. Urlauber wurden ebenso zurückbeordert wie Teilnehmer an Kursen, die ihre Studien für eine unbestimmte Zeit praktischer Polizeiarbeit unterbrechen mußten. Sogar die Mitglieder der Palmegruppe hatten für eine Weile andere Aufgaben, als einem Phantom nachzujagen.

Tage und Nächte betrachtete ich die Fotografien, die der russische Kollege mitgebracht hatte. Pavlov oder Galina dolmetschten, und die Zeit verlor ihre Konturen für mich. Pavlov war wie ich der Meinung, daß das Ganze sinnlos sei, aber es mußte trotzdem getan werden. Einige Anhaltspunkte gab es immerhin: Die Männer waren nicht mehr jung und militärisch trainiert.

»Sie könnten am Krieg in Afghanistan teilgenommen haben«, spekulierte Pavlov. »Was dort geschehen ist, hat nie in westlichen Zeitungen gestanden. Andererseits gibt es Millionen Elitesoldaten, die niemand mehr braucht und die eine neue Aufgabe suchen. Die schwarzen Baskenmützen zum Beispiel. Du weißt, daß der sowjetische Militärdienst drei Jahre dauerte, wobei es im ersten Jahr keinen Urlaub gab. Es herrschte eine Disziplin, bei der schwedische Wehrpflichtige wahrscheinlich ohnmächtig geworden wären.«

Für mich war es, als schaute ich mir Chinesen an. Wer konnte schon einen vom anderen unterscheiden? Wenn ich bei einem Foto auch nur ein wenig zögerte, wurde dieses zur Seite gelegt, nicht weil ich einen erkannt hatte, sondern weil gewisse Gesichtszüge eine entfernte Ähnlichkeit ... Zu meiner Erleichterung rief Simon an und wollte mit mir sprechen.

»Rolle, wir dürfen die alten Spuren nicht vernachlässigen. Morgen ist Samstag, aber ich will, daß du mit Myrna nach Rinkeby fährst und nach diesem Burschen Sonn Kraj suchst. Kajan und Johnny Strand müssen endlich unter dem flachen Stein hervorgelockt werden, unter dem sie sich verstecken.«

In dem hitzigen Tempo, das zur Zeit im Hause herrschte, hatten wir keine Gelegenheit gehabt, uns zu treffen, seit wir gemeinsam unter dem Fenster eingeschlafen waren. Ich kam nicht mehr darauf zurück, schließlich war er ja wieder aufgewacht. Er verschränkte die Hände im Nacken und schaute zur Decke.

»Charlotte Adamsson wurde verhaftet. Sie fühlt sich nicht besonders, aber wer fühlt sich heutzutage schon? Laß uns hören, was sie über Sonn weiß. Er kann ja ihr Pflegebruder sein. Soll ich dir eine prima Überraschung verraten?«

»Daß wir alles nur geträumt haben und das einzige ungelöste Verbrechen der Diebstahl eines nicht gesicherten Fahrrads ist?«

»Lieber Himmel! Nein, es geht um die Frau, die wir beide in Astens Keller gefunden haben. Die mit dem weggeschossenen Gesicht. Der Bericht ist jetzt da.«

»Arme kleine Gun Kihlberg, nie hatte sie eine Chance im Leben.«

»Wir haben sie an den Kleidern erkannt, nicht wahr?«

»Ja, und an dem billigen Ring mit der auffälligen Imitation.«

»Die Kleider und der Ring gehörten Gun. Die Tote aber war Jennifer Broll!«

»Jennifer? Wie wollen wir das wissen?«

»Wir hatten doch ihre Fingerabdrücke. Sie war vor etwa zwanzig Jahren in einen versuchten Totschlag an einem Kunden verwickelt. Man sprach sie frei, aber ihre Abdrücke blieben in der Kartei. Ihr Mann hat für die Mordzeit ein Alibi. Er war nachweislich in Berlin. Er behauptet, er habe sie zu Hause rausgeschmissen, als er erfuhr, daß sie ihn über ihre Vergangenheit belogen hat. Wohin sie danach gegangen ist, weiß er nicht.«

Noch ein Mysterium. Langsam reichte es. Wer wollte uns weismachen, daß Gun ermordet worden war? Welche Rolle hatte Jennifer in diesem abscheulichen Spiel gespielt? Während wir in das Besuchszimmer des Gefängnisses gingen, informierte mich Simon über die Ansichten der Leitungsgruppe. Eigentlich waren es jetzt mehrere Führungsstäbe, die jeweils eigene Aufgaben erfüllten, wobei es natürlich Kollisionen, Irrtümer und Doppelungen gab. Wer glaubt, daß die Polizei wie geschmiert funktioniert, hat keine Ahnung, mit was für einer knirschenden und quietschenden Maschinerie er es in Wirklichkeit zu tun hat.

»Die Mörderbande hatte einen hundertprozentigen Erfolg. Asten war bereit, uns alle ihm bekannten Namen von Personen zu geben, die in die Tätigkeit der von Russen organisierten Kriminalität eingebunden waren. Just zu diesem Zeitpunkt wurde er getötet. Nun tappen wir genauso im Dunkeln wie zuvor. Wir glauben, daß es so gelaufen ist: Strand hatte Zugang zu Astens Büro und Keller. Asten war in keiner Weise verdächtig, deshalb war es kein Risiko, Jennifers Leiche solange in den Keller zu legen.

Geplant war sicher, sie in Guns Wohnung zu legen, um noch besser von ihrer wahren Identität abzulenken. Als wir Asten schnappten, wagte Strand es nicht, die Leiche zu holen. Falls wir sie im Keller fanden, mußten wir in jedem Falle glauben, daß es sich um Gun handelte. So wäre es ja auch gekommen, hätten wir nicht die alten Fingerabdrücke gehabt, denn Gun und Jennifer waren etwa im selben Alter und hatten einen ähnlichen Körperbau.«

Charlotte war ein Häufchen Elend, mit grauer Haut bespannt. Ihr Haar hatte seinen Schimmer verloren, der Blick war trübe. War das wirklich die Frau, die so sicher gewesen war, mich verführen zu können? Genau wie jeden anderen?

»Sonn Kraj? Wer ist das?« murmelte sie undeutlich.

»Der Jüngling vom Fotoatelier.«

»Ach, der Grünschnabel. Hat versucht, sich an mich ranzumachen.«

»Erzähl mir mehr über ihn.«

Sie starrte abwesend auf ihre Handflächen.

»Weiß nichts über ihn. Er wollte natürlich mit mir schlafen.«

»Wo wollte er das? Bei sich zu Hause?«

»Vielleicht. Habe ihm nicht zugehört. Er war Luft für mich.«

»Erwähnte er, wo er wohnt?«

»Nein. Erinnere mich nicht. Du, Lieber, bitte, kann ich hier nicht bald raus? Ich werde verrückt ... drehe durch ... Die geben mir Pillen. Aber ich werde bestimmt verrückt.«

»Dein Anwalt kämpft für dich. Versuch dich zu erinnern, Charlotte. Hat Sonn keine Adresse erwähnt?«

»In meinem Schädel sind keine Gedanken mehr. Ich will nur noch weg von hier. Ich bin ein Mensch und kein schädliches Tier. Ich habe niemandem etwas Böses tun wollen, ich habe auch keine Giftzähne. Warum werde ich so behandelt?«

Impulsiv beugte sich Simon vor und streichelte ihre Wange. Leise und mitfühlend sagte er:

»Du wirst das hier bald vergessen haben. Aber du hast dich mit richtigem Ungeziefer abgegeben, da kann man sich leider anstecken.«

Später am Tage wurde ich gefragt, ob ich Nachtdienst machen könnte, und ich akzeptierte unter der Bedingung, vorher ein paar

Stunden schlafen zu dürfen. Ernst Borodino hatte Simon angerufen und angegeben, er habe ›durch seine Quellen‹ erfahren, daß der Antiquitätenhändler Paul Fredman in dieser Nacht eine große Drogenlieferung aus dem Osten erhalten solle.

Gegen drei Uhr wollte ich nach Hause traben, wurde aber in einen Vernehmungsraum gerufen, und plötzlich begriff ich, daß ich zu einer der Schlüsselpersonen in unserem ganzen Kampf gegen die Russenmafia und ihre gekauften Werkzeuge in Schweden geworden war. Ein über sechzigjähriger Mann wurde verhört, den ich zwar vom Gesicht her kannte, jedoch nicht einordnen konnte. Er war hochgewachsen, mager und sehnig. Seine Hände waren unproportional groß; er hielt sie halb zu Fäusten geballt, als erwarte er eine Schlägerei. Seine Glatze versuchte er durch quer darübergekämmte Haare zu kaschieren, unterstrich damit aber nur den Mangel. Seine Haut war schon etwas welk, die grauen Augen lagen tief in den Höhlen. Ein kleiner Mund mit dünnen, farblosen Lippen.

Sein Name war Albert Odershage, er war gut dreißig Jahre bei der Polizei gewesen und vor einem Monat rausgeworfen worden, wegen erwiesener Bestechlichkeit. Innerhalb der Kripo hatte er mehrere Abteilungen durchlaufen, weil ihn keiner lange haben wollte, aber er war nie bei der Fahndung gewesen. Zum Zeitpunkt seiner Entlassung tat er in der Ordnungsabteilung Dienst. Odershage war auf der Hut, wirkte aber nicht unruhig. Mehrere Kollegen beteiligten sich an dem Verhör, das von Kommissar Blixt geleitet wurde. Dieser schien Odershage gut zu kennen, ohne ihn zu mögen.

»Was wollt ihr von mir?« fragte Odershage.

Er sprach schleppend, mit einem unangenehmen Dialekt.

»Du stehst im Verdacht der Zusammenarbeit mit einer kriminellen Organisation, deren Wurzeln in der ehemaligen Sowjetunion liegen. Gestehst du?«

»Solche Verdächtigungen hättet ihr mir auch zu Hause an den Kopf werfen können. Die Antwort wäre Nein gewesen, und so lautet sie auch hier. Was zum Teufel soll dieser Quatsch?«

»Ich hatte dich von Anfang an im Verdacht, Abbe. Du kennst die Dienstabläufe und die Verhältnisse hier im Polizeigebäude.

Du weißt, welche Schlüssel notwendig sind und wie die Codekarten angewendet werden. Du hast früher einen Einsatzbus gefahren und bist über das Kommunikationssystem informiert. Die Zentrale wurde nicht alarmiert, das schafft nur jemand mit genauester Kenntnis der Abläufe. Nur ein Insider kann den Überfall auf den Bus geplant haben.«

Odershage rümpfte die Nase. »Mach dich nicht lächerlich! Hunderte haben dieselben Kenntnisse wie ich. Wie kannst du mir mit so vagen Beschuldigungen kommen?«

»Es war schwer, dich zu erwischen, Abbe. Deine Frau wußte nicht, wo du warst.«

»Na und? Die Alte und ich, wir verstehen uns nicht besonders. Ich binde ihr nicht auf die Nase, was ich vorhabe. Sollte das verdächtig sein, kann ich massenhaft Kollegen nennen, die dieselben Eheprobleme haben.«

»Im Sommerhaus warst du nicht, auch nicht bei deinen Kindern. Ein Kollege entdeckte dich in Boras und folgte dir bis ins Hotel. Dort hattest du dich als Erik Boman angemeldet, und zwar am Tag nach dem Überfall auf das Polizeigebäude.«

Das gefiel Odershage gar nicht. »Warum hat er mich verfolgt?«

»Weil ich, nachdem du an deinen Stammplätzen nicht aufzufinden warst, an sämtliche Kreispolizeidienststellen im Lande gefaxt habe.«

In einer abwehrenden Geste zeigte Odershage seine gewaltigen Handflächen.

»Verdammt noch mal, wäre er zu mir gekommen, hätte ich ihm erzählt, worum es ging. Ein kleiner Seitensprung. Sie denkt, daß ich Erik Boman heiße. Ich könnte einige aus diesem Haus benennen, die ebenfalls ...«

»Wie heißt sie? Adresse?«

»Mach dich nicht lächerlich. Sie ist ein feiner Mensch, und ich habe es gut mit ihr. Ich denke gar nicht daran, diese Beziehung durch dich kaputtmachen zu lassen. Was für Hirngespinste! Wenn du nichts Handfestes gegen mich vorliegen hast, dann geh zur Hölle!«

Wieder ein Punkt für Odershage. Tatsächlich konnte Blixt nur mit Vermutungen und eventuellen Indizien aufwarten.

»Ich war so überzeugt von deiner Schuld, daß ich gleich mehrere Leute auf dich angesetzt habe«, fuhr Blixt fort. »Du bist ein Schurke, Abbe. Verkommen durch und durch.«

»Blödes Geschwätz!«

»Du bist so korrupt, daß dich jeder kaufen kann. Apropos Geld, in der Beziehung haben wir dich mal unter die Lupe genommen. Auf dem Bank- wie auf dem Postgirokonto hast du nur Kleingeld. Du hast seit langem drei Handelsfirmen registriert, aber keine davon verfügt über ein Bankguthaben.«

»Tja, ich bin schon immer ein armes Schwein gewesen. Ist das etwa auch verdächtig?«

»Ich habe mit deiner Frau gesprochen. Es stimmt, sie verabscheut dich und will mit dir nichts mehr zu tun haben. Und es ist ebenfalls wahr, daß sie dich mehrmals beim Fremdgehen erwischt hat.«

»Wenn man mit so einer alten Schreckschraube verheiratet ist, dann ...«

»Abbe, sie dachte, du wärst im Sommerhäuschen, in das sie seit Jahren keinen Fuß mehr gesetzt hat. Jedenfalls nicht mehr, seit sie erfuhr, daß du mitten in der Woche am hellichten Tag Weiber dahin mitgeschleppt hast. Während deiner Dienstzeit.«

Odershage hieb mit der Faust auf den Tisch, und diese Faust war dazu bestens geeignet.

»Teufel noch mal, ich bin kein Bulle mehr, und ich muß mich vor euch auch nicht mehr verantworten. Noch mal könnt ihr mich ja schlecht rausschmeißen, oder?«

Blixt schüttelte den Kopf und zeigte seine Verachtung gegenüber dem ehemaligen Kollegen.

»Aber wenn du dich auch nicht im Sommerhaus aufgehalten hast, so konntest du doch vielleicht Geld dort versteckt haben. Wir haben gute Kriminaltechniker, wie du weißt. Dein Häuschen liegt auf Pachtland. Im Flur lag eine Korkmatte, die nach Leim roch. Die Matte war alt wie das Haus, der Leimgeruch hätte also schon vor Jahrzehnten verfliegen müssen. Also rissen wir den Fußbodenbelag ab. Darunter fanden wir Holzdielen. Zwei Bretter waren locker, darunter Erde. Wir gruben, und was fanden wir? Na, was glaubst du?«

Odershage antwortete nicht, sondern leckte sich die dünnen Lippen. Eine Hand steckte er in die Tasche, die Finger der anderen spreizte er zu einer seltsamen Geste.

»Einen Plastikbehälter, mit Klebeband umwickelt, darin lagen in einer Tüte dreihundertfünfzigtausend Kronen in Scheinen. Du hast Judas –zigfach übertrumpft.«

Odershage holte tief Luft und ging dann zum Angriff über.

»Verflucht, jetzt reicht es aber! Das habe ich mir in einem Vierteljahrhundert zusammengespart. Niemand kann beweisen, daß ich das Geld erst kürzlich bekommen habe. Okay, ich bin rausgeflogen, weil ich krumme Dinger gedreht habe, und ein paar Schmiergelder sind da sicher dabei, aber dann müßt ihr mich auch deswegen anklagen. Es ist ja wohl klar, daß die Alte nichts erfahren sollte, es ist meine Kohle und nicht ihre.«

»Abbe, du bist ein widerwärtiger Typ! Gib's endlich zu und winde dich nicht wie eine Kreuzotter.«

»Ich habe nichts zuzugeben.«

»Wann hast du zuletzt Geld in den Behälter gelegt?«

»Irgendwann im vergangenen Jahr. Wenn es nach Klebstoff roch, dann weil ich eine lose Ecke entdeckt und den Schaden repariert habe.«

Blixt lachte, doch es klang nicht heiter.

»Du bist nicht nur widerwärtig, du bist auch noch strohdumm. Rund um die Tüte hast du als zusätzlichen Schutz ein paar Zeitungsseiten gewickelt. Diese stammen aus *Dagens Nyheter* und tragen das Datum des Tages, an dem fünf unserer Kollegen ermordet wurden, mal abgesehen von möglichen weiteren Opfern unter den Schwerverwundeten. Du bekamst deinen Judaslohn, als die Mörder ihre Aktion beendet hatten, und du nahmst die nächstbeste Zeitung, die gerade zur Hand war. Du hast den Behälter vergraben und dich nach Boras verzogen, wo du bleiben wolltest, bis die Gefahr vorüber war.«

Aus einer Tasche zog er eine Klarsichthülle. Ich erkannte das vertraute Layout der großen Tageszeitung. Odershage schloß die Augen. Er wußte, daß sein Spiel verloren war.

»Was zum Teufel sollte ich tun?« murmelte er. »Wie alle anderen auch brauchte ich Geld zum Leben. Ich bin doch ein guter Polizist gewesen ...«

»Spar dir dieses Geschwätz! Du warst der mieseste Bulle, den ich je kennengelernt habe. Wie oft warst du verdächtig, am Tatort lange Finger gemacht zu haben? Leider konnten wir dir nie etwas beweisen. Und dann die vielen Bestechungsgelder! Es hat lange genug gedauert, bis wir dich endlich festnageln konnten. Also leg jetzt die Fakten auf den Tisch.«

Odershage öffnete die Augen und schien sich entschieden zu haben.

»Wenn ihr nur an Fakten interessiert seid, die könnt ihr bekommen. Ich werde seit längerer Zeit von den Russen bezahlt. Sie hatten gute Karten, sie wußten von meinen Spielschulden.«

»Wer nahm Kontakt zu dir auf?«

»Ein Schwede, mit dem ich dienstlich zusammengetroffen war. Wir hatten ein paar kleine Geschäfte gemacht.«

»Johnny Strand oder Kaj Lilja?«

»Strand. Es hieß, ein Zeuge namens William Asten solle zum Schweigen gebracht werden, dazu müsse man ins Polizeigebäude. Also eine Aktion mittels Einsatzbus. Ich stellte alle Informationen zusammen und beteiligte mich an dem Überfall hinter dem Stadion. Alles lief nach Plan, sie waren so überrascht, daß sie sich sofort ergaben.«

»Was geschah dann?«

Odershage lächelte wie bei einer angenehmen Erinnerung.

»Sie wurden alle auf einmal erschossen. Großkalibrige Pistolen mit Schalldämpfer. Makarov P-8, um genau zu sein. Außer einem leisen Plopp war nichts zu hören. Ich teilte der Zentrale mit, wir hätten eine vorübergehende Störung der Funkverbindung. Dann fuhren wir mit dem Bus und weiteren Fahrzeugen zu einem Wäldchen vor der Stadt. Dort wurden die Leichen entkleidet; die Gruppe nahm Uniformen, Ausweise, Schlüssel, Codekarten und Erkennungsmarken an sich. Dann wurde die Aktion absolut professionell durchgezogen. Ich glaube nicht, daß noch einer der Teilnehmer im Lande ist.«

Er wirkte jetzt völlig unberührt, als ob er einen Film nacherzähle, den er gesehen hatte. Blixt bewegte sich, als klebten ihm die Kleider am Körper, und wir anderen fühlten uns ebenso.

»Ihr wollt wissen, was mit den Leichen geschah? Auch daran war gedacht worden. Sie wurden in Blechtonnen gesteckt, mit Benzin übergossen und angezündet. Brannte wie verrückt. Ich weiß, daß am nächsten Tag jemand gekommen ist und die Tonnen abgeholt hat. Die Asche wurde in alle Himmelsrichtungen verstreut. So war das. Nun hast du die Fakten, die du haben wolltest.«

»Du ... Teufel ...«

»Meinetwegen. Was willst du noch wissen?«

Blixt seufzte und fuhr gedämpft fort:

»Die Gruppe wurde von einem Schweden geleitet. Er grüßte einige am Eingang völlig akzentfrei. Strand oder Lilja waren es nicht.«

»Ja, das war ein waschechter Schwede. Aber seinen Namen verrate ich nicht.«

»Bürschchen, das kann ein langes Verhör für dich werden! Wir haben Fotos russischer Krimineller mit militärischer Vergangenheit, die Hassel gesehen haben kann. Du wirst sie für uns identifizieren.«

»Werde ich das?«

»Da kannst du ganz sicher sein!«

Er legte eine Sammlung von Aufnahmen vor, bei denen ich eine gewisse Ähnlichkeit mit den Tätern festgestellt hatte. Odershage schaute sie sich gleichgültig an und grinste wieder.

»Also wieder Fakten. Aus mir bekommt ihr nichts mehr raus.«

»Doch, mach dir darüber mal keine Sorgen. Du wirst uns jetzt ausplaudern, ob es noch weitere Verräter unter uns gibt. Unserer Auffassung nach konnte die Mörderbande selbst mit Granaten und anderem Teufelszeug nicht alle Hindernisse so schnell überwinden. Terroristische Aktionen wurden von den Sicherheitsexperten beim Bau des Hauses einkalkuliert. Die Besatzung eines Einsatzbusses verfügt niemals über alle erforderlichen Schlüssel und Codes. Jemand aus dem Haus muß also geholfen haben.«

Odershages Grinsen verwandelte sich in ein beinahe besinnliches Lächeln. Er zwinkerte uns zu und sagte:

»Verräter? Als ich rausgeworfen wurde, ließ ich mich von der anderen Seite anwerben, und die habe ich nicht verraten. Ja, Blixt, wir haben viele auf unserer Gehaltsliste. Wenn wir wollen, können wir jederzeit wieder zuschlagen, und wir haben Leute, die uns rechtzeitig warnen, wenn ihr etwas unternehmen wollt. Gegen uns habt ihr keine Chance mehr.«

Blixt biß die Zähne zusammen, so daß die Worte wie gepreßt klangen.

»Du wirst uns schon erzählen, wer die Überläufer sind!«

»Oh, das reicht von ganz unten bis in die Führungsspitze. Du hast ja keine Ahnung. Keiner von euch hat eine Ahnung, aber ihr werdet euch verdammt ungemütlich fühlen. Und jetzt wollt ihr mich wohl lebenslänglich einsperren?«

»Du wirst sicher nie wieder rauskommen.«

»Ach. Ich soll im Gefängnis sitzen? Isoliert in einem Bunker? Oder auf unbestimmte Zeit interniert? Das gefällt mir gar nicht. Ich habe meine Freiheit immer geschätzt.«

»Damit ist es nun vorbei. Eigentlich hättest du schon lange einsitzen müssen.«

»Das ist deine Auffassung von Freiheit. Meine wähle ich mir selbst. Außer Geld haben mir meine Freunde noch etwas anderes gegeben.«

Er zog die Hand aus der Tasche und steckte sich schnell etwas in den Mund. Ein Knacken, er hatte etwas zerbissen. Blixt sprang auf und schrie:

»Verdammt, der Kerl hat Gift genommen! Nehmt es ihm weg!«

25. Kapitel

Aber es war zu spät. Er warf den Kopf wie wild hin und her, damit niemand in seinen Mund fassen konnte. Die Schmerzen kamen unmittelbar, sein Körper wand sich in schrecklichen Krämpfen. Wie die meisten Vergifteten erbrach er sich, schrie etwas Unverständliches und war nach wenigen Minuten tot. Blixt war knallrot im Gesicht und atmete keuchend.

»Er hat uns noch einmal verraten. Dieser Teufel!«

Eine kurze und äußerst treffende Grabrede. Schweigend gingen wir auseinander. Trotz allem, was Odershage getan hatte, ließ uns sein Selbstmord nicht unberührt. Ein Leben ist ein Leben. In trüber Stimmung lief ich nach Hause, um ein wenig zu ruhen, hoffentlich nicht für die Ewigkeit.

Ich mußte unentwegt daran denken, was er nach seinem Entschluß, sich das Leben zu nehmen, gesagt hatte. Daß es eine ganze Anzahl Polizisten gab, die im Sold des Gegners standen. Vielleicht hatte er sich nur überlegen fühlen und uns beunruhigen wollen, ein letzter Triumph sozusagen, vielleicht war es aber die Wahrheit gewesen. Es stimmte, wir würden uns unsicher fühlen. Niemand konnte einem anderen mehr vorbehaltlos vertrauen. Wer war Freund und wer Feind? Das alte Sprichwort, daß es keine Mauer gebe, die ein mit Gold beladener Esel nicht überwinden könne, hatte sich wieder einmal bewahrheitet. Odershage war rausgeworfen worden, weil er bestechlich war – warum sollte er der einzige sein? Auch Polizisten spielen, machen krumme Geschäfte, lassen sich scheiden und verkraften es nicht, saufen, verlieren den Boden unter den Füßen, kommen vom Weg ab, erliegen Versuchungen, werden erpreßbar. Konnte ich mich auf mich selbst verlassen? Ja, das konnte ich. Konnten sich andere auf mich verlassen? Das wußte ich nicht, ich war genauso suspekt wie die anderen, wenn das Mißtrauen einmal zu kriechen begann.

Gegen zweiundzwanzig Uhr war ich wieder zurück, gut ausgeschlafen. Es sollte eine lange Nacht werden. Der Himmel hatte sich bezogen; der leichte Nieselregen verstärkte sich zu dünnen Wasserfäden, die in den Kragen rannen und sich als feuchte Flecken auf dem Hemd verbreiteten.

Für die Aktion waren verschiedene Fahrzeuge bereitgestellt worden. Ich landete mit Simon und zwei weiteren Männern in einem Lieferwagen mit Plane. Alfa-Antik lag in der Linnegatan. Wir fuhren die kleine Nybergsgatan von der Kommendörsgatan kommend hinauf und passierten zwei Adressen, die der moderne Mensch kennen muß: Carlssons Privatschule und Karl-Gerhards Atelier.

Wo die Nybergsgatan in die Linnegatan mündet, sah ich an dem Doppelhaus Nummer 48 ein einladendes himmlisches Wesen. Auf der völlig glatten, grün verputzten Fassade war zwischen der vierten und fünften Etage ein kunststeinerner Engel einem Kolibri gleich im Fluge stehengeblieben. Sie – den Körperformen nach zu urteilen war es eine Sie – breitet die Schwingen aus und hält weiße Bänder in den Händen, unter dem langen Gewand sehen die Füße hervor. Gibt es eigentlich männliche Engel? Vielleicht ist die übliche Diskriminierung des weiblichen Geschlechts auch auf der anderen Seite des Lebens zu finden, und die Männer machen sofort eine Erzkarriere. Wie dem auch sei, unten im Erdgeschoß liegt ein Bestattungsunternehmen, sicher ist die Engelin lediglich ein PR-Symbol.

Das Antiquitätengeschäft lag ganz in der Nähe. Beide Seiten der Straße wurden von Fahrzeugen unterschiedlichster Art gesäumt, Lieferwagen mit Firmennamen an den Seiten, Privatautos, ein Müllwagen, Lastfahrzeuge mit Planen über der Ladefläche – überall saßen Fahnder versteckt und behielten die verglaste Eingangstür und die Schaufenster des Ladens im Auge. Tür wie auch Fenster waren durch Gitter geschützt, dahinter sah man von Spots angestrahlte Gegenstände, Porzellanvasen, Stühle und Tische, Teppiche und Nippsachen. Im Geschäftsraum selbst herrschte allerdings Dunkelheit, der Inhaber Paul Fredman schien den Tag beendet zu haben und nach Hause gegangen zu sein.

Es wurde ein Uhr, zwei Uhr. Es regnete unablässig, und wir mußten uns anstrengen, um durch das Glas etwas erkennen zu können. Simon aß belegte Brote und trank Bier direkt aus der Büchse, wie bei jedem unserer gemeinsamen nächtlichen Einsätze. Wir konnten uns flüsternd unterhalten, aber es gab nicht viel zu sagen.

»Hast du von Odershage gehört?«

»Mm. Pfui Teufel!«

»Hast du ihn gekannt?«

»Flüchtig. Er war schon immer ein unangenehmer Typ. Unzuverlässig. Wenn man ihm die Hand gab, hatte man danach das Gefühl, die Finger zählen zu müssen.«

»Wahrscheinlich gibt es noch mehr unter uns, die unzuverlässig sind.«

»Wahrscheinlich. Aber das muß erst noch bewiesen werden.«

Leiter der Aktion war Kommissar Hyden von der K 8, der Rauschgiftabteilung, und ich wußte, daß er als ein energischer, integrer Polizist galt. War er von den Russen gekauft? Was verbarg sich hinter seiner Fassade? Ich verscheuchte die Gedanken. Simon hatte recht, das mußte erst noch bewiesen werden. Andererseits ...

Zwanzig nach zwei glitt ein Auto heran, fand nach kurzem Suchen eine Lücke und parkte geschickt ein. Hyden mahnte über Funk zur Aufmerksamkeit. Ein Mann stieg aus und spannte seinen Schirm auf. Er streckte sich, als wolle er nach einer langen Reise die Müdigkeit aus dem Körper vertreiben. An der Tür des Antiquitätengeschäfts ging er vorbei, versuchte aber, durch die Gitter vor dem Schaufenster ins Ladeninnere zu sehen. Mit ein paar raschen Schritten war er an der nächsten Tür, gab den Code ein und verschwand im Haus.

Falscher Alarm also. Eine Fahndung besteht vor allem aus Irrtümern, manchmal ausschließlich. Hatte Borodino uns an der Nase herumgeführt? Wurde er von der Mafia bezahlt, anstatt mit ihr zu konkurrieren? Simon reichte mir einen kleinen Zettel, der wie eine Briefmarke aussah und die Zeichnung einer fröhlich lachenden Sonne zeigte.

»Das hier bekam ich heute von Hyden. Die russische Mafia hat sich mit den holländischen Drogenkönigen zusammengetan. Bisher haben sie sich auf den lohnenden britischen Markt orientiert, jetzt sind sie erstmals auch in Schweden aufgetaucht.«

Ich drehte und wendete die Briefmarke, die so nett und positiv aussah.

»Was ist das?«

»Sie kommen auf Karten, zwölf verschiedene Motive, es gibt einen fröhlichen Hund, eine fröhliche Sonne wie hier, einen fröhlichen Vogel, ein fröhliches Auto und so weiter, und alle sind furchtbar fröhlich.«

»Und die Ursache der großen Freude?«

»Wenn du die Marke vom Papier ablöst, ist LSD auf der Rückseite. Du ißt es auf, und es schmeckt gut, die Sonne zum Beispiel nach Erdbeere. Die Marken werden in Schulen an Jugendliche verkauft und als Sammlerobjekte gehandelt. Man tauscht untereinander

ander, komplettiert seine Sammlung und konsumiert die Rückseiten. In England nehmen massenhaft Elf- und Zwölfjährige regelmäßig LSD und freuen sich, daß es im Kopf dreht! Sogar viele Achtjährige haben schon LSD probiert. Danach bietet man ihnen Crack an, ein Teufelszeug, das bereits beim ersten Mal süchtig macht. Dann folgt Heroin, und da beginnt das große Geschäft. Wenn wir die Verbreitung dieser fröhlichen Marken nicht stoppen können, werden wir es bald mit einer neuen, gewaltigen Welle von Drogensüchtigen zu tun haben.«

Nach einer Weile brummte er:

»Verdammt, ich habe neun Kinder in der Gefahrenzone. Hätte nie gedacht, daß ich sie einmal vor fröhlichen Hündchen und Kätzchen warnen müßte.«

Wie immer während einer Fahndung vergingen die Minuten im Schneckentempo. Viertel vor drei, drei Uhr, Viertel nach drei, halb vier, und es regnete ununterbrochen. Würde Hyden die Aktion abbrechen? Aber noch war die Nacht nicht vorbei. Ich versuchte mich an ein paar gymnastischen Übungen, um zu verhindern, daß mir die Glieder taub wurden. Simon hielt sich währenddessen an Eier und Schinken. Zehn vor vier, dann vier dumpfe Schläge einer Kirchenglocke. Bei diesem Wetter waren nicht einmal die gewöhnlichen Nachtmenschen unterwegs, und die schwarzen Klubs befanden sich in anderen sündigen Vierteln.

»Da kommt jemand!« flüsterte Simon aufgeregt.

Ein Wagen mit getönten Scheiben glitt langsam heran. Es gab keine freien Parkplätze mehr außer dem absoluten Halteverbot vor einer Garage, aber dem Fahrer schien das nichts auszumachen. Er hielt genau vor der Ausfahrt und blieb mit ausgeschalteten Scheinwerfern eine ganze Weile stehen. Dann wurde die Tür geöffnet, ein Mann stieg aus, rannte zum Antiquitätenladen hinüber und suchte unter der Eingangsüberdachung Schutz vor dem Regen. In der Hand hielt er einen schwarzen Diplomatenkoffer. Er nahm etwas aus der Tasche, es sah aus wie eine Münze, und pochte damit mehrmals gegen die Scheibe. Wahrscheinlich handelte es sich um einen Code.

»Kannst du erkennen, wer es ist?« hauchte Simon.

»Noch nicht.«

Drinnen im Geschäft fiel plötzlich ein Lichtschein durch eine geöffnete Tür, und ein Mann in einem Sakko kam zum Eingang und schloß auf. Er zog ein Bein nach, wie von einer Lähmung oder Verletzung. Einen Moment lang geriet das Gesicht des nächtlichen Besuchers ins Helle, und ich mußte mich beherrschen, meine Entdeckung nicht laut hinauszuschreien.

»Das ist Broll! Ich freß einen Besen, wenn das nicht David Broll ist!«

Simon gab die Nachricht an Hyden weiter, und wir bekamen die Anweisung, alles weitere abzuwarten. In solchen Situationen ist es unvermeidlich, daß ein gewisser Jagdinstinkt erwacht. Etwas ist geschehen, etwas wird geschehen. Da rinnt das Blut schneller in den Adern, man spannt unwillkürlich die Muskeln. Die Beute ist eingekreist und kann zur Strecke gebracht werden. Wenn man so nahe am Ziel ist, werden die Reaktionen sehr primitiv.

Jeden Augenblick konnte der Befehl kommen zuzuschlagen. Broll sollte allerdings erst noch die Chance erhalten, den Koffer auszupacken, und Fredman, die Bezahlung hervorzuholen. Wir wollten sie auf so frischer Tat ertappen, daß sich jedes Leugnen erübrigte. Ein Mann hatte bereits vorsichtig die Tür geöffnet, so daß wir nur noch hinausstürmen mußten. Simon machte mit Faust und hochgerecktem Daumen ein wohlbekanntes Zeichen: Jetzt kommt die Kavallerie mit fliegenden Fahnen und schmetternden Trompeten.

Plötzlich peitschte ein Pistolenschuß über die Straße. Wir konnten beobachten, wie Fredman aus dem Hinterraum zum Fenster eilte und mit der Hand das Gesicht beschattete, um besser beobachten zu können, was draußen vor sich ging. Hyden schrie, es gehe los, und wir rannten auf die Ladentür zu. Der Kommissar schlug mit dem Kolben gegen die Scheibe und brüllte, Fredman solle öffnen, aber der Antiquitätenhändler zog sich zurück und schloß die Tür zum Hinterzimmer.

Es dauerte eine Weile, die Eingangstür aufzubrechen. Die Scheibe war aus Panzerglas und das Schloß stabil, aber schließlich strömten wir doch in den Verkaufsraum und rissen die Tür zum Hinterraum auf. Dort saß Broll auf einem Sofa, vor ihm auf dem Tisch lagen sechs Teller mit Schnörkelmuster. Fredman stand am Telefon und redete fieberhaft. Als er uns sah, schrie er aufgeregt:

»Jetzt kommen sie! Herrgott ...«

Dann ließ er den Hörer fallen und streckte die Arme in die Luft.

»Nicht schießen! In der Kasse habe ich nur ein paar Tausender. Nehmt, was da ist, aber tötet uns nicht.«

Hyden zückte seine Legitimation und rief, daß wir von der Polizei seien. Broll saß mit verschränkten Armen da und verzog keine Miene.

»Was? Polizei? Gerade habe ich euren Notruf gewählt. Ich dachte, ihr wäret Räuber.«

Hyden nahm den Hörer auf und lauschte.

»Kommissar Hyden von der Kripo. Nein, verdammt, wir sind keine Einbrecher. Dies ist eine polizeiliche Aktion. Was? Idiot!«

Er legte auf und kommandierte:

»Laßt die Hunde los.«

Die Hundeführer kamen mit ihren auf Drogen abgerichteten Tieren herein. Die Hunde rannten in den sechs zum Geschäft gehörenden großen Räumen umher und nahmen Witterung auf. Vom hintersten Raum aus gelangte man auf einen Hof, und auch hier waren die Fenster vergittert. Die beiden Verdächtigen hatten mehrere Minuten Zeit gehabt, was sehr viel sein kann. Ein Dritter konnte dabeigewesen und inzwischen mit dem Stoff über den Hof geflohen sein. Sie konnten das Rauschgift die Toilette hinuntergespült haben, falls sie keinen anderen Ausweg gesehen hatten. Die Hunde kläfften, schlugen aber nirgendwo auf Drogen an.

»Was tun Sie hier so spät in der Nacht?« wandte sich Hyden brüsk an Broll.

»Was geht Sie das an? Dies hier ist ein freies Land, und ich mache, was ich will, ohne jemanden um Erlaubnis zu fragen.«

»Antworten Sie auf meine Fragen.«

»Erklären Sie mir erst, warum Sie fragen. Wenn Sie sich wie normale Menschen benehmen und nicht wie eine Horde Buschmänner, dann werde ich eventuell Lust haben zu antworten.«

»Vielleicht wollen Sie lieber zur Kripo mitkommen?«

»Warum sollte ich? Sie schlagen hier die Tür ein, randalieren und wollen uns auch noch herumkommandieren. Leben wir denn in einem Polizeistaat? Hat es eine Revolution gegeben?«

»Wir haben einen eindeutigen Hinweis auf eine Drogenlieferung bekommen, hier und heute nacht«, entgegnete Hyden barsch.

Broll zog äußerst erstaunt die Augenbrauen hoch.

»Soo? Und was habe ich damit zu tun? Sollte ich den Stoff etwa bei mir gehabt haben? Höchst interessant. Wo ist er denn? Ich sehe nicht, daß Ihre abgerichteten Tiere etwas finden.«

Im Innersten hatte ich das Gefühl, daß die Operation völlig danebengegangen war. Ganz hinten unter den Kollegen entdeckte ich einen jungen Mann, der eine unglückliche Miene machte und sich zu schämen schien. Ich begriff, was geschehen war. Vielleicht war dies sein erster richtiger Einsatz bei der Fahndung, und er war so aufgeregt gewesen, daß er die Pistole gezogen hatte. Die Sig Sauer hat keine manuelle Sicherung. Es waren schon viele Schüsse aus Fahrlässigkeit abgegeben worden, in dieser Nacht war wieder einer dazugekommen.

»Warum kommen Sie um diese Zeit?« wiederholte Hyden.

»Ich bin Nachtmensch, und mein Freund Paul ebenfalls. Mein Lebensrhythmus ist allein meine Sache. In Berlin habe ich ein halbes Dutzend seltener chinesischer Teller gekauft, die ich Paul anbieten wollte. Jemand hat Sie belogen, aber Lügen sind kein Grund, Leute zu schikanieren.«

Ich hatte keine Lust, das Ende dieses fiaskoähnlichen Einsatzes mitzuerleben, und gab Simon ein Zeichen, daß ich mich zurückziehen würde. Einer der Hunde schnüffelte an meinen Beinen herum, und ich hätte mich nicht gewundert, wenn er die Tüte Bonbons für Elin in meiner Hosentasche für Kokain gehalten und gebellt hätte.

Am Samstag nachmittag holte mich Myrna in ihrem Volvo ab. Der Regen hatte aufgehört, aber es war grau und diesig. Genau das Wetter, um mit Tee und einem guten Videofilm zu Hause im warmen Nest zu bleiben. Es war unangenehm kühl, als habe sich der Frühsommer eine Erkältung zugezogen, weil er zu zeitig auf

Schuhe und Strümpfe verzichtet hatte und barfuß gegangen war. Seine Mama hätte ihn warnen müssen. Ich erzählte Myrna von der nächtlichen Pleite, und sie schüttelte den Kopf. Sie war allerdings so weit, auf alles nur noch mit einem Kopfschütteln reagieren zu können.

»Ich kann keine Nachteinsätze mehr mitmachen, sonst wird Hasse verrückt. Das sei die beste Garantie, erschossen oder in die Luft gesprengt zu werden, sagt er, und er wolle nicht mit Lillan allein bleiben. Du weißt ja, er hat meinen Job nie gemocht, und die Geschehnisse der letzten Tage waren natürlich Wasser auf seiner Mühle.«

»Hat er denn beruflich etwas in Aussicht?«

»Nichts. Die Kündigung tritt bald in Kraft, und dann wird es lustig bei uns zu Hause. Schon jetzt ist er so gereizt, daß man ihn am besten nur noch mit Samthandschuhen anfaßt. Der Teufel soll eine Regierung holen, die nicht einmal für Jobs sorgen kann!«

Myrna parkte genau vor Rinkebys Zentrum, und wir gingen zur U-Bahn, wo wir Sunes Bekannten, einen pensionierten Polizisten namens Ingemar Blomqvist, treffen sollten. Was für ein Unterschied zum Beispiel zu Mälarhöjden! Dort war die Bebauung geschickt den Gegebenheiten angepaßt, die Natur dominierte, die Häuser hatten sich zu fügen. Hier hatten die Planer alles Natürliche eliminiert und die Häuser wie Legosteine auf die kahle Fläche gesetzt. Sicher, es waren Wohnungen entstanden, aber ohne Charme. Andererseits waren viele unserer Vororte so am Reißbrett, nur mit dem heißen Wunsch, möglichst viele Wohnungen zu schaffen, geplant worden; hier sah es nicht schlimmer aus als anderswo. Die Häuser waren in einem guten Zustand, die Farbskala zwar kalt, aber nicht unattraktiv.

Ein Mann, der an der gefliesten Wand lehnte und eine Abendzeitung las, schaute auf, lächelte und streckte uns die Hand zur Begrüßung hin.

»Rolle und Myrna, nehme ich an. Willkommen in Rinke-Bay. Mein ganzes glückliches Leben lang bin ich Blomman genannt worden. Laßt uns ein Täßchen Kaffee trinken und versuchen, die Rätsel des Lebens zu lösen.«

Blomman war einundsiebzig und schien die Belastungen des Berufes gut weggesteckt zu haben. Er hatte rosige Wangen, einen klaren Blick und strahlte allgemeines Wohlbefinden aus. Sein Bäuchlein zeugte von einem guten Appetit. Bei seiner melodischen Stimme hätte er nicht extra darauf hinweisen müssen, daß er im Chor sang, aber er tat es dennoch, als wir uns zu Tee, Kaffee und Gebäck in die Konditorei setzten.

»Singen müßt ihr, Leute. Sehr gemütlich, und man trifft feine Menschen. Letzten Winter waren wir auf Tournee in Holland und Südfrankreich, und es war ein Fest von früh bis in die Nacht. Tja, ich habe eben keinen Job mehr, der mich daran hindert, die schönen Dinge des Lebens zu genießen.«

»Kennst du die Menschen in Rinkeby?« fragte Myrna.

»Ich denke schon. Als Polizist war das hier mein Kontaktbereich, seit der Pensionierung leiste ich freiwillige Sozialarbeit.«

»Wir suchen einen Burschen, der Sonn oder Sonny Kraj heißt«, erklärte ich. »Etwa sechzehn Jahre alt.«

»Nationalität?«

»Wir wissen nur, daß er in Rinkeby wohnt und in eine Frau verknallt war, die jetzt im Gefängnis sitzt.«

Blomman prustete los, und die Krümel der Zimtplätzchen wirbelten auf und regneten zu Boden.

»Alle Jungen und Männer sind in hübsche Frauen verknallt, das ist nicht gerade ein besonderes Kennzeichen. Du solltest dich vorsehen, Myrna, ich könnte versuchen, dich zu verführen. Man kann nämlich nie aufhören damit.«

»Aber doch wohl nicht hier in der Konditorei?«

Sie grinsten einander an. Heißblütige Jugend! Blomman nippte nachdenklich am Kaffee.

»Kraj? Kraj? Da klingeln bei mir keine Glöckchen. Der Name ist ungewöhnlich, aber das trifft hier draußen auf viele zu. Wir müssen uns auf die Socken machen und Leute fragen, die es besser wissen. Habt ihr euch schon mal bei Hakan Larsson erkundigt? Kennt sich besonders im Westen aus, auch in Vällingby.«

»Hat Sune bestimmt getan.«

Ganz ohne Anlaß nahm Blomman Myrnas rechte Hand, küßte sie und warf ihr einen feurigen Blick zu. Mir kam der Verdacht, daß es vielleicht gar kein Scherz gewesen war, als er verkündet hatte, er wolle sie verführen. In diesem Falle würde ich mich wohl in die Bibliothek zurückziehen dürfen.

»Weißt du, daß du wunderschöne Hände hast? Wie kostbarer Schmuck.«

»Ich hatte so eine Vermutung, aber richtig bestätigt hat es mir bisher noch keiner. Kann ich das schriftlich haben?«

Blomman war offenbar ein Mann, der seinen Impulsen folgte und dabei unbeschwert das Thema wechselte.

»Hakan Larsson ist der beste Polizist, den ich kenne. Er hat die Jugendgruppe gebildet, die in diesem problematischen Teil von Stockholm unglaublich positiv gewirkt hat. Seltsamerweise schienen seine Ideen, man könne einen jungen Menschen davon abhalten, Verbrechen zu begehen, damit er später einmal kein Verbrecher wird, den Verantwortlichen völlig neu zu sein. Sie taten, als habe er einen neuen Planeten entdeckt.«

»Ich habe seine Vorträge gehört«, bestätigte ich, »und er schien mir etwas von der Sache zu verstehen.«

»Ja, er geht auch in andere Kreise und konnte schon eine ganze Reihe von Jugendprojekten in Gang bringen. Wollen wir uns auf den Weg machen? Die Rechnung übernehme ich, beziehungsweise werde ich sie an den Kassenwart unseres Chores weiterleiten und behaupten, ich hätte euch werben wollen.«

Ich war froh, daß ich nicht hatte vorsingen müssen, denn dann hätte er Schadensersatz verlangen können. Der Platz wirkte verwahrlost. Viele Geschäfte, besonders Lebensmittelläden, hatten sich geradezu verschanzt, als erwarteten sie einen Bombenangriff. Die Wand in einem Durchgang war in eine wilde Anzeigentafel verwandelt worden, dort hingen massenhaft Mitteilungen in verschiedenen Sprachen und Schriften. Professionell gedruckt waren dagegen Plakate, die dazu rieten, die Hände von Kurdistan wegzulassen. Die Post befand sich in einem kleinen Gebäude, das aussah wie ein Lusthäuschen. In die Wand war ein Bankautomat eingelassen und erinnerte mich daran, daß dies alles war, was die Bewohner von Rinkeby vom Bankservice hatten.

»Wie lebt es sich denn heutzutage in Rinkeby?« erkundigte sich Myrna. »Ich bin sehr selten hier draußen.«

Blomman strich mit dem Finger zärtlich über ihren Hals.

»Was für einen weißen und schlanken Hals du doch hast. So richtig zum Küssen.«

»Laß es lieber, er schmeckt heute nur nach Seife. Hätte ich vorher von deinen Neigungen gewußt, hätte ich in Rosenöl gebadet.«

»Rinkeby heute? Da gäbe es viel zu sagen. Ist es nun ein Einwandererghetto oder ein vitaler Stadtteil? Es gibt keine eindeutigen Antworten, alles ist richtig und alles ist falsch. Sicher, das Leben hier ist härter geworden. Man kann parken, wo man will, Politessen trauen sich schon lange nicht mehr her. Sie werden nicht nur bedroht, sondern beziehen sogar Prügel. Wenn hier ein Funkwagen gebraucht wird, dann kommen immer zwei. Ein Polizeiauto, das allein und ohne Besatzung herumsteht, wird geschlachtet und zerstört. Bei verschiedenen Leuten ist der Polizistenhaß unglaublich ausgeprägt.«

Wir gingen an einigen Jugendlichen vorbei, die Blomman zuwinkten. Blomman grüßte herzlich zurück und wechselte ein paar Worte mit ihnen. Ich hörte, daß er nach Sonn Kraj fragte, aber offenbar wußte niemand etwas.

»Also, wo war ich stehengeblieben? Sprachen wir nicht gerade über deinen Hals?«

»Nein, das Thema hatten wir abgeschlossen.«

»Wir kommen noch mal darauf zurück. Tagsüber kann jeder ohne Risiko ins Zentrum gehen. Am Abend übernimmt die Bande die Herrschaft, dann ist es gefährlich.«

»Die Bande?«

Blomman nickte mit einem Ernst, der gar nicht zu ihm paßte.

»Eine Gruppe von fünfundzwanzig bis dreißig Jugendlichen verschiedener Nationalität und Hautfarbe. Sie verüben viele verschiedene Delikte. Die älteren begehen schwere Verbrechen in anderen Gegenden, sie werden beispielsweise Geldschrankknacker oder bezahlte Killer oder landen im harten Drogenhandel, aber die Anzahl der Bandenmitglieder bleibt konstant, weil es von unten genügend Nachwuchs gibt. Viele Einbrüche werden einfach aus Langeweile begangen. Manchmal stehen sie nur auf dem Platz und unterhalten sich oder üben Karate. Weißt du, daß deine Ohrläppchen ungemein erotisch wirken?«

»Ja, manchmal wünsche ich mir, ich könnte mich selbst hineinbeißen.«

Blomman wandte sich an einen Jungen, der uns mit einer Einkaufstüte entgegengeschlendert kam. Nein, Sonn Kraj war auch für ihn eine unbekannte Größe.

»Manchmal kommt es aber auch zu richtigen Krawallen. Autos werden umgestürzt und in Brand gesteckt, Fensterscheiben eingeworfen. Und dann stiehlt jemand ein Auto und rast damit in den nächsten Laden, um ihn zu plündern. Manchmal gleicht Rinkeby der New Yorker Bronx, wenn auch auf einem höheren Niveau, es ist ja eine vergleichsweise kleine Stadt. Wenn es brennt, wirft die Bande Steine auf die anrückenden Feuerwehr- und Polizeifahrzeuge. Rinkeby ist so angelegt, daß man unter Viadukten durchfahren muß, um herzukommen. Am besten kommen die Jugendlichen klar, die zu Einwanderergruppen mit starker religiöser Verankerung gehören, denn da gibt es noch einen Zusammenhalt, da kümmert man sich um die Seinen.«

»Was für kriminelle Delikte treten sonst noch auf?« fragte ich, um ihn von Myrnas physischen Vorzügen abzulenken. »Wie ist es mit Hehlerei?«

»Die gibt es überall, aber so ist es ja nun einmal in unserer Gesellschaft. Jeder Schwede ein kleiner Hehler. Wer will schon den vollen Preis bezahlen, wenn man die Ware auch für ein Drittel haben kann? In Rinkeby ist es hoffnungslos, einen Hehler überführen zu wollen. Uns gegenüber, dem gemeinsamen Feind, redet niemand, das Schweigen ist undurchdringlich. Meine Enkelin ist zwölf und geht in eine Schulklasse, in der sie die einzige Schwedin unter achtzehn verschiedenen Nationalitäten ist. Selbst wenn ein Klassenkamerad einen Mord begangen hätte, würde sie es niemals wagen, etwas zu sagen. Die Lehrer hier draußen sind beziehungsweise waren engagiert und rackern sich ab wie die Elefanten, aber das ›Wir-und-die-anderen‹ ist nicht zu überbrücken. Wartet einen Moment, da steht einer, der immer besonders gut informiert ist.«

Er ging zu einem etwa fünfundzwanzig Jahre alten Mann, der auf einer Bank saß und rauchte, ließ sich ungeniert auf den feuchten Brettern neben ihm nieder und begann ein Gespräch.

»Netter Kerl«, kommentierte Myrna.

»Die Hände, den Hals und die Ohrläppchen hat er ja bereits entdeckt. Was wird bis zum Ende des Tages noch alles dazukommen?«

»Ach, da ist noch eine ganze Menge. Findest du meine Ohrläppchen auch so aufregend erotisch?«

»Hast du noch nicht gemerkt, daß ich manchmal auf einem Aktenordner herumkauen muß, um mich zu beruhigen?«

Blomman kam zurück und signalisierte erneut Fehlanzeige. Also marschierten wir weiter.

»Die Arbeitslosigkeit ist hier überdurchschnittlich hoch, und die Einwanderer fühlen sich ausgeschlossen, also ein idealer Nährboden für Kriminalität. Ich kann es nicht beweisen, aber ich weiß, daß hier Schutzgelder erpreßt werden. Die meisten Geschäfte werden regelmäßig überfallen, obwohl die Eigentümer es mit allen Mitteln zu verhindern suchen. Andere Läden brauchen nicht mal eine Türklinke. Wie gesagt, Beweise habe ich keine, aber ich bin überzeugt, daß es teuer ist, in Rinkeby ein Geschäft zu betreiben! Du hast eine Taille, um die wohl jeder Mann gern seine Hände legen würde. In meinen juckt es schon.«

»Ach, deshalb versuchen die Kerle immer, an mir herumzufummeln? Ich habe mich schon gewundert. Tja, wenn dir die Hände jucken, mußt du sie kratzen.«

Blomman warf ihr eine Kußhand zu, die sie erwiderte. Als Junge hatte ich einen Mann, der als Frauenheld bekannt war, einmal gefragt, wie er es fertigbrachte, die Damen so ungeniert anzubaggern. In diesem Alter sind die Interessen ja sehr einseitig, deshalb war ich auf seine Antwort sehr gespannt. Ich erinnere mich an sein verschmitztes Lächeln und den aufrichtigen Rat: »Junge, du mußt einfach nur fragen. Wenn neun nein sagen, sagt die zehnte ja. Und an einem Tag kann man jede Menge Frauen fragen.« Blomman schien sein Bruder im Geiste zu sein.

»Wie steht es mit Gewalt und Drogen?« wollte ich wissen, um ihn von seinen juckenden Händen abzulenken.

»Charakteristisch für die Jugendlichen in Rinkeby ist ihr schlechtes Verhältnis zur Welt der Erwachsenen. Sie werden zwischen verschiedenen Kulturen hin- und hergerissen und haben einen unschätzbaren Teil ihrer eigenen verloren. Früher war es fast undenkbar, daß Jugendliche aus Einwandererfamilien Verbrechen gegen alte Menschen begingen. Inzwischen sind neunundneunzig Prozent von ihnen dazu bereit. Mein Gott, es ist wirklich nicht leicht, Einwandererkind zu sein! Ich könnte ein Buch darüber schreiben. Und Drogen?«

Sein Blick glitt bewußt oder unbewußt über Myrnas schön gewölbte Brust, er enthielt sich aber eines Kommentars. Sie sah ein wenig enttäuscht aus. Fiel ihm nichts mehr ein?

»Ihr kennt doch die alte Polizistenregel: Wo keine Ermittlungen angestellt werden, gibt es auch kein Verbrechen. Man muß sich den Realitäten stellen. In gewissen Gruppen gehört das, was wir Rauschgift nennen, zur Kultur. Manchmal lag dieser ganze Platz im Haschnebel. Nun hat sich die Situation allerdings verschärft, besonders Rauchheroin hat Verbreitung gefunden, und das hat mit kulturellen Traditionen nichts mehr zu tun. Drogenhandel ist zu einer lohnenden Beschäftigung geworden. Das einzige Verbrechen, das hier nicht vorkommt, ist die Prostitution. Jede ethnische Gruppe würde es als unerträgliche Schande empfinden, wenn ein Mitglied sich für so etwas hergäbe.«

»Rinkeby scheint voll danebengegangen zu sein«, konstatierte Myrna. »Hier kann eigentlich keiner wohnen wollen.«

Blomman lächelte, und sein rosiges Gesicht leuchtete auf, als wolle es mit der Sonne konkurrieren.

»Na, hör mal! In Rinkeby leben dreiundneunzig oder hundertsieben Nationalitäten beziehungsweise ethnische Gruppen, je nachdem, wie man rechnet. Es ist das größte soziale Experiment der Welt, und es funktioniert. Hier, in dieser Mini-UNO, wohnen die unterschiedlichsten Völker direkt nebeneinander. Komm zu den Rinkebytagen und erlebe diese phantastische Mischgesellschaft, wenn sie ihre unglaubliche Vielfalt demonstriert. Oder komm einfach, wenn Markttag ist und die Händler mit ihrem Überfluß an Waren da sind. Meine Kleine, ich bin extra hierher gezogen, und hier bleibe ich. Einen lebendigeren Stadtteil gibt es nirgendwo auf der Welt!«

Blomman sah eine junge Frau zur U-Bahn hasten und begrüßte sie für ein kurzes Gespräch. Als er wiederkam, sah er zufrieden aus wie der lebendige Beweis für das Sprichwort: Ohne Fleiß kein Preis!

»Ich glaube, jetzt sind wir auf der richtigen Spur!«

26. Kapitel

Der Mann, mit dem wir sprechen sollten, hieß Obda und arbeitete nach Blommans Information stundenweise bei der Schulverwaltung von Rinkeby. Er mußte auf Sonns Namen gestoßen sein. Als wir mit dem Lift ins oberste Stockwerk eines Hochhauses fuhren, schnupperte Blomman auffällig.

»Was verbreitest du da für Wohlgerüche, Myrna?«

»Chanel N° 5. Das einzige, was ich trage, wenn ich schlafen gehe.«

»Ich sehe dich vor mir, nur im ... Parfüm.«

»An deiner Phantasie ist nichts auszusetzen.«

Dies waren Blommans Domänen, und wir überließen ihm die erste Kontaktaufnahme. Durch Obdas Tür hörten wir Musik von der Art, die uns im mittleren Alter immer an ein Gewitter in einer Metallsägefabrik denken läßt. Blomman klingelte, und wir sekundierten ihm, indem wir uns schräg hinter ihn stellten. Es dauerte eine Weile, bis die Tür von einem Jungen im besten Teenageralter geöffnet wurde. In einem Zimmer hinter dem Flur sahen wir weitere Burschen im gleichen Alter sitzen. Das, was Musik sein sollte, dröhnte mit voller Lautstärke.

»Ich suche Herrn Obda«, erklärte Blomman mit der durchdringenden Kombination von Polizei- und Chorsängerstimme.

»Das bin ich.«

»Nein, deinen Vater.«

Der Sohn hatte eine leicht bronzefarbene Haut und harte Gesichtszüge. Er musterte uns mit feindlichen Blicken.

»Nicht zu Hause.«

»Wo ist er dann?«

»Im Keller.«

»Dann wird er ja bald wieder raufkommen, nehme ich an. Vielleicht können wir solange in der Wohnung warten.«

»Er kommt nicht rauf.«

Der Sohn warf die Tür zu, und wir schauten uns verblüfft an. Was hatte er gemeint? Wir mußten wohl in den Keller fahren und nachsehen. Möglicherweise gab es dort einen Hobbyraum oder etwas ähnliches. Während der Fahrt hatte Blomman weitere interessante Mitteilungen für Myrna.

»Beine wie deine sieht man nicht jeden Tag.«

»Das will ich auch hoffen, davon gibt es nur zwei Stück.«

»Obwohl du Jeans anhast, kann man erkennen, daß sie Rasse haben.«

»Ich kann dir ja ein Foto von den Stelzen schicken, das kannst du dir dann übers Bett nageln.«

Was war an meinen Beinen verkehrt? Knöchel und Schienbein, Wade und Knie, alles in natürlicher Ordnung. Warum lobte niemand meine Beine? Das Leben war ungerecht.

Die Kellertür war offen. Wir gingen die Treppe hinunter und schauten uns um. Hier schien niemand zu sein, wir sahen nur Verschläge mit Lattentüren davor. Es gab eine einzige Metalltür, die mit ›Elektroraum. Unbefugten ist der Zutritt verboten‹ beschriftet war. Offenbar hatte jemand versucht, das Schloß mit massivem Werkzeug aufzubrechen, war aber gescheitert.

»Ist da hinten nicht ein Lichtschein?« zeigte Myrna auf einen der Gänge.

Wir liefen in die angegebene Richtung, und ich murmelte, so daß auch Blomman es hören konnte:

»Keine Angst, ich bin ja dabei, da kann Blomman dir nichts tun.«

»Ja, du bist schon die ganze Zeit im Wege«, antwortete sie.

Die Tür zum letzten Verschlag war nur angelehnt. Blomman zog sie auf. Das Licht kam von einer Propangaslampe, die auf einem niedrigen Tisch stand. Zu beiden Seiten lagen Luftmatratzen mit Bettwäsche darauf, dahinter ein offener Schrank mit Brot, Butter, Käse, Obst, Milchtüten und anderen Lebensmitteln. Auf den Schlafstellen lagen ein Mann und eine Frau und lasen Zeitung. Beide waren angekleidet. Aus einem Kassettenrecorder drang leise, eintönige Musik. Sie schauten auf, der Mann stellte den Apparat ab. Beide waren um die Fünfzig, und es war schwer zu erraten, aus welcher Ecke Europas oder Südamerikas sie kamen.

»Bist du Obda?« fragte Blomman.

»Ja. Was wollt ihr von mir?«

Er redete fließend Schwedisch, sprach aber die Vokale anders aus. Ich zeigte meine Legitimation als Polizist. Die Frau schrak zusammen und griff sich ans Herz, der Mann jedoch schien keine Angst zu haben. Warum sollte er auch? Er stand auf und trank einen Schluck Milch direkt aus der Packung. Er war untersetzt und kräftig.

»Dein Sohn sagte uns, daß du im Keller bist.«

»Ja, wir wohnen hier, meine Frau und ich.«

Myrna und ich schauten genauso verständnislos drein wie Blomman.

»Wohnt ihr nicht in der Wohnung ganz oben?«

»Nicht von Freitag nachmittag bis Montag früh. Da wohnen wir hier in unserem Keller. Dürfen wir das nicht?«

Stellvertretend für uns drei raufte sich Blomman das weiße Haar.

»Soweit ich weiß, gibt es kein Gesetz, das es einem verbietet, im Keller zu wohnen. Aber warum?«

»Unser Sohn möchte die Wohnung am Wochenende für sich haben. Wir dürfen uns da oben nicht sehen lassen. Es geht uns nicht schlecht hier unten; so kalt ist es nicht, und wir haben Decken.«

»Was würde er denn tun, wenn ihr hinaufgehen würdet, um in eurer eigenen Wohnung in euren eigenen Betten zu schlafen?«

Der Mann zuckte die Schulter, ohne zu antworten. Dafür murmelte die Frau:

»Dann er uns schlagen. Bald Mann und schon harte Faust.«

»Es geht, es geht. Wir dürfen ja fast fünf Tage in der Woche dort oben wohnen. Dreimal täglich gehen wir in die Schule, ich habe den Schlüssel zur Toilette. Es gibt Schlimmeres. Was wollt ihr von mir?«

Blomman fand, daß wir uns in die familieninterne Lösung des Wohnungsproblems nicht einmischen sollten, auch wenn wir andere Auffassungen vertraten. Er erkundigte sich nach Sonn Kraj. Mit geschlossenen Augen dachte Obda eine Weile nach. Die ganze

Zeit über sah uns die Frau aus scheuen und ängstlichen Augen an, als fürchtete sie, aus ihrer Zuflucht vertrieben zu werden.

»Sonn Kraj wohnt nicht mehr in Rinkeby, aber ich weiß, daß er hier bei verschiedenen Bekannten gehaust hat. Er hat sich von seiner Familie getrennt, die übrigens Schweden verlassen hat. Netter Junge, wird aber schlimm enden. Denkt zu sehr an Geld.«

»Er geht doch noch zur Schule, oder?« wandte Blomman ein.

»Nein, er will nicht.«

»Weißt du, wo man ihn antreffen kann?«

»Nicht ihn selbst, denn er will nicht gefindet ... gefunden werden ... aber ich weiß, daß er früher in Gesellschaft eines Mannes war. Ein Mann, der ... Tallock heißt. Den Vornamen weiß ich nicht, aber er ist nicht ganz da. Geistig behindert, meine ich. Ich fand es gut, daß Sonn ihm Gemeinschaft gab. Tallock wohnt sicher in einem anderen Vorort.«

»Du hast ein gutes Gedächtnis.«

Obda lächelte stolz und reckte sich.

»Ich habe ein sehr gutes Gedächtnis, und es fällt mir leicht. Ich kann besser Schwedisch als viele Schweden, und ich habe die meisten der älteren Schriftsteller gelesen, Strindberg, Bergman, Söderberg, Wägner ... Wenn ich nicht so ein verdammter Einwanderer und daher chancenlos gewesen wäre, hätte ich es weit bringen können!«

In einer Telefonzelle fand ich vier Tallocks im Telefonbuch, und schon der erste Anruf traf ins Schwarze. Eine Frau erklärte mit essigsaurer Stimme, daß ihr jüngerer Bruder Börje sein eigenes Leben lebe, und nannte mir eine Adresse in Svedmyra. Es sollte sich um einen Teil einer Villa handeln.

»Wie ist seine Telefonnummer?« wollte ich wissen.

»Hat er nicht. Idioten bekommen kein Telefon.«

Von der Zelle aus beobachtete ich, wie Blomman und Myrna sich unterhielten, oder besser gesagt, wie er redete und sie lächelnd lauschte. Ich fragte mich, welchen Teil ihres Körpers er wohl gerade bewunderte.

»Was kannst du mir sonst noch über deinen Bruder erzählen?«

»Nichts. Träfe ich ihn auf der Straße, würde ich die Seite wechseln.«

»Er ist also eine Schande für die Familie?«

»Idiotie ist immer eine Strafe für schwere Sünden gewesen. Das ließ ich Mama und Papa wissen, solange sie lebten.«

Ich wollte gerade sagen, daß eine solche Tochter eine viel schlimmere Strafe sei, beherrschte mich dann aber, denn ich hatte keine Veranlassung, ihre beinharte Lebenseinstellung ändern zu wollen. Der einzige Grund meiner Fragen war, mir Informationen über ihren Bruder zu beschaffen.

»Nun müssen wir uns von Rinkeby trennen«, teilte ich Blomman mit. »Danke für die Hilfe.«

»Vielen Dank für alles«, fügte Myrna schelmisch lächelnd hinzu. »Ich hatte fast vergessen, daß Fraulichkeit einen Wert haben kann.«

Er begleitete uns zum Wagen, entdeckte in letzter Minute noch ihre sinnlichen Ellbogen und verriet uns, daß diese Körperzone zu den erogensten überhaupt gehörte. Ich erklärte ihr, daß sie mich ruhig Stockfisch nennen dürfe, aber ich dächte nicht daran, an ihr herumzunaschen. Natürlich nannte sie mich Stockfisch.

Als wir nach Svedmyra kamen, begann es wieder zu regnen. Ich schaute auf die Karte und dirigierte sie an den Rand des Stadtteils, wo die älteren Villen stehen. Die, in der Börje Tallock wohnen sollte, war von der richtigen alten Sorte. Schon als sie neu war, mußte sie ungemütlich gewesen sein. Es war eines jener Häuser, die dem Bauherren viel Ärger und dem Architekten ein schlechtes Gewissen bereiten. Die Holzverkleidung der Fassade war längst verrottet, und so hatte man, um dem Gebäude ein moderneres Aussehen zu geben und Regen und Schnee abzuhalten, Eternitplatten angebracht, aber die waren abgeplatzt, und einige schwangen nun im Wind.

»Hinten liegt ein Schirm«, sagte Myrna.

Es war ein billiges Wegwerfmodell, und wir gingen dicht nebeneinander, um nicht allzu naß zu werden. Ich gestand ihr, daß es für ein armes Mannsbild gar nicht so leicht sei, so erotische Ohrläppchen direkt vor der Nase zu haben. Immer noch gelang es uns, mit solchem Gequatsche die Katastrophen der letzten Tage zu verdrängen. Wir stiegen eine glitschige Holztreppe hinauf, an der jede zweite Stufe morsch zu sein schien. Mit meinen Polizeiknöcheln klopfte ich an die Eingangstür. Ein älterer Mann mit einem breiten Lächeln öffnete. Er hatte wohl andere Gäste erwartet, denn die Freude wich schnell aus seinem Gesicht. Hätte er die Perücke nicht in der Hand gehalten, so daß man an der Glatze den Mann erkannte, hätte man ihn für eine Frau halten können. Er trug ein kurzes Röckchen, gemusterte Strümpfe, hochhackige Schuhe, eine sittsame Bluse mit ausgestopfter Brust und große Ohrringe. In dem sorgfältig geschminkten Gesicht fiel vor allem der knallrote Kußmund auf.

»Ich kaufe nichts«, sagte er mit einer Baßstimme, die einen komischen Kontrast zu seinem Aufzug bildete. »Ich gebe auch nichts.«

»Wohnt hier nicht Börje Tallock?«

»Ums Haus rum und die Treppe runter. Ihr könnt wohl nicht lesen, steht doch eindeutig am Briefkasten!«

Genauso dicht an dicht wie zuvor tapsten wir unter dem Schirm zur Rückseite des Hauses. Ich fragte Myrna, ob ihr meine sinnlichen Ellenbogen schon einmal aufgefallen seien, aber sie verneinte.

»Der dritte Transvestit in dieser Woche«, seufzte sie. »Manchmal fragt man sich, wer eigentlich normal ist.«

Die Treppe ins Kellergeschoß war aus Beton gegossen und voller Löcher und Risse. Auf der hellen abgehobelten Holztür hing ein Zettel unter durchsichtigem Klebeband. Der Name Börje Tallock war mit ungelenken Buchstaben geschrieben worden, wie von einem, der gerade erst das Alphabet gelernt hat. Wieder klopfte ich, und die Tür wurde aufgestoßen. Sie klemmte ein wenig, wahrscheinlich hatte sich das Holz verzogen.

Als wir ihn sahen, wußten wir sofort, daß wir freundlich mit ihm umgehen mußten. Er war etwa dreißig Jahre alt, hatte ein gutmütiges Gesicht, ständig zwinkernde Augen und ein fliehendes Kinn. Seinem langen Körper schien es an Festigkeit zu fehlen, die Arme waren wie Knüppel. Für die verkehrt herum aufgesetzte Baseballmütze war er entschieden zu alt, ansonsten trug er, was er gerade gefunden hatte.

»Hej, Börje«, begrüßte ihn Myrna weich. »Ich heiße Myrna, das hier ist Roland. Können wir reinkommen und ein bißchen mit dir reden?«

Er schaute sie etwa zehn Sekunden an und nickte dann, als habe er verstanden, was sie gesagt hatte.

»Das geht«, antwortete er undeutlich. »Das geht, das geht.«

»Fein, Börje. Dann kommen wir.«

Er trat zur Seite und folgte uns mit unruhigen Blicken, als wir mit durchnäßten Schuhen in seine Wohnung patschten. Nicht, daß das in dem allgemeinen Durcheinander eine große Rolle gespielt hätte. Der Hauseigentümer hatte ein paar Möbel in die Bude gestellt, um eine höhere Miete verlangen zu können, und so sah es auch aus. Das Tageslicht drang durch einige schmale Fenster weit oben an der Wand zum Garten und wurde durch den Schein einer nackten Glühlampe verstärkt, die an einem Kabel von der Decke baumelte. Myrna entdeckte ein paar kleine schwarze Punkte, die an der Wand herumliefen. Sie trat näher und hob ein Bild am Rahmen an. Unter der billigen Reproduktion eines Impressionisten wimmelte es von Wandläusen. Ohne Kommentar hängte sie das Schmuckstück wieder zurück. Tallock hatte sie beobachtet, seine Hände zuckten aufgeregt.

»Macht nichts, das geht, das geht. Dodde soll mehr haben. Dodde ist hungrig.«

Erst jetzt merkten wir, daß sich eine zweite Person im Raum befand, ein älterer Mann, der wie leblos in einem Sessel mit abgerundeten Holzlehnen saß. Um den Hals trug er ein Gummilätzchen. Dem Mann war unsere Anwesenheit bewußt, er reagierte mit kurzen, winselnden Lauten. Tallock setzte sich vor ihn auf einen Hocker, nahm einen Löffel und fütterte ihn aus einem Topf mit Suppe.

»Iß nun, Dodde«, redete er wie zu einem Kleinkind. »Börje ist ja da. So eine gute Suppe.«

Die Brühe rann ihm aus den Mundwinkeln, aber Tallock fing sie mit dem Löffel auf und flößte sie ihm erneut ein. Der Arme hat einen noch Ärmeren gefunden, dachte ich. Wir sprachen freundlich mit Tallock, weil er es schwer hatte, und er sprach freundlich mit Dodde, weil der es noch schwerer hatte.

»Wer ist Dodde?« wollte Myrna wissen.

»Oh, Dodde ist Dodde.«

»Ist er ein Verwandter von dir?«

Tallock dachte angestrengt über die Frage nach, gleichzeitig versuchte er, mit der rinnenden Suppe fertig zu werden.

»Freund. Kein Verwandter. Ein Idiot, sagt Schwester.«

»Wie schön, daß du einen Freund hast, Börje. Wo hast du ihn gefunden?«

»Oh, Dodde. Park. Ein Park. Dodde schlief da. Ja ja, Dodde, die gute Suppe.«

»Warum schlief Dodde dort, Börje?«

Tallock rieb sich die Stirn und runzelte sie, so sehr konzentrierte er sich.

»Ja ... Dodde durfte nicht mehr da sein. Wo er war. Niemand wollte ihn haben. Wo er war, machten sie zu. Alle, die da waren, durften nicht mehr da sein. Dodde im Park.«

Behutsam, fast liebevoll, fügte er hinzu, wobei er wieder etwas Suppe auf den Löffel nahm:

»Aber nun ist Dodde bei mir. Ich habe ihn nun. Dodde schläft nicht im Park.«

Die Geschichte war erschreckend und leider kein Einzelfall. Mit der kühnen Parole, alle Kranken und Gestörten sollten hinaus in die Gesellschaft und in ihren eigenen Wohnungen lernen, sich um sich selbst zu kümmern, waren psychiatrische Anstalten geschlossen worden. Aber niemand hatte die gefragt, denen das Krankenhaus die einzige Sicherheit war. Und niemand hatte sich anschließend um sie gekümmert, das Interesse erlosch. Die finanziellen Mittel wurden knapp, neue nicht bewilligt. Die Alten und geistig Behinderten wußten nicht wohin, und so sehen wir sie überall in der Stadt. Sie erfrieren oder verhungern, damit sind die Behörden sie los. Das ist die Art und Weise, wie in unserer Zeit das Problem der Bedürftigen gelöst wird. Dodde hatte Glück gehabt, daß er Essen und Wärme und Freundlichkeit gefunden hatte, umgeben von Schmutz und Müll und Läusen.

»Fein, Börje«, sagte ich herzlich. »Du kennst doch Sonn Kraj, oder?«

Der Name war ihm bekannt.

»Sonn ist nett, ja. Das geht, das geht, das geht.«

»Wo wohnt er? Weißt du das?«

Wieder runzelte er die Stirn und grübelte lange.

»Er wohnt. Ja. Weiß nicht. Ist manchmal hier. Zu Besuch, Dodde mag er.«

Ich legte eine Visitenkarte auf den Tisch.

»Wenn er kommt, dann gib ihm bitte diese Karte, damit er mich anruft. Hast du das verstanden, Börje?«

Tallock winkte mit der freien Hand, was vielleicht ein Nicken ersetzen sollte.

»Sonn ruft an. Das geht, das geht, das geht.«

Myrna wollte fort, denn wir hatten hier nichts mehr zu tun. Sie paßte genau auf, wohin sie die Füße setzte. Börje Tallock hatte uns bereits wieder vergessen, für ihn waren nur noch Dodde und die Suppe wichtig.

Myrna fuhr mich durch den Regen nach Hause. Unterwegs stellte sie fest, daß von dem Samstag ja noch der Abend geblieben war. Sie wollte ihrem Hasse ein gutes Essen servieren und dann sehen, was ein Kuß auf die Armbeuge für Ergebnisse brachte. Falls es nicht reichte, konnte sie ja noch mit den Ohrläppchen wackeln.

Pavlov mußte arbeiten, aber Galina hatte frei, war bei uns zu Hause und spielte mit Elin Halma. Sie hatten bereits gegessen, aber Virena leistete mir Gesellschaft bei etwas Fischgratin und einem Gläschen Mosel. Eine schöne, ruhige, angenehm schläfrige Stimmung. Tante Galina erzählte Elin vor dem Schlafengehen ein russisches Volksmärchen, und dann nahm ich mir ein Buch, während sich die beiden Damen unterhielten. Ihnen schien der Gesprächsstoff nie auszugehen. Um zehn klingelte das Telefon, und ich nahm ab.

»Bist du der Hassel, der heute bei Börje war?«

»Genau. Bist du Sonn Kraj?«

Seine Stimme klang so jung und unreif, daß es gar kein anderer sein konnte.

»Ja. Du willst mit mir reden, was? Kostet einen Hunderter.«

»Wie bitte?«

»Hundert Kronen sind ja wohl nicht zuviel.«

»Du weißt doch gar nicht, was ich will.«

»Nein, aber wenn du nach mir gesucht hast, dann willst du etwas wissen. Und das kostet hundert Kronen.«

»Okay, dann laß uns reden. Es ist so, daß ...«

»Aber ich antworte nicht am Telefon! Da bekomme ich meinen Hunderter ja nie. Ich komme zu dir nach Hause. Warte einen Moment.«

Eine Weile war er weg.

»Verdammt, ich bin völlig blank, ich brauche die hundert Mäuse.«

»Wo wohnst du?«

»Ich habe es wie Börje gemacht und ein Zimmer in einem alten Haus gemietet. War seine Idee. Billig, aber trotzdem bin ich pleite.«

»Also, wo wohnst du denn nun?«

»Nahe der Stadt, aber die U-Bahn kostet natürlich eine Masse Geld. Hässelby.«

Ich bekam die genaue Adresse. So nahe war es nun auch wieder nicht. Ich zögerte, denn es war mein Grundsatz, niemals unter Alkoholeinfluß zu fahren. Andererseits dürfte ein halbes Glas Moselwein mein Fahrvermögen nicht beeinträchtigt haben.

»In etwa einer halben Stunde bin ich bei dir. Wohnst du auch in der Kelleretage?«

»Nein, ein Zimmer mit Küchen- und Badbenutzung. Vergiß den Hunderter nicht.«

Ich unterbrach die vertrauliche Plauderei der beiden Freundinnen und teilte ihnen mit, daß ich mich wichtiger Informationen wegen noch einmal auf den Weg machen würde. Sie reagierten mit einem Gleichmut, den ein sensibler Mensch als beleidigend empfunden hätte. Im Regen rannte ich unter einem Schirm zur Garage und fuhr dann den Bergslagsvägen hinaus. Zu dieser Zeit waren Gott sei Dank nicht viele unterwegs, so daß ich mich besser auf den nassen Asphalt und die schlechten Sichtverhältnisse einstellen konnte. Ungefähr kannte ich den Weg und brauchte daher nicht auf die Karte zu schauen. Ich fand die Adresse sofort.

An den Konturen erkannte ich, daß es sich bei der Villa um einen Standardtyp aus den vierziger Jahren handelte. Damals war Hässelby bekannt für seine Gärtnereien und versorgte die Stockholmer mit Gemüse und Blumen, alles war noch ländlich und idyllisch. Aus dem Fenster, das offensichtlich zur Küche gehörte, drang

Licht, und ein kaltes bläuliches Flimmern im Wohnraum verriet, daß der Fernseher eingeschaltet war. Ich klopfte mit der Schirmkrücke an, und ein Teenager öffnete.

»Bist du Hassel?«

»Zweiunddreißig Minuten. Fast pünktlich.«

»Hast du den Hunderter dabei?«

»Laß mich erst ins warme Nest, bevor wir finanzielle Transaktionen diskutieren.«

»Sonst erfährst du von mir kein Wort, da kannst du Gift drauf nehmen!«

Ich trat ein und stellte den aufgespannten Schirm in den Flur, damit er trocknen konnte. Sonn Kraj war ein schmaler, bleicher Spargel von Jüngling, dessen Gesicht Weichheit und Berechnung gleichzeitig ausdrückte.

»Es war weiß Gott nicht leicht, dich zu finden«, berichtete ich, »trotz deines ungewöhnlichen Namens.«

»Ich will meine Ruhe haben. Setz dich aufs Sofa. Ich bin heute abend allein.«

Ich nahm Platz, und er schaltete den Fernseher aus, knipste eine Stehlampe an und hockte sich mit angezogenen Beinen auf den Teppich.

»Worum geht es?«

»Du kennst doch Charlotte Adamsson, nicht wahr? Ihre Freunde dürfen sie Charlie nennen ...«

»Ihr habt sie eingelocht. Verdammt, sie soll nicht eingesperrt sein.«

»Sie kommt sicher bald wieder frei. Du hast sie jemandem für einen Job empfohlen. Was waren das für Leute? Wie hast du sie telefonisch erreicht? Wo hast du sie getroffen?«

Sonn pfiff leise eine undeutbare Melodie. Hinter mir hörte ich eine wohlbekannte Stimme:

»Sprichst du von mir und meinen Freunden?«

Ich schnellte auf dem Sofa herum. In der Tür zu einem anderen Zimmer standen Kajan Lilja und ein paar Männer, die Russen sein konnten. Alle hatten Pistolen auf mich gerichtet. Kajan verbeugte sich ironisch.

»Willkommen, sprach die Spinne zur Fliege!«

27. Kapitel

Einer der Russen tastete mich nach Waffen ab, entdeckte aber nichts. Meine Pistole war inzwischen gefunden worden und befand sich gerade zur Reparatur in der Waffenwerkstatt. Sonn erhob sich und nahm seine Tarnjacke. Dann streckte er die Hand aus und erhielt von Kajan ein Kuvert.

»Brauchst nicht nachzuzählen.«

Kraj öffnete den Umschlag trotzdem und blätterte die Scheine rasch durch. Was war ich wert? Wieviel hatte er dafür bekommen, ein leicht zu täuschendes Opfer in die Falle zu locken?

»Und Charlie«, sagte er und stopfte das Kuvert mit dem Geld in die Jackentasche.

»Wir holen sie für dich raus«, versprach Kajan.

»Sie soll wissen, daß sie es mir zu verdanken hat.«

Kajan klopfte ihm aufmunternd auf die Schulter.

»Du bekommst sie mit Haut und Haar. Wenn wir sie befreit haben, wird sie dir so dankbar sein, daß sie mindestens eine Woche mit dir im Bett bleibt.«

Sonn Kraj sah instinktiv sehnsüchtig aus, und ich rief:

»Du bist ein Holzkopf, Sonn! Charlie sitzt, wo sie sitzt, bis das Gericht sie freiläßt. Keine Terroraktion gelingt zweimal!«

Kajan brach in ein munteres ironisches Gelächter aus, während die mutmaßlichen Russen wie Holzsoldaten dastanden.

»Hassel, Hassel, wir machen, was wir wollen und wann wir es wollen und wie wir es wollen. Sweet dreams, Sonn.«

Der Junge zog den Reißverschluß der Jacke hoch und verließ die Villa. Er war der einzige Außenstehende, der wußte, daß ich in den Händen von Kajan und seiner Bande war, aber es kümmerte ihn nicht. Was würden sie mit mir machen? Was zur Hölle hatten sie vor?«

Kajan zog ein Paar Handschellen hervor, wie sie bei der Polizei gebräuchlich sind. Er bedeutete mir, die Hände auf den Rücken zu legen, und ich mußte gehorchen. Wenn ich Widerstand geleistet hätte, wäre ich von Kugeln durchbohrt worden, bevor meine Faust Kajans Kinn erreicht hätte. Ich hatte gelernt, daß ihnen ein Menschenleben nichts galt. Kajan nahm eine schwarze Kappe, zog sie mir über das Gesicht und verknotete sie am Hals. Der Stoff ließ nicht einmal das elektrische Licht durchscheinen.

»Die Jungs tragen dich jetzt zu einem Transporter. Wird ein bißchen unbequem, das gebe ich zu, aber man kann nicht alles haben.«

Die Russen packten mich unsanft am Oberarm und zerrten mich durch die Villa zur Rückseite. Sie rissen die Tür auf und stießen mich in die Nacht hinaus. Der Regen konnte nicht durch die Kappe dringen, aber ich atmete die angenehme Nässe ein. Vielleicht war es das letzte Mal, daß ich frische Luft und Regen und den Duft feuchter Erde erlebte.

Seitentüren aus Blech wurden aufgeschoben, und ich erhielt einen Schlag gegen den Oberschenkel als Aufforderung, das Fahrzeug zu besteigen. Jemand drückte mich zu Boden, und ich spürte eine Decke. Kurz darauf wurde der Motor angelassen. Auf dem Rücken konnte ich nicht liegen, da mir jede Bodenwelle Schmerzen an den gefesselten Gelenken bereitete. So wälzte ich mich auf die Seite. Was zum Teufel hatten sie vor?

Seltsamerweise gab mir die schwarze Kappe ein wenig Trost. Wenn sie mich einfach nur umbringen wollten, hätten sie mir nicht die Augen zu verdecken brauchen. Die Kappe bedeutete, daß ich nicht sehen sollte, wohin wir fuhren. Sicher würden sie nicht zögern, mich zu erschießen, wenn ihnen danach war oder wenn sie es für notwendig erachteten, aber das war offenbar nicht ihr primäres Ziel. Aber was dann? Welche Rolle spielte ich für sie? Welche Geheimnisse glaubten sie, aus mir herauspressen zu können? Und auf welche Weise? Ich schauderte. Freundliche Überredung war sicher nicht ihre Methode.

Natürlich wollten sie die Tonbandkassette! Allerdings mußten doch selbst paranoid mißtrauische Leute inzwischen eingesehen haben, daß ich gar kein Band besaß. Ich konnte ihnen nichts erzählen, was sie nicht bereits wußten, aber wie sollte ich sie davon überzeugen? Es bestimmt immer der, der die Macht hat, und die Macht hatten sie.

Virena glaubte, daß ich in einem einfachen abendlichen Auftrag unterwegs war. Als Gattin eines Polizisten wußte sie aus Erfahrung, daß es in solchen Fällen keine verbindlichen Zeiten gab.

Kam ich nicht um zwölf nach Hause, dann kam ich eben um eins, und wenn nicht, dann eben um drei oder vier Uhr früh mit den Morgenzeitungen. Kein Anlaß für sie, sich vor dem Frühstück ernsthaft Sorgen zu machen. Zu dieser Zeit steckte ich vielleicht schon in einer Blechtonne wie die Kollegen aus dem Einsatzbus, wurde mit Benzin übergossen und angezündet, um ein paar russische Hände zu wärmen.

Ich verlor das Zeitgefühl. Waren dreißig Minuten vergangen oder zwei Stunden? Mein Körper begann zu schmerzen, die dünne Decke konnte die Stöße, die von den Unebenheiten des Weges herrührten, nicht absorbieren. Wieder und wieder brannte die Frage in meinem Gehirn: Was würden sie mit mir tun? Wozu hatten sie den Transporter benutzt? Es roch nach Altöl und starken Reinigungsmitteln. Hatten sie damit das Blut hingeschlachteter Menschen abgewaschen?

Mit einem Ruck hielt das Fahrzeug, die Schiebetüren wurden aufgezogen. Unsanfte Fäuste packten mich und stießen mich aus dem Frachtraum. Ich wäre auf dem Gesicht gelandet, hätte mich nicht jemand aufgefangen. Man führte mich über einen Weg, der mit Kies oder feinem Schotter belegt war, ich erkannte es am Knirschen der Schritte. Ich spürte, daß es nach wie vor regnete, darüber hinaus fiel mir allerdings nichts auf, woran ich mich später erinnern könnte, falls ich noch Gelegenheit dazu haben würde.

Eine Tür wurde geöffnet, man führte mich durch einen Gang, der dem Echo nach zu urteilen kahl und leer war und einen Steinfußboden hatte. Dann ging es über eine Schwelle in einen anderen Raum. Die Schritte klangen gedämpfter, also Holzfußboden, eventuell Parkett. Hinein in einen weiteren Raum, nur ein paar Schritte auf Teppichbelag. Dann wurde ich auf einen Hocker gedrückt. Jemand fingerte an meinem Hals herum, dann zog man mir die Kappe vom Gesicht, und ich blinzelte in das starke Licht der Leuchtstoffröhren an der Decke.

Die Russen standen zu beiden Seiten der Tür und hielten ihre Waffen ständig auf mich gerichtet. Sie mußten eigentlich begreifen, daß ich völlig chancenlos war, aber sie waren weniger risikobereit als ein Mann, der Hosenträger, Gürtel und Sicherheitsnadel gleichzeitig trägt. Kajan lehnte bequem am Türrahmen und rauchte eine dicke Zigarre.

»Ich nehme an, du bist in dem Kleinbus ein wenig durchgeschüttelt worden? Tröste dich, es gibt vieles, was man vor Gebrauch schütteln soll.«

»Was wollt ihr von mir?«

Ich hätte den Gleichgültigen spielen und schweigen können, aber es war mir ganz und gar nicht gleichgültig, was mit mir geschehen würde. Welchen Sinn hatte das Ganze? Es war ein sonderbar kleiner Raum von vielleicht zehn Quadratmetern. Außer dem Hocker gab es keine weiteren Möbel. Boden, Wände und Decke waren mit einem gepolsterten Bezug bespannt. Oben an der einen langen Wand waren Stücke gröberen Stoffs eingelassen, als würden sich dahinter Lautsprecher verbergen. Auf der anderen Seite befanden sich einige runde, tellergroße, dunkel getönte Glasscheiben.

»Mit allen Mitteln haben wir versucht, dich zu bewegen, uns das Band auszuhändigen, das du in Moskau aufgenommen hast, aber du hast dich geweigert. Nun wird es endlich Zeit, einen Schlußstrich zu ziehen.«

Schlußstrich? Schluß? Meinte er ...

»Ich habe keine verdammte Kassette, das weißt du genau!«

»Wir sind überzeugt, daß du sie hast, und du sollst sie uns geben.«

»Wie hältst du es aus, mit Leuten zusammenzuarbeiten, die Jungen in Dennis Alter umbringen?«

Er lachte leise.

»Dennis ist ein Prachtjunge und wieder bei den Pflegeeltern auf Gotland. Wir haben miteinander telefoniert. Kindesmord gehört nicht zu unserem Job.«

»Der dreizehnjährige Nikki Kadopoulus wird an diesem Wochenende an seinen Schußverletzungen sterben.«

»Ach ja? Wie traurig, und das meine ich ernst, aber das war nicht absichtlich, und nur die Absicht zählt. Willst du uns nicht verraten, wo du das Band hast, bevor wir mit der Operation Überredung beginnen?«

Die Angst leckte mit eiskalter Zunge mein Rückgrat hinauf, aber ich strengte mich an, mir nichts anmerken zu lassen.

»Auch wenn ich mich zu einem Knoten winde, ich habe kein Band, das ich dir und deinen Typen geben könnte.«

Kajan ließ Asche auf den Boden fallen und steckte die Zigarre dann genau vorn zwischen die Schneidezähne.

»Tut mir leid, aber du begreifst einfach nicht, was das Beste für dich wäre. Du bist selbst schuld.«

»Was soll das werden? Chinesische Wasserfolter? Bambusspitzen unter die Fingernägel? Glühende Nadeln?«

Als er lachte, geriet ihm Rauch in den Hals, und er mußte eine Weile husten, während er die Zigarre wie einen Taktstock schwenkte. Was war daran so komisch?

»Lieber Hassel, ich weiß, du hältst mich für einen Schweinehund, aber sadistische Foltern gehören wirklich nicht zu meinem Repertoire. Außerdem sind sie out. Welche Art Musik bevorzugst du?«

Die Frage kam so überraschend, daß ich einen Moment brauchte, um umzuschalten. Was sollte dieses Geschwätz? Wollte er Zeit gewinnen? Wenn ja, wozu?

»Was geht dich das an?«

Er kam ein wenig näher und betrachtete mich wie ein aufgespießtes Insekt, das es zu klassifizieren galt.

»Bist du ein Fan klassischer Musik? Bach und dieser ganze Scheiß? Fiedeleien von Beethoven?«

Ich wiederholte, daß ihn das gar nichts angehe, aber er schien ernsthaft an meiner Antwort interessiert und fragte weiter.

»Oder stehst du auf Volksmusik? Gitarre und Ziehharmonika? Nein, ich weiß, du magst richtig gute alte Schlager. Na, hab ich recht?«

Weil es ihn wirklich nichts anging, schwieg ich, aber das störte ihn nicht.

»Oder bist du vielleicht ein übriggebliebener Jazztyp? Ein armer Neger, der in einem Kohlenkeller auf einer Kiste sitzt und auf einer verbeulten Trompete bläst, ist das dein Ideal? Ich glaube, wir kommen der Wahrheit schon näher. Was meinst du?«

»Was soll das? Jedenfalls mag ich russische Klapperschlangen nicht, auch wenn sie im Takt rasseln.«

Das fand er witzig und lachte herzlich. War er verrückt? Warum fragte er nach meinem Musikgeschmack?

»Wir haben ein wenig gebraucht, um dies hier zu arrangieren, obwohl wir über die Mittel und Experten verfügen. Ich weiß nicht, ob du dich deshalb geschmeichelt fühlen wirst. Nicht, weil ich das tun würde, aber grundsätzlich. Gibst du uns das Band?«

»Hör auf! Habt ihr Stroh im Kopf?«

»Tschüs dann. Für Heavy Metal mit Spezialeffekten bist du eigentlich zu alt, aber wer ist das nicht? Die Jugendlichen sind seltsam.«

Er verließ den Raum, gefolgt von den russischen Gorillas. Ich hörte, wie die Tür verschlossen wurde, dann war ich mit meinem Hocker allein. Ein Gefühl des Unbehagens beschlich mich, wie im Wartezimmer eines Zahnarztes, wenn man die Bohrer surren hört. Worum ging es hier? Heavy Metal? Sprach er von der Lieblingsmusik seines Sohnes Dennis? Wenn Elin begann, sich für Platten zu interessieren, würde ich wahrscheinlich ...

Ein schneidender Gitarrenakkord. Trommelstöcke auf gespanntem Fell. Kreischende Töne im oberen Register. Der Krach drang durch die mit grobem Stoff bespannten Öffnungen. Nun begriff ich endlich, wo ich mich befand. In einem Tonstudio! Hinter der Wand verbargen sich tatsächlich gigantische Lautsprecher. Und dann brach das Inferno los, und ich mußte hinhören, denn meine Hände waren auf dem Rücken gefesselt. Lärm, Geheul, Disharmonien steigerten sich Schritt für Schritt, es klang wie Sirenen, Kreissägen und das Kratzen von Nägeln über eine Schultafel. Die Drums hatten einen Takt, der den Herzschlag beschleunigte. Darunter mischte sich, kaum vernehmbar, ein Baßton, der direkt auf den Solarplexus übertragen wurde.

Eine Kakophonie ohne Anfang und Ende, Laute, die sich ins Trommelfell zu bohren schienen. Und die Bässe pochten und pochten im Magen, bäng, bäng, daß die Nerven zu vibrieren begannen. Ich machte den Mund auf, um Luft herauszulassen, sonst würde mir der Schädel zerspringen. Eine kurze, unverhoffte Stille und eine Stimme:

»Bekommen wir nun das Band?«

»Haaabe kein Scheißband!«

Die letzte Silbe ertrank in einem neuen Toben und Heulen, noch lauter gellten die Sirenen, als raste eine Ambulanz direkt durch den Kopf. Und der Baßton, dieser schwere Baßton ... er drehte einem die Eingeweide um, Leber, Nieren, alles ...

Es begann, in den Ohren physisch weh zu tun. Ich konnte nicht länger sitzen bleiben, ich rannte wie rasend hin und her, um dem Lärm zu entkommen, aber es ging nicht, er umgab mich wie eine zweite Haut, eine Haut, die mich ersticken und gleichzeitig sprengen wollte. Ich keuchte vor Anstrengung und spürte, wie mein Herz härter und härter gegen das Brustbein schlug, in einem Takt, der nicht mehr normal war. Ein neuer schneidender Laut, ein Bohren wie durch dickes Metall. Pause.

»Das Band, Hassel!«

»Es gibt kein Baaand ...«

Bong, bong, bong, die nackte Baßhand wühlte mit ihren fünf Krallen ganz tief in meinem Körper, spielte auf meinen Nerven, als wären es die Saiten eines Instruments, bing-bong, bingbong ... Nicht lauter, bitte nicht lauter, ich könnte es nicht aushalten ... Aber es wurde immer lauter und lauter und lauter ...

Ich rannte sinnlos durch den Raum und warf den Kopf hin und her, um den grausamen Klängen zu entkommen, die mich wie eine Druckwelle überrollten. Ich schrie und konnte doch meine eigenen Schreie nicht hören, sie klangen in diesem Chaos wie das Husten einer Mücke.

»Fast hundertdreißig Dezibel, Hassel. Das ist die Schmerzgrenze. Gibst du uns das Band?«

»Neiiin, neiiin, es gibt kein ...«

Bong-dong-bang! Mein Gehirn schaukelte hin und her. Lauter und lauter, ich weinte, weil mir nichts anderes mehr blieb, aber eigentlich merkte ich es gar nicht. Ich nahm nur noch die Hämmer, Meißel und Preßluftbohrer wahr, die in meine Gehörgänge eindrangen, die Bässe, die mir die Därme herausschnitten und sie mir ins Gesicht schleuderten. Ich wälzte mich auf dem Boden und strampelte mit den Beinen. Das war das Inferno der Töne, die schlimmste aller Höllen.

Ich preßte ein Ohr gegen den Fußbodenbelag und versuchte, die andere Schulter hochzuziehen, um mein Gehör zu schützen, aber es ging nicht, nichts ging mehr. Ich war machtlos gegen diesen kreischenden, heulenden Alptraum. Warum durfte ich nicht sterben? Vielleicht brachte der Tod Ruhe. Aber konnte ich sicher sein? Vielleicht landete ich erst recht in der Hölle, nach der Hölle auf Erden die Hölle für die Ewigkeit, ewig diese infernalischen Klänge ...

Noch eine Steigerung. Sterben dürfen! Die Chance haben, dem Krach zu entkommen. Mußte das Risiko eingehen, der Tod war der einzige Ausweg, den Traum von der Stille zu verwirklichen. Ich rollte auf dem Boden umher, zuckte unkontrolliert, da mir die Nerven nicht länger gehorchten, versuchte, wieder auf die Füße zu kommen. Kniete, fiel wieder um, schrie, tobte, weinte.

»Das Band, Hassel?«

»Äääääääääääää ...«

Das Skalpell schnitt und schnitt und schnitt mir das Gehirn in Scheiben, und die Baßfinger griffen gierig nach den Stücken und quetschten und kneteten sie. Sterben, sterben, sterben dürfen. Das wunderbare Schweigen des Todes erleben dürfen. Ich kam auf die Füße, beugte mich nach vorn und rannte mit dem Kopf gegen die Wand. Doch das Polster federte den Aufprall ab. Ich fiel um und jaulte vor Wut, nicht sterben zu dürfen.

Wieder auf, schwanken, vor den Augen flimmert es, alle Nerven vibrieren. Wieder mit dem Kopf gegen die Wand, aber die ist wie Teig, wie Teig. Konnte nicht sterben, durfte nicht sterben. Rollte im Teig umher. Der Hocker! Der harte Hocker. Er war umgefallen und reckte drei Beine in die Luft. Bekam ihn zu fassen, hinterm Rücken, versuchte, seine Kante gegen meinen Hinterkopf zu schlagen. Verlor ihn aus dem Griff. Bong, bong, bong, immer lauter ...

Es gelang mir, den Hocker wieder aufzustellen. Ich auch, ich mußte auch auf den Beinen stehen. Blökte, jammerte und schrie, schrie, schrie, weinte, bettelte, lieber Tod, nimm mich, führe mich in das Reich des Schweigens, in das Paradies. Da war der runde Hocker, und da war ich. Ohne Zögern warf ich mich mit dem Kopf zuerst auf ihn. Einen Augenblick wurde mir schwarz vor Augen, aber es reichte nicht. Noch einmal! So nahe dem Tode, nahe der ewigen Ruhe. Hocker bereitmachen ... bleib doch stehen, fall nicht um, bleib stehen, verdammt!

Geschafft. Nun ich selbst. Irgendwo eine Stimme in dem schneidenden Lärm, ich vernahm sie, reagierte aber nicht. Schob mich an der weichen Wand hoch. Schraubzwingen quetschten meinen Kopf, Stahlbänder wurden immer fester angezogen. Jetzt, jetzt. Ich nahm Anlauf und schmetterte meinen Schädel auf den Hocker.

Dunkelheit, die Finsternis des Todes. Geliebter wunderbarer Tod! Sanftes Schweigen ... oh, diese paradiesische Ruhe ... der Lärm und das Kreischen und das Bohren und das Heulen ...

28. Kapitel

Naß im Gesicht. So ist es also, wenn man tot ist, naß. Und kalt, aber das wunderte mich nicht, wenn man tot ist, muß man kalt sein. Ich wollte sehen, wie es im Reich der Toten aussah und wen ich hier antreffen würde. Meine Mutter vielleicht? In welchem Alter? Als sie jung und schön war und mit Vater tanzte oder als alte Frau wie in den letzten Lebensjahren?

Die schrecklichen Kopfschmerzen überraschten mich etwas, aber ich akzeptierte sie, schließlich war nicht ich es gewesen, der die Gesetze für die andere Seite geschrieben hatte. Meine Augendeckel waren wie zugekleistert, aber langsam, langsam und mit großer Anstrengung bekam ich sie soweit auf, daß ich mich umschauen konnte. Es wurde immer seltsamer.

Mama sah ich nicht und auch keinen anderen Bekannten, der ungeduldig auf meine Gesellschaft wartete. Das Totenreich glich eher dem Mosebacketorg. Die schönen Fassaden des Stadtteils Söder, die alten Häuser, die Bäume der kleinen Anpflanzung mitten auf dem Platz. Aber kein Mensch, nicht ein lebendes Wesen. Konnte natürlich daran liegen, daß es regnete und zehn nach drei Uhr nachts war, aber dennoch. Saß ich wirklich auf einer Bank in dem kleinen Park? Egal, hier wollte ich jedenfalls bleiben. Die Kühle und die Nässe waren behaglich. Von der paradiesischen Ruhe gar nicht erst zu reden. Ich machte die Augen wieder zu und ließ mich ins Dunkle gleiten.

Eine Hand auf meiner Schulter. Nicht grob, aber auffordernd. Sie schüttelte mich, ich mußte aufschauen. Ein uniformierter Polizist mit ausdruckslosem Gesicht, dessen Mund sich bewegte. Ich ahnte mehr als ich hörte, daß er fragte, warum ich da sitze. Was ging es denn ihn an, wo ich saß? War das kein freies Land mehr? Falls es ein Land war und kein Parallelreich auf der anderen Seite. Fünf vor halb vier, und es regnete immer noch.

Ein piepsendes Stimmchen teilte ihm mit, daß ich Roland Hassel heiße und Polizist sei. Der Uniformierte schien aber trotzdem wissen zu wollen, warum ich da saß. Eine Hand, die mir gehören konnte, kramte in der Jacke und holte Brieftasche, Erkennungsmarke und Ausweis hervor. Er schaute sich alles im Schein der Straßenbeleuchtung an, und ich schloß die Augen.

Ein erneutes leichtes Rütteln, und ich kehrte nach Mosebacke zurück. Seine Lippen fragten, ob sie mich nach Hause fahren sollten und ob ich getrunken hätte. Nein, ich war nicht besoffen, aber er dürfte mich gern nach Hause bringen. Wußte er, wo ich wohnte? Wenn ich es ihm sagte, würde es die Sache erleichtern. Kluger Polizist, wird es weit bringen. Ich streckte die Hand aus, und er half mir auf und führte mich zu dem Funkwagen, wo ein weiterer Kollege am Steuer saß. Von irgendwoher flüsterte jemand, dieser Hassel sei voll wie eine Haubitze.

Ich landete auf dem Rücksitz, und schon waren wir in der Baltzar von Platensgatan. Ich zwinkerte und zwinkerte, um den Sand aus den Augen zu kriegen. Die Flüsterstimme wollte wissen, ob ich nun allein zurechtkäme oder ob sie mich zur Tür bringen sollten. Danke, ich könne ohne Hilfe gehen, sie seien prima Engel, die neue Flügel als Belohnung erhalten würden. Sie sahen mich und sich ungläubig an, konnten sich aber auf meine Empfehlung verlassen.

Einer von ihnen folgte mir dennoch bis zum Eingang und beobachtete, wie ich aufschloß und den Lift enterte. Ich wollte ihn nicht mit im Fahrstuhl haben, so ein ausgewachsener Bulle nahm einem ja den ganzen Platz weg. Er schien über diese meine Äußerung nicht sehr erfreut zu sein. Trotzdem, er würde neue Flügel bekommen, versprochen ist versprochen. Der Finger fand den obersten Knopf, dann ging es hinauf. Ich hielt das Schlüsselbund fest in der Hand, wer wußte, wo es landen würde, wenn ich es verlor?

Meine Wohnungstür erkannte ich wieder, es stand ›Hassel‹ auf dem Schild. Was für Kopfschmerzen! Aber das war immerhin ein Hinweis, daß ich noch einen Kopf besaß, das können nicht alle von sich behaupten. Ich steckte den Schlüssel ins Loch und drehte ihn vorsichtig. Jemand war hinter mir, aber ich drehte mich nicht um. Vielleicht war es der Personenschutz, vielleicht jemand, der mir einen Gummiknüppel über den Schädel ziehen wollte, es war mir egal. Ich gelangte in den Flur und schloß hinter mir ab.

Die Türen zu Elins Raum und dem Schlafzimmer waren zu, aber im Bad brannte Licht, so daß ich mich orientieren konnte. Die feuchte Jacke hängte ich an einen Haken, dann streifte ich die Schuhe ab und tapste ins Bad. Konnte man in der Parallelwelt sein Gesicht sehen? Ja, aber man sollte lieber darauf verzichten. Rotäugig wie ein ausgewachsenes Kaninchen, ein Gesicht wie ein Schaf, Haare wie eine zerzauste Wollmütze, na logisch, Schafe hatten ja Wolle. Was ich damit meinte? Keine Ahnung. Zwei Beulen an der Stirn, sicher der Ansatz zu einem Geweih, bald würde ich als Zwölfender durch die Gegend stelzen.

Irgendwie riß ich mir die Kleider vom Leibe und legte sie auf den Hocker. Den Hocker ... Nein, das war nicht derselbe Hocker, dieser hier hatte vier Beine. Ich selbst hatte zwei, das sah ich ganz deutlich. Kaltes Wasser über die Hände und ins Gesicht, es war himmlisch! Es war himmlisch, die Kopfschmerzen dagegen höllisch. Ich machte das Licht aus und tastete mich ins Schlafzimmer, ohne Krach zu machen, der das ganze Haus und vor allem Virena geweckt hätte. Drei Schritte bis zum Bett, den Pyjama unterm Kopfkissen hervorziehen, ein bewundernswerter Balanceakt, um in die Hose zu kommen, und plötzlich lag ich in meinem Bett. Virena schlief neben mir. Im Dunkeln starrte ich zur Decke hinauf. Aber da war nichts zu sehen. Lieber machte ich die Augen zu. Langsam entspannten sich die Muskeln. Wenn ich auf einer Bank auf dem Mosebacketorg schlafen konnte, mußte es mir wohl auch in meinem eigenen Bett gelingen!

Bei einem sehr späten Frühstück sorgte sich Virena um ihren armen Mann, der auf einer Treppe gestolpert war und sich Beulen an der Stirn geholt hatte. Außerdem mußte er die ganze Nacht im Regen unter einem Baum stehen und auf einen Verdächtigen warten. Sie vermutete, daß ich mir eine Erkältung zugezogen hatte, und ich hielt den Gedanken für nicht abwegig. Sie hatte versprochen, wegen des schlechten Wetters mit Elin ins Kino zu gehen, aber es war wohl besser, wenn ich zu Hause blieb, damit ich niemanden ansteckte. Ich gab ihr recht, außerdem hatte ich noch zu arbeiten.

Ich hörte gut, und von den Kopfschmerzen war nur noch ein leichter Druck gegen die Stirn geblieben. Während Virena mit Elin im Badezimmer herumtobte, rief ich Simon an und berichtete schnell und leise, was ich erlebt hatte. Er grunzte mitleidig.

»Pfui Teufel, so ein Sadist, Rolle! Das ist ja unglaublich. Was können wir tun? Hast du eine Ahnung, wo du gewesen bist?«

»Nicht die leiseste, aber ich habe die Adresse der Villa in Hässelby, in die mich der Grünschnabel Sonn Kraj gelockt hat.«

Er notierte sich die Anschrift und versprach, so schnell wie möglich jemanden hinzuschicken.

»In einer Stunde bin ich in meinem Büro«, sagte er. »Wir können uns dort weiter unterhalten, wenn du auch hinkommst.«

»Nichts kann mich davon abhalten, es sei denn das Polizeiorchester spielt Heavy Metal im Speisesaal.«

Die Ärztin in der Notaufnahme des Krankenhauses war eine Frau in mittlerem Alter, robust, erfahren, kundig und vertrauenerweckend. Nach der Untersuchung sagte sie:

»Deine Ohren haben nichts abbekommen. Seit längerem hast du ein vermindertes Hörvermögen auf der linken Seite, aber es ist nicht schlimmer geworden. Ein Rockkonzert hält man schon mal aus, auch wenn man diese Musik nicht gewöhnt ist und in der ersten Reihe sitzt.«

»Es war schauderhaft«, murmelte ich. »Ich dachte, ich müßte sterben. Ein Baßton traf mich genau in den Magen.«

Sie nickte verständnisvoll.

»Ja, ich habe das selbst einmal erlebt. Ich hätte mich beinahe übergeben. Geräusche sind eine Wissenschaft für sich. Was dem einen schrecklich erscheint, gefällt dem anderen geradezu.«

»Liegt die Schmerzgrenze nicht bei hundertdreißig Dezibel?«

»Auch das ist von Mensch zu Mensch verschieden, aber ungefähr bei dieser Lautstärke werden alle Töne unbehaglich, um nicht zu sagen quälend. Dabei spielt es keine Rolle, ob es sich um Preßlufthämmer, Mozart oder Rock handelt. Einzelerlebnisse schaden dem Gehör nicht. Die Hörnerven werden betäubt, aber man wird nicht taub. Ich habe einen alten Patienten, der finnischer Offizier im Krieg gegen Rußland gewesen ist. Ein Jahr lang stand er ohne Gehörschutz an einer Kanonenbatterie, die jede Nacht Hunderte von Schüssen abfeuerte. Er benötigt einen Hörapparat, weil er keine leisen Töne mehr wahrnehmen kann. Wenn er nur ein einzelnes Bombardement miterlebt hätte, könnte er noch hören. Überlaute Geräusche können einen vorübergehend todkrank machen, aber wenn sie aufhören, erholt man sich schnell wieder.«

»Ich habe irgendwo gelesen, daß man laute Geräusche dazu benutzen kann, Aussagen zu erpressen?«

»Eine Art Folter also. Ja, das klingt sehr wahrscheinlich. Aber man kann mit Geräuschen nicht töten, nicht morden. Hast du *Die neun Maler* von Dorothy Sayers gelesen?«

»Ja. Stinklangweilig, ersetzt jedes Schlafmittel.«

»Ach ja? Mag sein, jedenfalls besteht die Mordmethode darin, eine Person durch den Klang von Kirchenglocken umzubringen. Diese Idee ist sehr gerühmt worden, aber unverdientermaßen, denn sie hat mit der Realität nichts zu tun. Ein Einfall auf dem Papier, ganz unmöglich. Aber als Folterinstrument ... durchaus vorstellbar. Alles entwickelt sich weiter, wenn man auch nie weiß, in welche Richtung. Ich bevorzuge Brahms in angemessener Lautstärke. Das ist Balsam für die Ohren!«

Simon hatte sich Proviant von zu Hause mitgebracht, und auf den deftig belegten Broten lag keine Gurkenscheibe, kein Stück

Tomate. Er war müde, aber nicht übermüdet, und es gab unendlich viel zu tun.

»Verdammt, wir kommen nicht weiter! Wir haben tausend Spuren, aber alle führen ins Leere. Fernsehteams aus ganz Europa und Amerika sind hier, um Dokumentarfilme über das Eindringen der russischen Mafia in Schweden zu drehen, und wundern sich, daß wir keinen der Oberbosse dingfest machen können. Das geht wieder so los wie beim Palme-Mord, die blöden schwedischen Bullen, die eine Spur nicht einmal dann erkennen, wenn sie darüber stolpern. Willst du eine Stulle mit Nadjas berühmten Frikadellen?«

»Danke, ich bin satt.«

»Ein Bierchen?«

»Danke, ich bin nicht durstig.«

»Dir kann man auch gar nichts Gutes tun, aber wenigstens kannst du mich hören. Sadistisch, ich sage es noch einmal. Kajan wird uns einiges erzählen müssen, wenn wir ihn erst mal in die Fänge kriegen. Nach Sonn Kraj wird jetzt intensiv gefahndet, er steht ganz oben auf der Liste.«

Er reckte sich, und sein unförmiger Anzug bekam neue Beulen.

»Heute, Punkt fünfzehn Uhr, fahre ich mit meiner ganzen Bande zu einer Familienfeier. Liegt ein Stück von Stockholm entfernt, wir bleiben über Nacht. Man muß ja auch mal raus aus diesen vier Wänden. Wollen wir zusammen essen gehen, sagen wir, in einer Stunde?«

»Du hast doch gerade erst vier große belegte Brote und ein paar Bier verdrückt!«

»Na und? Je mehr Mahlzeiten am Tag, desto besser die Verdauung. Hol mich um halb eins ab. Schreib solange deinen Bericht. Das wird eine saftige Lektüre für die Leitungsgruppe!«

Ich verfaßte den Bericht und rief zu Hause an. Alles war in Ordnung. Sie wollten zur Drei-Uhr-Vorstellung ins Kino und dann zu McDonald's. Ich beglückwünschte mich zu meinem Entschluß, lieber zum Dienst gegangen zu sein.

Simon studierte meinen Rapport, der im knappen epischen Stil der *Edda* verfaßt war. Aus *Njals Saga* wurde *Hassels Bericht* und aus mir, – ›grunzen würden die Schweine, wenn sie wüßten, wie der alte Eber leidet‹ – ein später Nachfahre Ragnar Lodbroks. Gerade als dieser das Schriftstück zur Seite legte, um seinen Kommentar abzugeben, klingelte das Telefon.

»Palm. Wer? Was zur Hölle ... ja. Er kommt.«

Er reichte mir den Hörer und schien fassungslos.

»Es ist Lilja. Kajan Lilja!«

Ich preßte den Hörer an mein gesundes Ohr und grunzte meinen Namen.

»Hört Palm mit?«

»Ja.«

»Seid ihr allein im Zimmer?«

»Da kannst du Gift drauf nehmen!«

Er lachte leise und provozierend.

»Bist du sauer?«

»Hör mal, ich werde ...«

»Ja, ja, das wirst du, aber erst hörst du mir mal zu. Gibt es keinen außer uns, der dieses Gespräch verfolgen kann?«

»Nein. Komm zur Sache.«

»Okay. Weißt du, wo Pressbyran sein Hauptkontor in Hornsberg hat?«

Natürlich wußte ich, wo der größte Pressegrossist des Landes in Hornsberg residierte.

»Mm. Warum?«

»Ich habe dort in etwa einer Dreiviertelstunde zu tun. Sagen wir, zwanzig nach eins. Könnt ihr beiden dann dort sein? Aber nur Palm und du, niemand sonst. Auf keinen Fall weitere Polizisten.«

Simon nickte eifrig, und ich hielt den Hörer so fest, daß mir die Hand zitterte.

»Warum sollten wir das tun? Worum geht es überhaupt?«

»Ihr dürft mich verhaften. Ihr seid in einem anderen Auftrag unterwegs, entdeckt mich zufällig vor dem Pressbyran, springt aus dem Wagen und schnappt mich. Ich trage eine Verkleidung, aber ihr habt mich trotzdem erkannt. Ihr dürft gern in die Luft schießen. Ich werde so tun, als leistete ich massiven Widerstand. Dann dreht ihr mir die Arme auf den Rücken und schleppt mich zum Auto. Es wird Zeugen geben, die aussagen, daß ich mich nicht kampflos ergeben habe.«

»Meinst du denn, daß wir dir ein Wort glauben ...«

»Ihr könnt mir aber glauben, verdammt! Also, nur ihr zwei.« Wieder das provozierende Lachen. »Außerdem ist das eine prima Gelegenheit für dich, mir eine aufs Maul zu geben. Danach sehnst du dich doch, oder?«

Dann legte er ohne ein weiteres Wort auf. Simon und ich schauten uns an. War das eine Chance oder eine Falle? Aber was wollten sie von Simon, und wieso hatten sie mich erst laufen lassen?

»Wir machen es«, entschied Simon mit nachdenklicher Miene. »Können wir deinen Wagen nehmen?«

»Ja, aber ich habe meine Dienstwaffe noch nicht aus der Werkstatt zurück, und du trägst ja sowieso nie eine.«

»Eine Pistole kann ich irgendwo borgen, kein Problem. Rolle, ich spüre es ganz deutlich, der Bursche meint es ernst, und vielleicht bringt es uns endlich ein Stück weiter.«

Ich holte den Mazda aus der Garage. Kurz nach ein Uhr fuhren wir langsam auf das Industriegebiet von Hornsberg zu, das wie immer sonntags so gut wie verlassen war. Simon schaute jede halbe Minute auf die Uhr, wir waren beide gespannt und nervös.

»Okay, Rolle. Neunzehn Minuten nach. Auf zum Pressbyran!«

Ich fuhr die Franzengatan hinauf zur Strandbergsgatan, die früher an eine Paradestraße aus einem ostdeutschen Architektentraum erinnert hatte, breit und mächtig, kahl und leblos, gesäumt von Fabriken, Großhandelsimperien und Bürokomplexen, die nun verschämt im Schatten von Essingeleden hockten. Ein Mann lief mit energischen Schritten am Gebäude von Pressbyran und Presam vorbei.

»Dreh um und fahr neben ihn.«

Der Mann, der definitiv Kajan war, würdigte uns keines Blickes, sondern setzte seine Wanderung mit unbekanntem Ziel fort. War das eine neue Falle? Standen Mafiabanden mit automatischen Karabinern bereit, uns zu Kajans Lachsalven niederzumähen? Ich holte tief Luft. Mein Mund war trocken wie die Sahara. Simon hielt die Pistole in der Hand und umklammerte den Kolben so fest, daß die Knöchel weiß wurden.

»Jetzt!«

Wir sprangen aus dem Wagen, und Simon rief:

»Ergib dich, Kajan! Hoch mit den Händen!«

»Ich denke nicht daran!« schrie Kajan zurück. »Erst müßt ihr mich haben!«

Er rannte los, stolperte aber und wedelte mit den Armen, um die Balance zurückzugewinnen. Simon gab einen Warnschuß ab. Inzwischen hatte ich Kajan eingeholt und versuchte, ihn in den Polizeigriff zu bekommen. Er wehrte sich wie wild, aber es war nur vorgetäuscht. Seine Fausthiebe verloren an Kraft, kurz bevor sie trafen. Leise mahnte er:

»Los, Hassel! Schlag ruhig zu! Ich steck das schon weg.«

Simon kam mir zu Hilfe, und wir strengten uns an, ihn zu übermannen. Er kreischte:

»Laßt mich los, sonst schlage ich euch tot!«

Weniger laut fügte er hinzu:

»Was ist denn das für ein geziertes Benehmen? Zeigt endlich ein wenig von eurer gewohnten Polizeibrutalität! Wir haben Zuschauer.«

Wenn er es unbedingt so haben wollte ... Ich schlug mit beiden Fäusten zu, und Simon zog ihm den Pistolenkolben über den Hinterkopf. Kajan schwankte, tat aber weiterhin so, als kämpfe er frenetisch, um wieder freizukommen. Simon gelang es, seinen rechten Arm zu packen und vorschriftsmäßig auf den Rücken zu drehen. Kajan schrie vor Schmerz und stieß Drohungen und Verwünschungen aus. Ich tat, als hätten mich seine Hiebe getroffen, holte dann aber die Handschellen hervor und konnte ihm die Hände auf den Rücken fesseln. Jetzt war er in derselben hilflosen Situation, in der ich mich vor kurzem befunden hatte.

»Bring ihn zum Auto!«

Auf dem Weg dahin sträubte sich Kajan weiter und versuchte, Fußtritte zu verteilen, hackte jedoch meistens daneben. Er schubste und rempelte und war nur mit großer Mühe neben Simon auf den Rücksitz zu bringen. Ich sprang ins Auto und fuhr schnell in Richtung Lindhagensgatan, die Zuschauer konnten ja schwer bewaffnet sein und ihn befreien wollen. Kajan lachte und meinte bewundernd:

»Zum Schluß seid ihr ganz schön grob geworden. Schläge mit dem Pistolenkolben mag ich besonders. Jedenfalls wird keiner denken, ich hätte mich freiwillig ergeben, und ihr müßt nur laut genug verkünden, ihr hättet eine Adresse in der Nähe kontrollieren wollen und wäret dabei rein zufällig auf mich gestoßen.«

»Wozu das ganze Theater?« fragte Simon.

»In den Nachrichten hörte ich, daß der griechische Junge gestorben ist. Jetzt reicht es mir; ich will mich zurückziehen, ohne in den Ruf zu geraten, kapituliert zu haben. Um es vorsichtig auszudrücken: Sonst müßte ich um meine Gesundheit bangen.«

»Was ist mit deinem Kumpel Johnny Strand?«

»Für meinen einfachen Geschmack ist Johnny ein wenig zu hart geworden. Obwohl es natürlich ein lohnender Job ist; das entschuldigt vieles.«

»Warum sollten gerade Hassel und ich dich schnappen?«

»Kannst du ein Stück zur Seite rücken, Palm? Ich muß mal die Stellung wechseln. Du bist ja nett, aber nicht gerade der Schlankste.«

Simon rutschte ein paar Zentimeter, und Kajan versuchte, seine gefesselten Hände in eine bequemere Lage zu bringen. Ich konnte ihn sehr gut verstehen, brachte aber kein Mitleid auf.

»Tja, ich weiß eben, daß ihr beide nicht von unseren Leuten bezahlt werdet. Ihr seid verhältnismäßig ehrlich. Arm und dumm, aber gesetzestreu. Und ich will kein Risiko eingehen, weil ich nicht alle Bullen kenne, die bei uns auf der Gehaltsliste stehen. Ich hätte Pech haben und an den Falschen geraten können. Dann wäre ich innerhalb von vierundzwanzig Stunden geliefert gewesen.«

»Bei uns gibt es keine Verräter«, maulte Simon.

»Meinetwegen, wenn es euch glücklich macht, aber ich weiß es besser, und deshalb ziehe ich das hier auf meine Weise durch. Im Bau habe ich einen guten Ruf. Die Zeit vergeht, und früher oder später komme ich raus. Dennis kann mich besuchen kommen, und wir können uns nett unterhalten.«

»Wenn du rauskommst, bekommt Dennis seine erste Rente«, unterbrach ich ihn gehässig.

Kajan gluckste amüsiert. Sollte er doch, er würde noch laut genug heulen, wenn er sein Urteil erfuhr.

»Sei doch nicht nachtragend, Hassel! Du hattest die Chance, es mir heimzuzahlen. Das von gestern abend hat dir nicht geschadet, so eine kleine Hölle verkraftet jeder. Außerdem hat es dir genützt. Du wurdest mit einer Videokamera gefilmt, als es dir am dreckigsten ging. Niemand glaubt mehr, daß du das verschwundene Tonband hast. Jetzt bist du wieder ein plattfüßiger Bulle wie jeder andere, und deine Alte und dein Kind können ruhig schlafen.«

»In den kommenden Verhören ...«

»Verdammt, Hassel, bist du schwer von Begriff? Sobald wir in euerm Stall sind, sage ich keinen Ton mehr, ich werde alles abstreiten. Wenn der Staatsanwalt mir was anhängen will, muß er handfeste Beweise bringen. Falls es Zeugen gibt, die irgend etwas Gravierendes auszusagen haben, werden sie durch Drohungen zum Schweigen gebracht. Und diese Leute können auf eine Art und Weise drohen, daß es selbst mir kalt den Rücken runterläuft.«

»Vielleicht wollen sie dich befreien?«

»O nein, die wissen, daß ich schweige wie ein Grab, und ich weiß, daß ich viel Geld auf einem sicheren Konto habe, wenn ich entlassen werde. Ah, da ist ja schon der häßliche Bullenstall, wird Zeit für mich, die Klappe zu halten. War nett mit euch, Jungs.«

»Kajan«, sagte Simon beinahe bittend, »hast du uns nicht doch noch was zu sagen, bevor ...«

»Kann mich nicht erinnern.«

»Wenn schon einer wie du genug hat, muß uns eine sehr blutige Zukunft bevorstehen. Willst du, daß dein Sohn Dennis in einer solchen Welt aufwächst?«

Kajan ließ seinen überheblichen Ton fallen und entgegnete kurz:

»Laß Dennis aus der Sache raus!«

»Du hast ihn doch mit hineingezogen, nicht ich, nicht wir. Gib uns eine Chance, Kajan! Gib Dennis eine Chance.«

Er antwortete nicht, sondern zog das übliche blasierte Gesicht, aber als wir einparkten, sagte er plötzlich:

»Wenn ihr über einen Mann stolpert, dessen Nachname mit S beginnt, solltet ihr ihn unter die Lupe nehmen, denn er ist der oberste Mafiaboß von Schweden. So, und jetzt verschlägt es mir die Sprache!«

Kajan wurde registriert, und das Gefängnispersonal übernahm ihn, während Simon und ich über den Großfang Bericht erstatteten. Staatsanwalt Eklund wurde telefonisch unterrichtet, und er jubelte in den Hörer, endlich sei der Durchbruch geschafft! Die Verhöre mit Kajan würden unverzüglich beginnen, aber damit hatten wir nichts zu tun; wir zogen uns in Simons Zimmer zurück. Wir hätten uns freuen können, aber die Freude war uns im Halse steckengeblieben. Kajan hatte sich wie eine Muschel verschlossen und würde uns keinen Nutzen bringen. Er hatte sich ergeben, weil er die Organisation so gut kannte, daß er Angst vor ihr bekam, und Kajan Lilja gehörte sicher nicht zu denen, die sich leicht ins Bockshorn jagen ließen. Und dann seine Bemerkungen über die vielen Verräter im Polizeikorps ...

»Wie fühlt man sich, wenn man arm und dumm, aber ehrlich ist?« erkundigte ich mich bei Simon.

»Es sollte so ein Zwischending geben. Ein bißchen arm und ein bißchen dumm und ein bißchen ehrlich. Jetzt gehen wir nach Hause, Rolle. Ich werde mit netten Leuten feiern, mit Leuten, die höflich zueinander sind und sich seit dem Kindergarten nicht mehr geprügelt haben.«

Als ich zu Hause war, wollte auch ich den tristen Arbeitsalltag vergessen und mich um nichts anderes kümmern als um das Wohlbefinden des Herrn Roland Hassel, ob der es nun verdient hatte oder nicht. Dämlich und blank, wie ich war, mit dem guten Gewissen im Schrank, kochte ich starken Tee und nahm mir Kekse und Emmentaler. Ich schnitt die Käsescheiben so dick, wie ich es mir nur erlaubte, wenn ich allein und Virenas kalorienbewußtem Blick nicht ausgesetzt war. Ich zog mir die Schuhe aus und machte es mir bequem.

War es wirklich erst einen halben Tag her, seit ich versucht hatte, mir das Leben zu nehmen? Und nun saß ich hier und kaute Emmentaler. Die Rollen waren schnell vertauscht worden. Erst hatte Kajan mir Handschellen angelegt, jetzt ich ihm. Der Unterschied war, daß ich nach einem einzigen gefährlichen Erlebnis fetten und guten Käse in mich hineinstopfen konnte, während Kajan sich für lange Zeit mit der typischen Gefängnisstandardkost begnügen mußte. Warum konnte ich nicht aufhören, an ihn zu denken? Ich fühlte mich dadurch nicht besser.

Was hatte die Notärztin gesagt? Brahms in angemessener Lautstärke sei Balsam für die Seele. Ich war kein Freund von Brahms, ich wollte anderen Balsam. Ich nahm eine der obersten Kassetten aus dem Fach. Ein bißchen melodische südamerikanische Musik würde Seele und Muskeln entspannen. Ich schaltete die Stereoanlage ein, legte – Virena mit ihrem speziellen Blick war ja nicht in der Nähe – die Füße auf den Tisch, biß von einem Keks ab und bereitete mich auf den Hörgenuß vor.

Eine seltsame Aufnahme. Kam denn gar keine Musik? Es klang wie eine Ansage ... Kannte ich die Stimme nicht? Plötzlich erstarrte ich, mir wurde gleichzeitig kalt und heiß. Zomasovs Stimme! Ich lauschte dem Band, für das man mich hatte töten wollen!

29. Kapitel

Wie in einem Traumfilm sah ich vor mir, was geschehen war. Ich war nach Hause gekommen, hatte Elin begrüßt und meine Jacke dabei über die Sofalehne geworfen. Dabei mußte die Kassette herausgefallen sein. Nach unseren wilden Spielen hatte meine ordnungsliebende kleine Dame das Band gefunden und in eine der Leerhüllen getan, die immer neben der Stereoanlage herumliegen.

Ein Band, das keine Bedeutung hatte, das keinerlei wertvolle Informationen speicherte, ein Band, das lediglich die Stimmen verzweifelter russischer Eltern enthielt. Die Mafia hatte einige ihrer besten Leute auf diese Aufzeichnungen angesetzt, weil sie nicht wußte, daß sie wertlos waren. Sie hätte das Band gern haben können, aber nun gehörte es zum Beweismaterial.

Bei Simon zu Hause nahm niemand ab, also war er mit seinem Clan bereits unterwegs zum Familientreffen. Ich rief bei Pavlov an. Galina meldete sich, Pavlov war dienstlich unterwegs.

»Denk dir nur, Elin muß dieses verfluchte Band aus Moskau gefunden und zwischen meine Musikkassetten gelegt haben. Ich hatte mich gerade auf flotte Sambas gefreut, da ertönen mit einemmal diese russischen Laute. Ich dachte mir, daß Pavlov sich das vielleicht gern anhören würde.«

»Bestimmt. Aber mich interessiert es auch.«

»Ach, übrigens haben Simon und ich heute Kajan Lilja auf offener Straße geschnappt.«

»Wunderbar! Tja, Roland ... Glaubst du an Telepathie?«

»Nicht, daß ich wüßte.«

»Als du anriefst, hatte ich ebenfalls gerade die Hand am Hörer und wollte mit dir telefonieren. Virena ist ja nicht zu Hause, oder? Sie wollte wohl mit Elin ins Kino.«

»Du klingst so seltsam. Was ist los mit dir?«

Irgendwie hatte ich das Gefühl, daß sie aufgeregt, verzweifelt, vielleicht auch wütend war. Sie zögerte einen Moment.

»Ich muß dich so schnell wie möglich treffen. Kannst du kommen? Es dauert nur eine Stunde. Roland, es ist unerhört wichtig!«

»Dann komm her. Bis um sechs bin ich bestimmt solo.«

»Ja ... Nein, ich muß dir den Beweis zeigen.«

»Beweis? Was für einen Beweis?«

»Über Pavlov. Mehr will ich jetzt nicht sagen. Es ist ganz ... schrecklich! Lieber Roland, es ist wichtig für uns alle. Wenn ich dich nun ... können wir sagen, Norrmalmstorg in anderthalb Stunden? Vor dem Hotel Stockholm? Da gibt es ein paar Angaben, die ich kontrollieren werde. Lieber Roland! Dauert ungefähr eine Stunde.«

Nun gut, alles, was ich opfern mußte, war ein wenig Ruhe mit den Füßen auf dem Tisch, das würde ich verkraften. Das Band sollte ich mitnehmen. Hatte ich noch eine leere Kassette? Nein, aber ich konnte wohl die dämliche Schlagerparade überspielen, die uns ein übelwollender Bekannter einmal aufgenommen hatte.

Eine gute Stunde später war ich ausgehbereit. Ich leistete mir ein Taxi via Bergsgatan zum Norrmalmstorg. Galina lief bereits vor dem Hotel auf und ab. Als ich aus dem Taxi stieg, eilte sie herbei und umarmte mich.

»Danke, daß du gekommen bist! Ich werde noch wahnsinnig. Ich habe ein Auto geborgt.«

Der Wagen ließ einem das Wasser im Munde zusammenlaufen, es war ein Mercedes Sportmodell, etwa zehn Jahre alt. Damals wußten Mercedes und Benz noch, wie man Schmuckstücke produzierte, dunkelgrau mit roten Ledersitzen.

»Du hast Bekannte mit Geschmack«, lobte ich.

»Ach, der gehört einem Nachbarn, mit dem ich mich manchmal unterhalte. Er will lieber einen Saab, sagt er.«

Wir schwebten über die Hamngatan zum Sveavägen und weiter Richtung Norrtull.

»Wohin fahren wir?« fragte ich, um das Schweigen zu brechen.

»Ein Stück nach Norden. Vielleicht habe ich die Entfernung falsch eingeschätzt und es dauert länger als eine Stunde, aber du kannst ja Virena anrufen und Bescheid sagen. Roland ... ich weiß nicht, wie ich anfangen soll. Ich habe einen Schock ohnegleichen. Ich will immer noch nicht glauben, daß es wahr ist.«

»Daß was wahr ist?«

»Gleich. Ich muß mich erst sammeln. Hast du übrigens das Band mit? Wir können hier im Auto probehören.«

Ich reichte es ihr, und sie schob es in das eingebaute Kassettengerät. Wortlos lauschte sie fast eine Viertelstunde, während wir den Norrtäljevägen hinunterschnurrten. Der Verkehr war für einen Sonntagabend ungewöhnlich dicht, und sie biß sich sichtlich erregt auf die Lippen. Dann gab sie mir das Band zurück.

»Verlier es nicht noch einmal.«

»Spann mich nicht länger auf die Folter. Du sagtest, es gehe um Pavlov. Ist er untreu gewesen?«

»Untreu?«

Sie stieß einen Laut aus, der wohl andeuten sollte, daß sie die Frage in diesem Zusammenhang naiv fand, aber ich wußte ja gar nicht, worum es ging. Nach meiner Erfahrung waren es Seitensprünge, die eine Frau so in Rage bringen konnten.

»Im Hotel Stockholm wohnt eine Delegation russischer Geschäftsleute. Aber es sind keine Geschäftsleute. Sie gehören zur Murmansk-Mafia.«

»Woher weißt du das, und was hat Pavlov damit zu tun?«

Der Verkehr wurde merklich dünner, als wir die Abfahrt Täby passiert hatten.

»Pavlov glaubte, ich sei nicht zu Hause, weil ich eigentlich für Kommissar Nord das Verhör eines verdächtigen Russen dolmetschen sollte, aber das ist ausgefallen. So war ich in der Kleiderkammer, um die Sommerblusen durchzusehen. Als ich die Tür öffnete, hörte ich ihn russisch telefonieren. Seine Stimme war irgendwie anders als sonst. Ich hatte richtig Angst vor ihm und noch mehr vor dem, was er sagte.«

Sie warf mir einen Seitenblick zu, und ihre Augen waren groß und ängstlich, wie bei einem kleinen Mädchen, das beinahe auf eine Schlange getreten wäre.

»Sprich weiter, Galina.«

»Frauen haben in Rußland immer eine andere Stellung gehabt als im Westen. Der Mann bestimmt, und die Frau fügt sich. So ist es noch heute, und ich bin eine Tochter meiner Zeit und meines Landes. Pavlov durfte alles entscheiden, und ich bin ein gewöhnliches, demütiges, russisches, dummes Mädchen gewesen. Ich ging zur Polizei, weil er es so wollte. Dabei hat er mich die ganze Zeit nur ausgenutzt.«

»Galina, was willst du mir eigentlich sagen? Sprich nicht in Rätseln, sondern Klartext. Pavlov ist mir ein Freund geworden. Was hat er getan?«

»Pavlov wird mit allen gut Freund. Deshalb ist er so wertvoll.«

»Wertvoll für wen?«

»Roland, verstehst du nicht? Für die Mafia natürlich!«

Das Auto sauste weiter durch das graue Wetter, und ich versuchte, ihre Behauptung zu begreifen. Pavlov? Was genau hatte sie gehört?

»Er sprach wie ein General über Armeen und Kompanien in Schweden. Und über Personen, die bestochen, bedroht oder getötet werden sollten. Er zeigte dabei keine Gefühle. Ich schlich in die Kleiderkammer zurück. Als er gegangen war, durchsuchte ich seine Schubfächer und Schränke. So etwas tut eine verheiratete russische Frau sonst nicht. Ich fand viele Papiere, die darauf hindeuten, daß er der Chef der Mafia in Schweden ist.«

»Galina, das klingt unglaublich!«

Sie nickte ernst und fuhr langsamer, um die Richtgeschwindigkeit nicht zu überschreiten, was bei diesem Auto schwerfallen mußte.

»Unter den Papieren fand ich eine Karte, auf der ein Haus markiert ist, offenbar hat er sie als Wegbeschreibung für seine Untergebenen benutzt. Dort muß es richtige Beweise gegen ihn geben. Das alles geschah gestern, und ich habe in der Nacht kaum schlafen können. Heute vormittag habe ich den Wagen geborgt und bin zu dem Haus gefahren. Es wirkte leer, aber ich wagte nicht, es zu betreten.«

»Und jetzt sind wir also dorthin unterwegs?«

»Ja. Du bist mutiger als ich. Oder ... etwa nicht?«

Sie schaute mich wieder an, und ich reagierte wie alle maskulinen Personen zwischen zwei und hundertzwei, wenn die Frage lautet, ob man(n) sich traut: »Na klar!«

»In gewissen Grenzen. Vielleicht.«

Sie wirkte erleichtert und fuhr lebhafter fort:

»Ich dachte, wenn das Haus leer ist, können wir hinein. Taschenlampen habe ich dabei. Sicher gibt es da drinnen Telefon. Wenn wir richtige Beweise gegen Pavlov und seine Organisation finden, können wir anrufen und um Hilfe bitten.«

Wie sie sich das vorstellte, klang es wie aus einem Abenteuerroman, aber die Methode war die einfachste und gewöhnlichste: fahnden, ermitteln, Beweise sammeln, zuschlagen. Ich glaubte nicht an die Theorie über ihren Mann. Sie mußte sich getäuscht haben. Pavlov hatte sicher eine ganze Menge Material über die Mafia gesammelt, und sie hatte daraus die falschen Schlüsse gezogen. Für das zukünftige Verhältnis der beiden war es wichtig, daß sie ihren Fehler erkannte und einsah, daß ihr Verdacht unbegründet war. Beide waren sie unsere Freunde, und um Freunde soll man sich kümmern.

Bei Husby bog Galina links ab. Die Straße wurde schmaler und kurvenreicher. Noch mal nach rechts und dann wieder nach links.

Ein kleines Schild wies auf ein ›Vortragszentrum des Europa-Verbandes‹ hin. Mit abgeschalteten Scheinwerfern fuhr sie eine Sandallee entlang. Nach einigen hundert Metern hielt sie auf einem Parkplatz. Vom Rücksitz nahm sie zwei ordentliche Taschenlampen und reichte mir eine davon.

»Wenn das Haus leer ist, können wir genausogut das Licht anmachen«, meinte ich.

»Jemand könnte uns sehen. Man weiß nie.«

Ich gab nach, und wir stiegen aus. Galina schloß die Türen so vorsichtig, daß nur ein leises Klappen zu hören war, und winkte mir, ihr zu folgen. Wir schlichen mit krummen Rücken über einen Hügel. Auf der anderen Seite lag das Vortragszentrum, weich in Rasen und gepflegte Rabatten eingebettet. Auf einem Platz stand eine Fahnenstange, davor im Halbkreis eine gußeiserne, weiß gestrichene Sitzgruppe.

Bei dem Gebäude handelte es sich um ein gepflegtes Gutshaus mit zwei Etagen. Das parkähnliche Grundstück war offenbar sehr groß, irgendwelche Nachbarhäuser waren hinter den hohen Hecken nicht zu erkennen. Es gab einen kleinen Teich mit einer Bogenbrücke darüber, ein rundes, weißes Lusthaus sollte die Kursteilnehmer wohl zu angenehmen Sommerdrinks verleiten.

Viele große Häuser, deren Unterhalt zu teuer ist, werden zu privaten Sanatorien, Heilanstalten für Alkoholiker oder Vortragszentren. Dieser Europa-Verband hatte das Anwesen sicher billig übernommen. Kurse finden heutzutage meist von Montag bis Freitag statt, und nicht unbedingt jede Woche. Wie Galina gesagt hatte, war kein Mensch zu sehen. Im Haus waren alle Lichter gelöscht, offenbar lief gerade kein Kurs, und es würde wohl auch in den nächsten Tagen keiner stattfinden.

Sie hatte die Führung übernommen, und ich schlängelte mich hinter ihr durch die Bäume zur Rückseite, ohne dabei die geringste Indianerromantik zu verspüren. Ich war bei dieser Aktion wenig engagiert, was sie allerdings mehr als wettmachte, so daß es fast wieder interessant für mich war. Vielleicht hatte Pavlov erfahren, daß verdächtige Personen auf dem Grundstück gesehen worden waren, und deshalb die Skizze im Schreibtisch gehabt? Bestimmt wollte er nur einem von vielen Hinweisen nachgehen.

Auf der Rückseite befanden sich ein Badminton- und zwei spielbereite Tennisplätze sowie idyllisch angeordnete weiße Gartenmöbel, die zu einem Frühstück im Freien einluden. Galina tastete sich zu den großen gläsernen Terrassentüren vor und schaute sich die ganze Zeit ängstlich um. Sie gab mir ein Zeichen, ihr zu folgen.

»Schau, hier ist ein Fenster zum Lüften nur angelehnt. Ich glaube, ich bin schlank genug, um da hindurchzupassen.«

Ohne eine Antwort abzuwarten, drückte sie den Spalt weiter auf und kroch dann vorsichtig hinein. Es sprach für ihre Moral, daß sie es peinlichst vermied, fremdes Eigentum zu zerstören. Sie war gelenkig wie eine Turnerin, und es dauerte nicht länger als vier Minuten, dann war sie im Haus und konnte eine der Türen zum Garten für mich öffnen.

»Wir beginnen oben«, schlug sie flüsternd vor.

»Wie du willst, aber wir brauchen doch nicht zu flüstern.«

Sie schien mir recht zu geben, schlich aber dennoch unendlich vorsichtig die geschwungene Stahltreppe hinauf. Wie eine Jolle blieb ich in ihrem Kielwasser. Wir kamen in einen großen, luftigen Raum, in dem wohl die Vorträge stattfanden. Vier verschlossene Türen führten in kleinere Nebenräume, wo sich vielleicht die Seminargruppen trafen. Galina schaute sich um.

»Wo fangen wir an?«

»Was meinst du?«

»Nehmen wir den Schreibtisch in der Mitte.«

Sie zog die unterste rechte Schublade heraus, und so übernahm ich, um guten Willen zu zeigen, die linke Seite. Ich wühlte in den Papieren, aber es handelte sich nur um verschiedene Formulare, die garantiert nichts mit Verbrechen zu tun hatten. Genausogut ...

»Habt ihr etwas Interessantes gefunden?«

Ich drehte mich um. Die vier geschlossenen Türen hatten sich geöffnet, und in jeder stand ein schwer bewaffneter Mann. Johnny Strand war einer von ihnen. Er sah zufrieden aus, wie ein Tiger vor seiner erlegten Beute, und er hatte böse Gründe dafür. Das hier war also das definitive Ende. Er würde niemals zulassen, daß ich das Haus lebend verließ. Galina verzog keine Miene, aber auch sie mochte an ihr Hinscheiden denken. Johnny tastete mich nach Waffen ab, aber da war nichts zu finden.

»Los, die Treppe wieder runter. Und gesittet, wenn ich bitten darf.«

Was blieb uns anderes übrig? Ich fühlte mich bereits im voraus tot; das Sterben war für mich vor kurzem noch so wirklich und erstrebenswert gewesen, daß sich ein unerwartet starkes Gefühl erhalten hatte. Woher kamen sie alle? Im Erdgeschoß warteten weitere vier Männer, und ein paar von ihnen erkannte ich wieder, sie hatten an der Terrorattacke im Polizeigebäude teilgenommen.

»Setzen. Das ist ein Befehl und keine Bitte.«

Wir gehorchten dem Befehl. Aus irgendeinem Raum kam Pavlov, hinter ihm ging ein Bewaffneter. Er wirkte verwirrt, und als er Galina sah, rief er aufgeregt:

»Bist du unverletzt?«

»Ja, ich bin unverletzt.«

»Aber du bist doch angefahren worden? Bei einem Verkehrsunfall? Ich wurde hierher geholt, und als ich ankam, hielt man mir eine Schußwaffe an den Rücken.«

Galina lächelte. Ich verstand nicht. Wie konnte sie in dieser Situation lächeln?

»Pavlov, Roland weiß, daß du der Boß der russischen Mafia in Schweden bist.«

»Was? Soll das ein Scherz sein? Was bedeutet das hier?«

»Du solltest hören, was Valentinas Eltern auf dem Band sagen, das Roland gefunden hat. Er hat es in der Tasche. Johnny, würdest du den Kassettenrecorder holen?«

Johnny verbeugte sich kurz vor ihr. Galina erhob sich und ging ein paar Schritte auf ihren Mann zu. Sie schaute ihn an, und ihr Lächeln war mehrdeutig. Er blinzelte sie genauso verwirrt an. Plötzlich gab sie ihm eine derbe Ohrfeige und schrie:

»Kretin!«

Er griff sich an die Wange und gaffte dumm.

»Galina, bist du ... bist du ...«

»Da kannst du Gift drauf nehmen.«

Sie nahm das Band aus meiner Tasche und legte es in das Kassettengerät ein, das Johnny gebracht hatte. Dann drückte sie den Wiedergabeknopf.

»Hör hin, Pavlov. Was sagen Valentina Sjukovas Eltern?«

Wie betäubt lauschte ich, und ich war tatsächlich wie weggetreten. Wieder wechselten die Rollen schnell. Ich würde das Haus nicht lebend verlassen, aber der Befehl zur Exekution würde wahrscheinlich von ihr, Galina, kommen.

»Aber er dolmetscht ja ganz falsch!« rief Pavlov spontan aus. »Sie sagen etwas, aber Zomasov übersetzt etwas ganz anderes.«

»Soo? Was sagen sie denn?«

»Papa spricht davon, daß Valentina einen Mann in Schweden erwähnt habe, der ihr helfen würde. Er heißt Straiffer, sagt sie. Zomasov behauptet etwas ganz anderes. Er ...«

»Wer ist Straiffer?«

Pavlov kramte in seinem Gedächtnis, aber ich hatte die Antwort schon gefunden. Michael Straiffer, auf russisch wurde der Name etwas anders ausgesprochen, war einer der richtig großen Finanzleute in Schweden. Einer, der die Abzockerzeiten ehrenvoll überstanden hatte, ein charmanter Mann, der oft in den TV-Talkshows auftauchte und allgemeinverständlich über Investitionen sprach. Er war ein Titan, der in vielen Aufsichtsräten saß und in vielen weiteren Unternehmen die Finger drin hatte, ein weltgewandter Sechziger, der populär war, weil er sich ohne Skandale von ganz unten hinaufgearbeitet hatte.

Falls wir auf einen Mann stoßen sollten, dessen Nachname mit S beginnt ... Valentina hatte seinen Namen aufgeschnappt und, ohne sich etwas dabei zu denken, ihren Eltern weitererzählt. Das war ihr Fehler. Straiffer mußte sein Gewicht in russischen Diamanten wert sein, wenn er für die Mafia arbeitete.

»Er war leicht zu überreden. Als Finanzmann weiß er, wo die Gewinne in der Zukunft liegen und welche Personen wir zu unseren Marionetten machen.«

»Aber Zomasov ... er ist doch ...«

»Zomasov? Johnny, hol ihn.«

Strand gehorchte sofort; er schien gewaltigen Respekt vor ihr zu haben, oder vielleicht auch vor dem, was sie repräsentierte.

Er kehrte umgehend mit dem Russen zurück, den ich als Zomasov kannte.

»Erkennst du ihn wieder, Pavlov? Ist das Zomasov?«

»Das ist nicht der Dolmetscher Zomasov.«

»Nein. Dann darf ich unseren Mann Arkadij Kolbin vorstellen. Ich mußte schnell reagieren, als ich von Hassels Moskaureise erfuhr. Zomasov wurde zu Hause ergriffen und später erschossen. Kolbin nahm seinen Platz ein. Um keinen Verdacht auf mich zu lenken, mußte Hassels gesamtes Programm wie geplant stattfinden, aber wir brauchten natürlich das Band. Kolbin hatte Magenbeschwerden. Als er auf der Toilette war, tauschte Hassel die Kassetten aus. Durch den inszenierten Raubüberfall vor dem Restaurant kamen wir zwar in den Besitz des Gerätes, aber wir hörten, daß ein Teil der Aufzeichnungen fehlte. Den mußten wir haben, denn durch Kolbins Bericht wußten wir, daß Straiffer als Kontaktperson erwähnt wurde, und das durfte nicht bekannt werden.«

Die Betrunkenen vor dem Flughafengebäude in Arlanda waren also echte Suffköppe gewesen und keine bezahlten Taschendiebe.

»Ich ... ich dachte, du liebst mich«, stammelte Pavlov.

»Lieben? Was ist das für ein Wort? Ich arbeite vorausschauend. Durch dich bin ich in den Polizeidienst gekommen und wußte immer, wer unsere Gegner waren und wen wir kaufen konnten. Genauso hat es in Schweden funktioniert. Nun ist meine Zeit hier abgelaufen.«

»Was wird denn dann aus mir? Wir sind doch verheiratet. Liebe Galina, wir hatten es doch so schön zusammen!«

»Ach ja? Ist mein geliebter Ehemann Pavlov Petrov dieser Meinung?«

Ihre Stimme troff vor Ironie. Sie schnippte mit den Fingern, und Johnny reichte ihr seinen Karabiner. Pavlov hob die Hände zum Schutz, als sie ihm den Lauf der Waffe genau vors Gesicht hielt.

»Nein ... schieß nicht ... liebe Galina ...«

30. Kapitel

Pavlov wurde durch den Schuß nach hinten geworfen und schlug lang hin. Sein Oberkörper landete unter einem Tisch, so daß ich seinen halb weggeschossenen Schädel nicht sehen mußte. Galina gab die Waffe an Strand zurück, der einen kurzen Augenblick lang bestürzt wirkte. Die anderen im Raum verzogen keine Miene, ihre Gesichter waren wie versteinert. Sie waren trainiert, eventuelle Gefühle perfekt zu verbergen. Mechanisch wie Roboter befolgten sie Befehle. Solche Leute sind eine Voraussetzung für Diktatoren wie Hitler und Stalin und für Kaiser in der Welt des Verbrechens, die Grenzen sind fließend.

Zeit, ich mußte Zeit gewinnen, so viele lange Minuten wie möglich. Nicht meinetwegen, denn ich war praktisch bereits tot, sondern für die, die mir nahestanden. Die Entschlossenheit ließ mich die Todesangst vergessen. Ich hatte eine Aufgabe, die erfüllt werden mußte.

»Du bist eine phantastische Schauspielerin«, lobte ich. »Du hast uns alle getäuscht, nicht nur Pavlov.«

»Vielleicht«, antwortete sie zerstreut, »aber was du meinst, interessiert mich nicht.«

»Ist das hier eure schwedische Zentrale?«

»Eine davon. Wir haben mehrere Vortragszentren gekauft. Niemand fragt danach, wer in solchen Einrichtungen ein- und ausgeht. Die Leute hier im Ort sind an Fremde gewöhnt.«

»Du willst mich auch umbringen lassen, nicht wahr?«

»Natürlich. Falls es ein Trost für dich ist: Es wird schnell gehen.«

»Wirst du auch Virena und Elin töten?«

»Warum sollte ich? Sie wissen nichts, was uns schaden könnte. Meinetwegen können sie hundert Jahre alt werden.«

»Sie mögen dich, Galina.«

Sie hörte kaum zu, war in Gedanken woanders.

»Mögen mich? Wenn es notwendig wäre, würde ich sie bei lebendigem Leibe verbrennen. Die Mittel spielen keine Rolle, nur das Ziel zählt.«

»Und was ist das Ziel?«

»Das geht dich einen Dreck an. Johnny, sollen wir ihn hier erschießen? Ist es besser, wenn er neben Pavlov liegt, oder sollte man ihn lieber im Obergeschoß finden?«

Strand dachte über die Frage nach, und mir krampfte sich der Magen auf Rosinengröße zusammen.

»Die geben hier unten ein ganz hübsches Paar ab. Soll ich, oder willst du?«

»Egal. Schieß du. Training kann nie schaden.«

Zeit, ich brauchte Zeit. Strand hob das Gewehr, und ich rief schnell:

»Darf ich mir eine Stunde erkaufen?«

»Was hast du denn zu bieten?« erkundigte sich Galina und schien plötzlich leicht belustigt. »Geld? Ein Bullengehalt? Mach dich nicht dümmer, als du bist. Los, erschieß ihn!«

»Warte, Galina. Ich habe harte Währung.«

Johnny Strand schaute sie fragend an, und sie spitzte nachdenklich die Lippen.

»Was ist das für eine Währung?«

»Informationen, die dir nützlich sein können.«

»Warum solltest du mir nützliche Informationen geben wollen? Glaubst du, daß du dich freikaufen kannst?«

»Nein, aber ich brauche eine Weile, um mich vorzubereiten. Ich will mich mit Gott versöhnen.«

Strand und Galina schauten sich an. Wenn in Schweden einer ernsthaft von Religion spricht, ist man oft nicht sicher, ob man nicht auf den Arm genommen wird. Mein Grund war ein anderer; ich wollte Zeit und nochmals Zeit gewinnen und einen letzten Triumph erleben, bevor ich starb, aber Gott war ein Argument, das ein gewisses Gewicht haben konnte.

»Was hast du für Informationen, die ich mir nicht selbst beschaffen könnte? Auch ich bin Polizist, vergiß das nicht.«

»Aber kein vollwertiger, du bist noch in der Ausbildung. Du weißt nicht, was im internen Kreis besprochen wird. Ich ja, ich bin mit Simon Palm befreundet. Was er erfährt, erfahre auch ich. Es gibt einen starken Verdacht gegenüber Leuten, die dir Probleme bereiten würden, falls man sie verhaftet und verhört.«

Der interne Kreis ... Würde sie das schlucken? Andererseits konnte sie nicht wissen ... Das war meine kleine Möglichkeit, Zeit zu gewinnen. Vielleicht sagte ich ja die Wahrheit. Sie schien auf einen anderen Gedanken gekommen zu sein.

»Wir können trotzdem Zeit sparen. Johnny, hol Aglaja.«

Strand stieg die Treppe hinauf, und Galina verschränkte die Arme vor der Brust.

»Heraus mit den Informationen. Sofort!«

»Es wurde ein fünfköpfiges Spezialkommando gebildet, das allen Hinweisen auf den Grund geht«, log ich. »Auf diese Weise konnten wir Kajan Lilja schnappen.«

»Der sagt nichts.«

»Nein, aber wir wußten immerhin, wann und wo wir ihn uns greifen konnten. Die Kommandogruppe hatte zuvor einen Hinweis erhalten.«

»Jemand von uns soll gesungen haben? Das ist nicht wahr!«

»Wie hätten wir sonst wissen können, wo Kajan sich aufhielt? Wir sind schließlich keine Hellseher.«

»Den Namen des Verräters! Sofort!«

»Später, Galina. Willst du erfahren, wer zu der Kommandogruppe gehört?«

Strand kam mit einer Frau in Galinas Alter zurück. Sie lächelte, wie man es tut, wenn man zu Diensten sein will, aber nicht weiß, wie. Es war ein zu nichts verpflichtendes Lächeln, mit einem kleinen nervösen Zucken in den Mundwinkeln. Ansonsten war sie nichtssagend und sich dessen bewußt, sie blickte scheu um sich und hielt die Hände über dem Bauch gefaltet. Offenbar stand sie nicht sehr sicher in den hochhackigen Schuhen, die sie trug. Galina musterte sie verächtlich von oben bis unten.

»Was meinst du, wem sieht Aglaja ähnlich?«

»Fragst du mich?«

Natürlich wußte ich, daß sie mich meinte, aber dadurch hatte ich wieder zehn wertvolle Sekunden gewonnen.

»Ja. An wen erinnert sie dich, wenn man einmal vom Gesicht absieht? Sie versteht kein Wort Schwedisch. Wir entdeckten sie in St.Petersburg, und sie wird ihren Zweck erfüllen.«

Ich studierte sie lange. Sekunden, Minuten.

»Keine Ahnung. Sie sieht doch ganz gewöhnlich aus.«

»Richtig. Die Kuh gleicht allen in diesem Alter, also auch mir. Haare wie meine und ein Körper, der auch meiner sein könnte.«

Sie hielt Johnny die Hand hin, und er legte den Karabiner hinein. Galina stellte sich einen halben Meter vor die junge Frau und sagte etwas auf russisch zu ihr. Aglaja antwortete in entschuldigendem Ton, ihre Lippen zitterten dabei. Sie begriff nicht, was hier vorging, und ich wollte ihr eine Warnung zurufen. Aber was hätte das genutzt? Galina wollte sich als Henker betätigen, und ich konnte sie nicht daran hindern. Bald würde sie auch mein Henker sein.

Sie schoß ein paarmal direkt in Aglajas Gesicht, bis nichts mehr davon übrig war. Absolut nichts. Mir wurde schlecht, und ich schluckte und schluckte, um den Brechreiz zu unterdrücken. So würde auch ich bald aussehen. Beziehungsweise nicht aussehen. Galina gab die Waffe an Strand zurück, dem Schweißperlen auf der Stirn standen.

Galina wandte sich an die Steingesichter und Kolbin und rief ihnen einen Befehl zu. Alle außer Strand verließen sofort den Raum. Sie kniete sich neben die Leiche und begann, ihr das geblümte Kleid aufzuknöpfen.

»Man wird Pavlov mit dir und mir zusammen erschossen auffinden. Drei Opfer der Mafia. Es paßt mir sehr gut, Galina Petrova verschwinden zu lassen.«

»Der Trick funktioniert nicht noch einmal. Wir haben gemerkt, daß es Jennifer Broll war und nicht Gun Kihlberg, die getötet wurde.«

Sie zerrte das Oberteil über die Schultern und streifte dann den Rock herunter, indem sie gleichmäßig am Bund zog. Strand leckte sich die Lippen und war sichtlich unangenehm berührt, aber er würde keine Sekunde zögern, ihr zu gehorchen. Sekunde ... Minute ... Wenn ich doch noch eine Stunde gewinnen könnte!

»Jennifers Fingerabdrücke waren registriert, aber nicht meine und die von der Kuh hier. In meinen Sachen, mit meinem Schmuck und in der Gesellschaft von Pavlov und dir wird man diesen Leichnam garantiert für den Galinas halten.«

Sie zog Aglaja die billige Unterwäsche sowie Schuhe und Strümpfe aus und legte alles auf den Tisch auf einen Haufen. Dann begann sie, sich selbst zu entkleiden.

»Wo ist Gun? Und warum mußtest du Jennifer töten?«

»Gun haben wir mit all ihren Farben und Pinseln verbrannt. Sie stand auf unserer Seite, aber sie war krank im Kopf und mußte sterben. Jennifer war eine Hure mit dem Charakter einer Hure. Sie glaubte, Geld von uns erpressen zu können, und ging mit jedem ins Bett, um verwendbare Informationen zu bekommen.«

Bei Mauritz Neller hatte sie einen Ohrring verloren. Was für Informationen hatte sie sich von dem erhofft? Und welche hatte sie bekommen? Galina zog sich die Bluse und den BH aus und hob den Körper der Toten an. Sie plauderte mit mir, um sich die Zeit zu vertreiben und ging mit dem Leichnam der Frau um, als handelte es sich um eine Puppe.

»Wir wollten Jennifer Brolls Tod vertuschen, weil wir befürchteten, Broll könnte uns Schwierigkeiten machen, aber er kümmerte sich gar nicht um die Hure.«

»Also gehört Broll nicht zu euch?«

»Noch nicht. Aber wir werden ihn rumkriegen.«

Galina zog sich den Rest der Kleider aus und streifte sie der Leiche über. Daß sie nackt vor uns stand, berührte sie nicht. Johnny Strand starrte sie an, aber ohne sexuelle Erregung, eher wie ein ängstlicher Hund oder Sklave, was mir erst jetzt auffiel. Na, und ich war fast tot, also auch kein richtiger Mann mehr.

»Du bist ein wahres Schlächterweib, Galina!« rief ich und schluckte weitere Beschimpfungen hinunter.

Sie fuhr herum, und in ihren Augen loderten Fackeln.

»Du weißt nichts darüber, wie wir gelebt haben, du verdammter kleiner Idyllenschwede! Mein Papa hat am Krieg gegen die Deutschen teilgenommen und bekam Medaillen für seine Tapferkeit. Im letzten Kriegsjahr geriet er nach harten Kämpfen in Gefangenschaft. Als Frieden war und er freikam, wurde er als angeblicher Verräter von Stalin für fünfundzwanzig Jahre nach Sibirien geschickt, nur weil er nicht im Kampf gefallen war. Meine Familie hat gehungert. Du weißt ja nicht, was Hunger ist. Wir lebten wie Tiere. Betrogen von der Wiege bis zum Grab. Ich stamme aus einer Bauernfamilie. Millionen Bauern wurden von Stalin erschossen, davon zwölf aus meiner Familie. Mord und Tod und Mißhandlungen und Straflager, das bestimmte unser Leben.« Ihr weißer, nackter Körper war gespannt; sie schrie die Worte heraus. »Nur zwei Gruppen hatten es erträglich, die Parteibonzen und die Mafia. Als ich das begriff, versuchte ich, in die Mafia zu kommen. Das hat mich verdammt viel gekostet. Du verfluchter Schwede begreifst nichts. Aber nun werden wir euch alles wegnehmen. Alles, was ihr hattet und wir nicht. Wir werden euch vernichten!«

Wie wahnsinnig schlug sie mir mit der Hand ins Gesicht.

»Hörst du? Ihr habt alles, und wir hatten nie etwas. Jetzt werden wir uns euer Geld und eure Unternehmen aneignen. Wir werden euch das Blut aussaugen, bis ihr an Blutarmut zugrunde geht. Dann kommen die Soldaten und holen den Rest. Sie hungern und finden keine Arbeit, die Offiziere genauso. Schon jetzt streifen sie umher und hausen auf dem Lande wie Räuberhorden. Bald werden sie die Grenzen überschreiten. Sie werden auch euch vernichten! Ihr habt kein Recht zu leben. Ich gehöre zu denen, die überleben, und du zu denen, die vernichtet werden!«

Wieder schlug sie zu und kreischte:

»Die Namen jetzt! Sonst erschießt dich Johnny sofort!«

»Ja, die Mitglieder in dieser Spezialkommission ...«

Umständlich und gründlich schilderte ich die Lebensläufe erfundener Personen und erzählte von angeblichen Ergebnissen der Kommission. Je mehr ich aus mir herausholte, desto näher kam ich dem Tod. Einer der Russen öffnete die Tür, schloß sie aber nach einem wütenden Zuruf Galinas sofort wieder.

»Den Namen des Informanten! Na?«

Fast eine Stunde war vergangen, vom Zeitpunkt unseres Treffens auf dem Norrmalmstorg fast zwei. Das mußte reichen. Schwach erinnerte ich mich an ein punschähnliches Getränk, das Ende des achtzehnten Jahrhunderts in Mode war.

»Wie ich gehört habe, wird er Bischoff genannt.«

Galina runzelte die Stirn und wiederholte: »Bischoff? Bischoff?«

»Den Vornamen kenne ich nicht. Möglicherweise ist Bischoff auch der Vorname, dann ist mir der Nachname unbekannt.«

»Bischoff? Na, wir werden sehen. Nun ist deine Frist abgelaufen. Wir ziehen in ein anderes Vortragszentrum um. Morgen früh werdet ihr drei von einem Wachmann gefunden werden.«

Abwehrend hob ich die Hand.

»Warum hast du mich hierher gelockt? Nur wegen des Bandes?«

»Ja, gewiß. Als ich hörte, daß du es gefunden hast, mußte ich schnell reagieren, aber wir verfügen über die entsprechenden Möglichkeiten. Die Kassette wird vernichtet werden, genauso wie du.«

»Noch eine Minute, Galina!«

»Nein, deine Minuten sind verbraucht.«

»Nur noch eine wichtige Information.«

»Was zur Hölle soll das?«

»Hör mir zu. Ich bin ein verantwortungsvoller Polizist. Nicht besonders gut, aber verantwortungsvoll. Das Band gehört zum Beweismaterial. Ich habe es kopiert und der Fahndungsleitung übergeben, bevor ich mich mit dir traf.«

Sie starrte mich an. Johnny Strand schob drohend den Unterkiefer vor.

»Ziemlich viele bei uns verstehen russisch. Selbst an einem Sonntag kann die Leitung das Band innerhalb von dreißig Minuten abhören lassen. In dieser Woche haben wir volle Besetzung. Streiffer sitzt sicher schon im Verhör. Was wird man bei der Hausdurchsuchung finden?«

»Du lügst! Du wirst nicht ...«

»Ruf doch an und überprüfe meine Angaben. Noch kannst du die russische Polizistin Galina Petrova spielen.«

Wortlos rannte sie zu einem Wandtelefon und wählte die Nummer der Kripo. Sie fragte nach Kommissar Nord. Als sie mit ihm verbunden war, fiel sie in den gewohnten, ruhigen dienstlichen Ton zurück.

»Ja also, Pavlov hat mir gesagt, daß es einen sogenannten Durchbruch gegeben hat. Ja, er mußte weiter. Ach so ... ah ja ... eine Tonbandkassette von Hassel ... oho, wer ist es denn ... ja ... prima ... Danke.«

Sie legte auf und blieb am Apparat stehen, den bloßen Rücken uns zugekehrt. Johnny wußte nicht, was er tun sollte. Er hatte das Gewehr auf mich und den Blick auf sie gerichtet. Galina drehte sich langsam um, ihr Körper zitterte. Die Mundwinkel waren wie im Krampf nach unten gezogen, die Schultern vorgeschoben.

»Du ... hast mich getäuscht ...«, keuchte sie heiser.

»Das habe ich von dir gelernt.«

»Ich selbst werde dich erschießen und kein anderer! Du schwedischer Teufel!«

Sie rannte zu Johnny, um sich den Karabiner zu nehmen. Eine minimale Chance. Miniminimal. Aber dennoch ... Noch zwei, drei Sekunden, bis sie die Waffe an sich reißen würde. Vor uns auf dem Tisch lagen die Kleider der toten Frau. Und ihre Schuhe. In dem Augenblick, als sie an mir vorbeistürmte, sprang ich auf und griff mir einen Schuh. Sie waren überrascht, das verschaffte mir zusätzlich einige Sekunden. Ich schmetterte den hohen Absatz genau in Johnny Strands Gesicht. Er stieß einen jammernden Schrei aus, ließ die Waffe fallen und preßte beide Hände auf ein Auge.

Galina bückte sich rasch nach dem Gewehr. Ich trat erbarmungslos zu. Meine Schuhspitze traf ihr Kinn, sie fiel zur Seite. Ich packte den Karabiner am Lauf, wirbelte ihn herum und erwischte Strand am Hinterkopf. Der Schlag hätte einen Ochsen niederstrecken können und verfehlte auch hier seine Wirkung nicht, allerdings glitt mir die Waffe aus der Hand.

Galina hatte sie vor mir erreicht, also warf ich mich auf sie, und wir rollten durch das Zimmer. Sie war wie eine Furie, und der Haß auf mich verlieh ihr zusätzliche Kräfte. Wir verloren das Gewehr, und dann sah ich, wie sie den Mund öffnete, um Hilfe herbeizurufen. Instinktiv legte ich ihr die Hände um den Hals und preßte die Daumen gegen ihre Kehle.

Sie brachte nur noch ein Gurgeln hervor. Plötzlich erschlaffte sie und glitt zu Boden, aber ich wagte nicht loszulassen, denn sie kannte Tricks wie ein alter Profiboxer. Die Zunge trat ihr aus dem Mund und hing leblos nach der Seite. Ihre Augen bewegten sich nicht mehr, sondern starrten an mir vorbei. Mit der rechten Hand fühlte ich nach ihrem Herzen. Es hatte aufgehört zu schlagen.

Wie im Fieber zitternd stand ich auf und wischte mir den Schweiß von der Stirn. Lieber Gott ... das konnte nicht wahr sein! Ein Traum. Jemand hatte den sicheren Tod besiegt. Immer noch zitternd nahm ich den Karabiner an mich und schwankte zum Telefon. Es war schwer, die richtigen Ziffern zu wählen, aber bald vernahm ich Nords Stimme. Leise gab ich einen kurzen Bericht und die Wegbeschreibung durch.

Mit dem Gewehr in der Hand öffnete ich die Glastür zum Garten und schlich über den Rasen zum Parkplatz, wo drei Autos standen. Ich ließ die Luft aus den Reifen, ging dann mit der Waffe im Anschlag in Deckung und zielte auf das Haus. Bloß gut, daß keiner kam. So wie ich zitterte, hätte ich sowieso niemanden getroffen.

Virena stand vor mir. Sie war aus Marmor, strahlte Kälte aus.

»Aber Virena, ich hatte keine Wahl!«

»Ich habe es nicht leicht, Freunde zu finden. Galina war die beste Freundin, die ich je gehabt habe. Wie eine Schwester.«

»Zum Teufel, Virena ...«

»Fluche nicht über unsere Freundschaft!«

»Sie hat dich ausgenutzt, wie sie alle ausgenutzt hat. Sie sagte, sie würde dich bei lebendigem Leibe verbrennen, wenn es notwendig wäre.«

»Das behauptest du. Du willst nur rechtfertigen, was du getan hast. Das ist widerlich!«

»Wenn ich sie nicht getötet hätte, hätte sie mich umgebracht. Wäre dir das lieber gewesen?«

Ich streckte die Hände nach ihr aus, aber die Marmorstatue zog sich ein paar Schritte zurück.

»Rühr mich nicht an! Du erfindest Lügen. Ich weiß nur, daß du mit deinen Händen meine Freundin, meine Schwester getötet hast.«

»Liebe Virena ...«

»Und das, Roland, das verzeihe ich dir nie!«

Olov Svedelid, Jahrgang 1932, debütierte 1964 und schreibt seitdem Detektiv- und Polizeiromane, historische Romane für Erwachsene und Kinder, Satiren, Biographien, Schulbücher und »ganz gewöhnliche Romane«. Dazu kommen Novellen, Artikel und Arbeiten für Fernsehen, Radio, Film und Theater. Bisher erschienen fast 90 Bücher Olov Svedelids, er ist seit Jahren einer der populärsten Autoren beim schwedischen Lesepublikum.

Seit 1972 sind etwa 20 Romane um den Polizisten Roland Hassel erschienen, die zu einem großen Teil auch verfilmt wurden.

Sie haben wiederholt Tabus gebrochen und zu heftigen Debatten um die Ästhetik des Kriminalromans geführt.